# A Última Dança

EDITORA AFILIADA

# Eileen Goudge

Copyright © Eileen Goudge, 1999

Título original: *One Last Dance*

Capa: Leonardo Carvalho

Editoração: DFL

2010
Impresso no Brasil
*Printed in Brazil*

CIP-Brasil. Catalogação-
Sindicato Nacional dos Editores

| G725u<br>2ªed | Goudge, Eileen<br>   A última dança/Eileen Goud<br>de Lemos. –2ªed–Rio de Janei<br>462p.<br><br>   ISBN 978-85-286-1086-4<br><br>   1. Romance americano. I.<br>(Alfredo Barcellos Pinheiro de) |
|---|---|

04-3161

Todos os direitos reservados pela:
EDITORA BERTRAND BRASIL
Rua Argentina, 171 — 2º andar — S
20921-380 — Rio de Janeiro — RJ
Tel.: (0XX21) 2585-2070 — Fax: (0

Seja um leitor preferencial Record
Cadastre-se e receba informações s
e nossas promoções.

Atendimento e venda direta ao leit
mdireto@record.com.br ou (21) 2

Para meus filhos,
*Michael e Mary,*
e para todos aqueles que sabem que para encontrar respostas é preciso primeiro saber que perguntas fazer.

# Agradecimentos

Este romance foi uma aventura do princípio ao fim... inclusive pelo punhado de páginas do manuscrito que ficaram encharcadas durante uma tempestade em que muita água passou pelo teto do meu escritório. Para torná-lo tão divertido e indolor quanto possível, eu gostaria de agradecer, primeiro e acima de tudo, a Sandy, meu querido marido, com seu apoio interminável, embalado ao sono à noite, em muitas ocasiões, pelas batidas furiosas em meu teclado. Ele também ofereceu comentários editoriais fundamentais e foi essencial ao me questionar em cenas em que a emoção não parecia cem por cento genuína. Espero que a história que vocês estão prestes a ler reflita essa honestidade.

Quero também agradecer às mulheres na Viking que ajudaram a me orientar para praias seguras. Susan Petersen, por sua generosidade e mão firme. Barbara Grossman, por seu apoio e estímulo. E a minha editora, Molly Stern, que me leva a especular, com freqüência, como pude passar tanto tempo sem a sua ajuda.

Agradeço também a Louise Burke, na Signet, por seu entusiasmo, olhar atento e realizações impressionantes. Sou uma privilegiada por integrar sua equipe.

E, por fim, mas nem por isso menos importante, tenho uma profunda gratidão por minha maravilhosa amiga e agente, Susan Ginsburg, que é tão dinâmica quanto é diplomática. Obrigada, Susan, por escutar.

*Dançamos num círculo e supomos,*
*Mas o Segredo senta no meio e sabe.*

— Robert Frost

# Capítulo Um

No momento em que entrou, Daphne sabia que seria um fracasso. A loja estava quase deserta... mesmo numa noite chuvosa de segunda-feira, em abril, com uma temporada de basquete sem qualquer brilho se aproximando do final e a maioria dos programas de sucesso na TV em reprises. Ela correu os olhos pelas fileiras de estantes, em carvalho claro, brilhando sob as lâmpadas fluorescentes, para parecer com o tipo de iluminação opaca que se encontrava em farmácias e bibliotecas públicas antiquadas. Havia apenas um punhado de clientes, quase todos encolhidos em torno de canecas fumegantes, os rostos submersos em livro, no pequeno café.

*Meu Deus, de novo não!* Daphne respirou fundo, com um esforço para se controlar, a fim de não lançar um olhar contrafeito de desculpa para o marido. Roger não precisaria ser lembrado que sacrificara seu pôquer mensal com os outros médicos da clínica para trazê-la até ali.

Ao sair da poça que se formara no capacho corrugado de borracha preta, junto da porta, ela sentiu a pressão angustiante de uma lembrança há muito esquecida: a velha biblioteca pública de sua cidade natal, Miramonte, onde precisava, quando criança, equilibrar-se na ponta dos pés para alcançar a prateleira de cima. O ruído mais alto ali era a pancada seca do carimbo de borracha, que Miss Kabachnik aplicava com todo o vigor. Naquele tempo, Daphne preferiria tomar água no bebedouro logo depois de Skeet Walker ter cuspido a devolver um livro atrasado, e com isso invocar a ira de Herr Kabachnik... e era assim que ela se sentia agora, ao sair da chuva, o coração subindo pela garganta como água se aproximando da marca de inundação: como se estivesse prestes a ser publicamente humilhada.

Uma prova do que havia pela frente se encontrava na outra extremidade da loja, na área aberta e acarpetada entre as seções de livros infantis e de culinária: cinco fileiras de cadeiras dobráveis de metal cinza, seis em cada fileira, cada uma tão vazia quanto o coração de amante infiel.

O gerente assistente dava a impressão de que também preferia estar em qualquer outro lugar menos ali, em Port Chester, Long Island, bancando o anfitrião para mais uma reunião de comparecimento insignificante, com outra escritora obscura. Era evidente que uma demonstração de entusiasmo não fazia parte do acordo.

Daphne sentiu uma pedra de pânico alojar-se em sua garganta. O jovem ofereceu um aperto de mão sem qualquer firmeza, tão pegajoso quanto a capa que ela se esforçava em tirar. O sorriso de manual da companhia, pensou Daphne, podia ter saído de trás da caixa registradora de qualquer loja do McDonald's. Pontas avermelhadas de acne sobressaíram em suas faces. Os óculos, ao estilo retrô de Buddy Holly, tinham manchas nos cantos, onde ele os pegava a todo instante.

Mas, enquanto ele lhe transmitia a verdade nua e crua — a informação de que a gerente, a Sra. Temple, estava em casa com gripe e pedia desculpas por não poder comparecer —, seus olhos desviaram-se várias vezes para Roger, empenhado naquele momento em sacudir o guarda-chuva, de uma forma meticulosa. Ele bateu com força no capacho, duas vezes, depois mais outra, por precaução, antes de prender com todo o cuidado a tira de velcro e largá-lo no balde ao lado da porta.

Daphne estava acostumada a ver as pessoas serem deferentes com Roger. O tamanho e a presença dominante do marido exigiam atenção, da mesma forma que o ressoar de tambores. Ela esperou que o gerente assistente assumisse posição de sentido e batesse continência.

— Seja como for, chegou na hora — declarou o jovem, tornando a fitá-la. — Aprontamos tudo lá atrás.

— Já percebi. Mas receio que tenha havido um mal-entendido. — Daphne teve o cuidado de procurar um tom relaxado e cordial. — Minha divulgadora ficou de telefonar. Pedi que não armassem cadeiras, até que tivéssemos mais... até que tivéssemos uma noção do comparecimento.

Distraído, o jovem apalpou uma espinha no queixo.

— Tudo o que sei é que a Sra. Temple me mandou providenciar as cadeiras. Vai fazer uma conferência, não é mesmo? Ou pelo menos é o que diz o boletim.

Roger inclinou-se para apertar o ombro do jovem, um afago paternal.

— Depois de uma hora e tanto debaixo de um aguaceiro na estrada, não posso admitir que umas poucas cadeiras vazias sejam capazes de nos assustar. — Ele riu, talvez um pouco efusivo demais. — Já leu o romance dela, não é mesmo?

Ele ofereceu seu sorriso patenteado de pediatra. Era a mesma atitude que Daphne observara o marido usar para arrancar uma risada de um menino de seis anos traumatizado, com o braço quebrado. Também servia para encantar as mães. Roger parecia saber, instintivamente, quando escutar e tranqüilizar... e quando assumir o controle com firmeza, no momento em que uma mãe histérica só contribuía para agravar a situação. Ele até *parecia* tranqüilizador, grande e sólido como uma igreja de alvenaria, com cabelos grisalhos abundantes, penteados para trás, de uma maneira dramática, da testa imponente. Agora, um pouco inclinado para a frente, ele acrescentou, em voz baixa e sugestiva:

— Caso não tenha lido, eu gostaria de lembrá-lo que *Passeio depois de meia-noite* teve uma resenha cheia de elogios em *Publishers Weekly*[*].

Nesse momento, Daphne quase se virou e tornou a sair para a chuva torrencial. Não tinha certeza se poderia suportar, não naquela noite, a tentativa ostensiva do marido de animar o que era obviamente uma situação desesperançada.

— Quem tem tempo para ler todos esses livros?

Ela sorriu, afetuosa demais, para o inocente gerente assistente. Olhou para o crachá preso na camisa. LEONARD. E acrescentou, em sua voz mais razoável, a que usava quando queria persuadir Jennie a sentar em sua cadeira no carro ou convencer Kyle de que deixar a irmã ocupar

---

[*] A mais importante revista sobre o mercado editorial dos Estados Unidos. (N. E.)

o videocassete com suas amadas *Aristogatas* seria muito melhor para ele, afinal de contas, do que pressioná-la a assistir a *Power Rangers*:

— Mas eu consideraria um favor pessoal, Leonard, se você retirasse algumas daquelas cadeiras. É evidente que não vamos precisar de tantas.

A conferência estava marcada para as oito horas. Já haviam passado cinco minutos. Ao entrar, atravessando um estacionamento que mais parecia um pântano, Daphne não notara cordas de veludo para conter os fãs, que a qualquer minuto se derramariam pela porta.

Leonard deu de ombros, e consultou seu Swatch preto. Alguma coisa no movimento impaciente do pulso, nesse instante, fez Daphne pensar no marido. Não apenas em Roger, mas também em todos os homens que já haviam feito com que se sentisse assim: como se cada pedido, por menor que fosse, tivesse de ser apresentado sobre uma camada de desculpas e astúcias femininas. Onde ela aprendera a se comportar dessa maneira? Com o pai, provavelmente. Na casa ostentosa, na praia, onde ela e as irmãs se curvavam ao pai, como as servas nos contos de fadas que ele lia em voz alta quando elas eram pequenas. Não eram as versões abrandadas de Hans Christian Andersen, mas as histórias originais de um século anterior, mais sanguinário, em que as cabeças das esposas de Barba Azul eram descritas em detalhes macabros, e as feias meias-irmãs de Cinderela cortavam os dedos dos pés para que coubessem no sapato de cristal.

Sua imaginação projetava uma imagem do pai sentado numa poltrona de brocado, ao lado da lareira, a cabeça inclinada sobre o livro grosso, encadernado em couro, no seu colo. A luz do abajur de copa de seda franjada iluminava as mãos compridas de cirurgião, que deslizavam por toda a extensão das páginas de beira dourada, com um movimento cuidadoso, que ensinara às filhas, advertindo: "Um livro com dobras de uso é o sinal de uma pessoa preguiçosa e indisciplinada." Os cabelos do pai, de uma cor de âmbar clara, a mesma da dose única de scotch com água que ele se permitia tomar todas as noites, antes do jantar, começavam a escassear no alto da cabeça. Com bastante freqüência, ele os afagava com todo o cuidado, como se quisesse ter certeza de que ainda não o haviam abandonado por completo. Uma perna comprida, na calça de gabardine, era cruzada sobre a outra, languidamente, enquanto as palavras pareciam rolar de sua língua, sonoras, ameaçadoras, provocando calafrios.

Depois de amanhã, ela, Roger e as crianças voariam até a Califórnia, para a festa de quarenta anos de casamento dos pais. As irmãs também estariam presentes, além dos membros da família ampliada, de todo o país. Subitamente, Daphne mal podia esperar. Era como se tudo que mais prezava no mundo estivesse ligado à casa grande em Agua Fria Point, onde pouco mudara nos anos decorridos desde que ela fora para a universidade. Como as histórias nos livros guardados na estante de mogno no escritório do pai, as páginas amareladas farfalhando como folhas de outono no crepúsculo de um verão dourado que parecia interminável, um verão de roupas de banho com areia penduradas na grade da varanda, da pele descascando do sol e de limonada feita em casa aos litros.

Como se a voz partisse de uma longa distância, ela ouviu o gerente assistente dizer:

— Alguns costumam aparecer mais tarde... os clientes regulares... aqueles com que sempre podemos contar.

Daphne acenou com a cabeça, compreensiva. Eram as mesmas pessoas que sempre apareciam em suas conferências: aposentados que se sentiam ansiosos por qualquer diversão, desde que nada custasse, o estudante de rabo-de-cavalo que considerava seu dever moral apoiar uma integrante da subclasse literária, os escritores em potencial desesperados por qualquer fio de esperança que ela pudesse oferecer, por mais delgado que fosse. E como se fosse uma pepita de ouro no meio do limo, a voz ocasional, meio esganiçada, que anunciava:

— Li *todos* os seus livros, Sra. Seagrave. É uma grande honra conhecê-la.

Nunca havia mais de uma dúzia de pessoas, ou por aí. Ela não era o tipo de escritora que fazia sucesso. Embora contassem com resenhas favoráveis, de um modo geral, seus romances nunca haviam entrado em qualquer lista de bestseller. Suas histórias de discórdia familiar, do desespero reprimido que se pode encontrar no fundo de uma vida que parece realizada, vendiam exemplares apenas em quantidade suficiente para proporcionar à editora um pretexto legítimo para lhe oferecer um contrato para o próximo livro.

Naquele momento em particular, no entanto, Daphne trocaria metade de seu modesto adiantamento por um único corpo aquecido. Uma viúva solitária procurando uma maneira de passar uma hora. Um esperançoso sonhador com uma gaveta cheia de cartas de rejeição. Um comerciante cansado parando ali para descansar os pés. Qualquer pessoa. Absolutamente qualquer pessoa.

Até mesmo o marido.

Mas Roger já se afastava na direção da seção de biografias. Ela observou suas costas, os movimentos tectônicos das espáduas largas sob o blazer de tweed, a maneira como ele balançava de um lado para outro, como costuma acontecer com os homens grandes — como se presumissem que qualquer pessoa no seu caminho deva lhes dar passagem ou ficar atrás deles. *Não ouse*, pediu ela para o marido, numa indignação silenciosa. *Não ouse me abandonar.*

Daphne alcançou-o num corredor que exibia todos os títulos de computador imagináveis... todos dando a impressão de que haviam sido criados para uma mentalidade da quinta série. Quando Roger virou-se para oferecer um sorriso — mais condescendente do que estimulante, ela pensou —, Daphne sentiu as faces arderem.

— Não se preocupe — garantiu ele. — Vai dar tudo certo.

— Como pode dizer isso? — murmurou Daphne. — Não é *você* que está à mercê do vento aqui. Não posso fazer isso sozinha, Roger.

Ele sacudiu gentilmente a cabeça. Daphne recordou, com absoluta nitidez, quando haviam se conhecido, na universidade. Bastante conveniente, Roger fora seu instrutor de Lógica I. Apenas poucos anos mais velho, ele assumira mesmo assim uma atitude professoral, já naquele tempo. Para completar o quadro, ele só precisava de um cachimbo e de um casaco com reforços de couro no cotovelo. Uma ocasião, quando ela pedira sua ajuda numa prova feita em casa, Roger mostrara-se exasperado com sua incapacidade de compreender o que era absolutamente claro para ele.

— Não percebe? — indagara Roger, frustrado. — Sem A e B, não pode haver C!

O que a atraíra em Roger? Ironicamente, fora a mesma previsibilidade muito sólida que agora ela achava tão irritante. Depois de Johnny, houvera apenas angústia, cada dia se fundindo no outro como ondas se sobrepondo, num mar vasto e inexplorado. Roger lhe proporcionara uma âncora. Algo para mantê-la no lugar, sempre que as pressões intensas da memória ameaçavam deixá-la à deriva.

*Johnny...*

A imagem nítida que ela preservara por tanto tempo havia se desvanecido, como uma foto guardada na carteira, vincada e gasta de tanto ser manuseada; em seu lugar, surgira um mosaico de impressões fugazes e memórias de sensações. O cheiro acre dos cigarros Winstons que ele fumava. A maneira um tanto inibida como sorria, dando a impressão de que era em zombaria, para esconder os dentes da frente tortos. A risada baixa e cínica que vinha de um lugar habitado por alguém muito mais velho do que seus 17 anos, alguém que usava um jeans justo quando todos na escola Muir High optavam pelo folgado, sem se importar nem um pouco se o criticavam — como se alguém fosse ousar — pelas botas de motoqueiro e o blusão militar, que era mais seu uniforme que do irmão mais velho, que morrera no Vietnã.

Daphne respirou fundo para se esquivar das recordações, e concentrou sua atenção em Roger. Ele não era grosseiro, disse Daphne a si mesma. Não a estava abandonando. Afinal, não renunciara a seu jogo de pôquer para acompanhá-la até Port Chester, debaixo de todo aquele aguaceiro?

— Na última vez, seis pessoas apareceram, e todas foram embora satisfeitas — recordou Roger, com uma precisão irritante, como sempre. — Seja como for, não sairei daqui. Basta me chamar, se precisar.

Daphne lançou um olhar em pânico para as cadeiras vazias. Leonard estava no processo de dobrá-las e encostá-las na parede. Ele parecia não ter a menor pressa e fazia mais barulho do que uma banda marcial subindo pela Quinta Avenida. Ela agarrou o braço de Roger, em desespero.

— Sente comigo — suplicou Daphne, baixinho. — Só por alguns minutos. Pelo menos até que alguém apareça. Isso é tudo o que eu peço.

Roger afagou a mão da mulher, num gesto de indulgência afetuosa.

— Ficarei sempre onde poderá me ver. Prometo. Não vou nem me esconder no banheiro dos homens.

— Não é com você que estou preocupada — sussurrou Daphne, apertando o braço do marido com mais força do que tencionava, fazendo-o estremecer. — Sou eu quem vai bancar a idiota.

— Você nunca poderia bancar a idiota.

— É fácil para você dizer isso.

Uma tênue expressão de irritação franziu o rosto largo, e ele advertiu, gentilmente:

— Ora, Daphne, você é uma escritora séria, não é uma sensação literária transitória. Ninguém cuja opinião tem alguma importância espera que você se apresente para uma multidão aclamando.

— Não estou falando de uma multidão, Roger. Quero apenas um rosto amigável.

Daphne detestou a maneira como falou, como se estivesse suplicando. Era a mesma atitude de Jennie, em seus três anos de idade, quando suplicava que Daphne a acompanhasse até dentro do jardim-de-infância, não apenas até a porta.

Roger inclinou a cabeça para o lado, como se estivesse pensando, enquanto apertava o alto do nariz, entre o polegar e o indicador.

— É uma questão de princípio — declarou ele, com uma paciência deliberada. — Você não precisa de ninguém para segurar sua mão. O que precisa mesmo é ter mais confiança em si mesma.

Subitamente, era a voz do pai que ela ouvia. "Levante a cabeça, estique os ombros para trás. Ninguém vai notá-la se andar toda encurvada desse jeito." Daphne podia ver o pai como se ele estivesse parado na sua frente naquele momento, esbelto, bonito, impaciente à maneira de alguém que sabe que só há um modo correto de fazer as coisas: o *seu*. Podia ver o osso saliente do nariz, os músculos saltando nos antebraços fortes, os olhos muito azuis, tão penetrantes quanto os instrumentos que ele usava em cadáveres, que não tinham mais condições de resistir à vontade daquele homem do que a família dele. Daphne supunha que o pai, assim como Roger, tinha apenas os melhores interesses dela no coração. Mas aos 14 anos, com a consciência angustiada do peito liso e da boca cheia de metal, a última coisa no mundo que ela queria era ser notada. Mesmo agora, mais de vinte anos depois, ainda podia sentir que se empertigava em resistência, enquanto os polegares do pai pressionavam suas omoplatas, na tentativa de mantê-la ereta.

Roger tinha razão, ela disse a si mesma. O que havia para se envergonhar? Era uma escritora realizada, além de esposa e mãe. Uma mulher que, aos 39 anos, ainda podia atrair a atenção de homens com metade de sua idade. E isso, pensou ela, com um sentimento de orgulho mobilizado às pressas, sem fazer dieta nem pintar os cabelos, castanhos, naturalmente ondulados, com uma tendência para encresparem com a umidade. Ela levantou a mão agora para passar os dedos pelos cabelos. Quase que pôde senti-los se enroscando sob o contato. Mas quem notaria? Era melhor apenas ranger os dentes e passar por aquela situação lamentável com tanta dignidade quanto pudesse exibir.

Ao observar o marido se afastar, as mãos grandes e competentes metidas indolentemente nos bolsos da frente da calça larga e vincada, de veludo cotelê, mesmo assim ela experimentou uma vontade frenética de pegar o livro mais próximo — *Windows 98 para principiantes* — e arremessá-lo em sua cabeça.

A provação subseqüente se tornou tão angustiante quanto ela imaginara... quase como ser espetada num daqueles fornos de porta de vidro que se encontra em padarias, girando sem parar no calor intenso. Em lugar do pódio que recusara, Daphne sentou a uma mesa pequena, com exemplares empilhados de *Passeio depois da meia-noite*. Algum empregado previdente pusera ali uma caneca de café com meia dúzia de canetas. Para o caso de não haver tinta suficiente, pensou Daphne, sarcástica, em uma única Bic de ponta macia, para todos os livros que suas legiões de admiradores trariam, numa fila interminável, para que ela autografasse.

Uns poucos clientes da livraria olharam em sua direção, depois se apressaram em virar o rosto, como fariam com um acidente de carro. Era como os bailes da oitava série, recordou Daphne, em detalhes angustiantes, hora após hora sentada imóvel, junto da parede, os músculos no rosto doendo do esforço monumental para manter um sorriso, como se estivesse se divertindo.

Daphne teria acolhido com satisfação até mesmo a companhia do gerente assistente cheio de espinhas, que parecia pensar que era suficiente se aproximar a cada dez minutos para verificar se ela tinha tudo de que precisava. Daphne sentia vontade de gritar para ele: *O que mais eu poderia precisar além de um porrete para acertar na cabeça de meu marido e na sua?*

Roger, absorvido num livro, na outra extremidade da loja, parecia igualmente indiferente a seu tormento.

O pai nunca teria abandonado a mãe daquela maneira, pensou Daphne. Por mais rigoroso que fosse com as filhas, era sempre terno e solícito com a mulher. Até mesmo cortês. A mãe e o pai sempre haviam sido a inveja de seus amigos, ou seja, deviam estar fazendo alguma coisa certa. Quarenta anos... Daphne tentou imaginar a comemoração de seu quadragésimo aniversário de casamento com Roger, mas em seu atual estado não tinha certeza se o casamento duraria além daquela noite.

Seu olhar desviou-se mais uma vez para Roger, que agora conversava com alguém que parecia conhecer, uma loura de cabelos curtos, não muito bonita, mas atraente ao estilo das esposas das prósperas comunidades suburbanas, que corriam oito quilômetros antes do desjejum e pegavam o carro para ir a Manhattan de dois em dois meses, a fim de arrumar os cabelos com um profissional de alta classe. Ela sorria a algum comentário de Roger, a cabeça um pouco inclinada para o lado. Exibia uma expressão que trazia à mente uma palavra que Daphne associava a histórias românticas: coquete.

Ao observá-los, Daphne sentiu que se tornava ainda mais tensa. Roger parecia não ter pressa para voltar ao livro, esquecido debaixo de seu braço. Também não olhava na direção de Daphne. Se aquela mulher era tão amiga, por que não a trazia para apresentar à esposa? Roger não tinha um momento para dispensar à esposa, mas parecia ter todo o tempo do mundo para alguém que mal conhecia.

Enquanto fervia de raiva por dentro, ela observou-o encostar na estante e estender o braço por cima da fileira superior de livros. Imaginou que era assim que ele devia fazer, aos 15 anos de idade, passando o braço pelo encosto da poltrona de uma garota no cinema, como uma preliminar para descer até os ombros.

Cinco minutos transformaram-se em dez, antes que a mulher olhasse para seu relógio, pesarosa. Disse alguma coisa a Roger, e fazia menção de se virar para ir embora quando ele estendeu seu cartão. De uma maneira sub-reptícia, na opinião de Daphne. Ou apenas imaginava que o gesto era furtivo, antes que o cartão fosse tragado pela bolsa Chanel azul-marinho da mulher?

Daphne experimentou a sensação de que um carro em que andava caíra num buraco, sacudindo-a com tanta violência que podia sentir o impacto nos dentes cerrados. Roger estava armando alguma...

A mente recusou-se a formar as palavras, mas a onda de pânico envolvendo Daphne dizia tudo. Mesmo assim... um caso extraconjugal? Roger? Não parecia provável.

Uma memória isolada flutuou na margem de sua mente... quantos anos tinha na ocasião? Oito? Nove? Um quarto escuro, um casaco de pele perfumado fazendo cócegas em seu rosto. Havia sons de uma festa além de um corredor e um casal delineado na porta...

Ela teve vontade de tapar os olhos agora, como fizera na ocasião. *Um absurdo*, disse a si mesma, em tom de censura. *Está reagindo com exagero porque ficou irritada com Roger.*

— Com licença. Sra. Seagrave?

Daphne levantou os olhos para a mulher idosa à sua frente, com um exemplar de seu livro. Pequena, grisalha, banal, encurvada, como se pedisse desculpa por ocupar um espaço... o tipo de pessoa, Daphne desconfiou, que optava por permanecer calada quando alguém passava na sua frente em uma fila, em vez de protestar. Ela olhou para a foto na quarta capa e tornou a fitar Daphne. Suspirou antes de pôr o livro de volta na pilha, com evidente relutância.

— É mesmo você! — exclamou ela, a mão flutuando para um rosto corado com o excitamento desacostumado. — Não sei o que dizer... É uma honra conhecê-la. Li todos os seus livros.

A mulher inclinou-se para a frente, como se partilhasse alguma informação confidencial, enquanto acrescentava:

— Devo dizer que é minha escritora predileta... isto é, depois de Iris Murdoch.

— Obrigada. — Daphne conseguiu exibir um sorriso. — É o elogio mais agradável que recebi durante a noite inteira.

A mulher olhou ao redor. Por um momento, atordoada, Daphne especulou se ela faria alguma menção ao fato de ser a única que lhe dispensava qualquer elogio. Mas a fã extasiada limitou-se a murmurar:

— Tive medo de chegar tarde demais. Que fosse embora logo depois que acabasse a conferência. Ainda bem que a encontrei. Sou Doris, por falar nisso. Doris Wingate.

— É um prazer conhecê-la. — Doris inclinou-se por cima da mesa para apertar a mão mole e tímida. — Gostaria que eu autografasse um livro para você?

A cor nas faces de Doris aprofundou-se para uma tonalidade assustadora de vermelho.

— Ahn... eu não tinha a intenção... mas foi uma estupidez da minha parte... está aqui para vender livros... mas pego todos os livros que leio na biblioteca...

Ansiosa em aliviar a angústia da pobre mulher, Daphne confidenciou, em voz baixa:

— Posso entender o que está querendo dizer. Também escapo para a biblioteca sempre que posso. Tenho duas crianças, de três e sete anos, e a casa pode às vezes se tornar muito agitada.

As duas partilharam um sorriso de cumplicidade. Daphne percebeu que os ombros tensos de Doris relaxavam, mas apenas um pouco. Num súbito impulso, ela estendeu a mão para a bolsa, ao lado da cadeira. Pegou a carteira, tirou duas notas, uma de vinte e outra de cinco, que enfiou dentro do exemplar de *Passeio depois de meia-noite* no alto da pilha. Escreveu algumas palavras na página de rosto e estendeu o livro para Doris.

— Tome aqui. Este é por minha conta.

A velha ficou olhando por um longo momento, com uma expressão de incredulidade, antes de estender a mão trêmula para aceitar, como se fosse o Santo Graal.

— Puxa... não sei o que dizer... Isto... é a coisa mais maravilhosa que alguém já fez por mim!

Ela dava a impressão de que estava prestes a chorar. Daphne sentia uma onda de compaixão apreensiva. Seria um dia reduzida a isso, uma velha agradecida por qualquer migalha que lhe era jogada? Qualquer sinal de que era digna de atenção, de tempo e dinheiro gasto por sua conta? Alguém como...

*Mamãe...*

Daphne apressou-se em reprimir o pensamento. Sua mãe não era absolutamente como aquela mulher. E ela também não era. *Falarei com Roger. Direi a ele como me sinto exatamente.*

Assim que pôde escapar, quando os dois ficaram a sós no carro, seguindo pela via expressa de Long Island, Daphne confrontou o marido.

— Quem era aquela mulher com quem você estava conversando?

— Que mulher?

Roger ligou a sinaleira e passou para a faixa ao lado.

— Parecia muito cordial com ela.

Roger se abriu num sorriso.

— Não dá para acreditar. Está com ciúme... de Maryanne Patranka?

— *Agora* estamos chegando a algum lugar.

— É a mãe de um ex-paciente. Não a vejo há anos.

Roger tamborilou com os dedos no volante, um hábito nervoso. Não mencionara que entregara seu cartão a Maryanne. Se ela fosse apenas uma conhecida no lado profissional, não faria sentido permanecerem em contato. A menos...

— Poderia ter me apresentado — comentou ela, a voz fria. — Teria sido agradável apenas pela companhia. Afinal, eu não tinha nada melhor para fazer.

— Notei que vendeu um livro — comentou Roger, mudando de assunto. — Já é alguma coisa.

Daphne não disse que o livro fora um presente. Subitamente, não podia suportar a idéia de que Roger soubesse. De parecer uma tola sentimental aos olhos do marido. Até mesmo desesperada. Se renunciasse a mais terreno do que já fizera, passaria a pisar no ar.

Ela olhou pela janela. A chuva continuava a cair, ainda forte. Ao observar a água descer por córregos escuros pelo pára-brisa, Daphne descobriu-se a pensar, inesperadamente, não na traição daquela noite ou no romance em que Roger poderia ou não entrar, mas sim em seu vestido de cetim e no smoking do marido, esperando para serem apanhados na lavanderia. Antes de fazerem as malas para a viagem até a Califórnia, na sexta-feira, ela teria de fazer com que Kyle, de sete anos e crescendo depressa, experimentasse a calça para verificar se seria preciso baixar a bainha. E também teria de verificar com o agente de viagem para ter certeza de que o carro alugado, à espera em San Francisco, seria mesmo o sedã de quatro portas que solicitara. Também ligaria para Kitty e perguntaria se a irmã poderia ficar com as crianças na tarde da festa dos pais, deixando-a livre para ajudar nas providências de última hora.

Esta é a sua vida, pensou Daphne. Todas as pequenas rotinas e planos práticos, empilhados como tijolos, uma coisa por cima da outra, o cimento juntando tudo com cautela, para formar uma casa que nem mesmo o lobo mau poderia derrubar com um sopro. Uma casa bastante forte para impedi-la de pensar na vida que poderia ter levado. Com Johnny...

Era esse o motivo para que ela desconfiasse de Roger? Porque ela sentia-se culpada com tanta freqüência de ser infiel, na mente, embora não no corpo? O verdadeiro motivo para a sua raiva por ter sido abandonada naquela noite seria o fato puro e simples de que, depois de todos aqueles anos, ela sabia que não fora Roger o homem que escolhera? Em vez disso, a vida o escolhera para ela.

"Esqueça, Daphne." A voz da mãe, tranqüilizante como a mão fresca em sua testa quente. A mãe alguma vez teria se sentido assim? Deus sabia que ela tivera muito que aturar. O pai não era o homem mais fácil do mundo, nem de longe. Mas haviam se amado, com sinceridade e paixão; ela estava convencida. *Quarenta anos...*

O que Daphne testemunhara naquela noite distante, agachada no closet do quarto dos pais, só podia ter sido obra de sua imaginação... ou um abraço inocente que ela interpretara de maneira errada. E se não fosse isso, o pai e a mãe há muito que haviam resolvido quaisquer divergências que pudessem ter. Ao visitá-los, no último verão, Daphne achou divertida, talvez mesmo um pouco embaraçosa, a maneira como os pais se comportavam, depois de tantos anos. A mãe ficava radiante como uma adolescente quando o pai, aos 67 anos, ainda reinando como o patologista-chefe no Hospital Geral de Miramonte, voltava para casa, ao fim de cada dia.

— O tráfego está melhorando — murmurou Roger. — Devemos alcançar o túnel em poucos minutos. Não vamos demorar para chegar em casa.

Em casa... Era exatamente onde ela queria estar naquele momento. Mas não no apartamento em que moravam na Park Avenue. Ansiava por seu quarto no alto da casa na Cypress Lane, deitada em sua cama, olhando pela janela larga, prateada pela maresia, para o sol ateando fogo à relva alta ao longo de Agua Fria Point.

Daphne viu-se andando pelo caminho da frente, acompanhada pelo marido e as crianças. A mãe saía das sombras nos degraus da varanda, uma das mãos sobre os olhos, para protegê-los do sol forte, a outra comprimida sobre o coração, como se esperasse algum tipo de má notícia. E o pai, acostumado ao tipo de má notícia que em geral terminava com um corpo estendido numa mesa de aço inoxidável no necrotério do hospital, estaria ali para oferecer um abraço rápido e firme, antes de se afastar pela distância dos braços para exclamar, em tom brusco: "Ainda bem que você conseguiu!"

Naquela noite, subindo no elevador para o apartamento de cobertura, no 24º andar, Daphne experimentou um alívio profundo, um senso irracional de ter evitado algum desastre invisível por um triz. Até que, de repente, sentiu-se uma tola, por ter imaginado que poucos minutos de embaraço numa livraria eram o fim do mundo. Que o fato de Roger entregar seu cartão a uma mulher indicava um romance extraconjugal. Devia ser grata, muito grata, pela vida que levava. Pelo marido e duas crianças lindas. Pelos pais, nenhum dos quais apresentava qualquer sinal de sucumbir à idade. Pela irmã, Kitty. E até mesmo por Alex.

Mas no momento em que entrou no apartamento para encontrar a *baby-sitter* ao telefone, com uma expressão perturbada, um instinto profundo disse a Daphne que não evitara um desastre, afinal de contas, que estava prestes a receber uma má notícia, qualquer que fosse. Sentiu em seu íntimo... antes mesmo de Susie estender o telefone em sua direção, como se fosse um animal pequeno e feroz, que podia morder a qualquer instante, murmurando com uma voz estranha e vazia:

— É sua irmã. Ela parece transtornada.

Kitty. E não estava apenas transtornada. Também histérica, a respiração ofegante entre os soluços, mal conseguindo falar. E mesmo quando Daphne começou a entender o que Kitty dizia, não fazia sentido. Absolutamente nenhum sentido. As palavras da irmã eram como a chuva escorrendo pela janela escura que ela fitava, com o fone comprimido contra o seu ouvido ardendo.

— Papai! É papai! — gritou Kitty, a cinco mil quilômetros de distância. — Mamãe a-a-atirou nele. A polícia... prendeu mamãe. Venha agora, Daphne. *Precisamos* de você.

# Capítulo Dois

Enquanto o sol subia pelo céu, na segunda-feira que seria lembrada por muitos anos como a vertente que separou a história de sua família em Antes e Depois, Kitty Seagrave estava preparando a massa para fazer bolinhos de canela.

O quadragésimo aniversário de casamento dos pais seria no próximo fim de semana, e ela se oferecera para fazer o bolo, um Lady Baltimore de três camadas, para a festa que seria realizada no clube. Só agora lhe ocorreu que se esquecera de comprar os ovos e a manteiga extras. Como tantas outras coisas ao longo da última semana, simplesmente saíra de seus pensamentos. Kitty sentiu-se envergonhada ao perceber que não havia dispensado aos pais ou à festa mais do que um pensamento passageiro.

E ela não era de fazer isso. Não a Kitty Seagrave, que distribuía latas de biscoitos feitos em casa no Natal e lembrava cada aniversário na família com um cartão e um presente. A Kitty que adorava as sobrinhas e o sobrinho, que quase nunca falhava em seu papel de filha zelosa... um papel inscrito em pedra, mas que tinha muito menos a ver com a *verdadeira* Kitty do que os pais podiam imaginar.

Mas como podia se concentrar em qualquer coisa, quando se projetavam em sua cabeça — intermináveis, angustiantes, repetindo-se indefinidamente, como as imagens exibidas em aparelhos de tevê nos aeroportos — as cenas imaginadas da apresentação marcada para aquele dia? De tarde ela se encontraria com a jovem de 16 anos que tinha o poder de destruí-la... ou de lhe oferecer a dádiva de uma vida inteira.

De pé, junto do cepo de facas, coberto de farinha de trigo, que constituía o centro da cozinha espaçosa e antiquada, e com o coração batendo forte e rápido dentro do peito, Kitty olhou para o relógio redondo na parede. *Dentro de nove horas e 36 minutos exatamente, estarei frente a frente com a mãe de minha futura criança,* pensou ela. Se tudo corresse bem...

Mas como seria se a garota desse uma única olhada e corresse em outra direção? Kitty sabia muito bem como podia parecer para alguém que não a conhecia: uma mulher solteira de Miramonte, com grande instinto maternal, mas que vive sozinha com seus bichos de estimação, e com bom senso suficiente para converter seus talentos domésticos em algo com que podia ganhar dinheiro, um salão de chá abastecido com os produtos que ela fazia. Em suma, uma mulher que você deixaria tomar conta das suas crianças com a maior satisfação... mas não necessariamente a deixaria criá-las.

Deveria ter guardado as conchas e os vidros que enfeitavam os peitoris das janelas no segundo andar? Ou dobrado o xale de seda franjado estendido sobre a cadeira de balanço de madeira encurvada? Ou tirado as *piñatas* que pendiam do teto alto, como se fossem frutas enormes e brilhantes?

Faria alguma diferença?

Ela duvidava. Algumas coisas você pode mudar, pensou ela. Outras são parte de você tanto quanto a textura de sua pele ou o timbre de sua risada. O que Kitty via, refletida no espelho, todas as manhãs, quando se levantava pouco antes do amanhecer, era uma mulher de 36 anos, cuja aparência mudara muito pouco nos anos transcorridos desde que era adolescente. Afora um certo lustro juvenil que começara a se desvanecer, como uma velha almofada de cetim que passa a ter um brilho opaco de tanto manuseio, ela era essencialmente a mesma Kitty Seagrave que sentira uma paixão ardente pelo namorado da irmã Daphne e que em uma ocasião, como desafio, entrara valsando de camisola na loja de conveniência para comprar o último número de *Mademoiselle*. Uma criatura de hábitos, que usava os cabelos avermelhados até a altura da cintura exatamente como no tempo em que cursava o ensino médio: uma cascata presa em cada têmpora por uma travessa de tartaruga. E que não pesava um quilo a mais ou a menos do que naquele tempo — menos de cinqüenta quilos, descalça —, um lance de sorte da herança genética que partilhava com Daphne, mas que deixava a irmã caçula, Alex, sempre vigilante com a linha da cintura, quase louca de inveja.

Seus olhos eram a característica comentada com mais freqüência, de um azul tão profundo que eram quase púrpuras, da tonalidade escura da ameixa. Um antigo namorado dissera uma ocasião que aqueles olhos faziam-no pensar em nadar à noite no reservatório da Old Sashmill Road, perto da rota 32. Kitty supunha que fora um elogio.

A verdade era que Kitty não se preocupava muito com sua aparência. Ano após ano, os ventos da moda sopravam ao seu redor sem que ela percebesse. Usava apenas o que era confortável, blusas de algodão folgadas, calças de amarrar na cintura, suéteres tricotadas a mão em tonalidades naturais, casacos de quimono de seda que adejavam como asas de borboleta quando ela gesticulava, exuberante, o que tinha propensão para fazer. E o único par de sapatos com o qual praticamente vivia não servia a qualquer outro propósito que não o de impedi-la de cambalear em agonia, depois de horas intermináveis de pé: sandálias de dedo que a faziam parecer, diga-se a verdade, como uma antiga integrante dos Voluntários da Paz nos anos 70

*Oh, por favor, faça com que a garota goste de mim!*, suplicou Kitty. Ela apertou os olhos, apenas por um momento, deixando as mãos sujas de farinha de trigo pousarem sobre a massa que se elevava à sua frente. *Faça com que ela perceba o quanto tenho para dar.* Porque aquilo que era tão óbvio para Kitty podia não ser para uma estranha: que aquele bebê seria mais do que uma maneira de preencher o vazio em seu coração; seria um halo reluzente para uma vida que já era rica e generosa.

Ela bateu com o punho na massa, levantando uma nuvem de farinha de trigo, à luz clara que entrava enviesada pelas janelas. Lá fora, onde a Harbor Lane inclinava-se para o mar, o nevoeiro aderia obstinado às casas, que pareciam uma escada torta descendo para o bosque fantasma da marina. No ponto mais alto, no entanto, onde ficava sua casa, o nevoeiro era muito mais tênue, como a umidade evaporando de um copo gelado. Sob o beijo quente do sol nascente, seu jardim faiscava como se tivesse acabado de ser polido: o emaranhado de jasmins, madressilvas e nastúrcios ao longo da cerca, o tomilho e o alecrim beirando o pequeno pátio de lajotas, os limoeiros Meyer, que proporcionavam um suprimento interminável de limões para tortas, bolos, pães e musses, sem falar em litros e mais litros de limonada.

Era isso o que ela mais amava em Miramonte, o que podia oferecer a uma criança: uma casa junto do mar, com um tempo ameno durante o ano inteiro, exceto nos meses mais frios do inverno, quando o vento esgueirava-se como um intruso impiedoso pelas frestas das janelas e das portas enfeitadas pelo nevoeiro. Eram casas vitorianas, originalmente construídas para veraneio, ao longo da Oceanside Avenue. Kitty podia ver sua filha (estava convencida, por motivos que nada tinham a ver com preferência, que a criança seria menina) enroscada no velho sofá felpudo, perto da janela grande lá em cima, com uma caneca de chocolate quente nas mãos, pedaços de marshmallow flutuando, como se fossem pequenas bóias.

Seu olhar desviou-se para a casa de cachorro abandonada, por baixo de uma nespereira artrítica, precisando de poda. Mesmo dali, ela podia divisar o buraco raso aberto no gramado, pelas voltas intermináveis de seu velho labrador cor de chocolate. Quando Buster morrera, no ano passado, ela não o substituíra de imediato por um filhote, como seus amigos haviam insistido, com veemência. Em vez disso, tomara sob sua proteção um par de gatinhos desgarrados, que encontrara uma manhã encolhidos no cobertor velho dentro da casa de cachorro. Ou talvez tivesse sido o contrário: Fred e Ethel a adotaram. Andavam em seu encalço como se ela fosse sua mãe, pulavam em seu colo sempre que ela sentava — uma ocasião até quando estava no banheiro —, subiam por seus cabelos e tentavam mamar nos lóbulos de suas orelhas.

E há seis meses, quando Ivan anunciara inesperadamente que estava se mudando para Santa Fé, ela recebera um segundo prêmio de consolação: um pastor samoiedo, doce por natureza, chamado Romulus. O namorado dela alegara que o pêlo denso do cachorro seria um sofrimento no calor sufocante do Sudoeste. E Kitty, capaz de reconhecer um ataque de culpa de última hora quando o encontrava — mesmo em alguém tão egocêntrico quanto Ivan —, abstivera-se de ressaltar que Santa Fé ficava na parte alta do deserto, onde nevava no inverno. De que adiantaria deixá-lo saber que ela se sentiria muito mais desolada com a partida de Rommie?

Kitty podia ver seu cachorro lá atrás agora, o colar de pêlo cinzento, elisabetano e eriçado, enquanto investigava alguma coisa que espreitava de baixo do galpão de ferramentas. Um dos gatos, sem dúvida. Rommie vivia atrás dos dois, como um inspetor de escola que procura os meninos fazendo gazeta. Mas com crianças era tão gentil quanto um gatinho. A filha de Kitty não sentiria falta de companhia.

Ao observar o focinho preto levantar em triunfo com o prêmio — uma velha bola de tênis, com uma crosta de lama —, ela sentiu que os cantos de sua boca se elevavam num sorriso. Então, lembrou o que tinha pela frente... e sua ansiedade voltou no mesmo instante, com tanta intensidade que a deixou sem fôlego, como se alguém tivesse se aproximado por trás e dado um forte puxão nos cordões do seu avental.

Com um suspiro, Kitty largou a massa bem batida numa tigela de cerâmica para que crescesse. Há muito que ela desistira de tentar calcular a quantidade que deveria fazer. Independente do número de fôrmas que saíssem do forno, estavam sempre vazias no meio da manhã. Seus bolinhos de canela, ao que parecia, haviam se tornado quase que um ritual. Ela até ouvira o rumor de que a receita era um segredo bem guardado, passado por gerações de mulheres Seagrave, que haviam chegado ali em meados do século XIX, desde a tataravó de Kitty, Agatha Rose.

Mas não havia qualquer segredo na culinária de Kitty. Se fosse pressionada a indicar um ingrediente mágico, ela diria simplesmente: *paciência*. Levar o tempo que fosse necessário para preparar cada porção de massa e deixar crescer num lugar resguardado e quente. Saber que era uma forma de respeito, até mesmo de afeição, com aqueles que saboreariam o resultado final. Outra palavra para isso, ela supunha, era amor. Mas isso pareceria piegas.

E talvez até um pouco tolo.

Kitty cobriu a tigela com uma toalha úmida. Depois, sem parar para descansar, começou a medir a farinha de trigo e o açúcar para os *muffins*. Não havia tempo para permanecer obcecada por coisas sobre as quais ela não exercia nenhum controle; tinha um negócio para cuidar, fregueses famintos que em breve estariam em sua porta.

Ela contornou Fred, o maior dos dois gatos malhados, dormindo no tapete trançado ao lado do fogão, para encher o avental com ovos do cesto em cima da antiga lata de biscoitos. Os ovos eram entregues duas vezes por semana, todo sábado e quarta-feira, arrumados em camadas de palha, por um plantador de couve-de-bruxelas, que cuidava de uns poucos hectares perto de Pescadero. Com alguma freqüência, Salvatore, que Kitty desconfiava ser apaixonado por ela, acrescentava uma galinha para cozinhar, alegando que era dura demais para vender... mas que sempre tinha uma carne tenra e deliciosa. Kitty especulava o que o pobre homem pensaria se soubesse com que freqüência ela fantasiava que ele lhe oferecia uma das crianças morenas pálidas, que espiavam com olhos castanhos tímidos da cabine de sua picape toda amassada.

Quando a massa dos *muffins* ficou pronta, ela dividiu-a em três tigelas menores. Na primeira, acrescentou punhados de nozes e maçãs picadas. Nas outras duas, mirtilos e pêssegos congelados, que haviam sobrado da colheita do verão anterior. A essa altura, Kitty já sabia quanto de cada tipo preparar para que ninguém fosse embora desapontado. Só os *muffins* de *cranberry* e abóbora que fazia para o Dia de Ação de Graças e o Natal, feitos com a abóbora doce que ela mesma colhia e cozinhava, saíam mais depressa do que conseguia preparar.

Kitty espantava-se com a popularidade de seu salão de chá. Quatro anos atrás, armada com pouco mais que uma idéia brilhante e a necessidade de aumentar seu salário de professora do jardim-de-infância, não podia prever que o lugar se tornaria uma espécie de instituição local. Era um ponto de encontro, em que os vizinhos se reuniam para discutir as estratégias sobre um sinal de trânsito para o qual circulavam uma petição... e a Sociedade Feminina de Jardinagem planejava seu festival anual da begônia. O lugar em que conselheiros municipais, médicos e sacerdotes se misturavam com trabalhadores de salário mínimo do curtume e freqüentado por crianças depois das aulas à procura de alguma coisa para adoçar o caminho na volta para casa.

Ali, os professores da universidade encontravam conforto e companhia civilizada, longe das línguas com piercing e dos cabelos púrpuras. E jovens apaixonados traçavam suas iniciais em janelas embaçadas, Kitty sabia de vários pedidos de casamento que haviam sido feitos debaixo daquele teto. E quem podia esquecer o triste rompimento dos Ogilvie no inverno passado, depois que Everett confessara à esposa, com quem era casado há 14 anos, que estava apaixonado pela estudante finlandesa que os ajudava com as crianças e os afazeres domésticos em troca de casa e comida?

Contudo, o conceito por trás do Tea & Sympathy era tão simples que Kitty tinha de morder a língua para não rir quando alguém comentava que fora um golpe de mestre. A idéia surgira da maneira mais prosaica possível, quando ela almoçava na sala dos funcionários da escola de ensino fundamental de Miramonte. Enquanto mastigava um biscoito Fig Newton velho, ela pensou que sentia a maior saudade da lata de biscoitos da avó. Para onde haviam ido, ela especulara, todas aquelas iguarias da infância? Os produtos de aparência tão atraente quanto eram saborosos, para cujo preparo não era preciso ter um diploma em curso de culinária, nem se consumir meio dia de trabalho. Qual fora a trama insidiosa que conseguira bani-los dos armários e potes em que outrora reinavam supremos?

Isso acontecera havia seis anos. Faltava pouco para ela completar trinta anos, a idade em que a maioria das pessoas começa a especular se não vale a pena dar uma segunda olhada no mapa da sua vida, a fim de determinar se está seguindo mesmo na direção certa. Kitty não fora exceção. Estimulada pela inspiração, partira em busca dos velhos livros e cadernos de receitas de Nana, convenientemente guardados numa caixa, no sótão da casa dos pais. Vários meses e dezenas de tentativas depois, equipada com as encomendas experimentais de um punhado de restaurantes e delicatessens, ela se empenhara em reconstituir uma cozinha ao estilo dos anos 50. No começo, suas amigas mais sofisticadas haviam rido. Bolo de abacaxi virado de cabeça para baixo? Tortas de maçã Betty?

Bolinhos de Rice Krispies? Não era isso que as pessoas queriam hoje em dia, insistiam elas. As tortas de fundo preto foram extintas junto com o bambolê e os abrigos contra bomba no quintal dos fundos.

Kitty limitara-se a sorrir e se empenhara em atender aos pedidos, que logo aumentaram consideravelmente. Em dois anos, poupara o suficiente para abrir seu próprio negócio. Tivera sorte de encontrar aquela casa, numa zona comercial, a apenas duas quadras da rua principal do centro da cidade.

Agora, só havia uma coisa faltando em sua vida.

Com um tremendo esforço, Kitty mais uma vez afastou os pensamentos sobre o encontro que teria naquela tarde. Ainda havia muita coisa para fazer antes que Willa chegasse para levar as iguarias para o balcão lá na frente: maçãs para descascar, nozes para picar, limões para espremer. E, no fundo, ela argumentou consigo mesma, seria tão terrível se sua vida continuasse apenas assim?

Ela adorava o que fazia. Adorava folhear os velhos livros de receitas de sua mãe e avó, *Fannie Farmer* e *Betty Crocker*, de uma época mais inocente, antes de se tornar moda listar gramas de carboidratos e gorduras, quando toda a vida parecia tão simples e objetiva quanto uma torta de mirtilo saindo do forno. Manuseara aquelas receitas tantas vezes que muitas páginas haviam se soltado, como as receitas do pão de banana e nozes, o bolo de aveia com cobertura de coco ralado, o doce de melaço. Suas especialidades eram as tortas e os pastéis doces de qualquer fruto da estação: morango e ruibarbo na primavera; pêssego, damasco e ameixa no verão; framboesa e amora no outono. Durante os meses de inverno, quando as frutas principais eram maçã e pêra, os pêssegos em conserva que a mãe fazia se tornavam um alívio para o trabalho interminável de descascar e cortar.

Mamãe... *Eu deveria ligar para ela*, pensou Kitty, com uma pontada de culpa. Ultimamente, porém, sempre que estendia a mão para o telefone, alguma coisa parecia interferir. Ou talvez isso fosse apenas uma desculpa. Ela adorava a mãe, do fundo do coração, mas...

Mas... Por que toda a frase ou pensamento começando com a sua mãe parecia acabar com um "mas"? A mãe nunca pressionava. Sempre murmurava palavras de compreensão quando você dizia que estava muito ocupada para visitá-la... mas no minuto seguinte ela estava ao telefone com Alex ou Daphne, declarando bravamente, de forma um tanto prolongada, que Kitty tinha sua própria vida, seus próprios planos, *assim como deveria ser*. E aqueles almoços dominicais... Por menos que comesse, Kitty passava uma semana constipada. Talvez fosse porque estivesse cansada de tudo aquilo, da doçura enjoativa da situação... a imagem de todos como a família perfeita, que a mãe se empenhava em projetar com tanto gosto.

Cansada pela mera perspectiva do que teria pela frente — a festa com suas rodadas intermináveis de brindes, os pais exultando ao calor de tanta admiração, até mesmo de inveja —, ela parou de mexer e largou a colher de pau em cima do balcão. Uma memória antiga flutuou até a superfície. Inesperadamente, ela teve uma imagem nítida do pai alinhando todas elas para uma foto, na frente da cabana em Lake Modoc.

Havia horas estavam na estrada, ela recordou, e já começava a escurecer. Como os casacos ainda estavam guardados, elas tremiam de frio, à sombra cada vez mais densa dos pinheiros, enquanto o pai as dispunha pela altura. Daphne, a mais alta, aos 13 anos, ficou entre ela e a mãe, enquanto Alex ficava na extremidade. Ele insistira em tirar várias fotos, reclamando que alguém piscara ou não estava sorrindo, até que todas congelavam, à beira das lágrimas. Depois de arrumarem as roupas, o pai levara-as para a cidade, onde se fartaram com os pratos de um jantar de bufê. O pai pedira várias rodadas do refrigerante Shirley Temple e contara histórias engraçadas durante todo o jantar. Ao final, ela, Daphne e Alex estavam disputando o privilégio de sentar ao lado do pai durante a viagem de volta.

As fotos, porém — as quatro encolhidas juntas, um quarteto congelado, de olhos contraídos e sorrisos forçados —, não haviam mentido. Não era a real história, é claro, mas apenas um aspecto dela. A verdadeira história de sua família era constituída por dezenas de facetas, como as que se encontram num diamante que brilha intensamente, mas é bastante duro para cortar o vidro.

Ligaria para a casa dos pais naquela noite, Kitty decidiu. Não falara à família sobre Heather. Não queria atrair má sorte. Mas, se o encontro de hoje corresse bem, a mãe saberia em breve. E também especularia por que Kitty esperara tanto tempo para contar.

E se as coisas não saíssem como Kitty esperava?

Ela sentiu um aperto no peito, como se fosse a pressão de um punho fechado.

*Cruzarei essa ponte se e quando chegar o momento*, ela disse a si mesma. De qualquer forma, tinha de verificar se a mãe precisava de ajuda nos detalhes de última hora... alguma coisa, ela esperava, que pudesse fazer junto com Daphne.

Subitamente, Kitty mal podia esperar para ver a irmã mais velha. Podia passar sem Roger, é claro, pois achava-o arrogante, mas a irmã era a melhor, e seus filhos eram maravilhosos. No verão passado, Kitty fizera uma porção de biscoitos só para Kyle e Jennie, que eles enfeitaram com chuviscos, estrelas coloridas e pedaços de frutas cristalizadas.

Gostaria que tudo fosse tão descomplicado como era com a irmã. Mas mesmo com Daphne — a única pessoa no mundo que sabia que ela fora para a cama com o professor de inglês na noite da formatura no ensino médio — ela tinha de andar na ponta dos pés em determinados assuntos. Roger, por exemplo. E os pais... esse era o maior de todos os tabus.

Havia um motivo para que Daphne vivesse em Nova York, pensou Kitty, sombria. Estar a cinco mil quilômetros de distância era mais fácil do que ter de fugir das verdades duras em casa.

— Alguma coisa aqui cheira muito bem!

Kitty virou-se para deparar com Willa além da porta dos fundos aberta, tirando um tênis velho de um pé, enquanto pulava sobre a outra perna. Com o tênis, ela virou-o de cabeça para baixo e deu uma batida firme, despejando um pequeno rio de areia por cima da grade da varanda.

Kitty sorriu pelo elogio forçado que sua ajudante fazia *todas* as manhãs... e também pelo fato de que Willa nunca chegava sem trazer uma parte do mundo exterior, senão areia, então crostas de lama ou fragmentos de grama cortada. Durante semanas, na primavera, os ladrilhos cor de ferrugem da cozinha exibiam vestígios dourados do pólen das acácias que margeavam as ruas de terra estreitas, no lugar em que Willa morava, cerca de 16 quilômetros ao norte da cidade, em Barranco, uma comunidade que era comumente (e de forma grosseira, na opinião de Kitty) chamada de Flipville, por causa da grande concentração de lavradores filipinos.

Mas a jovem era tão trabalhadora e agradável que Kitty nunca se queixava. Ela observou Willa pegar um avental de um dos pinos de madeira ao lado da porta e depois iniciar o ritual, de todas as manhãs, de enrolar e prender os cabelos pretos, que desciam até a cintura, num coque na nuca.

— Quer que eu descasque aquelas maçãs? — murmurou Willa, a voz quase incompreensível pela quantidade de grampos na boca.

Ela sacudiu a cabeça para uma caixa de madeira no chão, cheia de maçãs, da variedade Granny Smiths. Kitty concordou, com um aceno de cabeça. Willa sorriu, como se tivesse acabado de ganhar o prêmio maior na loteria.

Aos 19 anos, Willamene Aquino fazia a balança subir até 110 quilos — mais do que o dobro do peso de Kitty — e já tivera duas crianças, de dois homens diferentes. Mas a vida era boa na opinião de Willa. A mãe, com quem vivia, cuidava das crianças, enquanto ela trabalhava. E Kitty mandava-a para casa, todos os dias, com sacos de frutas e as mercadorias que haviam sobrado. Willa não via razão para não sorrir.

Era uma disposição jovial que nem mesmo o cliente mais rabugento podia abalar. Ela era a única pessoa que Kitty conhecia que assobiava enquanto trabalhava. Também adorava falar... uma conversa incessante, que às vezes deixava Kitty atordoada. Não tanto porque a distraía do trabalho, mas porque Willa parecia ter um único interesse além dos dois filhos, aos quais adorava: os homens.

— ... Ele tem uma linda marca de nascença, no formato de um coração, bem aqui. — Ela parou de descascar uma maçã para comprimir um dedo numa banda do traseiro amplo. — Brinco com ele por causa disso, e devia ver como isso o deixa vermelho. Falo sério, um cara enorme, tatuado... será que ele tem medo que eu conte para seus amigos? Mas Frankie é assim... parece um imenso ursinho de pelúcia. Sabe o que ele fez na noite passada? Trouxe para mim um ramo de flores, que ele mesmo colheu. Quem se importa se saíram de um terreno baldio? O que conta é a intenção... Puxa, como está quente aqui? Alguém acendeu o aquecedor? Deve estar pelo menos uns trinta e oito graus.

Era outra coisa inevitável: Willa estava sempre com calor. Em geral, Kitty apenas abria uma janela, e depois vestia uma suéter, se sentisse muito frio. Hoje, ela abriu a porta que dava para a sala da frente. Os fregueses começariam a chegar a qualquer momento.

Josie Hendricks foi a primeira a entrar, no momento em que Kitty e Willa começavam a encher os cestos no balcão de mármore no salão da frente, onde ficava um antigo reservatório de refrigerante, completo, até com a torneira de latão, que Kitty salvara da velha Newberry, na Water Street, quando demoliram o prédio.

— Bom-dia, senhoras. — A mulher idosa, uma professora aposentada, parou para colocar a bengala de ponta de borracha na parte de dentro da entrada, antes de passar pelo limiar. — Fico contente por você ter consertado aquele rangido. Usou WD-40 como recomendei?

Josie, com oitenta e poucos anos, até que andava muito bem para uma pessoa entrevada pela artrite, mas ultimamente se tornara um tanto obcecada por todos os pequenos consertos que não podia deixar de apontar, como portas rangendo, cadeiras de pernas bambas, a janela que emperrava, a rachadura no teto, a grade da varanda que precisava de uma demão de tinta.

— Funcionou como um passe de mágica — respondeu Kitty.

Na verdade, usara o velho óleo de máquina de costura, mas que mal havia numa mentirinha?

Ela observou Josie se acomodar numa cadeira, à sua mesa predileta junto da janela, e correr os olhos atentos pela sala. Ela apontou um dedo torto para um canto do teto, onde o papel de parede florido começara a descascar, e advertiu:

— Deixe as coisas pequenas escaparem ao controle, e logo terá uma grande dor-de-cabeça. Confie em mim, porque sei dessas coisas.

Kitty limitou-se a sorrir. Levou para Josie a bandeja que esperava em cima do balcão. A velha aparecia todas as manhãs, com absoluta pontualidade, cinco minutos depois de sete horas. Sempre comia a mesma coisa: um *muffin* de pêssego e um bule de chá, bastante curtido e forte, "para cortar com uma faca de pão", em suas palavras.

A sineta em cima da porta da frente tornou a retinir, o que foi seguido por uma lufada de ar frio e úmido. Leanne Chapman, em seu uniforme branco de enfermeira, passou por Bud Jarvis, que parara para limpar as botinas sujas de lama no capacho. Ambos pediram *muffins* para viagem. Um único de mirtilo para Leanne, de volta para casa do plantão noturno no Hospital Geral de Miramonte, e uma dúzia sortida para Bud, a caminho de seu trabalho, como capataz no curtume.

— Bem que eu gostaria de ter um trabalho tão bom quanto o seu — comentou Leanne, com uma risada seca, enquanto Kitty contava seu troco. — Igual às aulas de economia doméstica, não é mesmo?

Kitty teve a impressão de perceber um brilho de ressentimento nos olhos azuis cansados de Leanne. Como se não fosse um trabalho de verdade o que Kitty fazia! Só a lealdade à sua irmã Alex, a melhor amiga de Leanne desde a primeira série, impediu-a de dizer qualquer coisa.

Além do mais, refletiu Kitty, Leanne tinha motivos para se sentir amargurada, com um ex-marido que a abandonara quando ela estava grávida e uma criança que tinha uma lesão cerebral incurável. Kitty sabia por Alex que Leanne mal conseguia equilibrar o orçamento no fim do mês. Quem não se ressentiria de uma pessoa que estivesse numa situação melhor?

Kitty tinha uma teoria: assim como havia pessoas que nasciam em berço de ouro, também havia — e mais que umas poucas — as que podiam fazer a alegação oposta, de que já nasciam com um cobertor curto. Leanne, ela desconfiava, enquadrava-se na segunda categoria. A criança que sempre acompanhava os passeios de sua família, que passava mais tempo na casa da amiga Alex do que em sua própria; que era obrigada a passar os verões em Iowa com o pai, em vez de ir para a praia, como todas as outras crianças de sua idade. Na escola, por mais que estudasse, Leanne nunca conseguia mais do que B menos. E na única ocasião em que deixara um garoto ir longe demais, Stu Harding espalhara por toda a escola que Leanne Chapman era "fácil".

E isso fora antes que seus *verdadeiros* problemas começassem.

Mas ninguém perceberia só de olhar para ela. Leanne ainda era bonita, de uma maneira um tanto insossa, com a mesma pose que dizia *não se metam comigo*: os cotovelos comprimidos contra os flancos, a cabeça um pouco inclinada para um lado, como se atenta a qualquer pessoa que pudesse tentar derrubá-la. Foi somente quando ela estava na metade do caminho para a porta que Kitty se lembrou de perguntar:

— Como está o bebê Ferguson?

Leanne parou, afastando da testa uma mecha de cabelos louro-avermelhados.

— O pobre coitado tem dificuldade para respirar sem a ajuda de aparelhos. Está num respirador, e suas perspectivas não são nada boas.

A expressão de Leanne se suavizou. E Kitty lembrou a menina que vivia com os joelhos machucados por cair da bicicleta para não passar por cima de qualquer besouro, cobra ou caranguejo atravessando a rua. Não fora por acaso que Leanne decidira se tornar uma enfermeira.

— Pobre Carole. Ela não deve estar em condições de pensar direito. — Carole Ferguson fora da turma de Kitty na Muir High, uma das animadoras de torcida, o tipo de garota que ninguém imaginaria, nem em um milhão de anos, que pudesse passar por uma situação daquelas. — Assim que eu puder, levarei alguma coisa para abastecer seu freezer.

Kitty não pôde deixar de pensar na criança que em breve talvez fosse sua e sentiu uma pressão logo abaixo do coração. Sua mente voltou ao dia em que Cybill Rathwich a levara para um canto e dissera que ouvira o comentário de que Kitty procurava uma criança para adotar. A princípio, Kitty ficou sem saber como responder. Seus fregueses faziam o melhor possível para lhe proporcionar o apoio necessário, mas até agora só haviam conseguido piorar a situação. O professor Ogden comentara que a vira num sonho, num zepelim, por cima do estádio Rose Bowl, acenando para ele com um bebê no braço. Josie Hendricks perguntara por que ela não adotava uma criança mais velha. Padre Sebastian sugerira gentilmente que ela tentasse a inseminação artificial.

O que nenhum deles sabia, o que era doloroso demais para Kitty falar a respeito, era o fato de que ela já vinha tentando há muito tempo.

Durante anos, ao fim da casa dos vinte e início da dos trinta anos, com uma sucessão de amantes, na expectativa de engravidar... apenas para ter a esperança destruída todos os meses. Depois, as rodadas intermináveis de exames em consultórios médicos, onde era informada de que eram remotas as possibilidades de conceber. E, mais recentemente, a peregrinação por agências de adoção, antes de chegar a duas que não tinham objeções em incluir uma mulher solteira na sua lista de espera... até compreender que poderiam se passar anos antes que seu nome fosse cogitado.

E de repente Cybill aparecia, as mãos esfoladas, o rosto quadrado e sem adornos, fitando-a na maior serenidade, como alguém que oferece o mundo embrulhado em papel pardo. Não era apenas outra alma bem-intencionada, dando conselhos indesejados, mas sim a parteira local. Cybill disse que conhecia alguém — uma adolescente solteira, com seis meses de gravidez — que pensava em entregar a criança para adoção. Kitty estava interessada? Parada ali, os braços tremendo com o peso de uma bandeja em que havia um pedaço de pão de banana e um bule de chá de verbena, Kitty dera a única resposta possível.

— Claro que estou — balbuciara ela.

O nome da garota era Heather, e não tinha a menor intenção de casar com o rapaz que a engravidara. Havia apenas uma condição: ela não queria ser pressionada a tomar uma decisão. Primeiro, antes de sequer concordar em se encontrar com Kitty, Heather queria saber alguma coisa a seu respeito.

Por sugestão de Cybill, Kitty preparara um relatório, inclusive com fotos. Escrevera sobre a casa, o salão de chá que ocupava o que fora outrora as salas de estar e de jantar, o segundo andar que eram seus aposentos. O quarto de hóspede viraria o quarto do bebê. Ela escrevera também uma descrição curta e engraçada de seus diversos animais de estimação: Byron, o papagaio da Amazônia, que era capaz de oferecer uma interpretação bastante boa de "Pop Goes the Weasel" e que podia mastigar o fio de uma lâmpada mais depressa do que alguém conseguia morder a ponta de um cachorro-quente; os gatos malhados que ainda não haviam compreendido que não eram seres humanos; e Rommie, o espantoso cão-maravilha, capaz de pular cercas altas num único salto.

O que ela *não* contou foi como queria desesperadamente aquele bebê. O que uma jovem de 16 anos podia saber sobre essa necessidade, que era como uma lenta inanição da alma? Heather não podia ter experimentado o anseio que às vezes dominava Kitty nos braços de um amante, levando-a a erguer os quadris para receber todo o sêmen, orando para que dessa vez acontecesse?

Faria 37 anos em julho. Deitara com um homem pela última vez em dezembro, o dia em que Ivan amarrara sua prancheta de desenho no teto do Chevy Suburban e partira para o Novo México. Aquela podia ser sua única chance.

Kitty pensou de novo no pobre menino de Leanne... e no bebê prematuro de Carole Ferguson, lutando por sua vida. *Também estou lutando por uma vida*, pensou ela. Porque não ter qualquer criança não era uma espécie de morte?

O trabalho era a única coisa que a impedia de enlouquecer. Manter-se tão ocupada que mal tinha tempo de pensar em qualquer outra coisa, exceto atender todos os pedidos com presteza, fazer *muffins*, bolos e tortas em quantidade suficiente para satisfazer a todos.

Por volta de nove horas, todas as mesas na espaçosa sala da frente estavam ocupadas, treze no total... a chamada dúzia do padeiro, pelo costume antigo de dar 13 quando o cliente pedia 12. E como seus *muffins*, não havia duas mesas iguais. Um pedestal de carvalho vitoriano estava ao lado de uma delicada mesa de tábua extra embutida que ela herdara de Nana. Uma mesa de cavaletes de pinho para oito pessoas ficava perto de uma mesa de copa feita com madeira de bordo. Havia até uma antiga mesa de máquina de costura Singer transformada num lugar para duas pessoas, com os pés cheios de arabescos. O efeito geral, Kitty havia concluído, era mais excêntrico do que eclético, mas funcionava.

Kitty acenou em cumprimento para Gladys Honeick, proprietária da Glad Tide-ins, a loja de trajes de praia, a duas portas de distância. Gladys, uma atraente divorciada de cabelos pintados de hena, que já passara do lado melhor dos cinqüenta anos, gostava de gracejar que qualquer homem que conseguia levar para a cama hoje em dia precisava de um copo com água na mesinha-de-cabeceira, para guardar a dentadura.

Parecia não notar que Mac MacArthur, o editor-chefe do *Miramonte Mirror*, por acaso sempre aparecia mais ou menos na hora em que ela estava ali. Além de ainda conservar todos os dentes, Mac já enterrara duas esposas. Corria o rumor de que elas haviam se esgotado na tentativa de acompanhar seu ritmo. Gladys, Kitty desconfiava, não teria qualquer problema nesse departamento.

Lá estava também o padre Sebastian, a cabeça de cabelos escuros crespos inclinada, um lápis suspenso sobre a seção do jornal dobrado que continha as palavras-cruzadas. Em outra existência, o padre fora um residente do Centro Juvenil Bonny Brae — antes de decidir mudar de vida e ingressar no seminário jesuíta local. Mas mesmo de camisa preta e colarinho clerical, o padre Sebastian não conseguira se livrar por completo dos vícios antigos. Padre Sebastian confessara uma ocasião para Kitty, com uma piscadela, que não valia a pena viver num mundo sem corridas de cavalos e suas tortas de noz-pecã com rum.

Kitty, em geral, parava para conversar com o sacerdote. Mas naquela manhã em particular, em vez disso, descobriu-se a gravitar na direção de Serena Featherstone. Serena sentava a uma mesa na janela mais afastada, estudando as cartas do tarô espalhadas sobre a mesa. Sem levantar os olhos, ela entoou, ominosa:

— Vejo um grande desapontamento pela frente.

Kitty teve um sobressalto. Aquela mulher podia mesmo prever o futuro? Serena, com os cabelos pretos compridos e os malares salientes de uma índia, tinha uma aparência que correspondia ao papel. Depois, ela notou um sorriso se insinuando num canto da boca larga de Serena.

— Meu bolo de canela. — Serena levantou os olhos castanhos contraídos para se encontrar com o rosto surpreso de Kitty. — Willa deve ter esquecido. E, se eu não receber um antes que todos acabem, ficarei *muito* desapontada.

— Espere um instante.

Kitty afastou-se apressada. Voltou um momento depois com o bolo, com uma cobertura de nozes picadas e açúcar mascavo derretido. Serena soltou uma risada pesarosa.

— Não precisa me dizer que já sei. Não combina com a minha imagem. Os clientes gostam de me imaginar vivendo de chá de ervas e bolinhos de arroz.

— Por falar nisso, está precisando de mais?

Kitty tirou a tampa do bule florido de Serena e deu uma espiada. A fragrância perfumada do chá Earl Grey subiu ao seu encontro.

— Não, obrigada. Já tenho o suficiente aqui para me manter. — Serena indicou a xícara ainda cheia. Acrescentou depois de uma pausa, com uma piscadela: — Mas você poderia me tentar com outro bolo. Afinal, sou apenas humana.

Kitty já ia se virar quando decidiu, abruptamente, fazer uma pergunta:

— Tem muitos clientes?

— Ficaria surpresa com a quantidade, embora não sejam muitos os que estão dispostos a admitir. — Serena jogou para trás, por cima do ombro, uma mecha de cabelos pretos sedosos, com alguns fios brancos. Fitou Kitty atentamente. — O que me diz de você? Nunca esteve curiosa sobre o que o futuro lhe reserva?

Kitty não tinha certeza. Até aquele momento, nunca pensara realmente a respeito.

— Acho que dependeria se o futuro seria bom ou mau.

Serena empurrou o prato para o lado e pegou a mão de Kitty. Franziu o rosto, enquanto estudava a palma de sua mão.

— Uma coisa é certa: você vai se apaixonar, muito em breve, e desta vez será para valer. Aqueles outros... não eram para sempre.

Kitty sorriu para si mesma. Não era isso o que *todas* diziam?

— O que me diz de crianças?

Apesar de seu ceticismo, Kitty sentiu que seu coração começava a disparar.

— Vejo uma criança. Apenas uma... mas... há alguma espécie de complicação.

Serena franziu o rosto ainda mais, enquanto inclinava a mão de Kitty para um lado e outro... como se fosse um leme que estivesse usando para guiá-las no caminho para uma praia distante, talvez hostil.

— O que foi? — murmurou Kitty.

A vidente sacudiu a cabeça. As pontas dos seus cabelos compridos roçavam no antebraço de Kitty.

— É estranho... nunca vi nada assim...

Quando ela ergueu o rosto, havia uma expressão quase de culpa nos olhos cor de chá, como alguém que involuntariamente tirou a rolha da garrafa do gênio e agora quer espremê-la de volta.

— Tem certeza de que quer ouvir?

— Tenho, sim.

— Vejo morte na família. Muito próxima. — Serena fez uma pausa. — Uma pessoa muito próxima de você.

Serena virou o rosto, abruptamente. Havia um princípio de vermelhidão nas suas faces.

— Desculpe. Eu não deveria ter dito. Quando é má notícia, não costumo revelar.

— Por favor...

Kitty começou a tremer, sem saber direito o que estava suplicando. Misericórdia? Ou mais detalhes? Serena largou sua mão e recostou-se.

— Nada está escrito como definitivo. Posso ter me enganado. Seja como for, é tudo o que eu sei.

Kitty deu um passo para trás. Distraída, esfregou a palma da mão contra o avental... como se limpasse alguma coisa pegajosa.

— Obrigada por me avisar. Ficarei atenta.

Ela imprimiu um tom jovial à voz, como se aquilo não passasse de uma brincadeira. Mas o dano já fora causado. Sua mente fervilhava de indagações.

E se o bebê lhe fosse dado... e depois seqüestrado?

Serena previra uma morte... mas de quem? *Não de Daphne... por favor, não deixe que seja de Daphne.* Kitty foi dominada pelo horror ao perceber o sentido de sua oração: que fosse outra pessoa da família, alguém que não amasse tanto. A mãe ou o pai, ambos com boa saúde, mas já com uma idade avançada, não se podia negar. Ou...

— Oi, mana.

Kitty teve um sobressalto. Levantou os olhos para deparar com a irmã caçula, parada logo depois da porta, usando um terninho Armani bege, com uma blusa creme de seda. Ali, onde a moda tendia para o batique e o *tie-dye*, onde muitas pessoas se comportavam como se celulares ou aparelhos de fax tivessem ainda de ser inventados, Alex sobressaía como um polegar machucado na mão manicurada.

A irmã, Kitty sabia, não apenas levava um celular na bolsa pendurada no ombro, mas também tinha um aparelho de fax portátil instalado no carro... um BMW último tipo, que custava uma pequena fortuna, adquirido por *leasing*, pois ela alegara que era essencial em seu ramo de trabalho. Tinha alguma razão nesse ponto. Kitty duvidava que os ricos executivos do Silicone Valley, a quem Alex mostrava todas aquelas casas de luxo, haveriam de se sentir ansiosos se fossem levados para as visitas num Honda Civic com manchas de ferrugem, que era o seu próprio carro.

Uma vez por mês, Alex ia a San Francisco para fazer os cabelos castanho-claros e "restaurar" os brilhos naturais. Na volta, parava na I. Magnin, onde, como um beduíno carregando o camelo antes da viagem de volta pelo Saara, tratava de se abastecer de itens essenciais, como meia-calça de grife e cosméticos da Clinique. É desnecessário dizer que todos esses cuidados eram evidentes: Alex era uma visão.

— Oi! — Kitty saudou a irmã com mais entusiasmo do que poderia demonstrar em outras circunstâncias, convencida de que a culpa estampava-se em seu rosto. Tinha certeza de que a irmã podia perceber como ela se apressara em desejar a segurança de Daphne, sem pensar em Alex. — O que está fazendo aqui, a essa hora do dia?

— Fui mostrar uma casa nesta rua. — Alex levantou os óculos escuros, colocando-os por cima da franja moderna. Olhou ao redor para as mesas cheias e acrescentou: — Se estiver muito ocupada, posso voltar mais tarde.

— Já que está aqui, pode ficar. — Kitty pegou uma cadeira vazia e levou-a até o balcão. — Sente-se. Vou buscar alguma coisa para você comer.

— Obrigada, mas dispenso. Já estou muito gorda.

Alex ignorou a cadeira Contemplou a fileira de produtos, torcendo o nariz. Kitty limitou-se a comentar:

— Você parece muito bem.

Alex deu de ombros.

— Estar bem não é estar magra. Ainda não perdi aqueles últimos dois quilos.

Na opinião de Kitty, a única coisa que Alex precisava perder era aquela expressão tensa que a dominava, como um zíper muito apertado. *Se ela se sente tão infeliz com sua aparência, o que não deve pensar de mim?* Kitty sentiu de repente que era avaliada sob uma lupa, cada ruga, sarda e pêlo não arrancado com a pinça se tornando dez vezes maior. Heather esperaria uma mulher igual a Alex, com rendimentos anuais na casa dos seis dígitos, mais parecendo a modelo que anuncia os produtos mais caros pela televisão?

Ela sentiu seu estômago ainda mais embrulhado.

— Já que estava aqui perto, achei que poderia vir logo buscar aqueles guardanapos de coquetel para a festa. — Uma pausa e Alex acrescentou, com uma pequena insinuação de desconfiança: — Mamãe ficou com medo que você esquecesse.

Um pânico familiar envolveu Kitty. Guardanapos? Ó Deus, ela esquecera! Prometera que encomendaria em seu fornecedor. Ainda podia fazer um pedido de urgência, mas já devia ser tarde demais para que os personalizassem. Droga...

Ela percebeu que Alex fitava-a com uma expressão furiosa, irradiando um brilho que parecia ser de material radiativo abandonado.

— Você não encomendou — disse Alex, a voz incisiva, contraindo um pouco os olhos castanhos.

— Não esqueci exatamente, apenas... — *Pare com isso*, ordenou Kitty. *Você sempre perde o controle, só porque ela se mostra irritada, quer tenha ou não razão.* — ...tenho andado muito ocupada. Mas não se preocupe que darei um jeito.

— Se estava tão ocupada, deveria ter dito isso em primeiro lugar. — Alex cruzou os braços. — Como se *eu* tivesse um minuto sequer de folga.

Só esta semana fechei três contratos. Tenho mais, na dependência de persuadir o vendedor a não retirar as roseiras quando se mudar. E quem você pensa que levou as meninas até o aeroporto, para que pudessem ter cinco minutos preciosos com o pai, antes de sua partida para Hong Kong?

— O que Jim foi fazer em Hong Kong?

Alex franziu o rosto.

— Mudar de assunto não vai adiantar. — Como Kitty não dissesse nada, ela suspirou. — Vai conversar com fornecedores no exterior. Depois, tira duas semanas de folga no Havaí. Presumo que vai se encontrar ali com uma de suas namoradas.

Ao olhar agora para a irmã, os lábios lustrosos contraídos para deixar uma parte dos dentes à mostra, Kitty lembrou o verão em que Alex completara 16 anos, e o pai a ensinara a dirigir. Kitty pôde ver Alex em sua mente, debruçada sobre o volante, com uma expressão sombria, enquanto tentava estacionar entre as duas latas de lixo que o pai pusera na frente de casa. Empenhada em agradá-lo, Alex insistira por mais de uma hora, muitas e muitas vezes, o rosto todo suado. Cada vez que Kitty olhava pela janela, ela apressava-se em virar o rosto, como se estivesse vendo uma pessoa nua. Finalmente, Alex conseguira estacionar. A 45 centímetros do meio-fio, exatamente, a distância medida pela fita métrica do pai.

*Pobre Alex. Ela é a maior vítima desta família*, pensou Kitty.

Talvez fosse esse o preço a pagar por ser a predileta do pai. Pois assim como Daphne fora a mais chegada à mãe, não havia a menor dúvida sobre quem o pai preferia. Kitty podia ter algum ressentimento quando eram pequenas, mas agora via a questão sob uma luz diferente. Havia alguma coisa antinatural na ligação da irmã com o pai, em sua necessidade da aprovação paterna. Uma obsessão que não deixara muito espaço para qualquer outra coisa em sua vida, nem mesmo para Jim.

Kitty tinha vontade de perguntar: *Quando você brigava com seu marido, nunca lhe ocorreu que podia estar empurrando-o para os braços daquela mulher?*

— Ainda bem que você anda tão ocupada — disse Kitty, jovialmente. — Dessa maneira não terá tempo para pensar no que Jim pode estar fazendo.

A irmã soltou uma risada desdenhosa.

— Espero jamais fazer isso. Já se passaram dois anos. Acha que me importo com o que um homem faz para afagar seu ego? — Alex olhou para seu relógio de ouro, bem fino, parecendo muito caro. — Tenho de sair correndo agora. Posso pelo menos contar com você para telefonar para papai e lembrá-lo de pegar seu smoking na tinturaria?

Kitty sentiu um fluxo de ressentimento.

— Para quê? Papai sempre foi capaz de cuidar de si mesmo, e mamãe sempre correu atrás dele como uma serviçal dedicada.

Por sorte, Alex estava com muita pressa para continuar ali e discutir. Limitou-se a lançar um olhar irritado para Kitty, dizendo em tom ríspido, antes de sair:

— Pense o que quiser. Eu apenas não gostaria de estar no seu lugar se papai não tiver o smoking para usar.

Kitty sentiu as faces arderem. Por que deixava que Alex escapasse impune de coisas assim? Não era uma versão distorcida do mamãe-posso-ir, com Kitty sempre dando dois passos para trás? E não estavam velhas demais para isso?

Ela respirou fundo e balançou sobre os calcanhares. *Só mais algumas poucas horas.* Saberia então se o seu sonho se tornaria realidade... ou se poderia um dia acabar como Alex, amargurada e desapontada, com uma porção de sua vida menor e de baixas calorias.

O resto da manhã passou de uma forma indistinta. Quando Kitty tornou a focalizar os rostos às mesas, a maioria já mudara. A turma depois do almoço chegou e foi embora. Os bolos e tortas à mostra no balcão diminuíram para umas poucas fatias. Mesmo assim, Kitty evitou deliberadamente olhar para o relógio. O tempo passaria mais depressa, ela disse a si mesma, se estivesse concentrada em contar o troco em vez dos minutos.

Pouco depois das quatro e meia, quando uma linda garota de cabelos escuros entrou, acompanhada por um rapaz mais ou menos de sua idade, Kitty fitou-os com surpresa. Seria possível que fosse Heather? Mas ela deveria ter vindo sozinha. A menos... a menos... ó Deus, a menos que o rapaz fosse o responsável pelo volume pequeno, mas inconfundível, por baixo do blusão folgado.

Kitty, o coração batendo forte, adiantou-se para cumprimentá-los.

— Você deve ser Heather — disse ela, com um sorriso radiante.

A garota acenou com a cabeça em confirmação, um tanto inibida. Lançou um olhar nervoso para o rapaz de aparência furiosa, montando guarda ao seu lado.

— Este é Sean — apresentou ela. — Meu irmão mais velho.

Agora que sabia, Kitty constatou que havia mesmo uma semelhança. Os dois tinham os mesmos cabelos escuros, os mesmos olhos castanhos bem separados. Mas, enquanto Heather parecia apenas nervosa, o irmão amarrava a cara, como se estivesse ansioso em recriminar Kitty.

— Não gostariam de tomar uma limonada? — perguntou Kitty, numa voz que esperava ser normal. — Faço com os limões que colho das minhas próprias árvores.

Como eles não respondessem no mesmo instante, Kitty pensou que poderia estar sendo agressiva demais. O que ela tentava provar? Que era uma espécie de supermulher, capaz de fazer tudo? Heather perguntou, tímida:

— Você tem Coca diet?

*Ela é jovem demais para estar grávida*, pensou Kitty. Ainda não de todo desenvolvida, tinha a boca mole, com as faces sardentas, que ainda não haviam perdido a gordura infantil. Não era a jovem madura de 16 anos que Kitty esperava encontrar; era mais como uma menina que ainda dormia com um ursinho de pelúcia e tomava vitaminas. Os dedos de Heather eram avermelhados, onde ela roera as unhas até o sabugo. O jeans folgado dava a impressão de que podia ter pertencido ao irmão.

Sean, por outro lado, parecia ter vinte e poucos anos. Mais magro, mais agressivo, os olhos escuros pareciam absorver tudo, ao mesmo tempo que nada cediam. A suéter aberta revelava uma clavícula fraturada há algum tempo... não num acidente de esquiação, supôs Kitty. Os jovens de uma família daquele tipo não passavam as férias em Vail e Sun Valley. Tinham sorte quando conseguiam fazer uma viagem à Disneylândia.

— Estamos bem. Não precisamos de nada — disse ele.

Seus dentes cerrados deixavam claro que a visita não era social. Kitty sentiu que corava e teve a sensação de que se encontrava em julgamento.

Mas era esse o objetivo do encontro, não é mesmo? Ela precisava conquistá-los. Não apenas Heather, mas agora o irmão também. *Coragem*, sussurrou uma voz. Ela limpou a garganta e sugeriu:

— Por que não subimos? Teremos mais privacidade lá em cima. Podemos conversar e nos conhecer um pouco melhor.

Sean lançou um olhar pela sala que parecia repudiar, como besteira pretensiosa, o papel de parede florido e os lambris pintados de branco, os metais diferentes e o balcão de refrigerante de mármore. Após, acenou com a cabeça, como se dissesse: *Vamos acabar logo com isso*. Encaminhou-se para a escada, atrás de Kitty, a irmã em sua esteira, submissa.

Mas Heather se desmanchou num sorriso quando entrou no quarto grande e ensolarado que servia também como sala de estar de Kitty.

— Puxa, é tão... aconchegante!

Através dos olhos de Heather, Kitty contemplou o tapete de retalhos, na frente da lareira. O sofá de encosto levantado no meio, com uma velha manta navajo, macia como lã de tanto uso. O jarro de estanho na mesa quadrada junto da janela, com os ramos de salgueiro. À luz do final da tarde, os losangos de vidro colorido nos peitoris faiscavam como o tesouro de um navio naufragado. Até mesmo a *piñata* pendurada do teto inclinado — uma lembrança de uma viagem a Mazatlán, num passado distante — parecia mais divertida do que excêntrica.

Kitty sentiu que um pouco da tensão se desvanecia. Talvez, apenas talvez, tudo corresse bem no encontro, no final das contas.

— Gostam de gatos? — Ela apontou para o sofá, onde Ethel e Fred sentavam nas extremidades, como um par de esfinges. — Esses dois são os verdadeiros donos de tudo aqui. Só me toleram porque eu providencio a comida.

No momento em que Heather sentou, Fred acomodou-se em seu colo e começou a ronronar.

— Mas como você é gracioso! — Enquanto afagava o pêlo malhado e sedoso, ela sorriu para Kitty e acrescentou: — Tivemos um gato, mas morreu atropelado. Sean diz que moramos muito perto da estrada para ter outro gato. Não seria justo.

Ela lançou um olhar cauteloso para o irmão, sentado na poltrona à sua frente, olhando pela janela. *Muitas coisas não são justas*, Kitty teve vontade de dizer. Em vez disso, ela perguntou:

— Você está na penúltima série, não é mesmo? Também estudei na Muir High. Nada mudou desde então. Ou pelo menos é o que dizem minhas sobrinhas. Por acaso conhece as gêmeas, Nina e Lori Cardoza?

Heather confirmou que conhecia com um aceno de cabeça.

— Eu as vejo na escola. Estão na nona série, não é mesmo? É estranho, mas não parecem gêmeas. — Ela fitou Kitty, timidamente, por baixo da franja escura. — Sempre viveu em Miramonte?

— Durante toda a minha vida, exceto o tempo que passei na universidade.

Sean desviou os olhos da janela.

— Por que voltou?

Sua voz continha um tom de censura. Subitamente, Kitty viu Miramonte como ele devia ver, uma cidade pequena, cheia de esnobação e injustiça. Para alguém como Sean, se tivesse sorte suficiente para escapar, nunca mais haveria uma volta. Ela sentiu uma pontada de apreensão. A situação estava errada. Ela não vinha se comportando como deveria.

Mas como podia pensar direito com aqueles olhos escuros e um tanto acusadores que pareciam penetrar nos seus? Sean não era nenhum garoto, ela pensou. Talvez nunca tivesse tido a chance de ser um garoto. Não era apenas por sua atitude em relação à irmã, mais como um pai superprotetor do que como um irmão mais velho. Era todo o ar carregado que aderia nele, como energia estática, o senso evidente de dever que se manifestava em cada músculo flexionado. Ele sentava apertando os joelhos, como se assim pudesse impedir o corpo de se levantar de um pulo. Kitty notou os arranhões profundos, começando a cicatrizar, nos dorsos das mãos calosas.

— Não quero ser grosseiro. — A voz profunda de Sean interrompeu os pensamentos de Kitty. — Mas quando Heather me disse que estava pensando em dar o bebê...

Ele parou de falar. Os músculos na garganta continuaram a funcionar, como se ele tentasse engolir alguma coisa que não descia.

— Independente do que você possa pensar, nós cuidamos dos nossos. Meu pai está incapacitado de trabalhar, mas eu tenho um emprego. Minha irmã não precisará viver de caridade.

Kitty olhou para Heather, que se mantinha imóvel, os olhos abaixados. Uma onda de confusão dominou-a.

— Mas pensei...

— Pensou errado — declarou Sean, incisivo.

Ele fitava-a com uma expressão desafiadora que deixou Kitty com vontade de lhe dar um tapa. Ao mesmo tempo, não podia deixar de perceber o ponto de vista de Sean. Os anos de dificuldade pela incapacidade do pai, o orgulho que se tornara mais endurecido a cada nova agressão, à medida que os calos cobriam seus dedos. Kitty conhecia o bairro em que eles viviam, ao lado da fábrica de champignon, uma terra arrasada de trailers e casas mínimas, em terrenos que quase cabiam num selo.

Mas antes que Kitty pudesse tranqüilizá-lo, garantindo que não estava condenando seu modo de vida com o fato de querer adotar o bebê da irmã, Heather empertigou-se subitamente.

— Pare com isso — gritou ela. — Sean, você sempre pensa que sabe o que é o melhor! Mas desta vez não é você quem decide!

Os olhos de Heather faiscavam com lágrimas não derramadas.

— Calma, calma... Está tudo bem.

Sean levantou-se e foi até a irmã. Sentou ao seu lado no sofá, passou um braço protetor por seus ombros. Lançou um olhar para Kitty só um pouco arrependido.

— Desculpe. Mas fico furioso sempre que penso a respeito. O desgraçado sumiu no instante em que ela disse que estava grávida.

— Não precisa pedir desculpas — murmurou Kitty. — Eu também ficaria furiosa.

— Sei que a decisão é de Heather. — Ele suspirou, a tensão diminuindo um pouco, como um pé que reduz a pressão em algum acelerador invisível. — Mas eu queria vir junto de qualquer maneira. Para verificar se era verdade tudo o que escreveu.

Kitty esperou, mal ousando respirar. Em sua gaiola, no canto, Byron, o papagaio, lançou-se numa interpretação um tanto rouca de "Pop Goes the Weasel". Ethel começou a roçar entre seus tornozelos, miando em protesto. Lá debaixo vinha o assobio dissonante de Willa. Só depois de um longo momento é que ela disse:

— Tenho trinta e seis anos. Não sou casada e não sei se algum dia serei. — Ela falava em voz baixa, com ênfase, forçando-se a olhar direto para Heather. — Gosto da minha vida... embora, para ser franca, haja dias em que me pergunto como vim parar aqui, fazendo o que faço. A única coisa de que sempre tive cem por cento de certeza, durante toda a minha vida, foi a de que quero ser mãe.

Silêncio, Kitty sentiu que estava flutuando... o coração despencava numa lenta espiral, como uma moeda jogada num poço dos desejos. Foi nesse instante que Sean sufocou uma risada estridente.

— Também não somos exatamente a família média da tevê. Nossa mãe nos abandonou quando Heather tinha seis anos. Não tivemos mais notícias dela desde então.

— É Sean quem cuida de quase tudo — informou Heather, a explosão de um momento atrás eclipsada pela veneração óbvia ao irmão. — Ele até cozinha melhor do que papai ou eu.

Agora foi a vez de Sean se mostrar embaraçado.

— Não é grande coisa.

Ele baixou o olhar, passando a mão, inibido, pelo joelho do jeans... um jeans desbotado de uma maneira que só poderia ser conseqüência do uso. Kitty não o imaginava como o tipo capaz de gastar cinqüenta dólares numa calça nova que foi lavada com seixos só para dar a impressão de que é de segunda mão.

*E ele não precisa gastar muito dinheiro com um jeans para que fique sensacional em seu corpo.*

O pensamento surgiu do nada, e Kitty corou. Que diferença fazia se ele era ou não atraente? A única coisa que importava ali era o fato de que Heather tinha um irmão mais velho que a amava profundamente... e no fim aceitaria o que fosse melhor para ela. Num súbito impulso, ela falou sem pensar:

— Vocês... vocês têm planos para esta noite? Eu adoraria se pudessem ficar para jantar. — Ela sorriu para Sean. — Também cozinho muito bem.

Heather mostrou-se animada no mesmo instante. Olhou ansiosa para Sean, que balançava a cabeça.

— Não sei...

— Por favor, Sean!

A mão subiu para a boca ansiosa, antes que ela se lembrasse de baixá-la de novo para o colo. Kitty não pôde deixar de especular que outros hábitos ruins ela tinha além de roer as unhas.

— Não gosto de deixar papai sozinho — disse Sean, o rosto franzido. Ele explicou para Kitty: — Papai tem um problema nas costas. Doem muito de tanto ele carregar aqueles pesados barris no curtume. Não é fácil para ele se movimentar.

— Ele também será bem-vindo aqui — sugeriu Kitty.

— Acho que não há mal em perguntar.

Os olhos decididos de Sean fixaram Kitty com um olhar que dizia: *Desde que saibamos qual é a situação, que nada ainda foi decidido.*

Ela acenou com a cabeça, sentindo um alívio enorme. Muito bem, a decisão final ainda teria de ser tomada, mas...

Ainda havia esperança.

Esperança de que um dia, muito em breve, ela despertaria com o choro de uma criança recém-nascida, em vez da campainha do despertador. Que haveria fotos de sua criança na galeria dos retratos emoldurados da família em cima do consolo da lareira. E um final para o anseio que passava por ela como o vento assobiando por um prédio vazio.

Foi só depois que Sean e Heather foram para casa, a fim de buscar o pai, quando Kitty se movimentava excitada na cozinha — como se não tivesse passado o dia inteiro ali —, que se lembrou de uma coisa: não telefonara para o pai, a fim de avisá-lo para pegar o smoking na tinturaria. Ela sentiu uma pontada de culpa, antes que sua obstinação natural prevalecesse.

Só porque a mãe e Alex optavam por atender a todas as necessidades do pai, isso não significava que ela devia fazer a mesma coisa. O engraçado é que ela tinha a impressão de que o pai a respeitava por isso. Pela maneira como às vezes a fitava... talvez como se soubesse que era melhor se manter a distância. Kitty nunca o confrontara com o que testemunhara quando tinha 15 anos, voltando para casa de bicicleta uma noite, depois de assistir a uma partida de futebol americano: o pai e a Sra. Malcolm, no sedã Plymouth cinza, estacionado atrás do Masonic Hall, onde o pai ia todas as noites de quinta-feira, para a reunião dos maçons. Estavam se beijando. Kitty não pudera ver os rostos direito, mas ficaram gravadas em sua mente as manchas que pareciam pintadas dos cabelos louros crespos da Sra. Malcolm, espalhados sobre a janela do passageiro.

A única coisa de que Kitty se lembrava depois disso foi que pedalava para casa como se as Fúrias estivessem em seu encalço, subindo a ladeira para Agua Fria Point, a respiração saindo em fluxos curtos e quentes, com a sensação de que uma agulha em brasa fora espetada em seu flanco. Em seguida, a entrada derrapando no caminho de casa, onde parara a bicicleta e vomitara nas moitas.

Nunca mais fora capaz de olhar o pai da mesma maneira depois daquela noite. A mãe sabia? Provavelmente não. E, conhecendo-a, Kitty sabia que talvez fosse melhor que ela permanecesse na ignorância. Pois uma coisa assim poderia matá-la.

A distância, Kitty podia ouvir a sirene de uma ambulância. Nesse instante, a premonição arrepiante de Serena Featherstone naquela manhã aflorou. E se não fosse apenas uma brincadeira, afinal de contas? E se a mulher estivesse certa?

*Você está sendo mórbida*, Kitty censurou-se. Mesmo assim, parada na cozinha, com o frio da noite subindo pelas solas dos pés descalços, a cabeça um pouco inclinada para o lado, ouvindo a sirene se desvanecer para uma tênue lamúria distante, ela não pôde deixar de experimentar a sensação de que algo terrível acontecera.

# Capítulo Três

Alex Cardoza, seguindo pela Quartz Cliff Drive, em seu BMW, também ouviu a sirene. Ela saiu da frente, ao máximo possível sem bater no *guardrail* de madeira e cair no mar lá embaixo. Percebeu um clarão vermelho pelo retrovisor, quando a ambulância passou em disparada. Provavelmente a caminho de Pasoverde Estates, onde ela desperdiçara a maior parte da tarde. Aqueles aposentados privilegiados, que não tinham nada melhor para fazer do que enganar uma pobre corretora a lhes mostrar casas que não tinham a menor intenção de comprar, uma delas à beira de um campo de golfe.

Ela pensou nos Henderson: Dick, com seu Rolex de ouro e bronzeado artificial, e a esposa jovial, Pat, usando na cabeça uma faixa azul que combinava com as bordas azuis nos tênis brancos. Haviam insistido que ela mostrasse todas as propriedades disponíveis no clube. O ponto alto da excursão, é claro, fora a propriedade Brewster. Como todos os outros curiosos em busca de sensações antes deles, os Henderson queriam apenas dar uma espiada na residência palaciana em que Brick Brewster, o astro de *Jericho Valley*, a popular série de tevê dos anos 70, metera uma bala na cabeça.

As mãos de Alex apertaram com força o volante revestido de couro. Uma dor de cabeça insinuava-se na têmpora, do tipo que só passaria com um Excedrin especial, extraforte. Os olhos contraídos por trás dos óculos escuros de grife, que eram mais para exibição do que proteção, ela não percebeu o ciclista até que já era quase tarde demais. O cara surgiu na sua frente de repente, e ela teve de pisar no freio com toda a força para não atropelá-lo.

O garoto de rabo-de-cavalo mostrou-lhe o dedo do meio enquanto se distanciava.

Alex deixou escapar um suspiro trêmulo. Fora por pouco. Precisava tomar mais cuidado quando se sentia tão cansada e frustrada. O problema era que não podia se recordar de um único dia, em muitos meses, em que não tivesse se sentido assim. Pela manhã, se não fosse a primeira a chegar ao computador do escritório, algum jovem ambicioso pegaria na sua frente a relação mais recente de possíveis compradores. O que significava ter de sair de casa antes que as gêmeas partissem para a escola. Depois, passar o dia inteiro correndo de um lado para outro, com vendedores que se recusavam a baixar o preço e compradores que não conseguiam se decidir. O fechamento de um negócio implicava passar horas sentada em negociações, até receber o cheque de sua comissão.

Tudo isso ela até que poderia controlar... se não fosse pela espada pairando sobre a sua cabeça. Em sua mente, Alex projetava uma cimitarra reluzente, como a que vira no livro de histórias *As mil e uma noites*, que lhe causava pesadelos quando era criança. Era uma espada de Dâmocles, forjada pela Receita Federal e afiada pelas contas do Visa e Mastercard, que chegavam fielmente pelo correio no fim do mês, com pagamentos mínimos que não davam sequer para cobrir os juros.

Em retrospectiva, quando a percepção sempre aumentava, ela podia saber onde começara a se desviar do caminho certo, ver o que se aproximava como um enorme caminhão, que poderia evitar se tirasse um momento para olhar pelo espelho retrovisor. Mas os acontecimentos quase nunca são bem nítidos quando estão ocorrendo, ela sabia. De alguma forma, com as despesas envolvidas em comprar e mobiliar uma casa — para não mencionar a agitação da mudança e arrumação... e não vamos esquecer esse incidente desagradável e inacabado que se chama divórcio —, Alex conseguira não apenas gastar até o último centavo de sua parte na casa da Myrtle Street, mas também todas as suas economias.

Planejara compensar as diferenças quando chegasse o momento da declaração de renda... mas as vendas de imóveis haviam sofrido uma queda considerável nos últimos dois ou três anos. As comissões cobriam a hipoteca e os pagamentos dos cartões de crédito, não sobrando quase nada para as despesas domésticas. Agora, com juros e multas por atraso, sua dívida com Tio Sam estava na altura de quarenta mil dólares.

Cada vez que pensava a respeito, ela sentia uma contração no estômago, como se tivesse levado um chute. O contador vinha enrolando o agente designado para o seu caso... mas se ela não pagasse o que devia nos próximos dois meses, advertira Brett, poderia perder tudo, casa, carro, móveis. Até mesmo seus rendimentos seriam onerados.

Alex sentiu uma pressão no peito ainda maior. O coração passou a bater disparado, numa reação que se tornara tão familiar quanto a respiração nos últimos meses. Fora em parte por isso que ela perdera a calma com Kitty hoje. Enquanto ela se esgotava no esforço para ajudar na festa — escolhendo as fotos do casamento que seriam ampliadas, arrumando uma costureira para fazer a bainha das 17 toalhas de mesa tingidas sob encomenda, mas entregues no tamanho errado, providenciando acomodações em hotéis para os parentes que moravam em outras cidades — a irmã não podia sequer se lembrar de encomendar as drogas dos guardanapos. E Alex precisava muito que aquela festa transcorresse sem qualquer contratempo.

Se a noite fosse perfeita, o pai estaria num estado de espírito favorável para um pedido de empréstimo. O pai era generoso, às vezes até demais, quando se tratava de favores pequenos e até médios. Mas podia se irritar quando o empréstimo era vultoso, ainda mais para cobrir a dívida incorrida no que ele considerava o pior dos pecados: o gasto pródigo. E se ele recusasse... Alex podia se despedir dos próximos dez anos de sua vida.

E era por isso que, em vez de seguir direto para casa, depois de encerrado o dia de trabalho, naquele momento guiava muito depressa pela Quartz Cliff Drive, na direção da casa de Leanne, sua melhor amiga. Havia mais um fio solto que Alex precisava encapar, um problema que poderia se tornar o pavio de uma bomba que explodiria em todo mundo, se não tomasse cuidado.

Ontem, ao repassar a lista de convidados, ela ficara surpresa ao constatar que a mãe de Leanne não fora incluída. Beryl Chapman era uma grande amiga de sua mãe havia cerca de quarenta anos, quase tanto tempo quanto o pai e a mãe eram casados. *Deve ter sido um esquecimento*, Alex pensara. Mas, quando ela abordara o assunto, a mãe se tornara subitamente evasiva. Levantara-se de um pulo para arrumar as almofadas no sofá e dissera, irritada:

— O motivo para Beryl não estar na lista é que não a convidei.

Ponto final. Assunto encerrado. Quando Alex a pressionara, por mais detalhes, ela se calara.

*Será que ela descobriu, sobre Beryl e papai?* Alex não imaginava como seria possível. Acontecera há *séculos*. Se a mãe não descobrira naquele tempo, por que haveria de somar dois e dois de repente? Não fazia sentido. Era mais provável que ela e Beryl tivessem tido alguma briga. Só podia ser isso.

E era nesse ponto que Leanne entrava em cena. Talvez *ela* soubesse de alguma coisa. É verdade que Leanne e sua mãe não eram muito ligadas, mas desde o nascimento de Tyler, quatro anos antes, Beryl aparecia com uma freqüência maior, ajudando aqui e ali... isto é, quando não tinha receio de quebrar uma unha ou algo parecido. Se suas mães tivessem brigado, Beryl teria feito algum comentário para Leanne?

*Talvez Leanne saiba mais do que deixa transparecer.* Leanne ainda era bebê quando seus pais haviam se separado, mas em algum momento o pai poderia ter lhe revelado o motivo do divórcio.

Não parecia provável. Leanne já não teria pelo menos mencionado o assunto, a essa altura? Elas sabiam *tudo* uma sobre a outra. Alex fora a primeira pessoa a quem Leanne contara que começara a menstruar, no verão em que ambas completaram 13 anos... e também quando fora estuprada na universidade, por um rapaz com quem saíra sem conhecê-lo antes e que estava bêbado. Não seria provável que Leanne guardasse um segredo dessa proporção.

E isso levantava outra questão, talvez ainda mais angustiante. Se a amiga realmente não sabia de nada, o quanto Alex deveria revelar? Seria justo arrastar Leanne para o problema, quando ela já tinha mais do que podia absorver?

Alex estremeceu no ar úmido que entrava no carro, desejando de repente ser tão ignorante quanto Leanne. Como também acontecia com suas irmãs. Seria capaz de apostar qualquer coisa como *elas* não acordavam de madrugada com um suor frio, o coração disparado, imaginando onde e quando o segredo seria revelado. Ela mesma não fizera nada de errado, disse Alex a si mesma. Então por que se sentia tão culpada?

Ainda podia lembrar a primeira vez em que o pai a fizera de confidente. Tinha 11 anos, quase 12. Tinham o hábito de dar um passeio pela praia todas as noites, depois do jantar, só os dois... um hábito que se desenvolvera mais por omissão das outras do que por um favoritismo óbvio. Daphne e Kitty, quando convidadas, sempre tinham uma coisa mais importante para fazer; e a mãe... ora, a mãe jamais sonharia em deixar a louça por lavar para dar um passeio.

Alex tinha também outra teoria: acontecia dessa maneira simplesmente *porque era assim que tinha de ser*. Afinal, ela era a predileta do pai. Lá no fundo, sempre soubera. Prova disso era o fato de que podia lhe dizer qualquer coisa, e o pai nunca se mostrava impaciente, como às vezes acontecia com Daphne e Kitty. Ele apenas a aconselhava da melhor forma que podia, sem ser condescendente, ao contrário dos pais de suas amigas. Por isso, parecia perfeitamente natural que ela, naquele dia distante, enquanto andavam pela linha da maré, as pernas das calças enroladas até os joelhos, perguntasse sobre uma coisa que a vinha perturbando, um comentário que a enfermeira da escola fizera de manhã, durante uma aula só para as meninas sobre reprodução humana.

A Sra. Leidecker desenhara no quadro-negro os contornos do que parecia ser um novilho de chifres compridos, mas que fora identificado como o sistema reprodutivo feminino. Ela explicava como o óvulo caía da trompa de Falópio e era fertilizado pelo espermatozóide, um daqueles tracinhos nadando como um girino ao seu encontro, quando Lana Boutsakaris perguntou:

— Mas como o espermatozóide chega lá em cima, em primeiro lugar?

A essa altura, a Sra. Leidecker ficou vermelha que nem uma beterraba e balbuciou a primeira coisa que aflorara em sua cabeça. Alguma delas já vira cachorros acasalando? Era *assim*, disse ela, antes de passar apressada para o tópico seguinte. Mas, enquanto as outras meninas riam e faziam caretas, Alex permanecia em silêncio, aflita demais para qualquer comentário. Não podia imaginar seus pais fazendo aquela coisa... o pai montando na mãe por trás, como ela vira uma vez o *Irish setter* da família, Otis, fazer com a cadela de um vizinho. Se era assim que se faziam bebês, ela nunca casaria nem teria filhos.

O pai não riu quando indagado se era verdade. Também não corou, como acontecia com a mãe quando o beijo num filme era um pouco mais prolongado. Apenas sorriu, gentilmente, e disse: "Nunca se envergonhe, mas nunca mesmo, do que é uma função normal e natural do corpo humano, Alex." Ele explicou que era especial e maravilhoso o que acontecia com marido e mulher quando faziam um bebê, não uma coisa sórdida e repulsiva.

Só que Alex sabia que não eram apenas os casados que faziam aquilo. No fim de semana anterior assistira na TV a um filme antigo, em preto-e-branco, em que um casal, cada um casado com outra pessoa, se apaixonava. E isso acabou arruinando a vida de todos, inclusive a deles. Ela também interrogou o pai a respeito.

Durante um longo tempo, ele não disse nada, apenas ficou olhando para as ondas, desmanchando-se em arcos prateados, sob o céu multicolorido. Suas sombras alongadas tremeluziam na areia úmida. A brisa levantava os cabelos no alto da cabeça do pai; era sua única vaidade, a maneira como ajeitava os cabelos ralos para dar a impressão de que eram mais cheios. Quando o pai finalmente falou, seu olhar era tão distante que Alex não sabia se ele se dirigia a ela ou apenas manifestava seus pensamentos em voz alta.

"Às vezes, Alex, mesmo quando marido e mulher se amam, nem sempre é suficiente. Certas mulheres, embora não seja culpa delas, acham o intercurso tão doloroso e desagradável... e nesse caso o marido não tem opção senão procurar em outros lugares por esse tipo de companhia."

Alex nunca soube o que a impeliu a fazer a ligação, mas descobriu-se a perguntar:

— *Você* nunca precisou, não é?

O pai virou-se para fitá-la, os olhos escuros contra o céu rosa-púrpura, um dos lados da boca contraído num pequeno sorriso angustiado. "Eu amo muito sua mãe. Você sabe disso. E tudo o que eu lhe disser deve ser mantido no mais absoluto sigilo, agora e para sempre. Está me entendendo?"

Alex acenou com a cabeça em concordância, sentindo de repente uma ausência de peso, a pele toda arrepiada, como se alguma coisa da maior importância estivesse prestes a acontecer.

"Já estive com outras mulheres. Mas não as amava da maneira como amo sua mãe. Se algum dia ouvir qualquer coisa... outras crianças falando na escola, como sua amiga Leanne, por exemplo... quero que se lembre disso."

E ela se lembrava.

O resto, é claro, só ficara sabendo muito tempo depois. Toda a história com a mãe de Leanne... e as mulheres que sucederam Beryl. À medida que Alex amadurecia, as confidências do pai aumentaram. Embora sem ficar a par dos detalhes embaraçosos, ela sempre sabia quando o pai estava se encontrando com outra mulher.

A primeira a causar qualquer tipo de impressão foi Anne Stimson, uma interna de cabelos lisos, que fizera um estágio em patologia sob o comando dele. Durara apenas oito meses, até que Anne se transferira para a pediatria. Ao que Alex sabia, os dois haviam se separado como amigos. Depois, veio Leonore Crabbe, que possuía uma loja de cerâmica na Locust, chamada Mud, Sweat & Tears, e lia o *Rubayat* por diversão. Leonore, que acreditava firmemente no lema "aproveite o que vier", continuara a encontrá-lo, de forma intermitente, ao longo dos anos, até que se unira a um artesão local de vitrais, com quem tivera duas crianças, fora do casamento.

O início dos anos 80, recordou Alex, foram dominados por Mary Kate Klausen, uma enfermeira bonita, de cabelos escuros, com um histórico de instabilidade. Até ameaçara se matar quando ele finalmente rompera o relacionamento. Houvera um longo período depois de Mary Kate em que o pai não tivera outra mulher. Depois, viera a vendedora de um laboratório farmacêutico, uma mulher casada, de outra cidade, cujo nome Alex não lembrava. Será que o pai continuava a encontrá-la? Se assim fosse, há bastante tempo que ela não ouvia falar a respeito.

Podiam se passar meses, até mesmo anos, sem qualquer menção de uma nova mulher. Mas quando o pai lhe confidenciava parecia perfeitamente natural para Alex. Afinal, ele tinha de contar a alguém... e em quem mais podia confiar?

A única coisa que a preocupava, em tudo aquilo, era o fardo de tantos segredos, como se fosse um campo minado em que tinha de andar na ponta dos pés para permanecer inteira. Um campo minado que em alguns dias, como hoje, tinha certeza de que explodiria em seu rosto.

Alex murmurou um palavrão quando fez uma curva fechada e sentiu a traseira do BMW começar a derrapar no asfalto com muita areia. Diminuiu a velocidade no mesmo instante, apertando o volante com tanta força que as articulações sobressaíram, como nós de marinheiro esbranquiçados, contra o couro marrom-claro perfurado.

*É tudo culpa de Jim*, pensou ela. *Eu não estaria tão endividada se ele não tivesse me deixado.*

Não precisariam ter vendido a casa, já quase toda paga, e assumido outra hipoteca, a juros muito mais altos. Nem lutar tanto para proporcionar a Nina e Lori tudo a que elas estavam acostumadas, com as melhores roupas, uma boa mesada, aulas de tênis e equitação, o título de sócia no clube.

Pior do que isso, ela ficara sem a única pessoa com quem podia partilhar suas preocupações. Pois, quando Jim fora embora, ela perdera o único homem que já amara, desde que o vira pela primeira vez, aos 17 anos de idade.

Seus olhos encheram-se de lágrimas quentes e furiosas. Fariam em junho 16 anos de casamento... uma data que deveria estar circulada em seu calendário. Em vez disso, ali estava ela, assoberbada de trabalho pela festa para comemorar o aniversário de casamento dos pais, não o seu.

Talvez eles tivessem a fórmula certa, no final das contas, pensou Alex. Talvez o segredo para um casamento de longa duração fosse o de focalizar apenas o que havia na superfície e virar um olho cego ao resto. As ilusões, ao que parecia, eram mais sustentáveis do que as verdades que pudessem vibrar por baixo.

Alex respirou fundo, forçando a mente a se afastar desses pensamentos, e, depois de vários minutos, sentiu que a tensão começava a se desvanecer. Aquele trecho em particular da costa — os penhascos de arenito que mergulhavam num precipício vertical para a baía, aninhada nos braços dos dois promontórios, como uma vasta tigela prateada — sempre exercia esse efeito sobre ela. Como sintonizar no rádio uma melodia antiga predileta ou lembrar que alguma coisa boa a esperava em casa.

À sua esquerda, de frente para a estrada, estendia-se uma fileira de casas em lotes mínimos, mas que oferecia uma das melhores vistas do mar em Miramonte. Eram casas que outrora podiam ter sido pobres e miseráveis, mas que haviam sido ampliadas ou substituídas por uma sucessão de proprietários. Restara uma miscelânea de estilos, e os preços mais variados. Como a casa alta em forma triangular pela qual passava agora, tendo ao lado um pequeno chalé com as telhas de madeira cinza descascando, dando a impressão de um pequeno bote diante da proa de um poderoso navio. E aquela casa rústica de cedro, que ela sempre admirara, com as portas de vidro corrediças e a varanda ao redor; se não fosse pela pocilga ao lado, ela poderia conseguir até 750 mil dólares por aquela propriedade, sem qualquer dificuldade.

Snug Harbor Lane, por outro lado — três quilômetros para o norte e quase um quilômetro para o interior —, era outra história. Ao passar pelo asfalto esburacado, margeado por modestas casas de madeira, muitas das quais já haviam testemunhado dias melhores, Alex reprimiu um tremor ao pensar: *É onde acabarei, se não for pela graça de Deus.* Se não encontrasse uma maneira de se livrar da avalanche de dívidas que a sufocava, poderia muito bem ficar reduzida àquela situação, cem metros quadrados de uma casa de madeira com a tinta descascando, com uma vista não do mar, mas do pântano salgado, com o odor tênue mas persistente de vegetação em decomposição.

As casas naquela área — uma relíquia dos anos 60, quando as propriedades perto da praia ainda eram relativamente acessíveis, e Miramonte apenas começava a se firmar como uma atração para os veranistas — haviam sido construídas para resistir a nada mais ameaçador que uma tempestade de verão ou um fim de semana com pessoas demais espremidas sob o mesmo teto. Além do preço absurdamente elevado para aquecê-las no inverno, eram úmidas durante o ano inteiro. Mas, ao contrário da maior parte das residências de veraneio mais antigas, Snug Harbor Lane não conseguira atrair incorporadores ansiosos em demolir e reconstruir. O pior de tudo — Alex já explicara tantas vezes a compradores em potencial que podia recitar até dormindo — era o fato de que o pântano em que a estrada acabava, estendendo-se até onde a vista podia alcançar, estava sob a jurisdição da Comissão Costeira. Casas maiores significariam mais esgoto sanitário, o que por sua vez representaria um risco para o delicado ecossistema do pântano. Em suma, enquanto a população de mergulhões atingia um recorde de todos os tempos, os donos de casas, como Leanne, que poderiam vender suas propriedades com um lucro generoso, tinham as maiores dificuldades para equilibrar o orçamento.

A casa da amiga era a última no lado esquerdo, onde a estrada terminava, numa volta incompleta. Era pequena, apenas dois quartos, outrora amarela, mas há muito tempo desbotada para a tonalidade anêmica de gema de ovo seca. Alex parou na frente e acenou para a amiga, que tinha uma mangueira enrolada no braço, como se fosse um laço, e regava os fragmentos de relva ressequida que passavam por um gramado. Leanne acenou em resposta, antes de se adiantar para fechar a água da mangueira.

A tarde se tornara mais quente do que era normal naquela época do ano. Leanne usava um short de jeans com as pernas cortadas e uma blusa larga, os cabelos dourado-claros presos num rabo-de-cavalo, do qual escapavam vários fios descendo pelo pescoço. *Ela emagreceu*, pensou Alex, enquanto a amiga se inclinava para fechar a torneira, meio escondida por trás de uma moita alta de hortênsias. Leanne sempre fora esguia, mas agora parecia consumida, os tendões formando sulcos nas pernas claras e as nádegas mal sobressaindo nos bolsos do short. Era evidente que o turno da noite vinha cobrando seu tributo, para não mencionar o processo por imperícia pendente desde o nascimento de Tyler. E isso era outro problema... um menino que, aos quatro anos, era incapaz de sentar, comer com uma colher ou mesmo reconhecer a mãe. Leanne empertigou-se, fitando-a com uma das mãos sobre os olhos.

— Ei, olha só quem está aqui! A dama da Avon, com o último lançamento para a limpeza de poros!

Ela sorriu. Alex também sorriu.

— Seus poros precisam de limpeza?

— Não, mas ao seu lado dou a impressão de que preciso de toda ajuda que puder obter. — Ela baixou a mão para o quadril, deu um passo para trás, para contemplar Alex com uma expressão crítica. — Se tiver um único cravo nesse seu rosto perfeito, seria preciso uma lupa para encontrá-lo.

Com isso, ela virou-se e seguiu para a casa, fazendo sinal para que Alex a seguisse.

— Vamos entrar. Vou fazer uma limonada. Tyler está dormindo, para variar. Assim, podemos até conversar.

Lá dentro, Alex acomodou-se no sofá, onde havia um xale de crochê que Leanne fizera quando ainda vivia com Chip... antes do desgraçado abandoná-la grávida, e antes de Tyler nascer para fechar o cerco.

— Volto num instante.

Leanne entrou na pequena cozinha, ao lado da sala. Alex ouviu gavetas e armários sendo abertos e fechados, o retinido de uma colher contra o vidro. Ouviu a porta da geladeira ser aberta.

— Droga! Não tem gelo.

Leanne estendeu a cabeça pela porta.

— O freezer está outra vez com defeito. Vou pegar gelo com a vizinha. Volto num segundo.

— Não precisa se incomodar. Prefiro uma limonada sem gelo.

— Mentirosa.

Mas Leanne exibiu o seu antigo sorriso brejeiro que Alex quase nunca via hoje em dia. Era como uma lembrança desenterrada do ensino médio.

Ela fora a garota mais bonita da turma na John Muir, muito mais bonita do que Leanne jamais ousaria admitir para si mesma. Mesmo com tudo o que lhe acontecera desde então, ainda mantivera sua aparência. Lembrava a Alex uma coleção de fotos que encontrara uma ocasião numa galeria, de camponesas com uma beleza rude e vigorosa, uma beleza que nada tinha a ver com uma pele imaculada ou com os cabelos na última moda. Havia também alguma coisa diferente na expressão de Leanne, o ar de uma pessoa que fora pressionada além da conta e que não ia mais suportar. A palavra derrota não constava do dicionário de Leanne.

— Não se esqueça de que conto mentiras para viver — gracejou Alex. — Enquanto você se ocupa salvando a vida de bebês, meu trabalho é convencer algum pobre e inocente comprador de que bastam uma demão de tinta e uma cortina nova para que a sala mais escura do mundo se torne a mais clara.

Leanne adiantou-se, com dois copos altos, em que havia um líquido claro e turvo.

— Você sempre foi otimista. — Ela soltou uma risada. — Lembra a ocasião em que fomos apanhadas colando na prova de álgebra? Quando o Sr. Evans nos deu um F, você disse que era um sinal de Deus, a prova de que não havíamos nascido para saber álgebra.

— Ainda mais se depois teria de estudar geometria. Como eu sempre disse, pare enquanto você está com a vantagem.

— É fácil para você dizer isso. Pode se dar ao luxo de não fazer nada.

Havia certa rispidez na voz de Leanne. Ela arriou no outro lado do sofá. Alex teve a impressão de perceber alguma coisa velada com todo o cuidado em sua expressão.

Por que não contara a Leanne sobre a situação crítica em que se encontrava? Alex não sabia. Disse a si mesma que era porque Leanne, forçada a economizar até o último centavo, podia menosprezá-la por ser tão descuidada. Ao mesmo tempo, sabia que isso não era de todo verdadeiro. Ultimamente, vinha sentindo uma frieza mínima, mas discernível na atitude de Leanne em relação a ela. Nada que pudesse identificar com clareza. Apenas uma vaga sensação de que Leanne podia estar guardando segredos.

Teria ofendido Leanne de alguma forma? Ou tinha alguma coisa a ver com o que estava acontecendo entre suas mães? De qualquer forma, Alex não pretendia sair dali enquanto não soubesse.

Ela correu os olhos pela sala... surpreendentemente alegre, apesar de apertada. Mobiliada com cadeiras diferentes, em que não era preciso sentar para saber que eram confortáveis, uma mesa de cerejeira e uma arca de cedro em que estavam guardados os antigos álbuns de fotos e as velhas roupas de bebê de Leanne. Os trajes que haviam se tornado pequenos para Tyler eram diferentes. Leanne achava que não havia sentido em guardá-los para um filho que nunca poderia olhar para trás e sorrir, ao pensar como fora outrora pequeno e indefeso.

*Pelo menos tenho Nina e Lori.* Jim fora embora, e as meninas cresciam tão depressa que ela mal as reconhecia como as crianças que puxavam a barra de seu vestido e pediam os biscoitos de bichinhos... do tipo rosa, "cheio de pontinhos", balbuciava Nina. Alex sorriu à lembrança, sentindo um inesperado sentimento de perda. Mas qual era a alternativa? Uma criança que crescia apenas no tamanho? Pobre Leanne.

— O que está acontecendo em seu processo? — perguntou ela. — Alguma novidade?

Leanne suspirou e recostou-se. Ajeitou uma perna por baixo do corpo.

— Nada, a não ser o fato de que nossa principal testemunha, Agnes Batchelder, está sofrendo um súbito ataque de amnésia. E ela estava bem ali, na sala de parto! Disse-me que Pearce não deveria ter esperado tanto tempo para fazer a cesariana. Agora, alega que não tem certeza do que viu.

Uma expressão de repulsa tornou duro e feio, por um momento, seu rosto bonito.

— Isso só acontece por causa da pressão que ela vem sofrendo dos advogados do hospital. E como não podem me despedir, eles me puseram no turno da noite.

— Acha que ela vai mudar de idéia?
— Se não mudar, tentarei não guardar ressentimento.
— Não vai conseguir.
— O que eu gostaria mesmo de fazer é torcer seu pescoço — admitiu Leanne, com uma risada estridente. — Faltam só dois anos para a sua aposentadoria, e por isso ela me deixa na mão.

Leanne tomou um gole da limonada, pensativa.

— Dennis, meu advogado, diz que podemos intimá-la, mas acho que não adiantaria.

— Já marcaram a data do julgamento?

— Pela última informação, será em meados de agosto. No dia quinze, para ser mais precisa.

— Ou seja, faltam quatro meses. Qualquer coisa pode acontecer até lá.

Leanne ficou com um olhar introspectivo. Mais uma vez, Alex sentiu um arrepio de apreensão na nuca. Especulou como abordar o assunto da festa e por que a mãe de Leanne não fora convidada. Já se preparava para falar quando Leanne perguntou, abruptamente:

— O que há de novo com você? Não tenho notícias suas há semanas, e de repente cai do céu como um milhão de dólares. Imaginava-a de quatro, carregando a última carga de acessórios da festa até o clube.

Alex soltou um gemido.

— Não se deixe enganar pelas aparências. A maquiagem e o gel nos cabelos são as únicas coisas que ainda me sustentam.

— Não é sua mãe quem está fazendo a maior parte do trabalho?

— Claro, mas há outras coisas além de planejar o cardápio e encomendar as flores. Há um milhão de pequenas coisas inesperadas que não param de aparecer. — Alex respirou fundo e depois forçou as palavras a saírem. — Por exemplo, essa briga estúpida que nossas mães parecem estar tendo.

— Que briga?

Leanne parecia genuinamente perplexa.

— Tenho certeza de que não é nada importante. Ou pelo menos espero que não seja. Mas... — Alex sentiu que ficava quente na sala sem sol de Leanne, a janela virada para o sul, com ilhas de juncos altos cercadas por uma lama cinza e reluzente, e manchas de sal ressequido que pareciam fragmentos de rendas. — Por alguma estranha razão, sua mãe não foi convidada para a festa.

Leanne fitou-a em silêncio por um longo momento, aturdida, antes de dizer:

— Está brincando, não é? Isso não é possível. Mamãe teria me falado.

A voz foi alteada num tom de incredulidade... e algo mais. Alex apenas imaginava o brilho furtivo nos olhos da amiga, pouco antes de ser reprimido? Leanne bateu com o copo na mesinha de café, e um pouco da limonada respingou na pilha de correspondência que ainda não fora aberta.

— Qual foi o problema? Ela disse por quê?

Surpresa com a inesperada veemência na reação de Leanne, Alex ficou desorientada por um momento, sem saber o que dizer. Por que Leanne se mostrava tão perturbada? Parecia até que sabia de alguma coisa.

Uma voz fria interferiu. *Talvez ela não saiba. Talvez apenas desconfie.* Só isso já seria suficiente para deixá-la atordoada. Não apenas por causa de Beryl. Mas também por causa de seu pai. Desde que eram pequenas que Leanne idolatrava seu pai, dizendo que ele a tratava muito melhor do que seu próprio pai jamais a tratara. O sentimento devia ser mútuo, porque os pais de Alex convidavam-na para todas as viagens da família; e durante as aulas ela muitas vezes ficava para jantar. Leanne e Alex costumavam fingir que eram irmãs. Depois de algum tempo, começara a parecer que eram mesmo. Daphne e Kitty tinham uma à outra, e Alex tinha Leanne. E, no entanto... se ela tinha de ser completamente honesta, não havia outro sentimento latente já naquele tempo? A impressão constrangedora de que, lá no fundo, se tivesse a opção, Leanne tomaria seu lugar, deixando Alex de fora.

Um novo pensamento ocorreu a Alex, que tratou de agarrá-lo com a maior ansiedade, como se fosse uma bóia salva-vidas.

— Talvez tenha sido de sua mãe a decisão de não ir à festa. Talvez ela não quisesse que você se sentisse constrangida.

— Porque *eu* não posso ir? Preciso pensar em Tyler, caso tenha esquecido.

O tom de Leanne era brusco. A raiva parecia ter surgido do nada, fora de proporção com qualquer coisa que Alex dissera ou poderia ter insinuado. Sua expressão era agora furiosa, o rosto pálido contraído numa mistura de raiva e desespero.

— Eu não estava sugerindo...

— Eu iria, se pudesse, e você sabe disso — interrompeu Leanne. — Mas não seria justo com Beth. Ela já trabalha demais.

A irmã mais velha de Leanne tinha duas crianças, mas cuidava de Tyler nas noites em que Leanne trabalhava. Mesmo com Leanne deixando-o a caminho do hospital e pegando-o quando voltava para casa pela manhã, já era pedir muita coisa. Mas Beth era assim... tão doce e simples quanto Leanne era nervosa e difícil de entender.

— Não precisa explicar — murmurou Alex, tentando tranqüilizar a amiga. — Isso não tem nada a ver com você.

Leanne levantou-se e começou a andar de um lado para outro da sala, ajeitando as revistas na mesinha de café, pegando as meias de Tyler no chão, ajeitando um quadro na parede por cima da televisão, um óleo bastante bom de vacas pastando.

— Não sei o que está acontecendo com nossas mães — disse ela finalmente, mais calma agora. — Ninguém me contou nada. É bem provável que você tenha razão. Deve ter sido uma briga idiota que escapou ao controle.

— Também tivemos as nossas brigas. — Alex sentia de repente uma necessidade desesperada de mudar de assunto. — Você se lembra de nosso último ano na escola, quando a acusei de flertar com Jim?

Uma risada sarcástica escapou de Leanne. Um canto da boca tremeu, num sorriso relutante.

— Você não falou comigo durante uma semana. E isso *depois* que destruiu meu anuário.

— Não destruí. Apenas derramei tinta, num acidente deliberado, na página em que Jim escreveu: "Foi sensacional conhecer você durante os últimos quatro anos."

— Posso apostar como ele escreveu isso no anuário de todas as outras. — Leanne cruzou os braços, fitou Alex nos olhos e perguntou, a voz suave: — Nunca vai superar e deixá-lo para trás, Alex? Estão separados há dois anos.

— Já me disseram isso.

— Seria melhor se passasse mais tempo se preocupando com você mesma do que pensando em seus pais.

Alex pensou nas tarefas que a aguardavam em casa, o jantar para preparar, a roupa para lavar... e isso *antes* de fazer uma triagem da pilha de contas a pagar. Armada com uma calculadora, determinaria o que poderia atrasar por mais um mês e como podia ignorar os avisos de atrasos impressos em letras maiores.

— Não há horas suficientes no dia para isso — comentou ela.

Desta vez sua risada foi forçada. Leanne deixou escapar um suspiro de compaixão.

— Pensa que não sei como é?

Alex ficou em silêncio alguns minutos, tomando a limonada quente e muito doce, que mais parecia um xarope para tosse, antes de se permitir olhar para o relógio.

— Ei, é melhor eu ir embora. — Levantou-se de um pulo. — Prometi a mamãe que levaria algumas coisas antes de ir para casa.

Leanne acompanhou-a até a porta. Pôs a mão em seu braço.

— Desculpe não poder ajudar. Nossas mães devem estar um pouco senis. Mas vão superar, tenho certeza. Talvez até antes da festa.

Alex não tinha tanta certeza. Mas já falara demais. Era melhor não tocar mais no assunto... deixar os cães dormindo, como se costumava dizer...

*Os cães não mordem quando estão dormindo.*

A variação habitual da mãe sobre esse tema antigo aflorou na cabeça de Alex, como algum objeto perigoso que ela se esquecera de cuidar, como um prego enferrujado ou um caco de vidro.

— Por que não ligo para você no fim da semana? Poderíamos nos encontrar.

Mas, mesmo aos ouvidos de Alex, as palavras soaram tão falsas quanto o sorriso que ela ofereceu à amiga ao sair.

Leanne fitou-a distraída, por um momento. Os olhos azul-claros pareciam focalizar alguma coisa que só era visível para ela. Depois, sorriu também... como se estivesse endireitando alguma coisa prestes a virar. Mais uma vez, Alex teve a estranha impressão de que a amiga sabia mais do que estava deixando transparecer.

— Uma boa idéia. — Leanne olhou para a meia amarrotada em sua mão, como se não soubesse como fora parar ali. — Se eu não estiver morta de exaustão até lá.

A conversa com Leanne atormentou Alex por todo o caminho até Agua Fria Point. Leanne parecia mesmo exausta, é verdade, mas isso não explicava seu comportamento estranho. A maneira como se mostrara irritada no momento em que Alex falara sobre as suas mães. Quase como se tivesse alguma coisa a ver com o rompimento das duas.

Mas isso era um absurdo, é claro. De que outra coisa Leanne podia ser culpada, além de talvez saber mais sobre o contratempo do que revelara?

Os pensamentos de Alex desviaram-se para os castiçais alugados na mala do carro. Cinco minutos, ela disse a si mesma. Era todo o tempo de que podia dispor para deixá-los. E desta vez não deixaria que a mãe a provocasse; quando ela começasse a dizer que não era bem isso o que queria, Alex se recusaria a entrar no jogo. Se a mãe quisesse usar os castiçais como um pretexto para não falar sobre o que estava realmente errado, ela não precisaria ceder, não é mesmo?

Já estava quase escuro quando Alex entrou na Cypress Lane. Especulou se Kitty se lembrara de telefonar para o pai e de falar sobre o smoking. Provavelmente não. A irmã parecera distraída demais naquela manhã, como se alguma coisa a angustiasse. *É tão absurdo assim? Por acaso pensou que tinha a exclusividade dos problemas pessoais?* Alex fez uma anotação mental de telefonar para Kitty de manhã e pedir desculpas pela maneira rude com que a tratara.

Estava a uma quadra da casa dos pais quando avistou os carros da polícia.

Duas radiopatrulhas estacionadas na frente da casa. Acompanhadas por vários guardas, movimentando-se de um lado para outro, um deles esticando uma fita amarela pela grade da varanda, o que era inexplicável. Mais dois saíram do interior da casa, carregando o que pareciam ser sacos de lixo.

Ao clarão dos faróis de seu carro, era uma cena de um daqueles filmes de horror ordinários a que ela e as irmãs gostavam de assistir, acordadas até tarde, só para se sentirem apavoradas. A idéia de uma brincadeira de alguém... tão tola, na verdade, que Alex foi dominada pelo impulso súbito e histérico de rir.

Mas a risada ficou presa na garganta, e de repente ela não conseguia mais respirar. Tonta, parou o carro junto do meio-fio e ficou observando, num espanto atordoado, o filme em preto-e-branco, que entrava e saía de foco.

Quando alguém bateu na janela do carro, ela teve um sobressalto, como se tivesse sido agredida.

Um guarda espiava. Alex baixou a janela, enquanto uma parte distante de seu cérebro registrava, ao mesmo tempo, que parecia não haver qualquer sensação na mão. Ela olhou para o guarda, um jovem nervoso, com um corpo esguio e forte, que teria sido bonito se não fosse pelas cicatrizes deixadas pela acne.

— O que está acontecendo aqui, seu guarda?

O tom incisivo e profissional da voz surpreendeu a própria Alex.

— Conhece as pessoas que moram na casa? — perguntou o guarda.

— Claro. São meus pais.

Alex começou a tremer violentamente. Uma expressão perturbada, quase de pânico, estampou-se no rosto do jovem guarda.

— Espere aqui, madame. — Não era tanto uma ordem, mas uma súplica. Ele acrescentou, ainda mais nervoso: — Deve fazer o que estou pedindo. E pode acreditar que é para o seu próprio bem.

— O que foi? — A voz de Alex era estridente. — O que aconteceu?

Seu primeiro pensamento foi o de que a mãe sofrera um infarto. Nana morrera de infarto fulminante, antes que pudessem levá-la para o hospital. Depois, Alex se lembrou das pílulas que o pai tomava para a pressão alta. Não havia com que se preocupar, ele garantira, mas não seria possível...

Alex sacudiu-se toda no banco do carro. Começou a tatear freneticamente para soltar o cinto de segurança.

— Vou chamar o sargento Cooper. Espere aqui.

O guarda parecia em pânico total agora, como se ela fosse uma viciada tendo uma crise.

— *É papai?* — gritou Alex. — *Aconteceu alguma coisa com papai?*

Mas o guarda já estava correndo pelo gramado. Em busca de uma ajuda que ela não queria nem precisava.

Com dedos que pareciam congelados, conseguiu soltar o cinto de segurança. Saiu do carro. Mas quando ficou de pé, os joelhos tremeram, ameaçando vergarem. Ela cambaleou para o gramado, gritando:

— Papai! Mamãe! *Pelo amor de Deus, alguém pode me dizer o que está acontecendo aqui?*

A distância, uma ambulância gemeu, como se fosse um eco tênue e insidioso.

Um policial corpulento, mais velho, com manchas de suor em meia-lua escurecendo o uniforme, aproximou-se apressado, as botas formando uma trilha reluzente no gramado úmido.

— Sou o sargento Cooper. Importa-se de me acompanhar até ali, para conversarmos?

Ele apontou para seu carro, estacionado de lado, bloqueando o caminho para a casa.

— O que aconteceu?

— Por favor, senhora, se me acompanhar...

Alex olhava fascinada para o bigode, tremendo como uma lagarta, no lábio superior dele, como se fosse de alguma forma independente dos sons que saíam da boca pequena e fina.

— Não vou a parte alguma enquanto não me contar o que está acontecendo.

A voz de Alex alteava-se num tom histérico. Os olhos frios do policial penetraram pelos seus por um momento, mas depois a expressão do homem abrandou.

— Houve... um incidente. Lamento ter de dizer dessa maneira, mas seu pai foi ferido. Gravemente. Um ferimento de bala no peito. Está a caminho do hospital neste momento.

As palavras atingiram Alex como um golpe violento. Ela teve de firmar os joelhos para não cair. Um lamento alto e angustiante começou a se formar em sua cabeça, como um enxame de vespas furiosas.

— Ó Deus! Mamãe! Tenho de vê-la!

Alex tentou passar pelo policial, mas era como se quisesse abrir um buraco com as mãos nuas para atravessar o tronco de uma árvore. Ele permaneceu onde estava, segurando-a, enquanto Alex se debatia desesperada em protesto.

— Sua mãe foi levada para interrogatório.

— Para quê? Não foi um acidente?

Alex parou de se debater e cambaleou um passo para trás, antes de parar. Ficou olhando para o policial, enquanto um bloco de gelo formava-se em seu plexo solar... como a boca escura do poço em que sentia que começava a cair.

— Sua mãe foi presa por tentativa de assassinato — anunciou o policial, num tom incisivo, que provocou um sobressalto em Alex, como um martelo batendo numa bigorna.

— Não... não... *não*...

Alex arriou de joelhos na relva úmida, cobrindo o rosto com as mãos. Aquilo não estava acontecendo. Não podia acontecer.

Mas, quando ela levantou os olhos, as estrelas cintilando no céu pareciam contemplá-la com uma exultação sem o menor sentido. Uma espécie de torpor, como um manto de ar quente, envolveu-a. A casa, as radiopatrulhas, as sombras incomuns por trás das cortinas fechadas da sala de estar da casa de sua infância... tudo se desvaneceu num cinza granuloso quando ela mergulhou na escuridão.

# Capítulo Quatro

O vôo 348 da United, procedente do JFK, em Nova York, pousou no Aeroporto Internacional de San Francisco às cinco e meia da manhã seguinte. Daphne era a única passageira na primeira classe que não estava tirando a máscara de dormir nem tateando às cegas para soltar o cinto de segurança. Passara a viagem inteira acordada, o corpo tão rígido que o pescoço doía. O músculo que ficava logo abaixo do ombro esquerdo, a que ela se referia jocosamente como o "medidor de estresse", pulsava forte e firme, como um despertador silencioso. Ao longo do vôo, ela se recusara a comer ou beber qualquer coisa: o mero pensamento de comida deixava-a com o estômago embrulhado. Agora, no entanto, descobriu que estava faminta.

*Seu pai morreu, sua mãe está na cadeia, e você é capaz de pensar numa torrada com requeijão?*

Uma risada fraca aflorou à superfície, enquanto ela observava os outros passageiros pegando a bagagem de mão nas prateleiras em cima. Uma risada que a chocou, levando-a a fechar a boca com tanta força que mordeu a língua. O gosto adocicado de sangue encheu a boca, e Daphne quase que se sentiu grata por isso. Isso mesmo, *grata*, porque a lembrou não apenas do motivo para sua presença ali, mas também que ainda podia *sentir*.

O choque da notícia transmitida por Kitty deixara-a atordoada. Os fatos que recordava da noite anterior eram confusos e dispersos. Não tinha lembrança de ter feito as malas, por exemplo. Apenas de ser levada para o aeroporto, Roger ao volante. Ou isso acontecera na volta para casa, depois da noite de autógrafo? Devia ter sido isso, porque a *baby-sitter* já havia ido embora há muito tempo quando ela partira para o aeroporto. Roger não deixaria as crianças sozinhas. Prometera que viria se encontrar com ela um ou dois dias depois, assim que tomasse todas as providências necessárias. Despedira-se dela com um beijo na porta e...

Daphne não se lembrava de ter embarcado num táxi... apenas de desembarcar, no aeroporto, e pedir calmamente um recibo.

Como se não houvesse nada errado. Como se ela não estivesse voando para a Califórnia no meio da noite porque seu pai morrera e a mãe fora presa por homicídio.

Mas Daphne ainda não absorvera por completo nem mesmo o fato de que o pai morrera. Kitty tornara a telefonar no momento em que ela se preparava para partir, chorando, embora não mais histérica, para informar que o pai morrera a caminho do hospital. Com ferimentos de bala no peito... não tivera a menor chance.

Daphne tentou não pensar no que devia ter acontecido em seguida, mas as imagens insistiam em se projetarem assim mesmo. A maca coberta por um lençol que descia para o porão, até o necrotério, onde o pai examinara gerações de mortos de Miramonte, ao longo dos anos. Podia vê-lo estendido na mesa de aço inoxidável, cercado pelos instrumentos por cuja compra ele brigava, em cada reunião para discutir o orçamento do hospital, observado pelos residentes que escolhera a dedo e treinara com o maior cuidado. Os próprios residentes que iriam...

*Pare! Pare com isso imediatamente!*

Mas alguma coisa lhe dizia que precisava visualizar a cena. Quanto menos não fosse para manter a distância a outra imagem que sua mente insistia em inserir... a do pai esperando-a no portão do aeroporto. Enquanto começava a descer a rampa, com a valise na mão, Daphne quase esperava vê-lo, parado num lado do balcão, não apoiado nele — o pai nunca se encostava em qualquer coisa, exceto para manter o equilíbrio num trem em movimento ou num barco —, os olhos azuis examinando os passageiros de chegada como faróis.

Mas foi apenas Kitty que ela avistou ao entrar no terminal. Kitty, que guiara durante a noite para recebê-la, sem dúvida com as mesmas perguntas sem respostas, agitadas como as asas de um passarinho engaiolado. Ela levantou-se da cadeira em que estava sentada, quase hesitante, como se não tivesse certeza se a mulher pálida e de olhos injetados, que Daphne vislumbrara no banheiro do avião minutos antes do pouso, uma mulher que mal reconhecera como ela própria, era mesmo sua irmã.

— Ó Daphne... graças a Deus que você chegou. — A voz de Kitty era baixa, mas impregnada de emoção, enquanto abraçava Daphne, com força suficiente para partir uma costela. — Eu não sabia se agüentaria se tivesse de esperar mais um pouco.

— Eu também não — sussurrou Daphne.

Agarrada na irmã, ela pensou que era bom sentir os braços de Kitty a envolvendo. Como uma lufada de ar fresco para alguém se afogando. Não sabia do quanto estava precisando daquilo... o contato de alguém com quem podia partilhar o sentimento de perda e confusão. Ainda não era dor, um sentimento que esperava um pouco mais adiante, com os dentes à mostra, já para dar o bote. Por enquanto, era a sensação de ter perdido alguma coisa valiosa. Alguma coisa que precisava recuperar ou pelo menos descobrir.

— Vamos sair daqui. — Kitty agarrou-a pela mão, puxando-a pelo corredor, quase mais depressa do que Daphne podia acompanhar. — Trouxe alguma bagagem?

— Só isso.

Daphne mostrou a valise de lona.

— Melhor assim. Podemos ganhar tempo.

Por volta de quinze para as seis, com o cinto de segurança afivelado, no velho Honda Civic de Kitty, as duas deixaram o estacionamento subterrâneo para a pálida claridade do dia. Kitty virou para a irmã um rosto que brilhava com uma estranha luminosidade e murmurou:

— Eu não queria desmoronar na frente de todas aquelas pessoas. Já foi bastante terrível ter passado a noite inteira na delegacia, gritando sem parar. Por Deus, Daph, dá para acreditar no que está acontecendo? É como se fosse um pesadelo.

Daphne olhava para Kitty enquanto ela falava. Os cabelos avermelhados, presos na nuca com uma travessa, desmanchavam-se depois, despenteados, como o rabo de uma égua. E as roupas que ela usava — um jeans, um velho blusão encardido — eram provavelmente as mesmas que usara no dia anterior. Ela também tremia. De uma maneira incontrolável, como se estivesse com febre. Mas Daphne tinha a impressão de que, se encostasse a mão na testa da irmã, descobriria que estava gelada.

— Conte tudo.

E Kitty contou. Mas só depois que entrou na via expressa para a Rota 96, onde eram menos prováveis as chances de provocar um acidente enquanto chorava e tinha acessos de raiva.

— A princípio, tive certeza de que só podia ser um acidente — disse ela, limpando com os nós dos dedos as lágrimas que pingavam do queixo. — Como as histórias que costumamos ler nos jornais. Uma arma que dispara quando alguém está limpando. Ou mamãe confundindo papai com um intruso. Mas não foi o que aconteceu.

— O que foi então?

— Ela matou-o. A sangue-frio.

O Honda começou a se desviar para a contramão, e Daphne gritou:

— Cuidado! Quer nos matar também?

Kitty deu uma guinada no volante, e o carro voltou para o lado da faixa branca.

— Desculpe.

Daphne tocou nas costas da mão da irmã, tão fria quanto a fivela do cinto de segurança.

— Tem certeza de que não quer que eu dirija?

— Do jeito como está, duvido que pudesse dirigir melhor do que eu.

Kitty ofereceu para a irmã um sorriso tão desesperado que Daphne teve de desviar os olhos.

Ela olhou pela janela, para o sol nascendo em meio aos pinheiros e eucaliptos, formando uma densa tapeçaria verde ao longo da estrada sinuosa na montanha.

— Sabe com certeza que foi isso mesmo o que aconteceu ou é apenas o que a polícia contou?

Houve um momento de silêncio, em que tudo que Daphne podia ouvir era o zumbido dos pneus no asfalto molhado da chuva que caíra durante a noite, e o barulho de alguma coisa solta dentro de um motor que tinha mais de 130 mil quilômetros rodados, segundo o velocímetro. Depois, Kitty limpou a garganta e disse:

— Mamãe me contou. Foi assim que eu soube.

Daphne não tentou disfarçar o choque. Arriou a cabeça contra as mãos, e um momento passou antes que fosse capaz de balbuciar:

— Por quê? Ela explicou o motivo?

Kitty sacudiu a cabeça em negativa.

— Não conversamos por muito tempo. Interrompi-a logo. A polícia... Ora, achei que não era uma boa idéia mamãe falar antes de conversar com seu advogado.

— Que advogado?

Até esse momento, não passara pela cabeça de Daphne que a mãe pudesse precisar de um advogado.

— Liguei para Ellis Patterson — informou Kitty, referindo-se ao advogado da família há tanto tempo quanto Daphne podia se lembrar. — Ele recomendou o que considerava o melhor advogado criminal de Miramonte. Seu nome é Tom Cathcart. Vamos encontrá-lo esta manhã, depois de tomarmos um café e comermos alguma coisa.

— E mamãe?

Kitty parecia estar prestes a dizer que a mãe não poderia participar, mas limitou-se a informar:

— Poderá vê-la depois da reunião com Cathcart. A polícia vai querer também conversar com você. Sei que não há muito que possa contar, mas se ajudar mamãe...

Ela engasgou nesse instante. Teve de parar no acostamento por alguns minutos para assoar o nariz no monte de lenços que Daphne pôs em sua mão.

E ali, na estrada secundária que levava à Rodovia 1, enquanto o sol subia entre os pinheiros, com seus galhos que pareciam braços levantados, enquanto o pouco tráfego se avolumava para um fluxo intenso de pessoas indo para o trabalho, as irmãs se abraçaram e choraram. Pelo choque, confusão e exaustão, pelo medo do que teriam de enfrentar. Kitty foi a primeira a recuar, com uma risada trêmula.

— É melhor partirmos, antes que algum Bom Samaritano resolva parar para perguntar se estamos com algum problema.

— E temos um problema enorme — lembrou Daphne. — Só que não é do tipo que se pode consertar com uma alavanca de pneu e um macaco. E tenho a impressão de que vamos precisar de toda a ajuda que pudermos obter.

Foi a vez de Daphne assoar o nariz num Kleenex.

— Isso me lembra... Alex vai se encontrar conosco para a reunião com o advogado?

Kitty ficou calada. Daphne percebeu que sua expressão se tornava sombria, enquanto passava a mudança no carro.

— Alex não vai se encontrar conosco em parte alguma — respondeu ela, furiosa. — Quando liguei para ela ontem à noite, depois... depois que conversei com mamãe, Alex disse que não podia pensar em qualquer outra coisa neste momento além de papai. Quer providenciar para que papai seja enterrado da maneira apropriada... *decentemente*, foi essa a palavra que ela usou. Ela não estava histérica ou qualquer coisa parecida. Apenas... falava como uma morta-viva.

Kitty estremeceu, pela escolha imprópria da palavra, antes de acrescentar:

— Acho que sabe o que estou querendo dizer. Foi muito esquisito.

Daphne experimentou uma sensação angustiante lá no fundo... uma dor terrível, lutando para romper o muro que se erguera ao seu redor. Mas não podia pensar sobre o pai naquele momento. Ele estava morto. Era a mãe que ainda podia ser salva.

— Conversarei com Alex. Nós três precisamos nos manter unidas.

— Não conte com nossa irmãzinha. Se é verdade o que mamãe diz, Alex nunca a perdoará.

— Não me importo com o que mamãe possa dizer. Tem de haver um motivo. Seria possível que ela estivesse se tornando insana e não tivéssemos percebido?

Daphne não podia imaginar a mãe como senil ou apenas louca... mas também não diziam que as pessoas da família eram sempre as últimas a perceber essas coisas?

— Creio que saberemos muito em breve.

Kitty suspirou. Uma estranha calma pareceu envolvê-la. Daphne não reconheceu a princípio o que era: um cansaço tão profundo que até chorar exigiria um esforço insuportável.

Elas seguiram em silêncio pelo resto do caminho, passando por penhascos varridos pelo vento e o mar brilhando até o horizonte, frio e firme, passando por sucessivas plantações de couve-de-bruxelas e casas delineadas contra o céu rosado, como se fossem postos avançados. Não pararam até alcançar os limites da cidade. Só então Daphne permitiu-se absorver plenamente o que vinha mantendo a distância. O reconhecimento do que a aguardava no outro lado. Pôde até sentir o peso se instalando em seus ossos, como o lastro necessário para impedir que um navio fosse desviado de seu curso num mar tempestuoso.

Não seria um pesadelo que a alcançaria muito em breve, ela compreendeu, mas uma provação antiga e angustiante, da qual nenhuma delas sairia ilesa.

Três horas depois, Daphne estava sentada num cubículo, de frente para um vidro gradeado, olhando a mulher idosa no outro lado. Aquela velha com os cabelos grisalhos amarelados e escorridos, com enormes olheiras, não era sua mãe, pensou ela. A mãe teria usado batom, os cabelos caindo em ondas suaves ao redor do rosto ainda bonito. E usaria um lindo vestido.

Ela e a irmã haviam se encontrado no início da manhã com Tom Cathcart, em seu escritório, num prédio vitoriano, há pouco reformado, a poucas quadras de distância. O advogado, cortês, embora um tanto paternal, na casa dos sessenta anos, informara que a mãe se atinha ao depoimento sob juramento que prestara à polícia. *Religiosamente*, como ele expressara. Era como se a mãe recitasse de cor o que algum pregador incutira em sua cabeça. Mas nem ele nem Kitty haviam-na preparado para aquela... aquela *aparição*.

Quando Daphne sorriu, a mulher com o macacão laranja, as palavras CADEIA DO CONDADO DE MIRAMONTE já desbotadas, não retribuiu com um sorriso. Parecia olhar através de Daphne, da maneira como pode fazer um sonâmbulo ou uma pessoa fortemente sedada. Um olhar tão desprovido de vida que fez um calafrio percorrer a espinha de Daphne.

Pela décima vez desde que desembarcara do avião em San Francisco, poucas horas antes, Daphne sentiu uma estranha vertigem dominá-la. Como enjôo do mar: um deslocamento dos limites naturais, conhecidos, que a deixava nauseada e sem fôlego. Se era mesmo sua mãe, então o que faziam com ela ali? Pois alguém que Daphne conhecia e amava fazer uma coisa tão em desacordo com sua personalidade, tão *inconcebível*, significava que não podia contar com nada do que sempre tomara como fato consumado.

Atordoada, ela olhou ao redor para se orientar. Aquele lugar também estava errado... uma piada cruel. Não era sujo e encardido, como nos filmes, não havia nenhuma mulher corpulenta a vigiar com olhos penetrantes. A área de visitas era simples e funcional, mas limpa. Recendia a tinta fresca e carpete novo. Como um cubículo num prédio de escritórios, os únicos sons eram de um teclado sendo batido na sala ao lado e o zumbido baixo do sistema de ventilação.

A cadeia — com um balcão de recepção e a sala para fichar os presos, além da qual ficavam a área de visitas e uma dúzia de celas — estava situada no lado norte do andar térreo de um enorme prédio de três andares, o Palácio da Justiça Jasper L. Whitson. O Jasper, como todos o chamavam, era um monumento de orgulho cívico: painéis de sequóia em alto e baixo relevo, maçanetas niqueladas, corredores envidraçados, dando para um jardim de pedras japonês. Os únicos lembretes de que ela não se encontrava num elegante prédio de escritórios eram a porta de segurança, com uma campainha para entrar e sair, e as câmeras do circuito fechado, nos quatro cantos do teto com rebaixamento acústico.

Daphne pegou o fone instalado na parede do cubículo em que estava sentada, o coração batendo forte no peito, como alguma coisa procurando cegamente por uma saída. A mãe nem sequer a reconhecia? Ou ignorava por completo tudo ao seu redor?

Ela tinha vontade de gritar, de bater com os punhos na barreira que as separava. Bastante alto para fazer a mãe sair de seu estupor. Bastante alto para acordar os mortos. Mas apenas continuou sentada ali, esperando, a palma suada se tornando escorregadia no fone preto.

Vários momentos se passaram antes que a mulher conhecida como Lydia Seagrave — devotada esposa do Dr. Vernon Seagrave, presidente da Sociedade Feminina de Jardinagem e tesoureira da seção de Miramonte do Sierra Club, para não mencionar o fato de ser uma artista de considerável reputação local — saísse do transe em que parecia estar e devagar, bem devagar, estendeu a mão trêmula para o fone no seu lado do vidro.

— Olá, querida — disse ela.

A voz que Daphne ouviu, embora abafada e apenas um fio de voz, era tão parecida com a da mãe — a mãe que naquele momento devia estar na frente do fogão, em sua cozinha grande e ensolarada, despejando ovos mexidos num prato, com a espátula de cabo de madeira que pertencera a Nana — que ela começou a chorar.

— Mãe...

A voz tremia. Ela levou a mão aos olhos, mas isso não deteve as lágrimas. Escorreram entre os dedos e caíram sobre a bolsa no colo. Através da grossa placa de vidro, a mãe exibiu uma expressão de compaixão desamparada... como se os papéis fossem invertidos e Daphne precisasse de salvação. Envergonhada por compreender que, naquele momento, queria apenas os braços confortadores da mãe a envolvê-la, ela empertigou-se abruptamente e limpou as lágrimas dos olhos, impaciente, com o punho tremendo.

— Lamento, mas não estou conseguindo enfrentar a situação direito — murmurou Daphne.

— Está se saindo muito bem, querida.

A mãe ofereceu um pequeno sorriso, e nesse instante pareceu como sempre fora, o que era tranquilizador.

— Acha mesmo? Não é assim que parece.
— Nunca é.
Um suspiro pequeno e sugestivo escapou dos lábios da mãe.
— Tive uma reunião com seu advogado antes de vir para cá. Ele diz que você tem sido muito cooperativa. Até demais, na opinião dele. Mãe, não pode dizer para todo mundo que você... — Daphne fechou os olhos e respirou fundo. As palavras saíram em sua exalação forçada. — ...*que você matou papai*.
— Ora, Daphne, é a verdade.
A mãe tinha de novo a expressão vidrada, que combinava com a estranha falta de entonação da voz.
E, no entanto... ao mesmo tempo, Daphne teve a impressão de que a mãe não estava realmente louca, que via à sua frente alguém num estado de profundo choque.
— Está bem. — Daphne apertou o fone com toda a força. Passou a língua pelos lábios que pareciam ressequidos. — Mas foi um acidente, não é mesmo? Você não tinha a intenção de matá-lo.
A mãe ficou imóvel. Por trás do vidro um pouco opaco, ela parecia flutuar. Só os olhos intensos azul-esverdeados — olhos que Daphne herdara — permaneciam focalizados nas palavras da filha. Eram como as plantas submarinas que Lydia gostava de pintar, como os leques-do-mar, de aparência delicada, e as zosteras, bastante resistentes para sobreviverem por milênios.
Depois, lentamente, a mãe levou a mão ao peito. O pulso pálido, Daphne constatou, tinha as marcas vermelhas das algemas que ela tivera de usar.
— Não foi um acidente — declarou Lydia.
— Está querendo dizer que não *lembra*.
Daphne procurava desesperadamente por qualquer coisa em que conseguisse se segurar, por menor que fosse. Se pudesse, agarraria a mãe pelos ombros e arrancaria dela as palavras que queria ouvir.
— Não pode ter sido alguma espécie de branco, como aconteceu quando o Dr. Kingston deu a receita errada para seu coração? Ficou tão

atordoada que nem sabia que dia era. Talvez tenha acontecido alguma coisa ontem à noite para...

— Não. — A mãe interrompeu-a, polida mas firme. — Não foi nada disso.

Ao sentir que aquele não era o momento para insistir, Daphne fez um esforço para se controlar. Mais seria revelado com o passar do tempo. O importante naquele momento, ela disse a si mesma, era apenas manter a mãe falando, impedi-la de recair no transe. Daphne permitiu que um momento de silêncio passasse, antes de perguntar:

— Você está bem... em termos de saúde?

— Sinto-me tão bem quanto se poderia esperar, nas circunstâncias. — Um sorriso espectral iluminou o rosto de Lydia nesse instante, como acontecia no Halloween, quando Daphne e as irmãs acendiam lanternas sob o queixo para assustar umas às outras. — Não se pode dizer exatamente que é como o lar, não é mesmo?

O lar... O que seria exatamente o lar? A casa em que Daphne fora criada, sem ter a mais vaga noção, ao que tudo indicava, do que acontecia de fato sob o seu teto? A casa que, naquele momento, detetives examinavam à procura de impressões digitais, manchas de sangue, vestígios de pólvora?

Daphne apressou-se em exortar a mãe, a voz trêmula:

— Quero ajudá-la, mamãe. Todo mundo quer ajudá-la. Mas você tem de nos ajudar. Se não quiser me contar o que aconteceu, diga para seu advogado. O trabalho de Tom é protegê-la. Deixe que ele faça tudo o que achar necessário.

Um vinco de perplexidade surgiu na testa pálida e lisa da mãe.

— Já contei ao Sr. Cathcart o que aconteceu. Não escondi nada.

— Mas não está proporcionando a ele uma base para trabalhar.

Daphne suava sob a blusa de gola rulê. Por que não pensara em vestir alguma roupa mais leve? *Você não estava fazendo as malas para um fim de semana de diversão,* uma voz fria e seca a recriminou.

A boca da mãe assumiu aquela expressão irritada que costumava exibir quando esperavam que ela fizesse alguma coisa que não queria fazer... como se tivesse mordido alguma coisa azeda.

— Ele sabe de tudo o que precisa saber — insistiu Lydia, a voz um pouco contrariada. — Eu estava em meu juízo perfeito. Sabia o que fazia.

Daphne experimentava de novo aquela sensação de enjôo. Mais forte dessa vez. Apertou a beira do balcão à sua frente.

— Mas tem de haver um motivo. Você... você não pode ficar sem dizer nada.

— Por que não? — Alguma coisa sombria aflorou nos olhos profundos da mãe. — É o que tenho feito durante os últimos quarenta anos.

— Há alguma coisa que eu deveria saber? Sobre papai?

Daphne suava profusamente, as roupas muito quentes, como mãos pegajosas, mantendo-a imobilizada na cadeira. O que o pai poderia ter feito de tão terrível para que a mãe o matasse? A menos que houvesse um lado do pai que ela jamais conhecera. Mas como era possível?

*Você também não teria acreditado que a mãe seria capaz de cometer um assassinato*, afirmou a voz fria.

Um suspiro tão solitário quando o vento uivando pelos beirais de uma casa abandonada encheu os ouvidos de Daphne.

— Chega de perguntas.

A mãe deu a impressão de murchar. Só então Daphne percebeu como a mãe vinha se mantendo empertigada. A voz saiu rouca, apenas um vestígio da firmeza anterior, quando ela acrescentou:

— Agradeço a sua preocupação, querida, mas estou muito cansada. Cansada demais. Acho melhor você ir embora agora.

— Devo voltar mais tarde?

— Hoje, não. Talvez amanhã. Vai ficar na casa de Kitty?

— Acho que sim. — Daphne não pensara a respeito até aquele momento. — Pelo menos por enquanto.

— É o melhor que pode fazer.

Daphne inclinou-se para a frente, a fim de declarar, com veemência:

— Não se preocupe, mãe. Kitty e eu faremos tudo o que pudermos para tirá-la daqui.

— Noto que não incluiu Alex.

Antes que Daphne pudesse dizer qualquer coisa, a mãe levantou a mão. Os olhos brilhavam com alguma tristeza profunda e misteriosa que Daphne sentiu que estava além de sua compreensão no momento.

— Não tem importância — disse Lydia, sem amargura. — Eu compreendo. Ela sempre foi a queridinha do pai. E não espero que isso mude agora que ele morreu.

— Mãe, eu...

Lydia silenciou a filha com um aceno de cabeça firme.

— Desculpe, querida, mas tenho de ir agora. Foi muito bom você ter vindo. Mas dá a impressão de que também precisa de um pouco de descanso.

A expressão de preocupação afetuosa que se estampou no rosto liso da mãe, quase sem rugas, provocou um sobressalto em Daphne: era como se tivesse de novo cinco anos e a mãe a exortasse a tirar um cochilo.

— Por favor, mãe. Há tanta coisa que ainda não enten...

Mas a mãe já estava desligando o fone. Levantou-se, no outro lado da barreira, parecendo ainda menor do que dera a impressão quando sentada: uma mulher frágil e encolhida, virando-se para a carcereira, uma hispânica bonita, de cabelos escuros, que apareceu para escoltá-la.

Foi só depois que a mãe desapareceu, que Daphne cedeu à exaustão e angústia que a pressionavam como dedos implacáveis. Sem saber quem poderia estar observando, sem se importar se todas aquelas câmeras de circuito fechado estivessem registrando ângulos diferentes de seu desespero, ela baixou a cabeça nos braços cruzados e chorou.

Minutos passaram, minutos que poderiam ter sido horas. Quando finalmente levantou a cabeça e assoou o nariz num guardanapo que tivera a previdência de guardar na bolsa, do desjejum que comera com Kitty, sem sentir o gosto da comida, Daphne sentiu que fora desmembrada, depois metida num saco... uma confusão de partes separadas que não mais se ajustavam. Mas lá no fundo começava a se formar uma base de determinação. Alguma coisa ainda muito pequena para chamar de propósito inabalável; talvez fosse apenas a sugestão do que poderia lhe estar reservado... se tivesse o espírito e a coragem para enfrentar.

Primeiro, porém, havia alguém que ela precisava ver. Alguém naquele mesmo prédio. Muito tempo já passara, sem dúvida, e talvez ela fosse apenas acarretar mais um problema. Mas valia o risco. E, de qualquer forma, ela não tinha opção, não é mesmo?

Era como acontecia quando escrevia: a mente consciente ficava de lado, e o subconsciente assumia o comando. Assim como tinha muito pouco a dizer sobre o que passava por seus dedos, enquanto voavam no teclado do laptop, Daphne foi incapaz agora de resistir ao sinal que seu id enviava. Uma voz que parecia transmitida de uma torre de rádio distante surgia e sumia através de uma tempestade de estática. Irradiava um único nome, muitas e muitas vezes: *Johnny.*

Ele era tratado como John agora? John Devane, o promotor assistente. Soava muito bem. Ele era casado. Alex mantivera-a informada, relatando que de vez em quando o encontrava na cidade junto com a esposa. Quando Johnny se tornara o promotor assistente, a irmã enviara um recorte da reportagem no *Mirror*. Daphne guardara o recorte sob a capa de um romance que Roger não pegaria nem em um milhão de anos.

O tempo também não parara para ela. Era uma esposa e escritora de relativo sucesso, com dois filhos. Uma mulher que comprava ingressos para a temporada no Carnegie Hall, colecionava fotos antigas da cidade de Nova York e todo Natal cantava num coro que apresentava o *Messias* de Handel, na igreja de St. Bartholomew, na Park Avenue.

Muita água passara por baixo da ponte, pensou ela. Talvez até demais. Ou talvez não o suficiente. E se ele não quisesse ter qualquer contato com ela? Mesmo deixando de lado os problemas éticos atuais (o promotor assistente recordando o passado com a filha da acusada... como isso pareceria para os repórteres ávidos por novidades?), havia que considerar o fato puro e simples que vinte anos atrás ela partira o coração do homem. O fato de que fora *ele* quem deixara o relacionamento era um mero detalhe técnico.

Mas houvera um tempo em que Johnny seria capaz de fazer tudo por ela. Correção: fizera tudo. Se ainda restava alguma coisa desse cavalheirismo, ela precisava saber. Se nada mais, ele poderia proporcionar alguma noção do rumo que a promotoria seguiria.

Ao mesmo tempo, Daphne sabia muito bem que não era apenas em sua mãe que estava pensando. Um instinto, tão antigo quanto a vestigial atração para a água — água de qualquer tipo, oceano, lago, rio, piscina, até mesmo uma banheira com água quente —, levou Daphne para a escada, onde havia uma placa que informava: ESCRITÓRIO DO PROMOTOR DISTRITAL, SEGUNDO ANDAR. Um impulso a conduzia ao encontro da única pessoa no mundo com quem ela sempre pudera contar, sem exceção.

Enquanto subia pela escada de granito e vidro, que parecia pairar em pleno ar, ancorada por uma complexa rede de aço reforçado no andar térreo, Daphne descobriu-se a recordar a primeira ocasião em que trocara mais que um olhar furtivo com Johnny Devane.

Ela tinha 17 anos. Johnny, com seu corpo de pugilista e blusão militar com as mangas cortadas, parecia mais com um homem de 17 anos a caminho dos trinta. Não era do tipo com que Daphne e suas amigas costumavam se encontrar. Mas ela já o notara no *campus*... quase sempre no estacionamento por trás do prédio de ciências, mais conhecido como poço dos fumantes. Johnny encostava na parede do prédio, com um Salem pendurado no canto da boca, do tipo que a mãe de Daphne descreveria como "dura e agressiva".

Também tinham uma matéria que cursavam juntos. Espanhol III. Daphne, que fora a principal discípula do Señor Machado em espanhol I e II — a única que fizera a resenha sobre o original não traduzido de *Don Quixote* —, ficara surpresa, e não muito satisfeita, diga-se de passagem, quando Johnny demonstrara que tinha uma facilidade para a conversação que a deixara envergonhada. Ele explicara ao professor, dando de ombros, que crescera junto de garotos que falavam espanhol. Daphne não precisava ser informada do lugar a que ele se referia. Os Flats, como era conhecida a área junto do Boardwalk, com seus vários motéis velhos alugados por semana, tinham a reputação de ser o abrigo de imigrantes ilegais. Desde o tempo em que Daphne e as irmãs tiveram idade suficiente para andar de bicicleta, os Flats eram uma zona proibida, uma norma que o pai impunha com rigor.

Mas, se pressionada para determinar o momento exato em que a isca fora lançada, Daphne diria que foi no dia em que Johnny, durante uma aula do Señor Machado, declarou com um sorriso, em alto e bom tom para que todos ouvissem, erguendo as pálpebras numa expressão provocante:

— Também conheço algumas palavras que não estão nos livros do curso, mas acho melhor guardá-las para dizer fora da sala de aula.

Para ser franca, ela não sentira uma emoção secreta ao pensar nisso? Noites de verão em Flats, o cheiro de graxa de eixo e algodão-doce vindo do Boardwalk, o calçadão de madeira, o barulho da máquina do parque de diversões conhecida como ciclone, que subia e descia, dando voltas, os gritos que aumentavam e diminuíam. Imaginara encontrar Johnny ali, junto de algum motel ordinário. Ele estaria batendo papo com os amigos, que aprendiam mecânica e tinham aulas de inglês de reforço, que faziam a barba desde a nona série. Assim que a via, ele se separava dos outros para cumprimentá-la, com um "Oi" jovial, um sorriso que revelava os dentes um pouco trepados na frente, com um brilho branco fora do natural, ao clarão intenso do cartaz de néon do motel, os cabelos até os ombros suplicando para que ela passasse os dedos neles.

O encontro, porém, não foi tão *film noir*. Foi mais prosaico, pretensioso e imediato. Daphne, irritada com as restrições de sua reputação como cérebro da turma e promissora poeta laureada, fora um dia para os fundos do prédio de ciências, a fim de filar um cigarro de um aturdido Skeet Walker. Suas amigas ficariam igualmente chocadas, ela sabia, mas não era esse o objetivo? Mesmo assim, à primeira tragada, ela compreendeu que deveria ter feito uma ou duas sessões de prática na privacidade de seu quarto. Ao dobrar o corpo num acesso de tosse, ficara desolada ao se descobrir olhando para um par de botas de motoqueiro. Pretas, com tiras na parte superior, as pontas raspadas, de guiar com os calcanhares abaixados.

A mão em seu ombro a firmara, e uma voz familiar comentara, com uma insinuação de riso:

— Sua primeira vez? Deixe-me mostrar...

Quando se erguera, Daphne contemplara um par de olhos cinza-azulado que a fizeram pensar em sombras de nuvens deslizando pela superfície do mar num dia calmo. Johnny tirara o cigarro de seus dedos e dera uma tragada.

— Veja. Depende principalmente da maneira como você segura o cigarro, entendeu? Isto é, se você está querendo impressionar.

Mais uma vez, o brilho divertido iluminou os olhos de um solitário que observava muito... e dizia muito pouco. Ele estaria se divertindo à sua custa?, especulara Daphne. Embaraçada, ela respondera, a voz um pouco rouca:

— Eu nunca disse que estava tentando impressionar alguém.

— Nem precisava. — Ele estendera a mão, que não era cheia de calos, como Daphne imaginara. Era quente, seca e, o mais surpreendente, um pouco hesitante. — Já não nos conhecemos de algum lugar?

— Espanhol III.

— Isso mesmo.

Um canto da boca de Johnny se contraíra, e ela compreendera no mesmo instante que fora uma armação. Claro que ele lembrava. Apenas queria verificar se *ela* também lembrava.

Daphne descobriu-se a sorrir também. Pelo absurdo de um encontro assim... num estacionamento coalhado de pontas de cigarro, com Skeet Walker e Chaz Lombardi observando-a, na maior curiosidade, de trás de uma cortina de fumaça, e o Sr. Crane, professor de inglês avançado, franzindo o rosto da janela meio aberta de sua sala, no outro lado do prédio da administração.

— *¿Cómo estás?* — perguntara Daphne. Fazendo uma careta e olhando para o cigarro que fumegava entre os dedos de Johnny, ela acrescentara: — Foi uma estupidez da minha parte, não é mesmo? Tenho uma idéia melhor. Que tal me ensinar algumas daquelas palavras?

— E que palavras poderiam ser?

A boca de Johnny, que ela percebera naquele momento que nada tinha de dura e agressiva, entreabrira-se num sorriso torto.

— As que você só pode dizer fora da sala de aula — explicara Daphne, com uma afetação zombeteira.

E, nesse instante, Johnny — o mesmo Johnny Devane que iniciara um incêndio nas latas de lixo por baixo das arquibancadas, quando estava na nona série, segundo diziam, e que mais recentemente fora responsável pelo dente quebrado de Skeet Walker, à mostra no sorriso com que ele os observava — surpreendera-a com uma gargalhada.

— Não sei, não, Princesa, mas aposto que você seria capaz de me ensinar algumas coisas.

E Daphne ensinara. Mais do que qualquer dos dois poderia desejar.

Ensinara que um coração aberto é um coração partido. E que o preconceito não é apenas uma coisa que os pais empurram por sua goela abaixo em todas as oportunidades; é também o que você extrai deles e passa involuntariamente para os outros.

Ela amara Johnny. E ele a amara. Mas Daphne fora poupada da compreensão do quanto o amara até que a passagem do tempo não apenas lhe proporcionara alguma perspectiva, mas também tornara possível que ela pensasse nesse amor sem sentir que morreria de angústia.

Agora, enquanto seguia por um corredor acarpetado, com salas nos dois lados, de onde emanavam trechos de conversas gritadas e o barulho de telefones, Daphne descobriu que seu coração batia forte e rápido, subindo pela garganta. Johnny a reconheceria? E ela veria em Johnny o jovem de 18 anos por quem estivera tão desesperadamente apaixonada? O jovem com uma raiva tão indomada quanto era grande o coração afetuoso, ao qual só permitira o acesso de uma pessoa, uma garota estúpida demais para perceber que isso era uma dádiva preciosa.

Ao final do corredor, ela encontrou a porta que procurava. Estava entreaberta. Daphne, esperando encontrar alguma secretária solícita, posicionada para barrar sua passagem, não hesitou em entrar.

— Estou procurando...

Ela parou, abruptamente, os olhos deslocando-se da mesa cheia de papéis e pastas de arquivo para o homem sentado por trás.

O olhar que se fixou em Daphne, através de um espaço atravancado projetado para alguém muito mais organizado, era chocante em sua familiaridade. Daphne experimentou a sensação de que saíra do frio para um elevador superaquecido que subia em disparada — com uma pressão brusca na cintura, seguida por um suor que parecia escorrer da linha dos cabelos para cobrir cada centímetro de seu corpo com uma névoa quente.

— Olá, Johnny — murmurou ela.

Ele parecia o mesmo... mas diferente. De certa forma, mais equilibrado. Os cabelos louros, que antes desciam até os ombros, tinham agora muitos fios brancos, cortados curtos, o que lhe proporcionava um ar de autoridade. Também encorpara, um peso adquirido que enrugou os ombros do paletó do terno cinza-escuro, quando ele se levantou. Mas não era apenas uma questão de aumento da massa muscular; era também a serena assertividade que ele irradiava. Como se o menino que usava os punhos e a boca suja para abrir caminho num mundo que era hostil à sua espécie tivesse descoberto que o verdadeiro poder se encontrava na capacidade de domá-lo.

Apenas os olhos cinza, profundos, de pálpebras meio fechadas, fitando-a com uma surpresa cautelosa, eram exatamente como ela os lembrava — os olhos de cada homem que prometera a lua, mas em vez disso entregara apenas um coração partido. Pois, naquele instante, era tudo em que ela podia pensar: que fora Johnny, não ela, quem se afastara. O fato de que ela quase não lhe deixara opção não aflorou, enquanto Daphne mantinha-se parada ali, a respiração curta, o coração batendo em acessos breves e surpresos, como uma pedra lisa quicando numa superfície parada e brilhante.

— Daphne. Já faz muito tempo.

Johnny fitou-a por vários segundos a mais do que a polidez determinava, antes de contornar a mesa e estender a mão.

Ao ver as articulações estranhamente achatadas, a mente de Daphne voltou ao dia em que ele as quebrara para defendê-la daquele idiota bêbado, Bif DeBolt, um mamute de quem qualquer pessoa sã teria fugido. A lembrança provocou um sobressalto, em contraste com a voz suave que agora comentou:

— Eu gostaria de dizer que é muita gentileza sua vir me visitar. Mas sei por que está aqui... e não é exatamente uma visita social, não é mesmo?

— Não, não é.

Era outra coisa que não mudara em Johnny: seu hábito de ir direto ao assunto.

— Sente-se.

Ele tirou uma pilha de pastas de uma cadeira e gesticulou para que ela se instalasse ali. Quando ela ficou confortável — tanto quanto era possível, nas circunstâncias —, Johnny encostou na mesa e cruzou os braços sobre o peito.

— Não há muita coisa que eu possa acrescentar ao que você provavelmente já sabe.

— A única coisa que sei é que meu pai morreu! — exclamou Daphne, em frustração. — Mas não sei *por quê*.

— Já conversou com o Sargento Cooper?

— Corpulento, cabelos grisalhos? — Ela continuou, depois que Johnny acenou com a cabeça em confirmação: — Tivemos um encontro de alguns minutos, pouco antes de me deixarem ver mamãe. Não tive muitas informações. Soube que foi ela quem ligou para o 911. Disse que papai fora baleado. No depoimento que prestou para a polícia, sob juramento, ela foi muito clara num ponto: não foi um acidente. Teve mesmo a intenção de puxar o gatilho.

Novas lágrimas afloraram aos olhos de Daphne, durante uma breve pausa.

— Mas isso não explica coisa alguma, não é mesmo?

Johnny virou a parte superior do corpo para pegar um papel de uma pasta de arquivo aberta em sua mesa. Deu uma olhada rápida, como se ainda não tivesse memorizado o conteúdo. Não deixava transparecer o que podia estar sentindo. Ainda o mesmo rosto impassível, que podia levar alguém a acreditar que uma corrida a 150 quilômetros por hora pela estrada costeira não era mais ameaçadora do que um passeio pela praia. O que ele não pôde disfarçar, no entanto, foi o brilho de compaixão que Daphne surpreendeu em seus olhos no instante em que levantou a cabeça.

— Seu pai levou dois tiros no peito, à queima-roupa, disparados de uma Smith & Wesson .357 Magnum. Segundo esse relatório, sua mãe segurava a arma, envolta pelo avental, no momento em que a polícia chegou.

Daphne sentiu o sangue se esvair de seu rosto. Cooper, por negligência ou compaixão indevida, omitira esse detalhe de seu relato.

— Lembro-me da arma — disse Daphne, a voz baixa e angustiada. — Papai guardava-a numa caixa trancada, na prateleira de cima do closet. Sempre trancada. Ele dizia que vira muitas vezes o que podia acontecer com uma pessoa...

A voz faltou. Mais uma vez, ela se pôs a chorar. As lágrimas ardiam por cima das que já haviam sido derramadas. Johnny esperou, paciente, até que ela recuperou um pouco o controle. Depois, com uma gentileza que provocou um aperto na garganta de Daphne, ele disse:

— Lamento muito por seu pai, Daphne. Saberemos mais, assim que a polícia concluir a investigação.

— Mas, de qualquer maneira, minha mãe permanecerá presa, não é mesmo?

Ela falou com mais aspereza do que tencionava.

— A audiência preliminar está marcada para a próxima segunda-feira.

— Mas falta uma semana inteira!

Pela primeira vez, Johnny parecia apreensivo. Os olhos cor de ardósia desviaram-se.

— O juiz Gilchrist pediu para ser afastado do caso. Estamos esperando a designação de um dos juízes do circuito distrital.

O nome foi como um golpe suave no plexo solar de Daphne. Quent Gilchrist, um dos mais antigos amigos de seu pai. Ele estaria na comemoração do aniversário de casamento no domingo. Daphne respirou fundo. *Ó Deus, isso não pode estar acontecendo!* Ela fecharia os olhos e quando tornasse a abri-los estaria desembarcando do avião, acompanhada pelo marido e os filhos, todos na expectativa ansiosa do fim de semana.

Numa voz fraca e trêmula, que mal reconheceu como sua, Daphne disse:

— Não sei por que vim procurá-lo. É tão absurdo quanto tudo o que aconteceu. Você deveria ser o inimigo, não é mesmo?

— De certa forma, suponho que sim.

Ele ofereceu um sorriso sem graça, que deixou à mostra os dentes tortos na frente. Para sua consternação, Daphne descobriu-se a pensar: *Fico contente que ele nunca tenha mandado endireitar os dentes.*

Ela conseguiu exibir um sorriso em resposta. Acabou com as lágrimas, dando uma última e decidida assoada no nariz, usando o Kleenex que tirou da bolsa. *Não é próprio de uma dama*, pensou ela. *Mas não estou aqui para impressionar ninguém, não é mesmo?*

— Acho que eu esperava que você fosse capaz de fazer tudo desaparecer — admitiu ela, desconsolada.

— Como no tempo em que éramos jovens?

Alguma brasa há muito abafada tornou a se acender nos olhos de Johnny. Daphne sentiu um calor percorrer seu corpo. Johnny não esquecera, no final das contas, pensou ela.

— Foi você quem rompeu — lembrou Daphne, friamente.

Ele surpreendeu-a com um sorriso inesperado, que não chegava a disfarçar a sombra em seus olhos de uma angústia antiga.

— Creio que essa é uma das maneiras de encarar o problema. Outra é que a salvei de fazer uma coisa de que teria se arrependido.

— Está se referindo a fugir para casar? Pelo que me recordo, a idéia foi minha.

A resposta de Daphne saiu num tom ríspido. Surpreendeu-a a raiva que ainda sentia depois de tantos anos.

— Fugir de casa não é a mesma coisa que fugir para casar.

Subitamente, era como se não tivessem transcorrido os vinte anos desde que haviam conversado a respeito.

— O problema tinha a ver com meu pai, não é mesmo? Sempre se reduziu a isso. Porque eu tinha medo de enfrentá-lo. Está certo, admito que era verdade. Eu tinha 18 anos. Estava apavorada. E pensei que ele seria forçado a aceitá-lo se casássemos.

— E ele não cortaria o dinheiro para a universidade.

— Havia isso também. É uma coisa tão terrível para se querer?

— Não. — Johnny inclinou-se para trás, a expressão abrandando de uma forma repentina, como se uma porta em seu rosto fosse fechada. — Não, não é.

Mas ambos sabiam que não fora apenas a questão do dinheiro para a universidade que a levara a entrar em pânico com a sugestão de fugirem para casar. Fora também a falta de convicção de Daphne. Seu amor por Johnny poderia resistir à investida firme da desaprovação do pai. Mas teria sobrevivido a quatro anos de separação durante a maior parte do tempo? Na ocasião, o casamento parecia ser a alternativa mais segura. Agora, com o benefício da percepção posterior, ela podia avaliar do ponto de vista de Johnny: que se ela o amasse realmente, teria esperado, até lutado por ele.

Da maneira como Johnny sempre lutara por ela.

Daphne soltou um suspiro profundo, fazendo um esforço para descartar aquelas lembranças.

— É melhor esquecer. Tudo o que aconteceu não passa de história agora. Soube que você está casado e tem filhos.

Ela assumiu um sorriso neutro e simpático.

— Apenas um filho, com quatorze anos. Sara e eu nos divorciamos, mas J. J. ainda tem um papel de destaque na minha vida. Até mora comigo.

Não havia necessidade de uma explicação, pensou Daphne. Se o filho era parecido com Johnny nessa idade, seria difícil para a mãe cuidar dele sozinha. Ela olhou pela janela. Um homem com um boné azul-marinho, sentado num cortador de grama, aparava o gramado lá embaixo.

— Também casei assim que saí da universidade.

— Alguém me contou.

— O nome dele é Roger. Temos dois filhos... um casal.

Johnny sorriu — era um certo anseio que ela percebia em seus olhos? — e comentou:

— Durante todos esses anos mantive essa imagem em minha mente, você com um marido, duas crianças, uma linda casa. Roger, hein? O nome combina. — Ele fitou-a nos olhos, da maneira como seu marido quase nunca fazia. — Acho que nem todos os bons sujeitos terminam em último lugar.

Sem qualquer motivo específico, Daphne sentiu-se compelida a explicar:

— Deveria ter sido uma viagem de toda a família. Para comemorar o aniversário de casamento de meus pais. Eles fizeram... fariam quarenta anos de casados.

A voz ficou presa. Ela teve de limpar a garganta antes de poder continuar.

— Nas circunstâncias, Roger achou que era melhor que um dos dois ficasse em casa com as crianças, até...

Daphne parou de falar. *Até o quê?*

Johnny poupou-a de qualquer manifestação de sentimentalismo, que poderia romper o fio já tênue do controle dela.

— Serei franco com você, Daphne. A situação não é nada boa. Tom Cathcart está tentando obter uma acusação mais branda, mas meu chefe não vai concordar. E por que deveria, já que tem o depoimento sob juramento de sua mãe?

Ele fez uma pausa. Os olhos desviaram-se para a porta aberta. Baixou a voz ao acrescentar:

— Serei pendurado pelos *cojones* se alguém por aqui me ouvir dizer isso para você... mas direi assim mesmo: se há alguma coisa, absolutamente qualquer coisa, que possa ser favorável à sua mãe, agora seria o melhor momento para ela lembrar.

Daphne passou os braços em torno do próprio corpo, inclinou-se para a frente e perguntou:

— E se ela não se lembrar?

Johnny comprimiu os lábios.

— É nosso dever providenciar para que a justiça seja feita.

Daphne resistiu ao impulso de cobrir o rosto com as mãos, como fazia quando era criança e não queria confrontar alguma coisa. Fitou-o e disse, sombria:

— Só posso torcer para que a justiça, neste caso, seja em benefício de minha mãe.

— Por tudo o que isso vale, é o que também espero.

Johnny afastou-se da mesa e empertigou-se, como se a liberasse de alguma forma. Só nesse momento é que Daphne compreendeu como ele estivera perto... bastante perto para que ela sentisse um cheiro fraco de nicotina. Uma memória aflorou: a curva quente de um capô de carro contra a sua cintura, o motor vibrando por baixo enquanto esfriava; o cheiro de cigarro na respiração de Johnny e no blusão militar, enquanto ela enfiava as mãos por baixo do blusão, suas palmas roçando sobre a pele nua e quente dele.

No frio da sala com ar-condicionado, Daphne corou tanto que teve certeza de que ele podia perceber, como o calor subindo do asfalto ao sol do verão. Abruptamente, ela levantou-se.

— Tenho de ir agora. Minha irmã ficou esperando lá embaixo.

— Lamento não poder ajudar mais.

— Talvez tudo o que eu precisasse fosse de alguém para conversar.

Ela apertou a mão estendida. As articulações achatadas eram estranhamente tranqüilizadoras. Em sua mente, viu o punho de Johnny... uma massa indistinta, ensangüentada, acertando um último soco no queixo bovino, enorme e estúpido, de Bif DeBolt. Viu Bif cambalear para trás, em passos largos, exagerados, como os de um palhaço. Depois, ele se estatelou no chão, enquanto Johnny postava-se por cima e resmungava: "Se algum dia tornar a encostar um dedo nela, seu filho-da-puta, farei mais do que apenas deixar sua boca grande machucada."

Daphne deu a si mesma uma sacudidela mental. Vinte anos. Muito tempo... até para alguém que ansiava, naquele momento, enterrar-se num passado que não contivesse surpresas. Até mesmo Johnny partir seu coração de novo, pensou ela, seria preferível ao que teria pela frente. Ele acompanhou-a até a porta.

— Ligarei se souber de alguma coisa que não seja absolutamente confidencial — prometeu Johnny. — Há algum telefone em que eu poderia encontrá-la?

Daphne escreveu o telefone de Kitty no verso de um papel de recado cor-de-rosa.

— Ficarei com minha irmã. Ela tem um salão de chá na Ocean Avenue, se algum dia quiser aparecer. Tea & Sympathy... ênfase na simpatia.

— O rosto franzido, ela acrescentou: — Pobre Kitty. Só Deus sabe o que isso fará com o seu negócio. Já viu os repórteres lá na frente?

Johnny confirmou com um aceno de cabeça.

— Eles me cercaram esta manhã, quando cheguei. — Ele tocou no braço de Daphne, solícito. — Está muito pálida. Posso providenciar alguma coisa? Um copo d'água?

— Que tal um carro blindado? Tenho a impressão que vou precisar. — Daphne sacudiu a cabeça, resistindo ao impulso indesejado de apoiar-se em Johnny. — Vai ser terrível para a nossa família.

Mas ela conhecia mesmo sua família? Ou as imagens eram apenas inventadas, como as dos leitores dos livros infantis de *Dick and Jane* — obras de seus desejos? Qualquer que fosse a realidade, uma coisa era clara: ela não podia mais se esconder de seu alcance.

— Qualquer coisa que precisar, basta me avisar — murmurou Johnny.

— Não me esquecerei. — Ela conseguiu exibir um pequeno sorriso. — Enquanto isso, nunca tivemos esta conversa, não é mesmo?

— Pode parecer melhor assim. Pelo menos por enquanto. Mas, em particular, gostaria de ouvir meu conselho?

— Pode dizer.

— Se sua mãe não quer falar, você e suas irmãs podem precisar investigar o que aconteceu antes.

Ao fitar os olhos cinza solenes de Johnny e recordar que qualquer demonstração de apoio poderia custar caro para a sua carreira, Daphne disse, com mais sentimento do que tencionava:

— Obrigada. Também me lembrarei disso.

# Capítulo Cinco

Não podiam ser mais que uma dúzia, ou por aí, mas equipados com minicâmeras, microfones e refletores manuais pareciam ser um exército. Kitty, olhando alarmada para os repórteres que enxameavam no caminho de concreto e esparramavam-se pelo gramado, pegou a mão da irmã e apertou com força.

— E o assírio atacou como o lobo no redil — murmurou Daphne, sombria.

As duas estavam paradas na saída do Jasper, sob uma saliência que as escondia parcialmente. Kitty, que ficara observando a horda enquanto esperava, lançou um olhar inquisitivo para a irmã. Daphne explicou:

— Um verso de Byron. É evidente que ele sabia como a imprensa se comporta... Eles dão a impressão de que podem nos devorar como desjejum e ainda sentir fome no almoço. Alguma idéia?

— Se mantivermos a cabeça baixa e a boca fechada, poderemos sair ilesas.

Kitty parecia mais segura do que se sentia. Lá no fundo, não estava nem um pouco convencida de sua capacidade de alcançar o carro antes que os joelhos, fracos como se ela fosse uma inválida, dobrassem e a derrubassem. Ao avançarem para a batalha, Kitty sentiu que a irmã passava um braço pelo seu. Daphe sussurrou, decidida:

— Se conseguirmos agüentar isso, poderemos enfrentar qualquer coisa.

— *Ei, são as filhas!* — berrou uma voz de homem. — *Esperem um pouco, por favor!*

Um homem enorme, usando um boné do Oakland Raiders, assomou à frente, com uma Nikon do tamanho de uma torradeira pendurada ao pescoço cabeludo por uma correia com as cores do arco-íris. Outra pessoa gritou:

— *Alguma notícia sobre a sua mãe?*

— *Ela vai manter a confissão?* — indagou mais alguém.

As perguntas passaram a ser feitas ao mesmo tempo, rápidas e furiosas, como balas zumbindo por seus ouvidos.

— *Já foi marcada uma data para a audiência preliminar de indiciamento?*

— *Ela vai se declarar culpada?*

— *Ela está arrependida do que fez?*

— *Poderiam comentar a alegação de que sua mãe sofreu um colapso mental?*

Kitty prendeu o salto numa rachadura na calçada e cambaleou. Teria caído se Daphne não apertasse seu braço nesse instante. A mensagem era clara: aquilo era apenas o começo.

Uma loura insolente, parecendo uma animadora de torcida envelhecida, usando um blazer rosa e uma minissaia preta, encostou um microfone no seu rosto.

— Cindy Kipnis, do Canal Dois. É verdade que seus pais planejavam uma festa de comemoração do quadragésimo aniversário de casamento neste fim de semana?

Deve ter sido o choque de um rosto familiar, visto todas as noites no noticiário local, tão familiar para Kitty quanto os fregueses do Tea & Sympathy. Antes de pensar, ela já estava falando, com veemência:

— Meus pais eram muito devotados um ao outro. Não sabemos o que aconteceu. Mas se há alguma maneira de encontrar um sentido nessa tragédia não vamos descobrir se vocês continuarem a nos perseguir.

Daphne murmurou em seu ouvido:

— Vamos correr para o carro. Estaremos a salvo quando chegarmos em casa. Não podem invadir uma propriedade particular.

Kitty sentiu vontade de perguntar se ela tinha certeza, ou se Daphne, que ganhava a vida inventando histórias e que quando criança passava tanto tempo na terra do faz-de-conta quanto no aqui-e-agora, não confundia a vida real com um romance de Joseph Wambaugh. E, de repente, não havia mais tempo para qualquer especulação. Ela e a irmã corriam pelo caminho, de cabeça baixa, abrindo passagem pelo corredor polonês de repórteres, com seus microfones estendidos, como se fossem lanças.

A exaustão, que aderia a seu corpo como uma teia de aranha, desapareceu de repente. A adrenalina fervilhou em suas veias. A visão tornou-se nítida e penetrante, um caleidoscópio de imagens brilhantes em movimento. Ela teve noção de árvores passando de relance, a lente de uma câmera refletindo a luz num arco intenso, uma mulher num blusão amarelo de náilon fitando-as com a boca escancarada, com uma rosquinha meio comida entre o polegar e o indicador.

Kitty não parou nem mesmo quando um homem alto e careca, com uma minicâmera equilibrada no ombro, surgiu à sua frente, focalizando-a com a lente, como um atirador de tocaia fazendo a mira. Ela passou pelo homem sem mudar o passo.

Avistou seu Honda no estacionamento à frente. Abriu a bolsa, à procura das chaves, quando lembrou que o deixara destrancado. Antes, em plena exaustão catatônica, não lhe ocorrera que poderia ser roubada. Afinal, o que podia ser pior do que a tragédia que já acontecera?

Ela abriu a porta e arriou no banco do motorista. Observou a irmã contornar um homem magro, que correra para tirar sua foto. No momento seguinte, Daphne também entrou no carro, ofegante. Segundos depois, elas deixaram o estacionamento. Os repórteres foram diminuindo no espelho retrovisor, até que não pareciam mais ameaçadores do que um enxame de insetos.

Cerca de um quilômetro e meio adiante, deixando a Emerson Avenue para entrar na Ocean, Kitty e Daphne desataram ao mesmo tempo em gargalhadas histéricas. Riram até que as lágrimas escorriam pelas faces. Kitty até pensou que, se não chegassem em casa em poucos minutos, poderia sofrer um acidente de trânsito, que não envolveria excesso de velocidade. Mas a descarga foi quase agradável, perto do que haviam suportado... e continuariam a agüentar durante as semanas subseqüentes. O que acontecera na saída do prédio, uma voz sóbria lembrou a Kitty, fora apenas a ponta do iceberg.

Ainda tinham pela frente o funeral do pai. E o indiciamento da mãe. Ela não parara pelo tempo suficiente para sequer *considerar* como aquilo poderia alterar sua existência... a catástrofe que parecia ter surgido do nada, como um carro contornando uma curva em disparada.

Ocorreu-lhe agora que Heather e Sean deviam ter visto o noticiário da televisão ou tomaram conhecimento da notícia pelo jornal da manhã. Explicaria a saída abrupta de Kitty durante o jantar, na noite passada, mas era natural que eles ficassem horrorizados. Quem não ficaria? Haveriam de se perguntar em que tipo de família Kitty fora criada... e sem dúvida questionariam a sua capacidade de criar uma criança. O que restava determinar era se Kitty conseguiria convencer Heather de que isso não se refletia sobre a sua pessoa. Seria difícil, talvez impossível, mas...

Kitty sentiu-se egoísta por sequer pensar a respeito. *Mas se algo de bom pode sair dessa tragédia não seria o bebê de Heather?*

Depois, como um pêndulo balançando para o outro lado, o pensamento sobre o pai voltou. O pai estendido numa mesa na agência funerária. *Ele não vai aparecer para nos salvar dessa confusão*, pensou Kitty, enquanto entrava no caminho por trás da casa... com um olhar cauteloso para os lados, a fim de verificar se não havia repórteres à espreita. *Ele está mesmo morto.*

— A barra está limpa?

Daphne virou no banco, fazendo um esforço para ver pela janela traseira.

Kitty tornou a olhar ao redor, mas a única pessoa à vista era a Sra. Landry, fazendo seu passeio da tarde pela Harbor Lane com Pip, seu *schnauzer* miniatura. Ela viu que o portão continuava fechado. E a única trilha brilhante de pegadas através do gramado dos fundos, ainda molhado da chuva da noite passada, pertencia a ninguém mais que Willa, que passara antes para arrumar tudo e cancelar os pedidos.

Ela fez o sinal para Daphne de que estava tudo bem, mas mesmo assim não perdeu tempo, e correu para a varanda de trás. Minutos depois, a porta dos fundos foi fechada e trancada. Todas as janelas estavam trancadas, até mesmo no segundo andar. Kitty brigava com a tranca da porta da frente, tão pouco usada que ficara meio emperrada, quando o primeiro veículo de reportagem da tevê parou junto do meio-fio.

— Parece que temos companhia — anunciou ela, virando a cabeça para Daphne, enquanto sentia um frio no estômago.

Se Heather ainda não sabia, muito em breve teria um relato completo, no noticiário da noite. Completo, inclusive com o rosto de Kitty e todos os detalhes macabros que aqueles abutres fossem capazes de desencavar. Quando a imprensa terminasse de arrastar sua família para a lama, Kitty seria vista como a filha de uma assassina... e Heather teria desaparecido há muito tempo.

O telefone tocou quando ela fixava, com fita adesiva, um cartaz no vidro oval bisotado da porta: FECHADO ATÉ NOVO AVISO.

Antes que Kitty pudesse advertir a irmã sobre os repórteres que vinham ligando sem parar desde o início da manhã — ela tinha a impressão de reconhecer a voz de Cindy Kipnis na secretária eletrônica — Daphne gritou da cozinha:

— Pode deixar que eu atendo!

Mas não era um repórter. Ela ouviu Daphne exclamar:

— Ó Alex, ainda bem que é você!

Quando Kitty pegou a extensão na parede por trás do balcão, quase derrubando uma cadeira em sua pressa, ainda ouviu o fim da conversa:

— ...providenciei tudo. O serviço foi marcado para as dez horas do domingo. Os horários de visita serão na sexta e sábado.

Ela parecia remota e profissional, como uma técnica de laboratório ligando para comunicar os resultados de um exame de sangue. Houve uma pausa, e depois Alex indagou, desconfiada:

— Kitty, você está ouvindo?

— Estou aqui — informou Kitty, o rosto franzido. — Por que não fomos consultadas sobre nada?

Houve um pequeno suspiro irritado no outro lado da linha.

— Se verificasse as mensagens na secretária eletrônica, saberia que telefonei. Há cerca de duas horas.

— Deve ter sido quando estávamos no escritório do advogado — comentou Daphne.

Silêncio. Então, Alex respirou fundo.

— Acho que cada uma tem suas prioridades. A minha, como podem perceber, é providenciar para que papai tenha um funeral apropriado.

Mas era evidente que Daphne não se deixaria provocar para tomar um partido.

— Ainda estamos todas em choque, Alex. Não sei de você, mas a única coisa em minha mente neste momento é dormir um pouco. Mais tarde, acho que precisamos sentar e discutir o que faremos daqui por diante.

A voz de Daphne era tranqüilizadora, como uma pomada deslizando sobre um joelho esfolado. Naquele momento, ela parecia exatamente com...

*Mamãe*, pensou Kitty, estremecendo.

— Para começar, podemos ligar para os parentes... aqueles que ainda não leram a respeito nos jornais nem viram a notícia na televisão. — Um tom áspero e sarcástico infiltrou-se na voz de Alex. — Eles vão querer saber do funeral.

Devia ter ocorrido a Daphne ao mesmo tempo que a Kitty: todos aqueles tios e primos de fora da cidade, vindo para a comemoração do aniversário de casamento, que deveria ocorrer dentro de cinco dias. Ela ouviu Daphne lamentar:

— Ó Deus, como vamos explicar?

— Pode começar por dizer a verdade. Que papai foi assassinado a sangue-frio. — A voz irritada no outro lado da linha tornou-se agressiva e estridente. — Pois foi isso que aconteceu, não é mesmo? Não adianta tentar encobrir. Independente do que você possa pensar, ela não é louca. Fez isso para se vingar.

— Vingar-se de quê? — perguntou Daphne.

Kitty apressou-se em intervir:

— Acho que este não é o momento para...

Alex interrompeu-a no mesmo instante, gritando:

— Ela pode apodrecer na cadeia por tudo, não me importo! Se passar o resto da vida presa, ainda não será o suficiente!

Sua respiração era ofegante, como se ela tivesse dificuldade para controlar suas emoções. Depois de um longo momento, pareceu adquirir um mínimo de controle, pois acrescentou, em voz baixa e contida:

— Estou contando com a presença de vocês duas. Em todo o serviço e no funeral. Não é pedir demais, não é mesmo?

— Ele também era nosso pai, caso tenha esquecido.

Daphne falou em tom áspero, cansada, como uma criança que resmunga depois que passou a hora de ir para a cama. Kitty suspirou e disse:

— Alex, por que não vem até aqui para que possamos conversar sobre tudo pessoalmente?

Ela se tornou consciente, de uma forma súbita e acurada, que não dormia desde a noite anterior. A exaustão a envolvia como um cobertor grosso e felpudo.

— A última vez que olhei no mapa — lembrou Alex, friamente —, a distância para a minha casa era a mesma que para a sua. Será bem-vinda aqui a qualquer hora. Não posso prometer biscoitos feitos em casa, mas com certeza sou capaz de ferver água para um chá.

— Não precisa ficar irritada — disse Kitty. — Não vamos esquecer que estamos juntas em tudo isso.

— Estamos mesmo? — Houve um longo silêncio. — Pois aqui tem um pensamento. Enquanto vocês ficam correndo em círculos, tentando salvar mamãe, lembrem-se de que é tarde demais para papai. Ele *morreu*.

Alex ofegou, deixando escapar um pequeno soluço. Antes que Kitty ou Daphne pudessem dizer qualquer coisa, ela desligou. *Não adianta fingir*, pensou Kitty, a mente girando em círculos lentos, de tanta exaustão. As balas que haviam tirado a vida do pai também abriram um rombo na família. Como uma unidade, haviam conseguido manter uma ilusão de união, durante a vida do pai. Mas o que lhes aconteceria agora? Como enfrentariam os dias e as semanas subseqüentes?

Uma onda de cansaço sufocou-a. Arriou na cadeira encostada na parede, ao lado do telefone. O salão de chá deserto parecia escarnecer dela. Restaria alguma coisa quando tudo acabasse? Sobraria qualquer coisa para ela?

Kitty fechou os olhos. Encostou a cabeça na parede, onde o papel florido começara a soltar da junção entre dois painéis. Foi só quando sentiu o suave movimento de dedos em seus cabelos que ela se lembrou de Daphne. Levantou o rosto para descobrir a irmã sorrindo. A expressão dela, despojada de qualquer defesa, exposta e suplicante, como a de uma criança que não podia compreender o que acontecia, penetrou até o fundo do coração de Kitty... e, ao mesmo tempo, proporcionou-lhe alguma esperança.

Juntas, passariam por tudo aquilo, pensou ela. Encontrariam uma maneira.

O resto da semana transcorreu em confusão. Primeiro, houve os amigos e parentes, que insistiam em vir, para consolar e serem consolados. Depois, os telefonemas intermináveis para dar, uma lista que se multiplicava a cada ligação. *O primo Jack de Dayton? Lembra dele, não é mesmo, querida? É seu primo em segundo grau pelo lado de sua mãe... ou em terceiro grau? Nunca lembro essas coisas direito.* Uns poucos parentes ofereceram-se para telefonar por elas. Como a irmã mais velha da mãe, tia Rose, que localizaram na pousada na Tidewater Avenue, onde ela reservara um quarto para o fim de semana. Tia Rose Tremain fora agente de viagem antes de se aposentar, no ano anterior, por causa de um enfisema. Com a respiração chiando de uma maneira alarmante, ela declarou, com a brusquidão habitual:

— Cuidarei de Bill, de Susie e das crianças. Vocês estão ocupadas demais.

Se estivesse do lado dela, Kitty a teria beijado. Mas, quando terminou de fazer contato com todos na lista, já se esquecera de tia Rose por completo.

No dia anterior, depois de enfrentarem os repórteres acampados na frente da casa, ela e Daphne foram ao centro para visitar a mãe de novo, e em seguida a uma segunda reunião com o advogado. Cathcart tentara antecipar o indiciamento, mas não conseguira. A audiência estava marcada para a segunda-feira, a data mais próxima possível para que um novo juiz fosse designado.

— Pensem da seguinte maneira — argumentou ele: — isso nos dará mais tempo para nos prepararmos.

Cathcart não precisava dizer o que todos sabiam: se a mãe se recusasse a fazer qualquer coisa, seria inútil uma alegação de inocência ou mesmo de legítima defesa.

Foi somente na tarde de terça-feira que Kitty descobriu-se sem mais nada em sua lista de coisas para fazer. Acolheu satisfeita a trégua... mas também se sentiu um pouco assustada. Com o salão de chá fechado e Willa dispensada com remuneração integral até segunda ordem, Kitty não tinha o que fazer. Não podia mais adiar a dor que conseguira manter mais ou menos a distância. Também não podia mais evitar certas questões delicadas que ainda precisavam ser discutidas. Ocorreu-lhe, de pé na cozinha, fervendo água para o chá da tarde, que ela e Daphne precisavam ter uma conversa.

Ela preparou uma bandeja e levou para a sala da frente, onde Daphne estava ocupada em separar os lembretes escritos em pedaços de papel, cobrindo uma mesa quase por completo. A irmã já começara a realizar um trabalho de investigação, interrogando gentilmente amigos e parentes sobre o que sabiam ou lembravam e anotando qualquer coisa que valesse a pena verificar. O pai podia estar a caminho da sepultura... mas Daphne daria um jeito para que a mãe não o acompanhasse.

Só que havia uma coisa que a irmã precisava saber primeiro.

— Leite ou limão? — perguntou Kitty, enquanto despejava na xícara o chá fumegante do bule. — Esqueci como você prefere.

Daphne fitou-a.

— A última vez em que teve de me perguntar como eu gostava de alguma coisa foi quando éramos crianças e mamãe fritou aquelas trutas que papai pescou no lago. Você queria saber se eu preferia a minha simples ou virada ao contrário.

Kitty ofereceu um sorriso desanimado. Sentou na cadeira no outro lado da mesa.

— Não sei de você, mas não gosto de comer qualquer coisa que está me olhando.

Ela fazia o melhor que podia para parecer normal — o que quer que isso significasse. Naquele momento, o conceito de *normal* era como outro país que podia ter visitado em alguma ocasião, mas cuja lembrança se tornara nebulosa. O humor era a única coisa que a sustentava. Um humor tão negro que às vezes era inequivocamente mórbido. Mas impedia-a de ter de falar em voz alta o que ela e a irmã estavam pensando: que se podiam encontrar nelas as raízes do que impelira a mãe a fazer o que fizera. Talvez fossem invisíveis a olho nu, mas poderiam observar melhor, com um exame cuidadoso, as forças que haviam moldado o desenvolvimento das três.

Abruptamente, Daphne baixou a cabeça e a cobriu com as mãos, como se as lembranças da infância se tornassem de repente insuportáveis. Filetes de vapor subiam do bule para envolvê-la. Kitty não pôde deixar de sorrir pelo lembrete grudado nas costas da mão da irmã. *Se nossa família fosse uma empresa, Daphne seria a acionista majoritária*, pensou ela. Era a que mais investira no mito da Infância Ideal. Sua capacidade de conceber os eventos passados, não como eram, mas como poderiam ter sido, fora em parte o fator que a tornara uma escritora de talento. Mas não a ajudava a compreender o que impelira a mãe a saltar da beira do abismo. Pois enquanto as histórias de ficção podiam melhorar a cada relato, refletiu Kitty, muito séria, a história da família só se tornava mais emaranhada.

Kitty estendeu a mão para confortá-la, mas parou antes de alcançar a nuca exposta, onde uma penugem de bebê terminava num ponto quase indistinto. Daphne era sua irmã predileta, sua maior amiga... e, no entanto, havia ocasiões em que ela tinha vontade de sacudi-la, de fazer com que ela parasse de fingir que tudo era maravilhoso. Tinha de fazer com que Daphne VISSE.

Mas, quando Kitty fez menção de abrir a boca para falar sobre as lembranças que *não* eram tão divertidas, Daphne pareceu pressentir e se apressou em declarar, de uma forma tão brusca que sua intenção se tornava mais do que evidente:

— Leite... prefiro meu chá com leite.

Kitty suspirou.

— Só espero que não tenha acabado.

A idéia de fazer compras — empurrar um carrinho por um corredor de supermercado cheio de repórteres e curiosos — era insuportável demais até para cogitar. Faria uma lista ainda naquela tarde, Kitty prometeu a si mesma, e pediria no Ray's Market pelo telefone.

A caminho da cozinha, ela lançou um olhar nervoso pela janela da frente. Através das cortinas de rendas fechadas, podia avistar a minivan da KCBS estacionada ali desde anteontem. Não era a única. A equipe da TV local tinha a companhia de repórteres de todo o estado. Ao voltarem, no dia anterior, ela e a irmã haviam sido assediadas por todos os lados, enquanto corriam para a casa.

Hoje, houvera um sossego relativo, mas a trégua terminaria em breve. Dali a pouco partiriam para a agência funerária, a fim de receber as pessoas que queriam ver o pai. Kitty estremeceu ao abrir a porta da geladeira. Havia leite suficiente para encher uma leiteira pequena, que ela levou para Daphne.

— Eu gostaria de oferecer alguma coisa para comer, mas infelizmente só tenho o que resta na despensa. Não creio que esteja interessada numa tigela de mingau de aveia.

Daphne fez uma careta.

— Não estou com tanta fome assim. E, de qualquer forma, duvido que conseguiria comer alguma coisa, mesmo que tentasse. Isto será suficiente para mim.

Ela pegou um dos biscoitos que Kitty tirara do freezer e deu uma pequena mordida.

Apesar do guarda-roupa elegante e da sofisticação de cidade grande, pensou Kitty, havia alguma coisa estranhamente antiquada na irmã. Com aqueles olhos azul-esverdeados que não precisavam de maquilagem, o ar gentil que parecia pertencer a outra era. Uma imagem formou em sua mente, de Daphne com uma gola alta de rufos, despejando chá de um serviço de prata de lei, em vez do bule de cerâmica que ela usava agora para tornar a encher sua xícara.

— Teve notícias de Roger? — perguntou Kitty.

A expressão de Daphne anuviou-se.

— Ainda não... Tentarei uma ligação para seu consultório daqui a pouco. — Ela desviou os olhos, pondo no pires o biscoito mordido. — Não poderíamos pedir uma comida pronta? Talvez até chegar eu já esteja com fome.

*Em outras palavras, não vamos conversar sobre o fato de que ele não telefona há dias.* Mas Kitty guardou o pensamento para si mesma.

— Há um bom restaurante chinês não muito longe daqui. — Uma pausa, e ela acrescentou, sarcástica: — Há até uma boa possibilidade de que eles não tenham lido o jornal. Nenhum deles fala mais do que umas poucas palavras de inglês.

Mas Daphne já pensava em outra coisa e não prestou mais atenção.

— Se fosse um dos meus romances, eu teria pelo menos uma idéia do ponto por onde começar. Mas isto... — Ela gesticulou com as mãos, desolada. — É como aquelas histórias que papai costumava ler em voz alta, em que uma maldição era lançada contra uma pessoa inocente. Não posso deixar de pensar em mamãe dessa maneira. Como alguém sob um encantamento.

Talvez fosse porque Kitty não dormira mais que poucas horas, intermitentes, durante os últimos quatro dias, ou talvez fosse porque sua paciência fora estendida além dos limites e não podia mais esconder sua exasperação. Qualquer que fosse o motivo, ela se descobriu a dizer, rispidamente:

— Deve ser muito conveniente viver tão longe de casa. Você nunca precisa tirar os óculos cor-de-rosa.

Daphne piscou, surpresa. Recostou-se na cadeira. Parecia afetada, quase severa, na blusa cinza de gola rulê e calça preta.

— Por que está dizendo isso?

A mágoa em sua voz era patente, e Kitty estremeceu por dentro. Mas não recuou. Era tarde demais para isso.

— Por causa de todas as suas fantasias estúpidas sobre a nossa infância perfeita. Não foi perfeita, Daph. Nem de longe. — Ela respirou fundo. — Lembra aquela redação que você escreveu para a escola quando éramos crianças? Devia estar na quinta ou sexta série. Sobre a ocasião em que papai nos esqueceu no posto de gasolina, lembra?

Daphne tornou-se pensativa, apertando o cabo da colher.

— Ele esqueceu que havíamos ido ao banheiro — recordou Daphne, balançando a cabeça. — Acho que poderia acontecer com qualquer um.

— Não é esse o ponto a que estou querendo chegar. — Kitty revirou os olhos, impaciente. — Mamãe obrigou-a a rasgar a redação e escrever outra. Alegou que não havia acontecido como você dizia. Que papai não havia nos esquecido... que ele *nunca* faria isso. Que devia ter pensado que havíamos nos afastado, e por isso saíra a nossa procura.

Os olhos de Daphne tornaram-se sombrios, mas a expressão era de perplexidade.

— Aconteceu há muito tempo. Que diferença isso faz agora?

Kitty queria aproveitar a oportunidade, sacudir a irmã até que os fragmentos se ajustassem em seus lugares.

— Não percebe? Mamãe estava reescrevendo nosso passado já naquele tempo. Não deixaria que você entregasse aquela redação, *porque tinha medo da verdade.* Papai estava pensando em outra coisa e nos esqueceu mesmo. Você tem razão. Isso não faz com que ele seja um péssimo pai, mas apenas imperfeito. Por que mamãe não podia aceitar isso?

— Não sei.

Kitty escolheu as palavras com o maior cuidado:

— Talvez ela tivesse medo de que, se reconhecesse a verdade, teria de olhar também para as outras coisas.

Daphne parou de mexer a colher. Cruzou as mãos no colo. Os olhos eram enormes e brilhantes quando ela perguntou:

— Que coisas?

— Vamos começar pelo fato de que ele não era exatamente o mais fiel dos maridos.

Daphne fitava-a com uma expressão atordoada. Uma luta parecia estar se desenvolvendo em seu rosto, uma guerra entre a necessidade de saber o que poderia ter levado a mãe a matar o marido e o desejo de se apegar ao que era familiar e confortador, mesmo que fosse falso. Ela abriu a boca, como se fosse dizer alguma coisa, mas aparentemente mudou de idéia. Os dentes se juntaram, com um estalo suave, mas audível.

Se pudesse ler os pensamentos de Daphne, Kitty descobriria que a irmã não estava tão surpresa quanto imaginara que ela ficaria. Daphne também se lembrava de alguma coisa, em um passado distante, na festa de réveillon dos pais. Na ocasião, a cena que testemunhara não fazia sentido. Agora, porém, enquadrava-se num contexto inquietante. Daphne cobriu o rosto com as mãos.

— Ó Deus, eu não estava apenas imaginando coisas.

A voz saiu rouca e abafada. Foi a vez de Kitty ficar surpresa.

— Você também?

Daphne baixou as mãos.

— Eu não tive certeza na ocasião. Tinha apenas oito anos. Havia uma festa e brincávamos de esconde-esconde, você, eu e Alex.

— Eu me lembro... mais ou menos.

— Era a minha vez, e fui me esconder no closet no quarto de papai e mamãe. — Daphne deixou que seu olhar se voltasse para dentro. — Estava escuro e o cheiro era agradável... como perfume. Devo ter dormido, porque a próxima coisa que lembro foi de alguém sussurrando no outro lado da porta entreaberta. Apesar da escuridão, pude ver... apenas o suficiente. Eram duas pessoas, e não estavam apenas sussurrando.

— Papai e outra mulher, não é mesmo?

— Como soube?

— Também vi. Só que cerca de dez anos depois, com uma mulher diferente.

Kitty relatou a ocasião em que vira o pai beijando a antiga vizinha, a Sra. Malcolm, num carro estacionado atrás da loja maçônica. Daphne sacudiu a cabeça, como se quisesse desanuviá-la, antes de fitar Kitty com um olhar intenso e furioso.

— Não compreendo. Como você pôde esconder de mim uma coisa dessas?

Kitty teve de desviar os olhos da acusação irada no rosto da irmã. Estendeu a mão para afagar Rommie, deitado a seus pés, os pêlos cinza saltando contra a sua palma como os espinhos mais suaves de um ouriço.

— Eu poderia lhe perguntar a mesma coisa.

— Que idade você tinha... 14 anos? — protestou Daphne. — Eu era apenas uma criança. Não tinha certeza se era mesmo real o que vira... ou... ou se apenas imaginara.

Kitty empertigou-se. Cruzou os braços sobre o peito.

— Era exatamente aonde eu queria chegar. Fomos criadas para pensar assim... que se alguma coisa não se ajustasse à vida cor-de-rosa que mamãe projetava deveria ser nossa imaginação.

— Então era isso que mamãe queria dizer quando... — Daphne levou a mão à boca, roçando os dentes de leve nas articulações. Depois, em voz baixa e rouca, perguntou: — Acha que foi por isso que...

Ela deixou o resto da frase pairando no ar.

— Há anos que ela devia estar fazendo vista grossa às aventuras de papai — adivinhou Kitty. — Talvez alguma coisa nela tenha se rompido de repente. Não sei. E talvez nunca venhamos a saber.

— O que me diz de Alex? Ela sabe?

— Sempre desconfiei de que ela sabe mais do que deixa transparecer.

Daphne permaneceu calada por um momento, o rosto pensativo iluminado pelos raios de sol que passavam através da cortina de rendas. Finalmente ela disse, com uma percepção angustiada:

— Quer dizer que todas aquelas demonstrações de amor entre papai e mamãe não passavam de encenação?

— Essa é a parte estranha. — A perplexidade de Kitty era genuína. — Acho que não. Creio que papai realmente a amava.

Lá fora, o clamor de vozes parecia ter se desvanecido. As orelhas de Rommie levantavam-se a todo instante... como se, em seus sonhos, ele perseguisse os gatos que corriam entre as pernas das mesas. Por um momento, Kitty entregou-se a um devaneio, de que sua vida, como a conhecera antes, estava apenas em suspenso, que a qualquer momento poderia apertar um botão para que tudo voltasse a ser como no passado.

Dentro de um minuto, ela fantasiou, a sineta da porta começaria a retinir, o sinal de que os clientes da tarde chegavam para o chá. O alarme do fogão tocaria, e a voz monótona de Willa a chamaria da cozinha. E no meio de tudo isso, Heather Robbins apareceria para anunciar que tomara uma decisão. *Pensei muito a respeito*, diria ela. *E não posso imaginar alguém que seria capaz de cuidar melhor de meu bebê...*

O devaneio de Kitty foi interrompido por uma campainha estridente. O telefone tocara sem parar durante o dia inteiro, mas mantivera-se em estranho silêncio durante a última hora. Agora, voltava a tocar. Com um aperto no coração, ela ouviu sua voz gravada dizer:

— Lamento, mas não posso atender sua ligação neste momento. Se é sobre o funeral, será realizado às dez horas da manhã de domingo, na capela Memorial Evergreen, na Church Street. O horário de visita hoje será entre quatro e seis horas...

Uma hora mais tarde, Kitty parou o carro no caminho circular pavimentado na frente da capela funerária, uma presunção neoclássica, no estilo reduzido, de uma mansão anterior à guerra civil americana, erguida no coração de estuque da velha Miramonte. Ela receara aquele momento... mais do que imaginara. E por motivos que não se relacionavam apenas com o espetáculo mórbido do pai estendido no caixão, Alex mantendo vigília como um coro grego de uma só pessoa. Num súbito impulso, ela virou-se para Daphne.

— Não me pergunte o que é, mas há uma coisa que preciso fazer neste momento. Vai me odiar se eu não entrar com você?

Daphne, solene, estudou o rosto de Kitty, antes de se desmanchar num sorriso indulgente.

— Com toda a sinceridade? A única ocasião em que a odiei foi na sétima série, quando você pegou minha pulseira sem pedir. E pensei que nunca mais a perdoaria por perder nosso cachorrinho, Scottie. Mas superei tudo. — Ela ergueu a mão para o rosto de Kitty. — Você vai ficar bem?

— Não se preocupe comigo. — Kitty olhou pela janela do lado de passageiro, observando um grupo de mulheres idosas, em casacos pretos quase idênticos, subindo lentamente os degraus para o pórtico principal. — *Você* é quem vai ter de agüentar toda a pressão de Alex. Ela não se sente muito satisfeita conosco neste momento.

— Porque não rasgamos as roupas e esfregamos cinzas no rosto? Eu também amava papai... mas minha principal preocupação neste momento é tirar mamãe da cadeia. — Os olhos de Daphne faiscaram. Depois de uma pausa, ela acrescentou, com uma veemência inesperada: — Outra coisa. Dá para pensar que Alex não sabia nada sobre papai, porque ele *detestaria* este lugar.

Daphne estremeceu, visivelmente, e arrematou:

— Um caixão aberto? Em que ela estava pensando?

Kitty desejou agora ter resistido quando Alex insistira em tomar todas as providências para o funeral... como se ela fosse a única para quem isso tinha importância. Mas com todo o choque e a confusão do momento, não lhe ocorrera que a irmã converteria a morte do pai num espetáculo de Hollywood.

— Suponho que ela está enfrentando a situação da melhor forma que pode. Assim como você e eu.

Kitty suspirou, cansada demais para se preocupar com os motivos de Alex, quaisquer que pudessem ser.

Só depois que se afastara por metade da quadra, a irmã apenas um ponto escuro contra a fachada de colunas brancas no espelho retrovisor, é que Kitty cedeu à dor que arremetia contra as suas defesas. Papai... ó Deus, ele estava mesmo morto! Ninguém bateria em seu cotovelo para dizer: *Lamentamos muito, mas foi tudo um terrível equívoco.* Ela não ia acordar e descobrir que fora apenas um sonho.

Uma memória antiga aflorou: o pai, um gigante louro, levantando-a bem alto. E mantendo-a lá em cima, de onde podia contemplar seus olhos azul-claros, faiscando como os lagos que ela vira do avião na ocasião em que voaram para visitar Nana. Olhos em que se podia mergulhar.

— Como está minha ruiva predileta? — trovejara ele.

Kitty rira, porque todo mundo sabia que ela era a única ruiva. Fingira se contorcer para escapulir de suas mãos, o que também fazia parte da brincadeira. Mas quando ele a baixara para o chão, abruptamente, fora como se ela tivesse mesmo alçado vôo... e de repente caíra.

*Por que não éramos suficientes, papai? Por que mamãe não era suficiente? Você amou aquelas mulheres... ou havia apenas a emoção da conquista?* Kitty teve nesse instante a compreensão desconcertante de que as coisas que não sabia sobre o pai eram muito mais do que tudo o que sabia. E começou a tremer, violentamente.

Ela deixou a Locust Avenue e teve de entrar no estacionamento por trás da Hair Affair e Pizza My Heart, onde duvidava que qualquer repórter pudesse estar à espreita, até poder se recuperar para continuar a guiar.

Cerca de um quilômetro e meio adiante, ela passou pela saída para a via expressa e entrou na Bishop, onde a fábrica de champignons — o cheiro denso de fertilizante fê-la torcer o nariz — espalhava-se por muitos hectares, em prédios baixos. Várias voltas ao acaso mais tarde, ela descobriu-se num bairro de casas pequenas e malcuidadas, com o mato crescendo em quintais com cercas de arame.

O sol já desaparecera, e o crepúsculo prevalecia, uma hora em que a maioria das famílias estaria sentando para jantar. Ela deveria ter ligado antes. Heather talvez se irritasse com seu aparecimento inesperado... e naquele momento Kitty não podia mais se permitir notas negativas em seu boletim.

Ela continuou mesmo assim, parando apenas pelo tempo suficiente para consultar o pedaço de papel pautado em que um endereço fora escrito, numa letra grande e infantil. E lhe ocorreu nesse instante: *É assim que um viciado deve se sentir.* O coração disparado, cada nervo pegando fogo, sabendo que aquilo era errado, que podia matá-la... mas desesperada demais para se importar.

Foi avançando devagar pela rua escura, as árvores formando profundas poças de sombras entre os lampiões, bastante espaçados para projetarem apenas uma tênue claridade, ela espiava as caixas de correspondência, tortas, como se estivessem embriagadas, os números tão gastos que eram quase indecifráveis. Descobriu o que procurava no final da rua, na frente de um terreno baldio dominado pelo mato. A casa, meio oculta pelas árvores, ficava a cerca de doze metros da calçada, por trás de uma cerca de piquetes dilapidada. Um balanço enferrujado na frente era o único sinal de que uma família vivia ali. Mas numa inspeção mais atenta ela viu que não havia desleixo. O pequeno gramado — se é que se podia chamar assim — estava aparado, e havia galhos de árvores empilhados na velha picape amarela, estacionada ao lado da casa.

No mesmo instante, Kitty foi dominada pela dúvida. O que esperava conseguir com aquela visita? Na outra noite, Heather dera a impressão de que simpatizava com ela. Até mesmo Sean começara a se abrir, falando de seu trabalho de poda de árvores, em meio expediente, e as aulas na universidade. E de repente, no meio da conversa, como uma pedra lançada pela janela, espatifando não apenas a noite, mas também tudo, viera o telefonema de Alex...

Ela devia ter esperado mais alguns dias, até que o choque inicial se dissipasse. Heather compreenderia então que Kitty não podia ser responsabilizada pelo que a mãe fizera.

*A esta altura, podia ser tarde demais*, sussurrou uma voz.

Kitty respirou fundo, tomando coragem para sair do carro. No meio do caminho de concreto escuro que levava à casa, em que seus pés pareciam afundar até os tornozelos a cada passo, uma voz profunda avisou, das sombras:

— Ela não está em casa.

Nas sombras compridas, que se projetavam pelo caminho, o vulto de um homem estava delineado contra a picape amarela. Alguma coisa em sua postura relaxada, quase insolente, despertou uma lembrança. Ela observou quando a ponta em brasa de um cigarro fez um arco lento, para depois aumentar de intensidade, iluminando por um instante o rosto bonito de Sean, as feições firmes e bem definidas.

— Sabe quando ela voltará? — perguntou Kitty, o coração disparando.

— Seria uma viagem desperdiçada de qualquer maneira. Minha irmã não quer mais falar com você.

Sean falou com alguma descontração, mas deu para perceber um certo desdém na voz. Kitty limpou a garganta. Quando falou, foi incisiva, para demonstrar que não se deixava intimidar com facilidade. Não por alguém bastante jovem para ser seu irmão caçula.

— Compreendo como ela deve se sentir. Mas se eu pudesse explicar...

— Não nos deve uma explicação.

A luz se derramava pelo caminho da passagem estreita entre a garagem e a cerca que delimitava a propriedade. Quando Sean se adiantou para a área iluminada, as botinas fazendo barulho no cascalho, Kitty viu que ele se vestia da mesma maneira que antes, de jeans e blusão, as mangas arregaçadas acima dos cotovelos. Os antebraços musculosos estavam manchados de resina de árvore, embora fosse óbvio que acabara de tomar uma chuveirada. Os cabelos escuros projetavam-se em pontas molhadas.

— Você se incomodaria se eu entrasse por um momento, só para sentar e descansar um pouco?

Kitty sentia-se de repente fraca demais para continuar de pé, como se pudesse cair que nem os galhos cortados que vira na picape.

Os olhos escuros de Sean estudaram seu rosto. Ele estaria imaginando que se tratava de alguma espécie de artimanha? Mas ela devia estar mesmo parecendo à beira da morte, porque Sean depois de um instante fez sinal para que o seguisse.

Com uma mistura de alívio e apreensão, Kitty foi atrás dele por um caminho de cascalho que dava para um quintal nos fundos. Uma cerca alta de madeira bloqueava em parte a vista da estrada, que passava ao lado de uma encosta íngreme, diretamente por baixo. Mas não havia como evitar os clarões dos faróis passando nem o barulho, um coro de pneus rangendo no asfalto, sob o acompanhamento de buzinas distantes e o guincho de freios.

Havia uma construção à direita. Kitty pensou a princípio que era um galpão muito grande para guardar ferramentas. Mas, quando Sean encaminhou-se para lá, ela compreendeu que deviam ser seus aposentos. Claro, pensou ela. Afinal, Sean não era mais um menino. Sua permanência em casa, ela desconfiou, era mais por causa de Heather e do pai.

— O antigo proprietário era um artista. Usava este lugar como seu estúdio. — Um canto da boca se contraiu num pequeno sorriso, como se fosse em ironia pela possibilidade de qualquer coisa criativa sair de um solo tão árido. — Não tem cozinha, mas dispõe de água corrente e um pequeno banheiro.

Havia um pedaço de madeira encontrada na praia pregada na porta, da qual pendiam sinos de vento tibetanos. Quando Kitty entrou, atrás de Sean, os sinos retiniram, sem qualquer razão específica.

O quarto era surpreendentemente impecável. Havia um colchão de casal no chão, arrumado com todo o cuidado, uma colcha velha de madras em cima, um filodendro num banco manchado de tinta, roupas dobradas e livros obviamente lidos nas prateleiras ao longo de uma parede.

Foi nesse instante que ela levantou os olhos e ficou fascinada. No centro do quarto havia uma clarabóia, oferecendo uma fatia transparente da lua na bandeja de veludo do céu. Sean acompanhou seu olhar e balançou a cabeça em apreciação partilhada.

— Durmo sob as estrelas e não preciso de despertador para acordar. Quase compensa o resto.

Mais uma vez, Kitty teve consciência do barulho dos sons do tráfego, uma sucessão de zunidos, como se rajadas de vento atingissem o lado da estrutura, o ronco baixo dos motores se aproximando, para depois se desvanecerem na distância. Os faróis desfilavam pela janela, delineando as venezianas com um brilho amarelo, projetando uma escada de sombras ondulantes por cima da cama.

Mas nada disso importava. Para Kitty, que contemplava as estrelas cintilando, como luzes de varanda em alguma galáxia distante, o mundo parecia ter se encolhido para aquele pequeno cômodo.

Ela não teve noção do que estava acontecendo, até que o quarto virou de lado, abruptamente, derrubando-a sem a menor cerimônia no colchão a seus pés. Na queda, bateu com o pulso na perna de uma mesa. Soltou um grito, mas o som parecia sair de trás de uma porta fechada, em algum corredor distante. O contorno nítido de uma mesa entrou em foco de repente, enquanto um zumbido alto explodia em sua cabeça.

No instante seguinte, o rosto preocupado de Sean assomou em seu campo de visão. Ele estava agachado ao seu lado, os cotovelos nos joelhos, os olhos escuros fitando-a com uma intensidade que era como um fio esticado... um fio que parecia ser a única coisa que a segurava.

— Está bem?

— Não sei... eu me sentia bem, mas de repente...

Kitty fechou os olhos, contra outro ataque de vertigem.

— Quando foi a última vez que comeu alguma coisa?

— Sinceramente? Não me lembro.

Sean levantou-se, com um estalo dos joelhos, e foi até uma pequena geladeira num canto. Pegou uma lata de refrigerante e levou para Kitty.

— Beba isto. — Ele sorriu, com o ar de alguém que conhecia os efeitos de passar muito tempo sem comer. — Vai se sentir melhor em um minuto. Confie em mim.

Sem qualquer motivo que pudesse imaginar, Kitty confiava. Virou de lado, ergueu a cabeça, apoiada na mão, o braço com o cotovelo dobrado, e tomou um gole comprido. Não gostava muito de Coca-Cola, mas aquela parecia ambrosia. Ocorreu-lhe que, além de faminta, era bem provável que estivesse também desidratada. Só podia imaginar como devia parecer para Sean. Se não podia cuidar de si mesma, como seria capaz de tomar conta de uma criança?

— Você tem razão — balbuciou ela. — Eu não deveria ter vindo.

— Pare de se desculpar. — Sean falou em tom brusco, mas não parecia irritado. — Não foi culpa sua o que aconteceu.

— Meu pai morreu, e minha mãe está na cadeia. Mas nada é culpa minha.

Aturdida com a insanidade de tudo, Kitty não pôde deixar de rir, sem muito ânimo.

Sean arriou para o colchão, sentado de frente para ela, as pernas cruzadas. Na claridade difusa, seus olhos escuros intensos estudaram o rosto de Kitty... olhos que pareciam reter mais do que revelavam.

— Sei que me comportei como um idiota naquele dia. — Ele parecia constrangido, como alguém que não está acostumado a pedir desculpas. — A verdade é que nada tenho contra você. É uma ótima pessoa, e tenho certeza de que daria uma boa mãe. Mas já tivemos tudo o que poderíamos suportar aqui. A última coisa de que precisamos é de mais problemas. E peço que me perdoe por dizer isso, mas sua família tem uma porrada de problemas neste momento.

Kitty podia sentir que ele não tinha a intenção de ser antipático. Era apenas direto e objetivo. Obviamente, não havia espaço em sua vida para a compaixão, por Kitty ou qualquer outra pessoa. Ela supunha que, por muito antes de o pai ficar entrevado, Sean já arcava com a responsabilidade de administrar uma família, sempre cuidadoso com a irmã. *Uma alma antiga*, pensou ela.

Sua cabeça começara a desanuviar, e o quarto parara de girar. Ela conseguiu lhe oferecer um sorriso.

— Lembro do tempo em que tinha sua idade. Pensava que sabia o que era ter problemas, mas não sabia de nada.

Ele soltou uma risada zombeteira.

— Fala como se tivesse cem anos de idade. Não é muito mais velha do que eu.

— Acho que não. — Ela sustentou seu olhar firme, direto, a um ponto irritante. — Que idade você tem?

— Farei vinte e cinco anos no mês que vem.

Ela sentiu uma onda de inquietação percorrer seu corpo. Por que falavam sobre a diferença de idade? Ela sentiu que um calor irradiava-se pelos seus braços e pernas, antes gelados da fome e exaustão. *Incomoda-me a maneira como ele olha para mim*, pensou Kitty. Um olhar franco, especulativo, que deixou arrepiada a pele em seus braços e pernas.

— Não vim aqui para tentar fazer a cabeça de ninguém — disse ela, ansiosa em mudar de assunto. — Só esperava...

Kitty deixou o resto da frase no ar.

— Esperava que Heather fosse bastante tolerante para não ficar contra você pelo que aconteceu. E por falar nisso, lamento muito por seu pai... Oh, merda! Não posso sequer imaginar o que você deve estar sofrendo. Mas preciso pensar do ponto de vista de minha irmã. Ela é apenas uma criança, e já foi mais magoada do que pode suportar. Se acontecer mais alguma coisa, ela vai desabar.

Kitty largou o refrigerante no chão, ao lado do colchão, e deitou de costas. As lágrimas escorreram pelas têmporas e caíram nos cabelos.

— Sei disso. E não a culpo. Provavelmente sentiria a mesma coisa se estivesse em seu lugar.

Quando Sean estendeu a mão e começou a acariciar seus cabelos, Kitty não teve noção de que um limite fora cruzado. O limite normal entre pensamento e ação parecia não existir ali, naquele quarto, com aquele homem. Cada momento parecia fluir sem interrupção para o seguinte, de tal forma que ela não pôde recordar o instante em que Sean deitou ao seu lado e puxou-a para seus braços. Apenas que parecia a coisa mais natural do mundo.

Ela fechou os olhos, saboreando toda a extensão de Sean pressionada contra o seu corpo, saboreando o cheiro... de serragem e sabonete, alguma fragrância almiscarada secreta, que devia ser só dele. O abraço foi surpreendentemente gentil, o rosto quente contra o seu. Ela pôde sentir os músculos tensos em seus maxilares tremerem, sob as pontas de seus dedos, enquanto ela acariciava seu rosto.

Ele beijou-a. Kitty gemeu baixinho ao choque quente de sua boca. Nada daquilo parecia real... e, no entanto, as sensações estavam além de qualquer coisa que ela experimentara antes, até mesmo em sonhos. Eram intensas, cada carícia, cada beijo mais ardente, não tanto imaginado, mas de alguma forma exagerado.

Kitty sentia-se como se estivesse perdida no mar, na água por muitos e muitos dias, e Sean fosse a primeira coisa sólida que podia se segurar. Ela baixou a cabeça para roçar o pescoço de Sean com os lábios. Enfiou as mãos por baixo do blusão, ansiosa por seu calor, por sua doce solidez. Ele acariciava-a em troca, passando a mão pela curva de seu flanco. Kitty usava suéter e calça, mas o contato ardeu em sua carne, como se estivesse nua.

Ela não protestou quando Sean tirou a suéter dela pela cabeça.

Na escuridão, Kitty podia ver apenas os contornos da cabeça dele, com os cabelos espetados. Outro clarão estroboscópico iluminou a janela, pondo-o em foco, de uma maneira súbita e surpreendente. Os olhos que fitavam os seus eram mais escuros do que quaisquer outros que Kitty já vira. Parecia que ela podia cair naqueles olhos e nunca alcançar o fundo.

Com um gemido, Sean pôs a mão em sua nuca e puxou-a para um beijo, mais ansioso dessa vez. Não apenas um beijo, mas uma força da natureza. Parecia agarrá-la pelos tornozelos, virá-la pelo avesso. Kitty sentiu que alguma coisa se desprendia dentro dela, seguida por um fluxo quente e impetuoso.

*Isso é errado... completamente errado...*

A voz da razão... mas ela recusou-se a escutar. Kitty sabia, lá no fundo, que não podia se envolver com *ninguém* naquele momento, muito menos com o irmão da garota cujo bebê esperava adotar. Mas certa temeridade a dominava. Como se tivesse entrado em um dos carros que disparavam pela noite e fosse incapaz de pará-lo.

Só tinha consciência de Sean... e das estrelas cintilando por cima. E, de repente, ele sentou e tirou o blusão pela cabeça, à maneira de alguém tão jovem e bonito para se sentir inibido com a própria nudez. O trabalho ao livre deixara-o tão firme quanto as árvores que escalava para viver. Os músculos bronzeados nos braços e no peito, Kitty constatou, eram de um trabalhador, não de um atleta.

Ela abriu o cinto de Sean. A fivela faiscou à luz que deslizava pelas paredes e teto. Kitty pôs a mão quente em cima, sentindo prazer em sua frieza. Quando ela enfiou a mão por dentro do jeans para segurá-lo, Sean soltou um gemido. Ó Deus! Ela se esquecera do que um jovem de 25 anos era capaz. A intensidade de sua disposição.

Minutos mais tarde, quando ele a penetrou, Kitty teve de enfiar os dedos entre seus cabelos, agarrando-os, para não cair do mundo que girava lentamente por baixo dela. Não queria se perder, não completamente. Queria experimentar tudo, cada porção maravilhosa. Porque naquele momento o calor de dois corpos se unindo era a única coisa, num universo enlouquecido e vertiginoso, que fazia um sentido perfeito e irrefutável.

# Capítulo Seis

O caixão era de castanheiro maciço, com forro de cetim... o mais caro. Mas, para variar, Alex não estava preocupada em causar uma boa impressão. Também não se importava nem um pouco que as irmãs pudessem levantar objeções ao custo. Escolhera-o simplesmente porque a lembrara de um poema.

*Sob o castanheiro frondoso, o ferreiro da aldeia pára...*

Anos antes, ela memorizara o poema para a escola. Enquanto os colegas tinham dificuldades com as palavras e frases solenes, Alex era capaz de recitá-lo sem qualquer equívoco. Não que fosse muito mais inteligente do que os outros, mas apenas porque o poema conquistara sua imaginação. Pois era o pai que via sob o castanheiro, alto e nobre. O pai, como a forma flamejante da vida...

*E moldava na bigorna cada feito apaixonado, cada pensamento...*

As lágrimas afloraram em seus olhos enquanto contemplava o pai, estendido no caixão, a três metros de distância... não mais poderoso, apenas outro velho no repouso eterno. O perfil parecia brilhar, com uma luminosidade cerosa própria, na suave iluminação da capela, os lábios austeros e o nariz aquilino proporcionando uma expressão exagerada de desaprovação.

Daphne, sentada na cadeira dobrável estofada ao seu lado, parecia sentir também. Pegou a mão de Alex e apertou com força. Alex retribuiu o aperto, a pulsação disparando, antes de retirar a mão. É verdade que o pai podia ser intimidativo, pensou ela. Mas também fora encantador e espirituoso, com uma paixão pela vida que atraía as pessoas, como mariposas ao encontro da luz intensa. O melhor de tudo, fazia com que ela se sentisse segura.

Uma lembrança antiga aflorou. Estava na enseada, com o pai, a mãe e as irmãs, entrando na água... até um ponto em que podia levantar o rosto e avistar a casa, um deslumbramento de remate branco rendilhado, as telhas faiscando ao sol, espiando por cima do penhasco, como se fosse a sobrancelha de um gigante. Ela não podia ter mais que quatro ou cinco anos na ocasião, com tamanho apenas suficiente para ter permissão de entrar na água até os joelhos. Mas não devia estar prestando atenção, porque de repente uma onda enorme a derrubara. Ou pelo menos *parecia* enorme, para uma menina que ainda não aprendera a nadar.

Fora a primeira lição de pânico de Alex. Até hoje, ainda podia recordar o terror desamparado que sentira, enquanto se debatia abaixo da superfície, sacudida como uma boneca de trapos, os olhos e o nariz enchendo de areia e água. Sentira o ombro roçar na areia no fundo, o maiô estufar na barriga.

Começara a sufocar. E nesse instante, quando já tinha certeza de que ia se afogar, braços fortes pegaram-na e suspenderam-na. Sentira a água fria escorrer, substituída por um calor súbito e sólido: o pai. "Papai... meu papai...", soluçara Alex, apertando-o com toda a força.

A água não podia ser muito profunda, porque ela sentira os movimentos dos pés do pai no fundo, irradiando-se pelas pernas, até seu corpo pequeno e trêmulo.

"Está tudo bem", dissera o pai, tranquilizador. "Papai está aqui. Nunca deixarei que nada aconteça com você."

Muitos anos mais tarde, Alex estremeceu na sala de temperatura controlada, sem janelas, onde estava o corpo do pai. Tinha a sensação de que vestia um maiô molhado, em vez do tailleur preto impecável que escolhera para a ocasião.

Para o pai, ela escolhera o terno cinza de paletó trespassado, com a gravata de Yale. Encontrara o terno pendurado na maçaneta do closet do quarto principal, com uma proteção de plástico, ao lado do smoking que ele planejara usar na festa. O pai se lembrara de passar na tinturaria, ou a mãe achara que era seu dever conjugal buscar as roupas, antes de pegar uma arma e assassiná-lo?

Alex engoliu em seco, contra o nó na garganta. Há dois dias que permanecia ali. Não fora capaz de comer, e mal podia engolir qualquer coisa. Especulou, vagamente, se era algum problema... garganta inflamada ou algo pior.

Lentamente, ela virou-se para a irmã. Constatou que Daphne nem sequer olhava para o pai; baixara os olhos para o colo. Como se o caixão não estivesse a dois metros de distância. Como se ela não fosse mais que uma mera conhecida, dando algum tempo de presença, antes de poder escapar dali sem que parecesse grosseria. Alex observou-a esfregar o rosto, distraída, mas não era uma lágrima que ela removia. Apenas uma mancha de batom, sem dúvida de uma mulher que viera ver o corpo e apresentar suas condolências.

A fúria tomou conta de Alex, como a lufada quente e seca de uma fornalha. Como Daphne podia ficar sentada ali de olhos secos? Como se o pai não passasse de um parente distante ou um velho amigo da família que ela não via há anos. Como se não a tivesse criado, posto comida em sua boca, pagado o curso na universidade.

Se Daphne se importava tão pouco, por que não ficara em casa, com Kitty, onde as duas poderiam conspirar sossegadas para livrar a mãe da cadeia? As engrenagens já haviam começado a girar, ela sabia. E quando a irmã levantou a cabeça, Alex observou uma expressão nova, calculista, que jamais vira. Como se Daphne especulasse se o pai não teria atraído a tragédia por seus atos.

Outros poderiam também pensar a mesma coisa? Alex lançou um olhar em pânico ao redor da sala para os amigos e parentes que haviam entrado e saído durante toda a tarde. Avistou tia Rose na última fila, uma versão mais velha e mais determinada da mãe, sentada, empertigada apesar da recente perda de peso que a deixara reduzida quase que aos ossos. Na sua frente, sentavam tia June e tio Dave, que vieram de Del Mar em seu Winnebago. E a tia-avó Edith, que viera do Maine, acompanhada por seu filho, Cameron, que todos sabiam que era gay, isto é, todos menos sua mãe, que insistia em se referir a Cam como um "solteirão convicto".

Todos exibiam a mesma expressão incompreensiva, os olhos meio vidrados, o tipo de fisionomia que fazia Alex pensar nos sobreviventes de um desastre de avião. Quantas vezes, ao deparar com os rostos de sobreviventes na televisão, não estendera a mão para o controle remoto?

Se ao menos pudesse fazer isso agora... clicar um botão que apagaria os últimos quatro dias! E no dia seguinte, em vez de comparecer ao funeral, estaria dançando com ele no clube. Deslizando pela pista em seus sapatos de saltos altos... da maneira como aprendera quando era pequena, descalça, equilibrada sobre os sapatos do pai.

Alex piscou para conter as lágrimas que ameaçavam se derramar. Um medo egoísta invadiu-a. Como conseguiria sobreviver? O escândalo podia vender jornais, mas no mercado imobiliário era o beijo da morte. Por exemplo, o caso da propriedade Brewster... um ano no mercado e nenhuma perspectiva. A mácula do suicídio afugentara os compradores sérios. E *aquilo*... ora, ela não podia sequer começar a imaginar o que aconteceria com as suas comissões. Esqueça a falta de dinheiro para pagar a Receita Federal; ela teria muita sorte de não entrar na fila da assistência social.

E ali estava Daphne, com o marido médico e rico, o apartamento de cobertura de luxo em Manhattan. Daphne, que podia se dar ao luxo de ficar em casa com as crianças e escrever seus preciosos romances, que nada tinham a ver com a vida real. Assim que aquela provação acabasse, ela voltaria para Nova York, livre do ninho de vespas de intrigas e insinuações que Alex teria de enfrentar.

Uma espécie de medo entorpecedor dominou-a, com a sensação de que acabara de engolir alguma coisa gelada. Alex sentiu-se contente por estar sentada na frente, onde ninguém podia ver seu rosto. As pessoas poderiam especular sobre o pânico que ela tinha certeza de que se estampava em sua expressão. Poderiam especular também sobre os olhos secos de Daphne, sua expressão velada com todo o cuidado.

— Precisa de um lenço-de-papel? — sussurrou Alex para a irmã, incisiva, enquanto enxugava seus olhos transbordantes.

Daphne virou-se para lhe oferecer um olhar frio e avaliador.

— Não, obrigada. Estou bem. — Baixinho, ela acrescentou, também incisiva: — Não se preocupe. Tenho certeza de que não vou embaraçá-la no funeral.

— Poderia pelo menos dar a impressão de que está desconsolada.

— O que a faz pensar que não estou? Você não é a única que perdeu um pai. Só porque era mais ligada a papai do que Kitty ou eu não significa que tenha direitos exclusivos. — Daphne mantinha a voz baixa, mas cada palavra estava impregnada de indignação. — E outra coisa. Acho que é horrível a maneira como está tratando mamãe.

Alex lançou um olhar de pânico para trás.

— Pelo amor de Deus, Daphne, alguém pode ouvir.

— Pois que ouçam.

O olhar de Daphne era furioso, com um desafio que Alex nunca vira antes na irmã... e, até aquele momento, não teria acreditado que ela fosse capaz. Compreendia agora o que a expressão velada escondia: a irmã estava furiosa com ela.

*É como no tempo em que éramos crianças*, pensou ela. *Daphne e Kitty contra o mundo e me deixando de fora.* Mas onde estava Kitty? Provavelmente com a mãe ou com aquele advogado metido a besta que ela contratou para defendê-la, quando deveria estar aqui com papai.

No silêncio perfumado, com as vozes sussurrantes e o murmúrio abafado do ar que saía dos respiradouros ocultos, Alex sentiu vontade de gritar. Arriscou outro olhar para o caixão. E seu rosto murchou. Gemeu baixinho.

— Ó Deus, por favor, diga que não é real! Diga que não é nosso pai estendido aí...

Ela parou, levando as mãos ao rosto. Sentiu que Daphne inclinava-se e passava um braço confortador por seus ombros. Quando levantou o rosto, Alex viu o brilho de lágrimas também nos olhos da irmã.

— Eu compreendo — murmurou Daphne, a voz trêmula. — Também não parece real para mim.

Numa reação impulsiva, Alex descobriu-se a confidenciar:

— Naquela noite, na casa... — A inchação na garganta começou a latejar. — ...quase desmaiei... no gramado...

O que ela não disse, o que mais ninguém sabia, além dos policiais que testemunharam a cena, foi que ela chegara a perder os sentidos... pelo menos por um minuto. O tempo suficiente para provocar um fluxo de vergonha pela recordação de voltar a si no gramado, a saia encharcada pelo que torcera para ser a água do gramado que acabara de ser regado. Daphne fechou os olhos e disse:

— No avião, durante toda a viagem, não parei de pensar que chegaria aqui para descobrir que tudo não passara de um horrível equívoco.

Mas antes que pudesse responder, Alex divisou, pelo canto dos olhos, alguém se aproximando. Leanne. Ela estava pálida e tensa, os olhos injetados, como se tivesse chorado. E vários metros atrás vinha a mãe de Leanne.

Beryl Chapman, uma ruína esquelética da linda mulher que fora outrora, vestia-se de preto da cabeça aos pés... como se fosse ela a viúva desconsolada. Só que não parecia exatamente estar abalada. Embora os olhos estivessem ocultos por trás de imensos óculos escuros, não havia como se enganar com a expressão de frio desprezo em seu rosto.

Alex observou quando Beryl sentou várias filas atrás dela e de Daphne. Tinha certeza de que a mulher tivera alguma participação no assassinato de seu pai. Talvez não diretamente. Mas isso não fazia com que fosse menos culpada. Ela e a mãe deviam ter tido alguma briga, durante a qual Beryl contara tudo sobre seu relacionamento com o pai. Isso mesmo, fazia sentido. E talvez Beryl soubesse também das mulheres que a sucederam. Tomar conhecimento de uma infidelidade que ocorrera havia trinta e tantos anos podia não ter levado a mãe àquela reação insana. Mas era muito diferente descobrir que Beryl não fora a única.

*A desfaçatez dessa mulher, aparecendo aqui*, pensou Alex, furiosa. *Eu devia ir até lá e dizer a ela...*

— Alex...

Alex teve um sobressalto. Virou o rosto para ver Leanne sentar na cadeira vazia à sua direita. De perto, a amiga parecia ainda pior do que a distância. A carne em torno dos olhos injetados estava rosada e inchada, as narinas esfoladas do uso excessivo de Kleenex. Usava uma saia preta e uma blusa branca simples. A única jóia era um pequeno crucifixo de ouro, pendurado numa corrente. Quando Leanne abraçou-a, Alex pensou num pequeno animal perdido, trêmulo e meio faminto.

— Ó Alex, não consegui parar de chorar desde que você telefonou...

Leanne recendia ao perfume Calvin Klein que Alex lhe dera no Natal. Leanne, que não tinha condições de gastar dinheiro consigo mesma, muito menos com outras pessoas, fizera um pequeno descanso de prato de crochê para ela. Agora, naquela sala em que a morte reinava e sempre fazia frio, Alex sentiu um fluxo de calor. Leanne amava-a, mais do que suas próprias irmãs. Também amara seu pai. Mas as lágrimas que escorriam pelas faces de Leanne naquele momento eram exclusivamente para ela, Alex tinha certeza.

— Obrigada por ter vindo. — Ela enxugou as faces de Leanne com o lenço-de-papel que transformara numa bola. — Papai teria ficado contente por você ter vindo.

Leanne desviou os olhos, rompendo o abraço. Parecia subitamente constrangida. Ocorreu a Alex: *Ela não quer tomar o lugar de ninguém.* Quando eram crianças, Leanne idolatrava seu pai. Alex costumava até especular de vez em quando se *ele* era o motivo para que a amiga a procurasse tanto. Por mais que o adorasse, no entanto, por mais que pudesse desejar secretamente que ele fosse seu pai, era evidente que Leanne não tinha a menor intenção de ir além de seu papel como mera amiga da família.

Alex nunca a amara tanto quanto a amou naquele momento.

— Eu queria chegar aqui mais cedo, mas Tyler não estava bem — desculpou-se Leanne. — Tive de esperar que Beth desse comida às suas duas crianças antes de poder deixá-lo lá. E depois, no caminho, mamãe teve de parar para comprar cigarro.

Leanne franziu o rosto, em repulsa. Alex tornou a olhar para Beryl, com um esforço para não deixar sua raiva transparecer. Por Leanne — e também por seu pai — tinha de manter a paz. Mesmo que isso significasse morder a língua quase ao ponto de parti-la ao meio.

Sentada ali, o pescoço rígido, tremendo em indignação, ela descobriu-se a lembrar uma ocasião em que não fora tão boa no fingimento. A verdade era que nunca gostara de mãe de Leanne. Quando criança, sempre achara que Beryl não notava, ou não se importava, o tempo que Leanne passava na casa da amiga. Ela tinha Beth, a filha predileta. E as amigas que apareciam na terça-feira, de duas em duas semanas, para jogar *mah-jongg*. Também tinha uma carreira: ex-esposa profissional. Leanne costumava gracejar que a mãe preferia atirar num homem antes de casar com ele e arrancar uma pensão.

Mas a piada não era mais engraçada.

Até que um dia, quando tinham 14 anos, a longa lua-de-mel de Leanne terminou de repente. As duas jogavam cartas no quarto de Alex. Haviam acabado de experimentar as roupas para o baile de pais e filhas na noite da sexta-feira, deixadas em cima da cama. Leanne estava excitada, porque também ia ao baile. Pouco antes, telefonara para a mãe, avisando que fora convidada pelo próprio Dr. Seagrave, que se oferecera para levar as duas meninas. Beryl não respondera, exceto para dizer que ia buscar Leanne e conversariam quando voltassem para casa.

Nem Leanne nem Alex tinham a menor suspeita de que ela podia estar transtornada. Beryl não era do tipo de gritar e se descabelar. O que era provavelmente o motivo pelo qual permanecera amiga da mãe de Alex durante todos aqueles anos. Foi só quando a porta do quarto de Alex foi aberta, subitamente, para Beryl entrar, que as duas compreenderam que havia alguma coisa errada.

Os olhos de Beryl estavam tão sombrios que Alex não conseguia ver as pupilas. Os lábios pareciam um corte vermelho no rosto pálido e anguloso. Alex conhecia a cor exata do batom que Beryl usava — ela e Leanne já o haviam experimentado, quando Beryl não estava em casa — e naquele momento ocorreu-lhe que o nome era bastante apropriado: Jungle Red, vermelho selvagem. A mãe de Leanne parecia uma fera, prestes a dar o bote.

E foi exatamente isso o que ela fez: deu o bote na filha, as garras estendidas. Beryl pegou o braço de Leanne e arrancou-a da cama.

— Sua pirralha insolente! Como ousa? Não é suficiente passar todos os minutos do dia aqui? E agora se comporta como se não tivesse sua própria família. Com um pai que adoraria levá-la ao baile.

Havia cores intensas nos malares salientes de Beryl. Leanne, branca com o choque, da mesma cor da colcha de tufos brancos que ainda mantinha a marca inocente de seu corpo, demorou um pouco para recuperar a fala. Olhou furiosa para a mãe por um longo momento, os olhos brilhando com lágrimas não derramadas. E depois, a voz estridente, gritou palavras que Alex jamais esqueceria:

— Eu bem que gostaria de viver aqui! Pelo menos papai tem uma desculpa para me ignorar, pois está a cinco mil quilômetros de distância.

Alex também encontrou sua voz. Levantou-se da cama de um pulo, gritando:

— Deixe-a em paz! É melhor deixá-la em paz!

Beryl virou-se para fitá-la com uma expressão de ódio, por um longo momento. Em seguida, sem dizer mais nada, puxou Leanne pelo braço e saiu do quarto.

Depois dessa cena, Leanne passara a aparecer na casa da amiga com muito menos freqüência. Quase nunca passava a noite, e não ia mais nas viagens da família. Ela e Alex nunca mais falaram sobre o incidente. Alex também não comentara com seus pais. Qual seria o sentido? O pai teria pensado que era a amargura antiga contra ele que tornara a aflorar. E a mãe defenderia Beryl, argumentando que ela tinha todo o direito de ficar transtornada e que deveriam ser mais sensíveis ao fato de que Leanne tinha seu próprio pai.

Agora, olhando para o caixão iluminado à sua frente, Alex pensou: *Veja só quem está sem pai agora!* E sentiu alguma coisa se torcer por dentro pela ironia da situação.

Leanne, como se lesse seus pensamentos, pegou sua mão e apertou-a com tanta força que Alex pôde sentir a pressão da aliança de casamento.

Não podia imaginar por que Leanne ainda a usava. Não haviam passado quase cinco anos desde que o imprestável de seu marido tirara todo o dinheiro da poupança antes de sumir da cidade, deixando-a grávida e sem um centavo?

— Ele era um homem maravilhoso.

A voz de Leanne era um sussurro trêmulo. Um ou dois segundos passaram antes que Alex compreendesse que a amiga referia-se a seu pai, não a Chip. Ela acenou com a cabeça, sufocada demais para falar qualquer coisa. Nesse momento, Daphne inclinou-se para cumprimentar Leanne, dando um beijo de leve em seu rosto.

— Foi bom você ter vindo — murmurou ela.

Alex especulou se apenas imaginava o brilho de ressentimento nos olhos de Leanne, quando ela respondeu também num murmúrio:

— Lamento muito por sua perda. Por favor, avise-me se houver alguma coisa que eu possa fazer.

Antes que Daphne pudesse oferecer uma resposta igualmente polida, todas as três tiveram sua atenção desviada por uma súbita agitação na sala. Alex virou o rosto a tempo de ver Beryl Chapman encaminhar-se para a frente da capela, a cabeça erguida, a luz refletindo-se nos óculos escuros como pontas de adagas. A fúria avolumou-se em Alex, mas ela nada podia fazer para impedir. Continuou sentada ali, rígida, observando Beryl parar junto do caixão.

Pelo canto do olho, percebeu que Leanne também estava horrorizada. Não, não apenas horrorizada. *Responsável*, de certa forma. Como alguém que trouxera uma cobra de estimação que escapara da gaiola e agora podia morder uma pessoa.

Daphne e Alex trocaram um olhar. A irmã tinha uma expressão aturdida, como se a melhor amiga da mãe — a mulher com quem a mãe costumava almoçar e fazer compras com freqüência, para quem comprava presentes no Natal e com quem mantinha longas conversas ao telefone — tivesse se transformado numa estranha assustadora.

A atenção das duas voltou ao caixão quando ouviram um grito baixo e gutural. Beryl, espectral nos óculos escuros e vestido preto, olhava para Vernon como se estivesse em transe. As mãos ossudas contraíram-se nos lados do corpo, as unhas vermelhas compridas como garras ensangüentadas. A boca se distorceu numa careta horrenda, que deixou arrepiados os cabelos na nuca de Alex.

Baixinho — apenas o suficiente para que Alex, Daphne e Leanne ouvissem —, Beryl sussurrou:

— *Seu filho-da-puta desgraçado. Vai pagar no inferno pelo que fez.*

Elas não falaram a respeito até que se preparavam para sair. Os últimos visitantes passavam pela porta quando Leanne inclinou-se para perguntar:

— Posso pegar uma carona com vocês?

A voz era baixa e impregnada de uma emoção que Alex não podia entender direito. Raiva contra a sua mãe? Embaraço? Ela descobriria em breve.

— Sem problema — disse Alex.

Ela observou quando Leanne foi até a mãe, parada no fundo da sala, perto do suporte com o livro de capa de couro marrom escolhido para receber as assinaturas de parentes e amigos. A conversa foi breve, mas deixou Beryl com uma expressão contrariada e desaprovadora. Ela acenou com a cabeça em concordância e disse alguma coisa para Leanne antes de se virar e sair.

Foi Daphne quem sugeriu que parassem para tomar um café no Denny's, no Del Rio Boulevard, a cerca de quatro quadras da casa de Kitty. Leanne, para surpresa de Alex, aceitou no mesmo instante.

— Eu me sinto horrível pelo que aconteceu na capela — disse ela para as duas irmãs, pouco depois, na privacidade do reservado. Ela sentava de frente para Alex e Daphne, com uma caneca branca com café entre as palmas. Pegou um envelope de adoçante. — Minha mãe... não tem andado muito bem desde que soube da morte do pai de vocês. Foi um golpe e tanto para ela.

— Não parecia haver qualquer amor perdido entre os dois — comentou Daphne, friamente.

Alex lançou um olhar apreensivo para a irmã. O rosto de Daphne exibia a expressão hiperalerta de uma pessoa sintonizada em todas as freqüências, uma pessoa com uma missão, uma busca, para quem a verdade podia ser secundária. Ela queria que a mãe fosse libertada e faria qualquer coisa necessária para alcançar esse objetivo. *Até mesmo que isso signifique desencavar sujeiras sobre papai*, pensou Alex, com uma crescente inquietação.

Num elegante vestido verde-oliva, Daphne parecia deslocada no reservado de vinil, com sua mesa de lâminas de madeira prensada. Passava um pouco das seis horas. O restaurante não tinha a metade do movimento normal para uma noite de sexta-feira em abril, por causa do campeonato anual da liga de boliche no Bowl-A-Rama e da noite de bingo em St. Ignatius. A turma do fim de semana, é claro, estaria na marina, jantando no Crow's Nest ou no Hernando's Hideaway.

No clube, em Pasoverde Estates, onde estariam preparando o cardápio do fim de semana, Alex especulou se incluiriam a costela de primeiro corte e a lagosta Newburg para os oitenta convidados que não compareceriam ao banquete cancelado de comemoração do aniversário de casamento.

O pensamento deixou-a um tanto nauseada.

Ela observou as faces pálidas de Leanne ficarem um pouco ruborizadas, enquanto abria o envelope rosa de adoçante.

— Na verdade, eu estava pensando em sua mãe — explicou Leanne. — O que aconteceu com Lydia. Mamãe sente-se responsável, de certa forma.

Alex teve de fazer um esforço para não gritar: *E com toda a razão! Foi ela quem pôs a arma na mão de mamãe!* Mas limitou-se a dizer:

— Leanne, o que você sabe que não está nos contando?

Os olhos que Leanne levantou para fitá-la eram tão torturados que Alex, numa reação instintiva, quis retirar a pergunta. Subitamente, sabia o que Leanne ia dizer, e não queria ouvir. Não queria saber por que sua amiga mentira no outro dia. No mesmo dia em que seu pai...

Ela engoliu em seco, esperando, enquanto Leanne levava a caneca à boca, com mãos que não se mostravam muito firmes. Depois de largar a caneca, ela disse:

— Sinto muito, Alex. Eu deveria ter lhe contado. Naquele dia lá em casa, eu sabia por que minha não fora convidada para a festa. Mas tivera um dia péssimo... e não tinha a menor vontade de falar a respeito.

— Sua mãe teve uma briga com a nossa? — interveio Daphne, o rosto franzido. — É a primeira vez que ouço falar a respeito.

— Mamãe me contou que não podia mais suportar a maneira como ele tratava Lydia. Quarenta anos de mentiras, ela disse. Há poucas semanas, ela... acho que não pôde mais se conter.

Uma onda de calor passou por Alex, seguida por um frio intenso e atordoante.

— Você sabia... de papai...

— E suas infidelidades — concluiu Daphne.

Os olhos verdes fixaram-se em Alex, que estremeceu ao compreender que a irmã não era tão inocente assim, no final das contas.

— Creio que fui a última a saber — continuou Daphne. — Só descobri há cerca de duas horas. Kitty me contou.

Alguma coisa estranha brilhou em seus olhos, como se pudesse não estar dizendo tudo o que sabia ou sentia. Ela inclinou-se para a frente e indagou, a voz baixa e tensa:

— Toda a cidade sabe?

Leanne deu de ombros.

— Tenho ouvido alguns rumores, aqui e ali. As pessoas gostam de falar. Eu não daria muita importância.

— Há quanto tempo *você* sabe, Leanne? — perguntou Alex.

— Mamãe me contou o que aconteceu entre ela e Vern. Uma noite, há poucos anos, quando bebera demais. Mas tenho a impressão de que não foi tão importante. Apenas uma coisa que aconteceu por acaso.

— O quê? — Alex recostou-se, atordoada. — Foi o motivo pelo qual seus pais se divorciaram.

Leanne franziu o rosto, com alguma irritação. Empurrou a caneca para o lado.

— Eu era muito pequena na ocasião, é verdade, mas o que aprendi desde então é que nada é exatamente como parece. Mamãe já devia se sentir bastante infeliz para enganá-lo. Papai nunca foi um homem ardente e carinhoso.

— Deixe-me ver se entendo — interveio Daphne. Ela baixou a cabeça e esfregou a têmpora, pensativa. — Há trinta e tantos anos, sua mãe e nosso pai tiveram um caso. Sua mãe escondeu isso da melhor amiga, Lydia, durante todo esse tempo. Por que ela decidiria de repente revelar o segredo? E, ainda mais importante, por que pressionaria mamãe a uma atitude extrema?

Leanne balançou a cabeça. Ficou em silêncio. Ao redor, os outros clientes conversavam, comiam e gracejavam com as garçonetes. Alex teve a impressão, nesse momento, de que havia dois mundos percorrendo caminhos paralelos: o mundo em que ela e as irmãs habitavam agora... e o mundo em que as pessoas viviam em total complacência, acreditando com a maior insensatez que eram imunes ao tipo de tragédias a que assistiam nos jornais noturnos da televisão.

— Desculpe, Alex — murmurou Leanne, depois de um longo momento. — Eu deveria ter lhe contado. Houve comentários no hospital. Eu soube por um dos internos na patologia. Sua mãe vinha tomando antidepressivos. Acho que Vern deve ter contado a ele.

— Mesmo que seja verdade, isso não significa necessariamente que ela é louca — protestou Daphne.

Mas a semente da dúvida fora plantada; Alex podia perceber em seus olhos.

— Eu não estou dizendo que ela é louca — declarou Leanne, apressando-se em concordar. — Não teria sequer mencionado se não fosse...

Ela abriu os braços, num gesto desamparado, para depois acrescentar, em voz baixa:

— Nada disso muda o fato de que ele era um homem excepcional. De verdade. Quaisquer que fossem os seus defeitos. — Leanne olhou para Daphne. — Sabia que foi seu pai quem lutou para que uma conselheira de doação de órgãos passasse a atuar no Hospital Geral? Muitas oportunidades preciosas estavam sendo desperdiçadas, argumentou ele, para não mencionar que as famílias sofrendo a perda de uma pessoa amada podiam encontrar algum sentido em sua tragédia. Ele tinha razão. Desde que a Sra. Canfield foi contratada, as doações de órgãos aumentaram em pelo menos trinta por cento.

— Eu não sabia.

Daphne teve a decência de parecer um pouco envergonhada. Não era surpresa para Alex, é claro, mas até agora, fitando o rosto corado da amiga, não lhe ocorrera que não era a única para quem o pai fora uma espécie de herói.

— Acho que a resposta é que ainda não sabemos o que o matou — concluiu ela, angustiada.

A fúria contra a mãe, que a sustentara durante os últimos dias, afastando-a das emoções mais profundas e, como desconfiava, mais sinistras que aguardavam nos bastidores, parecia ter se dissipado temporariamente. Ela recostou-se no reservado, o café intacto.

— A questão é só uma: algum dia saberemos? — indagou Daphne, em frustração.

Vários momentos passaram sem que elas falassem. Então, com um suspiro, Daphne pegou sua bolsa e disse:

— Não sei de vocês, mas se eu não for logo para a cama não servirei para qualquer coisa mais difícil do que um problema de palavras-cruzadas. O que vocês acham de adiar o resto da conversa para depois do funeral?

Mas Alex sabia que não haveria outra ocasião. Não para ela. E muito menos para Leanne, que já se retirava para a sua concha, como ela podia ver. O rosto fechado, os olhos cautelosos, ela também pegou sua bolsa.

Alex, por sua vez, tentaria não pensar demais no fato de que Leanne lhe mentira naquele dia. Tentaria não especular sobre outras mentiras que Leanne poderia ter lhe contado... e o que diria sobre a amizade delas. Naquele momento, se tivesse de lidar com mais alguma coisa, não seria capaz de agüentar.

Já escurecera havia bastante tempo quando Alex entrou em sua rua, num condomínio com portão, tão novo que os jardins consistiam em pouco mais que mudas de juníperos e evônimos, pontilhando a terra vazia. Como os artistas em miniatura na maquete de Vista-de-Mar, em exposição na casa-modelo.

Mudara-se no ano passado, quando fora vendida a casa em que morara com Jim durante o casamento. Fora um enorme ajustamento, não apenas para a vida sem Jim... mas também para as meninas, que tiveram de se acostumar a uma nova escola, novas amigas. E agora, a não ser por um milagre, ela poderia ser obrigada a vender aquela casa também e se mudar para uma casa barata e horrível, como a de Leanne.

O pensamento provocou um súbito fluxo de angústia, como um fio esticado que se partia em sua mente. As têmporas latejaram. A faixa preta de asfalto, iluminada pelos faróis, parecia ondular gentilmente. Em sua mente, podia ver Beryl, parada ao lado do caixão, como uma serpente prestes a dar o bote. E Leanne, no reservado no Denny's, evitando deliberadamente fitá-la nos olhos. Mas o que tudo aquilo significava?

E se a amiga soubesse mais do que estava dizendo? Isso ainda não provava nada. Mesmo que o pai estivesse tendo um caso com outra mulher agora, mesmo que Beryl tivesse decidido informar sua amiga querida sobre isso, ainda não explicaria por que uma pessoa como sua mãe, que passara a vida inteira evitando a confrontação, pegaria uma arma e...

Alex não era capaz de concluir o pensamento. Não com a cabeça latejando e com duas filhas transtornadas à espera em casa. Chorar era um luxo que ela não podia se permitir.

Quando viu o Audi azul-prata do ex-marido estacionado ao lado da casa — Jim, que voava para Hong Kong na classe executiva e tirava férias em Maui com a namorada, que não tinha a Receita Federal em seu encalço —, foi subitamente demais.

Jim deveria apenas jantar com as meninas. Será que ele não compreendia que a última coisa de que Alex precisava, em cima de todo o resto, era de mais uma dor-de-cabeça?

Para acrescentar o insulto à injúria, ele a pegava numa situação crítica.

Alex parou o carro na rua. Continuou sentada por um momento, apertando o volante e sorvendo o ar, sôfrega, até se acalmar o suficiente para a travessia do caminho de placas de ardósia em seus sapatos de saltos altos.

Assim que passou pela porta da frente, foi alcançada pelas risadas que vinham da cozinha, onde Nina e Lori estavam obviamente no paraíso com o pai... sem sequer se preocuparem com as circunstâncias trágicas que haviam apressado sua volta.

A fúria atacou Alex com os dois punhos. Ele devia se envergonhar! Por tirar proveito de sua tragédia para oferecer um desempenho especial a seu fã-clube. Ela conhecia muito bem o jogo de Jim. Também não se apaixonara por ele da mesma maneira? Tinha mais ou menos a mesma idade que as gêmeas, recordou Alex, quando Jim Cardoza, com os cabelos escuros crespos e olhos de cigano, entrara pela primeira em sua sala de aula, como se ali fosse o hemisfério ocidental... e ele possuísse tudo.

*Eu teria feito qualquer coisa por ele... qualquer coisa menos olhar para o outro lado, como mamãe.* Porque Jim, ao contrário do pai dela, não tinha razão para enganá-la.

Ela largou a bolsa no banco do vestíbulo, ocupado com mochilas, livros da escola, blusões amarrotados, e foi para a cozinha. Encontrou as filhas à mesa, inclinadas sobre um folheto de instruções, enquanto Jim mexia no fio de uma pipoqueira nova. Três rostos viraram-se em surpresa, que no mesmo instante transformou-se em cautela.

Alex parou abruptamente. Seria ela mesmo tão ameaçadora? A expressão que via nos olhos das filhas era o resultado de sua irritação, que nos últimos tempos vinha se tornando mais e mais difícil de controlar? A última coisa que ela queria agora era que as meninas sentissem como se tivessem de...

*Andar na ponta dos pés e falar em sussurros como você fazia quando um Certo Alguém estava de mau humor.*

Alex foi dominada por um impulso de tomar as meninas nos braços... Nina, de cabelos escuros, pele azeitonada, uma réplica do pai, e Lori, com o rosto angelical e cabelos louros como raios de sol derramando-se por uma janela. Tinham 15 anos, mas, no último ano, Nina adquirira um busto grande, enquanto Lori, que era esguia e tinha seios pequenos, apenas se tornara obsessiva por despir-se em privacidade. Foi Lori quem rompeu o silêncio tenso:

— Oi, mamãe. Voltou mais cedo do que pensávamos.

Alex já ia abrir a boca para dizer como era bom estar em casa, quando percebeu que o ex-marido fitava-a com profunda compaixão. As palavras dissolveram-se em sua garganta. Não precisava da simpatia de Jim. O que precisava mesmo era de um marido.

— Dá para perceber. — Ela cruzou os braços sobre o peito. Fitou o ex-marido com um olhar frio, enquanto acrescentava: — Não esperava encontrá-lo ainda aqui. Devo presumir que sua namorada tinha outros planos para a noite?

Alex sentiu-se satisfeita e um pouco envergonhada ao vê-lo corar... uma intensificação de sua pele naturalmente avermelhada, deixando-o ainda mais atraente, o que era irritante. Por que ele tinha de ser tão bonito? Ainda mais bonito do que era no ensino médio, com aqueles olhos de Michael Corleone e cabelos crespos escuros com fios prateados. Em seu jeans e seu blusão de pescador irlandês, conseguia parecer ao mesmo tempo distinto... e um pouco perigoso. Como alguém guardando a porta para um clube exclusivo de uma só pessoa. Com uma voz controlada no maior cuidado, ele respondeu:

— As meninas e eu apenas queríamos fazer pipoca.

— A velha pipoqueira quebrou — disse Lori, com sua habitual ansiedade em explicar. — Tivemos de sair para comprar uma nova.

Ela ofereceu um sorriso hesitante a Alex, levantando o fio que Jim estava desenrolando.

— É sensacional. Nem precisa de óleo... faz a pipoca apenas com o ar.

Nina bateu com a colher na cabeça da irmã.

— Mas que idiota. Não percebe que mamãe está transtornada? Vovô morreu, e você só consegue pensar em pipoca? — Ela lançou um olhar tímido para Alex. — Não fique zangada, mamãe. Não estávamos sendo desrespeitosos ou qualquer coisa assim. Mas papai achou...

Ela mordeu o lábio.

— Acho que todo mundo precisa de um descanso. — Jim foi passar o braço pelos ombros de Nina. Lançou um olhar firme para Alex. — Irei embora agora, se é isso o que você quer. Mas não seria melhor se sentássemos e conversássemos a respeito de tudo? Talvez eu possa ajudar.

Alex soltou uma risada desdenhosa.

— Já não fez o suficiente?

Ela foi até a pia, onde a louça suja do jantar ainda estava empilhada. Abriu a torneira, enquanto acrescentava, a voz menos áspera:

— Se pudesse mesmo me ajudar, pode ter certeza de que eu não recusaria. Mas não há nada que você ou qualquer outra pessoa possa fazer. Meu pai morreu. E a não ser por um milagre, minha mãe passará o resto da vida na prisão.

— Não deve falar assim.

A voz de Jim era fria com a repreensão.

— Ela o matou — insistiu Alex. — Não deve pagar pelo que fez?

Por trás dela, Lori começou a chorar baixinho.

— Meninas, está na hora de subirem — ordenou o ex-marido, com extrema gentileza.

Nesse momento, Alex odiou-o acima de tudo por ser capaz de proporcionar às filhas a única coisa de que ela era incapaz agora: ternura. Ele deu um abraço rápido em cada uma e esperou que se retirassem para dizer:

— Concordo que a situação não parece nada boa para a sua mãe, mas me recuso a acreditar que seja um caso perdido. Falei com Kitty, e ela me disse que o advogado está pensando em pedir um julgamento de homicídio em segundo grau, por causa das circunstâncias atenuantes.

— Não me surpreende. Mamãe é bem capaz de aproveitar uma coisa assim, por tudo o que vale.

Alex esguichou detergente na água que subia na pia.

— Está sugerindo que ela pode de alguma maneira estar *apreciando* a situação?

A frieza de Jim beirava a raiva. Alex virou-se, as espumas do detergente caindo de suas mãos para os ladrilhos brancos.

— Não sei! Tudo o que sei neste momento é que meu pai morreu e *ela* é a responsável!

Jim limitou-se a observá-la. Sua própria presença já parecia escarnecer de Alex. No cenário da cozinha que ela julgara tão elegante e moderna, com as madeiras claras e superfícies de aço inoxidável, ele era um lembrete de uma coisa singular e vibrante que ela deixara escapar entre os dedos. Subitamente, não era apenas aquela cozinha, mas toda a sua vida que parecia desprovida de qualquer calor humano.

Jim manteve-se firme, fitando-a com um desdém frio, que era como um prego enferrujado sendo cravado em Alex.

— Onde isso vai terminar, Alex? Quando você vai parar de arrumar desculpas para o homem? Agora que ele morreu, não acha que já é tempo?

— Como ousa me censurar? E o que me diz de você? Eu não deveria ter imaginado o que fazia pelas minhas costas?

— Não vamos começar isso de novo — murmurou Jim, cansado.

— Por que não? Há alguma lei determinando a prescrição para se falar a respeito?

— Houve mais do que isso, como você sabe muito bem.

— Pelo menos eu nunca o enganei!

— No sentido literal, não.

Alex ficou rígida. Não precisava perguntar a quem ele se referia. *Papai*. Ela baixou as mãos para os lados do corpo. A espuma branca pingava de seus dedos.

Quando ela reuniu forças para esbofeteá-lo, o som pareceu ecoar como o estampido de um tiro no silêncio.

Jim cambaleou para trás, o rosto duro como terra compactada. Por um instante, deu a impressão de que ia revidar. E Alex quase desejou que isso acontecesse. Mas Jim nunca levantara um dedo sequer para ela, em 16 anos; e por mais que quisesse não começaria agora. Quando ele se virou, Alex foi dominada por um amor intenso e desesperançado, como alguma coisa batendo até a morte contra as barras de sua jaula. Observou-o pegar o blusão no encosto da cadeira da cozinha, onde o pendurara, e precisou de todo o seu controle para não chorar.

— Diga boa-noite para as meninas por mim — pediu Jim, a voz baixa e tensa. — E aproveite o momento para pensar no que está fazendo com elas.

Jim parou na porta da cozinha, para fitá-la, firme, por um longo momento, antes de acrescentar:

— O velho sempre veio em primeiro lugar para você. Não pense que as meninas não sabiam disso. Ainda assim, ele era o avô delas.

E, então, ele foi embora. Alex permaneceu imóvel, como se quisesse evitar que alguma coisa se desprendesse ao menor movimento. Todo o seu corpo parecia preso apenas pelo mais frágil dos fios, que podia se partir a qualquer instante, os olhos espalhando-se pelo chão como porcelana quebrada.

Com um gemido baixo, ela colocou a cabeça entre as mãos. Por trás dela, a água continuava a jorrar da torneira da pia... esquecera-se de fechá-la, e agora começava a transbordar, a água espumante derramando-se para o chão branco impecável, em torno de seus pés. Por uma vez em sua vida, ela não correu para buscar um pano de chão ou uma esponja. Em vez disso, continuou parada ali. Deixou que as solas dos sapatos de saltos altos ficassem molhadas. O folheto de instruções da pipoqueira, que caíra no chão, ficou encharcado, inchou e dobrou, como alguma pobre criatura nos estertores da morte.

# Capítulo Sete

— Como não pode vir ao funeral?

Daphne pôs a mão em concha sobre o fone, embora Kitty estivesse lá embaixo e não pudesse escutar. Depois de um momento de silêncio, ela ouviu Roger suspirar.

— Sinto muito, meu bem. Não há a menor possibilidade de eu deixar Jennie neste momento. Ela está com uma febre alta, e não me agrada o som de sua respiração.

A corrente familiar de frustração que começou a se agitar em Daphne foi no mesmo instante interrompida. Sua filha? Doente?

— Pensei que ela tinha apenas um resfriado.

— Provavelmente não é nada grave. Mas nunca se pode ter certeza com essas coisas.

Daphne sentiu-se dividida. Cada fibra de instinto maternal a exortava a voar para casa, onde poderia pegar no colo a filha pequena, aliviar a febre com um pano úmido e os cubos de suco de fruta congelado que Jennie adorava chupar. Ao mesmo tempo, um sexto sentido ou talvez alguma coisa na voz de Roger dizia-lhe que Jennie não estava tão doente assim. Talvez fungasse um pouco, mas não era o quadro assustador que Roger descrevia. Daphne não entendia como sabia, mas não tinha a menor dúvida.

Sua mente pegou um fragmento de lembrança que quase se perdera na confusão atordoada da última semana. Roger na livraria, flertando com aquela loura. Isso mesmo, *flertando*. Na ocasião, relutando em enfrentar a possibilidade de que Roger pudesse enganá-la, ela não fora capaz de ter um reconhecimento pleno. Mas agora, à luz das revelações de Kitty sobre o pai — confirmadas pelo desagradável incidente com Beryl na agência funerária —, ela não podia mais descartar a perspectiva de imediato.

— E sua mãe? — indagou Daphne, apertando o fone com toda a força. — Tenho certeza de que ela não se importaria de ficar com as crianças por algumas noites.

— Mamãe e papai estão em Londres — lembrou ele, paciente, como se falasse pela terceira ou quarta vez, embora aquela fosse a primeira que Daphne ouvia. — E não quero deixar meus filhos com mais ninguém. Ficaram transtornados pelo que aconteceu.

Houve uma pausa. Então, numa voz que deixou Daphne irritada, Roger acrescentou:

— Fico aflito ao pensar que você terá de enfrentar tudo sozinha... mas temos de pensar em Kyle e Jennie em primeiro lugar.

*Meus* filhos. Como se ele fosse o único responsável pelo bem-estar das crianças, e jamais pensaria em pôr suas próprias necessidades acima de qualquer coisa. E, se a esposa não podia compreender isso, tinha de ser tolerante com ela; afinal, não era responsável por ela também?

Daphne fechou os olhos e os apertou com força. Como podia argumentar que ela precisava mais dele? Que tipo de mãe faria tal exigência? Vamos supor que Jennie estivesse mesmo doente. Roger estaria certo ao ficar com as crianças.

Então por que ela não se sentia confortada pela imagem de Roger pondo as crianças para dormir à noite e lendo em voz alta *Boa-noite, Lua*, o livro predileto de Jennie?

*Talvez, se confiasse nele...*

Roger, que era tão hábil em dar a impressão de que fazia tudo por ela, quando na verdade só fazia as coisas por si mesmo. Como no inverno passado, quando ela caíra de cama com uma gripe forte. Suplicara que ele fosse mais cedo para casa naquele dia... e Roger, compadecido, atendera, voltando meia hora mais cedo do que o habitual. Ou na viagem para Sanibel, em fevereiro, quando uma falha no computador tirara a poltrona de Daphne na viagem de volta. Roger viajara sozinho, argumentando, persuasivo, que tinha uma operação marcada para a manhã seguinte e não podia correr o risco de um atraso.

— Quando você poderá vir para cá? — perguntou ela.

— Não sei. Mas será assim que for possível, Daph, e você sabe disso. — Roger parecia um pouco surpreso por ela ter perguntado. — Enquanto isso, dei alguns telefonemas e obtive vários nomes.

— Para quê?

— Não acha que sua mãe deve ter o melhor advogado que o dinheiro puder pagar? Vamos ser realistas nesse ponto.

Daphne respirou fundo para conter a raiva que a acometia como ondas tangidas pela tempestade.

— Pelo que sei — disse ela, com uma calma forçada —, Tom Cathcart é um excelente advogado.

— Talvez bom para uma cidade do tamanho de Miramonte. Estou falando de alguém que sabe de tudo o que há para saber.

Há apenas uma semana — o que podia muito bem ser um ano, com seu novo senso distorcido do tempo — Daphne poderia se sentir bloqueada, incapaz de combater a lógica irrefutável de Roger, que afinal de contas servia aos melhores interesses da mãe. Durante os últimos dias, no entanto, alguma coisa parecia ter mudado nela, imperceptível até aquele momento, como uma corrente de bicicleta saindo do lugar... uma coisa mínima, mas que não obstante impedia que as rodas girassem.

— O tamanho da cidade em que você vive não corresponde necessariamente ao tamanho de sua inteligência — ressaltou ela, com uma certa ironia. — Lembre-se de que eu sou daqui... e isso não me impediu de casar com você.

Roger ficou calado. Pela respiração cuidadosamente controlada, Daphne podia dizer que ele fazia um esforço para não perder a calma. Mas em vez de se apressar em acalmá-lo, como teria feito no passado, Daphne continuou sentada em silêncio na cama de ferro, no quarto de hóspede de Kitty. Observou as cortinas de renda balançarem à brisa úmida que soprava pela janela aberta, de onde podia avistar o mar tremeluzindo, a distância, como algum sonho meio lembrado. Roger foi o primeiro a romper o silêncio.

— Eu tinha a impressão, equivocadamente, compreendo agora, que você *queria* minha ajuda.

O tom de voz era de mágoa profunda.

— O que eu quero mesmo é que você comece a se comportar como um marido.

— Em vez do quê?

Ela imaginou a cabeça grande, de cabelos grisalhos, inclinada para trás, uma sobrancelha hirsuta arqueada em surpresa, por aquele lado novo e inesperado de Daphne.

*Um pai*, ela quase gritou. Mas a palavra ficou presa em sua garganta, e ela disse, através dos dentes quase cerrados:

— Roger, apenas por uma vez, não poderia tentar ser *razoável?*

— Preferia que eu gritasse e protestasse?

Ele dava a impressão de que gostaria de fazer exatamente isso. Mas não era da natureza de Roger. E não fora por isso que ela casara com Roger? Ele era o que Daphne pensava que precisava na ocasião: uma âncora para firmá-la contra os impulsos incontroláveis de um coração que podia se soltar e ficar à deriva.

— Arriscando-me a falar como um médico — continuou Roger, no mesmo tom injuriado —, vou atribuir isso ao fato de que você se encontra sob uma forte tensão. Quero que descanse um pouco, Daphne. Se não se cuidar, pode acabar doente também.

Subitamente, Daphne sentiu que ele tinha razão. Estava quase doente de exaustão. Tão cansada que o pensamento de deitar na velha colcha desbotada parecia ser a coisa mais tentadora do mundo. Ela correu os olhos pelo quarto, com uma decoração aconchegante como só Kitty seria capaz. Havia um jarro vitoriano rachado com gerânios vermelhos em cima da pia antiga, ao lado da porta, um manequim de costureira com uma echarpe de contas, um espelho com uma espalhafatosa moldura de mosaico sobre uma cômoda simples de pinho. Num recesso do teto inclinado, ela reconheceu uma das aquarelas da mãe, uma linda paisagem marinha da enseada por baixo da casa.

Enquanto admirava os delicados tons diluídos de cinza e brancos — um efeito que se alcançava ao usar o pincel como uma esponja, com a tinta ainda úmida, como ela sabia — Daphne especulou se seria mesmo possível conhecer a mente de uma pessoa amada... ou se era apenas a *ilusão* de conhecer que sustentava cada um.

— Foi um dia comprido, e acho que vou me deitar agora — disse ela ao marido, cansada. — Dê um beijo em Jennie e Kyle por mim. Diga que sinto muita saudade e estou fazendo tudo o que posso para voltar para casa o mais depressa...

*Quando? Se a mãe fosse levada a julgamento, poderiam se passar meses.*

— ...que for possível.

Na manhã seguinte, às dez horas, a capela Memorial Evergreen estava lotada. Quando sentou no primeiro banco, junto com as irmãs, Daphne pensou, sem um pingo de caridade: *Alex não poderia ter pedido uma audiência melhor.* Todos os assentos haviam sido ocupados, e a área nos fundos estava cheia de retardatários de pé... mais de uma centena de pares de olhos, todos fixados nas filhas de Vernon Seagrave, de cabeça baixa, em seu sofrimento.

Daphne cumprimentou o ex-marido de Alex com um aceno de cabeça e beijou os rostos solenes das sobrinhas, sentadas junto do pai. Jim inclinou-se para pegar sua mão. Seu cunhado. Ela compreendeu que nunca deixara de pensar nele assim e ficou contente por sua presença. No terno azul-marinho sob medida e gravata sarjada, exibia um refinamento que teria agradado o pai, pensou Daphne. E foi Jim, solícito, quem cumprimentou as pessoas na porta, enquanto ela e as irmãs conversavam com o sacerdote para tratar das últimas providências.

No momento, porém, o foco de Jim era Alex. Ele observava-a pelo canto dos olhos, a todo instante, como se não soubesse que conclusões tirar sobre a ex-esposa. E tinha razão para se preocupar, pensou Daphne. Nunca vira a irmã tão desolada. Pelos raios de sol que entravam pelas janelas cor de âmbar, tingindo tudo de sépia, o chapéu de palha preto projetava um tênue padrão sobre o rosto pálido, que fazia Daphne pensar em cinzas dispersas. Baixinho, como se falasse para si mesma, Alex comentou:

— As flores não são lindas? Ajudei mamãe a colhê-las.

Kitty, sentada entre as irmãs, à direita de Daphne, soltou uma exclamação de surpresa abafada.

— Ó Deus, por favor, diga que essas não são as flores que seriam usadas na festa — sussurrou ela.

— Não havia sentido em desperdiçá-las.

Alex, serena, continuou a olhar para os arranjos de flores que envolviam o caixão envernizado, como uma rica tapeçaria, e transbordavam para a plataforma por baixo.

Daphne não disse nada. Tinha de recorrer a todo o seu controle apenas para não desatar a chorar. E as flores eram mesmo adoráveis... outro exemplo do gosto impecável da mãe. A única nota discordante eram os lírios tigrinos, alaranjados. Não combinavam com a madeira escura do caixão. Mas como ela poderia ter adivinhado?

Daphne teve de fazer um grande esforço para reprimir o soluço que subia pela garganta.

O reverendo Thomas Buckhorst levantou-se para ler um salmo. Depois, foi a vez de tio Spence, que pedira para fazer o panegírico. Ao vê-lo no pódio — o menos predileto dos dois irmãos do pai —, Daphne ficou impressionada com a monumental injustiça da situação. Era uma cópia ruim do pai, tão arrogante quanto era indistinto em todos os aspectos, da inclinação do queixo fraco à barriga saliente. Ela lembrou com desdém o painel de imitação de madeira na parede de sua sala em Chrysler City. Como *ele* poderia ter sobrevivido ao pai?

Ela escutou-o relatar histórias da infância, recordando o avô, que morrera antes do nascimento de Daphne, num tom que era quase reverente... quando, segundo sua mãe, vovô Seagrave fora um dos homens mais mesquinhos e avarentos que já haviam passado por este mundo. Pelo relato do tio, no entanto, era de pensar que ele e os irmãos haviam sido criados numa casa em que as vozes quase nunca se alteavam e que seu pai só levantava a mão para os filhos em bênção.

Houve mais discursos: um médico que fora interno sob Vernon; Will Henley, um amigo de infância. Ao final, um homem que Daphne não reconheceu de imediato levantou-se e foi para o pódio. Era alto e um pouco encurvado, o alto da cabeça calvo, como a tonsura de um monge, cercado por cabelos grisalhos. O terno mal-ajambrado, do qual se projetavam os pulsos finos, fez Daphne pensar num pregador rural exibindo seu melhor traje dominical.

— Não conhecia muito bem o Dr. Seagrave — começou ele, hesitante, como alguém que não estivesse acostumado a falar diante de uma audiência. — Mas acho que não precisava. Há vinte e cinco anos ele salvou a vida de meu filho...

Tudo voltou de repente. Voltavam para casa, depois de uma visita a tio Dave e tia June, em Del Mar. Era o segundo dia da viagem, Daphne recordou, e estavam na estrada desde o início da manhã. A escuridão caíra abruptamente, como tendia a acontecer naquelas pequenas cidades de criação de gado, que se sucediam ininterruptas pela Rodovia 5, entre Los Angeles e Sacramento — como se fosse uma lona desenrolada e presa nos quatro cantos do horizonte.

O pai havia passado por uma dessas pequenas cidades, cujo nome ela não lembrava mais. Estavam a caminho de uma lanchonete, onde poderiam comer todos os hambúrgueres e batatas fritas que quisessem. Daphne avistou a picape caída de lado numa vala, as luzes traseiras piscando. Ela devia ter 12 ou 13 anos na ocasião... idade suficiente para saber que o homem parado ao lado da picape virada, sacudindo os braços por cima da cabeça, frenético, para atrair a atenção, estava ferido. Sem maior gravidade, como descobriram em seguida. Uma costela quebrada, alguns inchaços e equimoses. A maior vítima estava estendida na vala... um corpo pequeno, de macacão, os cabelos louros brilhando, brancos como a lua por cima, no facho de luz projetado por um farol.

O pai parou no acostamento e saltou.

— É meu filho, Benjie — balbuciou o homem. — Ele está gravemente ferido.

— Sou médico — anunciou o pai. — Deixe-me ver se posso ajudá-lo.

O menino, que parecia ter seis ou sete anos, estava inconsciente. Enquanto Daphne, as irmãs e a mãe observavam, aturdidas, com uma mistura de horror e reverência, o pai levantou o menino da vala e levou para sua caminhonete. Estendeu um cobertor dobrado sobre a porta traseira aberta, criando uma mesa de exame improvisada. A mãe iluminava o menino com uma lanterna, enquanto ele apalpava e examinava.

Exceto por um galo na testa, o menino parecia ileso. Mas o rosto estava estranhamente inchado, e a respiração era superficial. O pai olhou para o pai do menino, que parecia um espantalho, todo braços e pernas, os cabelos que nem palha, com uma sombra alongada que parecia se estender para sempre pelo asfalto esburacado. O homem deu um passo trôpego na direção do pai, os braços estendidos, como se suplicasse um milagre. E, de certa forma, foi exatamente o que o pai fez.

— Seu filho é alérgico a picadas de abelhas? — perguntou o pai.

O homem recuou para fitá-lo com uma expressão cautelosa, antes de balançar a cabeça.

— Não, ao que eu saiba.

— Pois ele parece estar sofrendo um choque anafilático. Em termos leigos, uma reação alérgica ao veneno de abelha.

Uma luz pareceu acender nos olhos opacos e vidrados do homem.

— Foi uma vespa que me fez sair da estrada. Zumbia como uma alma danada. Sacudi a mão para afugentá-la e... acho que perdi o controle. Benjie vai ficar bom?

— Ficará depois de uma injeção.

O pai tirou uma seringa da maleta preta de médico que a mãe trouxera do banco da frente. Minutos depois da injeção, a respiração do menino já era normal e a inchação começou a desaparecer.

Levaram pai e filho para o hospital mais próximo, a 25 minutos de distância. Ali, o pai recusou as notas amassadas que o homem tentou pôr em sua mão... o dinheiro da gasolina, murmurou ele, como se estivesse embaraçado por não ter mais.

— Mande-nos um cartão de Natal. — O pai deu o endereço. — Para informar como você e seu filho estão. É todo o agradecimento de que preciso.

O homem, cujo nome era Dawson, mandou um cartão... em todos os natais, fielmente, durante 25 anos.

Sentada na capela lotada, ouvindo-o relatar a história, Daphne pensou que receberia de bom grado se houvesse um remédio para a dor lancinante em seu coração. O pai tivera defeitos, é verdade... mas também fora inteligente e gentil. Acima de tudo, ele as amara. Sua família. Daphne tinha certeza.

*Mesmo que tenha afastado Johnny.* Por décadas, ela guardara essa mágoa do pai. Mas agora, finalmente, permitiu que o perdão a envolvesse, removendo os antigos ressentimentos. Até mesmo as lágrimas que escorriam por suas faces eram boas e puras, de certa forma curativas.

Mais de uma hora havia passado quando o Sr. Buckhorst, um clérigo corpulento, cujo cabelo despenteado lhe proporcionava a aparência de um bebê de comerciais crescido, levantou-se de novo e pegou o microfone.

— Numa cidade do tamanho da nossa, não é difícil se destacar de alguma forma — disse ele. — O excepcional é ser capaz de adquirir uma reputação sem alardear. É dar uma ajuda que não seja orgulhosa nem presunçosa. O Dr. Vernon Seagrave era um homem assim...

Daphne fechou os olhos, deixando que as palavras se despejassem sobre ela como um bálsamo: os elogios pelos esforços do pai no levantamento de recursos para aparelhar o hospital com os mais modernos equipamentos de diagnóstico e sua paixão pela preservação dos prédios históricos de Miramonte. Houve até uma referência ao curso de primeiros socorros que ele instituíra anos antes, na escola de ensino fundamental e médio.

Mas tudo o que ela podia ver em sua mente era o pai, à luz trêmula de uma lanterna, inclinado sobre um menino, estendido na porta traseira aberta da caminhonete da família.

*Não pensarei a respeito do outro pai. Não até que seja necessário. Hoje é apenas o pai que eu respeitava, que não merecia morrer. Que, em 67 anos neste mundo, fez sem dúvida mais coisas certas do que erradas.*

Quase no final, o reverendo fez uma pausa, tirou os óculos, limpou-os num lenço enorme, antes de concluir:

— Peço a todos que também orem por sua esposa, Lydia. Pois assim como não podemos conhecer os mistérios de Deus ou do universo, também não podemos sequer começar a julgar as ações de nossos semelhantes. Aos que podem se precipitar em condenar, peço que se lembrem de que Deus não apenas sabe de tudo, mas também perdoa tudo. Devemos tentar fazer a mesma coisa. — Ele inclinou a cabeça. — Em nome de Jesus Cristo, amém.

Daphne olhou para trás, e viu cabeças balançando em consternação e espanto, rostos brilhando com lágrimas. A irmã mais nova da mãe, tia Ginny, que se tornara corpulenta com a idade, chorava baixinho num lenço, ao lado de tia Rose, que trouxera um pequeno tanque de oxigênio portátil e parecia à beira da morte. A segunda esposa de tio Spence, bastante jovem para ser sua filha, agarrava o braço do marido com um jeito possessivo, como se quisesse apregoar sua devoção. E havia a pobre Edith, prima da mãe pelo lado do avô delas, que franzia o rosto enquanto mexia no aparelho auditivo. Seria assim dali por diante, pensou Daphne, todos especulando em voz alta ou para si mesmos: *O que a levou a fazer isso?*

A mãe teria enlouquecido? Com base em duas breves visitas, até agora, Daphne diria que não. Mas, depois do que Leanne revelara, ela já não tinha mais certeza. O fato de que a mãe vinha tomando remédios — se era mesmo verdade — não provava coisa alguma, além do fato óbvio de que andava deprimida. Mas não seria possível que ela usasse uma receita para algo mais profundo, muito mais perturbador? Algo que a corroía há muito tempo... antes que Beryl Chapman, sob o pretexto da amizade, aplicasse uma dose de veneno.

Ao pensar em Beryl, ela sentiu uma contração no estômago. Com receio de uma cena parecida com a que ocorrera durante o velório, ela se mantivera tensa durante todo o serviço religioso. Mas se Beryl viera à capela optara por permanecer em discrição. Só as filhas haviam se aproximado para apresentar seus pêsames. Leanne sentava poucas filas atrás, com o pobre filho no colo, igual a um bebê enorme. E a irmã mais velha, Beth, de cabelos ruivo-escuros, era tão gorducha quanto Leanne era magra. Beth limpava a baba do sobrinho com um lenço, tão eficiente como alguém que faz isso com tanta freqüência que quase não nota mais.

Enquanto Daphne corria os olhos pela capela lotada, um rosto familiar se destacou: *Johnny*.

O que ele fazia ali?

*Não é óbvio?*, escarneceu uma voz. *Ele está aqui por você. O velho rei morreu, e o mendigo, que é na verdade um príncipe disfarçado, veio buscá-la.* Daphne quase riu alto pela idiotice narcisista, de pensar que Johnny não podia ter outro motivo que não o de presentear seus olhos com a imagem dela, a Rapunzel envelhecida.

*Praticamente todos que conheciam meu pai estão aqui*, raciocinou ela. *Por que não Johnny? Se não chegava a ser um amigo, pelo menos conheceu papai. E até muito bem, sob certos aspectos.*

Mesmo assim, o coração de Daphne disparou. Como se Johnny estivesse quase junto dela, não no fundo da capela. Ele se mantinha de braços cruzados, o cartão memorial distribuído na porta no punho fechado. Usava um terno cinza de paletó trespassado, com uma gravata azul-escura. Como várias outras pessoas — as que eram avessas a demonstrar suas emoções — estava de óculos escuros.

Enquanto ela observava, Johnny tirou os óculos. Daphne constatou então que não fora sua imaginação: ele viera mesmo por sua causa. Olhava direto para ela, quase fixamente. Como se quisesse avisá-la que não esquecera a conversa em sua sala, e que estava do seu lado, embora não do lado da mãe. Era típico de Johnny, pensou ela. Ainda temerário. Ainda pensando com o coração tanto quanto pensava com a cabeça.

Daphne apressou-se em desviar os olhos, antes que o calor em seu rosto a denunciasse. Seu coração já não estava apenas em disparada, mas cruzara a linha de chegada e se encaminhava para o palanque, a fim de reivindicar seu prêmio. *Johnny...*

Sua presença ali forçava-a a confrontar o lado mais sinistro do pai. Subitamente, ela via o pai como Johnny devia ver, não como um gentil filantropo e o Bom Samaritano... mas como um déspota de mão de ferro, culpado do pior tipo de esnobação. Se não fosse pelo pai, ela e Johnny estariam casados hoje?

Quem podia saber? Quatro anos de ausência, na universidade, era um bocado de tempo. Só isso poderia mudar como se sentia em relação a

Johnny, embora ela duvidasse que pudesse acontecer. Daphne reconhecia isso agora como uma simples racionalização que usara ao longo dos anos, tão antiga quanto o caminho para Roma, e igualmente viável. Se não fosse pela furiosa desaprovação do pai, Daphne tinha certeza de que continuaria a se encontrar com Johnny em todas as oportunidades. As longas separações entre feriados e férias só teriam contribuído para atiçar as chamas ainda mais.

Uma recordação antiga e reprimida adquiriu vida... a noite do baile de formatura no ensino médio, quando ela ficara de porre de tanto beber ponche. Ao chegarem em sua casa, Johnny insistira, como o cavalheiro que era, em acompanhá-la até a porta da frente... embora não pudesse deixar de perceber a sombra do pai assomando pela janela lateral de vitral. Assim que ela entrara, o pai olhara para seus cabelos desgrenhados, os olhos injetados, os sapatos que tirara para subir os degraus da varanda. Depois, soltara um grito baixo e partira atrás de Johnny. Enquanto Daphne observava, desamparada, assustada e embriagada demais para gritar uma advertência, o pai correra pelo caminho do jardim, agarrara Johnny pelo ombro e fizera-o virar.

Agora, no frio da capela, Daphne fechou os olhos, mas a cena do passado distante continuou a se projetar por trás de suas pálpebras. Viu o pai agarrar Johnny pelas lapelas e começar a sacudi-lo violentamente, xingando-o, enquanto Johnny ficava sem resistir, o smoking alugado agora rasgado — e teria de pagar o paletó com dinheiro que não tinha —, travando a mais difícil batalha de sua vida: com o próprio orgulho. No rosto pálido e contraído de Johnny, ela viu todos os insultos que ele reprimira, todos os socos que deliberadamente não desfechara. E tivera certeza nesse momento que ele a amava. Não como os outros rapazes amavam... mas com o amor profundo e intenso que Romeu sentira por Julieta. Pois, se fosse qualquer outro homem naquela noite, acabaria estendido na calçada com as marcas dos punhos de Johnny no rosto.

Talvez fosse pela expressão de Johnny ou seu próprio senso de justiça que se indignara e finalmente se manifestara... mas alguma coisa na alma mansa de Daphne se erguera em protesto. Largara os sapatos, descera correndo os degraus e atravessara o gramado. De meias, cambaleando do ponche contra o qual Johnny a advertira, ela pegara um ancinho perto do caminho e fizera uma coisa que nunca poderia imaginar, nem em um milhão de anos, que seria capaz: batera na parte posterior dos joelhos do pai.

Ela sentiu um calafrio à lembrança, mesmo agora. Ao mesmo tempo, também trouxe um pequeno sorriso de triunfo a seus lábios.

Havia música agora, uma cantata de Bach, adorável e triste, mas pouco sentimental. O pai teria aprovado, pensou Daphne. Ela observou os homens que se adiantaram para suspender o caixão — os dois irmãos do pai; junto com tio Ned, do lado da mãe; Will Harding; e Jim, o ex-marido de Alex — iniciarem a lenta procissão para o carro fúnebre.

Daphne sentiu um aperto na garganta, com uma pontada de culpa por ter pensado mal do pai naquele dia, mesmo que fosse apenas por um momento. Culpa que no mesmo instante se transformou em pesar. O soluço reprimido aflorou, e ela comprimiu a mão contra a boca para sufocá-lo. Ao redor, as pessoas levantavam e se encaminhavam para a saída. Algumas tossiam e assoavam o nariz num lenço com a devida discrição. Mas, quando Daphne se ergueu, seus joelhos vergaram. Teve de se apoiar no encosto do banco à frente para não cair. Vários minutos passaram antes que se sentisse bastante forte para ir ao encontro das irmãs, já se aproximando da limusine que as levaria ao cemitério.

Quando chegou ao estacionamento, ela não avistou Kitty e Alex em parte alguma. As pessoas já embarcavam em seus carros. Alguém bateu de leve em seu cotovelo. Ela virou-se para deparar com Johnny, fitando-a com compaixão. Era óbvio que Johnny esperara por ela; eram os únicos que restavam nos degraus da capela.

— Sinto muito por seu pai — murmurou ele.

Daphne apreciou o fato de Johnny ter vindo e não oferecer falsos sentimentos. O que Daphne *não* gostou foi da maneira como ele a fazia se sentir. Ou o calor gerado por seu olhar firme, um calor que a percorria em ondas.

— Foi muito bom você ter vindo...

Ela manteve os olhos desviados da limusine parada ali, o motor ligado, com as irmãs e sobrinhas se impacientando com a sua demora.

— Bom não é uma palavra que seu pai teria usado para se referir a mim. — Um canto da boca de Johnny se contraiu num sorriso irônico. — Mas tínhamos algo em comum... não havia coisa alguma que qualquer dos dois pudesse fazer pelo outro.

Daphne soltou uma risada curta, também irônica.

— Como pode verificar, consegui sobreviver muito bem por conta própria.

Ao pensar em Roger, ela deslocou o peso do corpo de um pé para outro, contrafeita. O sorriso de Johnny se alargou, com um olhar de apreciação.

— Eis uma coisa que ninguém pode contestar.

Indecisa, sem saber para onde a conversa se dirigia, começando a ficar um pouco nervosa, Daphne descobriu-se a perguntar, impulsivamente:

— Por que você veio, Johnny? Tinha todos os motivos para odiar meu pai. E agora você e seus colegas farão o melhor que puderem para que minha mãe continue presa. Não lhe parece estranho... que nós estejamos parados aqui, conversando como velhos amigos?

— Era sobre isso que eu queria falar... a nossa situação. Mas não aqui. — Ele aumentou a pressão no cotovelo de Daphne. — Podemos nos encontrar mais tarde? Pensei na Plunkett's Lagoon. Costumávamos ir lá com freqüência... lembra?

Daphne fitava-o nos olhos. Lembrava-se? A primeira vez fora na Plunkett's Lagoon... num cobertor, na beira d'água, junto de uma fogueira, sob as estrelas, que pareciam faíscas que subiam de seus corpos nus. Mesmo agora, às vezes tarde da noite, naquele espaço lento e indefinido logo abaixo do pensamento consciente, ela podia recordar cada sensação, com absoluta nitidez, como se reconstituísse as pegadas na areia. O cuidado comovente com que Johnny a penetrara, o gosto dos gritos dela reprimidos, como sal atrás da língua. O cheiro de fumaça nos cabelos de Johnny, a areia cedendo sob o cobertor. Ó Deus, *lembrar* não era o problema. O difícil era aprender como esquecer.

— Passarei a maior parte da tarde na casa de Kitty. Ela vai receber todo mundo quando voltarmos do cemitério. — Daphne engoliu em seco, incapaz de imaginar o pai sendo baixado para o fundo de uma cova.

— Mas talvez possa escapar mais tarde, apenas por uma hora.

— Estarei esperando. No momento que você quiser.

Daphne sacudiu a cabeça.

— Não quero mantê-lo à espera. Em vez disso, por que não telefono para avisá-lo se puder escapar?

Mas ela pôde perceber, pela expressão obstinada da boca e a inclinação da cabeça, que Johnny já tomara uma decisão.

— Esperei durante todo esse tempo — murmurou ele... como se qualquer dos dois precisasse ser lembrado disso, os olhos mais azuis do que cinza à luz do sol, observando os carros que partiam. — Acho que não faria mal esperar mais um pouco.

Ao longo dos anos, a estrada de terra para Plunkett's Lagoon fora pavimentada por milhares de pneus para a dureza compactada do asfalto. A maior parte era de namorados adolescentes, que estacionavam no fim da estrada, onde a relva crescia bastante alta para escondê-los da vista de qualquer um que passeasse pela praia. À noite, quando não havia ninguém por perto, os jovens acendiam fogueiras na areia, com os pedaços de madeira recolhidos na linha da maré alta. Ali, no lado em que o vento soprava, as dunas eram mais altas do que nas enseadas mais abrigadas. As temperaturas mais frescas eram favoráveis aos jovens apaixonados. Mães e pais, que freqüentavam as praias mais quentes, não precisavam saber o que acontecia por trás daquelas dunas, nos velhos cobertores de tartã com que seus filhos e filhas adolescentes haviam brincado quando eram crianças.

Enquanto seu Thunderbird 65 avançava aos solavancos pela estrada, que percorrera muitas vezes desde o ensino médio com a esposa e o filho (e, mais recentemente, sozinho), Johnny foi mesmo assim dominado por um estranho sentimento... de que havia muitos anos não passava por ali.

Pensava na noite em que estivera ali com Daphne, em seu velho Pontiac, depois de um baile da primavera. As janelas ficaram embaçadas com o calor dentro do carro e o nevoeiro pressionando por fora. Como sempre, haviam feito tudo, exceto a coisa que ele mais queria... mas teria de se conter até que Daphne estivesse pronta. E nesse instante, sem qualquer aviso — como se a idéia lhe ocorresse de repente —, ela tirara o vestido pela cabeça e o jogara no banco da frente, com a maior naturalidade e desinibição, como se sua virgindade fosse apenas uma suculenta fatia de fruta que estava lhe oferecendo.

Fazer amor com Daphne fora praticamente a única coisa em que ele pensara desde o dia em que haviam se conhecido. Na ocasião, ela dava um espetáculo e tanto ao fumar seu primeiro cigarro, atrás do prédio de ciências. Uma garota bonita, de cabelos lisos e lustrosos, a imagem típica de Agua Fria Point. Ele a reconhecera do curso de espanhol, e ficou surpreso ao descobrir que ela também o reconhecia. Não teria imaginado que pudesse ser o tipo de Daphne. Mas se enganara... nisso e em muitas outras coisas.

A única coisa de que tivera certeza naquele dia — e continuava a ter até hoje — fora a de que encontrara o que procurava.

Podia vê-la com a mesma nitidez daquela noite distante, nua sob o cobertor com que se envolvera, rindo, enquanto ele a perseguia pelas dunas. E mais tarde, depois de encontrarem um lugar para acender uma fogueira, a maneira como as chamas dançavam em seu corpo nu, fazendo-o luzir como se tivesse calor próprio.

Agora, ao parar o carro no retorno esburacado, o homem de 38 anos, de calça cáqui e blusão de zuarte, que hoje em dia era tratado como John ou Sr. Devane, nunca como Johnny, especulou se Daphne soubera da profundidade de seu amor... ou se ela via apenas o oceano que se estendia além da laguna, vasto para os olhos, mas com nove décimos abaixo da superfície. Ela ficaria surpresa ao descobrir que a decisão de deixá-la fora uma das mais difíceis de toda a sua vida? Dias depois de sair por aquela porta, ele caíra na estrada, com apenas vinte dólares e um canivete no bolso, sem qualquer destino específico, pedindo carona e filando cigarros, bebendo um café horrível e tomando cervejas demais, em incontáveis bares de beira de estrada.

*Você é um vagabundo, um reles vagabundo, não é bastante bom para sequer engraxar meus sapatos.* As palavras imortais do pai de Daphne. Mas podiam também ter sido enunciadas por seu próprio pai. Sob muitos aspectos, embora nenhum deles ficaria satisfeito se ouvisse, os dois homens eram muito parecidos: ambos tinham uma mentalidade tacanha e aceitavam totalmente o Evangelho Segundo São Sabe-tudo. Mas enquanto o rebanho do bom Dr. Seagrave parecia ser uma legião, Frank Devane, com sua visão do fundo de um copo de uísque, onde tudo parecia mais profundo, discursava apenas para seus companheiros na Surfside Tavern.

Johnny saiu de seu T-bird, um conversível azul, que passara quase um ano e boa parte de seu salário restaurando. Encostado no capô quente, acendeu um cigarro, com a mão em concha em torno da chama, para evitar que o vento a apagasse. Não havia outros carros nem sinal de qualquer pessoa por perto. Ele calculou que ainda era muito cedo para os namorados. E fazia muito frio para passear na praia.

Subiu na duna mais próxima e contemplou as ondas, que se erguiam para encobrir o sol, que agora descia para o horizonte numa imponência de túnica vermelha.

Como conhecia Daphne, calculava que àquela altura ela já se cansara dos parentes chorosos e sanduíches de crosta cortada. Estaria pensando em pular pela janela se mais algum idiota insensível pedisse uma explicação para a tragédia. Mas era polida demais para escapar como Johnny teria feito: sair pela porta, sem dizer nada.

Durante os anos que ele passara na estrada, usando o polegar, a esperteza, aproveitando qualquer trabalho que pudesse encontrar em oficinas de carros ao longo do caminho, Daphne estava em Wellesley, estudando Chaucer e Hegel, marchando em protesto contra uma guerra a que ninguém prestava muita atenção, até que as manifestações entraram em moda. Quando Johnny cansara ou se tornara bastante sensato — não sabia qual das duas coisas viera primeiro — para arrancar das garras da derrota uma bolsa de estudos na Universidade da Califórnia em Los Angeles, Daphne cursava a pós-graduação e arrumava a casa com o marido novo.

A única coisa constante, ao longo dos anos, fora a voz na cabeça de Johnny que sussurrava: *Aposto que o cara não tem nenhuma cicatriz com as marcas dos dentes de Daphne*. Na última vez, sabendo que ele ia deixá-la, Daphne se mostrara tão furiosa — e, ao mesmo tempo, enlouquecida de desejo — que ao gozar, chorando o tempo todo, mordera-o no braço, com força suficiente para arrancar sangue. A cicatriz esbranquiçara ao longo dos anos, mas ainda dava para ver a marca de seus dentes, logo abaixo do ombro, onde ele tocava agora.

Johnny contraiu os olhos, e o horizonte ficou reduzido a uma longa linha prateada. Os olhos lacrimejavam do frio. Podia sentir o gosto de sal na brisa que soprava do mar. Embora vagamente consciente de uma porta de carro batendo, estava tão absorto em seus pensamentos que não prestou atenção até que a ouviu chamar:

— *Johnny!*

Virou-se para avistá-la parada a uma curta distância. O rosto levantado em sua direção era iluminado pelos últimos raios dourados do sol. Daphne vestia um jeans e usava um blusão de náilon por cima da suéter vermelha, que emprestava uma cor às suas faces. Os olhos verdes estavam contraídos à claridade... olhos que haviam testemunhado mais do que uma cota justa de tristeza ultimamente, mas que não haviam perdido sua luz, como ele ficou contente em constatar.

Ele podia sentir o coração batendo forte dentro do peito, como uma batida sem resposta.

— Arrancaram todas as placas.

Com a mão sobre os olhos, ela examinou a cerca quebrada que corria paralela à praia, como uma costura malfeita. Demarcava os limites dos terrenos das casas no alto do penhasco, cujos proprietários travavam uma guerra com os freqüentadores da praia desde que Daphne podia se lembrar.

— Garotos... — disse Johnny. — Usam a madeira para fazer fogueiras.

Johnny sorriu, ao recordar quando eram ele e Daphne que ignoravam as placas, alertando contra invasão de propriedade, cachorros, acampamento noturno e outras coisas... cortesia das pessoas que viviam nas casas luxuosas no alto do penhasco. O fato de que a família de Daphne figurava entre as que podiam reivindicar o que fora concedido por Deus parecia não lhe ter ocorrido.

— As placas nunca impediram as pessoas de fazerem o que bem quisessem — recordou ela, os olhos faiscando, divertidos, na sombra estreita projetada por sua mão.

— Você e eu somos uma prova disso.

— Não pensei em nós.

— É mentira. Sempre consigo perceber quando você mente.

Daphne baixou a mão e fitou-o.

— É *você* quem está mentindo, Johnny Devane. Eu costumava cair... antes de perceber que você era muito esperto. Agora, compreendo melhor. Você está apenas tentando me deixar desnorteada.

Johnny ignorou o sorriso que contraía os lábios de Daphne, que o fazia pensar, por algum motivo, que aquela boca não era beijada direito havia muito tempo.

— Muito esperto? É um grande elogio, partindo de você.

— Pensa que eu era um gênio porque só tirava A em inglês? Não estou me referindo a notas na escola. Você sabia as coisas sobre a vida. Não achava que as pessoas mais velhas tinham de ser mais sábias só por causa da idade. Guiava muito depressa, mas sempre parecia saber para onde ia. E podia trocar um pneu furado de olhos fechados.

— Ainda posso. Infelizmente, isso não me deixou mais esclarecido sobre o significado da existência humana. — Ele sorriu. — Vamos começar logo o passeio, antes que fique escuro demais.

Johnny estendeu a mão, mas Daphne hesitou. Ao perceber sua confusão, ele enfiou a mão no bolso, calmamente, como se aquilo não tivesse a menor importância. Não haviam percorrido mais de cem metros quando ele disse:

— Lembra aquela conferência que fez na Universidade da Califórnia em Berkeley, há cerca de dois anos? Eu estava lá, na última fila.

Ela parou abruptamente, virando-se para fitá-lo.

— Aquela em que mais de 15 pessoas compareceram? — Daphne balançou a cabeça. — Por que não foi falar comigo?

Johnny hesitou por um momento, e depois optou pela verdade.

— Acho que me senti intimidado. Não sabia que você era tão talentosa. E me passou pela cabeça que talvez não quisesse admitir que me conhecia.

Ela surpreendeu-o com uma risada amargurada.

— Minha vida não é tão encantadora quanto você pensa.

Aos últimos raios flamejantes do sol poente, seu rosto parecia reluzir com uma luz própria... tão lindo que deixou Johnny atordoado.

— Eu gostaria que você tivesse pelo menos se apresentado para um aperto de mão. — Sorrindo, ela acrescentou: — Nem precisaria comprar um livro.

— Tenho todos os seus livros. E não me limitaria a um aperto de mão.

Ele observou o rubor nas faces de Daphne aumentar.

— Poderia pelo menos ter dado um oi — insistiu ela, numa censura gentil.

— Oi.

Ele estendeu a mão. Desta vez Daphne apertou-a, os dedos se entrelaçando, e não soltou.

Johnny não se deu mais ao trabalho de esconder a fome que o dilacerava, expondo o que era agora, um homem reduzido a uma ausência total de simulação, impelido apenas pelo puro desejo. Que sentido haveria em fingir? Aquela não era uma reunião da turma... ele faltara a todas, pelo simples motivo de que Daphne não estaria presente. Também não era um encontro sem conseqüências. Vidas pendiam na balança. Talvez até a vida dos dois.

— Johnny...

Só isso, seu nome, mas ele se descobriu a arrebatá-lo como uma moeda em pleno ar, apressando-se em guardar no bolso. A maneira como ela falara, prolongando a vogal, como se fosse uma coisa que possuía, uma coisa gasta pelas carícias...

Não planejara beijá-la. Foi só depois que ela virou o rosto para a luz e ele viu o brilho de lágrimas em seus olhos, que de repente pareceu a coisa mais natural do mundo tomá-la em seus braços e fazer o que sentira vontade desde o momento em que ela entrara em sua sala.

A princípio, Daphne pareceu mais surpresa do que qualquer outra coisa. Não resistiu, mas também não se entregou. Johnny sentiu a ponta de sua língua, como se provasse uma coisa que não saboreava havia muito tempo. Depois, com um gemido, ela abriu a boca para recebê-lo, como faziam quando tinham 16 anos e ainda não haviam aprendido que nem todo beijo era tão maravilhoso, que nem toda pessoa amada deixava você com o desejo de mais.

Enquanto ela o abraçava, Johnny podia sentir as ondas subindo para lamber os calcanhares dos seus velhos mocassins. Mas o frio que se infiltrava pelo casaco de brim fazia com que o corpo de Daphne contra o seu parecesse ainda mais quente... trazendo a lembrança da fogueira na noite em que haviam feito amor pela primeira vez, não muito longe do lugar em que se encontravam agora.

Quando finalmente conseguiu se desvencilhar, ele descobriu-se a contemplar o rosto angustiado de uma mulher que viajara por algumas estradas difíceis, que casara e tivera filhos, mas nunca esquecera a sensação de estar apaixonada naquela noite distante. Viu também uma esposa que não era tratada com o carinho necessário, uma pessoa que se tornara cautelosa nos gestos e expectativas.

Johnny estremeceu, com um súbito desejo de acertar um murro no queixo de um homem que nunca vira. Escolheu suas palavras com todo o cuidado:

— Passei três anos culpando-a por não ter a coragem para resistir a seu pai. E vinte anos me censurando.

— Você apenas fez o que achava que era melhor para mim.

Daphne parecia furiosa, mas Johnny sentiu que não era com ele.

— O que não fez com que doesse menos, não é?

— Não, não fez.

Ele pegou o queixo de Daphne com uma das mãos e tornou a beijá-la, mais profundamente desta vez. O sal nos lábios dela — eram lágrimas? — ardia contra os seus e cravou uma lâmina afiada de desejo em sua virilha. Ele descobriu-se a pensar na ex-esposa. Pobre Sara. Não era de admirar que ela quisesse o divórcio. Cada vez que faziam amor, havia duas mulheres na cama: a que estava por baixo dele e a que era guardada em seu coração.

— Se tivéssemos mais tempo, eu faria uma fogueira — murmurou ele, nos cabelos de Daphne.

Ela estremeceu, mas mesmo assim ainda conseguiu dar uma risada corajosa.

— Sem uma única placa de PROIBIDA A INVASÃO DE PROPRIEDADE?

— Se procurarmos bastante, tenho certeza de que ainda poderemos encontrar alguma.

— Lamento, mas tenho problemas mais prementes no momento. Dos quais você parece ser parte.

Ela falou com uma estranha formalidade. Johnny sabia que o tom indicava uma extrema vulnerabilidade. Só quando se inclinou para beijá-la na testa é que ele percebeu o medo em seus olhos. Em voz baixa e trêmula, Daphne perguntou:

— O que está acontecendo conosco, Johnny?

*A mesma coisa que antes, e seu velho ainda está entre nós... até da sepultura*, ele sentiu vontade de dizer. Johnny lembrou então que havia alguns outros obstáculos no caminho dos dois, como o fato de que ela era casada.

— Nada que não tenha acontecido antes — murmurou ele, abraçando-a de novo, e desta vez mantendo-a com firmeza em seus braços. — Mas talvez tenhamos aprendido alguma coisa com o passado. Talvez *ambos* sejamos mais espertos do que nos damos crédito.

— Amanhã, depois da audiência, ainda sentiremos a mesma coisa em relação um ao outro?

A voz triste de Daphne parecia se elevar das ondas que deslizavam pela praia.

— Tenho um trabalho a fazer. Não mentirei a respeito. — Johnny recusou-se a soltá-la, apesar de sentir que ela ficava mais tensa. — Mas posso prometer uma coisa. Farei tudo o que estiver ao meu alcance para que sua mãe tenha um julgamento justo.

— Mesmo que seja à sua custa?

— Mesmo que seja à minha custa.

— Johnny, não posso lhe pedir para...

— Psiu...

Ele abafou o protesto de Daphne com a boca, os lábios roçando de leve pelos dela, à luz dourada que definhava. Naquele momento, ele teria lhe dado a lua, se ela pedisse.

— Você não está me pedindo para fazer qualquer coisa. Digamos que é uma dívida comigo mesmo que tenho de pagar. Qualquer coisa que pudermos salvar desta confusão, não acha que vale a pena tentar?

A única outra ocasião em que Daphne estivera dentro de um tribunal fora alguns anos antes, quando participara de um júri... o caso de uma mulher que fora atropelada por um táxi e processava pela dor crônica e o sofrimento causado pelas lesões. Depois de vários dias de depoimentos, o júri decidira a favor da mulher. Naquele dia em particular, no entanto, a manhã de segunda-feira depois do funeral do pai, ao sentar na galeria lotada do Tribunal Distrital nº 2 do condado de Miramonte, Daphne tinha de se preparar para considerar a perspectiva concreta de outra decisão que, em última análise, podia não ser tão favorável.

A audiência de hoje, o advogado de sua mãe explicara, teria dois elementos principais: a apresentação de uma petição e a fixação da fiança. Na ausência de um indiciamento pelo grande júri, o juiz decidiria então se havia ou não provas e indícios em quantidade suficiente para que o caso fosse levado a julgamento. "Uma mera formalidade", advertira Cathcart. Haveria um julgamento, é claro. *É mais provável que seja um enforcamento público*, pensou Daphne, sombria, recordando a manchete do tablóide que vira no outro dia, quando esperava sua vez na fila do caixa no supermercado: VOVÓ ASSASSINA DIZ NA POLÍCIA: "EU MATEI!"

A mãe insistiria em sua história?, especulou Daphne. Ou Cathcart conseguira persuadi-la a aceitar uma acusação menor? Na última vez em que haviam conversado, anteontem, a mãe se mantivera intransigente. Insistira que não fora um acidente, nem legítima defesa. Por que diria qualquer coisa que não fosse verdade?

Daphne argumentara que, a rigor, não precisava ser verdade. O importante era encontrar uma saída. Se para isso fosse necessário desenvolver a defesa em torno de angústia mental ou uma ameaça implícita, que assim fosse. O pai havia morrido. Nada mais poderia magoá-lo agora. Mas a mãe não admitira nada disso:

— Eu gostaria de ir para casa, se o Sr. Cathcart conseguir que me soltem sob fiança. — Uma pausa, e ela acrescentara, os lábios contraídos: — Quanto à minha liberdade, querida, tem de compreender uma coisa: nunca serei livre. Mesmo que venham a me considerar inocente.

Agora, sentada ao lado da irmã, na primeira fila do tribunal lotado, Daphne trocou um olhar preocupado com Kitty. A irmã exibia uma expressão distraída, como se seus pensamentos estivessem longe dali. Estaria pensando no rapaz que aparecera depois do funeral para apresentar suas condolências? Havia tantas pessoas presentes que Daphne nem o teria notado... se não fosse pelo fato de a irmã tê-lo acompanhado com os olhos. Um jovem esguio e musculoso, de cabelos e olhos escuros... do tipo que a mãe teria classificado como "olhos de quarto".

Em determinado momento, ele levara Kitty para um canto, e tiveram o que parecera ser uma conversa íntima. Ninguém mais teria notado, a não ser a irmã mais velha, que a conhecia melhor do que ninguém. Quando Kitty inclinara um pouco a cabeça, deixando os cabelos caírem sobre o rosto como uma cortina flexível, Daphne não precisava ver para saber que a irmã estava corando. Talvez, quando chegasse o momento apropriado, Kitty lhe falasse sobre o rapaz. No momento, as duas tinham coisas mais importantes em que se concentrarem.

O olhar de Daphne foi atraído para a mãe, sentada à mesa dos réus, a menos de três metros de distância. A mãe era flanqueada por seu advogado e pela assistente de Cathcart, uma mulher com uma massa de cabelos louros ao melhor estilo de Peter Pã, que parecia, embora beirando os trinta anos, ser jovem demais para ser *baby-sitter* dos filhos de Daphne, muito menos para defender sua mãe de uma acusação de homicídio.

Tom Cathcart, por outro lado, ela ficou satisfeita em constatar, inspirava confiança apenas pela aparência. Uma frase banal da literatura lhe ocorreu: *Ele tinha uma bela presença*. Era verdade. Alto, os cabelos prateados que brilhavam como prata de lei polida, com um terno cinza listrado, a gravata salva de ser conservadora pelos suspensórios de cores fortes, Cathcart chegava perigosamente perto do ostentoso.

Até a mãe exibia sua melhor aparência. Tinha os cabelos arrumados com cuidado e usava um toque de batom. Vestia o tailleur que Kitty levara, e que Daphne reconheceu como sendo o mesmo que ela usara em sua última exposição numa galeria, no verão passado, azul-claro, com detalhes em azul-marinho nas lapelas e punhos. Era pelo menos um tamanho maior para ela agora.

Foi esse pequeno detalhe que levou Daphne ao descontrole. Ela pegou os lenços-de-papel que sempre tinha à mão hoje em dia — guardados na bolsa —, tão vitais quanto a carteira e o chaveiro.

Talvez fosse por isso que ela mantivera o olhar deliberadamente desviado de Johnny. Vira-o quando entrara, sentado à mesa da promotoria, ao lado de um asiático grande, que ela calculou que devia ser o promotor distrital. Mas se ligar a Johnny agora, mesmo que fosse apenas um contato visual, seria uma espécie de tortura. Desde a caminhada pela praia, no dia anterior, ela não conseguira parar de pensar em Johnny: as palavras, as carícias, as lembranças que ele despertara. Tudo desapareceria como um sonho sob o clarão impiedoso da realidade?

A voz da razão, sempre vigilante, sussurrou: *Esqueça o fato de que é casada e que os dois têm idade suficiente para saberem se comportar. Como você vai se sentir quando ele interrogar sua mãe no banco das testemunhas? Seria capaz de amar um homem que pode mandar sua mãe para a prisão?*

Ela não sabia. Ou talvez não quisesse enfrentar o que seria dolorosamente óbvio para algumas pessoas. Mas não havia nada de novo nisso, não é? Ela não passara boa parte de sua vida fugindo das verdades mais difíceis?

Daphne lançou outro olhar para Kitty, pelo canto do olho. Como era possível, especulou ela, que as duas tivessem crescido sob o mesmo teto, mas saíssem da infância com lembranças muito diferentes? A família de que ela se recordava fora afetuosa, turbulenta, repleta de pequenos prazeres, como os bichinhos de pelúcia, velhos e confortadores, que se alinhavam em sua cama. Mas houvera ocasiões em que ela tivera de andar na ponta dos pés, quando o pai estava cansado e irritado, depois de um longo dia no hospital. Na maior parte, porém, ela e as irmãs haviam desfrutado uma liberdade que não era restrita demais por regras e atividades planejadas. No verão, viviam praticamente de maiô, com a enseada por baixo da casa como o quintal da frente. As amigas iam e vinham, como pessoas da família. Muitas, como Leanne, pareciam preferir o imenso elefante branco na Cypress Lane às suas próprias casas.

A mãe também era diferente das outras mães. Numa época em que predominavam os produtos prontos que se adquiriam no supermercado, como Wonder Bread e Jolly Green Giant, ela fazia o próprio pão e cultivava suas hortaliças. Na primavera, levava Daphne e as irmãs para uma fazenda em Pearsonville, uma viagem de carro de duas horas para o interior. Ali, elas colhiam pepinos direto na plantação para as conservas que passariam o dia seguinte preparando. Havia uma excursão em cada estação. No verão, viajavam para comprar damascos, pêssegos, ameixas; e no outono viajavam para comprar caixas de maçãs. E nenhum Natal era completo sem um pinheiro que derrubavam com as próprias mãos, numa fazenda de árvores de Natal.

As únicas coisas que eram exclusivas da mãe, de que ninguém mais participava, eram as horas que ela passava pintando e o ritual da manhã, durante os meses quentes do verão, de atravessar a enseada a nado, quase um quilômetro, contando ida e volta. A mãe costumava dizer que era a única coisa que aguardava com ansiedade durante todo o inverno, quando o vento soprava frio e as tempestades faziam as ondas passarem por cima dos rochedos. E no primeiro dia relativamente ameno em abril ou maio, ela descia pela escada de madeira íngreme, que aderia em ziguezague à encosta do penhasco, uma toalha pendurada ao ombro, os passos ágeis. Mesmo que a água estivesse bastante fria para levar todo mundo a escapar para a segurança da praia com um agasalho, a mãe atravessava a enseada, em braçadas fortes e decididas.

Agora, Daphne descobriu-se a especular se o exercício encobria uma necessidade da mãe de se perder em alguma coisa que não exigia pensamento, não exigia racionalização. Ela usava aqueles momentos extenuantes de natação para apagar da mente as dúvidas e suspeitas mesquinhas que deviam se insinuar? Dúvidas sobre o marido, a quem ela amava acima de todo o resto. O suficiente para...

*Matá-lo e impedir que a deixasse.*

O pensamento ocorreu a Daphne com um sobressalto, um movimento brusco que provocou uma pontada de dor no ombro. Vamos supor que o pai tivesse pedido o divórcio. Era uma coisa que Daphne teria julgado impossível até uma semana atrás, mas que agora revirava em sua mente, com a mesma delicadeza de uma folha morta, tomando cuidado para não esfarelar.

Talvez, pensou ela, o que tomara por serenidade em sua mãe não fosse mais do que uma abdicação do espírito. A renúncia à própria realidade, que deriva de sempre olhar para o outro lado. Daphne sentiu um calafrio percorrê-la.

*É isso o que venho fazendo com Roger? Fingindo? Permitindo que as coisas que eu gostaria tomem o lugar dos fatos concretos?*

Como o fato de que não era apaixonada por Roger. Amava-o, é claro. Era o pai de seus filhos, o homem com quem dormira durante os últimos 15 anos. Partilhavam muita coisa, como lembranças de lugares idílicos visitados, assim como as férias em que tudo saíra errado; seus bebês rosados do banho, os acessos de cólica, sarampo e crupe, que os mantiveram acordados durante a noite inteira; os amigos com quem adoravam passar o tempo e aqueles de quem riam em segredo. Em suma, a história acumulada de um casamento. Mas não era a mesma coisa que paixão partilhada, ela reconheceu, com tristeza.

E o que dizer de Roger? Ele também não era totalmente honesto com ela. Todas as suas desculpas... não seriam apenas uma hostilidade disfarçada? E, se aquela mulher com quem ele flertara na noite de autógrafos servisse de indicação, ele mentira em todas as ocasiões em que lhe assegurara que nunca olhara para outra.

*Olhe só quem está falando*, escarneceu uma voz interior. *Ontem mesmo, na praia, você e Johnny não estavam exatamente construindo castelos de areia.*

O olhar de Daphne desviou-se para Johnny. Ele inclinava-se sobre a pasta aberta à sua frente. Ela não podia ver muita coisa além da parte posterior da cabeça, a linha dos cabelos grisalhos aparados roçando no colarinho engomado. Mas foi o suficiente para remetê-la aos tempos em que ele usava os cabelos mais compridos. Quando ele deitava de costas, depois que faziam amor, fumando um cigarro e fitando-a através da cortina de fumaça, enquanto ela passava os dedos pelos cabelos louros, espalhados sobre o travesseiro.

Daphne apressou-se em virar o rosto, os olhos ardendo.

Nesse momento, a oficial de justiça, uma mulher mais velha, cabelos frisados e pintados com hena, sombra azul que proporcionava a seus olhos a aparência inesperada de penas de pavão, adiantou-se para gritar:

— Todos de pé para o meritíssimo juiz Harry Kendall...

Houve um tumulto de pés arrastados, casacos e pastas sendo ajeitados. *Tantas pessoas!*, pensou Daphne. A maioria era de repórteres, embora ela tivesse avistado alguns rostos familiares, o que a deixara aliviada. As irmãs da mãe, tia Ginny e tia Rose, sentavam várias filas atrás. Assim como a Sra. Langley, dona da galeria de arte onde os quadros da mãe eram expostos. Várias mulheres da igreja que a mãe freqüentava também haviam comparecido para dar seu apoio.

A mãe, no entanto, parecia alheia à agitação que provocara. Ao se levantar, seu olhar fixou-se na placa de bronze mostrando a Justiça de olhos vendados, embutida na parede, por cima da cadeira do juiz.

Daphne percebeu o olhar nervoso que Cathcart lançou para a sua cliente. As palavras de Roger voltaram para atormentá-la. Aquele advogado seria mesmo tão bom quanto era considerado? Bastante bom para enfrentar o agressivo promotor distrital? Era o que veriam em breve.

Bruce Cho, com mais de um metro e oitenta de altura, uma mistura de herança negra, chinesa e samoana, estava obviamente em busca de sangue. Daphne recordou o relato de Kitty sobre o último caso de repercussão em que Cho atuara, um motorista embriagado que matara uma mãe e dois filhos. Não importara que o motorista fosse um respeitado dentista e conselheiro municipal, pois o promotor conseguira obter uma condenação de homicídio em segundo grau, o que acarretava uma sentença de até vinte anos.

Agora, ela observou-o se inclinar e sussurrar alguma coisa para Johnny. E quando Johnny virou-se para Cho, ela teve um vislumbre de sua expressão. Sombria era a única palavra apropriada para descrevê-la, o queixo projetado, como aço cementado. *Ele não está gostando nem um pouco da situação*, pensou Daphne, enquanto levantava.

Daphne olhou para a plataforma do juiz, que se apressou em sentar. Era um homem grande, de cinqüenta e poucos anos, com uns 15 quilos acima do peso, o rosto balofo, os olhos pequenos, que se contraíram em desprazer ao esquadrinharem a sala lotada.

Mas a solene declaração que Daphne esperava nesse momento não veio.

— Sou o único aqui que acha que está fazendo bastante frio nesta sala para que pareça um frigorífico? — trovejou Kendall. — Eu agradeceria se alguém fizesse a gentileza de diminuir o ar-condicionado.

Ele lançou um olhar irritado para a oficial de justiça, que foi até a parede e ajustou o termostato.

Se a sala estava fria, Daphne nem notara. Com tanta coisa em jogo — e Johnny tão perto — ela experimentava a sensação de que pegava fogo.

O juiz esperou um momento antes de limpar a garganta, o som amplificado pelo microfone à sua frente ressoando como o barulho de uma trovoada distante.

— O tribunal está agora em sessão. Sentem-se todos, por favor. Sr. Cathcart, estamos prontos para continuar?

O advogado permaneceu de pé.

— Estamos, meritíssimo.

Cho, olhar furioso como um gigante numa história de Grimm, não esperou por um convite para se manifestar.

— Meritíssimo, o povo está preparado para demonstrar que a acusada, Lydia Seagrave, em clamoroso menosprezo pela vida de seu falecido marido...

Kendall silenciou-o com um brusco aceno de mão.

— Esta não é uma audiência de julgamento, Sr. Cho. Creio que estamos todos a par dos detalhes deste caso. Na verdade, vou até omitir a leitura formal da denúncia.

Ele cruzou os braços, as mangas da toga preta turvando a superfície envernizada na frente dele. Olhou com firmeza para a mãe de Daphne ao perguntar:

— Sra. Seagrave, compreende a natureza deste procedimento judicial?

Lydia lançou um olhar nervoso para seu advogado, como se não soubesse direito como deveria responder. Hesitante, ela declarou:

— Creio que compreendo, meritíssimo.

— Está ciente de que o depoimento sob juramento que prestou à polícia pode e será usado contra a senhora?

Observando a mãe acenar com a cabeça em confirmação, Daphne sentiu uma pressão no peito.

— Que conste dos autos que a acusada respondeu de maneira afirmativa. — Kendall inclinou-se para a frente, a boca pequena contraída, quase oculta pelas bochechas estufadas, que pareciam suportes de livros. — Sra. Seagrave, é acusada de homicídio em primeiro grau pela morte de seu marido. Sabe que um veredicto de culpada acarretaria uma sentença de prisão perpétua?

Ele parecia impaciente, como se Lydia fosse uma aluna não muito inteligente, incapaz de absorver o significado de suas palavras.

Mas ela entendia muito bem. Começou a tremer, permanecendo calada, enquanto acenava com a cabeça mais uma vez. Cathcart, que já sentara, levantou-se para protestar.

— Meritíssimo, minha cliente foi submetida a uma grande tensão...

— Sra. Seagrave, este é um país livre. Tem o direito de alegar o que quiser. — Com um olhar de advertência para o advogado, ele acrescentou: — Tem o direito de ignorar o conselho de seu advogado, se assim decidir. Mas para a minha paz de espírito, se nada mais, eu gostaria que essa questão ficasse registrada. Agia por sua livre e espontânea vontade quando assinou o documento que tenho à minha frente?

O juiz mostrou um documento tirado da pasta em cima da bancada. Daphne sentiu a irmã se inclinar para pegar sua mão. Como se fosse de muito longe, ouviu Cathcart interferir:

— Meritíssimo, solicito que as acusações formais permaneçam suspensas até que minha cliente seja submetida a um exame de avaliação psiquiátrica.

O juiz ignorou-o e perguntou:

— Sra. Seagrave, acha que está em seu juízo perfeito?

Uma insinuação de sorriso aflorou nos lábios de Lydia.

— Espero que sim, meritíssimo.

— Estava perfeitamente consciente de suas ações na noite em questão?

— Estava, meritíssimo.

Ele recostou-se, franzindo o rosto, como um professor que acaba de ouvir a resposta errada. Cansado, disse:

— Petição indeferida, Sr. Cathcart. Vamos continuar. O que sua cliente deseja alegar?

Daphne resistiu ao impulso de pular por cima da grade, agarrar a mãe e sacudi-la para que recuperasse o bom senso. Kitty devia ter pressentido, porque apertou a mão da irmã, num gesto convulsivo, com tanta força que Daphne quase soltou um grito de dor.

Ela lançou um olhar para Johnny, que se virou a tempo de captá-lo. Por uma fração de segundo, seus olhos se encontraram. A expressão de Johnny abrandou, quase suplicando... o quê? Ou ele oferecia um pedido de desculpa silencioso por tê-la beijado no dia anterior, na praia? Um beijo que reabrira uma porta que ela julgara fechada para sempre, o que agora a deixava angustiada, sem saber se devia ou não entrar.

Houve um longo momento de silêncio no tribunal. Depois, na voz jovial com que poderia ter respondido a um pedido de donativo para a caridade ou um convite para um evento social, Lydia respondeu:

— Meritíssimo, desejo me declarar culpada.

# Capítulo Oito

Por baixo do cartaz na porta da frente da casa de Kitty, que estampava DESCULPEM, MAS ESTAMOS FECHADOS!, havia um bilhete escrito e grudado no vidro com fita adesiva: *Morte na família. Agradeço sua paciência.*

Duas semanas haviam passado desde o funeral. Era agora o início de maio, uma época do ano em que os ventos sopravam forte do mar, agitando a superfície em um bilhão de pontos de luz, deixando o céu com um brilho frio. As flores dos salgueiros tigrados, que cresciam ao longo do Watley's Creek, até as colinas, perto da Rodovia 9, começavam a aparecer nos peitoris das janelas e varandas, em vasos e jardineiras. E a Sociedade Feminina de Jardinagem começava a dar os retoques finais nos planos para o seu festival de begônias, que seria realizado no Memorial Day, no fim de maio.

O Tea & Sympathy estava fechado desde meados de abril. Mas isso, como se verificou, não foi um impedimento para os fregueses de Kitty. Começara com Josie Hendricks. Na manhã da terça-feira seguinte à audiência de Lydia, exatamente às 7h05, a professora aposentada começara a bater com a bengala na porta trancada de Kitty. Josie se encontrava em estado de quase colapso, apavorada com os repórteres acampados na calçada. Cortês, viera apenas apresentar seus cumprimentos. Mas, já que estava ali, seria problema demais se Kitty lhe servisse uma xícara daquele delicioso chá?

No dia seguinte, fora o padre Sebastian, oferecendo-se para dizer uma missa pelo pai. Kitty ficara comovida. E quando lhe oferecera uma fatia do bolo de marzipã e café, que acabara de sair do forno, o padre aceitara com a maior satisfação.

Desde então, espalhara-se a notícia de que o Tea & Sympathy, embora ainda oficialmente fechado, podia abrir uma exceção... se você batesse com força suficiente e demonstrasse o apreço devido. Ou, em alguns casos, o *desespero*. Como Joe Donelley, do curtume, que se mostrara tão embaraçado quanto um menino da terceira série, enquanto deslocava o peso do corpo de um pé para outro, as tábuas da varanda rangendo em protesto. Foi terrível o que aconteceu com seu pai, dissera ele, e lamentável o que todos aqueles jornais ordinários vinham dizendo a respeito de sua mãe. Kitty podia ter certeza de que contava com o apoio de todos os homens de sua turma no curtume. Se precisasse de uma ajuda com qualquer coisa, absolutamente qualquer coisa, só precisava dizer. Sem qualquer desrespeito pelo morto, quanto mais cedo as coisas voltassem ao normal, mais depressa ela poderia deixar tudo aquilo para trás. E já que estavam falando nisso, as coisas não corriam muito bem no trabalho sem os seus bolinhos de canela.

Kitty agradecera, metera num saco o resto dos bolinhos do desjejum e despachara-o para o trabalho com um sorriso largo.

A verdade é que ela não se importava. Num mundo que escorregara de seu eixo, o prazer de voltar a cozinhar para os outros parecia ser a única coisa sã que ainda restava. Ali, longe da imprensa voraz e das manchetes assustadoras, Kitty experimentava algum grau de serenidade. Quando Gloria Concepción perguntou, timidamente, se podia ter a receita do bolo de limão — só até o momento em que Kitty voltasse a fazê-lo —, ela sentiu-se lisonjeada. E quando Gladys Honeick indagou, em voz abafada, se era verdade o que ouvira — que o juiz negara fiança à pobre Lydia —, Kitty não achou que ela estava bisbilhotando, mas apenas oferecendo mais um ombro firme em que poderia se apoiar.

Qualquer preocupação que ela pudesse ter sobre a reabertura tão cedo, mesmo que apenas em base informal, foi dissipada pelo apoio total dos clientes. Até mesmo Daphne mostrou-se satisfeita com a atividade, ajudando no que podia, prestativa como sempre. E embora o pão-de-ló não fosse capaz de ganhar qualquer prêmio, a autodenominada vidente Serena Featherstone, a crítica mais severa do Tea & Sympathy, pedira generosamente por uma segunda porção.

Naquela manhã em particular, a primeira segunda-feira de maio, Kitty estava empenhada numa meticulosa limpeza da copa. Descobrira uma lata de farinha de trigo infestada de insetos. Agora, toda a despensa precisava ser esvaziada dos grãos e lavada. A experiência lhe ensinara que era preciso cortar esse mal no nascedouro. Uma única fornada de bolinhos com farinha de trigo estragada poderia conseguir o que nem mesmo o escândalo em sua família fora capaz de realizar: fechar suas portas para sempre.

Ela limpara todas as prateleiras e varria os restos do chão quando Willa entrou, pela porta dos fundos.

Kitty levantou os olhos, surpresa. Sorriu pela trilha esverdeada de fragmentos de grama, que se estendia da porta até o ponto em que sua ajudante pendurava o casaco de zuarte no encosto de uma cadeira da cozinha.

— Oi! — exclamou Willa, acenando com os dedos, num gesto contrafeito.

Embora o tempo já estivesse esfriando, ela usava um vestido de verão, florido, muito apertado nos lugares errados, e sandálias que deixavam à mostra as unhas pintadas de vermelho.

— Oi para você também.

— Só passei para ver como você está passando. Parece que precisa de ajuda.

Willa correu os olhos pela cozinha em desordem, os tapetes enrolados, as latas vazias empilhadas na pia, à espera de serem lavadas.

— Não faço só o serviço nas mesas. Também sou muito boa em outras coisas, todos os serviços domésticos, como lavar roupas... desde que você me diga o que não deve ir para a secadora. Lembra aquela suéter de minha mãe? Encolheu tanto que ela disse que na próxima vez eu deveria pôr na secadora para alargar de novo.

Willa arriscou um sorriso cauteloso. Kitty ficou inesperadamente comovida até as lágrimas. Teve de virar o rosto para que Willa não visse.

— Ó Willa, é uma oferta muito gentil... mas pode ter certeza de que você não gostaria de estar perto de mim neste momento.

Pelo canto do olho, ela observou o rosto meigo de Willa, redondo e estufado, como massa crescendo numa tigela, assumir uma expressão pensativa.

— Sabe meu tio Eddie? Um dia ele tomou um porre e meteu uma faca num cara no bar. Quando meus irmãos e eu éramos pequenos, Mami costumava nos levar para visitá-lo em Lompoc. Nunca chorei, ou qualquer coisa assim.

Ela deu de ombros, sem precisar explicar que em sua comunidade eram muito comuns as coisas que podiam parecer extraordinárias no mundo de Kitty. Depois de limpar a garganta, Kitty disse, incisiva:

— Já que está aqui, por que não me dá uma ajuda com este chão? Ainda não tive tempo nem mesmo para verificar a secretária eletrônica.

Mais ligações de repórteres, como era de esperar. Os recados do dia anterior incluíam um telefonema do correspondente local da revista *People*. Uma vizinha idosa queria saber se era verdade o que lera no *Globe*, que o verdadeiro motivo para a fiança da mãe ter sido negada era a descoberta de que Lydia se tornara a líder de um culto satânico secreto.

Não havia nenhuma mensagem de Sean ou Heather. Mas se Willa, uma pessoa simples e de bom coração, podia aceitar toda aquela loucura sem qualquer dificuldade... talvez não fosse demais esperar que Heather pudesse fazer a mesma coisa. Quanto a Sean...

No dia do funeral, ela ficara surpresa quando Sean aparecera na casa. O pequeno interlúdio, no início da semana, já começava a parecer um sonho, feito de raios de luar e a loucura que os juntara, naquele momento único e mágico. Kitty não esperava ter mais qualquer notícia dele.

Mas era evidente que Sean tinha outras idéias. Embora respeitoso, ele não deixara dúvida quanto às suas intenções. Queria vê-la de novo, declarara, expressamente. Embaraçada, mas ao mesmo tempo lisonjeada, Kitty rira, nervosa, dizendo que não sabia se seria sensato, na atual circunstância. Mas, se esperava que Sean recuasse, calculara errado sua obstinação... ou talvez seu grau de interesse. E, verdade seja dita, ela própria também não se sentia mais que um pouco tentada? Como um gosto posterior de alguma coisa doce na língua, ainda podia lembrar o calor daquele corpo jovem e firme, a urgência quando a penetrara.

No final, prometera a Sean que pensaria a respeito, mas só depois que toda aquela terrível situação fosse resolvida. Por enquanto, precisava concentrar-se exclusivamente na mãe. O promotor fora insistente na exigência de que fosse negada a fiança. E o juiz concordara, visivelmente surpreso com a recusa tranqüila de Lydia em aceitar uma acusação menor, talvez confundindo essa posição com exultação pelo crime. Assim, pelo futuro previsível, Lydia Seagrave permaneceria como hóspede do Palácio da Justiça Jasper L. Whitson.

Daphne ficara arrasada. Mais do que Kitty, ela contava com a volta da mãe para casa. Mas tudo aquilo só servira para aumentar ainda mais a chama de sua determinação de libertar a mãe, de um jeito ou de outro. Naquele exato momento, Daphne percorria a vizinhança, batendo na porta de todas as pessoas que concordassem em conversar com ela. Não que tivesse descoberto muita coisa até agora. Ninguém, ao que parecia, notara qualquer coisa excepcional no comportamento de Lydia antes do crime. Mas Daphne não descansaria enquanto não falasse com todos os nomes no caderno de telefones da mãe, em espiral, de capa vermelha.

Beryl Chapman era o último nome em sua lista. Daphne informara a irmã sobre o estranho comportamento de Beryl no velório e a explicação que Leanne oferecera. A princípio, Kitty tivera vontade de seguir direto para a casa de Beryl e torcer seu braço até que contasse tudo. Mas mudara de idéia. Um depoimento de Beryl, com toda a certeza, seria fundamental para uma defesa da mãe, apresentando-a como a esposa traída. Por isso, precisavam lidar com o caso com todo o cuidado. Melhor seria tratá-la bem, como haviam feito quando Beryl aparecera depois do funeral, inesperadamente. Daphne sorrira, embora quase rangendo os dentes, e ela agradecera a torta salgada que Beryl trouxera... e que fora direto para o lixo um momento depois que a mulher se retirara. Mais tarde, poderiam usar o pretexto de devolver o prato vazio para tentar arrancar de Beryl informações sobre seus pais. Se ela se recusasse, Cathcart poderia intimá-la. Mas apenas como último recurso.

Enquanto isso, Kitty e Daphne haviam decidido que deixariam as coisas acontecerem normalmente. Permaneceriam em contato com Beryl e atacariam quando julgassem que fosse o momento apropriado.

Quando Kitty voltou da verificação das mensagens — ainda bem que não havia nenhuma pessoal para ela —, Willa limpava o chão da cozinha.

— Alguma coisa? — perguntou ela, o esfregão fazendo barulho nas ladrilhos molhados.

— Apenas as ligações desagradáveis de sempre. — Kitty sacudiu a cabeça em cansaço. — Não imagina como tem sido por aqui. O esquadrão de Deus é o menor dos problemas.

— O esquadrão de Deus?

— Os fanáticos religiosos, com acusações e condenações. Uma velha gritou outro dia que minha mãe ia arder no fogo do inferno. Muitos parecem pensar que sua missão nesta vida é redimi-la com textos religiosos. Chegam pelo correio às toneladas. Daphne diz que devo abrir um centro de reciclagem de papel.

Willa largou o esfregão no balde cheio, derramando um pouco de água no chão.

— Gosto de sua irmã. Ela é muito simpática. Fico contente que ela esteja aqui. Mas aposto que sente saudade de suas crianças. Eu ficaria louca se estivesse longe.

— As crianças estão com o marido dela.

Willa mostrou-se espantada.

— Marido?

— O nome dele é Roger.

Não era de admirar que Willa não lembrasse que Daphne era casada, pensou Kitty. O marido da irmã não era uma presença ali. Willa voltou a usar o esfregão.

— Isso mostra como todo mundo pode se enganar, não é mesmo? — Os cabelos pretos, compridos e sedosos, balançavam de um lado para outro, enquanto ela passava o esfregão no chão, com um vigor que não era habitual. — Sua mãe pode se dar mal. E ser mandada para a prisão, como meu tio Eddie. Aposto que se alguém soubesse de alguma coisa que pudesse ajudar... como um pequeno segredo que nunca contou a ninguém... seria uma boa coisa, não é mesmo?

Um momento passou antes que ocorresse a Kitty: a jovem sabia de alguma coisa relacionada com a sua mãe. Uma pequena campainha, como o marcador de tempo no fogão, soou em sua cabeça. Com um desinteresse que disfarçava o coração disparado, Kitty perguntou:

— Que tipo de segredo seria?

Willa desviou os olhos.

— Hum... provavelmente não é nada importante.

— Por que não me conta assim mesmo?

Willa interrompeu os movimentos frenéticos. Apoiou-se no cabo da vassoura, comprimindo-o contra o busto amplo, como se fosse o seu parceiro de dança, no momento da última valsa da noite. Em voz baixa, ela murmurou:

— Foi Mami quem viu.

— Viu o quê?

— Não era da nossa conta, disse Mami. De qualquer forma, quem acreditaria em nós? — Um tom defensivo insinuou-se na voz de Willa. O rosto estava todo franzido, o que não costumava acontecer. — Sei que deveria ter contado antes, mas fiquei pensando como se sentiria mal se soubesse...

Willa mordeu um lábio. Uma lágrima escorreu pela face rechonchuda. Kitty esperou, num silêncio tenso.

— Seu pai... — murmurou Willa finalmente, depois de uma longa hesitação. — Era um dos clientes regulares... no motel. Em geral, aparecia de tarde, quando eu não estava. Ele e sua... amiga. Nunca criaram qualquer problema, diz Mami. Mas com sua mãe nessa confusão... achei que você deveria saber.

Kitty começou a rir baixinho. Uma mulher. Claro. Ao perceber a expressão chocada de Willa, ela se apressou em explicar:

— Desculpe, Willa. Não quis fazer pouco do que você contou, mas essa amiga de meu pai... digamos que não foi a primeira. — Ela passou o polegar sob seus olhos, também cheios de lágrimas. — Quem era ela? Alguém que eu pudesse conhecer?

Willa sacudiu a cabeça.

— Mami não disse como ela parecia, exceto que era mais jovem e bonita. Mas... — Os olhos de Willa se contraíram, numa astúcia inesperada. — ...ela pode se lembrar de mais, se *você* perguntar.

Kitty hesitou apenas por um instante, antes de tirar o esfregão das mãos de Willa.

— O que estamos esperando? Vamos embora.

Se houvesse alguma possibilidade, por menor que fosse, de aquela mulher misteriosa ajudar a esclarecer o assassinato do pai, ela tinha de seguir a pista.

— Ligue para sua mãe e avise que estamos a caminho. Vou pegar o carro.

Kitty descia os degraus da varanda dos fundos quando avistou uma picape amarela familiar parar junto do meio-fio, pouco antes da entrada de carro de sua casa. Ficou imóvel, o coração parando com um solavanco.

Sean! Ela observou-o saltar, batendo a porta com um baque seco que fez tremer as folhas da enorme catalpa que cobria de sombra aquele trecho da calçada.

Ele avistou-a e acenou.

Kitty não acenou em resposta. Permaneceu enraizada no degrau, enquanto Sean deixava a sombra para o sol. Ele dava a impressão de que viera direto do trabalho. Mesmo a distância, Kitty podia ver as manchas de alcatrão no jeans e na camisa de cambraia de linho, com as mangas enroladas, a serragem salpicando os cabelos escuros. Seus olhos, à intensa claridade que fazia cintilar a grama a seus pés, eram de um marrom forte, da cor do chá bem curtido.

*Ele é mais jovem do que eu. Então por que, meu Deus, sou eu que estou parada aqui, atordoada, como se fosse uma criança apaixonada?*

Ela precisava fazer alguma coisa. Ir ao seu encontro e dizer que pensara muito e decidira que não havia sentido em continuarem a se encontrar. Nenhum futuro, para começar. E o que Heather pensaria se descobrisse?

O que acontecera naquela noite — e não adiantava ela tentar se enganar, fora mesmo maravilhoso — fora algo que só ocorria uma vez: como ser atingida por um raio.

Mas Kitty nunca teve a oportunidade de lhe dizer isso. Antes que pudesse fazer qualquer movimento, Sean passava pelo portão e atravessava o jardim. Parou junto da escada, os olhos se deslocando do casaco dobrado no braço de Kitty para as chaves do carro em sua mão, antes de se fixarem no seu rosto. A expressão que ele assumiu não foi dura nem cautelosa, apenas inquisitiva.

Kitty, o coração disparado, mesmo imóvel, teve plena consciência de várias coisas ao mesmo tempo: o calor espalhando-se por suas faces; a pele bronzeada pelo sol aparecendo através do rasgão no joelho do jeans dele; a visão de Rommie, que costumava se manter longe de estranhos, aproximando-se para lamber a mão de Sean.

Ele afagou a cabeça do cachorro. Depois, como se tivesse a resposta para o que queria saber, apoiou uma botina Red Wing com placas de alcatrão no primeiro degrau e subiu ao encontro de Kitty. Tirou as chaves do carro de sua mão e disse, a voz rude:

— Para onde quer que vá agora, seu rosto diz que pode muito bem cair numa vala antes de chegar lá. É melhor deixar que eu guie.

Pegaram a estrada litorânea para Barranco. O caminho era mais longo, mas as estradas secundárias tinham tantas curvas e buracos que Willa insistira que encurtaria a viagem em uma hora no mínimo.

Enquanto contemplava as plantações de couve-de-bruxelas à direita e o mar à esquerda, escurecido pelo céu nublado para tonalidade de prata escurecida, Kitty especulou no que ela estaria pensando. Uma coisa era deitar com Sean num momento de fraqueza, outra muito diferente era seguir para Barranco com ele, ainda mais com Willa a reboque. E lhe falar de sua missão? Uma insanidade total. Mal conhecia o homem. O que o impediria de vender aquela informação sobre a infidelidade de seu pai para um tablóide sensacionalista? E Deus sabia que ele e a irmã precisavam do dinheiro. E, no fundo, o que ele devia a ela?

Contudo, por motivos que não era capaz de definir, Kitty confiava em Sean. Sentia que ele seria capaz de vender tudo o que possuía antes de trair uma pessoa. Mais do que isso, havia alguma coisa entre os dois... um vínculo, uma ligação, ou talvez uma mera faísca do que poderia se desenvolver com o tempo. De qualquer forma, ela permaneceu calada, enquanto Sean entrava na rua esburacada em que Willa morava, sem fazer nenhum esforço para extrair uma promessa de confidencialidade. Não havia necessidade.

Começara a chover quando chegaram ao motel ordinário que era administrado pela mãe de Willa, de dois andares, pintado de rosa, a tinta já desbotada, os remates em turquesa descascando. Ao sair do carro, Kitty sentiu um aperto no coração. Nunca ouvira uma única queixa de Willa, mas o lugar era mesmo desolador. Sean tinha razão. Ela não conhecia aquele tipo de pobreza.

Ao passar por uma enorme poça, que se acumulara em um dos buracos no asfalto todo rachado do estacionamento, parecendo crateras num campo de batalha, ela procurou instintivamente a mão de Sean. Sentiu a palma quente e calejada da mão dele contra a sua, o que provocou um pequeno frêmito do proibido. Olhou para trás, nervosa. Mas quem estaria ali para julgá-la? Willa? Kitty sorriu ao pensamento. A doce mãe solteira que caminhava à sua frente, o tipo de mulher que aceitava qualquer coisa, indiferente à água suja que encharcava os sapatos e respingava na bainha do vestido florido, não estranharia se os encontrasse balançando no lustre, completamente nus.

Naquele momento, porém, era evidente que Willa não pensava em Kitty, nem mesmo em sua sucessão impressionante de namorados. A porta da unidade em que ficava a gerência foi aberta, no instante em que ela passava por baixo da projeção pingando do telhado, e dois meninos morenos lançaram-se em sua direção, o menor enlaçando uma de suas pernas, enquanto o mais alto e mais velho pulava para seus braços estendidos.

— Tonio, Walker, estão obedecendo a Mamita? Tiraram os seus cochilos como bons meninos? Comeram tudo do prato?

Willa cumulou-os de beijos, como se tivesse se ausentado por semanas, não apenas por umas poucas horas. Kitty sentiu uma pontada familiar. Uma ocasião comparecera a uma reunião de pessoas solteiras que queriam ser pais e mães adotivos; e uma mulher, furiosa, protestara:

— Não é justo! Todas essas adolescentes desmioladas, vivendo de Coca-Cola e batata frita, não mereciam ser mães!

Mas observando Willa com seus filhos, Kitty sabia que isso não era verdade; as boas mães vinham em todas as formas e tamanhos... e em todas as idades.

Ela sentiu os dedos de Sean apertarem os seus e fitou-o, um tremor nervoso provocando uma náusea súbita.

— Tenho o pressentimento de que tudo o que estou prestes a descobrir só vai tornar a situação ainda pior — murmurou ela. — Prometa que não vai usar contra mim o fato de que meu pai enganava minha mãe num motel ordinário.

— O que é pior, o motel ordinário... ou o fato de que ele a enganava?

Ela percebeu o brilho zombeteiro nos olhos de Sean e fitou-o com uma expressão ameaçadora.

— Fingirei que não ouvi.

Ao entrarem, a Sra. Aquino, tão corpulenta quanto a filha, embora sem a graça exuberante de Willa, levantou-se de uma velha poltrona de vinil. Ao se adiantar para cumprimentá-la com um aperto de mão, Kitty tentou não notar o carpete felpudo puído, com vários brinquedos espalhados, e a arte religiosa ruim que ornamentava as paredes, junto com fotos em molduras baratas do K-mart, mostrando os filhos de Willa em diversos estágios da infância.

— Obrigada por arrumar tempo para nos receber, Sra. Aquino — disse ela. — Este é meu... hã... amigo Sean Robbins. Não vamos tomar muito do seu tempo. Sei como é ocupada.

A mulher, o rosto largo e moreno tão cheio de sulcos quanto as estradas secundárias para Barranco, reagiu com uma risada rouca, típica de fumante inveterada.

— Ocupada? Tem razão, ando mesmo ocupada... com esses dois macaquinhos em minhas mãos. — Ela lançou um olhar cansado mas afetuoso para os netos. — Sente-se. Toma diet ou comum?

Desorientada, Kitty não sabia o que estava sendo oferecido. Por sorte, Sean percebeu sua confusão e falou pelos dois:

— Duas Cocas diet, por favor.

Foi só depois que sentaram no sofá encaroçado, com os refrigerantes, na frente da mãe de Willa, é que a mulher se tornou evasiva.

— Não gosto de falar mal dos mortos.

Ela lançou um olhar para um porta-retrato numa prateleira por cima da televisão, um retrato de estúdio em preto-e-branco, retocado, mostrando um homem de bigode, os cabelos lustrosos penteados para trás, com uma inequívoca expressão arrogante. O pai de Willa, que a abandonara quando ela era bebê? Pensando bem, até que havia alguma semelhança. Antes que pudesse especular mais a respeito, a atenção de Kitty foi atraída de volta para a mãe de Willa, que estava dizendo:

— Não é da minha conta o que as pessoas fazem, desde que paguem. Mas quando soube pelo noticiário o que aconteceu...

A voz definhou.

— Por favor, Sra. Aquino. Qualquer coisa que lembrar poderá ser útil.

Kitty já ia acrescentar que, de qualquer maneira, sabia a maior parte, que não a mataria ouvir os detalhes sórdidos, quando foi silenciada por um rápido aperto em seu braço.

Observou Sean tirar um cigarro do bolso da camisa e oferecê-lo à Sra. Aquino, que acenou com a cabeça em agradecimento. Um isqueiro saiu das profundezas do avental volumoso que ela usava por cima do vestido simples.

Os olhos pequenos e de pálpebras cheias da mulher se contraíram ainda mais, quando os tentáculos de fumaça subiram em torno do rosto enrugado. Ocorreu a Kitty, com um pequeno choque, que a mulher, a julgar pela idade de Willa, não podia ser muito mais velha do que ela mesma.

— Não preciso de ninguém vindo aqui para me fazer perguntas bisbilhoteiras — resmungou a Sra. Aquino. — Já tenho problemas suficientes sem isso.

— Ninguém vai lhe criar qualquer dificuldade — garantiu Sean. — Seu nome nem mesmo precisa aparecer.

— Administro um negócio honesto. Não é grande coisa, mas dá para ganhar a vida.

A mãe de Willa deixou escapar um suspiro profundo e cansado, antes de dar uma longa tragada.

— Prometo que não haverá nenhuma... — começou Kitty.

— Nada de polícia — interrompeu Sean. — Juro por Deus.

Ele arrematou com o sinal-da-cruz, de um bom católico para outro, ao mesmo tempo que advertia Kitty com os olhos para deixá-lo conduzir a conversa.

— Só precisamos que nos diga o que viu — continuou ele. — E isso não precisa ir além desta sala.

Kitty fitou-o com surpresa... e com bastante admiração. Ela quase estragara tudo. Mas Sean, que também devia ter sofrido a sua cota de injustiça policial numa cidade pequena, sabia exatamente como dissipar os temores da mulher.

Depois de uma breve consideração, pontuada por exalações forçadas que enviaram grinaldas de fumaça para o teto com sancas, em impulsos ondulantes, a Sra. Aquino se acalmou.

— Só a vi uma vez, a distância. Bastante jovem. Não tão jovem quanto Willa... em torno dos trinta ou trinta e cinco anos. Loura. Os cabelos até aqui.

Ela tocou no ombro.

— Mais alguma coisa? — sondou Sean.

— Tem isto aqui.

A mulher levantou-se para pegar alguma coisa na prateleira por cima da tevê. Estendeu para Kitty um pequeno objeto brilhando na mão carnuda.

— Marites encontrou isto quando limpava o quarto.

Um brinco. De ouro, no formato de um pequeno nó. De um par que poderia ser comprado em qualquer de uma centena de lojas de departamentos. Não ia levá-la à mulher, quem quer que ela fosse, com toda a certeza. Kitty tentou não deixar transparecer seu desapontamento. Pegando o brinco, ela perguntou:

— Importa-se se eu levar?

*Nunca se sabe*, pensou Kitty.

A Sra. Aquino hesitou por tanto tempo que Willa, observando a cena de sua posição no carpete, sentada com as pernas cruzadas, um menino empoleirado em cada joelho roliço, resmungou em protesto:

— Ma-mi!

A mãe fitou-a com o rosto franzido, mas mesmo assim deixou que Kitty ficasse com o brinco.

— Só não quero a polícia envolvida, está bem?

— Nada de polícia — prometeu Kitty.

Foi só quando ela e Sean se despediam, na porta, que a Sra. Aquino comentou, inesperadamente:

— Era de pensar que uma enfermeira teria doentes para tratar.

Kitty sentiu o coração disparar.

— Que enfermeira?

A mulher deu de ombros, indiferente, como se só agora tivesse lembrado e julgado que não podia ser uma informação muito importante.

— A mulher no carro com seu pai. Ela usava um uniforme de enfermeira.

Já era fim de tarde quando voltaram a casa. Kitty mantivera-se em silêncio durante a maior parte da viagem de volta, remoendo as coisas. O pai vinha tendo um caso com uma enfermeira. Por que isso não a surpreendia? Ele trabalhava num hospital, com muitas enfermeiras ao redor. Podia ser qualquer uma de centenas. A possibilidade de Kitty descobrir a identidade dela através de um brinco comum era quase a mesma que a de encontrar o pé que se ajustasse ao sapatinho de cristal de Cinderela.

E a mulher, obviamente, não era nenhuma Cinderela.

Quando Sean parou no caminho de carro, ao lado da casa, Kitty estava tão absorvida em seus pensamentos que a princípio não reconheceu a moça sentada na cabine da picape. Uma moça de cabelos escuros que se afastaram dos ombros quando ela virou a cabeça, num movimento brusco, revelando a boca emburrada e os olhos contraídos. Ó Deus, Heather!

E parecia irritada. Não, não apenas irritada... *furiosa*. Kitty sentiu um sobressalto de alarme.

— Ah, merda! Esqueci que deveria ir buscá-la na escola! — Sean falou baixinho. Freou abruptamente, fazendo com que todos se projetassem para a frente. Desligou o motor, jogou as chaves para Kitty e saltou.

Heather desceu da picape para ir ao seu encontro, meio desajeitada, como alguém que carrega uma caixa de ovos. A gravidez era mais perceptível do que antes, observou Kitty, com uma pontada de angústia. Heather usava um legging amarelo e um blusão rosa, com um aplique de urso de pelúcia na frente. Naquele momento, não parecia ter 16 anos, era mais como uma criança mal-humorada de seis anos, prestes a se lançar num acesso de raiva.

— Heather! Mas que surpresa agradável!

Kitty adiantou-se para cumprimentá-la, como se não houvesse nada de extraordinário na situação, enquanto seus pensamentos disparavam: *Por que ela veio para cá? Sabe de meu relacionamento com Sean?*

Aparentemente não, porque Heather lançou-lhe apenas um olhar superficial, toda a sua raiva concentrada no irmão.

— Você deveria estar me esperando! Esqueceu que eu tinha uma consulta marcada com o médico? Se Misty não me oferecesse uma carona na saída da escola, eu não saberia o que aconteceu com você. Íamos passar primeiro pela casa de Misty para avisar à sua mãe que ela voltaria mais tarde, e o que eu vejo? A droga de sua picape estacionada na frente do último lugar em que eu pensaria encontrá-la!

— Desculpe, mana. — Sean levantou os braços, numa rendição jovial. — Não cumpro minhas promessas 99 vezes em cem?

— O que não faz com que esteja certo agora. — Os cantos da boca contraíram-se para baixo, o lábio inferior começou a tremer. — Sabe como eu fico, Sean. Sabe que detesto quando alguém me abandona.

— Não a abandonei. Apenas esqueci.

Sean parecia um pouco irritado, enquanto passava um braço confortador pelos ombros da irmã. Ao observá-los, Kitty teve o sentimento súbito e assustador de que era uma intrusa.

Ao mesmo tempo, nunca se sentira mais atraída por Sean. Não era como naquela noite, quando ele poderia até ter confessado que assaltava bancos para viver, quando nem mesmo cavalos selvagens poderiam impedi-la de fazer amor com Sean. Aquilo era diferente... algo tão elementar e inevitável quanto a maré subindo. Mas também era mais assustador do que se tivesse descoberto que ele era mesmo assaltante de bancos. *Ó Deus, acho que estou me apaixonando por Sean!*

Se Kitty pudesse evitar que acontecesse, não hesitaria em fazê-lo. Imediatamente. Era uma coisa de que não precisava. Nem mesmo queria. Tudo o que queria, na verdade, era o bebê, que estava sendo cruelmente afastado dela.

— Por que não entramos? — sugeriu ela, com uma calma que era quase um escárnio de suas emoções tumultuadas. — Farei um chá. Heather, você parece que está precisando.

Parara de chover, mas um frio úmido ainda persistia, e dava para perceber que a pobre moça tremia.

— Não, obrigada.

Heather lançou-lhe um olhar aborrecido.

— Não será nenhum incômodo.

— Eu disse *não*, obrigada.

Kitty deu um passo para trás, sentindo as faces arderem. A raiva antes concentrada em Sean agora se virava contra ela. O lábio inferior de Heather ficou ainda mais esticado. Os olhos escuros fitavam Kitty com a cautela instintiva de um animal ameaçado. Antes que Kitty pudesse responder, Sean interveio em sua defesa:

— Não precisa tratá-la assim. Ela está apenas tentando ajudar. Se quer descarregar em alguém, pode me usar. Fui eu que me esqueci de ir buscá-la.

Ele falou gentilmente, como se soubesse a fúria que uma repreensão podia provocar. Mesmo assim, Kitty compreendeu que ele procurava defendê-la. Parada ali, cercada por tudo o que era corriqueiro e cotidiano — as sombras da tarde se alongando, o ronco distante de um cortador de grama, o som do realejo a duas ruas de distância, na frente do centro comercial na Old Courthouse Street —, ela foi dominada pela estranha sensação de que era atraída para uma coisa contra a sua vontade.

Heather olhou de Sean para Kitty, confusa, como se naquele momento tivesse lhe ocorrido se perguntar o que Sean fazia ali, em primeiro lugar. Petulante, ela perguntou:

— O que está acontecendo, Sean? Pensei que era contra a idéia de entregar meu bebê para adoção.

Sean mudou de posição, constrangido. Tirou o braço dos ombros da irmã para pegar as chaves da picape no bolso do jeans.

— Quem disse que eu mudei de idéia?

— Por que outro motivo estaria aqui?

Kitty interveio, antes que ele pudesse responder:

— Heather, *eu* não mudei de idéia. Se me der uma chance, mostrarei como posso ser uma boa mãe.

Heather lançou-lhe um longo olhar avaliador.

— Está brincando, né? Depois do que sua mãe fez, acha que a deixaria chegar a menos de cem metros do meu bebê?

Subitamente, ela não se mostrava mais tão jovem. Parecia e falava como alguém de muito mais idade, com uma impolidez que não fora patente no primeiro encontro.

Kitty passou os braços em torno do próprio corpo. Tremia toda, mas o frio parecia vir de dentro. *Você sabia que era um tiro no escuro*, lembrou a si mesma. Mas não estava preparada para a angústia e a dor que se espalhavam por todo o seu corpo. Sean recuou para fitar a irmã com uma expressão de censura.

— Não precisava ser tão grosseira, Heather. Um simples *não* seria suficiente.

A raiva na voz de Sean fez com que alguma coisa em Heather se rompesse. Ela cobriu o rosto com as mãos e começou a chorar, ruidosamente. Quando Kitty, hesitante, tocou em seu ombro, ela chorou ainda mais. *Como uma criança*, pensou Kitty. Uma criança perdida que precisava de sua mãe. Heather lançou-lhe um olhar encabulado, os olhos cheios de lágrimas fitando Kitty entre os dedos entreabertos.

— Desculpe — murmurou ela, reprimindo um soluço. — Não tinha a intenção de descarregar em você. Sean está certo. Você não tem culpa de nada.

— Não se preocupe mais.

— Tenho certeza de que você daria uma boa mãe. Talvez...

Heather parou de falar para assoar o nariz na manga do blusão rosa com a imagem do ursinho.

Kitty sentiu que o ar deixava seus pulmões... não num súbito fluxo, mas como se ela fosse espremida pouco a pouco, até ficar como uma laranja vazia. Esperou, cada nervo alerta, não ousando se mexer nem mesmo respirar, para não romper o encantamento.

Mas quando Heather tornou a falar foi para o irmão. Parecia ter esquecido tudo sobre Kitty.

— Podemos ir agora, Sean? Não estou me sentindo bem.

Kitty teve de resistir ao impulso de gritar: *Não, espere! Pelo menos me diga se ainda me resta alguma chance, por menor que seja...*

Mas, antes que ela pudesse dizer qualquer coisa, Sean tornou a estender o braço pelos ombros da irmã e disse, com uma paciência cansada:

— Vai se sentir melhor depois que chegarmos em casa.

Heather, dócil, deixou que o irmão a levasse para a picape. Enquanto dava a volta para a porta do motorista, Sean lançou um olhar aliviado para Kitty, como se dissesse: *Desta vez foi por um triz.*

Para Kitty, no entanto, era mais do que apenas ter escapado por um triz. Em vez de ver suas esperanças dissipadas por completo, fora deixada num limbo angustiante. Pois não havia uma chance remota de que Heather ainda pudesse mudar de idéia? *Se ao menos ela aprendesse a confiar em mim...*

Enquanto observava a picape de Sean desaparecer, dobrando a esquina para a Ocean, Kitty sentiu vontade de sair correndo atrás. Em vez disso, ao brilho refletido do sol nas janelas de sua sólida casa de madeira, fazendo com que parecesse a casa dos espelhos de um parque de diversões, ela orou para que um dia pudesse ter em seus braços o bebê que agora só lhe pertencia em sonhos... sonhos dos quais despertava angustiada e vazia.

# Capítulo Nove

— A vista do terceiro andar é espetacular. Não gostaria de vê-la?

Alex virou-se e sorriu para o homem bem vestido, na casa dos quarenta anos, um novo cliente, em sua primeira visita a casas à venda com ela. Ele se demorara para admirar o intricado padrão do chão de parquete, ao pé da escada.

Ela sempre fazia questão de perguntar, mesmo quando um cliente parecia entusiasmado. Mas, também, com uma propriedade como aquela — ao estilo Queen Anne, em excelentes condições, com uma vista do mar, a poucos quarteirões da casa em que Alex fora criada —, quem não ficaria? Àquele preço, seria vendida com certeza em uma questão de dias, se não mesmo de horas. O único problema era o fato de que ela não tinha exclusividade. Só naquela tarde seis outros corretores haviam entrado na fila para mostrar a casa. Se ela não fechasse a venda logo, outra pessoa embolsaria a comissão.

*Por favor, Deus, não deixe que eu estrague o negócio por parecer desesperada demais.*

Ela precisava daquela venda. E precisava muito. Já era maio... por incrível que pudesse parecer, mais de duas semanas desde o funeral do pai. Mas, se o tempo tinha ultimamente o hábito de acabar para ela, a pilha de avisos em sua escrivaninha em casa era um lembrete permanente de que o resto do mundo não ficara parado. Os avisos eram cada vez mais prementes, como o que recebera da Fog City Motors, a quem devia mais de três mil dólares em pagamentos atrasados no leasing do BMW. Se a dívida não fosse saldada até o dia 10 daquele mês — e faltava apenas uma semana! —, o carro seria retomado. E sem o meio de transporte, pensou Alex, desolada, como ela poderia ganhar a vida? Não podia esperar que os clientes usassem seus próprios veículos para seguir de casa em casa, junto com ela: só lhe restaria fazer um trabalho burocrático, em algum escritório, ganhando um salário mínimo.

E ainda havia a Receita Federal. Seu contador telefonara na semana passada com uma péssima notícia: não fora aceito o acordo que ele tentara negociar. O agente federal, um homenzinho abominável, tornara-se ainda mais rigoroso do que esperavam. Era como se o comportamento criminoso da mãe tivesse deixado uma mácula na filha; como se ele estivesse preocupado com a possibilidade de Alex embarcar no próximo vôo para o Brasil.

O que era até cômico. Afinal, ela mal tinha o dinheiro necessário para andar de ônibus, muito menos para uma passagem de avião até o Rio de Janeiro. Suas vendas haviam caído no último mês. E não fora apenas pelos dias que deixara de trabalhar por causa do choque em conseqüência da morte do pai. Descobrira que as pessoas se sentiam constrangidas em sua presença, até mesmo cautelosas. As pessoas que conheciam a tragédia de sua família — e, vamos encarar a verdade, quem não sabia? — evitavam-na como se pudesse ser contagioso... ou como se ela também fosse uma ameaça.

No escritório, a situação fora ainda pior. Os outros corretores apresentaram suas condolências melosas e nauseantes, mas ela percebera o brilho oportunista em seus olhos.

— Terei o maior prazer em cuidar dos seus clientes por alguns dias... se precisar de tempo com a sua família — propusera Mimi Romero, insidiosa.

*Aposto que teria mesmo, e aproveitaria para roubar minhas comissões até o último centavo*, pensara Alex, enquanto murmurava um agradecimento. No instante em que ela baixasse a guarda, todos estariam mordendo em seus calcanhares.

O que ninguém sabia era que Alex, apesar de todo o seu empenho em ocultar isso, sentia-se um pouco menos no controle a cada dia que passava. *Talvez se eu pudesse chorar*, pensou ela. Ao lado da sepultura do pai, observara angustiada, os olhos secos, enquanto o caixão era baixado, sentindo-se como água congelada num cano prestes a estourar. O pai estava morto... e, de certa forma, a mãe também. Como se pode chorar por uma coisa assim? Se ela começasse, não seria capaz de parar.

Agora, enquanto subia a escada de carvalho, com o corrimão e os postes lavrados, Alex calculou qual seria sua comissão. Seis por cento de 850 mil dólares... apenas o suficiente para aliviar a pressão dos credores mais exigentes. Deixaria para se preocupar com os outros quando chegasse o momento. O que tinha de fazer agora era simplesmente agüentar firme...

Alex parou por um instante no patamar do segundo andar, antes de continuar a subir. Depois que aquele homem obviamente próspero, mas sem ostentação — calça cáqui bem passada, blazer azul-marinho sobre camisa Lacoste azul-escura, os cabelos louros cortados na última moda —, desse uma boa olhada na vista espetacular do último andar, ela poderia correr o risco de mostrar o andar de baixo, com seus banheiros apertados e um quarto principal em que só entrava um mínimo da claridade externa. A essa altura, o homem já estaria tão apaixonado pela casa que nem notaria esses detalhes.

— Tudo foi restaurado manualmente — continuou ela, o discurso persuasivo como uma máquina bem oleada, tão suave que só ela percebia as engrenagens rangendo. — Os proprietários fizeram pessoalmente uma parte do trabalho... como remover e retocar todos os acabamentos em madeira, a colocação dos ladrilhos no vestíbulo. Aquela cornija fascinante na sala de jantar? É tudo novo, mas feito de uma maneira a parecer original.

Alex aprendera que era importante fazer o dever de casa. Os compradores interessados faziam perguntas, e não saber as respostas podia ser percebido como falta de entusiasmo. Ou então algum defeito que você tentava ocultar.

Ela foi recompensada agora pela expressão de interesse no rosto do homem. Lawrence Godwin... até mesmo o nome parecia endinheirado. Estava sendo transferido por sua empresa, informara ele, embora não dissesse qual era a linha de trabalho em que atuava. Advogado, calculara Alex antes, pelo aperto de mão firme e a confiança que beirava a arrogância. E também não era de se jogar fora. Alto, mais de um metro e oitenta, dentes brancos e regulares, o que compensava um queixo pequeno e retraído. O problema era que ela não conseguia olhar para os homens sem compará-los com Jim... em geral para desvantagem dos outros.

No terceiro e último andar, o homem admirou a vista da cúpula ensolarada, que naquele lindo dia de maio abrangia toda a baía, estendendo-se para o sul até a península de Monterey. Lá embaixo, chalupas do tamanho de veleiros de brinquedo deslizavam de um lado para outro na superfície encrespada. O cais público parecia chamar como um braço estendido. Mesmo que ela tivesse pedido, sob medida, embrulhado em papel de presente e com um laço vermelho, Alex não poderia ter conseguido um dia melhor para mostrar aquela propriedade. Ao seu lado, Lawrence Godwin deixou escapar um assobio baixo.

— Você não estava exagerando. A vista é mesmo fantástica. Não sei como alguém pode vender esta propriedade.

— Ofereceram ao Sr. Rudman uma cátedra na Escola de Desenho Industrial de Rhode Island — explicou Alex. — Mas eles estão absolutamente desolados por ter de vender a casa.

Ela não via necessidade de acrescentar que os Rudman teriam um enorme lucro com a transação.

— Entendo... — Lawrence (ou seria Larry?) virou-se para ela. — O que pode me dizer sobre a vizinhança?

Alex sentiu um formigamento familiar começar nas pontas dos dedos, subir pelos braços, alcançar a nuca... o seu cata-vento pessoal. Quando um cliente começava a fazer perguntas sobre a vizinhança, ela sabia, três quartos do caminho haviam sido percorridos.

*Por favor, faça com que ele apresente uma oferta.*

Ela tentou não parecer ansiosa demais quando respondeu:

— Agua Fria Point é o bairro mais antigo e exclusivo desta área. Acho que pode compreender o motivo. Tem até sua própria praia. É pequena, mas particular... e nós a chamamos de Smuggler's Cove.

Alex exibiu um sorriso tímido, como a sugerir um tesouro enterrado na enseada do contrabandista... embora, até onde ela sabia, a única coisa enterrada ali era o colar de pérolas que perdera na areia, em seu primeiro ano no ensino médio, quando ficara de agarramento na praia com Jim.

— Eu gostaria de conversar com um ou dois vizinhos — comentou Lawrence. — Para ter uma noção da área... escolas, o tipo de pessoas com que me confraternizaria, essas coisas.

Ela percebeu um brilho ávido nos olhos do cliente que não notara antes. Por algum motivo, isso a deixou apreensiva.

— Acho que posso responder. Fui criada neste bairro.

Alex soltou uma pequena risada para disfarçar sua inquietação. Com os clientes, fazia questão de fornecer o mínimo possível de informações pessoais. Quem se importava se ela preferia ouvir rádio em AM ou FM? Se preferia cenoura ralada ou picada? Mas, se ajudasse a consumar a transação, ela seria capaz até de engraxar os sapatos do homem, se ele pedisse.

Lawrence virou-se para fitá-la, com um sorriso efusivo. De costas para a janela, as linhas do rosto, antes suavizadas pela claridade, tornavam-se mais acentuadas, e já não se tinha a impressão de alguém bem-nascido.

— Neste caso, talvez possa me dizer se é verdade o que tenho lido nos jornais.

Alex piscou, confusa. Empertigou-se. Um pequeno alarme vibrava no fundo de sua cabeça. Mas disse a si mesma: *Estou sendo paranóica.*

— A seção imobiliária exagera um pouco.

— Não estava me referindo à seção imobiliária.

Um calafrio desceu pela espinha de Alex. Fitou o homem atentamente. Lawrence sabia quem ela era? Ou apenas estava sendo bisbilhoteiro?

— Presumo que esteja se referindo à lamentável tragédia na Cypress Lane. Posso lhe assegurar que não se reflete sobre o bairro.

— Conhecia o Dr. Seagrave?

Era mais do que curiosidade. Aquele brilho nos olhos que ela confundira com interesse era algo completamente diferente, compreendeu Alex, tarde demais. Alguma coisa quase... quase como a voracidade do tubarão. Alex estremeceu, notando a corrente de ouro fina que aparecia na gola aberta da camisa Lacoste. Ninguém de seu círculo seria surpreendido a usar uma corrente assim.

Alex fingiu não ter ouvido. Virou-se e encaminhou-se para a porta, com uma sugestão:

— Por que não vamos ver o andar de baixo agora? Juntaram dois quartos para fazer o quarto principal... ficou espetacular. E o closet é tão grande que não vai acreditar.

Ela parou abruptamente ao ouvir a voz suave de Godwin:

— Serei franco com você... não estou interessado em comprar esta ou qualquer outra casa. Sou um repórter do *Banner*.

Alex sentiu que alguma coisa caía dentro dela, como um pesado saco de compras que se rompe de repente, as latas, vidros e frutas rolando em todas as direções. O *Banner* era o pior dos tablóides sensacionalistas, ela lembrou. Suas reportagens eram as mais apelativas... e as mais macabras.

Ela virou-se para fitar o homem, o sangue afluindo para as faces.

— Como se atreve?

A voz era um sussurro rouco. O repórter deu de ombros, imperturbável.

— Estou apenas fazendo o meu trabalho. Da mesma forma que você. Mas se isso significa alguma coisa peço desculpa.

Ele sorriu com os dentes absolutamente regulares — que Alex percebeu agora serem encapados —, ressuscitando uma memória antiga em que não pensava desde a sétima série: o homem repulsivo que um dia lhe oferecera uma carona quando saía da escola. No momento em que Alex recuara, ele abrira o casaco... e estava completamente nu por baixo. Alex tivera apenas um vislumbre da coisa roxa entre suas pernas, apenas o suficiente para deixá-la nauseada. Lawrence Godwin — se é que era mesmo esse o seu nome — deixava-a com vontade de vomitar da mesma maneira.

— Saia! — ordenou ela.

O homem abriu os braços, num gesto conciliador.

— Pode me desprezar quanto quiser... mas, já que estou aqui, pode muito bem me dar a sua versão. Com todo o lixo que estão publicando, não quer reparar as coisas?

Alex sentiu que alguma coisa se partia dentro dela.

— Vocês... todos vocês, jornalistas... me deixam enojada! — Ela apontou um dedo para o repórter. — Arrastando minha família para a lama, fazendo-nos parecer como... como...

— Como o quê? — estimulou o repórter, com indisfarçável ansiedade.

— Como lixo! Não são melhores do que aquelas pessoas horríveis no programa *Sally Jessy*. Meu pai valia dez de vocês. Todos o respeitavam. É por isso que você está aqui, não é mesmo? Não conseguiu encontrar uma única pessoa que pudesse falar mal de meu pai.

— Acha mesmo? Pois conheço pelo menos uma pessoa que tinha um ressentimento contra ele. Sua mãe.

Alex ficou boquiaberta, sem saber se ouvira direito. Em sua família, a polidez era cumprida com rigor. A expressão "por favor" devia acompanhar qualquer pedido, por menor que fosse. Agora, aparecia aquele repórter, tão... *arrogante*, intrometia-se onde não era chamado, revolvendo toda a mágoa que ela tentara enterrar bem fundo. Como se a tragédia de sua família não fosse real, mas apenas saída de uma história policial ordinária.

E era tudo culpa de sua mãe.

Subitamente, Alex sentiu vontade de gritar: *Ela já não fez o suficiente? Também terei de pagar pelo crime que ela cometeu durante o resto da minha vida?*

Chocada com a quase explosão, Alex inclinou-se para trás. Ó Deus, e se ela tivesse falado? Por mais que pudesse odiar a mãe pelo que fizera, traí-la seria inconcebível.

*Mas não é o que tem feito durante todos esses anos?*, escarneceu uma voz em sua cabeça. *Guardando os segredos de seu pai em detrimento de sua mãe?* E quem acabara pagando por isso? Se ela não tivesse sido uma cúmplice tão acessível, talvez o pai ainda estivesse vivo.

A compreensão desse fato foi um choque, deixando-a sem fôlego por um momento. Depois, com um grito, Alex passou pela porta da cúpula, e desceu cambaleando a escada estreita e íngreme. No meio do caminho, o calcanhar prendeu na passadeira de borracha corrugada... e só se segurando com toda a força no corrimão é que ela evitou a queda de cabeça no patamar lá embaixo. Por uma fração de segundo assustadora, enquanto apertava o corrimão, lutando para recuperar o equilíbrio, ela teve uma visão panorâmica vertiginosa... por todo o poço da escada até o vestíbulo de parquete, três andares abaixo. Era como espiar pela garganta de um monstro prestes a tragá-la.

Alex não podia determinar o que a possuíra. Mais tarde, não teria uma lembrança nítida de ter saído da casa. Num instante, ao que parecia, estava parada na frente da casa, olhando para a placa que dizia À VENDA, fincada no gramado, um pouco torta, que parecia escarnecer dela... e no momento seguinte, como se fosse num piscar de olhos, estava a dois quarteirões de distância, saltando do carro diante de uma casa diferente... a casa de sua infância.

O tempo não era a única coisa que mudara dentro dela. Era como se entrasse em alguma zona nebulosa, na qual o pensamento racional não possuía qualquer influência. Tinha a sensação de que era arrastada, como um barco levado pela correnteza por um canal estreito. Os pensamentos que estavam ali eram distorcidos, como vozes ouvidas debaixo d'água. Em alguma parte submersa de seu cérebro, ela tinha uma vaga noção de que precisava verificar pessoalmente se era verdade, se o pai morrera mesmo, porque uma parte sua ainda não acreditava. Uma parte que estava convencida de que, quando passasse pela porta da frente, encontraria o pai sentado em sua poltrona predileta, junto da lareira, a maleta no chão ao seu lado, uma pasta de arquivo aberta no colo.

Como se fosse num sonho, ela contemplou a casa, em estilo vitoriano, com três andares, sem muita simetria, com um ornamento de madeira todo recortado sob o telhado. Ficava no alto de uma encosta gramada, margeada por canteiros de flores impecáveis, nos quais as primeiras rosas começavam a desabrochar.

*O lar*, pensou ela.

Jim e ela tinham uma bela casa, em que haviam sido felizes — ou pelo menos era o que ela pensava —, mas o lar, em sua mente, sempre seria a velha casa em que fora criada. Estranho, não é mesmo? Ela mal podia esperar para sair dali no último ano no ensino médio. Estava tão ansiosa em escapar dos corredores escuros, recendendo a lustrador de móveis, aos banheiros antigos que vazavam, aos canos que sacudiam e faziam barulho nas paredes, que aceitara uma admissão prematura da Universidade da Califórnia em Santa Barbara como se fosse o último helicóptero saindo de Saigon.

Agora, descobria-se a especular se, no fundo, não estaria fugindo de si mesma, a pessoa que passara a detestar. A guardiã de segredos... e nem todos eram do pai. O que o pai pensaria se ela lhe contasse sobre Kenny Rath? Como engravidara depois de uma única vez no banco traseiro do Impala do pai de Kenny.

Tinha 15 anos na ocasião. E já sabia mais sobre os amores de seu pai que qualquer outra pessoa. *Minha garota*, dizia o pai, sempre com um brilho nos olhos, reservado apenas para ela. Apesar disso, ela sentira que não seria uma boa idéia falar ao pai sobre Kenny. Podia lhe contar qualquer coisa, absolutamente qualquer coisa. Mas não aquilo.

Por mais estranho que pudesse parecer, fora a única ocasião em que se sentira mais próxima da mãe. A lembrança, há muito excluída, voltou agora. Tinha cerca de seis semanas de gravidez, segundo o médico do Controle de Natalidade que a examinara... e bastante desesperada para fazer uma coisa que poderia ser uma tremenda estupidez. Havia uma clínica em Berkeley, informara uma amiga... dinheiro adiantado, sem perguntas. Tudo perfeitamente legal, é claro. Mas quem sabia que tipo de médicos encontraria? Pior ainda, ela não teria ninguém para levá-la sã e salva até em casa depois.

Kenny? Ele estava tão bêbado naquela noite que provavelmente nem lembrava o que haviam feito. Desde então, sempre que se cruzavam nos corredores da escola, Kenny mal a cumprimentava. Também não podia confidenciar a situação para as irmãs, pois Daphne e Kitty eram e sempre seriam uma corporação fechada. Poderia ter contado a Leanne. Mas sua melhor amiga era capaz de se mostrar compreensiva, mas nunca fora além da troca de carícias. Leanne ficaria chocada ao saber que Alex não era mais virgem.

Até hoje, Alex não sabia direito como a mãe adivinhara. Talvez a intuição feminina. Mas, neste caso, não era estranho que a mesma intuição não se aplicasse ao pai? Qualquer que fosse a razão, a mãe entrara inesperadamente em seu quarto, na noite anterior à planejada visita à clínica, e sentara na cama. Depois de alguns minutos de conversa constrangida, a mãe perguntara abruptamente, mas com extrema gentileza:

— Há alguma coisa que precisa me contar, Alex?

A única coisa que Alex lhe dissera até então fora a de que passaria o dia trabalhando como *baby-sitter* para os Myerson... escolhidos como uma desculpa porque moravam no outro lado da cidade. A mãe teria desconfiado de seu plano? Talvez tivesse falado com Carole Myerson, que não tinha a menor intenção de ir a qualquer lugar naquele dia, até onde Alex podia saber. Ela abriu a boca para assegurar à mãe que estava tudo bem — o que a fizera pensar que poderia ser diferente? —, mas sem qualquer aviso caiu num acesso de choro.

A história saíra toda, e ela se lembrava de ter ficado chocada pela facilidade com que confidenciara à mãe. Mas a parte mais surpreendente fora a atitude compreensiva da mãe.

— Não chore, querida — murmurara ela, tranqüilizadora, enquanto afagava as costas da filha, meio sem jeito. — Todo mundo comete erros. E só devemos nos preocupar com aqueles que não podemos reparar.

Sentada na extremidade da cama, em seu robe acolchoado, azul-esmalte, os cabelos armados em rolinhos, ela parecia com uma velha solteirona, do tipo que mora com a mãe idosa, joga bridge toda terça-feira com as amigas e cora ao pensar num homem se aproveitando dela... e Alex teria sorrido se não estivesse tão desesperada.

— Você deve me odiar — soluçara ela, inconsolável. — *Eu* me odeio.

A mãe recuara, fitara-a com uma expressão aturdida e dissera com firmeza:

— Eu nunca poderia odiá-la, Alex. E você não deve se odiar. Vai sobreviver a isso. Não se preocupe. Enfrentaremos o problema juntas.

E fora o que fizeram. No dia seguinte, a mãe dissera ao pai que os Myerson haviam cancelado seus planos, e por isso ela levaria Alex para fazer compras. A mãe tomara emprestado o Chrysler novo do pai — que seria mais confortável para Alex na viagem de volta — e pegaram a estrada, seguindo para o norte. Na clínica em Berkeley, a mãe, que normalmente concordava com tudo sem fazer perguntas, interrogara a enfermeira exaustivamente, antes de permitir que Alex fosse levada para uma das salas de procedimento nos fundos.

Quando tudo acabara, Alex sentia-se muito cansada e desconfortável para ter a gratidão apropriada. E a memória se desvanecera nas semanas e meses subseqüentes. Talvez porque ela tivesse permitido que se desvanecesse. Não queria considerar a mãe sob qualquer outro ângulo que não o que mais lhe convinha: como uma mulher mais casada com sua visão cor-de-rosa do mundo do que com o marido.

Mas a verdade, Alex compreendeu agora, com um sentimento de vergonha, é que a mãe não usara óculos de lentes cor-de-rosa naquele dia distante. Esteve presente para ajudá-la... da maneira que mais contava.

*E quando ela precisou de sua ajuda você a abandonou.* O pensamento insinuou-se antes que Alex pudesse impedi-lo. E o vago sentimento de vergonha aprofundou-se para um autêntico remorso. Furiosa, Alex começou a se encaminhar para a casa, como se perseguida por demônios que poderia deixar para trás... se fosse capaz de correr bastante.

Enquanto subia pelo caminho da frente, tratou de concentrar todos os pensamentos no pai.

Em sua mente, Alex podia vê-lo com nitidez, bonito e vibrante, até mesmo nos últimos anos. Havia fotos no álbum de família do tempo em que ele era mais jovem, um garboso oficial no uniforme da Segunda Guerra Mundial... mas o pai que ela conhecia era uma figura ainda mais notável, lembrando-a de um maravilhoso filme antigo de Gary Cooper.

Enquanto subia os degraus da varanda, um nó se formou na sua garganta, tão duro e tão azedo quanto as maçãs silvestres que se espalhavam pelo gramado em todos os verões. A primeira coisa que ela notou de diferente foi o mato crescendo nos canteiros junto da casa. Depois, como um soco na barriga, deparou com a fita amarela da polícia bloqueando sua passagem, com um aviso: LOCAL DE CRIME — NÃO ULTRAPASSE.

Alex soltou um grito baixo e começou a puxar a fita, até arrancá-la. Não se importava se sua atitude era ilegal. Afinal, era o seu lar!

Com a chave que ainda mantinha no chaveiro, ela abriu a porta e entrou. Mesmo com a tênue claridade que entrava pela bandeira da porta e pelas estreitas janelas de vidro nos lados, ela levou um momento para ajustar os olhos à semi-escuridão. O interior estava mais fresco do que lá fora, com um cheiro de relva seca. Parecia até o armário de ervas da mãe.

Na mesinha de carvalho encostada na parede, à esquerda, a correspondência da mãe fora empilhada... com certeza pelos investigadores, depois de verificarem tudo, para descobrir se havia alguma coisa incriminadora.

— Muito previdente... — murmurou ela, amargurada.

Alex contornou as folhas marrons no tapete oriental, caídas de uma samambaia que parecia mais morta do que viva. Ao que tudo indicava, ninguém se lembrara de regá-la.

Seu coração passou a bater mais forte, como o relógio de pé ainda funcionando, junto da escada, as badaladas ressoando. Ela pensou numa fala de um medíocre filme do Velho Oeste. *Ninguém sai daqui vivo.* E foi com esse sentimento que ela se encaminhou para a sala de visitas, à direita... como se o que estava prestes a descobrir pudesse alterá-la de uma maneira profunda. A Alex que sairia daquela casa, ela tinha certeza absoluta, não seria a mesma que entrara.

As portas corrediças haviam sido abertas nos dois lados, deixando o espaço escancarado. Alex respirou fundo ao entrar na sala escura. À primeira vista, no entanto, na tênue claridade que conseguia passar pelas cortinas de veludo fechadas, a sala parecia não ter sido desarrumada.

E, então, ela viu os indícios da revista efetuada pela polícia: mesas e cadeiras empurradas para as paredes, os vasos chineses altos que ladeavam a lareira deixados num canto, a caixa de chá grande em que a mãe guardava o material de tricô com fios de lã pendendo para fora.

Um súbito movimento no outro lado da sala provocou-lhe um sobressalto, a respiração acelerando por causa do susto. Mas era apenas seu reflexo no espelho de moldura dourada por cima do consolo da lareira. No silêncio da sala vazia, Alex deixou escapar uma risada trêmula, que ressoou muito alta, de um jeito chocante.

Nesse exato momento, seus olhos se fixaram no tapete turco que a mãe tanto apreciava, e a risada murchou em sua garganta. Meu Deus! *Foi ali que papai...*

Ela deu um passo para trás... e esbarrou numa mesinha, que balançou por um instante, antes de se firmar de novo. Houve um estrépito, e ela olhou para baixo. Descobriu que o prato de porcelana de Dresden que dera à mãe, no Natal do ano passado, caíra e se espatifara, junto de seus pés. Um pequeno grito de angústia escapou de seus lábios. Mas não desviou os olhos do prato quebrado. Se o fizesse, teria de ver o...

*...sangue.*

Uma enorme mancha, no formato de um rim, que por um momento fugaz a fizera pensar nos contornos de um país num mapa. Groenlândia ou África... algum lugar vasto e distante, que ela não podia imaginar, nem em um milhão de anos, que fosse capaz de visitar. Olhou para a mancha, dominada pelo horror, enquanto o chão parecia se inclinar lentamente para um lado. Depois, com um gemido baixo, Alex arriou na poltrona de brocado, na frente do sofá.

*O sangue de papai... esse é o sangue de papai*, balbuciou uma voz histérica. Ali, no tapete desbotado, em que ela e as irmãs brincavam quando eram crianças. Jesus!

O que passara pela cabeça de sua mãe na ocasião? Ela tinha mesmo a intenção de atirar no pai? Ou, em sua raiva ciumenta, a arma disparara por acaso?

*Não, não foi assim que aconteceu*, discordou uma voz tranqüila. Em toda a sua vida, a mãe nunca perdera a calma a esse ponto. Pelo menos não ao que Alex jamais tivesse testemunhado. *Aquilo foi deliberado*, pensou ela.

Podia ver em sua mente, projetando-se como uma cópia bastante arranhada de um antigo filme em preto-e-branco...

*Umas poucas semanas haviam passado desde que Beryl lançara sua bomba.. tempo suficiente para a mãe absorver e talvez começar a juntar todas as mentiras que o pai contara ao longo dos anos. Haviam-na corroído, como um veneno de ação lenta, até que ela não podia mais suportar. Até que a perspectiva de todas aquelas pessoas na festa, todos aqueles intermináveis brindes com champanhe, se* tornara intolerável. Ela sobe a escada para o segundo andar, como se estivesse em transe, pondo os dois pés em cada degrau antes de subir para o seguinte.

No quarto, ela tem de arrastar a cadeira de sua cômoda com espelho até o closet, pois a prateleira de cima ali é muito alta para que possa alcançar de outra forma. Sobe na cadeira, fica na ponta dos pés, balança um pouco na almofada do assento, enquanto tateia à procura da caixa de metal, espremida entre a mala de viagem de couro de crocodilo empoeirada, o monograma com as iniciais de Nana, e a pilha de revistas New Yorker que o pai se recusa a jogar fora.

A caixa é mais pesada do que ela esperava. Quem poderia imaginar que uma arma pesasse tanto? Será que a arma para dar o tiro de partida que outrora disparara, como chefe da equipe de natação na universidade, era tão pesada assim? Ela não pode lembrar, mas também não tem a menor importância. Deixa que seus pensamentos vagueiem livres só porque isso evita que focalize o que está prestes a fazer.

A arma está carregada, ela descobre. Quando a mete no bolso fundo do avental, pode sentir a extremidade arranhando o alto da coxa. Aventa a idéia de usá-la contra si mesma, e pensa que seria muito conveniente. Não ficaria ninguém para pagar a conta, como Vernon diria. Ela não tem medo de morrer. O problema é que isso não iria parar... não acabaria com as mulheres. Muito em breve uma delas estaria se instalando na casa. Uma segunda esposa que comeria em seus pratos, dormiria na cama em que suas filhas haviam sido concebidas. E isso era inadmissível.

Mesmo assim, quando ouve uma porta fechar lá embaixo, ela quase perde a coragem. O marido, de volta do hospital. Ele a chama, parecendo um pouco impaciente. E ela grita que já vai descer num segundo. Porque um segundo é tudo de que precisa para soltar a trava de segurança. Depois, devagar, quase como se estivesse flutuando, ela vai para o patamar e começa a descer a escada...

Alex não sabia há quanto tempo estava sentada ali, com o olhar perdido no espaço, enquanto a cena de sua imaginação se desenrolava para o fim inevitável. Apenas um ou dois minutos pareciam ter transcorrido antes que ela se mexesse e olhasse ao redor... um pouco surpresa ao notar que escurecera.

Fora despertada por batidas altas e insistentes na porta da frente. Um som que parecia vir de muito longe, abafado por uma série de corredores intermináveis. Alex esfregou os olhos, como se despertasse de um cochilo.

Quem quer que fosse, não tinha a menor intenção de ir embora. Vagamente, ocorreu-lhe que podia ser a polícia. Sabia que era contra a lei mexer numa cena de crime, mas quem tinha mais direito a estar ali do que ela?

— Não está trancada! — gritou Alex, sem muito ânimo, exausta demais para se levantar.

Ela ouviu o som da porta sendo aberta, cautelosamente, depois passos abafados no vestíbulo. Um momento depois, Alex descobriu-se a olhar para um rosto familiar. Um rosto que a surpreendeu, ao mesmo tempo que proporcionava uma onda de alívio.

— Leanne... — Ela fitava a amiga, piscando, atordoada. — O que está fazendo aqui?

A amiga tinha as faces vermelhas e os cabelos desgrenhados, como se tivesse corrido.

— Eu poderia lhe perguntar a mesma coisa. Perdeu completamente o juízo, Alex?

Leanne parecia ao mesmo tempo zangada e assustada, como a mãe que surpreende o filho fazendo uma coisa perigosa.

— Eu... vim verificar como estava tudo aqui — balbuciou Alex, embaraçada.

— Pois foi uma estupidez. Por um lado, você está violando a lei. E por outro... — Ela fez uma pausa, como se recuperasse o fôlego, e concluiu num fio de voz: — ...você não deveria estar aqui.

— Eu tinha de vir — insistiu Alex, atordoada. As lágrimas afloraram em seus olhos, fazendo a sala tremeluzir, como se vista através de um prisma. — Tinha de *ver*.

Leanne acompanhou o olhar para o tapete manchado de sangue. Soltou um grito, levando a mão à boca. A voz abafada pelos dedos, ela exclamou:

— Ó meu Deus! Temos de sair daqui, Alex. Agora.

Ela agarrou a mão de Alex e puxou-a. Mas a brusquidão do movimento fez com que Alex perdesse o equilíbrio. Cambaleou contra Leanne, que se inclinou para ampará-la. Alguma coisa dura espetou o peito de Alex, que olhou para o crachá preso no bolso da frente do uniforme da amiga. Ela devia estar a caminho do hospital quando...

Não, isso não fazia sentido. Agua Fria Point ficava a quilômetros do caminho de Leanne para o hospital. O que significava que ela fizera um longo desvio. Por quê? O que esperava encontrar ali? Alex recuou para fitá-la.

— Não respondeu à minha pergunta. O que a trouxe aqui?

Alguma coisa faiscou nos olhos de Leanne... e sumiu no instante seguinte. Alguma coisa profunda e indecifrável. Ela pegou o braço de Alex e começou a puxá-la na direção da porta.

— Tive a mesma idéia que você — disse ela, a voz estridente e ofegante. — Só que não planejava entrar. Até que vi seu BMW estacionado lá na frente.

— Que idéia?

Leanne fez uma pausa para fitar Alex, os olhos azuis enchendo-se de lágrimas.

— Ainda tenho dificuldade para acreditar. Acho que queria fazer com que se tornasse real, de alguma forma.

Nesse momento, Alex percebeu que não se encontrava sozinha. Havia alguém que compreendia exatamente como ela se sentia. Alguém que a conhecia melhor do que qualquer outra pessoa. Fora uma tola ao duvidar dos motivos de Leanne, mesmo que apenas por um instante.

— É tão terrível quanto você esperava?

Alex precisava desesperadamente partilhar seu senso de horror.

— Pior.

No vestíbulo escuro, o rosto de Leanne se destacava, branco como se tivesse visto um fantasma.

— Você... acha que ela planejou... ou que apenas aconteceu?

Leanne hesitou, como se não tivesse certeza do quanto Alex seria capaz de suportar. Depois, com uma tentativa forçada de firmeza na voz, ela respondeu:

— O que eu acho mesmo é que nós duas precisamos de um drinque. — Ela olhou para o relógio. — Infelizmente, terei de me contentar com um café. Mas ainda tenho meia hora antes do meu plantão começar. Podemos parar em algum lugar no caminho.

As duas saíram pela porta da frente e desceram os degraus. Foi somente quando se encontrava ao volante de seu BMW, seguindo as luzes traseiras do Taurus de Leanne, é que Alex percebeu uma coisa que não registrara antes. Leanne dissera que estava apenas de passagem, que não *planejava* entrar. Como se isso fosse possível. Porque, para entrar, ela precisaria ter...

...*uma chave.*

Alex apressou-se em descartar o pensamento. Por que Leanne teria uma chave da casa de seus pais? Não fazia o menor sentido.

*Uma maneira de falar*, disse a si mesma. *Foi só isso. Apenas uma estúpida maneira de falar.*

Várias horas e quatro doses de gim-tônica depois, Alex estava de novo em casa, sã, mas não salva. Ajoelhada no chão do banheiro, com a cabeça no vaso sanitário, o telefone sem fio numa das mãos, ela pensava se conseguiria parar de vomitar pelo tempo suficiente para pedir a ajuda das irmãs. As gêmeas já tinham idade suficiente para cuidar de si mesmas. Mas estavam assustadas, Alex sabia. *Assustadas com o que a mãe se tornou.* A presença das tias as acalmaria, pelo menos por enquanto.

Ó Deus, se ao menos ela não tivesse bebido tanto! O que podia estar pensando, ao permanecer naquele bar tanto tempo depois que Leanne seguiu para o hospital? Agora, além da despesa com a corrida do táxi para levá-la em casa, teria de pegar outro táxi para ir buscar seu carro, ainda no estacionamento do Hernando's Hideaway. Para não mencionar uma terrível ressaca ainda por cima.

Alex vomitava agora apenas uma bílis rala, de gosto ácido, quando ouviu uma batida na porta do banheiro. Ela gemeu.

— Vá embora. Estou passando mal.

Só podia ser uma das gêmeas assustada. E não era de admirar. Ela nem telefonara para avisar que chegaria mais tarde. E vê-la chegar em casa naquele estado...

Tudo voltou, num fluxo incontrolável. *O sangue. O sangue de papai. Ó Jesus Cristo...*

Ela sentiu o rosto se tornar pegajoso de suor quando teve outra ânsia de vômito. Mas não saiu mais nada. Já vomitara tudo, inclusive o que devia ter sido parte de seus órgãos internos. Agora, o banheiro que ela decorara com um tema de Santa Fe — barras para pendurar as toalhas de ferro batido, uma gravura de Brett Weston, mostrando a montanha de Thumb Butte, emoldurada com tábua de estábulo — começou a inclinar e girar, como se fosse um carrossel de parque de diversões.

*Tape, tape.* As batidas eram mais altas.

— Alex, sou eu, Jim. Posso entrar?

Jim? Meu Deus, o que ele estava fazendo ali? O pânico instalou-se na cavidade em que antes ficava seu estômago. Não podia deixar que ele a visse naquele estado. Saberia assim que ela era uma péssima mãe, que não merecia aquelas filhas doces e afetuosas. Filhas que se importavam tanto que haviam telefonado para pedir ajuda... e cujos preciosos pescoços ela teria o maior prazer em torcer. Por que logo Jim, entre todas as pessoas?

— Vá embora — murmurou ela de novo, um pouco mais alto.

Mas Jim não ouvira, ou simplesmente decidira ignorá-la. Porque no instante seguinte ela viu o ex-marido parado ao seu lado, fitando-a, com os braços cruzados. De seu ponto de observação, encolhida no chão, aos pés de Jim, ele parecia um gigante repreensivo. Se fosse um comercial de tevê, pensou Alex, ele estaria anunciando um produto para limpeza de vaso sanitário. A cabeça girava, quando uma fraca risada subia pela garganta.

Antes que ela pudesse fazer qualquer protesto, Jim levantou-a do chão do banheiro, sem a menor cerimônia, e levou-a para o quarto. Quando ele deitou-a, não com muita gentileza, diga-se de passagem, Alex sentiu que a cama inclinava para o lado, como uma balsa carregada demais.

Ela tentou sentar... e no mesmo instante teve a sensação de que ia cair da balsa. Arriou de costas na cama, com um gemido.

— As meninas... Ah, droga, não quero que elas me vejam neste estado!

— Não se preocupe. Elas estão bem. Eu trouxe comida chinesa. Deixei-as comendo na frente da televisão. — Jim sorriu. — E disse que você devia estar com algum vírus. Ainda bem que elas não estão acostumadas a vê-la de porre.

O pensamento de comida — a gordurosa comida chinesa em particular — fez com que o estômago de Alex ficasse embrulhado de novo. Ela apertou a barriga, resistindo à ânsia de vomitar.

— Não estou de porre.

Ela enunciou cada palavra com o cuidado mais elaborado. Jim soltou uma risada irônica, enquanto tirava os sapatos de Alex.

— Se você não está de porre, então deve estar morrendo.

— Você bem que gostaria.

Ele sorriu.

— É o que adoro em você, Alex. Mesmo caída de costas, você nunca se entrega.

Ela gemeu e virou de lado, um travesseiro comprimido contra a barriga em turbilhão.

— Não preciso do seu sermão... não esta noite — murmurou Alex, a voz engrolada. — Procure uma de suas namoradas para fazer a pregação.

— Sempre tem de voltar a isso, Alex?

— Não foi onde tudo começou? Com sua volta para casa uma noite cheirando a Jean Naté? — Ela sentou na cama abruptamente, o movimento súbito causando a sensação de um furador de gelo enfiado na sua têmpora. — Pelo amor de Deus, Jim, não poderia pelo menos ter escolhido alguém com um pouco de classe? Não uma secretária estúpida que compra seus perfumes na Rexall's?

— Está bem, você venceu. Sou um merda. Foi imperdoável o que eu fiz, e você tem toda a razão de me odiar por isso. Mas não podemos dar uma trégua? Só por esta noite? Não estou aqui para desencavar ressentimentos antigos.

Ele sentou na cama, ao lado de Alex, e pôs a mão em seu ombro. Ela rolou de lado para fitá-lo, furiosa.

— Por que está aqui?

Alex queria odiá-lo, mas no quarto escuro Jim parecia tão familiar, com a cabeça morena emoldurada pela luz que entrava pela porta, que tudo o que ela queria era chorar pelo que perdera.

E, de repente, começou a chorar, soluços profundos que a sacudiam, tão brutalmente quanto as ânsias de vômito que a dominaram no banheiro, pouco antes. Agarrou e pôs para fora toda a sua angústia... pelo pai... pela mãe... e pelo próprio Jim. Com a raiva momentaneamente esgotada, ela podia recordar e lamentar pelo que haviam tido. Todos os bons tempos...

Jim era a única pessoa no mundo, além da mãe, que sabia de seu aborto. E que compreendera, quando a primeira gravidez com ele terminara num aborto espontâneo, por que ela se sentira tão culpada... como se estivesse sendo punida. Quando lhe contara, esperava que Jim ficasse chocado, até mesmo aborrecido. Pensara que ele poderia culpá-la, de alguma forma. Mas Jim não a culpara. Simplesmente a abraçara, enquanto ela despejava todo o sofrimento do seu coração. Como fazia de novo agora.

— Ah, Jim... — soluçou ela, a voz engrolada. — Por que tinha de acabar? Por que, em nome de Deus, tinha de acabar?

# Capítulo Dez

— Em trinta e dois anos de exercício da advocacia, nunca vi um caso igual a este. — Tom Cathcart tomou um gole do seu drinque, com uma expressão pensativa, o sanduíche no prato comido pela metade. — Teríamos a fiança se ela alegasse uma culpa menor, tenho certeza. O juiz praticamente lhe ofereceu isso numa bandeja de prata. Ela sabia o que o juiz queria que dissesse... mas estava decidida a não dizer.

Daphne suspirou, espetando a salada de camarão, sem qualquer ânimo. Sentia-se frustrada, o que não era novidade. Novidade mesmo era a semente de desesperança que se enraizara dentro dela e vinha crescendo a cada dia que passava.

— Houve uma época em que eu pensava que a conhecia — comentou ela. — Quando podia prever cada um de seus movimentos... o que ela diria sobre alguma coisa que uma de minhas irmãs fazia, ou como achava que eu deveria educar meus filhos. Até mesmo o que ela pediria num restaurante.

Seu olhar se voltou para a pilha de cardápios no posto dos garçons, diagonal à mesa. Os lábios contraíram-se num sorriso pesaroso.

— Mas agora penso apenas que eu era muito arrogante. Ninguém deveria jamais imaginar que pode prever cem por cento o que alguém fará.

Os dois almoçavam num restaurante em que havia bastante sol, na esquina da Old Courthouse Street com a Main, a um quarteirão do escritório de Cathcart. Ele sugerira o restaurante, onde ficariam mais sossegados, longe das campainhas dos telefones e dos zumbidos dos aparelhos de fax. Entre o fluxo constante de ligações de repórteres e os chamados de clientes atraídos pela nova notoriedade, Daphne não pudera deixar de notar que ficara muito maior agora o movimento da firma Cathcart, Jenkins & Holt.

Para sua infame cliente, no entanto, não mudara muita coisa. Lydia estava entrando em sua quarta semana como "hóspede" da cadeia do condado de Miramonte. Os ventos frios do início de maio haviam dado lugar às brisas mais amenas que anunciavam o início do verão. Ao longo da Old Courthouse Street, uma rua só de pedestres, havia jardineiras diante das lojas, com a flor-de-mel, o gerânio, a onze-horas, todas desabrochando, alheias ao sofrimento das pessoas que eram incapazes de apreciar toda a sua glória.

Ela gostaria que Kitty pudesse estar presente, mas a irmã tivera de participar de outra reunião, igualmente importante. Recebia no Tea & Sympathy um pequeno grupo do clube de jardinagem da mãe. As mulheres estavam organizando uma campanha a fim de coletar assinaturas numa petição, para que a mãe fosse solta, enquanto aguardava o julgamento. Kitty queria persuadi-las de que depoimentos sobre o caráter firme e as incontáveis boas ações de Lydia poderiam ser ainda mais úteis. Até agora, porém, apenas algumas, como a Sra. Holliman e a velha Sra. Carter, haviam concordado em prestar depoimento. As outras receavam a publicidade que isso poderia acarretar... além da possibilidade, não havia como negar, de serem contagiadas pela mácula.

Kitty era mais compreensiva do que Daphne, que descartara a todas como fracas. Fora idéia de Kitty de que o tempo de Daphne poderia ser mais bem ocupado naquela tarde se fosse discutir as estratégias com Cathcart. A irmã não precisara acrescentar que a última coisa de que precisava em sua reunião era de uma presença agressiva, assustando as mulheres que podiam estar propensas a cooperar.

Agora, a atenção de Daphne tornou a se concentrar em Cathcart, que balançou a cabeça, numa frustração evidente.

— Fiz tudo o que podia para contornar o problema, mas ela bloqueou todos os meus esforços. É como se quisesse ser punida.

*Um bom homem*, pensou Daphne. Formal, um pouco cheio de si mesmo... mas essencialmente decente. Sua frustração parecia derivar tanto do desejo sincero de ajudar Lydia quanto da ambição pessoal. Seus olhos azul-claros estavam visivelmente perturbados quando ele passou um polegar pelo lado interno do suspensório.

*Nunca confie num homem de suspensórios.* Era um dos preconceitos mais curiosos da mãe, pensou Daphne. E tinha de ser uma das mais curiosas ironias em tudo aquilo, refletiu ela, que em todos os seus encontros com o advogado, cerca de meia dúzia, ele estivesse usando suspensórios. Os suspensórios daquele dia eram particularmente extravagantes, num amarelo de açafrão, com mostradores de relógio em preto. Mas depois de uma longa dieta de camisas de colarinho com monograma e punhos duplos, acompanhadas por mocassins Gucci (o guarda-roupa de Roger tendia a ser pomposo), ela descobria que a extravagância de Cathcart era uma mudança revigorante. Como não queria perder tempo, Daphne foi direto ao ponto:

— Por enquanto, vamos nos ater ao que podemos controlar. Para começar, não é possível antecipar a data do julgamento? O dia 14 de agosto parece muito distante. Minha mãe não é mais jovem. Quatro meses podem equivaler a uma sentença de prisão perpétua.

Em algum nível, ela tinha plena consciência de que a sentença final podia ser mais longa. Talvez de anos. Mas, se permitisse que seus pensamentos se detivessem nessa possibilidade, ela não seria capaz de continuar. O desespero crescente que já sentia poderia se tornar paralisante. Em vez disso, devia focalizar apenas o que estava ao seu alcance... como providenciar para que a mãe tivesse o melhor advogado que o dinheiro pudesse comprar.

*Cathcart é bom... mas o que acontecerá se não for o melhor homem para este caso?* O pensamento atormentou Daphne, enquanto mexia no canudo no chá gelado. Detestava pensar que Roger podia estar certo. E se ela estivesse agindo por reflexo, na defensiva, e não pelos melhores interesses de sua mãe, ao descartar o oferecimento de Roger de contratar um advogado mais renomado? Não havia a menor dúvida de que Cathcart era experiente, mas o que se precisava aqui era de influência: alguém que estivesse a par das manobras políticas e não sentisse medo de enfrentar Bruce Cho.

Agora, naquele típico restaurante californiano, com samambaias penduradas e garçonetes louras bronzeadas, em aventais listrados de jardinagem, Daphne esperou que Cathcart mostrasse suas cartas. Ele era inteligente e, o melhor de tudo, não era condescendente. Mas à menor demonstração de enrolação, ele seria afastado. Daphne o demitiria sem a menor hesitação.

O advogado de cabeça prateada limpou a garganta e se recostou, enganchando um polegar no suspensório.

— Claro que estou consciente dos riscos, Daphne, mas tenho de avaliar isso contra o que considero os melhores interesses de sua mãe a longo prazo. Neste momento, precisamos de todo o tempo que pudermos obter. Enquanto isso, ainda estou me esforçando para conseguir a fiança. Por alguma razão, Cho está determinado a bloquear a petição... ele adora se mostrar. Mas espero que o juiz perceba suas manobras e conceda a fiança. O que é ainda mais essencial é continuarmos a investigar todos os aspectos possíveis, inclusive os que não exigem que Lydia... — Os olhos azul-claros se contraíram. — ...ofereça uma cooperação total, digamos assim.

Subitamente, ele não era mais um cavalheiro refinado... mas um astuto batoteiro de suspensórios. Daphne esperava que ele tivesse um ás escondido na manga. Empertigou-se à perspectiva de alguma coisa nova que não fora discutida antes.

— Em que exatamente está pensando?

O processo de revelação compulsória de fatos e testemunhas já começara, mas até agora não oferecera nada mais positivo, exceto por um punhado de amigas da mãe que haviam concordado em ser testemunhas de seu caráter. Valia a pena considerar qualquer coisa que pudesse ajudar na defesa da mãe, por mais forçada que fosse.

Como aquela misteriosa enfermeira que Kitty descobrira. Ainda não haviam encontrado uma maneira de determinar sua identidade, muito menos de localizá-la, mas até mesmo uma pista mínima era melhor do que nenhuma. Assim que pudessem fazer com que Beryl se abrisse — e Alex retornasse as ligações — talvez soubessem mais.

— Eu gostaria de aproveitar a história psiquiátrica de sua mãe — respondeu Cathcart, a voz firme.

— A história psiquiátrica? Minha mãe nunca foi a um psiquiatra em toda a sua vida. Nem mesmo *acredita* neles. — Daphne lembrou o que Leanne dissera. — Soube que ela andava tomando um antidepressivo na ocasião da morte de papai. Mas não tenho certeza se é verdade.

— Se for verdade, saberemos em breve.

— Como poderia descobrir se minha mãe não quiser admitir?

— Ela vai receber um psicoterapeuta. A partir de amanhã.

— Mas como conseguiu...?

— Sem a cooperação de sua mãe? Muito simples. É uma ordem judicial. — Ele piscou um olho, sugestivo. — Kendall deferiu a petição esta manhã. E concordou em reconsiderar a questão da fiança com base nas recomendações do médico. Avery Scheiner, já ouviu falar dele? Trabalhei com ele em outras ocasiões. Pode não ser o melhor, mas é um homem decente, e pelo menos não vai se submeter ao promotor.

Pensar em Cho fez Daphne se lembrar de Johnny, e seu coração disparou. Deveria dizer alguma coisa? Não, decidiu. Naquele momento, não havia nada para dizer. Não realmente... a menos que se contassem um beijo e as horas de sono que Johnny lhe custara.

Ela tratou de afastar esses pensamentos para o fundo da mente, que era o lugar a que pertenciam.

— Está dizendo que essa é a melhor chance de minha mãe escapar? Inocente por insanidade?

— Não, não exatamente. Isso acarretaria riscos.

Cathcart tirou o polegar do suspensório, com um pequeno estalo do elástico voltando ao lugar. Estendeu a mão para a mesa. Daphne observou-o pegar a faca, um indicador alongado batendo na lâmina, para dar ênfase, enquanto falava.

— Por um lado, os tribunais hoje em dia são muito menos indulgentes com a alegação de insanidade temporária. Ela pode não ir para a prisão, mas passaria o resto da vida numa instituição psiquiátrica, o que poderia ser ainda pior. O que estou sugerindo é muito mais sutil. Demonstramos que sua mãe é uma pessoa razoavelmente sã que foi levada além de seus limites. Ela conhece a diferença entre o certo e o errado. O fato é que está tão dominada pelo remorso que insiste em ser punida pelo que fez. Em suma, ela está agindo *contra* seus melhores interesses. E, por isso, não tem seu direito constitucional a um julgamento justo.

Daphne recostou-se para considerar os desdobramentos do que ele dizia. Qualquer tentativa de provar que a mãe fora impelida além de seus limites mostraria que o pai fora um monstro... ou, no mínimo, imoral. Isso seria justo com o pai? E alguma delas precisava da publicidade extra que isso provocaria?

*O que for necessário*, a voz da razão sussurrou em seu ouvido. E, de repente, ela sabia que não tinha a menor importância se a reputação do pai fosse abalada. Era da vida de sua mãe que estavam falando.

— O que exatamente propõe? — perguntou ela.

Cathcart fitou-a nos olhos.

— Eu gostaria de pedir sua permissão para apresentar uma petição de tutela. Na prática, isso significa que, até o momento em que sua mãe for capaz de cuidar de si mesma, você e sua irmã estarão encarregadas de seu bem-estar.

— O que significa que podemos tentar negociar uma acusação em grau menor?

— Isso mesmo.

Daphne balançou a cabeça, numa apreciação respeitosa. Cathcart podia não ser Clarence Darrow, que muitos consideravam o maior advogado americano de todos os tempos, mas também não era nenhum tolo. Kitty fizera a coisa certa ao contratá-lo, no final das contas.

— Serei franca com você, Tom. Detesto a idéia de ter de declarar que minha mãe é incapaz. Por outro lado, acho que nossas opções estão se esgotando. — Ela deixou escapar um suspiro profundo, enquanto empurrava o prato para o lado. — Conversarei com Kitty e depois o avisarei de nossa decisão. Poderemos encontrá-lo no escritório ao final da tarde?

Cathcart olhou para o relógio.

— Até sete e meia ou oito horas... se minha mulher não mandar um pelotão para me arrastar de volta para casa antes. — Ele exibiu um pequeno sorriso, que desapareceu no instante seguinte. — Por falar nisso, não esqueça que vou falar com sua mãe antes de voltar ao escritório.

Daphne ficou em silêncio, refletindo sobre o que haviam acabado de falar. Só depois de um longo momento é que comentou, em voz suave:

— É irônico, porque de certa forma acho que agora ela vê as coisas com mais lucidez do que antes.

O advogado piscou, alteando uma sobrancelha prateada muito bem aparada.

— Não gostaria de explicar?

Daphne ponderou sobre a melhor maneira de fazê-lo. Ou não deveria dizer coisa alguma? Optou por responder nos termos o mais simples possível.

— Ela o adorava. — A escolha das palavras era cuidadosa. — Sei que pode achar difícil acreditar nisso, considerando o que aconteceu. Mas, a meu ver, o problema de mamãe não era o fato de não amá-lo bastante ou mesmo de acalentar algum ressentimento secreto. Ela o amava demais. E isso tinha um grande custo.

— Como assim?

— Nunca pensei que fosse possível amar tanto uma pessoa. — Ela fechou os olhos por um momento, vendo o rosto de Johnny. — Mas uma pessoa não faria qualquer coisa para impedir que esse amor perfeito fosse maculado? Mentiria para si mesma, viraria os olhos para o outro lado. Poderia até matar.

No silêncio que se seguiu, Daphne ouviu cada garfo retinindo, cada voz elevada alegremente. Correu os olhos pela turma descontraída da hora do almoço, os cabelos informais, os rostos bronzeados. Não era como Nova York, onde ninguém se dava ao trabalho de ocultar quando tinha um péssimo dia. O que se escondia por trás de alguns daqueles sorrisos? Que desespero oculto poderia um dia irromper para uma calamidade de grandes proporções?

— Muitos maridos enganam a esposa. Não são mortos por isso.

Cathcart baixou a voz, para que a garçonete loura aproximando-se da mesa não ouvisse. Daphne sacudiu a cabeça.

— Não faz sentido, eu sei, mas... — Ela fez um esforço para encontrar uma analogia. — Digamos que você possui um lindo vaso que preza mais do que qualquer outro bem. Um dia nota uma rachadura. O vaso ainda pode conter água, mas não tem mais qualquer valor. E cada vez que você vê a rachadura, seu coração também se parte um pouco. Por isso, você joga o vaso fora. Mas primeiro o quebra para que ninguém mais possa tê-lo.

— É uma teoria e tanto — comentou o advogado.

Daphne esperou, impaciente, que a garçonete acabasse de tirar os pratos. Mal tocara na salada de camarão. Não era apenas hoje. Ultimamente, seu apetite se reduzira a quase nada.

— É apenas um palpite — murmurou ela, dando de ombros.

O que ela não disse a Cathcart foi que o seu palpite era provavelmente melhor do que a maioria. Sabia o que o amor obsessivo podia fazer até mesmo a uma pessoa razoavelmente sã. Como podia forçá-la a agir contra seu melhor julgamento... e arriscar tudo que mais amava. Porque, num grau menor, não era exatamente por esse caminho que ela enveredava com Johnny?

Daphne pensou no último fim de semana, quando ele aparecera no Tea & Sympathy... no momento em que ela concluía uma conversa pelo telefone com Roger. Sentia-se tão frustrada com o marido que tinha vontade de gritar. A última desculpa de Roger? Uma crise na clínica sobre a qual não queria falar pelo telefone.

— Irei no próximo fim de semana — garantira Roger. — E não precisa se preocupar com as crianças, pois papai e mamãe ficarão com elas. Ah, por falar nisso, eles mandam seu amor.

Roger desligara antes que ela pudesse perguntar de quem era o amor enviado... de seus filhos ou dos pais dele. Daphne optara pela segunda hipótese.

E fora nesse instante que Johnny passara pela porta, uma presença mais do que bem-vinda. De jeans e um velho blusão de couro, fizera com que ela se lembrasse no mesmo instante do antigo Johnny, o jovem com quem quase fugira para casar, num dia também angustiado em maio, havia cerca de vinte anos. Um dia em que ela se sentia tão frustrada com o pai quanto estava agora com o marido.

— Johnny! Não me diga... está ansioso por um chá e os brioches de aveia da minha irmã, não é mesmo?

Ela falara com mais entusiasmo do que o habitual, pois não queria que Gladys Honeick ou Mac MacArthur, sentados às mesas próximas, tivessem a impressão de que eram qualquer coisa a mais do que apenas amigos. Embora a dica fosse inconfundível se alguém tirasse a sua pressão naquele momento.

— Obrigado, mas fica para outra vez. Só passei para lhe entregar isto.

Ele estendera um envelope fechado. Ao perceber o olhar ansioso que ela lançara para trás, Johnny acrescentara, em voz baixa:

— Não precisa abri-lo agora.

Os dois conversaram por um instante. Sobre o filho de Johnny, que estudava na mesma escola de ensino médio que os dois haviam cursado. E como Daphne sentia saudade de seus filhos. Ela não dissera nada sobre Roger; nem precisava. Johnny percebera sua frustração. E Daphne nunca se sentira mais grata a ele do que naquele momento, quando vira nos olhos perturbados de Johnny a vontade de perguntar qual era o problema... e a opção de não fazê-lo. Instintivamente, ele compreendera. Aquele não era o momento nem o lugar.

Só depois que ele se retirara, quando Daphne se abrigava na segurança do quarto de hóspede no segundo andar, é que abrira o envelope, com os dedos trêmulos. Não era uma carta, como ela esperava, mas um folheto. De uma pousada com café da manhã, na costa, alguns quilômetros para o norte. Sem qualquer bilhete anexo. Não era necessário. O convite de Johnny era evidente.

Fora somente quando desdobrara o folheto que descobriu o que mais fora colocado no envelope: duas passagens antigas e amarrotadas. Caíram no chão. Quando as pegara, Daphne constatara que eram para um ônibus que há muito deixara a rodoviária. Há 21 anos, para ser mais exata. A noite em que ela e Johnny deveriam fugir para casar. Ele guardara as passagens durante todos aqueles anos.

Sentada na cama, as lágrimas escorrendo pelas faces e pingando do queixo, Daphne compreendera o que ele queria dizer: *Não é tarde demais. Ainda podemos pegar aquele ônibus.*

Mas o que aconteceria se estivessem apenas tentando se iludir?, pensou Daphne agora. E se o que ela sentira por Johnny fosse tão irracional e insano, à sua maneira, quanto o amor obsessivo que acabara matando o pai?

Ela olhou para o advogado no outro lado da mesa, em cujas mãos se encontrava o destino de sua mãe. Cathcart parecia ponderar sobre o que ela dissera, como se estivesse empenhado em descobrir um caminho que pudesse ser favorável. Quando a garçonete perguntou se queriam café e sobremesa, estava tão preocupado que não esperou pela resposta de Daphne, apressando-se em pedir, incisivo:

— Apenas a conta, por favor.

Finalmente, tornou a concentrar sua atenção em Daphne.

— Você me deu o que pensar. Não chega a ser uma novidade... apenas uma nova perspectiva para algo que eu já sabia. Se nada mais surgir, vai me ajudar a compreender sua mãe.

Isso lembrou Daphne. Ela pegou a bolsa de compras que deixara embaixo da mesa... uma coisa que a irmã pediu para ser entregue à mãe. Daphne entregou ao advogado.

— Avise a mamãe que é de Kitty.

Ele deu uma espiada na caixa de papelão rosa dentro da bolsa, presa com barbante.

— Alguma coisa que eu deva saber? — indagou Cathcart, apenas meio irônico.

— Quer saber se tem uma lima ou uma serra, não é? — Daphne permitiu-se uma risada rápida. — Não, infelizmente não. É um bolo. Foi minha irmã que fez. O bolo predileto de mamãe.

— Que tipo de bolo?

— Lady Baltimore.

Daphne não acrescentou que era o mesmo tipo de bolo que a mãe planejava servir na festa pelos quarenta anos de casamento.

Na volta para casa, Daphne decidiu, num súbito capricho, parar na livraria local. A Bookworm, onde ela passara horas a fio quando adolescente, era uma espécie de instituição de Miramonte, sobrevivente de vários terremotos, da inundação de 1976 que destruíra a metade das lojas ao longo da Old Courthouse, e mais recentemente da inauguração da megalivraria Highstreet & Bowers, a cerca de dois quilômetros de distância, no Harbor Lights Mall.

Encontrou a livraria onde sempre estivera, na esquina, ao lado da loja que era antes a sapataria Buster Brown, mas virara agora a Mud, Sweat & Tears, uma elegante loja de objetos de cerâmica, com várias peças na vitrine, feitas a mão. Ao seu lado, a Bookworm era um brado de autenticidade, o estuque amarelo esmaecido para uma tonalidade que lembrava pergaminho, os ladrilhos mexicanos, rachados pelo tempo, emoldurando uma vitrine em que havia pilhas de livros, arrumados com alguma habilidade.

Ao passar pela porta dupla, Daphne sentiu que estava voltando para casa. Não havia um balcão para servir café, nem esquemas de cores, ou vendedores que nunca sabiam de nada. Havia apenas livros, livros e mais livros, espremidos em prateleiras, empilhados em mesas de uma maneira um tanto precária, em alguns pontos até espalhados pelo chão. A ficção popular e a não-ficção misturavam-se sem qualquer constrangimento com títulos de autores menos conhecidos. Uma prateleira de *Cliffs Notes*, os guias para as grandes obras literárias, não pedia desculpa para as fileiras de clássicos na parede por trás. As mesmas poltronas e sofás velhos, com assentos de mola, que ela se lembrava de sua última visita, ainda proporcionavam um refúgio para os devotos... os bibliófilos de todas as idades, sempre com o nariz enterrado em livros, abrigando-se dos ventos frios da comercialização.

O quadro de cortiça para recados, na parede ao lado do balcão, apresentava a mesma colcha de retalhos de cartões variados. O sortimento habitual de ofertas e serviços, de gatinhos recém-nascidos a serviços de jardinagem e aulas de culinária vegetariana. O único acréscimo, ao que Daphne podia perceber, era a estante de óleos de aromaterapia, ao lado da caixa registradora, uma fragrância diferente para cada ânimo. Ela imaginou a expressão de surpresa do vendedor barbudo se perguntasse: *O que você tem para uma mulher que está pensando em iniciar um relacionamento extraconjugal?*

Pois a verdade é que não jogara fora o folheto de Johnny, embora soubesse que deveria fazê-lo. Em vez disso, guardara-o na última gaveta da cômoda. *Nunca se sabe.*

Nunca se sabe o quê?, especulou ela agora. Caso ela decidisse ignorar toda a cautela apropriada? Mesmo que não fosse casada, com filhos, já não tinha problemas suficientes no esforço para tirar a mãe da cadeia?

Não obstante, as imagens de Johnny perduravam... aquele passeio pela praia ao pôr-do-sol, as sombras estendendo-se pela areia úmida, a expressão nos olhos dele pouco antes de beijá-la. Eram memórias que, parada ali, cercada de livros, reportavam-na a uma época anterior, muito antes de conhecer Johnny, quando todos os seus heróis eram fictícios. Ivanhoé. Mister Rochester. Heathcliff. As paixões de uma menina sonhadora que passava cada minuto de folga, quando seu nariz não estava enterrado num livro, escrevendo no caderno de espiral que era seu diário.

Daphne lembrava com absoluta nitidez o dia em que tomara a decisão de ser escritora. Tinha 13 anos, e acabara de ler, com um suspiro ansioso, a última página de *... E o vento levou.* Pensara: *Se eu tivesse escrito este livro, saberia de tudo, não é mesmo? O que aconteceu com Rhett e Scarlett.*

Em suma, pensou ela, irônica, foi a necessidade de saber. Outra maneira de expressar, ela supunha, era a bisbilhotice tornada respeitável. Uma boa parcela do que a impelia a escrever era o impulso irresistível de se projetar em pessoas que passavam pela rua ou sentavam na sua frente em ônibus. Criar existências imaginárias para elas, sobre as quais ela tinha controle total. Podiam tropeçar, podiam até cair... mas no final encontrariam uma maneira de se redimirem.

Quando tinha 15 anos, depois de dois anos e numerosos contos de donzelas em desgraça, ela tentara um romance... um romance gótico, em que o vilão caía do cavalo numa moita de sumagre venenoso e fraturava o pescoço. Um brilhante toque de ironia, ou fora o que ela pensara, até que a editora devolvera o original três meses depois, com uma anotação escrita no fim da página impressa de rejeição: *Não sabia que se pode morrer de sumagre venenoso?*

Daphne parou na mesa próxima da caixa registradora, onde havia pilhas dos últimos lançamentos. Alguns anos antes, fizera ali sua primeira conferência literária, com a presença de uma audiência respeitável. Por isso, foi uma surpresa agradável, mas não de todo inesperada, encontrar seu romance mais recente, *Passeio depois de meia-noite*, no alto de uma pilha.

Ela sorriu, enquanto passava um dedo pela capa, um desenho em pastel da lua refletida numa poça d'água. Só quando se olhava mais atentamente é que se percebia que o reflexo parecia com um rosto de mulher. A idéia para o romance surgira quando estava de férias em Barbados, com Roger, poucos invernos antes. Uma hóspede do hotel se afogara enquanto nadava no mar, numa noite de luar. Ninguém sabia por quê... um infarto, sugeriram alguns. Mas, segundo o marido, ela tinha boa saúde e era uma excelente nadadora. Daphne voltara para casa com a tragédia ainda inexplicada. Mas ocorreu-lhe agora que talvez alguns mistérios não devessem ser esclarecidos, que em suas tentativas de percorrer as vielas complexas do passado, reinventando-o quando precisava, talvez estivesse evitando seu próprio presente, mais traiçoeiro.

— É um dos nossos títulos mais vendidos no momento.

Daphne virou-se para a funcionária que falara, uma jovem roliça, com um avental disforme, os cabelos castanhos lustrosos presos numa trança grossa, pendurada sobre um ombro.

— A autora é daqui — continuou a moça, sem perceber que o sangue se esvaía do rosto de Daphne. — Já ouviu falar dela? Daphne Seagrave. A velha que matou o marido... é mãe da autora.

Ela parou para estudar Daphne, que por um momento de pânico teve certeza de que a moça a reconhecera. Então, Daphne vislumbrou seu rosto abalado no espelho de moldura dourada na parede. Ela estava branca que nem um fantasma. Quem não estranharia sua aparência?

— Eu... hã... já ouvi falar — balbuciou ela.

— Ainda não li, mas estou ansiosa — continuou a moça, aparentemente sem saber com quem falava. — Desde que entrou na lista dos mais vendidos do *Chronicle* que não conseguimos mais manter em estoque. Estes acabaram de chegar.

Ela indicou a pilha que Daphne admirara momentos antes... mas da qual recuava agora com pavor.

Tinha de sair dali. Agora. Antes que aquela moça a reconhecesse.

"Tome cuidado com o que deseja..."

Outro axioma da mãe, que agora voltava para ameaçá-la de uma maneira angustiante. Quantas vezes não fantasiara que um de seus romances saía da obscuridade? Só que nunca poderia imaginar que seria por aquele preço.

Enquanto se encaminhava para a porta, ela lembrou que Roger mencionara várias mensagens urgentes de sua editora na secretária eletrônica. Vinha pensando em ligar para Claire. Mas, no fundo, não ficara também um pouco aborrecida? Ao que parecia, sua editora não parara para considerar que ela podia ter coisas mais prementes em sua mente do que especular se mais três mil exemplares do livro deveriam ser impressos ou se não seria bom publicar um anúncio no *Putnam County Register*.

Ela compreendia agora por que Claire mostrava-se tão ansiosa em lhe falar. Se o *San Francisco Chronicle* servia de indicação, seu livro devia estar vendendo muito em todo o país. Até agora, nenhum de seus livros vendera mais do que 15 mil exemplares em capa dura. Podia entender a exultação de sua editora. O problema era que Claire, obviamente, não pensara em como *ela* se sentiria por lucrar com a morte do pai. Naquele momento, Daphne tinha a sensação de que mordera alguma coisa podre.

Passou apressada pelos prédios de estuque mais antigos, nos dois lados da rua de pedestre em que ficava o centro comercial. Ela estava a apenas dois quarteirões do salão de chá de Kitty, mas a distância parecia ser de dois ou três quilômetros. O sangue ressoava em sua cabeça como as batidas de um tambor e, embora o dia fosse claro e fresco, ela suava na saia de algodão e blazer de linho. Na frente do antigo prédio do tribunal, agora convertido em escritórios, um dos quais era o de Cathcart, um malabarista com maquiagem de palhaço divertia um grupo de crianças risonhas. Ela pensou em seus filhos, e sentiu uma saudade intensa. Um dia, quando Kyle e Jennie perguntassem como se tornara famosa, o que lhes diria?

"Tome cuidado com o que deseja... pois pode conseguir."

O que ela desejava agora era que nada daquilo tivesse acontecido. Desejava estar de volta a Nova York, sã e salva, embora não exatamente feliz, refugiada em seu apartamento de cobertura na Park Avenue. Desejava nunca ter conhecido Tom Cathcart. Ou ter voltado a se encontrar com Johnny. Especialmente o reencontro com Johnny. Pois, se não o visse de novo, nunca saberia, não é mesmo? Nunca saberia como teria sido se tivessem embarcado no ônibus naquela noite distante...

Ao chegar à casa da irmã, Daphne estava sem fôlego, o corpo quase dobrado da pontada de dor no flanco. Entrou pela porta dos fundos e arriou à mesa da cozinha, um pouco atônita ao descobrir que conseguira voltar inteira. Não conseguia se lembrar de ter parado em qualquer cruzamento. Era bem provável que só a pura sorte evitara que fosse atropelada.

Kitty, que tirava um bolo do forno no momento de sua entrada, parou para fitá-la. Com as luvas em forma de lagosta que Daphne lhe dera de brincadeira no Natal passado, os cabelos ruivos encrespados formando um topete desgrenhado, ela parecia tão cômica que Daphne descobriu-se a sorrir, embora estremecesse com a pontada de dor.

Ela observou Kitty pôr o bolo em cima de uma tábua. O aroma era celestial... de noz-moscada e casca de laranja cristalizada. A boca de Daphne começou a aguar, e ela quase soltou uma risada pela maravilha de seu apetite estar se elevando dos mortos, como Lázaro.

— Assim que esfriar um pouco, cortarei um pedaço para você — disse Kitty.

— Corte dois. Você está ainda mais magra do que eu.

Kitty tirou a chaleira com água fervendo do fogo e despejou no bule. Enquanto o chá curtia, ela soltou o bolo da fôrma e cortou duas fatias grossas.

— Você parece que levou uma surra — comentou Kitty. — Por causa de alguma coisa que Tom Cathcart disse?

— Pior.

Daphne tirou os mocassins — podia sentir uma bolha se formando no calcanhar — e largou-os debaixo da mesa, onde os gatos estavam cochilando.

— Parei na livraria, ao voltar para casa. Graças a toda a publicidade que nossa família recebeu, parece que meu livro virou um sucesso da noite para o dia.

Kitty compreendeu no mesmo instante e olhou pela janela, num reflexo. Mas a matilha feroz que enxameara lá fora por vários dias, depois da prisão da mãe, afastara-se à procura de outras presas, pelo menos por enquanto. Não havia ninguém ali fora agora, apenas seu cão pastor, sentado, olhando fixamente para um gato que subira na árvore. Ela tornou a olhar para a irmã e suspirou.

— Sei como deve se sentir, Daph. Mas não é uma coisa que você possa controlar.

— É fácil para você dizer isso. Não está lucrando com o espetáculo de horror de nossa família. — Arrependida no mesmo instante de sua explosão, Daphne apressou-se em pedir desculpa. — Desculpe. Não fui justa. Acontece apenas... às vezes parece que somos *nós* que estamos em julgamento. E não me diga que você também não sentiu isso.

O rosto delicado da irmã ficou anuviado. Ela levou a bandeja com o chá para a mesa e pôs um prato na frente de Daphne. Blue Willow, ela reconheceu, de um velho jogo da mãe.

— Tive meus momentos — murmurou Kitty.

— Como foi a reunião com o clube de jardinagem? — perguntou Daphne, só agora lembrando.

Kitty franziu o rosto, enquanto sentava no outro lado da mesa.

— Deixe-me ver... A Sra. Underwood queria a receita dos meus brioches de limão. E Ardelia Spivak ofereceu-se para mandar um jardineiro à casa de mamãe, a fim de cortar a grama e tirar o mato. E, antes que eu me esqueça, elas já recolheram até agora quase duzentas assinaturas.

— Em outras palavras, ninguém está se oferecendo para expor o pescoço.

— É uma maneira de considerar a situação.

Daphne deu uma mordida no bolo quente. Divino.

— Um velho ditado chinês diz que os amigos são como as árvores de folhagem permanente... você só sabe quais são até que o inverno começa.

— Não vou esquecer isso.

Kitty ofereceu um sorriso angustiado. Ocupou-se em servir o chá, do bule florido familiar, com o bico lascado, antes de perguntar:

— Como foi o almoço?

— Nada de novo em termos de mamãe. Mas espere só até saber da proposta de Cathcart.

Ela explicou a sugestão do advogado para que entrassem com uma petição de tutela. Daphne ainda não sabia se gostava da idéia, mas Cathcart estava certo numa coisa: suas opções começavam a se esgotar. Kitty, porém, opôs-se com firmeza.

— Se argumentamos que ela não é capaz de cuidar de seus próprios negócios, não é a mesma coisa que dizer que ela é louca? Não sei de você, Daph, mas eu não me sentiria à vontade para fazer isso, a menos que seja de fato o último recurso.

— Tem uma idéia melhor?

Kitty soprou o chá, mexendo os fios de cabelo em torno das têmporas. Ao mesmo tempo, o rosto pequeno e de feições delicadas ficou imóvel em concentração. Quando falou, sua voz saiu firme e clara:

— Acho que é tempo de fazermos uma visita a Beryl Chapman.

Beryl Chapman morava a vários quilômetros de distância, no outro lado da cidade, num bairro que anos antes fora relativamente próspero, mas agora lutava para manter as aparências. Outrora uma rua sossegada, a leste da John Muir High e da antiga biblioteca pública, a Rio De Campo sofrera com o alargamento da Seacrest Drive adjacente e a abertura de uma avenida de quatro faixas que proporcionava acesso à auto-estrada. Os valores dos imóveis haviam despencado quase da noite para o dia; e na década transcorrida desde então, apesar dos esforços criativos de reforma dos imóveis e jardins, não ocorrera uma alta considerável.

A casa de Beryl tinha o telhado plano, os andares em dois níveis, com manchas de mofo na fachada, onde uma densa sebe de piracantas fora cortada havia pouco tempo. Havia alguma coisa triste naquela casa, pensou Daphne, ao parar o carro, junto com a irmã, na frente. Não era tanto uma impressão de negligência que se irradiava, mas sim de fracasso, de todos os remendos e "melhorias", como a parede falsa de tijolos no lado e o solário envidraçado junto da cozinha. Até mesmo as roseiras, ao longo do caminho da frente, plantadas e aparadas de uma maneira uniforme, pareciam de alguma forma desoladas.

Pelo telefone, Beryl se mostrara cordial, embora cautelosa. Tinha um encontro no fim da tarde, avisara, mas por que elas não apareciam para tomar um café?

Agora, ela recebeu-as na porta, em sua armadura completa: cabelos platinados muito bem penteados, uma maquiagem que devia ter levado uma hora para aplicar, inclusive com cílios postiços. Usava um cafetã de algum tipo, que Daphne logo percebeu ser um velho robe adaptado para parecer elegante. As únicas coisas faltando para completar a ilusão do filme *Crepúsculo dos deuses*, pensou ela, eram o turbante e a piteira.

— Olá, meninas — disse ela, deixando a palavra pairar, como se quisesse realçar algum senso de autoridade que lhe daria uma vantagem. — Parecem muito bem. Entrem, por favor.

Ao entrar, Daphne foi envolvida no mesmo instante por mais tentativas de melhoria doméstica: uma divisória de tijolo e vidro separando o vestíbulo da sala de estar, ladrilhos espelhados na parede atrás do sofá cor de creme, um lustre pequeno com prismas no formato de lágrimas, projetando uma luz fria de cristais sobre o tapete branco.

— Por que não tomamos o café aqui?

Beryl movimentou o braço coberto pelo cafetã na direção da mesinha de vidro, que parecia flutuar por cima do tapete, sobre um agrupamento de tiras cromadas, dispostas de maneira a parecer um chafariz.

— Não quero, obrigada — recusou Kitty.

Ao notar que Beryl franzia o rosto contrariada, Daphne apressou-se em acrescentar:

— Aceito o meu puro, sem açúcar.

Beryl, ao se encaminhar para a cozinha, lembrou-a mais do que nunca de Norma Desmond... uma idosa rainha do cinema, precisando desesperadamente de um papel de estrela. Ela e Kitty podiam não ser Cecil B. DeMille, mas teriam o maior prazer em oferecer a Beryl o seu momento de atenção.

A mulher que era supostamente amiga de sua mãe voltou poucos minutos depois com duas canecas fumegantes, acompanhada por uma *poodle* miniatura branca como a neve. Assim que avistou Daphne e Kitty, a cadela começou a latir.

— Muffie, seja uma boa menina — disse Beryl, em tom de repreensão.

Ela pôs as canecas na mesinha, antes de pegar a cadela com uma só mão. Fitou as duas com uma expressão de falso arrependimento.

— Tive de trancá-la na lavanderia, porque ela pode ser muito desagradável quando tenho visitas. Mas ela parecia infeliz demais. Não é mesmo, Muffie?

Ela esfregou o nariz no focinho da cadela do tamanho de um dedal, antes de largá-la no chão. Sentou no sofá, pegou um cigarro numa caixa na mesinha esmaltada chinesa ao lado.

— O que posso fazer para ajudá-las, meninas?

*Pode nos tratar por nossos nomes, para começar*, Daphne teve vontade de dizer, em voz ríspida. Mas antes que ela pudesse abrir a boca, Kitty declarou:

— Na verdade, estamos aqui por causa de mamãe.

De blusa amarela e calça comprida de um vermelho-escuro, sentada ma poltrona na frente do sofá, Kitty parecia um tordo que entrara pela janela, voando no rumo errado.

— Ah, sim, sua pobre mãe... — Beryl contraiu a boca pintada de uma maneira espalhafatosa, numa tentativa de parecer desolada que só a fez parecer mais absurda. — Como está Lydia? Não passa uma hora sem que eu pense no quanto ela deve estar sofrendo. Estou *doente* pelo que aconteceu.

*Mas não o suficiente para ajudá-la*, pensou Daphne, repugnada. Mas disse apenas:

— Ela está bem. Isto é, tão bem quanto se podia esperar. Já foi visitá-la?

O estalido do isqueiro de Beryl, no silêncio da sala de estar de *Crepúsculo dos deuses*, parecia agressivo e desdenhoso. Beryl deu uma longa tragada, antes de sacudir a cabeça em negativa e responder, através de uma nuvem de fumaça:

— Não tem idéia de quantas vezes passei por aquela porta para fazer isso. Mas, sempre, no último minuto, não fui capaz de enfrentar. A visão da pobre Lydia trancada naquele lugar... — Ela teve um tremor visível, o braço fino comprimido contra o peito. — Mas é claro que se houver alguma coisa em que eu possa ajudar... qualquer coisa...

Ela deixou o oferecimento pairando no ar.

— Há mesmo uma coisa — declarou Kitty. — Na última vez em que conversamos, você disse que já haviam passado semanas desde que falara com mamãe. Isto é, antes... antes dos tiros. Mas há uma coisa que ainda não compreendo.

— O que pode ser?

Um certo nervosismo insinuava-se na voz rouca de Beryl.

— É sobre a briga que você e mamãe tiveram — continuou Daphne. — A briga de que Leanne me falou.

Beryl franziu o rosto em irritação, mesmo enquanto simulava inocência.

— Briga? Eu não chegaria a esse ponto. Trocamos algumas palavras mais ásperas, é verdade. Mas sua mãe e eu nos conhecemos há quase quarenta anos. Não vamos deixar que uma discussão pequena e tola interfira em nossa amizade.

— Mas alguma coisa interferiu, não é mesmo?

Contra o cenário daquela sala toda branca, os olhos azuis de Kitty pareciam luzir com o púrpura profundo do crepúsculo. Beryl fitou-a através dos olhos semicerrados, como uma gata acuada.

— Não sei aonde está querendo chegar.

— Deixe-me refrescar sua memória. — Daphne inclinou-se para a frente. — Você e papai foram amantes durante algum tempo. Todo mundo sabe disso, Beryl. É história antiga, para você. Para mamãe, no entanto, ao tomar conhecimento pela primeira vez, a sensação deve ter sido a de que acabara de acontecer.

O brilho de desprazer que Daphne percebera antes desabrochou para uma cara amarrada total. Era evidente que Beryl compreendia que o jogo terminara. Ou talvez sua consciência — o pouco que ainda restava — finalmente predominasse.

— O que vocês querem de mim? — indagou ela, a voz ainda mais rouca. — Está certo, contei a ela. Não podia mais suportar. Sabia das outras. Sabia que Lydia bancara a idiota durante todos aqueles anos. Mas ela era minha amiga. Merecia saber.

Kitty fitava-a sem piscar.

— Será que ela merecia mesmo?

Daphne, pressentindo que finalmente se aproximavam de alguma coisa, sentiu o coração acelerar.

— Não fez isso por mamãe... foi realmente por você. Tinha inveja dela, não é mesmo? Mamãe tinha tudo que você não tinha. Marido, dinheiro. Estava prestes a comemorar quarenta anos de casamento... e você não tinha nada.

— Isso é mentira! — Beryl levantou-se de um pulo, de uma maneira tão abrupta que Muffie, enroscada a seus pés, começou a dar latidos mecânicos. — Se está tentando me culpar por essa horrível tragédia, pode...

— Não estamos tentando culpá-la por qualquer coisa — interrompeu Kitty, o tom gentil, mas firme. — Precisamos de sua ajuda, e isso é tudo.

— Precisamos de seu depoimento em defesa de mamãe — explicou Daphne.

A cadela *poodle* dançava agora, erguida sobre as patas traseiras, em pequenos círculos, frenética, os latidos furiosos. Beryl comprimiu as mãos contra os ouvidos e gritou:

— Quer se calar? Quer se calar logo?

Um momento passou antes que Daphne compreendesse que era com Muffie que Beryl falava, não com elas. Kitty saiu da poltrona e agachou-se, persuadindo a cadela frenética a vir para o seu colo, tremendo toda. Beryl lançou-lhe um olhar furioso, como se ela tivesse seqüestrado sua filha única.

— Não posso ajudá-las. — A voz era fria. — Sei que pensam que é covardia minha, mas não posso.

Uma pausa, e ela acrescentou, de maneira lamentável:

— Sua mãe tinha Vern, é verdade. Mas *eu* tenho minha reputação. Sem isso, não seria nada.

A voz tremia. Ela arriou no sofá. Nesse instante, ela pareceu se desmanchar. Não era mais como Norma Desmond, mas como a bruxa má em *O mágico de Oz*, o rosto murcho, o peito ossudo parecendo afundado em si mesmo. Daphne forçou-se a continuar, apesar da compaixão que a pegou desprevenida.

— Você é a única esperança de mamãe. — Ela falava baixinho, odiando-se por ter de adulá-la, mas sabendo que não havia outro jeito. — Ninguém mais sabe como foi para ela. Descobrir, depois de tantos anos, que o marido a quem devotara sua vida fora infiel ao longo de todo o casamento. Deve ter sido um golpe devastador.

Com um grito estridente, Beryl baixou o rosto para as mãos.

— Eu não esperava que ela o matasse!

— Não, não poderia saber que isso aconteceria — concordou Kitty, levantando-se, com a *poodle* ainda trêmula em seus braços. — Mas aconteceu. E, agora, a única coisa decente que você pode fazer é se apresentar para contar a verdade.

Por um momento, parecia que Beryl estava prestes a ceder. Depois, ela sacudiu a cabeça violentamente. Uma lágrima enorme escorreu pela face encovada, deixando uma trilha estreita de rímel.

— Não ajudaria. A própria Lydia admite que é culpada. Nada do que *eu* diga vai mudar isso. Por que nós duas deveríamos pagar?

Daphne sentiu vontade de esbofeteá-la. Beryl era como Roger. Fraca, cheia de desculpas. Relutante em enfrentar as conseqüências de seu mau comportamento. Ó Deus, o que sua mãe vira naquela mulher para permitir que se tornasse sua amiga?

— Pode ajudar — argumentou Kitty. — Se o júri considerar que houve circunstâncias atenuantes...

Ela não teve chance de concluir. Porque nesse momento Beryl tornou a se levantar abruptamente. Foi até Kitty e arrancou Muffie de seus braços. Quando suas garras vermelhas se fecharam em torno da cadela, Daphne viu a *poodle* repuxar os beiços para deixar à mostra os dentes pontudos. Teve quase certeza de que ouviu um rosnado baixo.

— Lamento, mas tenho de pedir que se retirem. — A voz de Beryl transbordava de cortesia venenosa. — Como já mencionei antes, tenho um compromisso com uma de minhas clientes. Não posso me atrasar.

Ela lembrava que era a única distribuidora na área de Désirée, uma linha de fragrâncias florais vendidas em lojas de presentes e de roupas, em particular para as mulheres mais velhas. Que tipo de negócio ela teria com seu nome ligado a uma assassina e divulgado pelos jornais de todo o país?

Qualquer simpatia que Daphne sentia antes desapareceu nesse momento. Ela levantou-se, junto com Kitty.

— Obrigada...

Daphne falou friamente. Esperou até estar quase na porta, antes de se virar para acrescentar:

— ... pelo café.


Havia uma única mensagem na secretária eletrônica de Kitty quando elas voltaram. De Johnny. Ao tocá-la de novo, Daphne sentiu que o calafrio que a fizera estremecer durante toda a viagem de carro com a irmã se transformava de repente em calor.

— Eu estava andando pela praia e encontrei uma placa de madeira. Diz PROIBIDA A ENTRADA, mas parece bastante seca. — Uma risada baixa. — O que acha de fazermos uma fogueira?

Ao ouvir a mensagem, enquanto pendurava seu casaco no closet, Kitty balançou a cabeça.

— Deus sabe que não posso lhe dizer o que fazer. Mas não acha, Daph, que já tem problemas suficientes sem isso?

As duas estavam no corredor para a cozinha, ao lado da escada dos fundos, usada pelas criadas nos dias em que uma dona-de-casa, mesmo com um sucesso relativo, podia se dar ao luxo de contar com ajuda para os trabalhos domésticos. Daphne sabia que a irmã falava apenas por preocupação e que as duas estavam muito tensas por causa do encontro com Beryl. Mesmo assim, ficou irritada.

— Não vi *você* barrando a passagem de seu namorado, quando ele sobe pela escada à noite, pensando que estou dormindo.

O rubor que se espalhou pelo rosto da irmã dizia que ela atingira um ponto nervoso. Kitty levou as mãos às faces, como se assim conseguisse esfriá-las. Mas não pôde esconder um pequeno sorriso de tristeza.

— E nós pensávamos que mantínhamos a maior discrição...

Daphne revirou os olhos.

— Ora, querida, não nasci ontem. É o homem que esteve aqui depois do funeral, não é mesmo?

— Como... como soube? — balbuciou Kitty.

— Estava estampado em seu rosto. Como acontece agora. — Daphne se adiantou e passou o braço pelos ombros da irmã. — Está tudo bem. Afinal, somos humanas. E você não é casada.

Quando Kitty recuou, sua expressão era perturbada.

— Eu não estava pensando em Roger... apenas em você. Não quero que saia magoada, Daph. Se der permissão a si mesma para se apaixonar de novo por Johnny...

— Nunca deixei de ser apaixonada por ele. Não percebe? É esse o problema.

Pronto. Ela dissera... a coisa que mantivera trancada em seu íntimo durante todos aqueles anos. Mas, em vez de vergonha ou remorso, experimentava um profundo sentimento de alívio. Kitty sorriu, pesarosa.

— Também fui um pouco apaixonada por ele... quando tinha treze anos, por cerca de cinco minutos. — Baixinho, ela acrescentou: — É engraçado, não é? Eu costumava invejá-la por causa de Johnny... e agora a invejo pelas crianças.

Daphne teve vontade de oferecer garantias... Kitty ainda era jovem, poderia ter seu próprio filho. Se não fosse mesmo possível, uma das agências de adoção em que já se inscrevera encontraria uma criança. Mas isso teria sido a *velha* Daphne... a mulher que ela deixara em Nova York, sempre disposta a apaziguar, a evitar o conflito a qualquer custo. Ela decidiu, em vez disso, expressar exatamente o que pensava.

— Sinto saudade das crianças — murmurou ela, suspirando. — Não se passou um único dia, desde que cheguei aqui, que não tenha sentido vontade de pegar um avião e voltar para meus filhos.

Kitty, com a mão no corrimão, arriou cautelosa para o degrau mais baixo. Exibia uma expressão distante que Daphne não podia decifrar.

— O nome dele é Sean. E não é apenas um namorado. Sua irmã mais nova está grávida e procura alguém para adotar o bebê. Foi assim que nos conhecemos.

Daphne sentiu-se no mesmo instante dominada pela culpa. Estivera tão absorvida em seus problemas que não pensara duas vezes nos problemas da irmã. Agora, ela sentou ao lado de Kitty.

— Por que não me contou?

A boca da irmã se contraiu num sorriso sem qualquer humor.

— Com todo o resto que estava acontecendo? Não sei. Pensei que pareceria egoísmo.

— Não é egoísmo. É... — Daphne procurou a palavra certa. — ...a sua vida.

— Minha vida?

Kitty virou o rosto triste para a irmã. Na claridade difusa do poço da escada, parecia desprovido de carne, nada além de ossos, em que um par de olhos brilhantes faiscava com um desespero quase febril.

— Tem razão, acho que se pode dizer isso. Mas quer saber de uma coisa? No fundo, eu não sou melhor do que Beryl. Porque se tivesse a opção teria feito exatamente o que ela fez. Por esse bebê, com toda a certeza. Teria virado as costas a mamãe, fingido que nem mesmo a conhecia. Em que tipo de pessoa isso me transforma?

— Em uma pessoa que não é perfeita — respondeu Daphne, a voz baixa, as lágrimas aflorando em seus olhos.

Ela sabia exatamente como Kitty se sentia. Também não tomara a decisão, no instante em que ouvira a voz de Johnny, de que nada neste mundo poderia impedi-la de ir ao seu encontro?

\* \* \*

O velho cobertor em que estavam deitados, no fundo de uma duna, um quilômetro e meio ao sul de Plunkett's Lagoon, saíra da mala do Thunderbird de Johnny. À luz bruxuleante da fogueira, Daphne podia ver num canto um buraco chamuscado do tamanho de uma moeda de dez centavos... uma lembrança de uma excursão familiar, com toda a certeza. Ela pensou em todas as lembranças que Johnny acumulara ao longo dos anos, das quais ela não fazia parte, e sentiu um aperto no peito.

Encostou a mão no coração de Johnny, sentindo as batidas seguras e firmes, apesar da grossura do suéter.

— Seu filho sempre viveu com você?

— Não a princípio. J. J. tinha doze anos quando Sara e eu nos divorciamos. — A expressão de Johnny era sombria. — A custódia não foi discutida. Por mais que eu quisesse que ele ficasse comigo, não podia fazer isso com meu filho. Além do mais, não posso culpar Sara. Ela é uma boa mãe.

— Quando as coisas mudaram?

— Há seis meses. Ele e a mãe não estavam se dando bem. Para ser franco, não posso culpá-la por mandá-lo embora. J. J. é muito difícil às vezes... como o pai dele. — Johnny riu, triste, arrancando uma haste verde que se projetava da areia. — E você? Disse há pouco que sente muita saudade de seus filhos. Não deve ser fácil ficar tão longe.

— Não, não é.

Daphne pensou na última vez em que falara com Kyle e Jennie ao telefone. O filho falara rapidamente sobre o jogo Nintendo que o pai comprara e depois voltara a jogar. Jennie, por outro lado, parecia inibida... da maneira como costumava ficar com pessoas estranhas. Ao desligar, Daphne pensara que seu coração ia se romper.

Johnny inclinou a cabeça de uma maneira que iluminava apenas um lado de seu rosto. O resto ficou perdido na sombra, um olho cinza-azulado fitando-a como se fosse através de uma porta entreaberta.

— Por que então não os traz para cá?

— Eu gostaria que fosse tão fácil assim. — Daphne suspirou. — Mas Roger está com dificuldade para viajar. Uma crise na clínica. Ou pelo menos é o que ele diz.

Um tom de amargura insinuou-se na voz de Daphne, que não se deu ao trabalho de disfarçá-lo. Johnny inclinou a cabeça, num divertimento irônico.

— Eu não me referia a seu marido.

Ele dava a impressão de que era tão simples que por um momento Daphne quase acreditou que era possível. Então, a realidade voltou.

— Não posso tirá-los da escola.

Kyle estava na primeira série na St. David's, enquanto Jennie estudava na Montessori. O que ela não acrescentou foi que Roger nunca permitiria.

— O que é pior, mudar de escola por alguns meses ou ficar sem a mãe?

— Meses?

Daphne sentiu um princípio de alarme.

— Vai durar todo esse tempo... se você planeja permanecer durante todo o julgamento.

— Pensou que eu não ficaria?

— A possibilidade me ocorreu.

Daphne virou de costas.

— Não vou embora enquanto o caso não estiver resolvido, de um jeito ou de outro. — Ela contemplou a quantidade de fagulhas que subiam pelo ar, incapaz de fitá-lo nos olhos. — Mas há outras coisas em jogo aqui, além de minha mãe.

Ele surpreendeu-a com uma risada amargurada.

— Nada jamais muda, não é mesmo? Olhe só para nós... beirando os quarenta anos e ainda nos encontrando às escondidas.

— Vinte anos é bastante tempo, Johnny. Muita coisa mudou.

— Não como eu me sinto em relação a você.

As palavras foram como um golpe leve na barriga de Daphne. Ela sentou, passando os braços pelos joelhos.

— Ah, Johnny, por que tem de ser tão difícil?

Uma súbita rajada de vento, soprando do mar, abaixou as chamas, que em seguida se projetaram para o alto, mais altas do que antes. Lá em cima, as estrelas espiavam, através da camada de nevoeiro, como fragmentos de mica piscando na areia a seus pés... uma areia que parecia quente na superfície, mas fria por baixo, quando ela afundou os dedos.

A praia estava deserta... fria demais para os namorados. A princípio, parecera fria para ela também, mas depois se esquentara com a fogueira de madeiras deixadas pela maré ao longo da praia. Agora, no clarão crepitante, ela sentia-se como se fossem as duas únicas pessoas que restavam neste mundo: um homem e uma mulher com idade suficiente para saberem o que era melhor, revolvendo lembranças naufragadas, perto do lugar em que haviam feito amor quando adolescentes.

— O difícil é sempre fazer o que é bom para todos, menos para nós. — A voz atrás de Daphne era baixa e tensa. — Nunca parou para se perguntar como seria nossa vida se fizéssemos o que *nós* queríamos, há tantos anos?

Daphne sorriu para as chamas irrequietas.

— Pelo menos uma vez por dia.

— Casei com Sara pensando que um pedaço de papel iria apagá-la de meus pensamentos. — Ele permaneceu calado por um momento. — Parecia uma boa idéia na ocasião.

Daphne virou-se para fitá-lo.

— Nunca falei a Roger sobre você. Não em detalhes. Não precisava.

Johnny fitou-a em silêncio, a luz da fogueira dançando em seu rosto forte, de feições irregulares. Quando ele sentou para pegar sua mão, puxando-a lentamente para se estender ao seu lado, Daphne sentiu o choque do ar mais frio a poucos centímetros do lugar em que estivera... enquanto os lábios quentes de Johnny procuravam os seus.

O beijo foi se aprofundando, e Daphne sentiu alguma coisa mudar dentro dela, como a areia por baixo do cobertor, quando se acomodou ao lado de Johnny. Foi invadida por um dilúvio de lembranças. Os dois ali, nus, sob um céu em que as estrelas giravam e faiscavam, como uma vasta roleta, da qual dependia o futuro deles. O gosto de sal na pele de Johnny... e a ternura com que ele a penetrara. Depois, ele a aninhara, enquanto Daphne chorava, não em arrependimento, mas com um intenso sentimento de alívio. Aos 16 anos, Johnny sabia exatamente do que ela precisava. De uma maneira que seu marido durante quase vinte anos nunca soubera.

Agora, naquela noite de vento, em maio, anos depois, as mãos de Johnny não hesitaram, como acontecera outrora. Ele abriu o casaco de Daphne, tirou a suéter pela cabeça. Ela estremeceu quando o vento úmido soprou em sua pele nua... e depois Johnny tomou-a em seus braços, beijando a base de seu pescoço, antes de descer. Seus lábios deixaram uma trilha arrepiada entre os seios, descendo pela barriga, onde ele se empenhou em abrir o jeans.

*Não posso fazer isso*, pensou Daphne, em alguma parte distante de sua mente. *Sou casada.* Mas não parecia um pecado, nem mesmo errado. Durante todos aqueles anos com Roger, ela fora infiel a *Johnny*. Era por Johnny que ela ansiava, enquanto se esforçava para desfrutar as tentativas de paixão de Roger, efusivas, muitas vezes desajeitadas.

E, agora, pairando por cima dela, estava o rosto que tentara imaginar com tanta freqüência... aquela versão adulta do jovem que ela amara, com o vento desmanchando os cabelos pelos quais tanto gostava de passar os dedos. Mais velho, e mais consciente também, é claro... mas com um desejo que não era menor do que demonstrava naquele tempo. Pensando bem, se alguma coisa, o desejo nos olhos de Johnny, foi reprimida ao longo dos anos, ardia mais intensamente agora.

Ela observou-o se despir, antes de tirar seu jeans e jogá-lo na crescente pilha de roupas na extremidade do cobertor. Algumas moedas caíram do bolso de Johnny e espalharam-se pela areia, onde faiscaram como um tesouro desenterrado. À luz da fogueira, que iluminava o tronco nu, ainda esguio e musculoso, ela divisou a tênue cicatriz, em meia-lua, pouco visível, no ombro direito. Se fechasse os dentes ali, ela sabia que se ajustariam com perfeição. O pensamento deixou-a com um profundo excitamento.

Desde que deitara com Johnny pela última vez, quando tinha 17 anos, que ela não sentia tanta urgência, um anseio tão desvairado de que ele a penetrasse.

Ele envolveu um seio com a mão e beijou gentilmente o mamilo. Quando retirou os lábios, o ponto ardeu deliciosamente com o frio.

Daphne agarrou-o, puxou-o para seu corpo, como se fosse uma manta. sufocando-a com seu calor. Ele tinha o gosto... não, um gosto que não era parecido com o de ninguém, que não era parecido com nada. Apenas o gosto de Johnny. E como ela sentira saudade! Como sentira falta daquilo!

— Estamos fazendo a coisa certa? — sussurrou Daphne.

Johnny fitou-a, com uma expressão solene que a deixou comovida. Pontos de luz refletiam-se nos seus olhos cinza.

— Quer parar?

— Não.

Ela não precisava pensar a respeito. E não poderia parar mesmo que quisesse.

Johnny estendeu a mão entre suas pernas, acariciando-a com uma gentileza que ela pensou que morreria de tanta ternura.

— Ah... não faz idéia do quanto eu queria fazer isso... desde o dia em que você entrou na minha sala — sussurrou ele.

Quando ele a penetrou, o grito de Daphne foi abafado pela boca que cobriu a sua. Johnny ajustava-se nela com perfeição, como podia se lembrar. Mas com a idade e a experiência ela podia se mexer de uma maneira como não sabia naquele tempo... encontrando seu ritmo, sabendo como diminuir quando Johnny acelerava. E quando ele começou a perder o controle, moveu-se para baixo a fim de satisfazê-la, primeiro com a boca, Daphne abriu-se à sensação maravilhosa da língua em meio ao ar frio, soprando entre suas coxas.

Daphne arqueou-se e deixou escapar um grito, o céu parecendo saltar em sua direção, como as ondas que murmuravam em algum lugar da escuridão. *Ó Deus, Deus, não me importo se estiver nos observando. Porque, se é um pecado se sentir tão bem, não há esperança para ninguém neste mundo.*

E, depois, ele tornou a penetrá-la, levando-a de novo ao orgasmo, antes mesmo que o doce tremor do primeiro cessasse. *Ó Deus, Deus...*

Ela ergueu os quadris, sabendo instintivamente quando e como receber o último ímpeto trêmulo. Só depois que Johnny arriou e rolou para o lado é que ela parou para se maravilhar com a sensação de liberação que fluía de todas as partes de seu ser.

Daphne puxou-o de novo, aconchegando-se, não querendo deixar que aquelas sensações esfriassem. Grãos de areia soprados pelo vento caíam sobre ela como se fossem chispas da fogueira que esquentava seu flanco, enquanto o resto do corpo esfriava. Só onde a carne nua se encontrava com a de Johnny é que se sentia aquecida.

— Eu amo você — murmurou Johnny.

— Eu sei... — Ela levou a mão ao rosto de Johnny, onde sentiu um músculo se contraindo... como se ele estivesse fazendo um esforço para não chorar. — Você é o único homem que sempre desejei.

— Eu gostaria...

— Do quê?

— Não importa. Não quero pensar sobre o passado.

— Nem no futuro.

Daphne estremeceu, apertando-o com mais força. Depois de alguns minutos, ele murmurou:

— Eu deveria pôr mais lenha na fogueira.

— Devemos nos vestir — protestou Daphne, sonolenta, sem fazer qualquer esforço para levantar.

Ele riu.

— Por que se incomodar? Teríamos de nos despir de novo.

— Porque há uma possibilidade de que alguém possa nos ver... e você já pode imaginar qual seria a manchete amanhã.

Daphne sentou agora, pensando: *Qualquer um pode ter nos visto. E Roger acabaria sabendo.*

Estranhamente, a perspectiva a atraía. Imaginou Roger abrindo o jornal da manhã e recebendo o maior choque de sua vida.

Mas logo uma onda de culpa envolveu-a, e se lembrou da noite, alguns anos antes, em que fora apanhada numa nevasca ao voltar para casa, de uma conferência em New Haven. Ao entrar em casa, trôpega, com horas de atraso, Roger estava fora de si. Abraçara-a com tanta força que ela pensara que suas costelas iam quebrar. Depois, seguira-a de um cômodo para outro, como se determinado a nunca mais deixar que ela ficasse longe de sua vista.

Daphne desvencilhou-se de Johnny. Enfiou as pernas no jeans cheio de areia. A suéter parecia úmida contra sua pele. Johnny observava-a com uma expressão divertida. Esperou até que ela ficasse toda vestida antes de pôr a camisa, em movimentos lânguidos.

— Na última vez, você estava apavorada que seu pai pudesse nos encontrar — comentou ele, provocante. — De quem você tem medo desta vez?

— De mim — respondeu Daphne. — Se deixarmos que isso continue, tenho medo do que *eu* poderia fazer.

Ela não sabia o que o futuro reservava, mas recuperara naquela noite, nos braços de Johnny, o que havia perdido. Agora, a questão era só uma: poderia manter?

A única coisa que Daphne sabia com certeza, enquanto subia a duna, apoiada em Johnny para escapar do vento que desmanchava seus cabelos e comprimia a gola do casaco contra seu pescoço, era que não teria mais chances se o deixasse pela segunda vez.

Esse entendimento envolveu seu coração como a onda que podia sentir lá embaixo, em direção à praia.

*Amanhã, acertarei tudo para que Roger embarque as crianças num avião,* pensou ela. *E não direi quando voltaremos para casa. Se ele cansar de esperar, saberá onde me encontrar.*

# Capítulo Onze

Na manhã de quinta-feira, na semana seguinte, Kitty levou a irmã ao aeroporto em San Francisco para pegar Roger e as crianças. Mas o vôo atrasou, e mais de uma hora já havia transcorrido quando ele passou pelo portão, rebocando Kyle e Jennie. Kitty ficou para trás, observando o cunhado envolver Daphne num abraço apertado, enquanto as crianças jogavam-se contra seus joelhos com força suficiente para fazê-la cambalear para trás, às gargalhadas, até arriar numa cadeira convenientemente postada.

*Daphne mudou*, pensou ela. Kitty estava impressionada porque a irmã conseguira persuadir Roger, apesar dos protestos iniciais, a deixá-la matricular as crianças na escola fundamental de Miramonte, pelo resto do ano letivo. Pouco antes, ela não seria capaz de enfrentá-lo; mas agora, ao invés de se encolher, Daphne assumia o comando.

— Preciso das crianças comigo, e elas precisam da mãe — dissera Daphne ao marido, pelo telefone.

Depois de esperar paciente que Roger terminasse seu protesto, ela acrescentara:

— Se não é conveniente para você trazê-las neste momento, não tem problema. Irei buscá-las. Lamento, Roger, mas desta vez tenho de insistir.

Kitty tivera vontade de aplaudir.

Roger parecia sentir também a mudança em sua mulher. Durante a viagem de carro para Miramonte, ele lançava olhares indecisos para Daphne a todo instante, enquanto as crianças falavam sem parar, enchendo Kitty de perguntas sobre os quartos em que dormiriam, se poderiam fazer biscoitos como na última vez, se teriam ou não permissão para assistir à televisão lá em cima.

Jennie, adorável numa blusa preguada, macacão rosa, tranças louras descendo da cabeça, enfiou a mão na mochila de Barbie, com evidente timidez.

— Olhe só, tia Kitty. É *A pequena sereia*. — Ela suspendeu a fita para que Kitty pudesse ver, enquanto confidenciava, muito séria: — Papai diz que as sereias não existem. O que *você* acha?

Kitty hesitou por um instante.

— Nunca vi nenhuma... mas também nunca vi um canguru. E sei que os cangurus existem.

Ela ignorou o olhar furioso de Roger.

O cunhado só podia ficar no fim de semana. Mas era tempo suficiente para povoar a casa com sua presença e fazer com que a irmã se encolhesse mais um pouco a cada dia. Ao ouvir seus passos pesados e um tanto possessivos na escada, a própria Kitty não podia deixar de se encolher um pouco. Ao observar as tentativas de Roger para acalmar os temores de Daphne em relação à mãe — no mesmo tom jovial que ele usava com Kyle e Jennie —, Kitty sentia seus músculos se contraírem em resistência. O cunhado não era uma pessoa má, Kitty sabia. Embora fosse um pouco rigoroso com as crianças, na sua opinião, era evidente que as adorava. E, à sua maneira, Roger tentava compensar Daphne por não ter vindo antes. Mesmo assim, quando ele saiu para o aeroporto, no início da manhã de segunda-feira, até mesmo a casa pareceu deixar escapar um suspiro de alívio.

Como camundongos saindo cautelosos para o terreno aberto, as crianças brincaram em silêncio a princípio, depois foram se tornando mais barulhentas, ao terem certeza de que o pai não estava presente para repreendê-las. Daphne, sentada de pernas cruzadas, ainda de pijama, no tapete trançado na frente da lareira, observando Kyle e Jennie construírem um forte com Lincoln Logs, também parecia aliviada. Uma hora depois, de banho tomado e vestidos, todos desceram para a cozinha, onde a massa que Kitty preparara cedo já começara a crescer na tigela, formando um domo de farinha de trigo.

Kitty deu a cada criança uma porção de massa do tamanho de uma toronja para amassar. Enquanto as crianças batiam na massa com a maior satisfação — miniaturas louras de Daphne, com o mesmo rosto em forma de coração e os mesmos olhos cinza-esverdeados —, Kitty pôs água no fogo para fazer um chá.

Estava cortando bananas para misturar com o cereal quando o sol, encoberto pelo nevoeiro durante todo o fim de semana, fez um aparecimento súbito e dramático. Um brilhante feixe de luz, como um refletor, iluminou os dois gatos malhados, dormindo no tapete, como se formassem uma única bola de pêlo. Enquanto a chaleira apitava, Kitty pôde ouvir os acordes alegres de música lá em cima. Era o tema musical de *Vila Sésamo*. Kyle e Jennie deviam ter deixado a televisão ligada. Ela sorriu e sentiu-se abençoada pela primeira vez em semanas.

Ocorreu-lhe de repente, como uma moeda caindo pela fenda no lugar certo, um axioma familiar, polido pelo destino duro: "O que não me mata, serve para me fortalecer." Em meio à provação de sua família, à ruína de suas próprias expectativas, Kitty descobrira uma verdade espantosa: que as coisas sempre podem crescer, mesmo em terreno árido e regadas por lágrimas.

Fora Sean quem lhe ensinara isso. Kitty aguardava todas as noites que ele entrasse pela porta dos fundos e subisse a escada na ponta dos pés para o seu quarto, como um presente precioso, a ser desembrulhado e saboreado. Nem sempre sabia quando ele viria. Entre a escola e o trabalho, cuidando de tudo em casa, não lhe restava muito tempo para si mesmo. Muitas vezes, Kitty já mergulhara num sono profundo quando ele subia em sua cama; e Sean entrava logo no sonho que ela estivesse tendo naquele momento, qualquer que fosse. Quando ele ia embora, de madrugada, Kitty ficava tremendo, como se fosse privada de uma fonte de calor necessária.

Pelo resto do dia, Kitty sentia-se fraca só de pensar em Sean. As marcas de suas mãos queimavam por baixo das roupas. A calcinha era quase desconfortável, úmida do ato de amor da noite passada. Não adiantava tentar se distrair. Mesmo quando fechava a porta para essas lembranças, elas ainda se esgueiravam por baixo, por qualquer fresta, em doces ímpetos de desejo.

Ao mesmo tempo, Kitty mantinha uma lista mental de todos os motivos pelos quais *não* devia se apaixonar por Sean. Não havia futuro no relacionamento, dizia a si mesma. Mas, acima de tudo, havia Heather. Ainda acreditava que existisse uma possibilidade de Heather decidir a seu favor. Não havia outros pais adotivos sendo considerados; sabia que era verdade porque Sean lhe dissera.

*Só que isso foi há alguns dias*, uma voz cautelosa alertou-a. *Suponhamos que ela tenha encontrado alguém a esta altura.*

Kitty resistiu ao impulso de levar as mãos à cabeça para, literalmente, *arrancar* esse pensamento do cérebro. Mas sabia muito bem por que, nos últimos dias, não perguntava a Sean sobre Heather. *Você tem medo do que pode descobrir.*

Havia apenas um assunto em que discordavam por completo. Kitty achava que Heather devia ser informada sobre o que havia entre os dois. Mas Sean argumentava que a irmã já tinha problemas demais neste momento. Descobrir que o irmão estava envolvido com Kitty só serviria para deixá-la ainda mais perturbada. Na outra noite, conversando na cama, Sean esforçou-se para colocar isso em palavras.

— Minha irmã é um pouco... ora, você viu como ela pode ficar. — Sean estava deitado de costas, olhando para o teto, o perfil delineado ao luar. — Tem sido assim desde que nossa mãe foi embora. Heather fica transtornada quando pensa que alguém pode abandoná-la... mesmo que seja apenas em sua imaginação. Entende o que estou querendo dizer?

Kitty acenara com a cabeça para indicar que entendia. Na escuridão, com a lua ondulando por trás das cortinas de renda, como uma coisa apanhada numa rede e se afogando lentamente, refletira que todos os motivos pelos quais se apaixonara por Sean eram os mesmos pelos quais ele não podia permanecer em sua companhia como ela queria.

Kitty também sabia qual era a esperança secreta de Sean: que a irmã decidisse ficar com o bebê. *Seria tão terrível assim?*, pensava ela. *Pelo menos eu poderia ver a criança, pegá-la no colo. E depois que Heather se acostumasse comigo e com Sean como um casal, talvez...*

Parada na cozinha banhada pelo sol, em companhia de Daphne e seus filhos, Kitty teve a súbita certeza de que nada era impossível. Quem podia saber? Talvez até encontrassem uma maneira de libertar a mãe.

Ela estremeceu nesse instante, como se uma nuvem escura tapasse o sol.

Até agora, os esforços dela e de Daphne não haviam produzido muitos resultados. O trabalho de investigação, ela aprendera, era como a arqueologia: você faz muita coisa para conseguir apenas uns poucos ossos. Desde a infrutífera confrontação com Beryl, na semana anterior, a irmã e ela passavam a maior parte do dia examinando velhas cartas da mãe ou falando ao telefone com amigas e parentes. A maioria se dispunha a ajudar, mas ninguém conhecia nem uma única razão para que a mãe quisesse deixar o pai, muito menos matá-lo. A pomposa tia Rose fora a que se expressara melhor:

— Eu seria capaz de apostar muito dinheiro como minha irmã faria justamente o oposto... deitaria na estrada se isso impedisse Vern de ser atropelado.

Ela fizera uma pausa para recuperar sua respiração enfisemática, que fazia com que desse a impressão de uma mulher se afogando, sem fôlego para respirar.

— Eu mesma nunca pude entender direito. Mas isso... ora, isso faz ainda menos sentido.

Uma coisa era evidente: se a mãe sabia dos casos do pai, não confidenciara a tia Rose. Ainda assim, Kitty estava determinada a encontrar uma maneira de arrancar a verdade de sua caverna e trazê-la para a luz do dia. A melhor esperança, àquela altura, em sua opinião, era levar a mãe a prestar depoimento em sua defesa. Mas primeiro a mãe tinha de querer se salvar. Até agora, ela se recusara obstinadamente a conversar além do fato de que era culpada e merecia ser punida. Mas o que dizer das conseqüências disso para suas filhas e netos? Não eram apenas a saúde e o bem-estar da mãe que estavam em jogo, mas toda a família. *Se ela não pode perceber isso por si mesma, então terei de fazer com que compreenda.*

Hoje, ela se reuniria com a mãe e o advogado, enquanto Daphne matriculava as crianças na escola. E, desta vez, Kitty tencionava chegar a algum lugar...

Parada junto da pia, ela sentiu que seu senso normal de direção, que em algum momento se tornara tão desconectado quanto um ponteiro girando a esmo dentro de um relógio quebrado, voltava a se encaixar na posição correta. Claro que ela lamentava pelo pai, e continuaria a fazer tudo o que pudesse para salvar a mãe. Mas, enquanto isso, precisava cuidar de sua própria vida. Não era essa a verdadeira lição em tudo o que acontecera, que a força de uma família é apenas tão boa quanto a força de cada um de seus membros?

— A caixa de flocos de milho está na despensa, e a aveia no armário em cima do fogão — disse ela à irmã, que estava pondo as tigelas e colheres na mesa. — Volto num instante.

Sem dizer mais nada, Kitty passou pela porta para a sala da frente, cujas mesas vazias lembravam-na de um palco armado durante o intervalo. Foi até a porta e virou o cartaz pendurado ali, que passou a dizer: ENTRE! ESTAMOS ABERTOS!

Pouco depois das dez horas daquela manhã, Kitty sentava a uma mesa de metal, aparafusada no chão, numa sala protegida na cadeia do condado de Miramonte. A temperatura lá fora continuava agradável, mas ali dentro fazia um calor sufocante. Tom Cathcart, sentado à sua esquerda, tirara o paletó do terno cinza-escuro, pendurando-o na cadeira. Kitty abanava-se com um envelope tirado da cesta de lixo.

Nas visitas anteriores, uma barreira de vidro prejudicara a visão da mãe. Desta vez, no entanto, Kitty podia constatar como ela se tornara frágil. A pele esticada por cima dos malares agora salientes tinha a tonalidade amarelada de papel velho, corroído por ácido. Os olhos fundos, sob as fortes lâmpadas fluorescentes, eram vazios e sem vida. Até mesmo a postura ereta que ela mantivera, com tanto rigor, havia cedido, embora não sem alguma luta. Sentada na frente de Kitty, a mãe tinha a aparência de um monumento antigo, os ombros encurvados, um pouco adernada para o lado.

Kitty sentiu um aperto no coração ao se esforçar para conciliar aquela versão chocante com as imagens da sua infância: a mãe de luvas brancas e chapéu de aba larga, conduzindo as filhas para um banco da igreja; a mãe no jardim, vestindo o velho macacão com manchas de terra, cuidando das plantas. A casa estava sempre cheia de flores colhidas no jardim, ásteres, bocas-de-leão e gladíolos.

Em sua mente, formou-se uma imagem nítida: a mãe saindo do mar, o corpo brilhando, a água escorrendo, depois de nadar pela manhã. O sol acabara de nascer, refletia-se no mar em pontos que pareciam estrelas, transformava a touca branca da mãe num halo reluzente. Ela estava rosada e sorridente, como se tivesse acabado de ser batizada. Os passos faiscavam por um momento na areia úmida, antes de serem apagados pelas ondas.

*Ah, mãe, pense em tudo o que você adorava fazer. Pense em passear pela praia... e esvaziar pacotes de sementes sobre a terra revolvida. Pense em descascar cebolas para a sopa, como me ensinou a fazer, mantendo-as sob a água corrente para não chorar. Pense nos almoços de domingo, a família inteira à mesa. Pense em mim, sua filha.*

Um nó formou-se na garganta de Kitty, enquanto se inclinava para apertar a mão algemada da mãe. Teve de fazer um esforço para não chorar. Olhou ao redor, vendo as paredes cinza e as janelas reforçadas com arame. Na mesa cinzenta de metal alguém escrevera, em letras toscas, JESUS SALVA. Só que no momento parecia que não poderia salvar a mãe, uma perspectiva sombria, que ela via refletida no rosto aristocrático e de queixo firme de Cathcart.

— Daphne manda seu amor, mamãe. Devia ver as crianças. Estão pelo menos cinco centímetros mais altas e ainda mais inteligentes. Jennie fala como um papagaio, repetindo tudo o que ouve. E Kyle... — Ela sorriu. — Ontem ele queria saber se areia é a mesma coisa que rocha, só que muito menor, como ele disse.

O sorriso hesitante da mãe foi como um reflexo rachado do sorriso de Kitty.

— Por favor, dê um beijo nas crianças por mim. Eu só gostaria...

Ela mordeu o lábio e empertigou-se um pouco, virando os ombros adernados para bombordo.

— Gostaria de quê? — impeliu Kitty, suavemente.

— Nada. Como está Roger?

A mãe exibia agora uma jovialidade forçada. Era evidente que desistira de explicar o que estava prestes a dizer.

— Ele não pôde ficar... tinha problemas urgentes para resolver — murmurou Kitty. — Mas quer que você saiba que fará tudo o que puder.

— Não conto com isso. — A boca de Lydia esticou-se num sorriso fino, sem qualquer humor. O tom era brusco, quase áspero. — Perdoe-me por dizer isso, mas jamais gostei daquele homem. Bem que tentei, por Daphne... mas acho que isso foi parte do problema. Dei um péssimo exemplo, não é mesmo?

— Roger é como papai, sob alguns aspectos.

Kitty nunca pensara a respeito até agora, mas compreendeu que Daphne, de alguma maneira, casara com Vernon, exceto pelo fato de o pai ser mais inteligente e muito mais charmoso.

— Ela deveria deixá-lo.

Kitty recostou-se, surpresa. Não podia acreditar no que ouvia. A mãe não aturara muito mais do pai? Talvez simplesmente não tivesse lhe ocorrido que tinha tanto direito à felicidade quanto as filhas.

— Daphne é capaz de cuidar de si mesma — assegurou Kitty.

— Não duvido disso. Ela é mais forte do que imagina.

— Se está se referindo a Roger, eu...

— Não é apenas em Roger que estou pensando. — O sorriso da mãe permanecia apático, mas havia uma centelha de vida em seus olhos. — Das três, Daphne era em geral a última a entrar na fila para qualquer presente que estivesse sendo distribuído. Mas nunca hesitou em se adiantar quando era preciso providenciar para que outra pessoa recebesse o que lhe era devido.

Kitty sentiu uma pontada do ciúme antigo. *Daphne... sempre Daphne. A predileta de mamãe.* Mas ela tratou de se livrar desses pensamentos, como faria com uma teia de aranha que aderisse a seu rosto.

Inclinou-se para a frente, a fim de segurar as mãos da mãe, engolindo em seco pelo retinido das algemas contra a mesa de metal.

— Tem razão, Daphne é forte. Mas não o suficiente para salvá-la se você nem mesmo tentar se salvar. Tem de nos contar tudo o que aconteceu, mamãe. Mas tudo mesmo.

As mãos da mãe nas suas eram inertes e úmidas, como alguma coisa que a tempestade empurra para a praia.

— Já contei tudo o que você precisa saber — respondeu a mãe, a voz também inerte.

Kitty fez um esforço para reprimir a frustração.

— Se pensa que está nos protegendo da verdade sobre papai, já sei a maior parte. Sei desde os quinze anos. — As lágrimas afloraram aos olhos de Kitty, e ela piscou para contê-las, furiosa. — Guardei para mim mesma porque não queria magoá-la. Mas o tempo para guardar segredos passou.

A mãe recuou, fechando o rosto. A voz se tornou fria:

— Não vejo o menor sentido em revolver tudo.

Kitty sentiu que sua paciência acabara, com um brusco solavanco, sem a menor cerimônia.

— E sua família? Não se importa com o que está acontecendo conosco?

A mãe piscou, surpresa. Parecia ver Kitty ali para valer, de verdade, talvez pela primeira vez.

— Claro que me importo. É por causa de vocês que não estou arrastando a família para a lama.

— Se acha que assim nos protege, entendeu tudo errado. Nós somos... — Kitty queria dizer que eram todas perfeitamente capazes de cuidar de si mesmas, mas no momento não tinha tanta certeza sobre Alex. — ... não precisamos de cuidados maternais, mas precisamos de uma mãe.

Lydia olhou para Cathcart, obviamente indecisa sobre o quanto dizer em sua presença. No instante seguinte, como se reconhecesse a ironia dessa preocupação, um lado da boca se contraiu para cima, numa paródia de sorriso.

— Acho que falhei com vocês. Não apenas com Daphne. Com você e Alex também. Sinto muito. Não queria isso.

— Não é tarde demais — insistiu Kitty. — Ainda nos tem. Se deixar que a ajudemos, nós...

— Não diga mais nada — murmurou a mãe, gentilmente. — Já é suficiente.

O suspiro de Lydia foi tão triste, tão perdido, que Kitty quase deixou que a compaixão prevalecesse. Mas tratou de se controlar e disse, a voz dura, um pouco trêmula:

— É papai, não é mesmo? Quer protegê-lo, como sempre fez. Sabia daquelas outras mulheres. Não podia deixar de saber. Mas nunca o confrontou. Por quê? Era a imagem de uma família grande e feliz que não queria perder... ou tinha medo de que papai a deixasse?

Kitty não percebeu que estava quase gritando até que um rosto cheio e vermelho, os olhos quase juntos, apareceu na janela gradeada de segurança. Era o guarda que vigiava a sala. Mas ela não se arrependeu de sua explosão. Alguém precisa incutir um pouco de bom senso na mãe. Enquanto o pânico a invadia, Kitty pensou: *Ela será julgada por homicídio, e ficamos andando ao seu redor na ponta dos pés, como se a reputação de um morto ainda tivesse qualquer importância. É uma insanidade. Está na hora de acabar com isso.*

Mas Lydia não se deixou demover. Com mais veemência desta vez, ela repetiu:

— Já chega, Kitty. — Um tom de censura prevaleceu em sua voz. — Não quero escutar mais nada.

— Não tem opção. Por uma vez na vida, vai ouvir o que *eu* tenho a dizer!

Kitty já se levantava quando sentiu uma mão grande e firme segurá-la pelo braço. Os olhos azul-claros de Cathcart brilharam numa suave advertência, mas Kitty ignorou-o.

— Será que não percebe? Papai morreu porque todas nós tínhamos medo de falar!

— Ele morreu por minha causa. — A boca contraída da mãe começou a tremer. — Ninguém mais é responsável.

— Por que, mamãe? Por que fez isso?

Kitty inclinou-se para a frente, sentindo o tênue cheiro azedo do suor da mãe. A mãe estava assustada por si mesma... ou pelo que poderia ter de revelar? Kitty, quase chorando de frustração, desejou de repente que Sean estivesse ali. No mundo dele, a sobrevivência era uma questão de vigiar as costas e tentar descobrir o que espreitava do outro lado da esquina seguinte. Em seu mundo, a honra da família vinha em primeiro lugar... mesmo que isso a matasse.

E foi nesse instante que um grito abafado arrepiou os cabelos na nuca de Kitty. Ela observou a mãe levar as mãos algemadas ao rosto e murmurar, com uma voz estranha:

— Eu precisava impedir que continuasse.

Kitty sentiu que se encolhia toda por dentro. Sabia que uma parte sua tinha tanto pavor da verdade quanto a mãe. Ao mesmo tempo, experimentou um súbito excitamento. Finalmente, estavam chegando a alguma coisa. Mesmo que a porta se abrisse apenas por uma fresta. Tudo o que tinha de fazer depois era manter essa porta aberta, manter a mãe falando...

— Deve ter doído muito — consolou ela, a voz suave.

A mãe sacudiu a cabeça.

— Não para mim. Eu já estava acostumada. Todos aqueles anos...

Lydia tinha o olhar distante, subitamente perdida em seus pensamentos. Quando voltou a fitar Kitty, os olhos antes mortiços exibiam o brilho de uma paixão fervorosa.

— Mas aquilo era diferente. Era o... *mal*.

Kitty, o coração disparado, aproveitou a oportunidade para investir. Ansiosa, ela indagou:

— Sabe quem ela era, não é mesmo? A mulher com quem papai se encontrava antes de morrer.

Mas o fogo que se acendera em Lydia extinguiu-se com a mesma rapidez com que surgira. Olhou para Kitty, sem compreensão, os olhos vazios fixados em pessoas e acontecimentos que pertenciam ao passado. Mesmo assim, Kitty pressionou, frenética:

— Por favor, mãe. Diga-me quem é. Isso é tudo o que peço.

Cathcart escolheu esse momento para intervir:

— É crucial que encontremos a mulher antes que o promotor a descubra.

Na luz difusa da sala, seus cabelos ondulados faziam Kitty pensar em prataria antiga polida para ter um brilho suave. Como a mãe não respondesse, ele acrescentou:

— Lydia, desde o início você insistiu em dizer a verdade. Agora, precisamos saber *toda* a verdade.

Depois de um silêncio interminável, Lydia sacudiu a cabeça, para sair do estupor, e recordou, em voz baixa e sonhadora:

— Eu sabia... lá no fundo. Sobre Beryl. Engraçado, não é? Uma coisa que aconteceu há mais de trinta anos, e eu me lembro como se fosse ontem. Aqui, há muito tempo para recordar. Tudo o que faço é lembrar.

— Mamãe, não estamos falando sobre uma coisa que aconteceu há trinta anos. — Kitty tinha a sensação de que estava sendo sufocada. — Precisamos saber o que aconteceu agora.

— Ah, Kitty... — A mãe sacudiu a cabeça em exasperação, como se Kitty fosse uma criança. — Vocês, meninas, vêem apenas o que está na sua frente. Não podem saber como era no meu tempo, as expectativas que tínhamos sobre o casamento. Mesmo que eu quisesse... e nunca me passou pela cabeça, acredite... as pessoas não se divorciavam naquela época. Não as pessoas decentes.

— Beryl Chapman divorciou-se — lembrou Kitty.

— Como eu podia esquecer? As pessoas não falaram de outra coisa durante meses. E havia rumores... mas eu não tinha de escutar, não é mesmo? — A mãe empertigou-se, parecendo reunir os últimos resquícios de dignidade. — Fui criada para acreditar que uma dama se mantém acima dessas coisas.

— Por isso, nunca confrontou nenhum dos dois... nem papai nem Beryl?

— De que adiantaria?

A expressão da mãe tornou-se sombria. Ela parecia estar lutando consigo mesma, a boca abrindo e fechando, em exalações curtas e trêmulas. Então, como se ela tomasse uma decisão, o rosto se desanuviou. Ocorreu a Kitty, não pela primeira vez: *Ela o amava. E continuou a amá-lo até o fim.*

— Se o tivesse feito, talvez nada disso aconteceria! — gritou ela, mesmo assim.

A mãe pôs a mão sobre os olhos, como se os protegesse de uma claridade súbita e intensa.

— Já falei o suficiente.

— Não me contou nada!

Mas a mãe não prestava mais atenção. Levantou-se abruptamente, uma prisioneira com o macacão laranja do condado, mas ainda conservando o ar gracioso de uma mulher que pede licença para se retirar à mesa do jantar.

— Fale com Alex — disse Lydia, já se afastando, olhando para trás, com um olhar tão impregnado de uma mistura de angústia, amor e anseio que dilacerou o coração de Kitty. — Ela sabe de tudo. É a única que pode dizer o que você quer saber.

Em vez de seguir direto para casa, Kitty deu uma volta longa. Desceu pela Kingston Avenue. Parou num chalé branco, com uma placa na frente em que se lia: SHORELINE REALTY, LÍDERES EM PROPRIEDADES COSTEIRAS EXCLUSIVAS DESDE 1961. Mas Alex não estava em sua mesa. E não era apenas isso: ninguém a via há dias. Uma loura magricela, numa calça de camurça, comentou com uma risada brusca:

— Se ela está mostrando imóveis, deve haver mais coisas à venda no mercado do que eu sei.

Kitty agradeceu e foi embora. A irmã vinha trabalhando mais do que o habitual. Sempre que Kitty ou Daphne telefonavam para sua casa, Alex nunca estava. E também não retornava as ligações. Estaria evitando-as deliberadamente?

Assediada pelas palavras da mãe, Kitty não parou de pensar em Alex enquanto voltava para casa. Quando eram pequenas, a irmã *idolatrava* o pai, correndo em seu encalço por toda parte, como um cachorrinho.

Quando se tornara mais velha, era o pai que parecia procurar Alex. Saíam para uma volta de carro ou uma caminhada depois do jantar. Kitty era muito jovem na ocasião para compreender, mas sentia que havia alguma coisa estranha na intimidade entre os dois. Quase como se fossem... *conspiradores*. Ela estremeceu agora, ao entrar no caminho de carro da casa.

A última pessoa que ela esperava encontrar ali, empoleirado numa escada na sala da frente, era Sean. Estava desmontando o velho lustre de latão no teto, supervisionado por Josie Hendricks, apoiada na bengala, observando-o como um papagaio inquisitivo. Ele sorriu para Kitty. Por um momento, no jeans rasgado e na camiseta enorme, parecia um menino. Depois, ela notou os músculos firmes nos braços e pescoço bronzeados, do tipo que só são produzidos de uma maneira: através do trabalho braçal pesado.

— Uma das lâmpadas continuou a piscar mesmo depois que troquei — explicou ele, brandindo uma chave de fenda. — A Sra. Hendricks achou que podia haver um curto-circuito e um incêndio.

— Um problema de fiação foi a causa do incêndio que destruiu o antigo prédio da escola — acrescentou Josie, acenando com a cabeça em gesto de sabedoria, enquanto batia com a bengala no chão para dar ênfase.

Os cabelos grisalhos, enrolados a esmo no alto da cabeça, lembravam Kitty um ninho de passarinho torto. Ela se absteve de ressaltar que o incêndio que destruíra o prédio original da escola fundamental de Miramonte ocorrera em 1955.

Nesse momento, Willa, de macacão e avental, uma blusa preguada de camponesa — como uma versão maior e um tanto cômica da pequena Jennie —, veio da cozinha, carregando uma bandeja com chá e biscoitos para Serena Featherstone, que sentava a uma mesa perto da janela, com o nariz grudado num romance. Willa olhou para os biscoitos, com um sorriso contrafeito, o rubor espalhando-se pelas faces rechonchudas.

— São de chips de chocolate, da receita no fundo do saco. Tudo o que havia no freezer acabou. Achei que não se importaria.

Kitty limitou-se a sorrir, emocionada demais para falar. Antes, a caminho do centro, para visitar a mãe, perguntara-se em que estava pensando... ao tomar a decisão de reabrir oficialmente antes de ter tempo de providenciar um estoque razoável. Ainda estava recolhendo os fragmentos do naufrágio de sua família. Como poderia lidar também com um súbito fluxo de fregueses?

Em vez disso, descobrira uma coisa maravilhosa: não se encontrava sozinha no meio da situação crítica. Numa ocasião em que mais uma maçã viraria a carroça, podia contar com amigos e parentes para ajudá-la a carregar o fardo. Agora, só conseguia ficar parada ali, sorrindo para Sean, como uma idiota contemplando a lua.

— Um incêndio? — Ela soltou uma risada trêmula. — Neste caso, eu saberia com certeza, não é mesmo? Que há uma maldição bíblica em minha família.

— Nada que um fusível novo não possa evitar — respondeu Josie, que além da artrite ainda tinha dificuldade de audição.

Até Sean riu. Ele localizou o fio meio desencapado, e passou fita isolante em torno, antes de descer para o lugar em que o cachorro de Kitty esperava, pronto para babá-lo com beijos. Sean abaixou-se para brincar com Rommie, enquanto Kitty esperava, com um aperto na garganta, pelo momento inevitável em que não poderiam mais evitar o contato visual. Se havia uma ameaça de incêndio, ela pensou, não era de algum fio desencapado ou um fusível defeituoso.

Depois, como sempre acontecia quando se encontrava na companhia de Sean, seus pensamentos desviaram-se para o bebê de Heather. Será que Heather estava à beira de tomar uma decisão? Mais tarde, quando ficassem a sós, perguntaria a Sean. E também insistia que parassem de manter o relacionamento em segredo... antes que Heather descobrisse por si mesma. Assim que tudo estivesse às claras, a irmã de Sean poderia até começar a não vê-la mais como uma inimiga, mas como alguém que podia se tornar uma amiga.

Kitty sentiu o coração acelerar ao pensar no dinheiro que passara a guardar... suas economias para o bebê que pretendia adotar. Com investimentos cuidadosos, conseguira até agora juntar pouco mais de vinte mil dólares. Entregaria tudo à irmã de Sean, sem a menor hesitação, até o último centavo. A única coisa que a detinha até agora era o medo de que Heather pudesse pensar que era um suborno.

Kitty observou Sean se erguer, balançando sobre as pontas dos pés, enquanto se equilibrava. Os olhos escuros fixaram-se no rosto de Kitty. Parecia esperar que ela tomasse a iniciativa.

Kitty pôs a mão em seu braço e sentiu o calor que parecia se irradiar de Sean, como resina aquecida pelo sol.

— Obrigada — murmurou ela. — Não precisava fazer isso.

Ele deu de ombros.

— Não foi nada.

Kitty teve a súbita certeza de que todos os observavam. A cabeça de Josie inclinava-se em interesse, enquanto Willa exibia um sorriso sugestivo. À mesa junto da janela, os olhos escuros de cigana de Serena Featherstone espiavam curiosos por cima do livro, um romance de D. H. Lawrence. Mas o momento de constrangimento passou, e Josie disse, inocentemente:

— Acho que esse jovem simpático precisa de um refresco gelado. E já que vai para a cozinha, minha cara, eu não me importaria se me trouxesse um chá.

Kitty corou e foi para a cozinha. Não percebeu que Sean a seguia até que passou pela porta, quando ele a enlaçou por trás. Virou-se no mesmo instante, consciente de que eram observados. Mas, como se lesse seus pensamentos, Sean se antecipara, fechando a porta com o calcanhar da botina manchada de alcatrão, e abafou o pequeno grito de protesto de Kitty com sua boca. Mesmo assim, ela sentiu um fluxo de alarme.

— Alguém pode entrar — sussurrou ela, segurando-o pelo pulso e levando-o para a despensa, o único lugar em que havia alguma privacidade.

Na semi-escuridão, envoltos pelos cheiros agradáveis, Kitty retribuiu o beijo. Sean comprimiu-se contra o seu corpo, e ela pôde sentir a beira de uma prateleira nas costas. Por cima, uma fileira de potes tinha um brilho opaco. Kitty podia ver os pêssegos flutuando na calda.

Sean lhe pertencia. Seu amante. O calor da respiração dele contra seus lábios era suficiente para fazer todo o seu corpo se abrir, como a ipoméia ao sol. Mesmo agora, com vozes na sala ao lado, ela sentia que se abria, os recessos mais profundos deixando escapar a umidade.

— Senti sua falta — sussurrou ele nos cabelos de Kitty. — As duas últimas noites... pensei que ia enlouquecer.

Ele enfiou as mãos por baixo da blusa de algodão. Kitty não usava sutiã, e os polegares contornaram de leve seus mamilos.

Ela gemeu, arqueando o corpo em prazer, enquanto várias sensações convergiam para um único e delicado ponto: os calos de Sean em sua pele, irradiando arrepios, a intimidade aromática da despensa, o calor dos potes afagando suas costas.

— Também senti sua falta, mas sua presença não teria sido uma boa idéia, com meu cunhado na casa. Mas ele já foi embora, graças a Deus.

— Então virei esta noite ou acabarei enlouquecendo... pelado, uivando para a lua.

Ele sorriu, o brilho de seus dentes brancos no escuro.

— Esta noite — concordou Kitty, com uma súbita ansiedade.

— E desta vez será bem devagar.

Kitty riu baixinho.

— Você sempre diz isso.

Em geral, Sean estava dentro dela um instante depois que tirava as botinas. Na primeira vez. Depois, passados alguns minutos, ele estava pronto de novo. E a segunda vez era mais lenta, como um balé submarino, cada movimento e sensação fundindo-se no seguinte. Só de pensar a respeito Kitty ficou com as pernas bambas.

— Não desabotoarei a camisa enquanto você não estiver completamente nua.

— E depois?

— Você terá de me despir.

Sean baixou a cabeça para passar a língua pelo pescoço de Kitty. Ela fechou os olhos e permitiu-se saborear o momento. O calor de Sean, seu cheiro de mato, misturado agora com as fragrâncias de noz-moscada e cravo, amêndoas e nozes, maçãs secas que haviam se tornado vinho. Ela teve a sensação de que a terra a tragara por inteiro, como uma semente que afundaria suas raízes no solo fértil e cresceria para alguma coisa que um dia seria colhida. Tudo o que precisavam era de um pouco de sorte... e muita franqueza.

— Precisamos conversar, Sean.

— Posso pensar em outras coisas melhores para fazer.

Ele passou os lábios pelos cabelos de Kitty, que pôde sentir a respiração quente na pele, como a deliciosa sensação de arriar na banheira cheia de água quente.

— Estou falando de Heather.

Ele recuou para fitá-la, cauteloso.

— Pensei que já havíamos decidido.

— *Você* decidiu.

— Este não é o momento mais apropriado...

— Não há nenhum momento apropriado. — Kitty cruzou os braços sobre o peito. — Mesmo que ela decida ficar com o bebê, Sean, Heather tem o direito de saber sobre o nosso relacionamento.

Mas Sean fitava-a de uma maneira que ela não gostava. Houve um breve silêncio, acompanhado por um suspiro.

— Aconteceu uma coisa inesperada, Kitty.

— O que foi?

Um zumbido começou a soar nos ouvidos de Kitty, fraco e ominoso, como insetos por baixo dos beirais... e do pior tipo, os insetos que picavam.

— Ela tomou uma decisão sobre o bebê. Só descobri agora. Vai entregá-lo a um casal de yuppies que conheceu através de um anúncio no jornal. Eles são do Kansas ou Minnesota... um desses estados centrais, não me lembro direito qual.

Kitty foi envolvida por uma curiosa mistura de resignação e profundo desapontamento. O brilho embriônico de pêssegos e damascos flutuando por trás de vidro desvaneceu-se para um sépia uniforme. Ela sentia-se não apenas atordoada, mas também sem peso, com a impressão de que todo o sangue, até a última gota, se esvaíra de seu corpo. *Eu deveria saber. Deveria ter esperado por isso. Quem não escolheria um simpático casal do Meio-Oeste?*

E, no entanto...

Não impediu a terrível sensação de perda ao compreender que o vazio dentro dela nunca seria preenchido.

— Entendo. — Kitty ficou espantada pela calma que aparentava. — Quer dizer que a decisão é definitiva?

Sean fitou-a, cauteloso, como se não tivesse certeza sobre a maneira de considerar sua calma aparente.

— Parece que sim. Talvez seja o melhor. Pense bem... viver na mesma cidade que seu filho, nunca saber quando pode encontrá-lo...

— É essa a única razão?

Sean deslocou o peso do corpo de um pé para outro, contrafeito.

— As coisas seriam diferentes se sua mãe não tivesse se tornado manchete em todos os jornais? Talvez. Mas nunca saberemos com certeza, não é mesmo?

Ele parecia furioso. Só que não era o tipo de raiva que vem de não se importar... mas sim de se importar demais.

— Não, acho que não.

Kitty arriou o corpo contra as prateleiras.

— Há outras crianças que você pode adotar, não é? — indagou Sean.

A expressão de Sean era tão ansiosa que Kitty não teve coragem de explicar que já verificara todas as outras possibilidades. Além do mais, o que ele podia saber sobre esse tipo de sofrimento? *Não mais do que eu sei sobre o que ele suportou.* Kitty começou a rir, um tanto contida.

E continuou a rir até que não podia mais ficar de pé. Arriou no chão, entre sacos de farinha de trigo e de açúcar. Baixou a cabeça para as mãos, e o riso transformou-se em soluços, que sacudiam todo o seu corpo... até que Sean, depois que pareceram horas, desistiu de tentar consolá-la. Ela ouviu a porta da despensa ser aberta, com um rangido das dobradiças, nas quais ela vinha pensando em passar óleo há algum tempo, um problema que a pobre Josie Hendricks, uma mulher sem filhos, ainda não se lembrara de supervisionar.

# Capítulo Doze

O despertador no radiorrelógio de Alex estava marcado para seis horas da manhã. Todos os sábados e domingos, sem falta, ela era acordada exatamente na mesma hora que nos dias de semana pelos acordes suaves da KWST Lite FM. Levantar cedo proporcionava uma vantagem no dia, ela gostava de se gabar. Já havia tomado um café e lido as manchetes do *Mirror* antes que o resto do mundo esfregasse o sono dos olhos.

A verdade é que ela ansiava por continuar a dormir, mas se preocupava com a possibilidade de formar um hábito. E não podia relaxar. Uma hora podia fazer a diferença entre um negócio e outro que escapulia entre seus dedos. Outra coisa: lá no fundo, ela racionalizava que estava reduzindo as possibilidades de ser acordada por outra coisa que não seu despertador. Um intruso, por exemplo. Ou o que as companhias seguradoras se referiam de uma forma graciosa como "um ato de Deus": por exemplo, um terremoto ou uma avalanche. O sono era a única ocasião em que ficava totalmente indefesa... quando qualquer coisa, absolutamente qualquer coisa, podia se esgueirar para atingi-la, como um menino insuportável cutucá-la com uma vareta.

Eram 5h38 da manhã de sábado, depois de seu lamentável lapso da semana anterior (que resultara numa ressaca exigindo uma dúzia de Tylenol e meio vidro de um remédio para o fígado para agüentar o dia), quando ela foi despertada, com um sobressalto, por gritos agitados lá embaixo.

O primeiro pensamento de Alex, um tanto vago, foi: *Eu sabia.* Não tinha a menor idéia do motivo pelo qual Nina e Lori a chamavam, aos gritos, apenas que outro problema, qualquer que fosse, finalmente se consumara.

Ela saiu da cama, tropeçando, o coração disparado, com um gosto desagradável de remédio na boca, como bolas de algodão embebidas em álcool de limpeza. Ao olhar pela janela, que dava para o quintal dos fundos, ela constatou que ainda estava escuro, com apenas uma insinuação de rosa por cima dos telhados. O Canal do Tempo previra sol para todo o fim de semana — por mais incrível que pudesse parecer, chegavam ao fim de maio com o verão se antecipando —, mas para Alex podia ser pleno inverno.

Lá embaixo, na sala de estar, Nina e Lori, usando camisetas idênticas, de um azul-claro, que desciam até os joelhos, espiavam ansiosas pela janela da frente. Os lampiões de sódio ainda estavam acesos, a luz azulada misturando-se com o céu clareando para projetar sombras estreitas e esparsas dos juníperos e buxos sobre seu gramado recém-plantado.

— Mamãe! — gritou Nina. — Alguém está roubando seu carro!

Foi quando Alex viu: a figura escura de um homem saindo das sombras da cerca alta que separava seu caminho de carro da propriedade ao lado. Mas ele não parecia nem um pouco amedrontado com a possibilidade de ser descoberto. Horrorizada, Alex observou-o dar a volta para a traseira do BMW e se abaixar para tatear sob o pára-choque. Um homem enorme, a julgar pela aparência, que dava a impressão de não ter a menor pressa.

Alex ficou paralisada, enquanto dedos invisíveis apertavam a sua garganta.

— Depressa, mamãe! Faça alguma coisa!

Lori agarrou a manga de Alex, os olhos azuis arregalados, em pânico, os cabelos louros emaranhados do sono. Naquele instante, a filha podia ser Alice fugindo da Rainha Vermelha. *Curioso e mais curioso... isso resume a situação,* pensou Alex, enquanto sua mente engrenava as idéias, numa estranha e tumultuada associação livre. Ela especulou se ainda não estaria sonhando. Foram as palavras seguintes de Lori que criaram o súbito contexto que a deixou atordoada:

— Mamãe, ele está acorrentando seu carro ao reboque!

— Ladrões de carro não usam reboque, sua idiota. — Os olhos escuros de Nina, tão parecidos com os do pai, refletiam uma profunda confusão, embora com um princípio de suspeita. — Estávamos dormindo e ouvimos o barulho de uma corrente. O que está acontecendo, mamãe?

Para Alex, a resposta era agora dolorosamente óbvia: seu carro estava sendo retomado. E, no entanto, por um momento frenético, ela quase desejou que fosse mesmo um roubo. Neste caso, poderia chamar a polícia, gritar por socorro, fazer alguma coisa.

Em vez disso, só podia ficar parada ali, como se estivesse enterrada até os joelhos na areia úmida, a vergonha subindo ao seu redor, numa maré fria e inexorável. Alex fizera o melhor que podia para evitar que as meninas tomassem conhecimento de que viviam à beira do abismo. Mas aquilo era mais do que até ela própria podia encobrir.

Sentiu o sangue se esvair da cabeça, tão de repente que a deixou tonta. Tateou à procura de alguma coisa em que pudesse se apoiar, e segurou o remate de bronze, no formato de uma orelha de elefante, no abajur de pé pelo qual pagara tão caro, no Pier 1 Imports, no verão passado. *Meu Deus, o que vou fazer agora?* Todos os seus cartões de crédito estavam no limite máximo. A conta corrente estava próxima do cheque sem fundos. E ela preferia morrer antes de revelar a Jim como sua situação era péssima.

Podia muito bem encarar a verdade: não tinha ninguém a quem recorrer.

*Nenhum lugar para correr... nenhum lugar onde se esconder.*

A sala dissolveu-se numa mancha granulosa, e ela se tornou consciente de um apito estridente em sua cabeça, como se fosse de uma serraria distante. E ouviu Lori chamá-la, como se a voz estivesse abafada por camadas de espuma:

— Mamãe? *Mamãe!*

O pânico na voz da filha era como uma corrente elétrica subindo pelo abajur para incitar Alex a entrar em ação. Ela deu um passo para trás e esfregou os olhos, fazendo com que o borrão cinzento começasse a entrar em foco. O apito estridente na cabeça diminuiu para um zumbido baixo.

Por mais que tivesse falhado em suas obrigações com as filhas, ela lembrou a si mesma, ainda era sua mãe. As meninas dependiam dela. Não podia decepcioná-las, não desta vez. Não sem luta.

Alex nunca fora capaz de imaginar alguém se levantando pelas abas atrás das botinas, como dizia o velho ditado, para indicar alguém que subia por esforço próprio. Mas foi exatamente assim que se sentiu agora, como se estivesse sendo fisicamente levantada; contudo, ao mesmo tempo, era *ela* quem se levantava. Empertigada, marchou para a porta da frente, parando no espelho do vestíbulo apenas pelo tempo suficiente para se lembrar que ainda estava de camisola.

Ela agarrou a primeira coisa que viu, uma capa de chuva vermelha de vinil. *O que a mulher executiva elegante usa numa tempestade de merda.* Alex soltou uma risada seca e desdenhosa, sem parar para pensar, até vestir a capa e sair, que só serviria para que chamasse mais atenção ainda. Descalça, avançando pelo jardim, tinha certeza de que sobressaía como um semáforo. Torcia para que nenhum dos vizinhos tivesse o hábito de levantar cedo.

Contra um céu pálido, uma gaze com mancha aguada de sangue, o homem prendendo a corrente no eixo traseiro do BMW projetava uma sombra curva e longa. Ouvindo o barulho de metal contra metal, ressoando como fogo de metralhadora no silêncio do amanhecer, Alex estremeceu. Com a maior habilidade, o homem prendeu a corrente no guincho do reboque, parado atrás do carro, com o motor ligado. Quando ele se empertigou e virou, Alex notou que o homem mastigava alguma coisa, os maxilares funcionando num ritmo circular lento. *Por favor, que sejam chicletes*, pensou ela. *Se for tabaco, tenho certeza de que ficarei nauseada.*

Ele fitou-a com uma expressão desinteressada, como se Alex fosse mera transeunte, e continuou a ajeitar a corrente. Ela abriu a boca para protestar... mas nenhum som saiu. A sensação era a de que a corrente envolvia seu pescoço. Ela ficou parada ali, fazendo um esforço para recuperar a voz, enquanto pensava na imagem ridícula que devia oferecer, descalça, com uma capa vermelha de vinil, os cabelos desgrenhados. *Ele deve achar que sou louca*, pensou ela. E, por um momento, teve certeza de que perdera mesmo o juízo.

O homem foi até o reboque e inclinou-se pela cabine, a fim de acionar algum controle no painel. Com um solavanco e rangendo, o guincho começou a subir... e a sanidade prevaleceu. Alex adiantou-se, apertando o cinto da capa, como se o gesto pudesse encorajá-la.

— Isto é propriedade particular. Se não soltar essa coisa do meu carro imediatamente, chamarei a polícia.

Ela tentou assumir um tom indignado, mas a voz tremia demais. O homem corpulento parou para fitá-la, de alto a baixo, com um ar impassível, como se ela fosse um objeto que em breve também seria retomado.

— Pode chamar, madame. Tenho toda a documentação aqui. Este veículo está agora oficialmente sob a posse da Fog City Motors.

Ele enfiou a mão no bolso do casaco e tirou duplicatas amassadas em azul e rosa, tudo perfeitamente legal, sem a menor dúvida.

O frio subia pelas solas dos pés de Alex, mas o rosto parecia em fogo. Ó Deus, como ela poderia sobreviver a uma cena assim? Ser tratada como se não fosse melhor do que as pessoas ordinárias que viviam em trailers. E se os vizinhos por acaso olhassem pela janela? O que haveriam de pensar?

*O que papai pensaria?*

Mais importante ainda, o que seu pai teria feito? Reagiria, ela disse a si mesma. Não ficaria parado ali como um idiota hipócrita, com medo de que os vizinhos pudessem ouvir. Ela abriu a boca para lembrar àquele... àquele Brutus... isso mesmo, ele era igual ao inimigo do Popeye... com quem estava lidando. Mas para sua consternação horrorizada descobriu-se a suplicar:

— Por favor, não faça isso. Acertarei tudo com o Sr. DeAngelis. Dê-me uma hora, apenas uma droga de uma hora... isso é tudo o que peço. — Alex respirou com dificuldade e ouviu um estalido seco. — Tenho filhas. Não poderei trabalhar.

Ele fitou-a com uma expressão fria, sem qualquer compaixão, mas Alex conseguira atrair sua atenção. Ele parou de mastigar e deslocou o chiclete — era mesmo isso — para a gengiva.

— O ponto de ônibus fica logo ali.

— Você não compreende. Sou corretora de imóveis.

O homem soltou uma risada baixa.

— É mesmo? Pelo visto, o ramo imobiliário está em baixa. Você pode pensar numa mudança de carreira.

Alex sentiu vontade de arrancar os papéis da mão do homem, amassá-los e enfiar tudo pela garganta dele. Seria uma coisa que ele poderia mastigar para valer. Mas de que adiantaria? *Está desperdiçando seu tempo com esse homem*, pensou ela, os olhos se enchendo de lágrimas, pela raiva intensa e impotência.

Foi só depois que Brutus subiu para a cabine do reboque que Alex correu e pulou para o estribo, com toda a agilidade, segurando a porta aberta, para não perder o equilíbrio. Ele ainda não estava todo dentro da cabine, e um dos pés descalços de Alex roçou na botina suja. Ocorreu-lhe que a cena devia ser extremamente ridícula: Brutus no banco, com uma das pernas pendendo para fora, e ela como uma espécie de suplicante, aos pés do trono.

— Apenas cinco minutos — pediu Alex. — Dê-me cinco minutos para telefonar. Não é pedir demais, não é mesmo?

A noite estava nos estertores. Pinceladas de laranja e dourado apareciam no horizonte. À pálida claridade do amanhecer, ela viu que o homem não estava a fim de destruí-la. Sua expressão cansada era a de um trabalhador com frio, cujo único interesse era chegar a um lugar em que pudesse passar a mão em volta de uma caneca de café.

— Dê-me um bom motivo para que eu aceite — resmungou ele.

— Você tem filhos? — indagou Alex, em desespero.

Ele acenou com a cabeça para indicar que tinha, os olhos apresentando o primeiro brilho de humanidade que Alex vira até agora.

— Um menino. Fez dois anos.

— Eu tenho gêmeas. Elas estudam na Muir High. — Alex olhou para trás e avistou os rostos brancos das filhas na janela, o nariz grudado no vidro. Sentiu um aperto no coração. — Se isso transpirasse... sabe como as crianças dessa idade podem ser cruéis.

O homem permaneceu imóvel, com um olhar vazio enervante... como se fosse um bêbado prestes a incomodar os presentes com perguntas. Alex tremia, mas forçou-se a falar com calma.

— Tenho o telefone da casa do Sr. DeAngelis. Ligarei para ele agora, enquanto você espera. Tenho certeza de que poderemos encontrar uma

solução. — Uma pausa e Alex acrescentou num sussurro: — Por favor...
pelas minhas filhas.

Brutus deixou escapar um suspiro.

— Está bem. Mas devo avisar que o Sr. DeAngelis não gosta de ser incomodado em casa. — Ele fitou-a, desconfiado. — Como conseguiu o número dele?

— Fui a corretora que lhe vendeu a casa.

Alex ofereceu um sorriso pequeno e tenso, enquanto descia do estribo. O frio que subia do caminho de concreto envolvia seus tornozelos e estendia-se por baixo da capa. Fora apenas no verão passado, mas aquele dia no escritório do advogado — o fechamento da venda da casa ao estilo de Cape Cod, no condomínio de Pasoverde Estates — parecia ter acontecido havia cem anos.

Ela percebeu que Brutus observava-a com alguma curiosidade, e lhe ocorreu de repente que ele poderia reconhecê-la dos jornais. Desatou a suar frio. Meu Deus! Era a última coisa de que precisava naquele momento. Antes que ele pudesse lembrar e talvez mudar de idéia, Alex virou-se e disse, já se afastando:

— Cinco minutos. Prometo.

De novo dentro de casa, ela sentiu-se um pouco mais segura, mas o coração ainda batia forte, o suficiente para rachar uma costela. Conseguiria escapar daquela crise? *Tinha de dar um jeito. Meu bem, você é capaz de vender cubos de gelo a um esquimó* — o elogio inútil de um cliente há muito tempo, mas ao qual ela se apegou agora. O segredo era parecer confiante, no controle da situação. Pediria 24 horas, não mais do que isso. Pareceria definitivo. E depois se preocuparia com o que teria de fazer para levantar os quatro mil dólares de pagamentos atrasados.

— Mamãe, ele ainda está lá fora! Por que não foi embora?

Lori seguiu-a, enquanto Alex corria para o telefone sem fio na mesinha ao lado do sofá. A filha estava à beira das lágrimas, como uma criança querendo ser avisada que Papai Noel existe mesmo. Nina devia ter partilhado suas suspeitas com Lori.

— Não se preocupe, meu bem. Explicarei tudo assim que acabar de falar ao telefone.

Alex começou a apertar o número de Steve DeAngelis, que tivera o bom senso de registrar em seu Sharp Wizard.

A campainha tocou quatro vezes, antes que um homem atendesse, a voz grogue de sono:

— Alô? Quem está falando?

DeAngelis... e era evidente que ela o arrancara de um sono profundo. *Essa não!*, pensou Alex. *Não poderia haver um começo melhor!* Ele cuspiria fogo ao descobrir o motivo da ligação... e não seria a primeira vez. Ela recordou que por duas vezes, quando o vendedor recuara durante as negociações para a compra da casa, DeAngelis descarregara nela.

Um cliente duro e difícil... seria assim que ela o descreveria. Em todos os sentidos. Um nativo do Bronx que migrara para a Califórnia, trazendo seu nova-iorquismo na viagem.

Ela olhou para Lori e Nina, sentadas no sofá, rígidas, na frente da televisão. O olhar de fria censura lançado por Nina, através da sala, foi como um remo batendo nas ondas de pânico que percorriam Alex. Embora fosse assustador pensar que uma das filhas poderia se virar contra ela, também a ajudava a se firmar.

— Steve? Oi. Aqui é Alex Cardoza. Desculpe telefonar tão cedo, mas estou com um problema.

Ela procurou imprimir um tom profissional à voz, como se não passasse de uma pequena dificuldade a ser resolvida entre dois colegas.

— Quem? — resmungou a voz.

Bolsas de suor formavam-se nas dobras da capa de vinil, mas Alex forçou-se a falar com calma.

— Alex Cardoza — repetiu ela. — A corretora que vendeu sua casa, lembra? E também fiz o leasing de um carro na Fog City Motors, um BMW 1998.

— Ah, sim. Sei quem é. — Ele bocejou, antes de perguntar, não muito gentilmente: — O que é tão importante para que você ligue para minha casa às...

DeAngelis fez uma pausa. Ela pôde ouvi-lo tateando, depois o clique do abajur aceso.

— Essa não! Ainda são seis e quinze! Não podia esperar até eu chegar no escritório?

O coração de Alex batia cada vez mais forte, cada golpe ressoando nas têmporas. Ela passou a língua pelos lábios, que sentia ressequidos, como o algodão do estofamento que saía por um pequeno rasgão numa das almofadas do sofá.

— Meu pai morreu no mês passado, Steve. Pode ter certeza de que não é um pedido de compaixão. Apenas uma explicação para o motivo pelo qual me atrasei nos pagamentos. — Ela fechou os olhos, apertando-os com força. — Há um homem lá fora, com um reboque, que diz que trabalha para você. Tenho certeza de que é apenas um equívoco do departamento de contabilidade. Eu disse a ele que *você* não retomaria meu carro sem dar antes um telefonema de cortesia. Não o Steve DeAngelis que conheço.

Houve um longo silêncio, em que Alex podia ouvir a respiração pesada pelo telefone. Finalmente, ele disse:

— Você tem muita ousadia.

Por mais incrível que pudesse parecer, apesar da aspereza da voz, ela percebeu um tom de admiração. Embora irritado, DeAngelis, que subira na vida pelo caminho mais difícil, podia obviamente se relacionar com alguém que tinha coragem de tentar lhe passar uma conversa às seis e quinze da manhã.

— Sei que é cedo — desculpou-se Alex de novo. — Mas, infelizmente, não dava para esperar.

— Merda. — Ele afastou o telefone da boca e murmurou, presumivelmente para a esposa: — Está tudo bem, querida. Volte a dormir. Só vai demorar um instante.

— Como... como está tudo com a casa? — indagou Alex, polida, antes que ele pudesse gritar de novo com ela ou então, pior ainda, desligar.

— Está tudo ótimo. Agora, escute bem...

— Posso ter o dinheiro no fim do expediente.

Mas DeAngelis continuou, como se não a tivesse ouvido:

— Vamos esclarecer uma coisa. Esse problema, qualquer que seja, é seu, não meu. *Capiche?* — Ele esperou um momento para acrescentar, como se deixasse as palavras serem absorvidas: — Mas como sou um bom sujeito e porque minha mulher, que passou a noite inteira acordada com o nosso filho menor, precisa de um sono extra vou lhe dar uma chance. Não sei quanto está atrasada, Sra. Cardoza, mas não deve ser pouca coisa. O pessoal da contabilidade não manda Eddie pegar os carros por uma ninharia qualquer. Portanto, preste atenção. Fechamos às seis horas. Quero o dinheiro na minha mesa às cinco. Agora, chame Eddie, para que eu possa desligar a porra do telefone e deixar Nancy dormir mais um pouco.

Filetes de suor escorriam das axilas de Alex para grudar a camisola na pele, mas ela forçou-se a responder com uma voz doce:

— Obrigada, Steve. Não sabe como fico agradecida.

Ela tornou a sair, apressada, ao encontro de Eddie-Brutus, que esperava na cabine do reboque, tamborilando impaciente no volante. Quando Alex lhe entregou o telefone, ele escutou por um momento, antes de responder num tom jovial que ela nunca imaginaria que fosse possível:

— Não tem problema, chefe. Já entendi.

Momentos depois, o guincho tornou a ranger, e ele soltou a corrente do BMW. Mas só depois que ele saiu do terreno de ré e se afastou pela rua é que Alex deixou escapar um suspiro trêmulo. Tornou a entrar em casa. Teve de respirar fundo várias vezes antes de se sentir suficientemente segura para falar:

— Não precisam mais se preocupar. Já resolvi tudo. Por que não vamos para a cozinha e preparamos um chocolate quente? Não sei de vocês, mas eu bem que estou precisando de algo para me esquentar.

Lori enroscou-se no sofá, fitando-a com uma expressão queixosa.

— Foi algum erro? Como na ocasião em que o cheque de papai se extraviou no correio?

— Mais ou menos isso.

Alex abriu a boca para acrescentar que não havia motivo para preocupação. Teria de resolver tudo até o fim da tarde. Mais uma vez, porém, viu a expressão de censura de Nina e sentiu que alguma coisa dentro dela murchava. *Você não é melhor que sua mãe*, advertiu uma voz. *Finge que está tudo bem, quando é óbvio que não está.* Ela engoliu em seco, forçando-se a admitir:

— A verdade é que eu... eu me atrasei um pouco no pagamento das contas. Um atraso grande, diga-se de passagem. Mas estou me esforçando para resolver isso. O importante é que não quero que se preocupem. De um jeito ou de outro, prometo que cuidarei de tudo.

O silêncio que acompanhou as palavras pareceu pairar na sala como uma nuvem. Lentamente, Lori descruzou as pernas compridas e levantou-se para abraçá-la. Depois de um minuto, Nina aproximou-se por trás, para entrelaçar os braços com os da irmã, que apertavam a mãe pela cintura.

— Sei que cuidará de tudo, mamãe. É o que sempre faz.

Com o rosto comprimido contra o ombro de Alex, a voz de Nina saiu abafada. Alex lembrou-se do tempo em que eram bebês e passeavam em seus carrinhos. Sentiu um aperto na garganta.

— É mesmo? — murmurou ela, a voz estrangulada.

— Eu concordo com Nina — declarou Lori.

Alex recuou para enxugar os olhos.

— Neste caso, proponho a transferência da reunião para a cozinha, onde poderemos preparar aquele chocolate.

Devia estar arrancando os cabelos, ela sabia. Afinal, a folga era apenas temporária. Se não arrumasse o dinheiro de alguma forma, as gêmeas teriam de ligar para as amigas e pedir carona para ir à escola, enquanto ela... ora, podia se despedir do emprego. Em vez de pânico, no entanto, sentiu uma estranha paz envolvê-la. Pelo menos no momento, tudo de que precisava se encontrava bem ali, na sua frente.

Alex estava na cozinha com as gêmeas, colocando um pacote de Swiss Miss na água quente em uma caneca, quando o telefone tocou.

— Oi! — exclamou Kitty, com sua jovialidade irritante e habitual. — Acordei você?

Alex teve de morder o lábio para não soltar uma gargalhada. Mas limitou-se a dizer:

— Não. As meninas e eu já nos levantamos há algum tempo.

Era a única coisa que ela e Kitty tinham em comum: as duas levantavam cedo.

— Ainda bem, porque fiquei com receio de não encontrá-la mais em casa se esperasse. — Kitty hesitou, antes de perguntar: — Por que não retornou minhas ligações, Alex? Alguma coisa errada?

*O que poderia estar errado?*, Alex teve vontade de gritar. *Papai morreu, mamãe está na cadeia e eu estou à beira da ruína financeira... afora isso, porém, está tudo maravilhoso.*

— Tenho andado muito ocupada. É só isso.

Havia um tom defensivo em sua voz.

— Fiquei preocupada...

Kitty parecia em dúvida.

— Aconteceu alguma coisa com mamãe?

— Tudo precisa ter um motivo oculto? Só liguei para saber como você tem passado. — Kitty abrandou a voz ao acrescentar: — E para convidar você e as meninas.

— Qual é a ocasião?

Alex estendeu a mão para pegar outro pacote de Swiss Miss na caixa.

— Nenhuma em particular. Apenas pensei que seria ótimo se você e as meninas aparecessem para o desjejum. Ainda não viu os filhos de Daphne, que estão ansiosos para se encontrarem com você e as meninas.

Alex olhou para as gêmeas. Lori, sentada, estava debruçada sobre a mesa, soprando seu chocolate, enquanto Nina despejava flocos de milho numa tigela.

— As meninas não poderão ir. Jim vem buscá-las às nove horas. — Depois, Alex surpreendeu a si mesma ao acrescentar: — Mas eu provavelmente poderei ir, mesmo que seja apenas por uma hora.

Era verdade que, ao longo do último mês, ela vinha evitando as irmãs. Mas mesmo que estivesse ansiosa em vê-las deveria ser a última coisa em sua agenda hoje. Muito mais premente era a questão de como arrumar quatro mil dólares até o fim da tarde.

Poderia pedir emprestado às irmãs, ela pensou. Mas de que adiantaria? Kitty devia ter investido todo o seu dinheiro no salão de chá. E Daphne? Três palpites sobre quem controlava o dinheiro naquele casamento.

— Ótimo. Farei os famosos waffles de mirtilo de Nana. — A voz de Kitty parecia vir de muito longe. — Lembra como você adorava quando éramos crianças?

— Antes que eu começasse a engordar.

Alex riu, para encobrir um súbito espasmo de nervosismo. Kitty lembrá-la da infância podia muito bem ser uma atitude inocente, mas mesmo assim Alex teve o sentimento desconfortável de que havia alguma armação. O que quer que estivesse à sua espera na casa da irmã, ela desconfiava que a atração principal não seria os waffles de mirtilo.

Ela chegou pouco antes de oito e meia, com o sol ainda pairando sobre o dossel de árvores que ensombreavam a rua. O barulho do caminhão de lixo era audível, a distância. Ficou surpresa ao encontrar a irmã no jardim, aparando as madressilvas que cobriam boa parte da sebe de buxo, que separava o terreno da irmã do vizinho. Caíam em cascata, como perfume derramado sobre a relva por baixo. Quando Alex se adiantou para cumprimentá-la, Kitty acenou com uma tesoura de poda manchada de verde.

— Não esperava que viesse tão cedo — comentou ela, como se estivesse aliviada por Alex ter aparecido.

— E eu esperava encontrá-la na cozinha, trabalhando como uma escrava.

Alex tirou os mocassins — num amarelo-manteiga, em que se destacaria a menor mancha de grama —, pendurando-os na ponta dos dedos.

— Está tudo pronto. Daphne começou a pôr a mesa. Sente-se.

Kitty apontou para uma cadeira de alumínio no gramado, a poucos passos de distância. Com uma calça de algodão e uma blusa folgada, da cor de canela, os cabelos presos atrás com uma travessa, ela parecia exatamente como era aos 14 anos. Foi só quando a irmã virou-se em sua direção, ficando de frente para a luz do sol, que Alex percebeu os sulcos que eram como parênteses para a boca e as sardas que se destacavam na pele, mais pálida agora do que acetinada. Apenas o sorriso era exatamente o mesmo. Doce e acolhedor, parecia flutuar para cima, alcançando a rede de linhas finas que se irradiavam dos cantos dos olhos de um azul muito intenso.

Alex teve a sensação de que saíra do frio para encontrar um fogo aceso em sua casa. Naquele momento, queria apenas arriar de joelhos na relva macia e aspirar a fragrância da madressilva. Ainda lembrava quando ela e as irmãs eram pequenas, e costumavam chupar as flores, apreciando a doçura contida em cada uma. Como podia ter perdido tanto do que era simples e bom em sua vida?

Seus olhos encheram-se de lágrimas. Tudo ao redor — a sebe, a casa de cachorro dilapidada, a corrente enferrujada estendida até as raízes retorcidas da velha nespereira, a rede pendurada em seus galhos fortes — adquiriu de repente um halo de intensa claridade, como se ela estivesse olhando através de um prisma.

Agradecida, Alex arriou na cadeira de jardim, sentindo que afundava na terra argilosa com seu peso.

— Tem certeza de que não precisa de qualquer ajuda com isso?

— Posso dar um jeito sozinha.

Kitty continuou a cortar, a tesoura de poda em sua mão fazendo Alex pensar num bico faminto. *Pleque... pleque... pleque...* Sob o sol dourado, ateando fogo às copas das árvores, Alex estremeceu, ao se lembrar de todos os credores em seus calcanhares... a Fog City Motors o problema mais premente no momento. Onde conseguiria todo aquele dinheiro? Quatro mil dólares eram a mesma coisa que um milhão. E mesmo que pudesse levantar a quantia, o que faria com o resto de suas dívidas?

Com o estômago embrulhado, ela fez um esforço para puxar conversa.

— Como você tem passado?

Alex resistiu à tentação de perguntar pela mãe. Faria com que se sentisse culpada demais, e isso era a última coisa de que precisava naquele momento.

— Muito bem. Estou dando um jeito.

Kitty soltou uma risada, como a sugerir que era justamente o oposto. Mas Alex não insistiu no assunto.

— Deve estar tendo um trabalho extra com as crianças de Daphne em casa — comentou ela, distraída.

Kitty virou-se para fitá-la com uma expressão de perplexidade.

— Ao contrário. O melhor de tudo é ter Kyle e Jennie aqui. Se não fosse por eles, não sei se eu seria capaz de suportar...

Ela contraiu os olhos, levantando a mão, como se quisesse protegê-los do sol. Alex sentiu uma pontada de culpa por não ter vindo mais cedo visitar os sobrinhos.

— Eu deveria dar uma olhada nas caixas de roupas velhas no meu closet. Algumas devem caber em Jennie.

— Tenho certeza de que Daph gostaria muito.

Kitty afastou um mosquito do rosto sardento, mas o olhar permaneceu fixado em Alex. Sob a pressão daqueles olhos azuis implacáveis, Alex sentiu que começava a se contorcer. Depois de um momento, ela sentiu-se compelida a falar:

— Sei que não estou fazendo o que você e Daphne querem. Sei que gostariam que eu ajudasse no caso de mamãe. Mas não tenho condições. Não posso perdoá-la.

— Não a convidei a vir até aqui para pressioná-la a ajudar.

Kitty voltou a cuidar da poda. *Pleque... pleque... pleque...* Galhos de madressilva acumulavam-se em coroas soltas junto de seus pés descalços.

Era a primeira manhã sem nevoeiro em meses, e o sol desfilava pelo céu como um guerreiro arrogante que se exibia diante do inimigo vencido. As sombras das folhas salpicavam o gramado, os passarinhos cantavam nas copas das árvores. Alex, no entanto, tinha a sensação de que uma tempestade estava prestes a desabar. Ao lado da garagem, o enorme cachorro cinzento de Kitty escavava frenético. Alex imaginou que era como o buraco que cavara para si mesma, pouco a pouco, até que agora tinha profundidade suficiente para enterrá-la.

— Então por que me convidou?

Com um suspiro, Kitty guardou a tesoura de poda num bolso do macacão. Virou-se de novo para Alex e disse, com a voz calma:

— Não estou lhe pedindo para fazer a coisa certa por mamãe. Isso fica entre você e sua consciência. Mas *eu* preciso de sua ajuda.

— Em que está pensando? — perguntou Alex, cautelosa.
— Conte-me o que sabe sobre os casos de papai.

Alex estremeceu, como se uma nuvem cobrisse o céu.

— Como assim?

A expressão de Kitty se tornou irritada.

— Ora, Alex, não banque a inocente comigo.

Alex baixou a cabeça incapaz de suportar o fogo que ardia nos olhos de Kitty. Ela sempre soubera? De qualquer forma, não tinha importância.

— Não pode esquecer isso, Kitty? Afinal, ele morreu.

— Mas mamãe continua viva. — Aqueles olhos pareciam queimá-la, como a luz do sol passando por uma lupa com que outrora escreviam seus nomes em pedaços de madeira. — Se sabe alguma coisa, Alex, qualquer coisa que possa ajudar, este é o momento de contar.

— Quaisquer que sejam os erros que papai possa ter cometido, ele não merecia ser morto por isso!

Sob o céu de um azul brilhante, ela sentia-se absurdamente acuada. Enquanto observava uma pega descer de um galho alto e mergulhar na direção de um gato que atravessava o jardim, ela pensou: *Tenho de escapar. Agora. Antes de dizer alguma coisa de que me arrependerei depois.*

— Sei que ele estava saindo com uma enfermeira do hospital pouco antes de morrer — insistiu Kitty. — Ajudaria muito se pudéssemos falar com essa mulher, descobrir o que ela sabe. Se papai planejava deixar mamãe, pode ter sido o fator que a levou ao ato extremo.

Alex fez um esforço para não deixar transparecer sua surpresa. Uma enfermeira? O pai não mencionara nenhuma enfermeira. E quanto a deixar a mãe, isso era... ora, era ridículo.

— Ele não me contava tudo.

Uma lembrança aflorou. O pai pairando acima dela, os olhos firmes parecendo penetrá-la até os ossos.

"Você não deve contar. Nunca. Mataria sua mãe se ela algum dia descobrisse."

Mas não matara a mãe. Em vez disso, matara o pai.

Alex sacudiu a cabeça, como se quisesse desanuviá-la. Através de um zumbido baixo nos ouvidos, ela ouviu a irmã dizer:

— Mas parece que contou muita coisa.

Alguma coisa em Alex se rompeu, e ela gritou:

— Quem mais poderia compreender? Mas a culpa não era dele. Mamãe... ela o amava, eu suponho, mas não *dessa* maneira. O que mais ele deveria fazer?

— Foi isso que ele disse a você? Que mamãe não estava interessada em sexo?

Kitty exibia uma expressão de tanta incredulidade que seu impacto foi mais poderoso do que qualquer argumento. Furiosa, Alex disse:

— Está bem. Talvez ele exagerasse um pouco. Mas não pode ter sido uma invenção total. Quem mentiria a respeito de uma coisa assim?

— O tipo de pessoa que diria essas coisas para uma garota jovem e impressionável, mesmo que fossem verdadeiras — respondeu Kitty, com uma ênfase deliberada em cada palavra.

Alex experimentou a sensação de que passara por uma barreira invisível e caía numa queda livre vertiginosa. Nunca questionara o pai; nunca especulara se não poderia haver outro lado em sua história. Apenas aceitava tudo o que ele dizia... a expressão melancólica nos olhos do pai quando recordava seu namoro com a mãe, como tudo mudara depois que Daphne nascera.

Mas agora uma semente de dúvida fora plantada. Não era tanto pelo que Kitty dissera, mas pela expressão horrorizada em seu rosto, como se o pai tivesse sido uma espécie de monstro. Seu estômago ficou completamente embrulhado.

— Essa... essa enfermeira... o que sabe a seu respeito?

— Não muita coisa — disse Kitty. — Exceto que era mais jovem do que ele... mais ou menos de nossa idade. E perdeu um brinco de ouro.

Kitty sorriu, a expressão divertida e sombria, antes de acrescentar:

— Parece que nosso pai tinha o hábito de freqüentar motéis. Acho que ele não sabia que a gerente de um desses motéis, em Barranco, era a mãe de Willa. Depois que papai foi embora, na última vez, ela encontrou um brinco que a namorada dele perdera.

A cabeça de Alex era um turbilhão. Mas o pai sempre fora discreto, não é mesmo? Apesar das aparências, ele amava a mãe.

— Não é o que você pensa — insistiu ela. — O pai nunca se apaixonou por qualquer uma dessas mulheres. Era apenas... ora, ele tinha certas necessidades.

— E você aceitou isso? Ah, Alex...

Kitty parecia compadecida.

— Você está com ciúme! — explodiu Alex. — Porque eu era a predileta de papai, e você... você...

— Eu não era ninguém. — Kitty deu de ombros. — Se me importei com isso no passado, já não tem mais qualquer importância. Aceitei essa situação há muito tempo.

Ela inclinou a cabeça para o lado, estudando Alex com uma expressão curiosa no rosto sardento.

— O que estou especulando agora é o motivo pelo qual papai partilhava todos os seus segredos com você. Se ele não era culpado... por que a necessidade de desabafar?

Alex baixou o rosto para as mãos, sentindo que a qualquer momento poderia vomitar na grama.

— Pare com isso. Pare agora!

Ela sentia um frio súbito, como se uma sombra a cobrisse. Quando levantou os olhos, deparou com Kitty ajoelhada à sua frente.

— O que é, Alex? Há mais alguma coisa que não me contou?

A voz era tão gentil e envolvente que Alex, sem pensar, inclinou-se para os braços de Kitty... a Kitty de quem sempre se sentira um tanto apartada, mas que agora parecia se importar muito com o que pudesse lhe acontecer. Ela recendia a madressilva e canela... a tudo o que era bom, puro e decente. Alex começou a chorar.

— Estou numa situação crítica — confidenciou ela, num sussurro rouco. — Receita Federal, Visa, Mastercard, Pacific Gas & Electric, tudo, enfim. Esta manhã a Fog City Motors quase retomou meu carro. Se eu não arrumar quatro mil dólares em dinheiro, até cinco horas da tarde, ficarei a pé daqui por diante.

Alex fez uma pausa para respirar fundo. Mas em vez da vergonha que esperava sentir havia agora uma estranha sensação de alívio. E, quando finalmente fitou a irmã, viu que a expressão de Kitty não era de reprovação. Por mais incrível que pudesse parecer, Alex encontrava apenas compaixão.

— Ah, Alex, por que não veio me procurar antes?

— De que adiantaria?

Alex enxugou os olhos com a aba da blusa de seda que se soltara do jeans. O rímel escorria pelo rosto, e a camisa provavelmente ficaria estragada, mas que importância essas coisas tinham agora?

Por um momento, a irmã parecia perdida em pensamentos. Kitty olhou por cima da sebe pelo que pareceu um longo tempo, com uma tristeza evidente. Quando tornou a fitar Alex, ela sorria, mas o senso de melancolia persistia.

— Tenho algum dinheiro guardado. Pouco mais de vinte mil dólares. É tudo seu. Pode me pagar quando puder.

Alex sentiu um fluxo de alegria... acompanhado no instante seguinte pelo peso frio da consciência. Ela sacudiu a cabeça.

— Não, Kitty. Não posso aceitar. Talvez você precise do dinheiro.

Kitty também sacudiu a cabeça.

— Talvez algum dia. Não neste momento. E eu me sentiria muito melhor se soubesse que o dinheiro está servindo para alguma coisa.

Uma pesada camada de culpa envolveu Alex. Como pudera acreditar que Kitty não a amava? E como pudera deixar de estimar aquela irmã? Era como se tudo o que Alex considerara como líquido e certo, durante toda a sua vida, tivesse se fragmentado em mil pedaços. Agora, os pedaços estavam sendo unidos de uma maneira em que não se ajustavam. Ela não sabia o que dizer. Nem mesmo como agir.

No refúgio tranqüilo do jardim de Kitty, com os passarinhos cantando por cima e os sons alegres das crianças saindo por uma janela aberta da casa que ela sempre achara feia — mas que agora via como adorável —, Alex teve de formular a palavra silenciosamente várias vezes, antes de poder enunciá-la em voz alta.

— Obrigada — sussurrou ela, inclinando a cabeça como se estivesse fazendo uma prece.

\* \* \*

Os waffles de mirtilo nunca haviam sido tão saborosos. Na verdade, Alex não podia se lembrar da última vez em que comera tanto. À mesa da cozinha ensolarada de Kitty, ela sentiu que a pressão no peito se atenuava. As crianças de Daphne estavam ainda mais adoráveis do que na última vez, pensou ela, e muito bem-comportadas. Até Daphne parecia mais à vontade consigo mesma, como se o fardo que antes carregava nos ombros tivesse sido removido de alguma forma.

Depois de tirada a mesa, Kitty foi ajudar Willa a servir às mesas na frente.

— Você lava e eu enxugo — propôs Daphne, pegando a toalha de prato.

— Você *sempre* tem de enxugar — protestou Alex, com uma risada. — Eu era a única garota na sétima série que tinha as mãos maltratadas.

— Pelo menos não era culpa sua quando alguma coisa quebrava.

— Você nunca quebrou nada em toda a sua vida!

— Isso serve para mostrar como você me conhece bem.

Daphne, muito bonita com os cabelos presos atrás da cabeça, usando uma calça cáqui e uma blusa listrada de algodão, virou-se para fitá-la. O riso nos seus olhos se desvaneceu, e ela estendeu a mão para o braço de Alex.

— Kitty me falou sobre os seus problemas — murmurou ela. — Também quero ajudar.

Um rubor angustiado subiu pelo pescoço de Alex e espalhou-se pelas faces. O mundo inteiro tinha de saber? No instante seguinte, ela compreendeu que Daphne não a estava julgando, como Kitty também não o fizera. Todas as pessoas tinham seus problemas, a expressão de Daphne parecia dizer.

Alex olhou para as crianças, ainda sentadas à mesa, absorvidas em colorir com creions, em enormes folhas de papel. Em voz baixa, ela disse:

— Obrigada, Daph, mas não posso aceitar. Juro que se receber alguma caridade de qualquer das duas não serei capaz de conviver comigo mesma. — Ela dissipou o constrangimento do momento com uma risada. — Não é suficiente que você seja muito mais magra do que eu? E depois daqueles waffles pode contar com uma vantagem extra de pelo menos dois quilos.

— Não é caridade. — disse Daphne, ruborizando. — Eu... digamos que ganhei pessoalmente um bom dinheiro há pouco tempo. Segundo minha editora, o próximo cheque de direitos autorais deve estar na casa dos cinco dígitos.

Ela não precisava acrescentar a que custo para si mesma; estava estampado em seu rosto.

— Estaria me fazendo um favor, Alex, com toda a sinceridade.

Alex teve de virar o rosto para que Daphne não visse as lágrimas em seus olhos. Eram lágrimas em parte de vergonha, em parte de gratidão... mas, acima de tudo, pelo súbito amor que a envolvia.

— Eu... não sei o que dizer...

Mas Daphne facilitou tudo. Não argumentou, não tentou persuadir. Apenas fitou Alex como se não pudesse haver outra opção, para qualquer das duas, e murmurou:

— Apenas diga sim.

No carro de Kitty, as duas irmãs seguiram Alex até o banco. Ali, Kitty aumentou o cheque que Daphne fizera, com a retirada de quatro mil dólares em dinheiro. Mais foi prometido, se fosse necessário. Depois de agradecer às duas, com um aperto na garganta, Alex seguiu direto para a Fog City Motors. Armada com um envelope, em que estava escrito PESSOAL com caneta hidrográfica, ela passou pela recepção e largou o envelope na mesa do surpreso Steve DeAngelis. Dentro, havia um cheque no valor total do que devia.

— Não se preocupe — disse ela. — O cheque está visado.

Um homem de pele morena, com quarenta e tantos anos, com pulsos cabeludos que se projetavam dos punhos duplos da camisa com monograma, DeAngelis empurrou o envelope para o lado, sem abri-lo.

— Confio em você — declarou ele, com uma risada jovial, como se dissesse: *Sem ressentimentos, está bem?*

Foi só depois que saía pela porta da frente que Alex lembrou-se de uma coisa. Muito bem, a conta estava em dia... e daí? A esta altura, no mês que vem, ela se encontraria na mesma situação: devendo outro pagamento polpudo do leasing de um carro que não tinha condições de possuir.

Lentamente, com uma determinação que parecia como se uma presença invisível a forçasse, ela virou-se e voltou à recepção. A loura de cabelos frisados interrompeu o processo de separar uma pilha de recados para fitá-la. Alex limpou a garganta.

— Com licença... acabei de ver aqueles Toyotas lá na frente. Há alguém com quem eu possa conversar sobre a troca pelo meu BMW?

A recepcionista, que não podia ser muito mais velha do que as gêmeas, mas cuja cabeleira platinada — parecendo inflamável — era mais apropriada para uma mulher de sessenta anos, apertou um botão em seu telefone. Pouco depois, Alex descobriu-se sentada na sala — ou melhor, cubículo — de um vendedor também jovem, que parecia muito feliz em providenciar a troca. O mais barato de seus Toyotas, informou ele, era um Tercel "de segunda mão"... como se a palavra "usado" fosse um palavrão. Alex, reprimindo o desapontamento, concordou em aceitá-lo.

Os clientes podiam não saber a diferença, pensou ela, virando à direita ao sair do estacionamento em seu recém-adquirido Tercel verde com três anos de uso, mas ela sabia. Depois de seu BMW, que parecia voar, aquele carro ordinário era como uma carroça puxada por um burro. Tinha vontade de chorar.

Então, ela pensou no dinheiro que estaria economizando e concluiu que era afortunada por ter qualquer carro. E o melhor de tudo: tinha duas irmãs que se importavam com ela, que depois de anos de brigas e ressentimentos haviam se empenhado em ajudá-la. O sangue falava mais alto, no final das contas.

O pensamento da mãe aflorou por um instante, mas ela tratou de reprimi-lo. *Há um limite ao que você pode perdoar*, ela disse a si mesma. No fundo de sua mente, uma voz sussurrou que, se a situação fosse a inversa, a mãe encontraria um jeito de perdoá-la. Mas essa voz era fraca. E, de qualquer forma, não contava, porque não havia a menor possibilidade de Alex jamais cometer um crime tão horrível.

Enquanto seguia pela rua 33, com seus estacionamentos e prédios comerciais, ela recordou a conversa anterior com Kitty. Segundo a irmã, o pai andava se encontrando com alguém antes de sua morte. *Por que ele não me contou?* Alex sempre soubera das outras amantes. O que tornava aquela diferente? O pai estaria apaixonado por ela?

A menos que a mulher tomasse a iniciativa de se apresentar, elas nunca saberiam. De qualquer forma, ela tinha coisas mais urgentes com que se preocupar naquele momento. Por exemplo, como se livrar da pressão da Receita Federal. Kitty e Daphne haviam sido generosas, é verdade, mas os empréstimos não eram suficientes para cobrir todas as suas dívidas.

Alex passava pelo Kmart Plaza quando se lembrou de repente que não comprara um presente para o filho de Leanne. O aniversário de Tyler seria depois de amanhã. Claro que *ele* não notaria, mas Leanne ficaria comovida por ela não ter esquecido. Não precisava ser um presente caro, ela disse a si mesma. Apenas alguma coisa para que a amiga soubesse que pensava nela.

Ela parou no estacionamento. Dez minutos depois, estava na fila do caixa, com um jogo de argolas de plástico para empilhar. Um pote de sais de banho no formato de coração atraiu sua atenção... uma coisa que as gêmeas adorariam. Calculava mentalmente se sobraria o suficiente dos 15 dólares que reservara para o presente de Tyler quando lhe ocorreu a ironia da situação: parada ali, na fila no Kmart, especulando se tinha condições de gastar quatro dólares em sais de banho, quando apenas poucos meses antes não hesitaria em gastar mais de cem dólares num tratamento facial e manicure na Elizabeth Arden's.

Alex refletiu então que passara a maior de sua vida à procura do sucesso e tudo o que o acompanhava. Começara como presidente da Jaycees local, a organização cívica para jovens que existia em todo o país, aos 16 anos de idade. Fora uma das primeiras da turma na universidade. E durante cada um dos dez anos na Shoreline Realty não apenas tivera o objetivo, mas também uma *necessidade* propulsora, de ganhar o prêmio anual — uma placa de bronze — para a mais alta cota de vendas. O único ano em que perdera, por uma margem mínima, para Marjorie Belknap, sentira-se um fracasso total.

Só que em algum momento, ao longo do caminho, ela se perdera. A ambição saudável fora substituída por uma ânsia por mais recompensas materiais... e olhe só para onde isso a levara. As coisas que antes pareciam tão importantes já não tinham mais qualquer valor. A casa, o carro, o closet cheio de roupas de grife — coisas que nem eram totalmente suas — pareciam moedas estrangeiras encontradas no bolso de um casaco que não fora usado desde a viagem à Europa no ano passado: exóticas, mas inúteis.

As irmãs, por outro lado, tiveram a idéia certa desde o início. Atribuíam toda a ênfase ao que contava: fazer o que mais gostavam, apenas porque gostavam.

E o que dizer do pai? Onde ele se ajustava nesse novo retrato de família? Pensamentos desconcertantes perturbaram a mente de Alex, como dedos irrequietos abrindo um envelope fechado sem qualquer identificação. Kitty sugerira que havia mais do que parecia no vínculo profundo entre pai e filha, que Vernon a usara de alguma forma.

Mas com que finalidade? Não fora, com toda a certeza, para jogá-la contra a mãe. Ele nunca falara mal de Lydia, nem uma única vez. E se ele alcançara alguma paz de espírito ao confidenciar seus segredos para alguém em quem podia confiar, o que havia de tão terrível nisso?

Mesmo assim, o sentimento de inquietação continuou a atormentar Alex, enquanto pagava o brinquedo — no último minuto, ela decidiu não levar os sais de banho — e saía apressada para o estacionamento. Ao seguir para a casa de Leanne no Tercel usado — *pré-possuído* jamais! — ela sentiu uma dor de cabeça infiltrar-se por uma têmpora e começar a se espalhar, como a mancha de tinta de Rorschach.

Toda a cabeça latejava quando ela parou na frente da casa de Leanne. Estacionou pouco antes da entrada, por trás de um enorme oleandro, onde o carro não seria visto da casa. Leanne perguntaria o que acontecera com seu BMW. E Alex sentia-se exausta demais para explicar.

*Não porque ela não fosse capaz de compreender. Apenas porque... ora, não sei se uma parte de Leanne não exultaria em segredo.*

O pensamento pareceu surgir do nada, surpreendendo Alex. O que poderia tê-lo provocado? Nada do que Leanne fizera ou dissera, com toda a certeza. Leanne era sua melhor amiga. Só que nos últimos tempos...

*Eu a tenho surpreendido a olhar para mim de uma maneira estranha. Como se lá no fundo ela pudesse ter algum ressentimento.* E talvez uma parte de Alex sempre se ressentira dela, desde o tempo em que eram crianças. Porque *ela* tinha o que Leanne mais queria. Um lar de verdade, com uma mãe *e* um pai, e... e...

*Uma chave. Em algum momento, ela deve ter obtido uma chave da casa. Por qual outro motivo teria ido até lá naquela noite?*

Alex tratou de afastar o pensamento de sua cabeça. Estava imaginando coisas, à custa da amiga. Pobre Leanne. Entre trabalhar no turno da noite no hospital e cuidar de Tyler durante o dia, ela merecia toda aquela psicanálise social como um buraco na cabeça. Enquanto esperava na porta que Leanne atendesse às suas batidas, Alex resolveu que deixaria de ser uma idiota paranóica.

A porta foi aberta. Leanne tinha os olhos inchados e injetados. Os cabelos ruivos estavam despenteados, e as roupas — uma blusa de mangas compridas e um jeans — davam a impressão de que dormira vestida. Ela estaria cochilando? *Talvez eu devesse ter telefonado antes...*

— Meu Deus, Lee, peço desculpas! Só vim trazer isto. — Alex estendeu a bolsa de compras. — É para Tyler.

O brinquedo lá dentro tinha a indicação de que era para crianças de seis meses a um ano de idade. Também não estava embrulhado em papel de presente. Para quê? Leanne mal olhou para a bolsa.

— Obrigada — disse ela, como se estivesse cansada demais para se importar com o que pudesse haver lá dentro. — Entre. Você não me acordou. Apenas tive uma manhã difícil com Tyler.

Assim que entrou, Alex pôde constatar que fora mesmo um desastre. Havia roupas espalhadas por todo o tapete, a mesinha baixa ocupada por xícaras sujas e tigelas de cereais. Os brinquedos de Tyler estavam por toda parte, e ela sentiu o odor inconfundível de uma fralda que precisava ser trocada.

O filho de Leanne, com uma lesão cerebral irreparável, estava deitado de costas num cobertor, no chão, no meio da sala. Era pequeno para a sua idade, as pernas pálidas parecendo gravetos que se projetavam da fralda. Mas a coisa mais triste era o fato de que ele seria lindo, com seus enormes olhos azuis e cabelos louros encaracolados. Alex contemplou com uma profunda compaixão a cabeça perfeita, com sua massa de cachos dourados, pendendo como a de um bebê recém-nascido.

E, naquele momento, um bebê furioso. Tinha a boca contraída, o rosto vermelho, enquanto se balançava de um lado para outro, emitindo miados assustadores. Alex recuou, sentindo o princípio de uma náusea. A visão de Tyler nunca fora fácil, com as mãos tortas que se sacudiam em estranhas articulações, os olhos que reviravam a todo instante, nunca dando a impressão de registrarem qualquer coisa. Ela queria gostar de Tyler, com toda a sinceridade. Mas sentia apenas uma terrível compaixão, misturada com repulsa.

*Não é nada que você não tenha visto uma centena de vezes antes*, ela lembrou a si mesma. Mesmo assim, Alex permaneceu de pé, enquanto Leanne ajoelhava-se no tapete atravancado, ao lado do filho. De alguma forma, apesar de todos os movimentos desordenados da criança, ela conseguiu trocar a fralda. Depois, ajeitou-o no colo... um bebê do tamanho de uma criança enferma em idade pré-escolar. *Como ela agüenta?*, pensou Alex. *Cuida dos prematuros na unidade de tratamento intensivo neonatal e encontra isto ao voltar para casa.*

Tyler tornou a se contorcer enquanto Leanne o embalava, os gritos se tornando mais altos. Longos minutos passaram antes que ela conseguisse acalmá-lo. Pouco a pouco, o menino enroscou-se numa posição fetal, os gritos definhando para um som de quem mamava.

Quando ele finalmente dormiu, o rosto que Leanne levantou para ela estava tão dominado pela exaustão que Alex experimentou um sentimento de culpa pelo alívio diante da relativa insignificância de seus próprios problemas. Por mais terríveis que fossem, não eram insuperáveis, ela sabia. Mas o problema de Leanne era como uma sentença de prisão perpétua.

— Seria ótimo se me ajudasse a pô-lo no berço. — Leanne falou baixinho para não acordar o filho. — É cada vez mais difícil levantá-lo.

Depois que o puseram no berço, no pequeno quarto na frente do quarto de Leanne, as cortinas fechadas e a caixa de brinquedinhos Busy

Box retinindo baixinho, as duas voltaram na ponta dos pés para a sala. Leanne arriou na espreguiçadeira com um suspiro.

— Não sei mais o que fazer. Não é apenas porque ele está crescendo. Teve dois ataques só na última semana. E não me pergunte pela despesa, porque não vai querer saber. O seguro-saúde não cobre os custos da *baby-sitter* nem da fisioterapia. — Ela abriu os dedos sobre os joelhos, apertando-os. — Eu não me preocuparia tanto se o processo não estivesse se arrastando. Acredita que os advogados do hospital conseguiram outro adiamento? O terceiro. O julgamento foi transferido para o final de setembro.

Alex sentiu uma pontada de remorso. No meio de seus problemas, não pensara na situação de Leanne. Agora, ela inclinou-se para a frente, com um interesse exagerado.

— Deram um motivo?

Leanne esfregou o rosto com a mão.

— Uma testemunha médica que não pode comparecer antes disso. Mas não importa. O plano deles é continuar a ganhar tempo, o máximo possível. Até que eu morra de exaustão. — Ela levantou os olhos para Alex. — Por falar nisso, já marcaram o julgamento de sua mãe?

— Dia 14 de agosto.

Alex se sentia embaraçada demais para admitir que ela própria acabara de descobrir, pelas irmãs, durante o desjejum.

— Quais são as chances, em sua opinião?

Dava para perceber que a curiosidade da amiga não era apenas vaga. Leanne observava com o maior interesse.

— Não sei. Não a vi nem falei com ela desde que papai morreu.

Alex assumiu uma voz severa, que de nada adiantou para conter seu crescente sentimento de culpa. A dor de cabeça, que diminuíra um pouco, tornou a se manifestar com um renovado vigor... martelos de veludo batendo em suas têmporas.

— Talvez você devesse visitá-la.

Alex empertigou-se, olhando para a amiga num silêncio chocado. Por que Leanne sentiria alguma compaixão pela mulher que tirara a vida do pai? Um homem que ela alegara reverenciar. Seria porque a própria

Leanne, sozinha e presa a uma criança que nunca seria capaz de cuidar de si mesma, sabia como era sentir que suas opções se esgotavam? Quaisquer que fossem as razões, Alex não precisava de ninguém para lembrá-la de seus deveres filiais. Nem mesmo de Leanne.

— Sabe do que eu gostaria? — murmurou ela. — De que todo mundo parasse de me dizer o que devo fazer.

— Apenas pensei que você poderia se sentir melhor se tirasse isso do peito.

Leanne baixou os olhos e concentrou-se em pegar um fio solto na cadeira.

— Tirasse do peito o que exatamente?

Leanne deu de ombros.

— Não sei. Eu não deveria ter falado. Estou apenas cansada. Talvez estivesse pensando em minha própria mãe. Se alguma coisa acontecesse com ela, provavelmente me arrependeria de todas as coisas que não dissemos uma para a outra.

— Por exemplo?

Alex se lembrou subitamente das coisas que Leanne não lhe contara. Como o fato de que Leanne sabia durante todo o tempo sobre o caso de Vernon com a mãe dela. Que outros segredos a amiga poderia estar escondendo?

— As coisas de sempre, eu creio. Como o fato de que mamãe pareceu sempre se importar mais com Beth do que comigo. Acho que não tem mais importância. Afinal, somos todas adultas, não é mesmo? Mas ainda dói.

Alex recordou a conversa com Kitty naquela manhã.

— Acredito que há coisas que nunca superamos.

Ao mesmo tempo, outro pensamento aflorou no fundo de sua mente, um pensamento que não tinha forma definida ainda. Quando finalmente se materializou, Alex ficou assustada com a voz clara que asseverou: *Ela está mentindo*. A parte sobre Beryl era verdadeira, é claro, mas ela sentia que Leanne apenas a enunciara para encobrir alguma coisa que vinha sentindo sobre...

*Sua própria mãe, Lydia.* A voz falou mais alto desta vez. Leanne pareceu sentir o súbito desconforto de Alex. Num ímpeto de energia nervosa, levantou-se de um pulo e foi para a cozinha.

— Já almoçou? Posso fazer sanduíches para nós.

— Não, obrigada. Não estou com fome.

Alex não comia nada desde o desjejum, mas simplesmente pensar em comida deixava-a nauseada. Nesse exato momento, seu olhar incidiu sobre o uniforme de enfermeira pendurado na porta do quarto de Leanne, amortalhado em plástico. As palavras de Kitty afloraram em sua mente: "Ela é enfermeira... mais ou menos de nossa idade..."

Alex cambaleou, como se tivesse sido golpeada. Meu Deus! Seria possível? Ao mesmo tempo, não podia acreditar no que estava pensando. Sua melhor amiga. Para quem Vernon fora como um pai. Era além da imaginação. Era...

*Pervertido.*

Mas ela não conseguiu expulsar a idéia de sua mente. A cabeça de Alex parecia ter encolhido, cada pulsação comprimida dando a impressão de que alguma coisa era espremida dentro de seu crânio. Não descansaria, Alex sabia, enquanto não se livrasse daquela idéia absurda, de uma vez por todas. Com uma indiferença exagerada, Alex levantou-se. Olhou para o relógio.

— É melhor eu ir agora. Prometi às gêmeas que voltaria a tempo de levá-las ao cinema. — A caminho da porta, quase como se fosse uma lembrança irrelevante, ela acrescentou: — Ah, já ia me esquecendo. Outro dia eu passava o aspirador por trás do sofá e encontrei um brinco. Parece ouro de verdade. Não é das meninas. Pensei que poderia ser seu.

Leanne franziu o rosto refletindo e apertou distraída o lóbulo de uma orelha. Alex não percebeu que prendia a respiração até que a amiga respondeu:

— Perdi um brinco. Do meu par predileto. Não pude me lembrar onde havia caído. Por acaso não está com ele na bolsa?

Alex sentiu que todo o ar escapava de seus pulmões, num fluxo vertiginoso.

— Lamento, mas não estou com o brinco. — Ela se surpreendeu pela facilidade com que podia fazer a voz parecer normal, embora a cabeça estivesse prestes a explodir... e uma amizade de trinta anos possivelmente acabando em ruínas. — Trarei na próxima vez.

*Uma coincidência*, argumentou uma voz infantil, contra toda a razão, uma voz muito parecida com a de Lori naquela manhã, quando ficara apavorada. *Qualquer pessoa pode perder um brinco. E papai convivia com dezenas de enfermeiras.*

E foi então que lhe ocorreu uma reação retardada, com o pleno impacto de um golpe violento: se Leanne e Vernon eram amantes...

...*isso* devia ser o motivo pelo qual Leanne passara pela casa dos pais de Alex naquela noite. E se ela tinha uma chave era possível que tivesse sido dada por Vernon. Ela teria ido procurar alguma coisa — um bilhete, uma carta, um recibo de cartão de crédito — que a incriminaria?

Alex ficou imóvel, com a mão na maçaneta, observando o reflexo distorcido da amiga no vidro granulado na entrada de luz ao lado da porta. Quando Leanne falou, a voz era abafada pelo rugido nos ouvidos de Alex:

— Fico contente por você ter encontrado o brinco. — Ela saiu com Alex para o alpendre. — Procurei-o por toda parte. Sabe como é perder uma coisa que você não pode substituir.

— Claro que sei.

Alex soltou uma risada à beira da histeria, enquanto se afastava pelo caminho, da maneira como uma pessoa doente pode percorrer um corredor de hospital. Não se importava mais que Leanne pudesse estranhar o fato de ela embarcar num Toyota verde, não em seu BMW.

*Curioso e mais curioso*, pensou ela de novo, em meio ao rugido em sua cabeça. Caíra mesmo num buraco, mas não era a sepultura que escavara para si mesma, apesar de tudo. Estava no País das Maravilhas, um País das Maravilhas escuro e pervertido, em que qualquer coisa, absolutamente qualquer coisa, podia se erguer de repente para agarrá-la.

# Capítulo Treze

A mulher sentada na frente de Johnny Devane, em sua sala, era o que sua mãe teria chamado de bem-conservada. *Mais como embalsamada*, pensou ele. Aos 69 anos — descobrira a data de nascimento em uma das pastas que cobriam a mesa, empilhavam-se nas prateleiras, no peitoril da janela, até mesmo no tapete — cada detalhe de sua aparência era cuidado de uma maneira tão meticulosa, como se ela temesse que a deterioração pudesse prevalecer se não fizesse isso. A maquiagem, os cabelos platinados impecáveis... e as roupas; a mulher fazia-o pensar num folheto das tintas da Sherwin Williams, tudo coordenado em tonalidades complementares de rosa e malva.

Beryl Chapman fitava-o como se fosse uma mulher que nada tinha a esconder, quando tudo o que ele sabia sugeria justamente o contrário.

— Pode me intimar, se quiser. Não vai adiantar.

Ela encontrou um pedaço vazio da mesa envernizada, no meio da confusão de pastas, para bater com uma unha comprida e pintada. Por trás dos cílios postiços, os olhos contraídos faziam-no pensar nas fendas numa torre de canhão.

— Mas posso lhe revelar um pequeno segredo — acrescentou ela. — Além de ser minha amiga mais antiga e mais querida, Lydia Seagrave era a melhor *esposa* que um homem podia pedir.

— Tenho certeza de que pode compreender por que algumas pessoas acham difícil acreditar nisso... nas circunstâncias — observou ele.

Johnny recostou-se na cadeira giratória cromada, que substituíra a anterior, de carvalho, quando o escritório da promotoria deixara o endereço antigo, na White Street. Um projeto escandinavo de arte moderna, a cadeira fora feita para se amoldar à bunda de uma bailarina anoréxica. Seus contornos se elevavam em todos os lugares errados para ele, fazendo com que a cadeira se tornasse um símbolo de tudo o que detestava no novo prédio, uma catedral reluzente em homenagem à terrível confusão que as pessoas faziam com suas vidas.

— Não me importo nem um pouco com o que os outros pensam.

Beryl inclinou-se para a frente, apertando os braços da cadeira, os cotovelos projetados para cima, como se fosse uma precaução para evitar que caíssem. Na voz gutural de uma fumante inveterada de uma vida inteira, ela confidenciou:

— O homem enganava todo mundo... até mesmo Lydia. Todo mundo menos eu. Ele era encantador, sem dúvida. E dedicado à família, se você acredita em tudo o que ouve. Mas procure a definição de mal no dicionário e vai encontrar o nome de Vernon Seagrave ao lado.

— Está querendo dizer que as ações da Sra. Seagrave em relação ao marido foram justificadas?

Johnny manteve a voz neutra, até mesmo afável. Beryl recostou-se abruptamente, comprimindo os lábios vermelhos.

— Não pense que vou cair em algum de seus truques. E não pense que pode me assustar com a ameaça de uma intimação. — Da máscara inflexível de papel machê, de tantas plásticas, os olhos fitavam-no com frieza. — Se eu tivesse de testemunhar, pode ter certeza de que não seria um depoimento favorável à promotoria.

— Muito justo... mas há uma coisa que não consigo entender. Foi por isso que pedi que viesse até aqui. Examinei a lista de testemunhas apresentada pelo advogado da Sra. Seagrave e não encontrei seu nome.

Ele passou um polegar pela pilha de documentos em sua mesa, acrescentando com um ar de inocência:

— Pode me chamar de antiquado, mas eu gostaria de pensar que poderia contar com os amigos se me encontrasse numa situação difícil. — Uma pausa e Johnny completou, com um olhar avaliador: — A menos que a senhora e a Sra. Seagrave não fossem tão grandes amigas assim.

Tonalidades de cor intensa apareceram nas faces maquiadas de uma mulher que parecia subitamente ter cada minuto de sua idade.

— O que exatamente está querendo insinuar, meu jovem?

Johnny foi direto ao ponto.

— Vamos supor que você foi outrora... digamos assim, *íntima* do Dr. Seagrave. — Ele deu de ombros e abriu os braços, como se dissesse: *Não estou aqui para julgar ninguém.* — Há muito tempo, eu sei. Mas esta é uma cidade pequena. As pessoas falam sobre coisas que aconteceram há vinte ou trinta anos como se tivessem ocorrido ontem.

Ele devia saber. Em alguns círculos, ainda tinha de lidar com sua reputação como o filho imprestável do bêbado Pete Devane.

Beryl fitou-o com uma expressão furiosa. Depois, de repente, pareceu desmoronar, o casaco rosa engomado dando a impressão de murchar, como o ar que escapa de uma balsa inflável.

— Se me arrependo de alguns erros que posso ter cometido, foi, como você mesmo disse, há muito tempo. Não sei como isso pode ter qualquer relação com o que aconteceu agora.

Johnny também não sabia. A mulher estava certa em uma coisa: qualquer depoimento seu seria com certeza prejudicial para a promotoria. Na verdade, aquela reunião não passava de uma expedição de pesca, para descobrir que surpresas desagradáveis podiam estar à espera na outra extremidade da linha.

O que poderia surpreender tanto Beryl Chapman quanto o chefe dele era o fato de que o interesse especial de Johnny pelo caso não se concentrava em Lydia Seagrave, mas sim em sua filha mais velha, Daphne, a única mulher que ele já amara. Por esse motivo, por Daphne, ele não podia perder de vista a linha tênue entre apenas realizar seu trabalho e a busca de um propósito superior, o cumprimento da Justiça.

O que Daphne não sabia era que Cho estava querendo uma condenação com a pena máxima. Johnny fizera o que podia, mas tinha as mãos mais ou menos atadas. Por mais profundo que fosse o desejo de ajudar Daphne, seu respeito pela lei, por mais falha e inepta que pudesse ser, era ainda mais profundo. Mas se houvesse algum meio de servir à Justiça e fazer o melhor por Daphne ele haveria de encontrar.

Naquele momento, com aquela mulher, ele tinha de fazer um esforço para conter sua impaciência natural, apegar-se à vantagem que pudesse ter, por menor que fosse, como faria numa curva fechada de uma estrada de cascalho de faixa única. Johnny inclinou-se para a frente.

— Para começar, eu gostaria de saber por que descobrir uma coisa que aconteceu há mais de trinta anos faria com que uma esposa apaixonada matasse o marido.

Ele observou a mulher com toda a atenção, enquanto Beryl cruzava uma perna ossuda por cima da outra, puxando a saia até os joelhos. Era evidente que ela estava na maior curiosidade, morrendo de vontade de perguntar quem o informara sobre o seu relacionamento com o Dr. Seagrave.

E se ele dissesse que fora Daphne?

Havia outra coisa que Johnny sabia: quando um marido enganava a esposa, raramente se limitava a uma única mulher. E ao contrário das esposas — que em geral permaneciam na ignorância, por sorte ou confiança cega — as amantes faziam questão de descobrir tudo que pudessem sobre a concorrência: passada, presente e futura. Beryl, ele desconfiava, sabia mais sobre os casos do ex-amante do que estava revelando.

Johnny permaneceu calado, deixando-a na expectativa por algum tempo. Vozes subiam e desciam em algum lugar do corredor. Lá fora, o jardineiro cortava a grama, e o barulho da máquina entrava pela janela aberta. Na sala ao lado, um telefone tocou e tocou, sem que ninguém atendesse. Depois de uma eternidade, Beryl deixou escapar um suspiro de resignação.

— Se Lydia desconfiava de alguma coisa, nunca deixou escapar qualquer comentário. Mesmo quando eu me divorciei. Foi só depois... — Ela parou de falar, o olhar voltando-se para dentro. Depois, como se chegasse a uma decisão, ela empinou os ombros e fitou-o nos olhos. — Quando Lydia me falou da festa de aniversário de casamento, alguma coisa em mim... alguma coisa se rompeu. Não podia deixar que ela continuasse sem saber por mais um minuto sequer.

— Da mesma maneira como alguma coisa se rompeu na Sra. Seagrave quando foi pegar a arma?

Não restava a menor dúvida de que havia alguma verdade no que ela dizia, mas Johnny não podia aceitar que fosse tudo. Depois de trinta e tantos anos bancando a amiga de duas caras, por que Beryl decidiria de repente revelar a verdade? Alguma coisa provocara sua confissão. Algo muito maior do que uma festa de aniversário de casamento.

A dúvida era só uma: a quem ela estava protegendo? Não a si mesma, ele desconfiava. E, obviamente, nem sua boa amiga Lydia. Se estivesse defendendo os interesses de Lydia, como alegava, naquele momento estaria sentada no escritório de Cathcart, não no seu.

Beryl fitava-o como um cachorro cauteloso observa um estranho que tenta persuadi-lo a entrar num canil.

— A única pessoa que pode saber o que passou por sua cabeça é a própria Lydia.

Ele percebeu o brusco movimento do pulso quando ela fez menção de pegar a bolsa... o reflexo inconfundível de uma fumante antiga. Aparentemente, ela mudou de idéia, porque cruzou as mãos no colo.

— E ela não está dizendo nada. O que pode ser muito conveniente, dependendo da pessoa.

Johnny recostou-se na cadeira, sustentando a cabeça com uma das mãos, enquanto observava Beryl com uma expressão pensativa.

— Se por acaso se refere a alguma outra mulher, está perdendo tempo. Foram tantas que nem dá para contar. — Um lado da boca de Beryl se contraiu numa horrível paródia de um sorriso. — Vern foi o idoso exemplar... ativo até o fim.

— Algum palpite sobre a mulher com quem ele podia estar transando quando morreu?

Ela se empertigou, as narinas tremendo em indignação pela tosca tentativa de provocá-la.

— Independente do que possa pensar a meu respeito, Sr. Devane, não sou de espionar as pessoas.

— Há outras maneiras de descobrir as coisas.

— Um dia desses ficarei fascinada em ouvir todas as suas teorias. — Beryl olhou para o relógio, num gesto sugestivo. — Mas agora tenho de me retirar. Meu cabeleireiro não gosta de esperar.

O sol entrando através das persianas por trás de Johnny iluminou em cheio o rosto de Beryl, quando ela se levantou, realçando cada linha, cada ruga, o que proporcionou à maquiagem aplicada com todo o cuidado a tonalidade alaranjada da bolsa de crocodilo pendurada num braço.

— Agradeço sua visita, Sra. Chapman.

Johnny levantou-se para levá-la até a porta.

— Na próxima vez — disse ela, o tom deixando bem claro que não esperava que houvesse uma próxima vez — mandarei meu advogado.

Uma ameaça vã, Johnny sabia. Se ela nada tivesse para esconder, não concordaria em vir, em primeiro lugar. Por mais que Johnny esperasse descobrir alguma coisa com aquele encontro, a verdade é que Beryl também estava ansiosa em descobrir o que *ele* sabia. Ela já estava quase na porta quando tornou a se virar para ele, com um brilho desagradável nos olhos, e disse:

— Johnny Devane, ainda me lembro do tempo em que você costumava sair às escondidas com Daphne Seagrave sem que o pai dela soubesse. Você não mudou nem um pouco.

Johnny sorriu... o primeiro sorriso genuíno do dia.

— Espero que tenha toda a razão!

Embora tivesse passado por sua cabeça, de uma maneira fugaz, a possibilidade de que ele e Daphne pudessem não ser mais as mesmas pessoas que haviam se apaixonado loucamente um pelo outro, há tantos anos, era um alívio descobrir que pelo menos uma pessoa pensava de maneira diferente.

Mas a verdadeira questão — a que deixava seu estômago embrulhado, como as maçãs verdes azedas contra as quais as mães tanto alertavam os filhos — era se a vida com Daphne que ele imaginara por tanto tempo viria a se concretizar.

Não tinha notícias de Daphne desde o dia em que lhe deixara o envelope com o folheto da pousada na costa, alguns quilômetros ao norte da cidade, em que estivera uma vez... junto com duas passagens de ônibus guardadas numa carteira velha durante todos aqueles anos, como uma dívida por pagar que finalmente era cobrada. Daphne teria compreendido tudo o que ele oferecia? Seria tão evidente para ela quanto era para ele... que tinham de aproveitar aquela oportunidade? Agora. Poderia não haver outra chance.

Na noite anterior, ele telefonara... ostensivamente para saber como ela passava, mas com a esperança secreta de que Daphne responderia de alguma forma a seu convite. Mas isso não acontecera.

*Não é tarde demais*, ele tivera vontade de dizer. Ainda havia tempo. O ônibus podia ter partido há muito, mas ele não fora embora. Sem Daphne, para onde iria? Uma ocasião, há muitos anos, aprendera o caminho mais difícil: você em geral acaba encontrando aquilo de que foge. Não cometeria esse erro de novo. Desta vez, tinha de ficar e *lutar* pelo que queria, pela mulher que amava.

Johnny ainda se encontrava à sua mesa às duas horas da tarde, com as mangas enroladas e um sanduíche da cantina, intacto, ao lado. Preparava uma petição para um processo que entraria em julgamento na semana seguinte: duas acusações por assalto à mão armada que haviam deixado o empregado de uma loja de conveniências com pequenos ferimentos e um promotor com uma grande conta para acertar. O acusado, um perdedor com dois antecedentes, era defendido por um advogado ainda mais repugnante, chamado Hank Dreiser, conhecido nos círculos judiciários locais como Hank-vai-em-cana, por causa de seu registro nada impressivo de absolvições. Dreiser esperava que as acusações de assalto à mão armada e lesões corporais com uma arma mortífera fossem reduzidas para furto apenas, alegando que os ferimentos recebidos pela vítima haviam ocorrido durante a luta no momento em que o réu tentara fugir. Mas Johnny não aceitava essa alegação. E seu trabalho era fazer com que o juiz também não aceitasse.

Quando o telefone tocou, ele estava tão profundamente concentrado que nem percebeu a princípio. Até que a voz de sua secretária saiu pelo interfone:

— É o diretor da escola de seu filho, Sr. Devane. Linha dois.

Surpreso, mas ainda não alarmado — embora já pudesse sentir um vago presságio, como alguma coisa comichando por baixo da pele —, Johnny pegou o telefone e apertou o botão piscando.

O Sr. Glenn foi cordial, mas foi direto ao ponto. J. J. metera-se numa briga. Nada grave, sem armas envolvidas. Deixaria os meninos escaparem fácil desta vez, ele tratou de enfatizar. J. J., que esperava no lado de fora de sua sala que o pai viesse buscá-lo, seria suspenso apenas por poucos dias.

O julgamento implícito na voz do diretor era inequívoco e deixou Johnny nervoso no mesmo instante. Reconhecia-o do tempo em que passara no banco ao lado da sala do diretor, na Muir. Seus crimes? Quase sempre brigas provocadas pelos garotos maiores, tolos demais para compreenderem que, diante do orgulho de Johnny, o tamanho nada significava. Mas ninguém jamais parecia interessado em ouvir o seu lado, e na oitava série ele já desistira de tentar. Na escola, havia uma regra tácita: qualquer confusão sem um instigador claro era atribuída ao garoto com "problema de atitude". Culpado até provar que era inocente.

Johnny precisara de anos correndo, de muitos quilômetros de estradas sinuosas que um dia o levaram de volta para casa, até chegar ao ponto em que não sentia mais a necessidade de provar quem era. E até que todos os fatos lhe fossem apresentados, ele não arrumaria desculpas para o filho.

— Estou indo para aí — disse ele ao telefone.

Enquanto atravessava a cidade e subia a ladeira arborizada para sua antiga escola de ensino médio, Johnny foi invadido pelas lembranças. Da noite em que ele e Daphne foram apanhados em flagrante no galpão da manutenção. Fora uma cena e tanto: a filha mais velha do Dr. Seagrave, parecendo pura como a neve, mesmo com o jeans arriado nos tornozelos e a camiseta levantada até as axilas... e o filho imprestável de Pete Devane, os cabelos louros compridos descendo até os ombros, o maço de Camels no bolso da camisa não sendo a única coisa que criava uma protuberância em suas roupas. Johnny tinha certeza de que os guardas o fichariam, não apenas por ter arrebentado o cadeado do galpão... mas também por estupro. E era bem provável que isso tivesse acontecido se o mais velho dos dois não se lembrasse dele das incontáveis visitas que fizera à sua casa, ao longo dos anos. Por isso, os guardas limitaram-se a uma advertência vigorosa.

Agora, Johnny descobriu-se a especular se o guarda apenas sentira pena dele... ou se havia outra razão. Um adulto que deixava de fazer o que era certo com um casal de adolescentes indefesos por ter uma parcela considerável de consciência culpada, refletiu ele, amargurado.

Ao longo dos anos, no entanto, ele também não tentara apagar tanto quanto podia? Ao pensar na infância, não recordava um incidente isolado, mas uma sucessão de impressões angustiantes, como vozes erguidas em raiva, o barulho de vidro quebrado, gotas de sangue espalhadas pelo linóleo velho e rachado. Havia também o medo, o cheiro fétido do medo: quando ele era pequeno, de se urinar de terror; e em anos subseqüentes, do suor de se controlar, todo contraído, ganhando tempo até ter idade suficiente para se defender.

Os guardas apareciam na casa com freqüência, é verdade, mas não com a freqüência necessária. A vida diária na casa dos Devane era constituída pelo esforço para escapar dos pais, cuja única recreação, além de se embriagarem, era se agredirem — ou agredirem Johnny e seu irmão — com os punhos e com tudo que não estivesse preso em algum lugar. Seu único recurso fora o silêncio, sempre reforçado pelas histórias de horror do que aconteceria se ele ou Freddie contassem o que realmente acontecia na casa. Para a polícia, Johnny dizia que caíra da bicicleta ou se envolvera numa briga na escola. Estava convencido de que um nariz ensangüentado e equimoses eram melhores do que ser entregue para adoção.

Não sabia se tomara ou não a decisão certa, mas a opção servira para torná-lo duro. A única ocasião em que estivera perto de capitular fora o momento em que Freddie embarcara para o Vietnã, a convite do Exército dos Estados Unidos. A guerra estava quase acabando a esta altura, e seu irmão mais velho fora uma das últimas baixas. Depois que o corpo voltara para casa, Johnny passara um período em que culpava todas as pessoas, embora só fizesse mal a si mesmo. Mas beber muito, ficar na rua até tarde, meter-se em encrencas na escola... era o que esperavam dele, não é mesmo? Por que não dar às pessoas o que queriam, um alvo fácil, evitando que olhassem com muito rigor para si mesmas?

O momento decisivo ocorrera pouco depois que ele completara 16 anos, vários meses antes de seu encontro com Daphne no poço dos fumantes, atrás do prédio de ciências. Era um período em que quase todos os outros rapazes de sua idade exibiam carros novos dados pelos pais, enquanto ele se limitava a desejar um Ford Thunderbird azul-escuro em exposição na County Classic Motors. Mas foi então que ele recebeu o maior de todos os presentes: o comando da situação.

Aconteceu tão de repente que o velho nem percebeu a iminência. Havia bebido muito naquela noite, seis cervejas grandes, acompanhadas por um quarto de bom uísque irlandês. Estava mais furioso do que um gato molhado. Começou por xingar a mãe, queixando-se por causa da torta que ela queimara. Dali a pouco passou a empurrá-la contra os armários da cozinha, esbofeteando-a, enquanto ela se encolhia toda, agitando as mãos em torno da cabeça, como um passarinho acuado dentro de casa que se choca contra uma janela até a morte. Johnny gritou para que o pai parasse. O velho virou-se contra ele, desajeitado, os olhos injetados. E foi nesse instante que aconteceu. Como um trem descarrilando, num instante ele assomava diante de Johnny — um homem com uma imensa barriga de cerveja, uma camiseta suja, a calça verde-escura de zelador passando por baixo da barriga — e no instante seguinte o velho estava olhando para os punhos erguidos de Johnny.

— Se algum dia tentar bater em mim ou em mamãe de novo, juro que vou quebrar sua cara — ameaçou Johnny, cada músculo e tendão do corpo tremendo, como um fio de alta-tensão prestes a se romper.

Seu pai nunca mais levantara a mão contra ele. Mas naquele dia Johnny compreendera, de uma maneira vital, o que sete anos de curso superior e faculdade de direito não podiam ensinar: que a justiça, como Deus, estava nos detalhes. Não houvera um raio de justiça caindo do céu azul. Nem mesmo houvera a satisfação de enfiar a mão no queixo com a barba por fazer do pai. Mas a semente do auto-respeito enraizara-se nele naquele dia.

Johnny virou à direita no estacionamento e desligou o carro. A Muir High mudara pouco desde o tempo em que ele se formara. Ainda tinha os mesmos sulcos à beira do gramado, onde pelo menos uma vez por semana um motorista inexperiente se entusiasmava demais com o acelerador. Também tinha as rachaduras irregulares no reboco da arcada de entrada, lembrança de um terremoto esquecido, remendado tantas vezes que parecia uma cicatriz mal curada. As roupas e os cortes de cabelo eram diferentes, sem dúvida, mas as expressões continuavam as mesmas: uma animação que podia ser desligada num piscar de olhos, uma apatia que encobrira emoções intensas demais para se lidar.

Como era possível que ele tivesse um filho da idade por que passara apenas uns poucos anos antes? Um verso de uma canção de Dylan aflorou em sua cabeça: "Eu era muito mais velho então, sou muito mais jovem agora..."

Ele encontrou J. J., de 14 anos, na ante-sala do diretor, arriado numa cadeira, ao lado da mesa da secretária. Quase que esperava que a Srta. Wickersham o fitasse com uma expressão azeda, por cima dos óculos. Só depois se lembrou: a Srta. Wickersham aposentara-se um ano depois que ele se formara. A mulher jovial de meia-idade que o fitou agora, com blusa pregueada e colete bordado, não inspiraria epitáfios, previu ele, e seria esquecida seis meses depois de se aposentar.

Johnny bateu no ombro do filho, que se levantou no mesmo instante. Pelo olho inchado, da cor de um pôr-do-sol tropical se aprofundando em crepúsculo, o filho lançou-lhe um olhar cauteloso, mas também com um desafio inequívoco. Johnny lembrou-se tanto de si mesmo naquela idade que sentiu um inesperado aperto na garganta, que o forçou a engolir em seco duas vezes, antes de ser capaz de falar.

— Alguém me disse que você pode precisar de um advogado — comentou ele, sarcástico.

A boca de J. J. tremeu, mas ele não sorriu.

— Papai...

— Conversaremos a caminho de casa. Já assinou tudo?

A tensão desvaneceu-se do pescoço do filho. A cabeça baixou.

— Estou suspenso pelo resto da semana. Também não poderei participar dos treinos depois das aulas.

Grande para a sua idade, com os ombros largos e o peito profundo do avô, J. J. ingressara no time de futebol americano logo no primeiro ano. Agora, o desespero era evidente no rosto bonito e todo machucado.

Juntaram-se à multidão barulhenta no corredor, crianças correndo para alcançarem a sala da última aula antes de a campainha tocar. Só quando desciam os degraus da frente que Johnny olhou para o filho e perguntou:

— Quer me contar o que aconteceu?

J. J. deu de ombros. Um gesto que podia ser interpretado de uma dúzia de maneiras diferentes... ou que nada significava. Johnny tentou uma abordagem diferente.

— Pelo que me disseram, seu amigo ficou em condições ainda piores do que você. Ou andou praticando aquele gancho de direita que lhe ensinei em Stu ou os dois tiveram uma briga. O que foi?

J. J. corou, as manchas rosa de um aceso de acne recente sobressaindo nas faces.

— Não estou com vontade de falar a respeito. — Ele teve o cuidado de acrescentar: — Mais tarde, está bem?

Johnny avaliou suas opções. Podia pressionar e terminar com uma cena que deixaria o Johnny Devane do passado orgulhoso ou adiar a conversa até de noite, correndo o risco de entrar no jogo do filho. Nos oito meses desde que J. J. viera morar em sua casa, ele e o filho — incorrigível, segundo a ex-esposa, que insinuara que só podia ser uma decorrência do passado infame do pai — vinham se empenhando numa luta pelo poder, que fazia com que as disputas no escritório parecessem insignificantes em comparação. Como no último fim de semana: o filho deveria ficar na casa da mãe, mas não estava lá quando Johnny telefonara. J. J. passara a noite inteira se divertindo com os amigos, uma façanha que lhe valera um castigo até o fim do mês.

Mas Johnny sentiu que aquele caso era diferente. J. J. estava visivelmente machucado... e não apenas porque seu queixo parecia com um acesso grave de caxumba.

— Acho que pode esperar até o jantar — concordou ele. — Mas vamos deixar uma coisa bem clara: há sempre uma maneira melhor de resolver as divergências que possam haver entre você e Stu. Aceite a palavra de alguém que quebrou a cabeça tantas vezes que não pode deixar de saber.

— Não vai acontecer de novo.

O tom incisivo do filho indicava que ele não estava apenas prometendo, mas enunciando um fato. Johnny permitiu-se um pequeno sorriso.

— Catorze anos e já tem tudo calculado. Não me diga que também memorizou o "Bhagavad Gita".

— Memorizei o quê?

— Não tem importância.

Passaram por baixo de uma acácia, que na ausência de Johnny batizara o T-bird com um chuvisco dourado. Ele estava destrancando a porta do motorista quando se lembrou de perguntar:

— Essa sua nova aparência não tem alguma relação com uma certa garota chamada Kate?

J. J. ficou ainda mais vermelho, e o olho bom se contraiu.

— Kate Winter?

— Não conheço outra Kate.

Outra vez, o dar de ombros que podia significar qualquer coisa.

— Ela pode ir para o inferno, por tudo que me importo.

— Estamos falando sobre a mesma Kate Winter com quem você falou ao telefone durante três horas consecutivas na outra noite? Até pensei que teria de providenciar uma intervenção cirúrgica para separar o fone de sua orelha.

— Esqueça, papai — resmungou o filho. — Não quero falar sobre isso.

— Está bem. — Johnny abandonou o tom jovial. — Um pequeno conselho... na próxima vez, antes de tentar rearrumar a dentadura de seu melhor amigo, pergunte a si mesmo se uma garota que poderá não mais se lembrar daqui a um ano vale a briga permanente com alguém que foi seu companheiro desde a primeira série.

J. J. fitou-o por cima do carro. Mais uns dez centímetros, pensou Johnny, e ele estaria da altura do pai. Era algo em que pensar.

— Não pode me falar sobre essas coisas, papai. A mulher com quem falava ao telefone na outra noite parecia muito mais do que uma simples amiga. Planejava me contar tudo a respeito ou eu mesmo teria de descobrir?

Foi a vez de Johnny ficar vermelho. J. J. era muito mais perceptivo do que lhe dera crédito. Embora a conversa com Daphne tivesse sido breve, o filho sentira alguma coisa na voz de Johnny que o fizera compreender que aquela mulher era diferente das três ou quatro com quem o pai saíra desde o divórcio.

— Não sabia que foi tão óbvio.

Johnny soltou uma risada contrafeita.

— É alguém que eu conheça?

— Seu nome é Daphne. Fomos colegas no ensino médio.

J. J. inclinou a cabeça para o lado, um brilho de compreensão surgindo no olho intacto.

— Deve ser a mulher de quem mamãe me falou.

— O que sua mãe disse?

Johnny experimentou uma pressão no peito, provocada pelo sentimento de culpa.

— Que você deveria ter casado com ela. Mas mamãe estava muito zangada na ocasião. Foi logo depois do divórcio. — Ele ofereceu um sorriso tímido ao pai. — Ela disse uma porção de coisas que provavelmente não pensava.

— Quase casei com Daphne — confessou Johnny.

J. J. fitou-o com um novo interesse.

— O que o impediu?

— O pai dela, principalmente. Ele não era fácil. E não me tinha em alta conta. — O sorriso de Johnny era desolado. — Ao recordar agora, não posso deixar de pensar que Daphne e eu poderíamos ter encontrado uma solução, se fôssemos um pouco mais velhos e mais sensatos.

Ele fez uma pausa, fitando o filho nos olhos.

— Mas neste caso eu não teria você.

J. J. mostrou-se mais animado. *Marque um ponto para o velho*, pensou Johnny. De vez em quando ele conseguia fazer o que era certo. Mas o filho não desistiria com tanta facilidade. Com o máximo de sorriso que podia exibir no rosto todo machucado, ele perguntou:

— Acha que será diferente desta vez, papai? Não vai cometer de novo os mesmos erros estúpidos?

Não, pensou Johnny. Ele não a deixaria se afastar pela segunda vez. Mas, infelizmente, não era uma decisão que lhe cabia tomar. A bola estava no lado de Daphne. Ela tinha de tomar a decisão, se era aquilo mesmo que queria ou se não valia o risco. Tudo o que ele podia fazer agora era esperar e torcer.

— Acho que temos de continuar a cometer alguns erros até podermos fazer o que é certo.

Johnny enfiou a mão no bolso para pegar o chaveiro, mas em vez disso tirou o canivete do exército suíço... um presente de Daphne quando ele fizera 17 anos. Olhou para o canivete como se o visse pela primeira vez: as lâminas dobradas faiscando ao sol, o cabo vermelho liso como vidro. Por um longo momento, ficou perdido em pensamentos. Lembrou que a caixa estava amarrada com uma fita azul. Daphne insistira em usar o canivete para cortar um pedaço do bolo de chocolate que ela preparara, rindo da sujeira que acabara fazendo. Johnny limpara o canivete com o papel de embrulho e guardara-o no bolso do jeans para poder beijá-la. O canivete acompanhava-o desde então.

Num súbito impulso, Johnny jogou-o por cima do teto do carro para o filho, que se atrapalhou e quase o deixou cair, antes que os dedos se fechassem em torno do presente inesperado, com uma expressão aturdida de prazer.

— É seu — disse Johnny. — Guarde-o, porque pode precisar dele algum dia.

— Para quê? Na próxima vez que eu tiver uma briga?

J. J. sorriu. Johnny também sorriu. Balançou a cabeça.

— Para dar sorte. Ganhei esse canivete quando tinha mais ou menos sua idade. Foi um presente de alguém de quem eu gostava muito... a mulher que você acabou de mencionar. Contarei toda a história algum dia.

— Qual é o problema de me contar agora?
— Achei que você não tinha vontade de falar.

Enquanto sentava ao volante, Johnny teve um vislumbre de seu sorriso irônico no espelho retrovisor.

— Tem razão, papai.

J. J. arriou no banco. Enfiou as mãos nos bolsos do blusão. Johnny viu-o estremecer, depois retirar cauteloso a mão que o metera naquela encrenca. Examinou com evidente interesse os nós dos dedos, machucados, em carne viva, como poderia fazer com um espécime numa aula de biologia. Quando virou o rosto, exibia o sorriso doce antigo... um sorriso que Johnny não via havia algum tempo.

— Acho que pode esperar até você chegar em casa, de volta do trabalho.

— Não estamos indo para casa agora?

J. J. desviou os olhos.

— Pode me fazer um favor, pai? Deixe-me na casa de Stu. Há uma coisa que nós dois precisamos resolver.

— Os deveres de casa?

Johnny fez questão de manter o rosto impassível.

— Algo parecido.

— Chegarei em casa a tempo para o jantar. E enquanto estiver na casa de Stu, pode me fazer um favor: coloque gelo nesse olho. Está começando a me lembrar de Edward G. Robinson?

— Quem?

— Não tem importância.

Johnny ligou o carro e deixou o estacionamento. Só depois de percorrerem cerca de dois quilômetros, subindo pela Church Street, perto da saída para Our Lady of the Wayside, que J. J. limpou a garganta e murmurou:

— Obrigado, pai.

Johnny manteve os olhos na cruz branca no alto da igreja à frente.

— Não foi nada. Tire os pés do painel, por favor. E não fique mexendo nos controles.

— Está bem, comandante.

Johnny sorriu para si mesmo. *Diário de bordo do comandante. Data estelar de 1999. Estamos indo para leste do território inimigo, seguindo pelo espaço profundo...*

A imagem de Daphne aflorou. Ela já devia ter apanhado os filhos na escola. Àquela hora, era provável que estivesse em seu quarto, trabalhando no laptop. Nos dias e semanas desde que voltara para Miramonte, Daphne informara, vinha registrando num diário tudo o que acontecia.

Johnny especulou se Daphne escrevera alguma coisa a seu respeito, se a história acabaria como um dos romances que ela escrevia — todos ambíguos e infelizes, de certa forma — ou se seria alguma coisa em que ele pudesse se envolver, construir uma vida em torno, amar como amava aquele filho difícil, apenas meio adulto.

Uma coisa ele sabia com certeza. Tinha de vê-la. Tocá-la.

Se mais nada, apenas isso.

Os olhos contraídos contra o sol, a garganta apertada com muitas coisas que ainda precisavam ser ditas, Johnny imaginou as mãos de Daphne, flexíveis, os dedos compridos, os ossos bem mais definidos agora do que no tempo em que eram mais jovens... mãos que podiam escrever um livro, cuidar de uma criança, lutar pela mãe... e, talvez, apenas talvez, retomar o fio de alguma coisa insubstituível que se perdera ao longo do caminho.

O pior de tudo, pensou Daphne, era ter se acostumado a ver a mãe dessa maneira: uma imagem por trás do vidro manchado, como as fotos esmaecidas no álbum de família. A tristeza que sentiu, ao fitá-la agora, era mais ansiosa do que angustiada, uma saudade vaga de tempos há muito passados e de um lugar que algum dia chamara de lar.

Daphne refletiu que talvez nunca mais pudesse ser envolvida por aqueles braços outrora tão vitais. Que apesar dos seus melhores esforços a mãe que tanto respeitava e de quem dependia, quando era criança, desaparecera para sempre. Restara apenas uma mulher de aparência abatida, com o macacão laranja que era o uniforme da prisão, envelhecida antes de seu tempo, a carne do rosto antes firme agora escorregando dos ossos, como o arenito que lentamente se erodia no penhasco por baixo da casa.

— Falamos com todas as suas amigas e a maioria dos nossos parentes. Mas...

Daphne suspirou no fone preto e pesado, preso à parede por um cabo grosso que serpenteava a cada movimento. Passara a detestar aquilo mais do que qualquer outra coisa; fazia-a pensar num telefone público, ligando para pedir socorro, em plena madrugada, o carro enguiçado em um lugar isolado e distante.

— Não é que elas tenham alguma coisa ruim para dizer... na verdade, acontece o oposto. Todas mandam lembranças e querem que saiba que a incluem em suas orações. Ah, e a Millie Landry, na galeria? Ela vendeu todos os seus quadros, e quer saber se permitem que você pinte aqui. Garante que a ajudaria a pensar em outras coisas. E, por falar nisso, ela recebeu pedidos de mais quadros... quando você se sentir disposta a pintá-los.

Daphne pensou em seu recente sucesso — *Passeio depois de meia-noite* já estava na quarta edição, informara a editora havia poucos dias — e experimentou um mínimo de conforto pela expressão cética da mãe. Era evidente que Daphne não estava sozinha em seu senso de ironia.

— Millie Landry nunca percebeu uma oportunidade que não agarrasse com as duas mãos — comentou Lydia, desdenhosa. — Fico surpresa que ela não tenha anunciado meus quadros como sendo de edição limitada.

No outro lado do vidro grosso, a mãe balançou a cabeça com desprezo. Daphne sentiu-se animada ao ver que um pouco do espírito antigo ressurgia, mesmo que fosse por um breve instante. Não obstante, sentiu-se compelida a defender Millie.

— Acho que ela tem boas intenções. Parecia sinceramente preocupada.

— Tenho certeza de que está. Apenas não me importo, de um jeito ou de outro. — Lydia suspirou. — Uma coisa que comecei a compreender aqui é como poucas coisas realmente importam. Todas aquelas amigas, comitês e campanhas. Eram apenas uma maneira de me manter ocupada, de permanecer um passo à frente dos meus pensamentos.

— O que tinha tanto medo de descobrir?

O coração de Daphne acelerou. Lá no fundo, sabia o que a mãe ia dizer. Não era a mesma coisa de que ela vinha fugindo em seu próprio casamento? A expressão da mãe tornou-se mais pensativa.

— A mim — respondeu ela, baixinho, o fone comprimido contra o seu ouvido. — A mulher que fora tragada por toda aquela agitação. Depois de tantos anos, acho que eu tinha medo de confrontá-la e não gostar do que veria.

Daphne estremeceu, em reconhecimento às palavras da mãe.

— Era papai também? Tinha medo de se sentir diferente em relação a ele?

A carne flácida no rosto da mãe tornou-se subitamente esticada, como alguma coisa indistinta que adquiria foco.

— Não — disse ela, a voz firme. — Nada jamais poderia mudar como eu me sentia em relação a seu pai. Você deve compreender, Daphne. É importante que compreenda.

Com a postura perfeita, da maneira que instruíra as filhas pequenas em etiqueta, assim como outras poderiam ensinar a equilibrar um orçamento ou preparar um currículo — como se as ferramentas básicas da sobrevivência incluíssem saber como tratar os superiores e que garfo usar à mesa de jantar —, ela inclinou-se para a frente, mantendo a coluna reta.

— Não podemos escolher quem amamos ou por quê. Também não podemos deixar de amar alguém... mesmo quando queremos. Não funciona assim. O que aconteceu, o que eu fiz... foi *porque* o amava.

Daphne começou a tremer. Pensou em Johnny, em todos os anos perdidos sem ele, anos marcados por períodos de solidão e anseio, mas que também tiveram sua cota de recompensas — a carreira, as crianças, às vezes até mesmo Roger —, anos que em retrospectiva eram como frutos murchos de uma árvore a que se negara um lugar ao sol. Talvez as coisas tivessem sido diferentes se ela nunca conhecesse Johnny. Mas conhecera. Saboreara o amor no que tinha de mais doce; mordera o fruto e sentira o sumo escorrendo pelo queixo. E depois de consumi-lo fora condenada a uma vida inteira de querer mais.

*Mamãe deve ter se sentido assim em relação a papai*, pensou Daphne. Não deveria ocorrer como uma revelação, mas foi mais ou menos isso o que aconteceu. Sempre soubera que a mãe fora uma esposa dedicada. Apenas não pensara, até aquele momento, que o sentimento da mãe pelo pai era tão real quanto a paixão que ela experimentara com Johnny.

A mão apertando o fone, Daphne enunciou as palavras que ninguém mais ousara dizer, pois a ironia seria terrível demais:

— Sente muita saudade dele, não é?

— Mais do que da própria vida.

A mãe ergueu o queixo, a boca tremeu, como se estivesse fazendo um esforço para não chorar. Não havia ironia em sua voz, apenas pesar.

— Ah, mamãe...

Daphne piscou para conter suas lágrimas, que nos últimos dias nunca se mantinham muito longe da superfície.

— Não sinta pena de mim — advertiu Lydia. — Eu não poderia suportar. E você tem sua própria vida para viver. Tem de largar tudo isso. E deixar que as coisas aconteçam.

O que a mãe estava lhe pedindo? Que ela e Kitty parassem de fazer tudo o que podiam para libertá-la? Irritada, quase com raiva, Daphne perguntou:

— O que você quer então?

Uma luz faiscou nos olhos da mãe.

— Eu gostaria de ir para casa. Apenas por umas poucas semanas, até o julgamento. Gostaria de ver minhas flores desabrocharem, sentir meu próprio travesseiro sob a cabeça. E gostaria de nadar na baía pela última vez.

Daphne sentiu-se inesperadamente comovida pela simplicidade do pedido da mãe. Ela não pedia uma absolvição, nem mesmo um acordo para uma pena menor. Queria apenas...

*Nadar na baía pela última vez.* Uma imagem formou-se na mente de Daphne, da mãe nadando muito além da arrebentação, um braço subindo e descendo, a touca branca aparecendo e desaparecendo. Quando criança, ela costumava observar da praia, com um frio no estômago. Uma pequena parte dela tinha medo...

*De que a mãe nunca voltasse.*

Daphne apressou-se em descartar o pensamento, com um dar de ombros.

— Falarei com Tom. Tem de haver uma maneira de você sair daqui sob fiança.

Uma determinação renovada vibrava em Daphne. Era evidente, porém, que a mãe não partilhava seu otimismo.

— Pobre Sr. Cathcart... — ela suspirou. — Ele tem feito tudo o que pode.

Daphne sentiu o sentimento de derrota envolvê-la de novo, mas desta vez tratou de resistir. *Johnny*, pensou ela. *Falarei com Johnny*. Como ele tinha as mãos atadas, Daphne não sabia o que Johnny podia fazer, só tinha certeza de que ele não a decepcionaria; não se pudesse evitar.

— Há mais alguém com quem posso falar... alguém que pode ajudar. Telefonarei para ele assim que voltar para a casa de Kitty. Não se preocupe, mamãe. Vamos tirá-la daqui. De um jeito ou de outro, poderá nadar de novo na baía.

Ela viu-o caminhar em passos firmes em sua direção, ao longo do cais, uma figura distante contra o céu brilhante e a velha grade empenada que não se ajustava direito nas bases. Mas mesmo que ela não estivesse procurando-o, poderia reconhecê-lo no mesmo instante. O balanço familiar dos ombros, as passadas ágeis e fáceis. *Johnny...*

Ela o viu parar e levantar a mão para proteger os olhos, observando um bando de gaivotas que subia à sua frente, como fragmentos voando de um jornal rasgado. Para um estranho, pensou Daphne, ele podia dar a impressão de que estava sem a menor pressa — alguém apenas dando um passeio —, mas ela sabia que não era bem assim. Em cada passo medido, podia sentir uma urgência sobre o seu destino e o que lhe reservava.

Johnny alcançou-a perto do Louie's Catch, uma casa antiga, com janelas marcadas pela maresia e mesas com um oleado vermelho quadriculado, onde se comia o melhor ensopado de mariscos de toda aquela parte da costa. Ele vestia-se com simplicidade, uma calça cáqui e uma camisa que acabara de sair da gaveta, pois arrumara tempo para trocar de roupa depois do trabalho. Era um homem que sabia fazer um bom café, podia acender uma fogueira com lenha molhada... e conquistara uma reputação numa cidade que outrora o rejeitara. Ela observou a brisa levantar os abundantes cabelos grisalhos. Johnny tinha as faces avermelhadas do frio, mas os olhos, quando a fitaram, estavam quentes.

— Oi.

Ele queria beijá-la, Daphne sentiu. E muito. Mas não onde alguém pudesse ver. Em vez disso, Johnny estendeu a mão para afastar uma mecha de cabelos que o vento impelira para a boca de Daphne.

— É um prazer encontrá-la aqui.

— Lembra que a idéia foi minha? — murmurou Daphne, com uma seriedade zombeteira.

Parte dela queria que Johnny a beijasse, e que se danassem as conseqüências. Ao mesmo tempo, porém, sabia que não seria certo. Ele olhou para o relógio.

— Você chegou cinco minutos mais cedo. A idéia era eu chegar antes para poder levantá-la num abraço.

Daphne não estava com ânimo para brincadeiras, mas riu assim mesmo.

— Seria justamente o que precisamos... todo mundo no píer olhando e fazendo comentários. — Ela lançou um olhar ansioso para o Louie's Catch, antes de acrescentar, timidamente: — E nós dois sabemos que não seríamos capazes de parar no abraço. Antes de podermos pensar duas vezes, já estaríamos correndo para um motel.

— E isso seria tão terrível?

Johnny fitava-a, com toda a intensidade dos raios do sol transformando as pontas prateadas de seus cabelos numa coroa de chamas.

— Não, não seria.

Daphne queria tanto que por um momento teve de fazer um grande esforço para não se jogar nos braços de Johnny. Olhou além dele, semicerrando os olhos contra o sol, baixo no horizonte. Um velho de camisa axadrezada pescava na extremidade do píer. Algumas gaivotas empoleiravam-se como ornamentos em postes serrados, unidos por correntes enferrujadas. Quando tornou a olhar Johnny, descobriu que ele sorria, em expectativa.

— Não respondeu ao meu convite — murmurou ele. — A oferta continua em aberto, caso queira saber.

Um fim de semana longe. Ah, Deus, quantas vezes ela não especulara isso? Dormir até tarde, fazer amor a qualquer hora do dia, sem ninguém para incomodá-los. Mas não era possível. Daphne mordeu o lábio contra o clamor de sua frustração.

— Ah, Johnny... não posso.

— Por causa de sua mãe?

— Não é o único motivo. Também tenho de pensar em Roger. E nas crianças. Se começarmos agora, Johnny, não sei se eu seria capaz de parar.

Ela virou o rosto, incapaz de fitá-lo nos olhos. Mas não pôde escapar ao intenso desafio em sua voz.

— O que foi aquela noite na praia?

— Não sei... — Daphne deu um sorriso triste. O que fora exatamente? Talvez um pagamento atrasado. Um fechamento de antigas feridas. — Sei apenas que foi maravilhoso. Um momento mágico. E não me arrependo nem um pouco.

— Mas...?

Ela sentiu que Johnny ficara imóvel. Quando ousou levantar os olhos, descobriu que ele tinha uma expressão dura, com um músculo tremendo no maxilar.

— Mas não pode acontecer de novo. Por favor, Johnny... por mim, não torne mais difícil do que já é.

— Não sou eu quem está tornando tudo difícil para você, Daphne.

Ela estremeceu. Não fora assim que planejara o encontro. Queria discutir o futuro da mãe, não o seu. Mas, quando Johnny a fitava daquele jeito, como podia pensar direito? Era como se todas as boas intenções fossem eliminadas pela voz em sua cabeça, que clamava por Johnny.

Daphne cruzou os braços, querendo reprimir o anseio que dominava seu coração. O casamento de 18 anos podia não se comparar à lembrança idealizada de seu primeiro amor, mas ela não estava disposta a descartá-lo como se fosse o jornal de ontem.

— Tenho responsabilidades, Johnny. Não posso virar as costas à minha família.

— Não estou pedindo nada que nós dois não queiramos.

Daphne pensou nas passagens de ônibus, guardadas numa gaveta na casa de Kitty. Seus olhos encheram-se de lágrimas, que ardiam como o ar salgado que soprava do mar.

— O que eu disse foi sincero, Johnny. Aquela noite na praia? Eu não mudaria nada. Mas a vida real não pode ser tão perfeita assim. Se deixarmos continuar, pode se tornar cada vez mais complicado. Pessoas ficariam magoadas. E isso também nos magoaria.

Ela observou os maxilares de Johnny se contraírem por reflexo, como se ele tivesse de resistir a uma vida inteira de golpes assim. Então, ele enfiou a mão no bolso da camisa para tirar um cigarro. Os olhos eram quentes contra o céu azul e frio por trás, como o fósforo agora aceso na mão em concha. Com uma calma que servia apenas para revelar a profundidade de sua mágoa, Johnny perguntou:

— Está dizendo que devemos parar de nos encontrar?

— Pelo menos por enquanto.

— É realmente isso o que você quer?

Ele deu uma tragada profunda, que fez a ponta do cigarro luzir como o olho de um dragão.

— Neste momento, não tenho certeza se saberia o que quero, mesmo que caísse no meu colo.

Daphne soltou uma risada vazia, abraçando-se contra o frio súbito que a envolveu.

— Vamos começar pelo que você *não* quer.

Ela pensou nos pais e estremeceu.

— Não quero perder mais do que já perdi.

— Talvez o que você tenha mais medo de perder seja essa memória perfeita — sugeriu Johnny, com um tom de amargura insinuando-se em sua voz. — As lembranças podem não mantê-la aquecida à noite, mas também, por outro lado, não há risco envolvido.

Daphne podia vê-lo no tribunal, eliminando um a um cada argumento apresentado pela oposição, usando as palavras da maneira como outrora usara os punhos. Mas desta vez ele não podia escapar dos fatos.

— Sou casada, Johnny. E responsável por duas crianças pequenas.

— O que vem primeiro... o casamento ou a responsabilidade?

Ela baixou a cabeça e levantou a gola em torno do queixo.

— Não está jogando justo.

— Não é um jogo.

Johnny largou o cigarro nas tábuas curtidas pelo tempo. Apertou os ombros de Daphne com tanta força que ela pôde sentir o calor das mãos através das camadas de tecidos.

— Estou disposto a lutar por você, Daphne. A fazer tudo o que for necessário. Arriscar tudo o que tenho. Seu marido também se sente assim em relação a você? Porque não é o que parece. Vejo um homem sentado sobre o seu traseiro em Nova York, enquanto sua esposa enfrenta um verdadeiro inferno aqui.

Espicaçada pela verdade no que ele dizia, Daphne protestou:

— Não vou alegar que meu casamento é maravilhoso. Temos a nossa cota de problemas. Quem não tem? E, de qualquer maneira, Roger não pode me dar o que preciso agora. Foi por isso que pedi que me encontrasse, Johnny. Não tinha a intenção... — Ela engoliu em seco. — ...de entrar em outros assuntos. Só vim pedir sua ajuda.

Ele relaxou a pressão das mãos, mas não a soltou.

— Você precisa de quê?

— Ajudar minha mãe a sair da cadeia sob fiança. — Ofegante, ela acrescentou: — Sei que é injusto metê-lo nessa situação. Se seu chefe sequer souber que tivemos esta conversa...

Daphne hesitou por um momento, mas depois continuou:

— Não estou lhe pedindo para fazer nada de ilegal. Nunca pediria isso. Mas se houver alguma maneira que você possa...

— Farei o que puder. — A resposta de Johnny foi imediata e sucinta. — Só quero que me prometa uma coisa.

— O que é?

Daphne empertigou-se. Ele queria algum tipo de garantia, é claro. Uma promessa de que a mãe não cometeria qualquer estupidez. Como... O quê? Fugir para as montanhas? Daphne quase sorriu pelo absurdo do pensamento.

Mas o advogado ficava em segundo lugar para o homem, ao que parecia. Porque Johnny, quando abriu a boca, não foi para pedir garantias, mas para dizer:

— Prometa que não tomará qualquer decisão sobre nós. Ainda não.

Ela ficou imóvel, fitando-o através de uma camada de lágrimas, em que a luz girava e faiscava. A fragrância do mar misturava-se com a fumaça de cigarro, lembrando-a mais uma vez daquela noite na praia. O desejo invadiu-a, avolumou-se, até preenchê-la por completo, não deixando qualquer espaço para a razão ou mesmo para o medo. Daphne não tinha opção, quando ele levantou as mãos para o seu rosto, passando um dedo calejado pelo seu lábio inferior, senão beijá-lo. Ali, sob o olhar vigilante de Deus, à vista de qualquer um que estivesse passando.

Ao passar pela porta da casa da irmã — que, nas semanas desde a sua chegada, parecia mais com um lar do que seu apartamento de cobertura em Nova York, e onde os últimos clientes do dia demoravam com suas xícaras de chá e copos de limonada —, Daphne ficou surpresa ao deparar com Roger sentado a uma mesa junto da janela, como se a consciência dela o tivesse convocado. Ela não podia acreditar. Depois de tanta persuasão e crítica, Roger escolhia logo aquele momento para aparecer, de uma maneira tão inesperada? Só podia significar uma coisa: ele sentira que Daphne se afastava e viera investigar.

Ela parou, observando-o da porta da cozinha, fora de seu campo de visão. Ele ajudava Kyle a armar seu novo Robo Force Legos, com Jennie empoleirada num joelho.

— Experimente o verde... deve caber.

Roger esperou, paciente, enquanto o filho se empenhava em ajustar as duas peças. Quando Jennie estendeu a mão para a pilha de Legos soltos, ele se apressou em evitar uma batalha, distraindo-a com seu relógio de bolso. Era de prata, com uma caixa bonita, toda lavrada, uma herança de família, desde o bisavô. E embora Daphne achasse, particularmente, que usar aquele relógio era muita afetação, agora, ao brilho suave do sol poente, seguro com reverência nas mãos pequenas de sua filha, o relógio parecia assumir um significado quase mítico.

Enquanto observava-os, Daphne sentiu que alguma coisa dentro dela começava a se soltar, a se desfiar, como a manga de uma suéter negligenciada por mais tempo do que deveria, por mais tempo do que uma pessoa cuidadosa teria permitido. O rosto ardendo com o calor, ela imaginou que a hora roubada com Johnny estava estampada ali, um "A" escarlate que proclamava sua infidelidade, como acontecia no passado.

Mas logo a sanidade prevaleceu, e uma voz sussurrou: *Ele não sabe que você esteve com Johnny. Assim como você também não sabe com quem ele pode ter estado.*

Mas suas dúvidas sobre Roger eram de fato uma conseqüência das ações do marido, ela especulou agora — a cena na livraria aflorou em sua mente, Roger flertando com a loura que alegara que mal conhecia —, ou apenas uma projeção de seus próprios sentimentos de culpa por causa de Johnny?

Antes que ela pudesse aprofundar o pensamento, Jennie avistou-a e soltou um grito de satisfação, levando Roger a levantar e virar a cabeça na direção de Daphne. Ao se adiantar, ela se lembrou de sorrir, como se fosse uma agradável surpresa.

— Roger! Por que não avisou que vinha?

— Eu mesmo não sabia, até o último momento. — Ele pôs Jennie no chão e ergueu-se para dar um beijo no rosto de Daphne. — Espero que esteja feliz em me ver.

Ela foi salva da resposta pela intervenção de Jennie:

— Olhe só o que papai trouxe para mim!

A menina pegou uma bolsa de compras embaixo da mesa e tirou uma boneca, dentro da embalagem de plástico.

— É a Barbie Bela Adormecida. Posso arrumar seus cabelos.

— Tem de tirar primeiro da caixa, sua pateta. — Kyle lançou um olhar de sofredor para Daphne, como um adulto para outro, enquanto explicava: — Ela não quer mexer na boneca antes de nossa viagem.

— Vamos pegar um avião! — anunciou Jennie, exultante.

Daphne sentiu um aperto no coração. *Oh, Deus!*, pensou ela. *Roger quer levar as crianças de volta para casa!* Mas depois ela lembrou que as aulas só acabariam no fim de junho. Ainda tinha quase um mês.

E Roger, como se sentisse que ela estava tudo menos contente em vê-lo, não deixou transparecer. Quando a abraçou, foi com uma surpreendente gentileza.

— Eu disse às crianças que tentaria convencê-la a passarmos alguns dias na Disneylândia, enquanto estou aqui.

Em seu cardigã azul-claro, com botões de couro que pareciam bolotas de carvalho, ele cheirava ao closet de casa, aos saquinhos de musseline com lascas de cedro, metidos no meio das roupas de lã para evitar as traças. Daphne foi apanhada de surpresa pela pontada de anseio por tudo o que era sólido e seguro... e tão distante quanto possível da areia movediça em que seu destino — e o da mãe — equilibravam-se de uma maneira tão precária.

— Nem tive tempo de recuperar o fôlego — disse ela, com uma risada. — Eu gostaria que pelo menos tivesse telefonado do aeroporto.

— E telefonei. Você havia saído. Kitty não me disse para onde havia ido.

Roger lançou-lhe um olhar avaliador. *Ele sabe*, pensou Daphne, dominada por um pânico desenfreado e irracional. Então, mais uma vez, a razão prevaleceu. Como ele poderia saber se Kitty não tivesse contado? E a irmã nunca trairia uma confidência. Daphne sustentou o olhar do marido, resistindo ao impulso de passar a língua pelos lábios ainda sensíveis e inchados dos beijos de Johnny.

— Fui visitar mamãe.

Ela sentiu uma irritação súbita por se descobrir na defensiva. Por que deveria ter ficado à espera, quando nem sabia que ele viria? Com alguma frieza, ela lembrou ao marido:

— Não estou aqui em férias.

— Sei disso. Parece que ultimamente, sempre que ligo, você saiu ou está ocupada demais para conversar.

A velha Daphne teria se apressado em apresentar uma explicação ou um pedido de desculpas. Mas ela via as coisas com mais clareza agora. A distância de Roger fizera-a compreender que não era um de seus pacientes que deviam ser persuadidos e mimados. E também não precisava dar uma explicação para cada minuto de seu tempo. Ela empinou o queixo.

— Para ser franca, estou surpresa que tenha notado.

Foi a vez de Roger ter um sobressalto de surpresa. A testa larga de estadista franziu-se em irritação. Mas logo ele se controlou e admitiu, com uma careta contrafeita:

— Sei disso... também tem sido difícil me encontrar ultimamente. E acredite ou não, também sei que posso ser às vezes um tremendo idiota. Mas desta vez foi diferente. Havia um motivo para que eu não pudesse vir antes.

Não havia sempre um motivo?, pensou Daphne, irritada. Além do mais, não aceitaria a encenação de humildade de Roger. Já a testemunhara antes. Sempre que sentia que fora longe demais, Roger tratava de se desculpar. Ao final, no entanto, nada mudava.

Ao mesmo tempo, Daphne compreendia que estava furiosa com o marido por algo mais do que a maneira como a manipulava. Nos termos mais simples possíveis, estava irritada porque ele não era Johnny. E isso, ela disse a si mesma, não era justo. Independente do que Roger tivesse feito, de forma direta ou pelas costas, não podia culpá-lo por se interpor entre ela e Johnny.

— Alguma coisa relacionada com a situação que você mencionou pelo telefone? — indagou Daphne, com mais preocupação do que poderia ter de outra forma.

Roger abriu a boca para responder, mas foi impedido por um gemido de indignação de Kyle. A irmã dele, Daphne viu, estava no momento inserindo um Lego numa narina, com todo o cuidado.

— Pare com isso! — berrou Kyle. — Você está enchendo tudo de meleca!

— Não estou, não!

Jennie tirou o Lego do nariz para examiná-lo atentamente.

— Melequenta! Melequenta! — Kyle estava a mil agora, balançando para a frente e para trás na cadeira, a fim de aumentar o efeito dramático. — Que nojo! Minha irmã é uma melequenta!

— Você é que é melequento! — protestou Jennie, indignada.

— Dê-me isso!

Kyle projetou-se para ela por cima da mesa.

— Nãoooo...

Com um grito estridente, Jennie pulou para o chão e foi esconder o rosto nas dobras do casaco de Roger, pendurado na cadeira. O irmão pegou a arma do Robo Force parcialmente montado e apontou para a forma em movimento por baixo do casaco.

— Tome cuidado ou matarei você com um tiro, como vovó fez com vovô!

Daphne ficou horrorizada. E, de repente, não era o filho que estava vendo... mas uma versão em miniatura do marido, os olhos redondos com uma exagerada inocência, a boca se contraindo num sorriso mal reprimido. A raiva invadiu-a, como um vento escaldante do deserto, os grãos de areia ardendo como se fossem fragmentos de cacos de vidro. Ela só teve uma noção marginal de que projetava a mão aberta.

Nunca antes batera nas crianças, determinada a nunca ver em seus rostos o medo que ela sentia quando era pequena e o pai estava em um dos seus acessos de mau humor. Mas, naquele momento, teria feito exatamente isso, dado um tapa no rosto do filho. Seu doce menino, agora a fitando num silêncio chocado, os olhos cinza-esverdeados arregalados e assustados.

Foi Roger quem a deteve. Rápido como um raio, ele segurou a mão de Daphne em pleno ar.

— Sabe que não deve falar isso, Kyle. — Com os dedos envolvendo de leve o pulso de Daphne, ele franziu o rosto para o filho, enquanto acrescentava, a voz mais gentil: — Foi terrível o que aconteceu com seu avô. E talvez algum dia possamos compreender por que ele morreu. Até lá, temos de orar para que sua avó melhore.

Jennie espiou de trás do casaco do pai, a testa franzida em preocupação.

— Vovó está doente? Como aconteceu comigo quando tive carapota?

— Catapora.

Roger sorriu. Largou a mão de Daphne e se agachou na frente da filha.

— Não, querida. Mas às vezes as pessoas ficam doentes na cabeça. — Ele apontou um dedo para sua têmpora grisalha. — Aqui, onde não aparece. Pode levar as pessoas a fazerem coisas estranhas.

As duas crianças acenaram com a cabeça, absorvendo aquilo como faziam com qualquer conceito novo: com uma aceitação sem questionamentos. Ao contemplar os rostinhos confiantes, como margaridas viradas para o sol, Daphne teve de fazer um esforço para conter as lágrimas. Por uma vez, Roger soubera exatamente o que dizer, conseguindo em poucas palavras o que não fora alcançado pelas resmas de explicações de Daphne.

— Por que vocês não vão verificar se tia Kitty não está precisando de ajuda na cozinha? — Roger fitou as crianças de maneira a indicar que não era uma sugestão ociosa, antes de acrescentar, com uma piscadela: — Aposto que há alguma coisa ali para vocês... alguma coisa doce que acaba de sair do forno.

Daphne observou as crianças se afastarem, como se nada de mais tivesse acontecido. O manto frio que a envolvera antes se dissipou um pouco. Correu os olhos pelo salão de chá, estranhamente vazio àquela hora, exceto por padre Sebastian, tomando uma limonada, a uma mesa nos fundos, absorvido numa seção dobrada do jornal, apenas para disfarçar o que ela adivinhou ser um programa das corridas de cavalos. Um vício inofensivo, ela sabia, já que o padre nunca apostava dinheiro. E, com toda a certeza, não era tão terrível quanto o que ela estivera fazendo.

Com um suspiro, Daphne arriou numa cadeira, na frente do marido, e levou a mão trêmula ao rosto.

— Não sei o que deu em mim.

A vergonha que ela sentia tinha a superposição de uma imagem de Johnny, faiscando em sua cabeça, como uma coisa ordinária e de mau gosto. Inesperadamente, a mão grande e quente de Roger cobriu a sua.

— Você tem sofrido uma tremenda tensão. Qualquer outra pessoa teria estourado muito antes.

Ao ver a preocupação genuína no rosto largo e liso, Daphne teve vontade de gritar em frustração. *Por que agora?* Onde ele estivera, durante todas aquelas semanas longas e angustiantes?

— Talvez não fosse tão difícil se você tivesse vindo antes.

Roger estremeceu e apertou sua mão.

— Sei disso. Deve ter parecido que a abandonei quando mais precisava de mim.

— Não foi apenas esta vez, Roger.

Ele continuou como se Daphne não tivesse falado:

— O problema que mencionei ao telefone? Na verdade, foi mais uma crise.

Roger baixou os olhos, parecendo embaraçado... uma emoção que Daphne não costumava ver no marido, o que a levou a se inclinar para a frente, mais atenta. Ele limpou a garganta e acrescentou:

— Larry e Kurt querem assinar um convênio com uma organização de assistência de saúde e me pediram para sair.

Daphne recostou-se, aturdida.

— Sair da clínica? Meu Deus, Roger, *por quê?*

Mal as palavras saíram quando lhe ocorreu: *Não sou a única*. Os sócios também tiveram de suportar o peso da arrogância de Roger. E uma atitude como a de Roger, "tem de ser como eu quero ou não há conversa", não seria aceita por uma organização. Havia também seu comportamento em relação aos pacientes. Ela jamais questionara antes, mas as mães dos pequenos pacientes não sofreriam como ela com o ar condescendente de Roger, por melhores que fossem seus cuidados médicos?

Ela esperou pelas explicações forjadas e as negativas veementes — das quais ele sairia sem dúvida como a parte injuriada —, mas Roger surpreendeu-a ao admitir:

— Acho que eu mereci.

Daphne fitou-o com uma nova cautela... como se o homem com quem era casada há 18 anos tivesse sido substituído por outro, que ela nem sequer conhecia. Aquilo era mesmo verdade? Ou alguma espécie de encenação?

— O que vai fazer, Roger?

Ele sacudiu a cabeça.

— Ainda não sei. Concordamos em chegar a um acordo, mas Larry e Kurt insistem em chamar um mediador. Um especialista na solução de problemas desse tipo, com um diploma em psicobaboseira.

A antiga arrogância aflorou, e ele assumiu uma expressão beligerante.

— Quer saber qual é o problema? É embaraçoso demais. Mas se eles pensam que podem me pressionar... — Roger parou de falar, como se vislumbrasse alguma coisa nos olhos da mulher. Com um suspiro, levou a mão de Daphne à boca e beijou-a, distraído. — Eu sei. Não sou o homem mais fácil do mundo para se conviver. É bem provável que você também ache que a decepcionei.

— E me decepcionou mesmo, Roger.

*Foi muito fácil*, pensou Daphne. Em todas as ocasiões anteriores ela se reprimira, achando que carecia de provas concretas, ignorando a mais compulsiva de todas as indicações: o crescente distanciamento entre os dois.

Agora, porém, em vez de um homem egocêntrico, rigoroso e presunçoso, ela via alguém cujo ego não era tão grande quanto parecera antes, com os ombros largos encurvados em derrota. Ele largou a mão de Daphne e enfiou os dedos pelos cabelos abundantes, que caíam para trás, desgrenhados.

— Acho que eu também pressentia isso. — Ele deu um sorriso encabulado. — Adiantaria alguma coisa dizer que sinto muito?

Daphne endureceu contra as lembranças que se insinuaram: Roger, horas depois do casamento, a carregá-la pelo limiar do quarto de motel à beira da estrada, onde haviam parado quando o carro enguiçara, a caminho de Baja. E quando estava grávida de Kyle, como ele percorrera dez quadras a pé, debaixo de um aguaceiro, para comprar *kumquats*, a fruta que ela estava com vontade de comer. Viu-o também na sala de parto, segurando o filho, tímido e com uma profunda emoção, como qualquer pai pela primeira vez. Ninguém poderia imaginar que era um médico.

— O problema não é lamentar — disse Daphne, não sem gentileza. — É uma questão de fazer a coisa certa, para começar.

Roger soltou uma risada sarcástica.

— A coisa certa? Eu me pergunto qual poderia ser. Há alguma coisa que eu pudesse fazer para que você me amasse mais? — A expressão era sugestiva, o rosto contraído numa mistura de anseio e amargura. — Pensa que eu não sei que fui a segunda opção? Que até o último instante você ainda seria capaz de casar com o outro, se ele voltasse? Posso ser míope às vezes, Daphne, mas não sou cego.

Daphne angustiou-se com a verdade daquelas palavras, ainda mais no momento em que era mais vulnerável.

— Mas casei com você, Roger. E foi isso que deixou de perceber.

Ele pegou um punhado dos Legos de Kyle, sacudindo-os na mão, como se fossem dados. *O dobro ou nada*, pensou Daphne, de uma maneira absurda. Qual seria a cotação que o padre Sebastian daria ao casamento dos dois? Uma risada vazia subiu pela garganta de Daphne, mas foi silenciada pelas palavras seguintes de Roger:

— Talvez você tenha razão. Mas eu gostaria de ter uma chance de compensá-la.

Sem as suas defesas, ele parecia quase derrotado. Daphne sentiu-se ao mesmo tempo ressentida e estranhamente comovida. Era verdade o que ele dissera. Roger fora mesmo a segunda opção. Num coração cheio de anseio por Johnny, não havia espaço para muito mais; e para um ego tão grande quanto o de Roger, devia ter parecido apertado demais.

Por mais que resistisse, Daphne sabia o que tinha de fazer. Devia oferecer ao marido o que negara a ele durante todos aqueles anos, não uma segunda chance, mas sim um novo começo. Não seria fácil. E também não seria necessariamente a receita certa para salvar o casamento. Mas devia pelo menos tentar. Não tinha essa obrigação com sua família?

Daphne levou a mão aos olhos, bloqueando os últimos raios do sol que entravam enviesados através das cortinas. Mas em vez da família feliz que ela tentou visualizar, o que aflorou, no anfiteatro escuro de sua mente, foi a imagem de Johnny, apoiado na velha grade empenada no final do píer, com o mar se estendendo como asas reluzentes pelos lados... enquanto a observava se afastar.

# Capítulo Catorze

Da cozinha, Kitty podia ouvir a irmã e o cunhado conversando. Não conseguia entender as palavras, apenas captava os tons urgentes e baixos. O que quer que fosse, era óbvio que não podia esperar. Ou talvez estivesse se acumulando na cabeça há bastante tempo e tivesse esperado demais para sair. Daphne estaria finalmente dando naquele pomposo sabe-tudo o chute na bunda que ele tanto merecia?

Kitty esperava que sim, com toda a sinceridade.

No mesmo instante, ela foi atacada pelo remorso. Virou-se do fogão, onde fervia água para esterilizar os potes em que faria geléia, e olhou para os sobrinhos, sentados à mesa. Incumbira os dois do trabalho de tirar as hastes dos morangos — os primeiros da estação — e agora eles tinham as mãos e os queixos vermelhos, e as toalhas de prato, usadas como babador, manchadas. Se Roger e Daphne se divorciassem, pensou ela, a vida daquelas crianças viraria pelo avesso, talvez ficasse marcada para sempre. Como podia desejar isso para os sobrinhos?

*Há coisas piores*, sussurrou uma voz triste. Como ser incapaz de trazer uma criança para um mundo que oferecia tanto maravilhas quanto infortúnios. Como despertar para a realidade de que seu último ás fora jogado e que as chances de adoção eram mínimas agora.

Sean? Também sumira. Havia duas semanas que não se falavam. A razão que ela dera para Sean fora a de que precisava de tempo para si mesma, tempo para se recuperar do golpe da decisão da irmã dele. A verdade era que não podia estar com Sean sem se lembrar do bebê que poderia ter sido seu. E a perspectiva de ficar por baixo dele, como um vaso vazio que nunca seria preenchido, era angustiante demais.

Bem que ela tentara explicar... o sentimento de ter sido enganada, não apenas por Heather, mas também pelo destino. Só que Sean não compreendera. Há muitas crianças por aí, argumentara ele. Por que ela não adotava uma criança mais velha, alguém que realmente precisasse de uma mãe?

Sean e a irmã haviam sido crianças nessa situação, ela sabia. Não era nisso que ele pensava quando fizera a sugestão? Ao mesmo tempo, ele a fazia lembrar que vinham de dois mundos separados e que nunca veriam as coisas da mesma maneira.

— Já é bastante difícil para mim lidar com isso — dissera Kitty. — Não espero que você compreenda, Sean. Como me sinto em relação à adoção de um recém-nascido... não faz sentido nem para mim. E o fato de que você não pode entender o que estou passando torna isso ainda mais difícil. Preciso ficar sozinha por algum tempo para pensar em tudo.

Os dois estavam sentados na picape de Sean, estacionada na frente da casa de Kitty. Era o início da tarde, fazendo um calor inesperado para a primeira semana de junho. Ele fora visitá-la, mas Kitty não o deixara entrar na casa. Teria sido arriscado demais, pois ela haveria de querer que Sean passasse a noite.

— Não demore muito — dissera ele, tentando em vão imprimir um tom jovial à voz.

Kitty percebera um brilho de medo nos olhos escuros... e mais alguma coisa. Raiva? Ele estava furioso por ser afastado ou por querer uma coisa que não compreendia... ou talvez não pudesse compreender?

Mas, se Sean estava furioso com ela, pensou Kitty, ela não estava menos consigo mesma, pois deveria ter percebido que aquilo era inevitável. E deveria ter cortado logo no início. Sean era completamente errado para ela, muito jovem sob certos aspectos, muito velho em outros. E talvez, no final das contas, ela não fosse feita para ficar com nenhum homem, não apenas com Sean. Não fora esse o verdadeiro motivo para jamais ter casado? Não porque não encontrara o homem certo... mas porque realmente não o procurara.

Mas o conforto que ela buscava na cama solitária demorava a chegar. Ultimamente, tinha dificuldades para dormir, e pensar em comida deixava-a um pouco nauseada. Por toda parte para onde se virava, em tudo o que fazia, Sean e o bebê a acompanhavam e não saíam de seu pensamento — uma ânsia no coração que só parecia crescer com a passagem do tempo.

Uma vez, quando era pequena, Kitty engolira um caroço de cereja. Daphne a informara, com o rosto muito sério, de que as sementes podiam germinar no estômago, como acontecia na terra. Kitty acreditara. Afinal, a irmã mais velha não lera milhões de livros e sabia mais do que a maioria dos adultos? Durante dias, ela andara na ponta dos pés, como se estivesse pisando em ovos. A todo instante levantava a blusa para examinar o umbigo, meio esperando ver uma gavinha verde enroscada projetar-se lá do fundo. Quando finalmente interrogara a mãe, Lydia sorrira e dissera que Daphne estava apenas brincando. Ainda assim, a imagem perdurara. Agora, tantos anos depois, Kitty podia ver em sua imaginação... uma árvore com os frutos verdes e duros de todos os erros que cometera, cada angústia que conhecera. O sussurro das folhas povoava sua cabeça como cada advertência murmurada que ignorara.

Como se também fosse um eco, a voz da irmã, na sala ao lado, continuava a subir e descer. Mas, em vez da preocupação que normalmente teria, Kitty sentiu o estômago se contrair com uma pequena pontada de irritação. A última coisa de que precisava naquele momento, pensou ela, era de uma briga em família.

*Sua mãe está em julgamento por homicídio, e você tem medo de uma pequena cena?*

Um ímpeto de divertimento libertou-a da angústia. Kitty sorriu, enquanto punha uma luva, e com todo o cuidado tirava os potes da água fervendo. Que mal poderia haver em alguns gritos? A longo prazo, poderia até ser benéfico. Talvez aquilo de que a família precisasse naquele momento fosse exatamente o que ela desejava para Roger: um bom chute no rabo.

Qualquer coisa seria melhor do que aquele horrível senso de... *estagnação*. O advogado da mãe advertira-as contra as grandes esperanças, pois o procedimento de revelação compulsória das provas antes do julgamento seria tedioso, e provavelmente não teria nada de dramático. Mas Cathcart não a preparara para o medo insidioso que aumentava a cada dia que passava. Kitty há muito que perdera a esperança de um *deus ex machina*. Teria se contentado em agarrar qualquer fio de esperança, por mais tênue que fosse, como um detalhe técnico jurídico, uma amiga disposta a testemunhar sobre a tensão a que a mãe fora submetida, uma ex-amante com um ressentimento pessoal contra o pai. Qualquer coisa serviria.

Mesmo no hospital, quando fora recolher os pertences pessoais do pai, suas indagações sutis sobre uma amizade especial que ele pudesse ter com alguma enfermeira foram infrutíferas. Os colegas não sabiam de nada... ou não queriam contar. E entre os arquivos e papéis do pai não havia indícios de nada além de trabalho árduo e dedicação a seu ofício.

A conversa com Alex, na semana anterior, fora a última vez em que Kitty sentira que podia estar chegando a algum lugar. Mas Alex, o que quer que estivesse prestes a revelar, parecia ter mudado de idéia de repente. Exceto pelos bilhetes de agradecimento enviados pelo correio — escritos em papel com monograma —, nem ela nem Daphne tinham notícias da irmã desde então. Alex estaria envergonhada por precisar de ajuda? Ou havia outra razão mais insidiosa?

A irmã escondia alguma coisa, não havia a menor dúvida quanto a isso. Suspeitas pessoais? Ou Alex sabia de algo que poderia proporcionar a peça desaparecida do quebra-cabeça? *É tempo de visitá-la*, pensou Kitty. Willa estava de folga hoje, mas Daphne poderia cuidar de tudo durante uma hora, até o momento de fechar. E não faria mal algum para Roger ajudar um pouco.

Kitty apagou o fogo e estendeu um pano de prato sobre os potes esfriando no balcão. Olhou para trás, advertindo as crianças:

— Não toquem nos potes, pois estão muito quentes. E se não for pedir demais poderiam deixar alguns desses morangos para a geléia?

Kyle sorriu, malicioso, antes de enfiar outro morango na boca toda manchada de vermelho. A irmã, por motivos conhecidos apenas por uma menina de quatro anos, achou isso hilariante. Desatou a rir, tanto que quase caiu da cadeira. Até mesmo Kitty teve de sorrir. Enquanto subia, um pensamento egoísta insinuou-se em sua mente: *Se Daphne se mudasse para cá, em caráter permanente, eu veria as crianças durante todo o tempo, não apenas uma ou duas vezes por ano. Seria parte de suas vidas, de suas tradições.*

Imaginou todo mundo reunido em torno da árvore na manhã de Natal, Kyle e Jennie ainda de pijama, abrindo os presentes, enquanto ela e Daphne sentavam no sofá, tomando chocolate quente e comendo pão de *cranberry*. Ou pintando ovos de Páscoa com creiom, rolando-os em pratos refratários com corante. Olhar a mesa no Dia de Ação de Graças e contemplar os rostos das pessoas amadas, brilhando à luz das velas... ah, como seria maravilhoso! Kitty teve de parar no meio da escada para recuperar o fôlego, contra uma súbita vertigem de anseio.

Em seu quarto, em vez de pegar o telefone, ela esticou-se na cama vitoriana, do início do século XIX — uma armação de nogueira forte, no formato de um trenó. Um dia, visitando uma loja de antiguidades, ela vira aquela cama e se apaixonara no mesmo instante. Lembrava-a das histórias de Frances Hodgson Burnett que lera quando era menina.

Agora, deitada de costas, olhando para uma rachadura no teto, que parecia um ponto de interrogação, Kitty pensou em *Uma pequena princesa* em que a esperança da jovem Sara, contra todas as indicações em contrário, triunfava quando encontrava o pai vivo. Com o dorso da mão, ela traçou os contornos elevados da colcha, em contato com suas costas e pernas, macia e agradável como as patas de um gatinho. Pensou na última vez em que fizera amor com Sean naquela cama, como ele a despira, devagar, com todo o cuidado, como examinara e acariciara cada parte de sua pele exposta, para depois se curvar — como um viajante sedento ao encontrar uma fonte de água — e beijá-la ali.

A recordação provocou lágrimas quentes, que passaram pelas têmporas e escorreram para os cabelos. Vários minutos passaram antes que ela se sentisse bastante forte para se levantar e pegar o telefone na mesinha-de-cabeceira pintada.

Mas quando ligou para a casa da irmã foi Lori quem atendeu. A mãe não estava, disse ela. Numa voz estranha, sussurrada, Lori acrescentou:

— Ela está lá em cima *na casa*.

— A casa da vovó?

Com o fone no ouvido, Kitty ficou atordoada, incapaz de falar por um momento. O que Alex podia estar pensando, visitando a casa antes que mandassem limpá-la? A polícia já concluíra a investigação, mas mesmo assim era... era *mórbido*. Depois de uma pausa, a sobrinha forneceu outra informação:

— Não é a primeira vez, tia Kitty. Ela tem ido muito lá nos últimos dias.

— Estranho... — Kitty teve de fazer um esforço para evitar que a consternação transparecesse em sua voz. — Ela explicou por quê?

— Disse que precisa regar as plantas.

Até mesmo Lori não acreditava nessa alegação. Kitty não gostou nem um pouco do que estava ouvindo, mas não queria deixar a sobrinha ainda mais perturbada. Manteve a voz calma ao dizer:

— Sabe como é sua mãe... provavelmente pensa que é seu dever cuidar sozinha da casa antiga. Não acha que seria uma boa idéia se eu fosse até lá para saber se ela precisa de ajuda?

Outra breve pausa, e então a sobrinha concordou, com uma voz estranhamente formal, impregnada de alívio:

— Seria mesmo uma boa idéia, tia Kitty. — Num sussurro, Lori acrescentou: — Papai está preocupado com ela. Mas mamãe me mataria se soubesse que contei para ele algumas das coisas que estão acontecendo aqui.

Conhecendo a irmã, Kitty não tinha a menor dúvida.

Ela pegou a bolsa e desceu para falar com Daphne, torcendo para que a irmã e Roger não estivessem mais discutindo. Mas quando entrou na sala da frente descobriu que Daphne estava sozinha. Ela estava afundada na cadeira, com os Legos de Kyle espalhados por cima da mesa e o queixo na mão, olhando pela janela. Quando ela virou o rosto, Kitty constatou que estivera chorando.

— Quer companhia? — perguntou Kitty, gentilmente. — Ou prefere ficar sozinha?

Daphne deu um sorriso desanimado.

— O que eu gostaria mesmo era de naufragar numa ilha deserta pelos próximos vinte anos. Talvez até lá eu tivesse encontrado uma solução para tudo.

— Para o que exatamente?

Kitty inclinou a cabeça para o lado, confusa, especulando se a maioria dos escritores era como a sua irmã, com uma tendência para o melodrama.

— Apenas toda a minha vida.

— Toda a sua vida... ou só você e Roger?

Daphne estremeceu. O rubor espalhou-se por suas faces, quase tão intenso quanto a cor dos morangos que manchara a boca das crianças.

— É tão óbvio assim?

— Apenas para alguém que a ama tanto quanto eu. — Kitty pegou a mão de Daphne. — Temos um problema que pode afastar seus pensamentos de tudo isso. É Alex. Ela se encontra numa crise maior do que imaginávamos.

— Dinheiro?

— Não esse tipo de problema. Mais profundo.

Embora estivessem a sós — na mesa a que o padre Sebastian sentara havia apenas uma nota amassada e algumas moedas — Kitty baixou a voz ao acrescentar:

— Do tipo que pode levar uma pessoa à enfermaria psiquiátrica por decisão judicial.

Daphne empertigou-se, arregalando os olhos em alerta.

— Por que não disse antes?

— Só descobri há poucos minutos. Falei ao telefone com Lori. Ela avisou que Alex estava na casa.

Kitty não precisava explicar que se referia à casa da mãe. A cor esvaiu-se do rosto de Daphne, que se levantou de um pulo.

— O que estamos esperando? Roger pode cuidar das crianças. Quanto a mim... — Ela ofereceu um sorriso trêmulo. — ... posso deixar para me lamentar em outra ocasião.

Minutos depois, as duas subiam a ladeira para Agua Fria Point, no velho Honda de Kitty. Já estava quase escuro, mas o nevoeiro, que se mantivera no horizonte púrpura como uma mancha cinzenta, igual a um dever de casa mal apagado, ainda não viera. *Ainda bem*, pensou Kitty, que ultimamente se sentia nervosa quando tinha de guiar no escuro. Desenvolvera um medo irracional de ser vítima de algum acidente macabro. Imaginava-se projetada para uma vala cheia de lama, como os aparelhos quebrados e enferrujados que se encontravam ao longo da estrada de terra para Barranco, como geladeiras, fogões e lavadoras que haviam sobrevivido à sua utilidade.

Quem a lamentaria? As irmãs, Daphne acima de tudo. Os sobrinhos. Os amigos... e, num grau menor, os fregueses leais. Mas ninguém cujo coração tivesse outrora saído de seu corpo, cujo sangue e lembranças estivessem ligados a seu sangue e recordações. Nenhum filho para sorrir à lembrança de seu empenho para ajudar a construir uma casa na árvore. Nenhuma filha para recordar a mãe erguendo-a para alcançar os galhos mais altos da árvore de Natal... ou tirando pedaços de massa de suas mãozinhas.

Ela pensou em sua própria infância e foi dominada por um profundo pesar.

— Lembra o tempo em que mamãe costumava esperar o ônibus da escola? — recordou ela. — As outras mães sempre vestiam cardigãs e calças compridas passadas, como as donas-de-casa fúteis que são vistas nos comerciais de sabão em pó da tevê. A nossa era diferente. Ela usava o avental de pintora, com uma mancha de tinta no rosto.

Kitty olhou e viu o sorriso de Daphne.

— O que mais me marcou é que ela sabia os nomes de cada flor, até mesmo as flores que cresciam à beira da estrada. Nunca apreciei isso até que tive meus próprios filhos. Agora, quando Kyle ou Jennie apontam e perguntam: "Mamãe, que flor é aquela?", não preciso procurar num livro.

— Eu apenas gostaria... Kitty mordeu o lábio.

— O quê?

— Que ela partilhasse mais de si mesma conosco. Essas coisas... eram como o glacê no bolo. Ela nunca falou muito sobre o que realmente importava. Como se sentia. Você e Johnny, por exemplo, não sei se mamãe também desaprovava ou se era apenas papai.

Daphne calou-se, imersa em pensamentos, enquanto Kitty subia a ladeira sinuosa, passando pelas sombras projetadas pelas enormes casas e os extensos gramados que se estendiam dos dois lados, como ondas no mar. Finalmente saiu de seu devaneio para dizer:

— Falei com ela a respeito. Apenas uma vez. Mamãe disse que eu deveria escutar papai, que ele sabia o que era melhor. — Daphne fez uma pausa. — Não tenho certeza se hoje ela me daria o mesmo conselho.

— Por quê? — indagou Kitty. — Porque ela finalmente chegou à conclusão de que papai não tinha todas as respostas?

— Não é bem isso. — Daphne olhava pela janela. — Creio que é mais porque mamãe começou a aceitar seus próprios sentimentos. Eles foram forçados a sair, e agora ela não pode mais reprimi-los.

Ela fez uma pausa, virando o rosto para fitar Kitty.

— É isso o que tenho feito durante todos esses anos, Kitty, reprimindo tudo para fazer com que as coisas se ajustem?

Kitty balançou a cabeça, um bolo se formando na garganta.

— Não sei, Daph. Acho que todas nós estivemos nos enganando, de um jeito ou de outro. A questão agora não é tanto o que deveríamos saber, mas o que podemos aprender com isso.

Daphne soltou uma risada curta e amarga.

— Não sei o que aprendi, exceto que o amor é doloroso.

Kitty piscou os olhos, e as luzes traseiras do carro várias quadras à frente se dissolveram numa mancha vermelha aguada. *Sean*, pensou ela. A dor em seu peito se aprofundou, balançando como a lua partida, refletida nas ondas rolando lá embaixo. Sean sentiria saudade dela por muito tempo? Provavelmente não. Seguiria em frente, encontraria outra mulher para amar... com toda a fúria da paixão de um homem jovem.

O sentimento fez com que, de certa forma, se sentisse nobre — com uma pitada de agridoce, como a pectina na geléia para torná-la gelatinosa —, mas não serviu para interromper o latejar constante em suas veias. Quando parou na entrada de carro da casa de sua infância, Kitty não tinha mais espaço para a angústia esperando em seu íntimo. Já tinha o suficiente para encher um poço dos desejos. Ela entrou pela porta da frente, enquanto Daphne ia para os fundos.

— Alex? — gritou ela, apreensiva.

Não houve resposta. Mas ela ouviu um barulho, ritmado, que parecia de uma tábua sendo lixada. Perplexa, Kitty atravessou o vestíbulo, sentindo o coração subir pela garganta. Na sala de estar, encontrou Alex de joelhos, com um balde cheio de água com espuma, uma escova na mão, esfregando furiosamente o tapete manchado de sangue.

— Alex! Em nome de Deus, o que...

Por trás dela, ouviu Daphne soltar uma exclamação de espanto pelo rosto que se virou para as duas. Alex exibia o olhar vidrado e vazio de alguém perdido num pesadelo. Os cabelos normalmente perfeitos espalhavam-se desgrenhados pelos ombros, grudavam na testa polida por uma camada de suor. Os olhos injetados piscaram para as duas irmãs, na incompreensão por um momento. Depois, ela se acocorou subitamente, parecendo alheia à escova que pingava água na calça cinza.

— Não quer sair. Por mais que eu esfregue.

A voz cansada de Alex tinha um tom de petulância infantil. Então, ela ergueu a cabeça, animada, como se alguma coisa acabasse de lhe ocorrer.

— Lembram como ela sempre estava atrás da gente? — Alex passou a imitar a voz da mãe. — "Meninas, quantas vezes tenho de dizer que devem enxaguar as calcinhas antes de pôr na lavadora?" Como se a nossa menstruação fosse motivo de vergonha. Como se uma pequena mancha de sangue fosse o fim do mundo.

Ela começou a rir, desolada, uma lágrima enorme escorrendo pela face. Kitty olhou para o tapete, com um brilho escuro da água, e bolhas sujas, rosadas. Subitamente, sentiu vontade de vomitar.

— Ah, Alex...

Foi Daphne quem assumiu o comando, contornando Kitty para se agachar ao lado de Alex.

— É demais para uma só pessoa, Alex. É melhor nos deixar ajudá-la.

— Como? — indagou Alex, alteando a voz. — De que maneira podem me ajudar? Nada vai trazê-lo de volta.

— Não, não vai — concordou Kitty, desconsolada.

Atordoada, ela olhou ao redor para se orientar. Correu os olhos pelas poltronas e sofás, o bricabraque cobrindo todas as superfícies, o abajur de pé, muito pesado, que parecia enraizado no tapete. A sala quase não tinha qualquer vestígio da mãe, cujo toque mais sutil só era evidente nas aquarelas delicadas, quase que espremidas como uma reflexão tardia entre os quadros escuros e formais que o pai preferia. Ocorreu a Kitty que talvez não tivesse conhecido a mãe nem um pouco. Talvez nenhuma das filhas a conhecesse.

A única coisa que ela sabia com certeza era que já passara o momento de chorar e lamentar. Seu olhar voltou para Alex, a irmã com quem tinha menos em comum... mas a quem ultimamente passara a ver sob uma nova luz.

A compaixão que surgira com a maior naturalidade naquele dia no jardim, quando Alex perdera o controle e confessara suas dificuldades, aflorou de novo em Kitty. Mas desta vez ela tinha de resistir, guardar numa prateleira alta, até que pudesse ser útil. Do que Alex precisava ainda mais, naquele momento, ela sabia, era sair da crise em que se encontrava. Kitty adiantou-se e segurou a irmã pelo braço, puxando-a.

— Levante! Levante imediatamente!

Ao ouvir sua voz, ela reconheceu o tom exato que a mãe usava quando eram crianças, e uma delas tinha um acesso. Teve o efeito desejado. Alex desvencilhou-se, esfregando o braço, enquanto fitava Kitty de cara amarrada.

— O que está fazendo aqui?

— Eu poderia lhe fazer a mesma pergunta.

Kitty fitava-a nos olhos, com as mãos nos quadris.

— Caso não tenha notado, estou tentando fazer uma coisa útil. O que é mais do que posso dizer sobre vocês duas.

Alex olhou de uma para outra, os lábios comprimidos de raiva.

— Talvez algumas de nós estejam ocupadas preocupando-se com mamãe — lembrou Daphne.

Ela também se levantou. Foi até a janela e puxou o cordão para fechar as persianas. Desceram com um chocalhar de esqueleto, o que provocou um sobressalto em Kitty. Serviu para alertá-la de uma possibilidade que Daphne obviamente não esquecera: que era bem possível que houvesse um repórter à espreita lá fora. Mas, se o mesmo pensamento ocorreu a Alex, ela não deixou transparecer.

— Havia poeira por toda parte — disse ela, em tom desdenhoso, como se Daphne não tivesse falado. — Encontrei coisas na geladeira que poderiam ser usadas para fazer penicilina. E as plantas... quase todas estavam mortas.

Alex foi até a samambaia de Boston junto da janela. Galhos marrons, com umas poucas folhas amareladas ainda aderindo, desciam para roçar no encosto do sofá. Ela começou a tirar as folhas, uma a uma, como as pétalas de margarida que elas costumavam arrancar quando eram crianças. *Ele me ama... ele não me ama...*

— Isto é uma loucura. — Kitty avançou para pôr a mão no ombro de Alex, obrigando-a a se virar. — As gêmeas estão na maior preocupação... e, para ser franca, eu também.

Ela fez uma pausa, antes de acrescentar, mais gentilmente:

— Vá para casa, Alex. Volte para as suas filhas. Deixe tudo isso.

— É o que farei, assim que acabar.

Como se estivesse em transe, Alex desvencilhou-se e voltou para junto do balde. Fez menção de se ajoelhar de novo, mas Daphne foi mais rápida. Adiantou-se para segurar o pulso de Alex, forçando-a a ficar de pé.

— Faremos isso juntas — repetiu ela, lentamente desta vez, como se falasse para uma criança obtusa da quinta série. — *Todas* nós.

Ela lançou um olhar para Kitty.

— Acha que somos bastante fortes para levantar o sofá?

Kitty percebeu o sentido e respondeu:

— Se uma de nós puxar o tapete ao mesmo tempo. — Ela pensou por um momento, antes de especular, em voz alta: — A questão é só uma: será que cabe no meu carro?

— O que... o sofá ou o tapete?

Dava para perceber que Daphne fazia um esforço para reprimir uma risada. Mas pelo rubor em suas faces e o brilho nos olhos, Kitty desconfiou que ela também não estava muito longe da histeria total.

*Não faça isso*, ela advertiu com os olhos. *Ou também perderei o controle.*
Ela olhou para Alex, que fitava as duas com um horror evidente.

— Não podem fazer isso — murmurou ela, a voz estrangulada, olhando para o tapete. — Não podem... simplesmente jogar fora.

— Claro que podemos — declarou Kitty. — E é o que temos de fazer.

— Mas mamãe ficaria...

Daphne não deixou Alex continuar:

— Mamãe não precisa saber. — Ela teve o cuidado de acrescentar: — Pelo menos não agora.

Alex começou a recuar, como se quisesse escapar de alguma coisa que poderia machucá-la, os olhos arregalados, em pânico. Esbarrou no sofá antiquado, de encosto arredondado, e sentou abruptamente, a tensão se dissipando de repente, como acontece com uma criança superexcitada que esgota sua energia e cai no estupor.

— Meu Deus, o que estou fazendo? — Ela cobriu os olhos e confessou, num sussurro abafado: — Não consigo me livrar. Os pesadelos... pensei que se pudesse tirar a mancha...

Uma imagem lúgubre, do pai no caixão, aflorou na mente de Kitty. E quando se inclinou para acender o abajur Tiffany, ao lado do sofá, descobriu que sua mão tremia. Quando a luz acendeu, um suave brilho violeta que se derramou como pétalas soltas sobre o sofá felpudo cor de chocolate e o tapete a seus pés, ela pensou: *Somos como esta casa. Não há quantidade de reparos que possa nos tornar inteiras outra vez.*

— O que a está corroendo, Alex, vai precisar de mais do que sabão e uma escova para limpar — advertiu Kitty, gentilmente.

— O que *você* sabe?

A expressão de repulsa que Alex lhe lançou também era familiar. Era como se a mulher humilhada, que se abrira naquele dia no jardim, tivesse desaparecido, deixando apenas a irmã caçula irritante, que perseguia as mais velhas quando eram crianças, chorando se não a deixassem participar das brincadeiras. Kitty teve de fazer um esforço para manter a voz sob controle:

— Não sei de tudo, Alex. Mas o que vejo aqui é alguém tentando limpar uma sujeira que não foi ela quem fez.

— Kitty tem razão. O que aconteceu aqui... — Daphne baixou os olhos para o tapete e engoliu em seco. Quando tornou a levantar o rosto, exibia uma expressão de sombria determinação. — ... não é culpa sua.

— Vocês ainda não entenderam, não é? Eu sou a culpada por tudo isso. — Alex estava furiosa, os olhos brilhando com as lágrimas não derramadas. — Eu sabia o que ele fazia pelas costas de mamãe. Deveria ter falado com ela... a advertido de alguma forma.

— De que teria adiantado? — indagou Kitty.

Mas Alex continuou a balançar a cabeça.

— Eu acreditava nele. Todas as suas razões não passavam de desculpas. Ele fazia com que parecesse que era quase um favor para mamãe, que no fundo ela preferia assim. Nunca pensei que alguém pudesse sair machucado.

— Você saiu — ressaltou Daphne.

— Vocês não sabem nem a metade.

Alex virou o rosto, comprimindo os lábios com toda a força. Kitty sabia que era melhor não tentar arrancar o que a irmã escondia. Alex era como a anêmona-do-mar, que se fechava por completo à menor cutucada. Por isso, exortou suavemente:

— Então por que não nos conta? Talvez possa ajudar.

No silêncio que se seguiu, Kitty tinha plena consciência de cada ruído: o murmúrio dos carros que diminuíam abruptamente a velocidade quando passavam por ali, os rangidos e gemidos de uma casa velha assentando, as batidas do relógio de pêndulo por cima da lareira cheias de presságios. Finalmente, Alex limpou a garganta e respondeu, numa voz que parecia tão atormentada quanto a casa:

— A mulher que vocês estão procurando... a enfermeira com quem papai tinha um caso. Sei quem é.

Kitty sentiu a força se esvair de seus joelhos tão bruscamente quanto uma dobradiça de mola que se solta de repente. Com um gemido, ela arriou no sofá, ao lado de Alex.

— Por que tenho o pressentimento de que não gostarei do que vou ouvir?

Alex lançou-lhe um olhar demorado, repleto dos sinais de uma luta eterna. Um músculo tremeu ao lado da boca, os olhos ficaram marejados com lágrimas de fúria. A voz baixa e triste, ela acrescentou:

— Era Leanne.

Daphne também arriou no sofá, ao lado de Kitty.

— Ah, Alex, tem certeza?

Alex acenou com a cabeça, cansada, numa resposta positiva.

— Noventa e nove por cento.

Kitty pensou: *A melhor amiga de minha irmã? Impossível! Nem mesmo papai afundaria tão baixo.* Depois ela compreendeu, com um baque no estômago que virou uma onda de vertigem, que qualquer homem que enganava a esposa com sua melhor amiga — mesmo que tivesse acontecido havia muitos anos — não se deteria diante de nada.

— Como... como descobriu? — balbuciou ela.

— Fiquei pensando no que você disse. Sobre o brinco. E Leanne perdeu um brinco.

— Isso não prova necessariamente alguma coisa — comentou Daphne.

— Não por si só — concordou Alex. — Mas havia outros indícios. Pequenas coisas que ignorei, até que somei tudo.

Kitty não precisava perguntar se Alex não tinha nenhuma dúvida. A certeza sombria em seus olhos contava toda a história.

— O que aconteceu quando você a confrontou?

— Não confrontei. Ainda não. Como podem ver, estive... ocupada. — Alex olhou com súbita repulsa para a escova descartada no chão, em meio a uma poça de espumas. — Tanto trabalho... e não fez a menor diferença.

— Mamãe tinha razão. — A voz de Daphne era estranhamente estridente, com uma risada histérica logo abaixo da superfície. — Depois que uma mancha assenta, nunca mais se consegue tirá-la.

Os lábios de Alex contraíram-se num pequeno sorriso angustiado.

— Pode-se escrever um livro sobre todas as coisas que mamãe nos advertiu para não fazer. Uma pena que ninguém a tenha advertido. Sobre papai. Há anos, antes que fosse tarde demais.

— Pense bem, Alex. — Kitty, sentada ao lado da irmã caçula no sofá, virou-se para segurar suas mãos e apertá-las com força. — Não havia nada que você pudesse fazer para evitar.

— Então de quem foi a culpa?

— Talvez de ninguém. Talvez de todo mundo. Foi como uma conspiração sob alguns aspectos, não é mesmo? Um pacto de silêncio que só resistiu porque *todas* participaram. Você, ao guardar os segredos de papai. Eu, ao fingir que não sabia, para manter a paz na família. E Daphne... — Ela fez uma pausa. Sorriu pesarosa para a irmã mais velha, sentada no braço do sofá. — ... por ser Daphne.

Enquanto Kitty falava, a imagem foi se tornando mais nítida, como uma foto numa câmara escura que se definia de um borrão.

— Talvez a moral, se há alguma, seja a de que o silêncio nem sempre vale ouro — acrescentou ela.

— O que *eu* quero saber é onde Leanne se ajusta? — indagou Daphne, solene.

— É isso que temos de descobrir — declarou Kitty.

— Ela trabalha no turno da noite — informou Alex. — Teremos de esperar até amanhã para conversar.

— Querem saber de uma coisa? Vamos embora. — Kitty levantou-se e seguiu para a porta. — Vamos deixar tudo como está. Voltaremos mais tarde para nos livrarmos dessa porcaria. Nunca gostei dessa droga de tapete.

— Nem eu — confessou Alex.

Kitty virou-se para captar uma insinuação da velha Alex nos olhos da irmã, quando ela se levantou para acompanhá-la.

— Acho que um velho tapete trançado de Nana ainda está no sótão — disse Daphne, alcançando-as no vestíbulo, as faces coradas. — Não é grande, mas pelo menos o chão não ficará tão vazio.

— Fico contente que todas possamos concordar em pelo menos uma coisa.

Kitty respirou fundo e saiu para a varanda, onde a tinta se soltara da grade em alguns pontos, por causa da fita adesiva da polícia. Uma mariposa se chocava metodicamente contra a lâmpada acesa na frente da porta.

Ela experimentou um estranho senso de expectativa, misturado com medo. E se, no final das contas, não estivessem apenas esclarecendo um mistério, mas abrindo uma caixa de Pandora que traria mais mal do que bem?

Kitty diminuiu a velocidade quando a placa apareceu, iluminada pelas luzes por baixo, como uma cena da natividade. HOSPITAL GERAL DE MIRAMONTE. Quando eram pequenas, ela e as irmãs viam o lugar como sagrado. O templo para onde o pai ia todos os dias, não para orar, mas para ser cultuado. Como chefe da patologia, suas habilidades de médico confinavam-se aos mortos. Mas isso só servia para realçar a imagem que Kitty tinha do pai como alguém divino, sem medo de caminhar por onde poucos ousavam. Quando era bem pequena — tão pequena que ainda acreditava em tudo o que via nos filmes —, chegara ao ponto de imaginar que o pai podia trazer um morto de volta à vida.

Suas fantasias haviam florescido porque o pai quase nunca falava de seu trabalho. Não era um tópico de conversa apropriado, advertia ele, a voz tensa e incisiva, sempre que alguém cometia a temeridade de perguntar. Contudo, por maior que fosse o cuidado com que se lavava ao final do dia, nunca deixava de levá-lo para casa: o tênue cheiro de antiséptico do necrotério do hospital, um cheiro associado de maneira inextricável à morte na mente de Kitty.

Agora, ao parar numa vaga perto da entrada de emergência, descobriu-se a sentir o mesmo calafrio que experimentara diante da sepultura aberta do pai.

Esperou no Honda junto com Daphne, até a chegada de Alex, que viera em seu próprio carro. As três encaminhavam-se para o caminho coberto que levava às portas de vaivém quando Daphne indagou, nervosa:

— O que Leanne vai pensar quando nos avistar avançando em sua direção ao mesmo tempo?

— Espero que ela compreenda que o jogo acabou — respondeu Alex, a amargura em relação à amiga tão evidente quanto a calça manchada de sangue, que se podia ver através da capa.

Alex recuperara o seu antigo espírito guerreiro, refletiu Kitty, aliviada.

A área de espera estava lotada, e ninguém prestou a menor atenção às três mulheres bem vestidas que passaram apressadas. Um homem barbudo e corpulento, com uma toalha ensangüentada comprimida contra a testa, foi a única pessoa que levantou os olhos. Já estavam quase nos elevadores quando ouviram alguém gritar:

— Kitty!

*Sean*. Ao se virar na direção da voz, Kitty teve a sensação de que girava lentamente na lança que atravessara seu coração. Ó Deus, o que ele estava fazendo ali? Por um momento frenético e atordoado, ocorreu-lhe que Sean podia tê-la seguido. Mas depois se lembrou de que ele tinha orgulho demais para isso.

Avistou-o a apenas três metros de distância, encostado numa máquina de refrigerantes, um jovem de cabelos escuros, numa Levis surrada, com os olhos cautelosos de alguém muito mais velho. Por trás da pose deliberadamente relaxada, os músculos mantinham-se contraídos, prontos para entrar em ação.

Kitty hesitou por um instante, dividida entre o desejo de correr para Sean... e a vontade de entrar no elevador, que acabara de se abrir às suas costas. Lentamente, ele foi ao seu encontro e perguntou em voz baixa:

— O que está fazendo aqui, Sean?

Seu olhar percorreu-o, à procura de sangue ou equimoses, um braço que não estivesse pendendo direito. Ele percebeu a preocupação. Um canto da boca se ergueu num sorriso satisfeito.

— Não se preocupe. Estou bem. É Heather... ela desmaiou. Provavelmente não é nada, mas achei que deveria ser examinada.

Sean sacudiu a cabeça na direção da irmã, sentada a vários metros dali, perto do balcão de admissão. Heather, folheando uma revista velha, não a viu. Parecia não estar sofrendo de nada mais que um acesso de tédio terminal.

Subitamente, Kitty teve noção dos olhares curiosos das irmãs. Virou-se para elas.

— Só cinco minutos, está bem? Irei me encontrar com vocês lá em cima.

Nenhuma das duas fez qualquer comentário, pelo que ela se sentiria eternamente grata. Alex limitou-se a acenar com a cabeça e dizer:

— Quinto andar. Esperaremos por você na sala dos visitantes.

Sean perguntou, enquanto observava as portas do elevador fechando:

— Sua irmã?

Ele se referia a Alex, é claro, pois já conhecia Daphne. Kitty confirmou com um aceno de cabeça.

— Desculpe. Eu deveria ter apresentado.

Ele deu de ombros, empertigando-se ao se afastar da máquina.

— Fica para outra ocasião.

Kitty olhou de novo para Heather, notando que o volume sob o blusão era maior do que na última vez em que a vira. Seu coração contraiu-se com tanta força que trouxe um gosto amargo e metálico para a boca. Com um esforço para sustentar o olhar firme de Sean, ela perguntou:

— Como você tem passado... de um modo geral?

— Muito bem. E você?

Ele desviou os olhos e se concentrou em puxar um pedaço de papel colado no painel da máquina, em que alguém rabiscara com uma caneta esferográfica: QUEBRADA.

— Para dizer a verdade, não muito bem.

— Lamento saber disso.

A expressão de Sean não era muito simpática, mas o brilho de mágoa em seus olhos contava outra história.

Ela respirou fundo. Deixou o ar escapar devagar, como se uma exalação súbita demais pudesse ser dolorosa, com o coração batendo descompassado em seu peito.

— O que aconteceu conosco, Sean... digamos que eu não queria que acabasse assim.

— Por que tem de acabar?

— Porque tem de ser assim.

Sean inclinou a cabeça para o lado, os cabelos escuros se eriçando como os de um animal selvagem pressentindo uma ameaça.

— É mesmo? Venho ouvindo essa frase durante toda a minha vida. "Não faça muitas perguntas, filho. Apenas aceite as coisas da maneira como são." Porra nenhuma!

Ele bateu na máquina com o punho cerrado, provocando um pequeno estrépito lá dentro.

— É apenas uma desculpa, e você sabe disso. Não quer mais me ver? Muito bem. Não gosto nem um pouco, mas pelo menos sei de onde vem o golpe. Posso lutar.

— Há coisas contra as quais não pode lutar.

Sean respirou fundo, antes de dizer, em voz baixa e desanimada:

— Independente do que você possa pensar, não tive nada a ver com o fato de Heather ter preferido aquele casal em vez de você.

— Não o acusei de qualquer coisa.

— Então por que sinto que estou sendo punido?

— Não tem nada a ver com você, Sean! — protestou Kitty, exasperada.

— O que é então?

Ela suspirou.

— Não sei. Não posso explicar, assim como também não posso explicar o que aconteceu com a minha família. — Kitty olhou para baixo, incapaz de fitá-lo nos olhos, quentes e pretos, como dois buracos queimados em lenha verde demais para pegar fogo. — A única coisa que sei com certeza é que não há condição de eu continuar a vê-lo e ao mesmo tempo deixar tudo para trás.

Ele fitou-a firme por mais um momento, antes de dizer:

— De onde eu venho, temos outra palavra para isso... besteira. Você não gosta quando alguma coisa bate na sua cabeça? Uma pena. Mas vai suportar mesmo assim.

— Não é tão simples.

— Simples? Quem disse que tinha de ser simples? Tudo o que eu pedia era que você se importasse o bastante para pelo menos tentar. Mas, se você não quer, o que posso fazer? Foi agradável. Tenha uma vida boa.

Sean virou-se. Se não fosse pela tensão nos ombros e na inclinação do pescoço, Kitty poderia se convencer de que ele não se importava mesmo, como alegava. Mas ela sabia que não era isso. Sabia antes mesmo de Sean olhar para trás e acrescentar:

— Talvez Heather tenha feito a escolha certa, no final das contas. Há uma coisa na criação de filhos... a pessoa fica comprometida por muito tempo. Não é algo de que você possa se esquivar quando fica muito difícil.

As palavras de Sean foram como um golpe.

— Sean, eu...

Mas ele já se afastara, não podia ouvi-la. Kitty observou através das lágrimas quando ele se juntou à irmã, agora conversando com uma das enfermeiras. Enquanto Heather levantava, desajeitada, ele segurou-a pelo braço, gentilmente, levando-a na direção apontada pela enfermeira.

*Ele dará um excelente pai algum dia.* O pensamento ressoou claro e alegre como um carrilhão, em meio ao tumulto de emoções que se chocavam, enquanto Kitty entrava no elevador.

Ela apertou o botão do quinto andar, removeu as lágrimas dos olhos, num gesto furioso, e ordenou a si mesma: *Não agora. Mais tarde você pode pensar a respeito de Sean. Esta noite, quando estiver deitada na cama, contando todas as razões sensatas, em vez de carneiros.*

Lá em cima, na sala de espera, junto do posto de enfermagem, Alex levantou-se de um salto da cadeira para perguntar:

— Quem era aquele?

— Um amigo.

Kitty lançou um olhar agradecido para Daphne, fazendo uma anotação mental de agradecer mais tarde por não revelar o segredo. Não poderia suportar longas explicações sobre Sean, não agora. Baixando a voz, ela perguntou:

— Já avisaram Leanne?

Alex sacudiu a cabeça em negativa.

— Ela se perguntaria o motivo de nossa presença aqui e poderia ficar desconfiada. Será melhor se a surpreendermos.

Seus olhos se contraíram, qualquer pensamento sobre a vida amorosa de Kitty foi claramente ofuscado pela perspectiva do que estava para acontecer. Depois, de repente, ela virou-se e seguiu pelo corredor para a unidade de tratamento intensivo neonatal, onde Leanne estava de serviço.

Ao chegar a uma porta dupla de aço inoxidável, com o aviso de ALA ALYCE BUNT THAYER, Alex empurrou-a e entrou. Kitty e Daphne entraram atrás no espaço grande e sem janelas, que parecia pertencer a outro planeta. Por trás do agrupamento de mesas que formava o posto de enfermagem, havia fileiras de incubadoras, os pequenos ocupantes mal reconhecíveis como humanos, cada um monitorado por tubos e aparelhos eletrônicos.

O olhar de Kitty foi atraído para o menor dos prematuros, os movimentos do peito fazendo-a pensar num peixe ofegando no fundo de um barco. O cartão na incubadora dizia "Baby Boy Roper". Por baixo, estava pregada a foto de uma mulher de cabelos escuros, sorrindo, olhando para dentro. Era a posição em que o bebê poderia vê-la, se os olhos não estivessem cobertos por uma venda. Uma tentativa desesperada da mãe de salvar a vida da criança da única maneira que ela podia ajudar.

Kitty pensou, reprimindo um grito: *Se fosse meu, haveria de amá-lo da mesma forma... talvez mais.* Não haveria necessidade de uma foto da mãe, porque ela nunca sairia de seu lado.

À mesa mais próxima, uma enfermeira corpulenta, de cabelos grisalhos, mal levantou os olhos da ficha em que estava escrevendo.

— O horário de visita é entre duas e oito horas, a menos que sejam da família — informou ela, em voz mecânica. — Neste caso, serão bem-vindas a qualquer hora, desde que estejam lavadas.

Ela gesticulou vagamente na direção da pia. Alex limpou a garganta.

— Estamos aqui para falar com Leanne Chapman.

Desta vez, a mulher nem se deu ao trabalho de levantar os olhos.

— Leanne? Acho que ela está na sala de cuidados críticos. Vou chamá-la... se me derem um minuto para terminar isto.

— Conheço o caminho. Já estive aqui antes.

Alex falou no tom profissional de uma corretora de imóveis de primeira classe que não admite um não como resposta.

— Somos parentes — acrescentou Daphne.

Não chegava a ser exatamente uma mentira. Afinal, eram relacionadas... uma com as outras. Mesmo assim, Kitty ficou surpresa. Não pensaria que a irmã tão íntegra fosse capaz de falsear a verdade. Daphne realmente mudara, pensou ela, não sem admiração.

A enfermeira grisalha fez uma pausa para examiná-las mais atentamente. Estaria especulando por que elas queriam falar com Leanne? Se assim foi, deve ter concluído que não era excepcional que parentes de um bebê doente desenvolvessem vínculos mais estreitos com uma enfermeira. De qualquer forma, ela apontou para uma porta nos fundos, reiterando o aviso:

— Não se esqueçam de se lavar.

À pia de aço inoxidável, à direita da porta dupla, as três irmãs tiraram pulseiras e anéis, e se revezaram passando Exedine nas mãos, esfregando com vigor. Eram as filhas de seu pai; sabiam como se devia fazer.

Poucos minutos depois, enquanto atravessavam o labirinto de incubadoras e monitores, Daphne murmurou:

— Não sei como ela consegue agüentar, voltando para casa e encontrando aquele menino todos os dias. Era de pensar que seria mais do que qualquer pessoa poderia suportar.

— Ela deve ter imaginado que papai a salvaria — sussurrou Alex, numa voz impregnada de desprezo.

Kitty não disse nada. Em sua mente, via de súbito do ponto de vista de Leanne: como uma mãe sozinha, com uma criança deficiente, com dificuldade para equilibrar o orçamento, podia se sentir atraída por um homem tão velho quanto Vernon, um médico respeitado, que devia representar a estabilidade tão clamorosamente ausente de sua vida.

Não obstante, o pensamento deixou-a angustiada. Ela seguiu Alex por um corredor curto, até uma porta de vidro em que havia um aviso: CUIDADOS CRÍTICOS: POR FAVOR, BATA ANTES DE ENTRAR. Kitty teve de fazer um esforço consciente para ajustar em seu rosto uma máscara agradável.

Alex não se deu ao trabalho de bater na porta. Entrou direto. A sala era menor do que a outra e continha apenas quatro incubadoras, ocupadas pelos bebês mais doentes. Leanne era a única enfermeira de serviço ali. Estava ao lado de uma incubadora aberta, trocando a fralda de um prematuro que parecia não ser maior do que sua mão, apesar dos fios grudados em seu peito e dos tubos no nariz e na boca. Ao vê-las, ela piscou, atônita, e pareceu hesitar por um instante. Depois, recuperou o controle, sorriu e gracejou:

— Se é uma campanha de levantamento de fundos, já contribuí no escritório. — Ela ajeitou uma fralda numa bunda que caberia numa colher de sopa. — Falando sério, o que estão fazendo aqui? Não é o tipo de caminho que costumam percorrer. Vieram visitar alguém em outro andar?

Ao notar a expressão ameaçadora de Alex, Kitty apressou-se em intervir.

— Viemos conversar com você.

Ela falou num tom descontraído, quase casual. À claridade intensa das lâmpadas fluorescentes, Leanne exibia uma palidez estranha, quase luminosa... como alguém nadando na direção delas por baixo d'água. A testa pálida franziu-se um pouco.

— Agradeço a gentileza, mas estou muito ocupada neste momento, como podem ver.

Alex finalmente encontrou sua voz.

— Não vai demorar.

— Por que tenho a impressão de que não é um convite para uma festa de Tupperware?

Leanne riu, nervosa, olhando de Alex para Kitty, depois para Daphne, parada um pouco mais atrás, os braços cruzados.

— Estou curiosa por uma coisa, Leanne — disse Alex, a voz suave. — O brinco que você disse que havia perdido. Tem alguma idéia do lugar em que pode ter caído?

Alguma coisa faiscou nos olhos de Leanne. Alguma coisa que fez Kitty pensar num animalzinho veloz, que saltava de uma clareira para o mato. Mas desapareceu no mesmo instante.

— Vieram todas aqui para perguntar sobre o meu *brinco*?

Leanne prendeu a fralda no lugar e gentilmente ajeitou a criança na incubadora. Levou a fralda molhada para uma balança no balcão de fórmica, pesou-a para verificar a quantidade de urina e escreveu uma anotação na ficha do bebê.

— Se essa é a idéia que fazem de uma noite divertida, devem estar mesmo desesperadas. — Ela soltou uma risada. — Seja como for, você disse que o encontrou.

— Eu estava mentindo. — A voz de Alex parecia cortar como um instrumento afiado, através dos bipes suaves dos monitores. — Um brinco foi encontrado... num quarto no Surfside Motel, em Barranco. Estou presumindo que é seu.

Leanne virou a cabeça bruscamente. Antes que pudesse se controlar, passou a língua pelos lábios.

— Por que... Como assim?

Daphne adiantou-se para ficar ao lado de Kitty.

— Você esteve lá — declarou ela. — Com nosso pai.

A boca de Leanne contraiu-se num sorriso cansado, que não se irradiou para os olhos vazios.

— Isso é um absurdo! Não sei do que estão falando!

— Desista, Leanne — resmungou Alex.

Leanne fitou-as em silêncio por um longo momento. Depois, com um gemido baixo, arriou na cadeira de balanço junto da porta... um conforto compadecido para os pais visitantes. Kitty, esperando o remorso, até mesmo lágrimas de arrependimento, ficou aturdida quando Leanne ergueu o queixo, exibindo manchas avermelhadas que se sobressaíam em seu rosto como estandartes de desafio. Os olhos faiscavam, a boca era firme. Sem qualquer sinal de arrependimento, ela disse:

— Acham que descobriram tudo, não é? Pois estão enganadas. Não era um romance vulgar. Estávamos apaixonados. E íamos casar. Assim que... — A voz tremeu, os olhos se encheram de lágrimas. — Parem de me olhar desse jeito, como se eu fosse uma espécie de monstro! Não começou assim. Ele era bom para mim... e não apenas quando éramos crianças. Depois que vim trabalhar aqui, costumávamos nos encontrar para comer alguma coisa na cantina. Lembra como foi meu relacionamento com Chip no final, Alex? Eu era uma ruína. Não sei o que teria feito se não fosse por seu pai. Quando Chip foi embora, logo depois que descobri que estava grávida, ele foi o único que continuou a me procurar. E também depois que tive Tyler, quando ficou evidente que ele não cresceria para ser... normal. Todo mundo me dizia que devia enfrentar um dia de cada vez. Eu tinha vontade de gritar que não sabia como poderia sobreviver aos cinco minutos seguintes. Não sei como teria agüentado sem Vern. Acho que morreria.

Ela lançou um olhar furioso e acusador para Alex.

— *Você* não suportava sequer tocá-lo. Pode imaginar como era para mim ver minha melhor amiga se encolher à visão de meu filho? Saber que pensava em mim como uma espécie de caso de caridade? Seu pai era o único que tratava Tyler como uma pessoa de verdade!

Alex fitava-a com uma mistura de horror e repulsa.

— Não se importou que ele fosse... que ele fosse meu pai? E que tivesse sido amante de sua própria mãe?

Leanne deu de ombros, com uma falta de preocupação que parecia exagerada, como se já tivesse pensado em tudo aquilo uma centena de vezes, desenvolvendo uma argumentação racional.

— Lamento ter mentido para você, Alex — disse ela, com um arrependimento que parecia genuíno. — Mas quanto ao que aconteceu entre ele e minha mãe foi há muitas décadas, antes mesmo de meu nascimento. E nunca foi muito sério.

— Seu pai deve ter pensado que era — respondeu Alex, a voz fria. — Não foi o motivo pelo qual seus pais se divorciaram?

A boca de Leanne tremeu. Ela ergueu o queixo, como se quisesse impedir que as lágrimas escorressem.

— Você está apenas tentando me magoar, e eu... eu... não a culpo por isso. Sei que deveria ter lhe contado. E pretendia contar, mas depois...

Ela parou de falar para deixar escapar um soluço ofegante. Levou a mão ao peito, como se sentisse uma dor intensa.

— Depois que ele... Depois, parecia não haver o menor sentido.

— Sua desgraçada — exclamou Alex. — Durante todo o tempo fingindo ser minha melhor amiga. *Você* é que deveria estar na prisão!

Ela avançou para Leanne, erguendo o punho cerrado, como se fosse agredi-la. Daphne adiantou-se para contê-la, estendendo o braço por seus ombros. Na claridade intensa, ela também parecia fantasmagórica. Mas o olhar irado que lançou para Leanne era deste mundo.

Houve um silêncio opressivo, interrompido apenas pelos bipes frenéticos na sala ao lado: um bebê que parara de respirar. Uma ocorrência bastante regular, Kitty sabia, exigindo pouco mais que uma batida de leve no peito. Mas naquele momento em particular, naquela sala esterilizada, sob o eterno sol a pino das lâmpadas fluorescentes, cuja luz fria continuaria a arder por muito tempo depois que várias daquelas pequenas vidas se extinguissem, a sensação foi de que era ela quem não conseguia respirar. Seus sentidos pareceram sair de foco, o ar em volta foi se tornando denso, os sons pareciam alcançá-la através de um estreito tubo de ferro. E como se viesse de uma enorme distância, ela ouviu a risada desanimada de Leanne.

— Prisão? Eu gostaria de estar morta. Qualquer coisa seria melhor do que ter de esconder como me sinto, de fingir que ele não era mais do que um amigo da família.

Kitty encontrou — e agarrou — um fio de compreensão, em meio à raiva e repulsa que a dominavam. O que Leanne fizera era imperdoável, mas ela não agira por maldade.

— Independente do que você fez, não é tarde demais para ajudar nossa mãe — exortou ela. — Precisamos saber o que aconteceu, Leanne. Ela descobriu sobre você e papai? Foi por isso que o matou?

O rosto de Leanne ficou todo franzido. Subitamente, ela parecia ter 13 anos de novo, a amiga magricela de Alex, que participava de todos os passeios da família. Ela sacudiu a cabeça.

— Não foi Vern. *Eu* contei a ela. Mas o mais estranho é que sua mãe não se mostrou chocada. Disse calmamente que sabia sobre as outras... mas que ele não amara qualquer uma daquelas mulheres.

— Mas você disse a ela que agora era diferente, não é mesmo? — murmurou Daphne.

Leanne teve a decência de parecer envergonhada.

— Não precisei dizer. Sua mãe sabia. Ainda assim, ela... ela não quis escutar quando eu disse que Vern queria casar comigo. Ficou transtornada, gritou que era errado. Uma *coisa do mal*. Que tinha de ser evitado. Que...

Ela mordeu o lábio, balançando a cabeça.

— O quê? — Alex quase gritou. Os cabelos, já desgrenhados, haviam se tornado como uma peruca, os olhos baixos exibindo a expressão desvairada que ela tinha na casa. — Diga logo!

Leanne não a fitou. Balançando para a frente e para trás, na claridade submarina, a cadeira de balanço rangendo contra o linóleo, ela fitava de olhos vazios alguma coisa que só ela podia ver. Finalmente, com a risada de uma pessoa com retardo mental que provocou um calafrio na espinha de Kitty, Leanne disse:

— Ela alegou que ele era meu pai, que estávamos cometendo incesto, não adultério. Já ouviu alguma coisa tão insana?

# Capítulo Quinze

Alex pensou que tudo ficaria bem se pudesse dar um jeito de fazer seu coração parar de bater tão depressa. Já passava muito de meia-noite, e ela estava na cama, com as luzes apagadas. As gêmeas dormiam profundamente em seus quartos lá embaixo. Os únicos sons eram o fraco zumbido do relógio digital e os latidos incessantes do *golden retriever* do vizinho, no quintal ao lado. As horas perdidas na casa dos pais, a viagem até o hospital com as irmãs, a volta para casa através de um nevoeiro que parecia emanar das profundezas de sua mente... tudo podia não passar de um sonho horrível, nas últimas cinco horas, e ela não conseguira dormir nem um pouco. O corpo rígido, ela olhava para o teto, em que pontos de luz cintilavam como estrelas numa galáxia remota, cada circuito de seu cérebro vibrando.

*Como Leanne pôde fazer isso comigo?* Sua maior amiga desde o jardim-de-infância. Alex recordou a época em que tinham 13 anos, a paixão de Leanne pelo professor de arte, como a amiga chorara em seus braços, desolada porque o Sr. Simms voltara para o Leste, contratado por outra escola. Também estava presente quando Leanne quase morrera de meningite... e lhe dera cobertura na escola, quando a amiga fora acusada de colar numa prova. Sem falar nas horas e horas em que a ouvira se manifestar furiosa contra Chip.

Cada recordação era mais uma torção na faca que dilacerava o coração de Alex. Havia vários dias que as sementes da suspeita haviam se enraizado nela, mas não soubera com certeza até aquela noite. Agora, a enormidade da traição da amiga esmagava-a como uma onda imensa, deixando-a arrasada demais para sequer sentar.

Nunca perdoaria Leanne, mas nunca mesmo.

Uma voz sussurrou: *E o que fará com papai?*

*Ele* não a traíra também, dormindo com sua melhor amiga às escondidas? O pai não podia deixar de saber que isso a magoaria. Mas fizera assim mesmo. Sem a menor consideração por seus sentimentos ou pelo vínculo profundo que ela imaginara que havia entre os dois.

Não admitia em hipótese alguma que o pai planejasse deixar a mãe por Leanne. Assim como não dava o menor crédito à fantasia de que Vernon era o pai de Leanne... o que só provava que a mãe perdera realmente o juízo.

O que lhe ocorreu agora, claro como o estalo de um osso partido, foi a verdade inevitável no centro de tudo aquilo: *Ele não podia ter me amado.* Como poderia amá-la e ainda ser capaz de fazer aquilo com ela? Guardara os segredos do pai tão zelosamente como se fossem seus, e apressava-se em atender todas as suas necessidades, muitas vezes à custa de seu marido e filhas — era verdade, Jim acertara em cheio nesse ponto — e para quê?

Imaginou-o com Leanne, os dois achando graça de sua lealdade cega... como se ela fosse uma espécie de bicho de estimação da família, estúpida demais para saber das coisas... zombando dela, como provavelmente zombavam de Lydia, por seu tolo orgulho ao pensar que era a única de quem o pai gostava.

Alex fechou os olhos, apertando-os com força, até que o esforço foi demais, e tornou a abri-los. A cabeça latejava dolorosamente. E o coração... estaria tendo uma espécie de ataque? Uma ansiedade tão intensa que acabaria na enfermaria psiquiátrica, numa cama ao lado da que era reservada para a mãe?

Ela pensou num sonho recorrente da adolescência, um sonho que ainda a atormentava de vez em quando, em que se descobria parada no meio de uma estrada deserta, com um enorme caminhão avançando em sua direção. A estrada era estreita, com encostas íngremes, cobertas de cascalho, descendo nos lados. Quando ela saltava da frente do caminhão, passava a rolar pela encosta interminável, um grito silencioso preso na garganta.

Lá no fundo, era assim que se sentia em relação ao pai, durante todo o tempo?, especulou ela agora. Acuada de alguma maneira, sem ter para onde se virar? Kitty queria saber que tipo de pai sobrecarregaria uma garota com aquelas confidências. Agora, depois de tantos anos, Alex sabia.

*Eu era sua comedora de pecado.*

Ela seria como os intocáveis das montanhas Apalaches, para os quais tradicionalmente se deixavam oferendas de alimentos nos caixões em funerais? Eram párias, aos olhos de seus vizinhos do interior, mas desempenhavam uma função vital... assim como ela.

Jim percebera tudo desde o início. Acusara-a de idolatrar o pai, com a exclusão de sua própria família. E agora ela começava a entender. Não apenas o papel que desempenhara... mas também com que perfeição ajustara-se à conveniência do pai. Ao assumir a culpa do pai, ela permitira-se virar não apenas sua confidente, mas também sua *consciência*. Com isso, em última análise, o pai podia chegar ao paraíso livre de pecado, enquanto ela...

Passava pelo inferno neste mundo.

Durante todo o tempo, ela acreditara que tinha o pleno controle — mais do que as irmãs —, mas como pudera deixar de perceber que assim afastava o marido e alienava as filhas? Mesmo agora, ainda mantinha certa distância das filhas, sob muitos aspectos; não confiava que a amassem apesar de seus defeitos.

Por quê? Talvez porque, no fundo, ela se sentisse suja, como se não as merecesse. Pois não fora esse o verdadeiro legado que o pai lhe deixara? Os pecados que ela absorvera e que agora a consumiam?

Um acorde baixo e triste vibrava no peito de Alex. Estendida na cama, olhando para a escuridão, ela desejou chorar. Qualquer coisa para aliviar a pressão dolorosa por trás dos olhos. Mas não adiantava.

As lágrimas eram profundas demais, pedras enterradas no solo amargo de sua consciência. Havia apenas uma única pessoa que poderia confortá-la: o homem, que sob alguns aspectos a magoara mais do que todo mundo.

Antes de pensar no que fazia, Alex virou de lado e estendeu a mão para o telefone na mesinha-de-cabeceira. Foi só depois de apertar o número do ex-marido — que, por alguma razão, ela memorizara — que percebeu como era tarde. Na esteira desse pensamento, veio outro ainda mais angustiante: Jim podia não estar sozinho.

Ela quase desligou, mas alguma coisa a impediu de fazê-lo... mesmo com a mão tremendo e a língua grudada no céu da boca, que de repente se tornara tão seca quanto isopor.

Jim atendeu ao terceiro toque da campainha, a voz engrolada do sono.

— Alô?

— Sou eu, Jim. — Ela hesitou. — Você está sozinho?

Houve uma pausa, e Alex imaginou-o arrrumando os travesseiros, enquanto se recostava na cabeceira. Depois, uma risada baixa, quase um rosnado, ressoou pelo telefone.

— Nada como ir direto ao ponto. Não deveria pedir desculpa primeiro por me arrancar de um sono profundo?

— Desculpe. — Alex percebeu o nervosismo em sua voz e se apressou em acrescentar: — Eu não sabia que era tão tarde.

Como uma batida firme no fundo da cabeça, porém, havia o conhecimento de que ele não respondera à sua pergunta. Ela permaneceu alerta, esperando. Então, Jim murmurou, a voz firme:

— Tive um sonho incrível... estava na praia, em St. John, aproveitando o sol e a brisa, sem qualquer pessoa à vista.

— Pensei que sua idéia de paraíso fosse um jarro com margarita e uma linda mulher num biquíni mínimo — comentou Alex, ácida.

— Então não me conhece tão bem quanto pensava.

Ela ouviu o roçar das roupas de cama. Jim bocejou para depois acrescentar, sarcástico:

— Como você não está hiperventilando, presumo que não se trata de uma emergência. Telefonou à uma e meia da madrugada só para me dizer que sou um idiota?

Alex deixou escapar um suspiro, enquanto balançava a cabeça no travesseiro.

— Não. Desculpe se dei essa impressão.

Jim assobiou.

— Duas desculpas consecutivas. Este deve ser meu dia de sorte.

Ela fechou os olhos, apertando com força.

— Você não é um idiota, Jim. Eu é que sou. E caso ainda não saiba estou na pior ultimamente.

— Agora que você mencionou, eu me lembro de ter visto uma reportagem a respeito no noticiário da tevê — gracejou ele.

Ou ele não a levava a sério, pensou Alex, ou não queria se envolver em seus problemas. Em qualquer das duas possibilidades, fora um erro procurá-lo. Alex já se preparava para uma saída em alta classe quando ele acrescentou, com absoluta seriedade:

— Depois do que aconteceu com seus pais, Alex, quem não estaria na pior?

— Alguém que prestasse mais atenção ao que *realmente* contasse, antes que fosse tarde demais.

Alex ficou calada, esperando com o coração na garganta pelo movimento seguinte de Jim.

— Ninguém é perfeito — murmurou ele, cauteloso.

— Tentar ser perfeita foi o que me deixou na pior. — Alex suspirou.

— Caso ainda tenha um pé naquela praia... que, por falar nisso, conheço-a muito bem, de nossa lua-de-mel, e era *St. Thomas*... esta é a minha maneira de dizer que talvez não tenha sido tudo culpa sua... nosso divórcio.

— Estou escutando.

E Alex contou. Sobre Leanne e o pai. Sobre as irmãs, o que haviam conversado na casa dos pais.

— Você estava certo desde o início — reconheceu ela, amargurada.

— Eu era valiosa para o meu pai... mas não da maneira como *eu* pensava.

Ele precisava de mim para fazer com que tudo se tornasse mais aceitável. Para lavar seus pecados... como se lava dinheiro sujo.

Houve um silêncio enquanto ele refletia a respeito do que ouvira Depois, Jim perguntou:

— Acha que sua mãe dizia a verdade... que Leanne é mesmo filha dele?

Alex resistiu ao impulso de gritar: "Não seja idiota!" Mas não pôde reprimir sua repulsa.

— Claro que não! Por um lado, Leanne tinha cinco anos quando os pais se divorciaram. Isso significaria que Beryl e meu pai vinham mantendo um relacionamento durante todo esse tempo. Entre outras coisas, não acha que o marido de Beryl teria descoberto antes?

— Veja quanto tempo sua mãe levou para descobrir — observou Jim.

Apesar de tudo o que sabia agora, Alex ainda sentia um desejo ardente de defender o pai.

— Não — declarou ela. — Papai podia ser egoísta, mas não era um monstro. Se Leanne fosse sua filha, ele nunca teria...

Alex parou no meio, angustiada demais para concluir a frase.

— E se ele não soubesse?

— Não é possível. Beryl teria contado. Uma mulher não guarda um segredo desses.

— Por que não? *Você* guardou sua cota de segredos.

Alex massageou uma têmpora dolorida com o polegar.

— Sei que fui eu quem levantou o assunto, mas você se importaria se não falássemos mais a respeito? A sobrecarga já é demais para mim.

Ela ouviu o som da respiração de Jim, tão confortável à sua maneira quanto o barulho do mar com que adormecia todas as noites, durante a infância e adolescência. Parecia tão natural quanto uma onda quebrando na praia quando ele perguntou:

— Quer companhia?

O coração de Alex interrompeu o ritmo e passou a bater mais forte.

Era isso o que ela queria, desesperadamente, mas hesitava assim mesmo. Se dissesse que sim, o que estaria insinuando? Que estava disposta a começar de novo? E se Jim estivesse perguntando apenas por compaixão? A última coisa de que ela precisava agora era de uma transa por compaixão.

Quando finalmente encontrou a voz, foi quase como se outra pessoa, alguém lá no fundo, esbarrando de um lado para outro, no escuro, estivesse falando. Ela murmurou:

— Deixarei a porta dos fundos destrancada.

Alex sentiu que sua tensão interior se dissipava. Assim que desligou, foi dominada pelo cansaço. Subitamente, os olhos que antes se recusavam a fechar não queriam mais permanecer abertos. Fecharia os olhos apenas por um minuto, não mais do que isso, pois tinha coisas a fazer antes de Jim aparecer. Trocar a camisola de flanela por alguma coisa mais sensual, escovar os dentes, destrancar a porta...

Alex ainda dormia, sonhando com uma praia diferente, mais fria e menos agradável do que St. Thomas — a praia em que ela e o pai passeavam quase todas as noites, depois do jantar —, quando uma parte dela registrou vagamente que alguém deitava ao seu lado. Uma presença familiar, cujo cheiro ela reconheceu e para a qual se aproximou, numa reação instintiva.

— Alex...

Ela sentiu a vibração da respiração quente no rosto.

Ainda meio adormecida, Alex gemeu baixinho e estendeu um braço. Ao seu lado, Jim estava nu. O choque quente de sua carne foi como um sonho de que ela não ousava despertar. Em algum lugar, muitas braçadas abaixo da praia pedregosa do pensamento consciente, Alex sentiu a agitação de um desejo há muito colocado no gelo.

Permitiu que esse desejo aflorasse, sem resistir, saboreando-o como se fosse um gosto novo e delicioso, enquanto Jim passava a ponta da língua por seus lábios, levando-os a se entreabrirem. Quando ele a beijou, foi como se os dois anos de separação nunca tivessem existido, como se todo o período doloroso não passasse de um sonho, e aquela fosse a única coisa que era real. Com os olhos ainda fechados, Alex aconchegou-se contra ele, saboreando toda a extensão de suas pernas e tronco, todos os músculos firmes. Também saboreou os espaços familiares em que seu corpo se ajustava com perfeição. Sentiu-o se mexer contra a sua perna e ouviu-o gemer baixinho no escuro, quando estendeu a mão por baixo das cobertas, a fim de acariciá-lo.

Alex desejou não pensar nas mulheres com quem ele estivera desde o divórcio, mas as imagens se insinuaram mesmo assim, deixando-a ainda mais desperta... e, de uma maneira imprópria, mais excitada. O calor que se irradiava por seu corpo concentrou-se num ímpeto intenso de urgência.

Ela tirou a camisola pela cabeça e deitou de costas, para permitir que ele tivesse a mesma liberdade entre suas coxas. Enquanto sentia que se abria mais e mais, sob os dedos experientes de Jim, ela pensou: *Como pude renunciar a isso?* Subitamente, as noites solitárias em que permanecia acordada, convencida de que estava melhor sem ele, pareciam tão distantes quanto o tempo em que Lori e Nina eram pequenas... e tão ingênuas quanto a crença das meninas de que uma luz acesa poderia banir qualquer ameaça do bicho-papão.

— Você não esqueceu — sussurrou ela.

— Talvez a praia, nunca a mulher.

Alex vislumbrou o brilho de dentes no escuro, antes que ele se abaixasse, jogando as cobertas para o lado, a língua assumindo o lugar de onde a mão se retirara.

Ela abriu as pernas e arqueou as costas, cada sensação mais intensa do que a anterior. *Aí... assim... ele me conhece tão bem!* E Alex começou a tremer, incontrolável... e foi levada ao limiar, com uma ausência de esforço que a deixou atordoada. Sucessivas ondas de prazer percorreram-na, encharcando-a no gozo profundo. Sentia-se sensível, rosada, delirante...

... e livre para fazer qualquer coisa que viesse naturalmente.

Não havia pressa, ela disse a si mesma. Poderiam passar a noite inteira assim, se quisessem. Alex saiu de baixo dele, querendo proporcionar prazer a Jim da mesma maneira que ele lhe proporcionara... mas ele estava impaciente e, em vez disso, puxou-a para cima.

Momentos depois, enquanto contemplava o rosto de Jim — um rosto intenso na concentração, com um brilho distante nos olhos — o desejo que já fora satisfeito uma vez tornou a aflorar, mais intenso e mais profundo a cada movimento, até que Alex explodiu de novo... e Jim também deslizou na onda, recebendo-a com suas arremetidas fortes e curtas.

Um líquido quente escorria por dentro de uma das coxas, quando ela arriou de costas no colchão, sem fôlego, sem peso, como se tivesse se libertado de alguma coisa que a prendia.

No escuro, ela ouviu o ex-marido ofegando. Depois de um longo momento, ele virou de lado, fitando-a, e estendeu a mão para o seu rosto.

— Tenho uma confissão a fazer — sussurrou Jim. — Isto é, duas. A primeira é que venho querendo fazer isso há um ano e meio.

Ela sorriu.

— Qual é a segunda?

— Isto.

Ele virou-se e pegou uma coisa na mesinha-de-cabeceira. Faiscou à meia-luz, quando ele a suspendeu.

— A chave de sua porta. Lori me deu... para qualquer emergência.

— Que tipo de emergência?

— Não sei. Incêndio. Inundação. Ou...

Alex sentiu o queixo com um princípio de barba roçar em seu ombro, enquanto Jim acrescentava:

— ... a chance remota de que você me chamasse uma noite, num momento de fraqueza.

Vagamente, ela lembrou que prometera deixar a porta destrancada, um momento antes de mergulhar no sono.

— Acho que eu deveria ficar zangada — murmurou ela, com uma risada ofegante. — Mas ainda bem que você tinha a chave... o que faria se não tivesse?

— Provavelmente derrubaria a porta. — Ele sorriu. — Sabe como nós somos, os homens das cavernas... não deixamos nada se interpor em nosso caminho.

Alex alteou uma sobrancelha.

— Já notei.

— Alguma queixa?

— Uma só.

— É mesmo?

Ele se adiantou e começou a roçar os lábios pelo pescoço de Alex.

— Uma única vez, definitivamente, não é suficiente — murmurou ela.

— Também penso assim.

— Não tem de pegar um avião?

— Não há nenhum outro lugar no mundo em que eu prefira estar.

O beijo de Jim não apenas tornou impossível qualquer comentário adicional, mas também desnecessário.

Horas mais tarde, enquanto tomavam chá na cozinha, Alex pensou: *Como ele parece estar totalmente em casa!* Como se já tivesse vivido ali. Ela teve o estranho pressentimento de que, se levantasse e verificasse, encontraria as roupas de Jim penduradas no closet, a escova de dentes no armário do banheiro, ao lado da sua. Como era possível que ela estivesse naquela casa havia quase um ano, e nunca tivesse notado que a poltrona na sala, que podia ver através da porta aberta, era exatamente como a poltrona predileta de Jim na casa que haviam partilhado?

— Lembra como era logo depois que as meninas nasceram? — recordou Jim. — Esta hora do dia... ou melhor, da noite... era nossa única chance de ficarmos a sós.

Ele se vestira, para o caso de uma das meninas sentir fome e aparecer na cozinha. Mas Alex notou que a camisa estava fora da calça nas costas e que o cinto continuava aberto. Por baixo da mesa, ele estendeu os pés descalços, até que os seus dedos se encontraram. Ela sorriu, soprando o chá.

— Tínhamos medo de que as meninas acordassem e desatassem a chorar se falássemos acima de um sussurro.

— Olhe só para nós... ainda sussurrando. Algumas coisas nunca mudam.

Ele riu baixinho. Pensativa, Alex mexeu no saquinho de chá, vagamente alarmada porque as meninas podiam vê-los daquele jeito. Não queria que sentissem grandes esperanças. Com um esforço para manter a voz descontraída, Alex arriscou:

— A questão é: para onde vamos a partir deste momento?

Jim pensou um pouco a respeito, antes de responder:

— Não tenho certeza... mas pode ser divertido descobrir.

Ela acenou com a cabeça em concordância, engolindo em seco para se livrar de um nó na garganta.

— Pode ser... isto é, se você não estiver namorando ninguém neste momento.

Como Jim não respondesse de imediato, ela começou a tremer um pouco, com medo de ouvir a resposta que tanto receava. Mas ele balançou a cabeça, numa exasperação divertida. Inclinou-se por cima da mesa para bater de leve em seu rosto, num gesto de repreensão.

— Pode começar por confiar um pouco em mim.

Alex sentiu a tensão se desvanecer. Deu um sorriso.

— É o que farei. Assim que aprender a confiar em mim mesma. — Hesitante, ela acrescentou: — Jim, há... há algumas coisas que eu não lhe contei. Coisas que você precisa saber antes... antes de continuarmos.

Ao pensar em seus problemas financeiros, Alex sentiu que começava a ficar tensa de novo. Mas isso não era tudo. Havia também danos a reparar no baluarte da família. Jim estaria preparado para a tarefa difícil que havia pela frente? Ela própria estaria?

Ele apoiou os cotovelos na mesa e o rosto nas mãos, as feições angulosas atenuadas pelo vapor subindo. Com uma descontração que não combinava com a intensidade no olhar, Jim perguntou:

— O que vai fazer amanhã? Tenho a tarde de folga. Podemos subir até a Lighthouse Point. Não posso imaginar um lugar melhor para arejar os problemas.

Alex hesitou. Tinha uma casa para mostrar no dia seguinte, uma casa à venda há quase um ano. O vendedor não estava disposto a baixar o preço, e ela não sabia quase nada sobre os possíveis compradores, um casal idoso que provavelmente não estava tão interessado assim na compra da casa.

— O que devo dizer às meninas?

— Que vai se encontrar com um homem alto, moreno e bonito. — Jim exibiu um sorriso, que logo foi substituído por um olhar inquisitivo. — Mas muitos outros homens se ajustam a essa descrição.

Ele fez uma pausa.

— *Você* está se encontrando com alguém?

Alex quase riu da idéia. Não que não tivesse sua parcela de oportunidades, mas sua vida fora tão frenética nos últimos tempos que os sobressaltos e as dificuldades de conhecer alguém a partir do zero teriam sido mais um problema que ela não seria capaz de suportar.

— Seria uma boa lição para você se eu estivesse.

Ela teve de comprimir os lábios para não sorrir. Tornou-se pensativa em seguida, a mente repassando os acontecimentos daquele dia, como um tecelão num tear... puxando, esticando, amarrando as pontas soltas.

— Podemos deixar para depois de amanhã? Há uma pessoa que preciso ver amanhã.

— Alguém que eu deva saber? Não que isso seja da minha conta, é claro.

Aquelas rugas pequenas entre os olhos, por cima do nariz, sempre o denunciavam, ainda mais quando ele se empenhava ao máximo para esconder suas emoções.

Jim estava com ciúme.

Alex não pôde deixar de sorrir. E disse a verdade, que era, sob alguns aspectos, ainda mais inquietante — pelo menos para ela — do que quaisquer pontas soltas que pudessem ligá-la a um amante.

— Minha mãe — disse ela.

# Capítulo Dezesseis

Johnny andava de um lado para outro da sala de seu chefe, um pouco maior do que a sua, e com certeza mais arrumada, embora com a mesma vista soporífica: uma vasta extensão de gramado inclinado, com alguns agrupamentos de árvores, em que pequenos pinheiros e piracantas se juntavam, como náufragos desamparados. Era a segunda semana de junho, e as *cranberries* ao longo do caminho já haviam perdido suas flores, que ainda se espalhavam pela grama, como confetes de um desfile antigo.

— Risco de fuga? Está querendo me gozar? Ela praticamente nos entregou a condenação numa bandeja de prata. — Johnny tinha de fazer um esforço para não gritar. — Estou falando de três ou quatro semanas, no máximo. Apenas o suficiente para que ela ponha a vida em ordem e passe algum tempo com a família. Pode ter certeza de que ela não vai a lugar algum.

Ele parou de andar e virou-se.

— Kendall dará a fiança, se recuarmos. E acho que devemos fazer isso. Você causaria uma boa impressão aos sentimentais por aqui. A velha teria poucas semanas de liberdade, antes de ser trancafiada pelo resto da vida.

Bruce Cho, espremido em sua cadeira, fitava-o impassível, o que era sua marca registrada.

— Acha que ela não vai aproveitar a liberdade sob fiança para fugir só porque é muito velha? A maioria das pessoas teria rido da idéia de uma mulher de sessenta e seis anos assassinando o marido.

A voz de baixo — do tipo que impunha obediência imediata a crianças e cachorros — continuou, implacável:

— Apenas para argumentar, vamos presumir que ela não tente escapar. Há outro problema. Já que você levantou o assunto, meu palpite é de que esse movimento pode ter um efeito negativo no tribunal da opinião pública. Que tipo de mensagem transmitiria? Que o promotor está disposto a recuar se você tem uma determinada idade, raça ou religião?

Cho, um armário de 1,95m de altura, produto de herança samoana e filipina, conhecera todos os preconceitos que uma cidade pequena pode dispensar em sua ascensão determinada para promotor distrital, e tinha toda a atitude beligerante equivalente. Convencê-lo a ceder, Johnny sabia, exigiria uma manobra de extremo cuidado.

— Poucas semanas... você daria isso a um cachorro doente — argumentou Johnny.

— Não se ele estivesse com raiva. — Os olhos de Cho se contraíram, lascas de carvão com um brilho intenso entre as dobras de pele. — E não se pode negar que a mulher deixou muita gente especulando. Eu digo que ela deve continuar onde está, para que possamos vigiá-la. Ela deve ter dinheiro guardado. O suficiente para viver como uma rainha no Rio de Janeiro.

Johnny soltou uma risada curta e melancólica.

— É possível... mas a julgar pela aparência duvido que ela fosse capaz de atravessar a rua sozinha.

— Disseram a mesma coisa sobre aquele espertinho, Vinnie Gigante. Oito psiquiatras.

— Todos subornados pela Máfia, sem a menor dúvida.

Cho fitou-o, pensativo. Acenou com a cabeça, como em resposta a um diálogo interior, as mãos grandes e quadradas por baixo do queixo, com as pontas dos dedos unidas. Aquele era o mesmo homem, pensou Johnny, que podia obter uma condenação pela pura força de sua vontade. Como acontecera com o plantador de tomates que mantivera trabalhadores migrantes num galpão trancado, sob o sol ardente do verão. Dois haviam morrido. Joe Cunningham alegara que não tinha a menor intenção de lhes causar qualquer mal; queria apenas que aprendessem uma lição. No fim, fora Cunningham quem recebera a lição: quarenta anos em Lompoc.

— Se eu não o conhecesse, John, diria que tem um interesse pessoal neste caso.

A voz do promotor foi como um alfinete caindo no silêncio. Johnny sentiu a sala esquentar de repente. Seu olhar desviou-se para o arquivo, onde havia uma foto de vinte por trinta centímetros, num porta-retrato, mostrando Cho em seus dias de glória, como astro da equipe de futebol americano da Universidade de Notre Dame. Fora escolhido para se tornar profissional, mas um problema no joelho levara-o para a faculdade de direito. O que não mudara, no entanto, fora a emoção do jogo, evidente naquela foto. Para Cho, ganhar era a única coisa que importava.

Johnny tinha uma visão diferente, embora não necessariamente oposta. Via a área neutra entre o que era legal e o que era a atitude moral correta. Especulava onde, exatamente, seus motivos se situavam. O fato de que agia por amor tornava-o melhor do que alguém motivado acima de tudo pela ambição? Qualquer dos dois assumia no caso uma posição de absoluta honestidade? Cho não queria que nada interferisse em sua reeleição. Para Johnny, o objetivo era muito mais simples; e, ao mesmo tempo, muito mais complexo: Daphne. Ao pedir sua ajuda, ela proporcionara involuntariamente a oportunidade que ele vinha procurando.

Mas, primeiro, precisava ser franco com Cho.

Johnny puxou uma cadeira e sentou. Inclinou-se para estabelecer contato visual, como Cho o ensinara a fazer com os jurados.

— Somos amigos há muito tempo, Bruce. Lembra-se daquela noite anterior à eleição, quando tomamos um porre no Manny's? Você me disse que jogaria a toalha se não ganhasse... viraria treinador de futebol americano para crianças desprivilegiadas.

O rosto de Cho se franziu, em ligeiro divertimento.

— Margaritas demais num estômago vazio. — O sorriso desapareceu, e ele resmungou baixinho: — Apenas para constar, eu falava sério.

— Provavelmente estava bêbado demais para ouvir, mas eu lhe falei sobre uma mulher. Uma mulher por quem me apaixonara havia muito tempo e que não conseguira tirar da cabeça desde então. — Johnny sentiu um calor lento se acumular dentro dele, comprimindo seu coração. — Não contei... porque não era importante na ocasião... qual era o seu nome.

Ele fez uma pausa.

— Bruce, é Daphne Seagrave.

Cho teve um pequeno sobressalto de surpresa, mas demonstrou todo o seu controle ao não pestanejar.

— Está me dizendo que há um conflito de interesse aqui?

Johnny respirou fundo.

— Não vou tentar enganá-lo. Amo meu trabalho, e acho que você sabe que pode contar com a minha integridade. Apenas queria que soubesse primeiro por meu intermédio... que tenho um interesse pessoal em tudo isso. Em relação ao processo, tem a minha palavra que em nenhum momento falamos sobre o que não devíamos.

Cho franziu o rosto, obviamente infeliz com a nova complicação que Johnny introduzira num caso já complicado.

— Não importa o que *eu* posso pensar. As pessoas nas cidades pequenas sempre falam. É arriscar demais por um antigo amor.

Johnny recordou a única ocasião em que fora roubado, poucos anos depois do casamento com Sara. Lembrava como ficara olhando para os espaços vazios antes ocupados pela televisão e o aparelho de som, delimitados por quadrados de poeira, pensando como tudo aquilo era deprimente. Não apenas o fato de que perdera as coisas, mas também o fato de que algum pobre filho-da-puta correra o risco de ser preso, talvez até de morrer... o que aconteceria se Johnny estivesse em casa, à espera, com uma espingarda nas mãos? E tudo por alguns aparelhos insignificantes, que haviam custado bastante quando novos, mas que agora, usados, não valeriam mais que algumas centenas de dólares.

Aquilo era diferente. Os riscos eram altos, sem dúvida, mas o que ele tinha a ganhar era incomensurável. Deveria mentir para Cho? Em vez disso, Johnny optou pela mais simples das verdades.

— Não estou dormindo com ela, se é isso o que você quer saber.

Ele evitou expressamente o uso do verbo no passado. O que seu chefe não sabia sobre aquela noite na praia não poderia fazer mal. E até que o julgamento terminasse não haveria repetição daquela noite. Daphne tinha suas razões pessoais — razões que não faziam muito sentido para ele —, mas podia compreender agora que ela estava certa ao se manter a distância, pelo menos em benefício da mãe. E apenas por enquanto.

Depois que tudo aquilo acabasse? Nem o marido de Daphne, nem Cho, nem toda a linha de defesa do time da Notre Dame seriam capazes de detê-lo.

— Deixe-me colocar de outra maneira. — Pela primeira vez, Cho parecia um pouco irritado. — Nesta questão da fiança, você não tem por acaso um motivo dissimulado?

Johnny sentiu um pequeno solavanco interior, onde terminava o caminho pavimentado das racionalizações e começava a estrada esburacada do instinto. Quando jovem, ele abatera dragões com os punhos, por Daphne. Agora, tinha de contar apenas com sua inteligência. Mas tudo se resumia à mesma coisa, não é? A natureza do homem, apesar de milhares de anos de civilização, era lutar, até mesmo matar, pelo que queria. Nesse sentido, ele não era diferente de Cho.

— Já contei tudo o que você precisa saber — declarou Johnny.

Era tão próximo da verdade quanto ele ousava chegar, embora soubesse a impressão que devia dar... de que estava escondendo alguma coisa. Uma sombra passou pelo rosto impassível de Cho, como nuvens de tempestade desfilando por uma planície inabitável.

— Não é apenas uma questão do que é legal, John... ou mesmo ético. Se a imprensa tomasse conhecimento, poderia ser muito embaraçoso.

Um músculo tremeu no rosto de Johnny.

— A imprensa não saberá.

— Como pode prometer uma coisa dessas?

— Tem a minha palavra, o que é suficiente. E se alguém desencavar o que dois adolescentes faziam em 1977 pode dar uma história graciosa, mas seria uma sopa rala.

Johnny lembrou que beijara Daphne no píer, à vista de todo mundo. Fora uma estupidez, embora ele não se arrependesse, de jeito algum.

Cho não disse nada, e ele esperou, num silêncio tenso. Sabia que o chefe apenas o testava para descobrir se havia mais alguma coisa que pudesse arrancar de seu assistente. Era a melhor linha de defesa de Cho na reinquirição de uma testemunha, aquele olhar firme, de calibre 22. E embora fosse solteiro — a promotoria era sua esposa e amante, os círculos do tribunal costumavam gracejar — o chefe era bastante perceptivo para saber que um homem com o coração palpitando por um antigo amor era muito menos ameaçador do que alguém cujo coração poderia levá-lo a lugares a que sua consciência não ousaria ir.

Depois do que pareceu uma eternidade, Cho recostou-se e tossiu no punho, um único grunhido, explosivo, como o estampido de uma arma. Quando tornou a fitar Johnny, havia um brilho frio em seus olhos.

— Você disse que já foi apaixonado por ela. Mas não contou como se sente agora.

Johnny visualizou uma alavanca, do tipo usado manualmente para prevalecer sobre as engrenagens industriais. Projetou-se a empurrar essa alavanca com toda a sua força. Escolheu as palavras com o maior cuidado.

— Não precisa se preocupar. Ela é casada.

Cho não precisava saber como ele se sentia em relação a Daphne, ou que o marido, ausente durante várias semanas, sentira uma mudança no vento e viera correndo. Johnny sabia disso porque no dia anterior vira o homem sair pela porta da frente do Jasper, com Daphne a reboque... um homem enorme, com a aparência de alguém muito satisfeito consigo mesmo e que se ajustava com perfeição à imagem que ele imaginara.

Agora, sentado na sala do chefe, parte de Johnny teria acolhido com prazer a oportunidade de enumerar, uma a uma, todas as razões pelas quais Daphne deveria se divorciar daquele idiota. Mas Cho, por sorte, não insistiu nesse ponto específico. Em vez disso, olhou para o relógio.

— Ah, merda! Devo estar no tribunal em menos de dez minutos. Munson de novo... sabia que o idiota mandou seu advogado apresentar uma petição para um novo julgamento?

Enquanto ele se levantava, as molas da cadeira deixaram escapar um estalo audível de alívio. Parecia ter esquecido tudo sobre a petição de Cathcart. Johnny preparava-se para disparar a salva final quando Cho, abruptamente, inclinou-se para a frente, o suficiente para eclipsar em parte o sol na janela por suas costas. As mãos bem plantadas no meio da mesa, ele disse, com uma ênfase suave:

— Um conselho, John. Não me importo com quem você esteja transando. Mas se cedermos nesse ponto e qualquer coisa... absolutamente qualquer coisa... acontecer, enquanto ela estiver solta sob fiança, para impedir que Lydia Seagrave seja levada a julgamento, ser demitido será a menor de suas preocupações. Entendido?

Johnny comprimiu ainda mais a alavanca em sua cabeça e sentiu que ela começava a se movimentar. A resistência provocava uma grande pressão nos músculos dos braços e peito. Mas ele não cedeu, nem mesmo desviou os olhos. Sustentava o olhar do chefe quando respondeu:

— Entendido.

Na manhã seguinte, às onze e meia, Daphne, sentada no tribunal do juiz Harold Kendall, observou num silêncio assustador quando a mãe entrou na sala. O tribunal, lotado no dia em que ela fora indiciada, estava quase vazio naquela ensolarada manhã de quarta-feira em junho, mais de dois meses depois. Mas Daphne mal notava. Até mesmo os procedimentos, por sorte breves, pareciam vagos. Exceto pela declaração sucinta de Johnny, de que a promotoria estava retirando suas objeções ao pedido de fiança, ela não ouviu uma palavra sequer. Mas agora seu olhar fixava-se no juiz, com um rosto que parecia o de um enorme buldogue inglês.

— Se a promotoria não tem objeções, estou propenso a deferir a petição. A fiança está fixada em quinhentos mil dólares.

Kendall bateu com o martelo, um som firme e decidido. Daphne cambaleou, como se tivesse recebido um golpe. Até aquele momento, não percebera como estava tensa. Um longo momento passou antes que ela fosse capaz de abrir os dedos e estender a mão, para apertar a mão de

Kitty. A provação ainda não terminara, ela sabia, mas mesmo assim era um pequeno triunfo.

À sua esquerda, Roger mudou de posição, limpando a garganta, ruidoso. Ele pensava no dinheiro que teriam de providenciar para o pagamento da fiança? Conhecendo-o, Daphne sabia que era provável. Um lampejo de irritação desviou-a por um instante do sentimento de alegria que aflorava. O pai investira em fundos mútuos, ela sabia, mas por alguma razão não podiam usar os recursos. Assim, ela teria de pagar de seu próprio bolso.

Quando Roger fitou-a, no entanto, ela sentiu-se arrependida no mesmo instante, pois a expressão que ele exibia era de puro alívio. Daphne continuou a fitar o marido, para não ter de olhar para Johnny, que descia pelo corredor.

Não sabia como ele conseguira, mas Johnny fizera com que acontecesse. Não podia haver outra explicação para a maneira repentina com que a promotoria recuara. E não era apenas isso. No fundo de seu coração, ela não soubera durante todo o tempo que Johnny não a decepcionaria?

Enquanto deixava o tribunal, junto com Roger e Kitty, pelo corredor envidraçado de onde se podia ver o terreno lá embaixo, ela avistou Johnny conversando com seu chefe. Sua pulsação disparou. Ao longo da audiência, Daphne estivera muito mais consciente de Johnny que do próprio marido, sentado ao seu lado. Mesmo agora, enquanto Roger pedia licença para ir conversar com Cathcart sobre o pagamento da fiança, Daphne não podia se livrar do sentimento de que fora Johnny, não seu marido, quem conseguira a liberdade de Lydia.

A parte mais difícil era que não podia deixá-lo saber o quanto isso significava para ela. O empenho que Johnny tivera na manobra fora em seu detrimento, a julgar pela expressão de Cho, cujo rosto parecia talhado em pedra. Ela tinha de se manter à distância, mesmo que isso a levasse ao desespero. Independente do que pudesse acontecer no final, uma coisa era certa: tinha de dar uma chance a Roger, mesmo que isso sacrificasse sua chance com Johnny.

Daphne encaminhou-se para a irmã, parada ali perto, conversando com a assistente loura de Cathcart. Não dera mais que uns poucos passos quando foi interceptada por uma mão firme em seu cotovelo.

— Tem um momento?

A respiração de Johnny em seu ouvido era quente. Ela virou-se para fitá-lo, lentamente, o coração disparado. O primeiro detalhe que notou foi o talho vermelho no queixo, onde ele se cortara ao fazer a barba. Não notara antes, pois ele estava longe demais. Agora, embora separados por uma distância discreta, Johnny dava a impressão de estar próximo demais. Seus olhos pareciam arder.

— Johnny, acho que não é...

— Não vai demorar.

Ele levou-a pelo corredor. Entraram em outro corredor, mais curto, ao lado de um banco, que dava para um pequeno átrio, com cadeiras e bancos espalhados, entre fícus em vasos e avencas penduradas.

Daphne, compreendendo como sua relutância poderia ser interpretada, apressou-se em pedir desculpas.

— Lamento se dei a impressão de que o estava ignorando. Ficou numa situação difícil para conseguir a fiança, não é mesmo? Não precisa dizer nada. Conheço você, Johnny. E... estou grata, com toda a sinceridade.

— Não tem nenhuma obrigação.

— Ah, Johnny... — Daphne baixou a cabeça para que ele não visse suas lágrimas. — Eu gostaria que você pudesse compreender o quanto isso significa para mim.

Com uma abrupta mudança de assuntou, ele perguntou:

— Aquele cara com quem você estava era seu marido?

Daphne acenou com a cabeça confirmando.

— Roger chegou anteontem, inesperadamente. Queria... me fazer uma surpresa.

Ela contraiu os lábios num sorriso que era mais uma careta. Johnny fitou-a num silêncio desolado por um momento.

— Quando eu disse que não tinha nenhuma obrigação, foi em relação a mim. Não significa que não tenha uma obrigação consigo mesma.

— A expressão de Johnny se tornou mais suave. — Pense a respeito, está bem? Isso é tudo o que peço.

— A situação é complicada neste momento.

— Sei disso. Posso esperar.

— Tenho filhos, Johnny.

— Adoro crianças. Também tenho um filho, lembra?

— Você é divorciado. Eu não sou.

— Foi o que notei.

Ele olhou além de Daphne, como se esperasse que Roger aparecesse naquele instante... e talvez até torcendo por uma confrontação, que forçaria uma definição. Daphne teve a impressão de perceber alguma coisa selvagem nos olhos pensativos. Depois, ele murmurou:

— Serei franco com você, Daphne. Pelo que ouvi até agora, considerava seu marido como o tipo que, no passado, bastava abrir a boca para que eu o enchesse de porrada. Mas ao vê-lo aqui admito que uma coisa me surpreendeu.

Ela esperou, o coração vacilante. A alguns metros de distância, um grupo de pessoas muito diferentes, que só podiam ser jurados em potencial, sentava nos bancos em torno de um fícus. Não falavam uns com os outros, apenas esperavam, como pessoas numa estação rodoviária que nada têm em comum, exceto um destino partilhado.

— Ele ama você — acrescentou Johnny.

As palavras pegaram-na de surpresa.

— Como sabe?

— É meu dever avaliar a oposição e sou bom nisso. — Ele sorriu, mas os olhos permaneceram duros. — Reparei na maneira como ele a olha. Tenta esconder, mas não consegue.

Daphne sentiu-se abalada e confusa. Não precisava que Johnny lhe dissesse. Já não sabia? Fora por isso que continuara com Roger. E era por isso que estava lhe dando uma segunda chance. Roger podia não demonstrar, mas era certo que a amava. E, no fim, isso podia acarretar a perdição de Daphne.

— Por que está fazendo isso, Johnny? — perguntou ela, atordoada.

Ele levantou a mão e, em um momento de pânico, Daphne pensou que ele ia tocá-la. Mas Johnny tornou a baixar a mão.

— Amar alguém não é uma passagem para uma viagem, mas apenas o preço da entrada. O que quer que você decida, Daphne, não deve ser por seu marido. Nem pelas crianças, nem por mim. Tome a decisão por si mesma.

Daphne, piscando para conter as lágrimas, permitiu que um pequeno sorriso aflorasse.

— Para alguém que faltava às aulas de inglês, você tem o maior jeito com as palavras.

Ele também sorriu, o mesmo sorriso torto pelo qual Daphne se apaixonara há muitos e muitos anos, no poço dos fumantes, atrás do prédio de ciências.

— Não é preciso ser um gênio. Você leva na cabeça tantas vezes que acaba aprendendo.

Daphne olhou além dele e avistou Roger... não andando com sua impetuosidade habitual, de quem não faz prisioneiros, mas em passos lentos, deliberados... como alguém que sabe para onde vai, mas não tem certeza do que encontrará quando chegar lá. Daphne sentiu um aperto na garganta. Compreendeu que, pela primeira vez em 18 anos de casamento, *ela* tinha o comando. Mas isso não lhe proporcionou qualquer satisfação, como poderia ter acontecido outrora. Em vez disso, quase sentiu pena do marido. As coisas seriam melhores depois que o julgamento acabasse e voltassem para Nova York, mas ainda tinham um longo caminho a percorrer... e Johnny não queria facilitar.

A distância, enquanto Roger se aproximava, ela percebeu que os olhos dele, inquisitivos, deslocavam-se de um lado para outro. Sentiu-se aliviada quando Johnny pegou sua mão, para um aperto rápido e superficial. Fez um esforço para não corar pelo fluxo de recordações provocado pela pressão firme e quente de seus dedos.

— Adeus, Johnny. E obrigada... por tudo.

— Não diga mais nada.

Uma fração de segundo antes de a proximidade de Roger exigir uma apresentação, Johnny apertou sua mão pela última vez, antes de se afastar.

Continuar parada ali, empenhada em assumir uma expressão bastante neutra que passasse pelo escrutínio do marido, foi uma das coisas mais difíceis que Daphne já tivera de fazer. Mais difícil do que visitar a mãe na cadeia e do que descobrir a terrível verdade sobre o pai. Mais difícil até do que a última vez em que deixara Johnny.

# Capítulo Dezessete

Afinal, nada aconteceu como fora planejado. Na viagem de volta, Lydia, usando o vestido de seda florido que Kitty pegara em seu closet — que além de ser inoportuno para a ocasião tornara-se agora grande demais —, virou o rosto da janela do banco traseiro pela qual olhava para comentar, jovial, que estava ansiosa em verificar se as begônias na sua varanda haviam florescido, depois do frio do inverno passado.

Roger fazia a curva nesse momento para pegar a San Pedro Avenue, no seu Chrysler LeBaron alugado. Deu uma guinada tão brusca no volante que os pneus rangeram, deixando uma marca em formato de vírgula na pavimentação, na frente do Friendly Planet Natural Foods, com seu mural de golfinhos nadando. Abruptamente, ele diminuiu a velocidade e passou pela loja seguinte, um salão de beleza, Hiz n'Herz. Na voz exageradamente paciente que deixava Kitty irritada, Roger explicou à sogra que fora *discutido*, e todos haviam achado melhor que ela ficasse na casa de Kitty, pelo menos por enquanto.

Kitty, sentada ao lado da mãe, tratou de se conter. *Depois que mamãe perceber que faz sentido, vai mudar de idéia*, pensou ela. Afinal, a casa de Lydia teria muitas recordações. E ela não podia ficar na casa de Alex.

Kitty pensou na conversa tensa ao telefone que tivera com a irmã caçula no dia anterior. Alex perguntara pela mãe, parecendo excepcionalmente preocupada, embora um pouco inibida por isso. Mas quando

Kitty exortara-a a comparecer à audiência, Alex recuara no mesmo instante.

— Prefiro esperar até que possamos ficar a sós — respondera ela, parecendo nervosa, mas sincera. — Há uma coisa que preciso dizer a ela. E não posso falar com outras pessoas ao redor.

Kitty não duvidava que a irmã tinha muita coisa para desabafar. Só esperava que a mãe fosse bastante forte para ouvir. Ela lançou um olhar preocupado para Lydia, que sorriu, como se indagasse: *Por que toda essa ansiedade?*

— Agradeço o oferecimento, querida, mas *devo* ir para a minha casa — insistiu ela, polida. — Já faz bastante tempo que não vou lá, e há muita coisa para fazer...

Ela hesitou por um momento. A voz tremia quando acrescentou:

— ... antes do julgamento.

— Não é possível. — Daphne virou-se do banco da frente, o rosto franzido. — Não pode ficar naquela casa enorme sozinha. É...

Ela parecia prestes a reprimir a palavra, mas acabou dizendo:

— É macabra.

— Para você, talvez. — Lydia inclinou-se para a frente e apertou o ombro da filha mais velha, num gesto confortador. — Para mim, é o lar.

Graças a Deus que haviam tirado o tapete, pensou Kitty. Ela e Daphne haviam ido à casa na noite anterior. Enrolaram o tapete e o levaram para o Honda de Kitty, seguindo para o depósito de lixo da cidade. Kitty sentira-se tão nervosa quanto o cúmplice de um assassinato, livrando-se do corpo sob a proteção da escuridão.

— Mas não ficaria mais feliz em minha casa? — insistiu ela. — Por um lado, não estaria sozinha. E teria a companhia de Kyle e Jennie.

A mãe pareceu se animar. Perguntou, ansiosa:

— Quem está tomando conta deles agora?

Kitty também se animou, com a indicação de que Lydia continuava a ser a mesma pessoa que tanto se preocupava com ela e com as irmãs.

— Willa ofereceu-se para ficar com eles — respondeu Kitty. — Ela é muito boa com crianças. Tem dois filhos.

Ela falou com uma jovialidade que podia enganar a mãe, mas nada fazia para reprimir a súbita lembrança de sua própria perda, que se expandiu dentro dela, como uma rosa vermelha desabrochando fora da estação.

Pela expressão de anseio da mãe, a impressão foi a de que ela cederia. Mas depois, com um suspiro, Lydia cruzou as mãos no colo, resolutamente.

— Verei as crianças muito em breve. Quero que todo mundo jante lá em casa, dentro de poucos dias... depois que eu me assentar.

Daphne, que podia ter a mesma obstinação, tentou um curso diferente.

— Por que então eu não fico com você? Assim teria companhia.

Lydia balançou a cabeça, com evidente pesar.

— Eu gostaria muito, querida. Mas vai ficar para outra ocasião. — Por trás do sorriso da mãe, Kitty teve um vislumbre da tensão a que ela fora submetida. — Neste momento, preciso ficar sozinha.

Daphne argumentou que ficaria mais à vontade na casa, presumivelmente para ficar de olho na mãe. Não acrescentou que se sentia preocupada com sua saúde... nem mesmo Lydia poderia negar como se tornara frágil.

Mas a mãe permaneceu firme. Enfim, não houve como persuadi-la. Como se aquilo, pensou Kitty, fosse um barco salva-vidas, com a mãe controlando o leme, enquanto as guiava através dos mares tempestuosos que haviam afundado o navio, com a preciosa carga de lembranças e ilusões da família.

Firme no curso, ela navegou pela ladeira acima até Agua Fria Point. Kitty e Daphne, uma de cada lado, com Roger um pouco à frente, escoltaram a mãe para a casa em que entrara pela primeira vez como recém-casada, havia quarenta anos... de onde saíra algemada na última vez.

Kitty não percebera como estava trêmula até que uma ponta de seu sapato de salto alto, que não estava acostumada a usar, prendeu numa tábua empenada na varanda, e ela quase tropeçou. Balançou, recuperando o equilíbrio, o coração disparado, de uma maneira desproporcional, como se tivesse deixado de cair por um triz do penhasco na frente da casa, no outro lado da estrada, onde Agua Fria Point caía para o mar tremeluzente.

Ao mesmo tempo, ela sentiu-se gratificada ao notar que as begônias, em seus cestos pendurados sob os beirais, exibiam sinais de vida. Folhas de um verde-púrpura haviam começado a brotar de hastes enegrecidas. Ela observou a mãe erguer a mão e passar um dedo de leve por uma folha. Sentiu que sua disposição melhorava um pouco. *Talvez ainda haja esperança*, ela pensou. *Para mamãe... e para todos nós.*

Lydia também deve ter sentido a mesma coisa. Parou logo depois de entrar na casa e virou-se para fitá-los, uma mulher magra, de cabelos brancos, com um vestido folgado, dando a impressão de que era dez anos mais velha do que a sua idade, alguém que também parecia menor... como se o peso da tristeza a tivesse diminuído de uma maneira fundamental. Mas banhada pelo brilho celestial dos vidros coloridos da bandeira da porta, tão admirada pelos visitantes, seus olhos faiscaram com um renovado vigor.

— Não quero que me julguem ingrata — murmurou ela. — Sinto-me profundamente comovida por tudo o que vocês têm feito.

— Mas...

Daphne não continuou. Num tailleur de linho azul-marinho, parecia pálida e tensa. Os olhos verdes estavam imensos e luminosos, enquanto esquadrinhavam o rosto da mãe.

Com uma das mãos segurando a maçaneta, Lydia estendeu a outra para o braço de Daphne.

— Por favor, não se preocupe. Prometo que ficarei bem.

Ela deu um beijo seco no rosto de cada uma para depois fechar a porta, devagar, mas firme.

Nos três dias subseqüentes, Kitty mantivera-se ocupada com o salão de chá, recusando-se a pensar no que poderia sair errado na casa da mãe. Claro que concordava com Daphne que a mãe poderia cair da escada e fraturar um osso. Ou ficar doente, fraca demais para alcançar o telefone. Mas o que conseguiriam com tanta preocupação? E o que podia ser pior, ressaltara Kitty, do que a coisa terrível que já acontecera?

Na tarde de sábado, no entanto, parada na cozinha ralando limão para um bolo, Kitty descobriu-se a pensar em outra possibilidade, a de que a mãe estivesse mesmo tão louca quanto todos pareciam pensar. Haviam se falado ao telefone — meia dúzia de vezes, no mínimo —, mas era sempre Daphne ou Kitty quem tomava a iniciativa da ligação. E embora Lydia se mostrasse sempre polida, era evidente que pensava em outras coisas. Quando indagada como passava, sozinha na casa, ela se limitava a responder:

— Muito bem.

Ainda havia muito para fazer, dizia ela com um suspiro ofegante. Amigas e parentes com quem precisava entrar em contato, pilhas de correspondência que mal começara a examinar. Receberia as filhas, como prometera, assim que acabasse de cuidar de tudo. Mas Kitty começava a ter dúvidas.

Nem uma única vez a mãe mencionara o pai ou o julgamento, para o qual faltavam apenas três semanas. Também não houvera qualquer referência ao punhado de repórteres que tomaram conhecimento de sua libertação e acamparam na frente da casa. Kitty soubera disso pela Sra. McCrae, a vizinha, que telefonara para dizer que estava "de olho na situação". E se a mãe se afligia porque a volta para casa seria de curta duração não deixava transparecer. Era apenas como se ela tivesse voltado para casa de uma viagem longa e exaustiva.

Independente do que pudera ter sentido nos dias angustiantes que levaram à noite em que pegara uma arma e disparara os tiros que haviam abalado a vida de todos na família, Lydia parecia ter chegado a uma espécie de paz. Kitty gostaria de conseguir a mesma coisa. A história de Leanne deixara-a bastante abalada. Era sórdida demais. E muito triste... que um único homem pudesse causar tanto mal, ao longo de tantos anos. Era também irônico, porque o pai fora um homem que, sob certos aspectos, merecera admiração, até mesmo amor.

Ela acreditava que Leanne era filha de seu pai? Tudo era possível, ela supunha. Mas o que importava realmente era o que a mãe pensava. Fora isso, mais do que qualquer outra coisa, que custara a vida do pai.

E, agora, ele seria esquartejado no tribunal. Não era isso a fonte do silêncio ensurdecedor de sua mãe? E da relutância de Leanne em testemunhar? As duas queriam protegê-lo. Como Alex sempre o fizera.

A tristeza aflorou em Kitty, subindo até a borda. Era essa a verdadeira tragédia, pensou ela, compreendendo plenamente agora o que só começara a perceber naquela noite na casa, com Daphne e Alex: a conspiração de silêncio que custara tanto a todas elas. Em sua cozinha tão brilhante, com o sol do início do verão espalhando-se dourado pelo chão de ladrilhos, Kitty sentiu que haviam de alguma forma empacado — ela e as irmãs — e giravam em círculos a esmo, como as abelhas que podia divisar através da janela, dando voltas intermináveis sobre o gramado.

Seus pensamentos voltaram-se para Sean, e especulou se ele sabia como suas palavras haviam penetrado fundo. O que ele dissera naquela noite, sobre aceitar o que era ruim junto com o que era bom, sugerindo que talvez ela não estivesse preparada para os desafios da maternidade. E se ele estivesse certo? Ela teria procurado o final feliz dos contos de fadas para uma situação que era difícil e complicada? Durante todo o tempo em que revirara os olhos para a tendência de Daphne de contemplar a vida através de lentes cor-de-rosa, não estaria fazendo a mesma coisa? Elaborando projetos que não deixariam espaço para o inesperado, o estranho, até mesmo o maravilhoso.

Durante toda a sua vida, ela fora o que era considerado o mais alto louvor em sua casa: uma boa menina. Embora não fosse perfeita, fora criada para acreditar que um coração generoso contava mais do que o sucesso material e que a honestidade era a fundação em que se baseavam as amizades duradouras. Mas de alguma forma ficara aquém dessa marca. Permitira que seu desejo por uma criança — um desejo que se transformara em obsessão — ofuscasse tudo ao seu alcance.

Via a mesma coisa acontecendo com as irmãs. Daphne, confundindo dever com amor. E Alex... ela vivera à sombra do pai por tanto tempo que Kitty duvidava que soubesse onde acabavam as necessidades de Vernon e começavam as suas.

Kitty suspirou, enquanto punha a casca de limão ralada numa tigela. Levantou a mão para pegar uma xícara de medição na prateleira de cima. *E se eu telefonasse para Sean agora, neste exato momento?*

Sentira saudade de Sean mais do que jamais imaginara que fosse possível. Até mesmo a lembrança dele parecia aguçar cada um de seus sentidos, intensificando os elementos corriqueiros de seu dia de uma maneira que iluminava a sua beleza — o cheiro dos limões que enchia a cozinha com o mais fragrante dos perfumes, o ronronar satisfeito dos gatos enroscados junto do fogão, a luz do sol proporcionando uma transparência de renda verde às folhas em formato de coração do nastúrcio que subia por cima da grade da varanda. Amor? Ela não confiava em si mesma para saber o seu verdadeiro significado. Não apenas porque nunca se sentira assim antes, mas também porque a mãe amara o mesmo homem durante quarenta anos... e veja qual fora o resultado.

Mas se esse sentimento — como se ela o tivesse ralado tão meticulosamente quanto as cascas dos limões no balcão — servia de orientação, só podia ser a coisa mais próxima.

— Mami diz que, se você quer um homem, deve pôr alguma coisa debaixo do travesseiro dele à noite.

Kitty virou-se para deparar com Willa parada junto da porta, equilibrando uma bandeja de xícaras e pratos sujos, enquanto coçava um tornozelo com as unhas pintadas de vermelho do outro pé. Seu sorriso era malicioso, como se tivesse de alguma forma lido a mente de Kitty.

— Não sei se funciona ou não — acrescentou ela —, mas pelo menos você terá sonhos agradáveis.

Ela levou a bandeja para a pia e começou a ajeitar os pratos na lavadora. O traje de parar o tráfego daquele dia era uma blusa vermelha curta, uma saia de sarongue com hibiscos rosa e sandália de pano que deixava os dedos à mostra. Willa exibia também uma nova tatuagem: no ombro moreno e roliço, uma maçã do tamanho de um polegar, com um pedaço mordido. Kitty não pôde deixar de sorrir.

— Não sei sobre os sonhos agradáveis, mas bem que estou precisando de uma boa noite de sono.

— Sei de uma coisa que ajudaria — murmurou Willa, insinuante. — Só que não vem numa pílula.

Kitty sentiu que ficava irritada.

— Se está se referindo a Sean, não estou mais me encontrando com ele. — Ela falou um tanto afetada, mas logo abrandou, com um suspiro. — Provavelmente é melhor assim. Não temos muita coisa em comum.

— Quem disse? As pessoas estão sempre dizendo que você é muito jovem, ou muito velha, ou muito gorda. Olhe para mim... se eu escutasse todos os conselhos que recebi, não teria meus dois meninos.

A expressão de Willa tornou-se pensativa. Naquele momento, Kitty percebeu um vislumbre de sabedoria em meio às roupas que não combinavam e ao estilo de vida caótico. Mesmo assim, ela respondeu:

— Em algumas coisas, nem sempre temos opção.

Kitty suspirou e recomeçou a trabalhar. Medir a farinha de trigo e o açúcar, separar os ovos... sobre essas coisas ela tinha controle. Sentiu uma mão um pouco pegajosa tocar em seu braço.

— Não tive a intenção de provocá-la... ao falar nas crianças. Você me conhece. Essas coisas saem de minha boca antes mesmo que eu saiba que estou pensando nelas.

Kitty virou-se para deparar com o rosto redondo e terno de Willa franzido de preocupação. Deu de ombros, um gesto afável.

— Não é culpa sua que esteja tudo na maior confusão.

Willa recuou para fitá-la.

— Você está bem? Parece um pouco pálida. Talvez seja melhor deitar um pouco.

— Não, obrigada. Pela maneira como estou me sentindo, nunca mais me levantaria. — Kitty pegou a lata de açúcar na prateleira e largou-a na frente de Willa. — Pode medir para mim, enquanto eu vejo se minha irmã precisa de ajuda? Duas xícaras. E aproveite e misture também a manteiga.

A voz era gentil, mas incisiva.

Desde que chegara, Daphne caiu numa rotina. Ajudava no salão de chá de manhã e à tarde, por uma ou duas horas, desaparecendo em seguida para teclar furiosamente no laptop. Tratava agora todos os fregueses pelo primeiro nome — e eles costumavam prestar serviços eventuais de *baby-sitter* — e podia cuidar de tudo sozinha, Kitty tinha certeza. Era ela quem precisava de uma folga, de acordo com a convicção bem-intencionada mas irritante de Willa de que havia uma solução simples para tudo o que saía errado na vida: um homem.

Encontrou Daphne servindo o chá e o bolo de amora para Mac MacArthur. O editor-chefe do *Miramonte Mirror*, de costeletas grisalhas e rosto marcado como um velho cepo de açougueiro, apresentava para a irmã seu discurso predileto.

— Bebês de duas cabeças! Seqüestros por alienígenas! Isso é tudo o que as pessoas querem ler hoje em dia. Sabe por que eles vendem esses tablóides sensacionalistas em supermercado? Porque são a mesma coisa que as chamadas *junk food*... as porcarias enfeitadas para darem a impressão de que são iguarias de primeira, que fazem bem à saúde.

Ele lançou um olhar penetrante para Daphne.

— Bem que tentaram me fazer mudar de idéia... os mais jovens. Quase me torceram o braço para publicar reportagens sobre a sua família, como as que saíram nos tablóides. Eu disse que no dia em que afundasse tanto podiam me jogar numa cova no cemitério de Twin Oaks, ao lado da sepultura de Vernon Seagrave!

Daphne, para seu crédito, não vacilou. Trocou um olhar com Kitty, antes de responder, calmamente:

— Espero que não chegue a esse ponto, Mac. Precisamos de mais jornalistas como você.

Ele afagou a mão de Daphne, meio desajeitado.

— Por falar no que é publicado... tenho visto seu livro por toda parte. Sinto-me envergonhado de dizer que ainda não li. Terei de comprar um exemplar em The Bookworm. — Ele piscou para Kitty. — Você deve estar orgulhosa de sua irmã mais velha.

— E estou mesmo.

*Mas não apenas porque ela é uma escritora de talento.* Kitty percebeu que a mão de Daphne tremia um pouco enquanto servia o chá.

— Dizem que devemos ter cuidado com aquilo que desejamos. Se eu soubesse... — Daphne parou de falar. Balançou a cabeça. — Digamos que o sucesso nem sempre é o que esperávamos.

# A Última Dança

Mac acenou com a cabeça em compaixão. Só se animou quando Kitty perguntou se por acaso se incomodaria de partilhar a mesa. Ela acabara de avistar Gladys Honeick na porta, esquadrinhando a sala, ansiosa, à procura de um lugar vago. Há meses que Mac vinha fazendo tudo o que podia para atrair a atenção de Gladys, enquanto a proprietária da Glad Tide-ins fingia não notar. E agora, quando Kitty se aproximou e propôs que ela sentasse à mesa de Mac, Gladys fitou-a com uma expressão avaliadora, por cima dos óculos de sol, de um verde-papagaio.

— Posso voltar mais tarde — murmurou ela.

— Ele diz que não se incomoda — assegurou Kitty. — E tenho certeza de que fala sério.

— Neste caso...

Gladys olhou para Mac. Então, como se estivesse segura de que não havia nenhuma armadilha, foi até a mesa e sentou na cadeira no outro lado. Ele desarmou-a no mesmo instante, ao estender sua caneca intacta por cima da mesa.

— Pode tomar — murmurou Mac. — Não vai morder.

Gladys bateu as pestanas.

— Tomo o meu chá com limão. Como prefere o seu?

— Preto como o pecado e bastante forte para cortar com uma faca.

O idoso mas ainda empertigado editor-chefe despejou o que restava do chá em seu bule na caneca que Kitty apressara-se em pôr na mesa.

Quando ela tornou a olhar, os dois estavam absorvidos na conversa, as cabeças inclinadas sobre um prato salpicado de migalhas. Kitty sorriu. Talvez houvesse esperança, de alguma maneira... para uns poucos afortunados.

Kitty olhou ao redor, tranqüilizada pela mesmice segura e acolhedora: Josie Hendricks, tomando chá e olhando afetuosa para a pequena Jennie, que brincava com suas bonecas no chão, ao lado da mesa; Tim, do curtume, aproveitando uma pausa no trabalho com vários de seus companheiros, enquanto devoravam uma travessa com brioches; e padre Sebastian, à sua mesa habitual, absorvido num animado jogo de paciência. Havia poucos dias, quando Kyle chegara da escola em lágrimas, porque não compreendia como subtrair, fora o jovem padre, tão heterodoxo, que o sentara à sua mesa e demonstrara um método que ele alegara ser infalível: usando fichas de pôquer.

Através da janela, ela podia ver o sobrinho agora, no jardim da frente, jogando uma bola de borracha para Romulus... muitas e muitas vezes, sem que o menino ou o cachorro parecessem se cansar do jogo. Desde que as crianças de Daphne haviam se instalado na casa que Rommie aparentemente decidira que Kyle era o Zorro para o seu Tonto. O cachorro seguia-o por toda parte, montava guarda ao lado de sua cadeira durante as refeições e se enroscava ao pé de sua cama à noite. Ao observá-los agora, Kitty ficou impressionada ao constatar que formavam uma estranha dupla, o sobrinho louro que ainda não perdera a gordura infantil... e o cachorro mestiço, de aparência feroz, os olhos claros e a juba eriçada.

Serena Featherstone, à mesa junto da janela, também os observava. A médium, como se intitulava, estava menos gótica do que o habitual, com um vestido de algodão de batique, da cor azul-clara do céu de verão, sentava ao lado de sua paixão, uma mulher. Claro que Kitty sabia que algumas pessoas estranhavam — mesmo numa cidade tão calma como aquela —, mas mesmo assim descobriu-se a sorrir pela afeição óbvia entre as duas. Havia tão pouca felicidade no mundo, pensou, para que fosse distribuída apenas entre as pessoas consideradas merecedoras pelo voto popular.

Ela recordou a estranha predição de Serena dois meses antes, de que haveria uma morte em sua família. A médium também adivinhara que ela se apaixonaria. As duas coisas haviam acontecido, recordou Kitty, com um princípio de alarme.

Qual seria a predição de Serena se ela fosse até lá agora? Kitty reprimiu um tremor e decidiu que não queria saber. O futuro, como o passado, não tinha o direito de se intrometer no presente.

Em vez disso, ela desviou os olhos para Josie Hendricks. Havia alguma coisa diferente na velha senhora, pensou Kitty. Não era o fato de o coque de Josie, normalmente desgrenhado, estar agora impecável, para variar. Além disso, Kitty não conseguia lembrar a última vez em que ela apontara uma infiltração, uma rachadura ou um fio com problema. Talvez tivesse alguma relação com o novo papel que ela resolvera assumir, o de madrinha da pequena Jennie. A sobrinha de Kitty subira no colo de Josie e rabiscava feliz num guardanapo, com seus creions, enquanto a velha olhava... e com certeza oferecia estímulos e comentários irrefutáveis sobre as casas tortas e as figuras delgadas de Jennie. E se o peso da menina de três anos afligia de alguma forma o quadril artrítico, Josie não deixava transparecer. Ou talvez nem notasse.

Kitty semicerrou os olhos contra a claridade do sol que entrava pelas janelas, que pareciam de repente muito brilhantes. Quando sentiu o braço da irmã estender-se por sua cintura, inclinou a cabeça para o ombro de Daphne. Recordou que se sentia muito segura na presença da irmã mais velha quando tinha a idade de Jennie.

— Você está bem? — perguntou Daphne.

— Estou, sim. Apenas um pouco cansada.

Ela desvencilhou-se e foi para trás do balcão. Notou que vários cestos estavam quase vazios. Arrumou os *muffins* e as fatias de pão para cobrir os cestos, enquanto perguntava:

— E você?

— Mais ou menos a mesma coisa.

— É Johnny, não é mesmo? — Kitty baixou a voz para quase um sussurro. — Não adianta fingir, Daph. Não comigo.

Daphne baixou os olhos, mas não antes que Kitty percebesse a expressão perturbada em seus olhos.

— Os brioches acabaram — disse ela. — Quer que eu pegue mais na cozinha?

— Não restou nenhum brioche lá. E você não respondeu à minha pergunta.

— Pelo amor de Deus, Kitty, não *agora*.

Daphne olhou nervosamente para trás. Kitty compreendeu que ela pensava em Roger, falando ao telefone, lá em cima. Abruptamente, mudando de assunto, ela perguntou:

— Alguma notícia de Alex?

Kitty alisou um guardanapo de renda que estava amarrotado.

— Ela tornou a telefonar esta manhã para perguntar sobre mamãe. Para alguém que vem se mantendo a distância, parece muito preocupada.

— Talvez Alex tenha decidido finalmente perdoá-la.

— Ou perdoar a si mesma.

Daphne seguiu Kitty de volta à cozinha. Foi até a pia, pegou um jarro no balcão e começou a enchê-lo com água.

— Por falar em mamãe — disse ela, por cima do barulho da torneira aberta —, não acha que isso já se prolongou por tempo demais? Continuo achando que devíamos fazer alguma coisa.

— Por exemplo?

Por sorte, estavam sozinhas na cozinha — Willa fora tirar o resto das mesas —, mas, mesmo assim, Kitty manteve a voz baixa.

— Podíamos simplesmente ir até lá — sugeriu Daphne. — Confrontá-la com o que sabemos e ouvir o que ela tem a dizer.

Kitty pensou por um momento.

— O resultado pode muito bem ser negativo. Acho que é melhor esperarmos até que ela esteja pronta.

— E quando isso vai acontecer?

Daphne fechou a torneira e virou-se para fitar a irmã, o jarro de aço inoxidável aninhado contra o peito, como uma espécie de couraça. Como se fosse um eco sinistro dos pensamentos anteriores de Kitty, ela arriscou um palpite, nervosa:

— E se mamãe estiver mesmo incapaz de tomar qualquer decisão racional, Kitty? Cathcart pode estar certo. Talvez a melhor coisa seja declarar sua incapacidade legal.

— A julgar pelas ações de mamãe até agora, não posso pensar em nenhum bom argumento contra isso. — Kitty podia sentir a semente da dúvida habitual arranhando o fundo do estômago, como uma pedrinha na ponta do sapato. — Mas alguma coisa ainda não parece certa. Não consigo determinar o que é, mas tenho o pressentimento de que descobriremos em breve.

— Se mamãe está louca ou não?

— Eu estava pensando que descobriremos o curso que devemos seguir.

— Não sei se algum dia saberemos tudo o que aconteceu naquela noite — murmurou Daphne, o rosto bonito muito sério, com uma estranha aceitação triste. — Talvez tenhamos de nos contentar com o que pudermos obter... uma porção de pessoas que necessariamente não se ajustam.

Kitty estava prestes a dizer que a mãe, à sua maneira imprecisa, podia saber exatamente o que fazia — que o problema era que elas tentavam enfiar uma cavilha quadrada num buraco redondo —, quando o telefone tocou.

Kitty atendeu, esperando que fosse um entregador, ou o técnico para falar sobre uma peça do forno que ela encomendara, ou um cliente querendo saber até que horas a casa ficaria aberta... mas foi a voz da mãe que soou pela linha, tão suave e cadenciada quanto ela se lembrava da infância.

— Estou interrompendo alguma coisa? — perguntou Lydia.

Tomada de surpresa, Kitty balbuciou:

— Não... nada. Daphne e eu estamos limpando tudo. Você... está tudo bem aí?

— Está, sim — respondeu a mãe, como sempre. — Liguei para chamar vocês para jantar comigo amanhã. Roger e as crianças também, é claro.

Ela falava como se esse não fosse diferente de incontáveis jantares dominicais. Mas alguma coisa na voz da mãe fez com que Kitty pensasse que o bote salva-vida em que ela vinha navegando — a nau dos insensatos da família — finalmente era levado para a praia.

E se o jantar não fosse a única coisa a ser servida? Amanhã, elas poderiam ter a resposta que procuravam. Um pequeno calafrio de expectativa percorreu a espinha de Kitty.

— Ainda está na linha? — perguntou Lydia, ansiosa.

Kitty respirou fundo, pensando nas ocasiões em que tentara se esquivar... aqueles horríveis jantares dominicais na casa, com a mãe tentando enquadrá-las nos papéis que haviam sido definidos quando eram crianças, antes de saírem de casa e consolidarem suas próprias vidas. Pensou no pai à cabeceira da mesa, empunhando a faca de trinchar com a mesma habilidade com que usava o bisturi, enquanto a mãe circulava entre a mesa e a cozinha, trazendo tigelas e travessas, e indagando, como se já não fosse tarde demais para remediar:

— A galinha não ficou passada demais no meio, não é mesmo, querido?

E o pai, galante, trovejava:

— Está tão macia quanto a mulher que a assou.

Em algum movimento, entre o vinho e o café descafeinado, Alex invariavelmente brigava com uma das filhas. E se Kitty por acaso tomasse o partido de Nina ou Lori, Alex a lembraria de que ela não tinha filhos, e por isso não podia se manifestar. Quando terminavam de ajudar a mãe a limpar tudo, Kitty sentia-se tão exausta que o simples ato de vestir o casaco exigia um esforço enorme.

Mas, se os hábitos de uma vida inteira não mudavam, o terreno familiar a que todas se apegavam havia desmoronado, deixando-as sem ter onde se agarrarem. A oportunidade de se encontrarem de novo podia ser o momento decisivo, o fulcro em que o futuro pendia na balança. Não apenas o futuro da mãe. De *todas* elas.

E com a mão comprimida contra o peito, o coração batendo forte, com uma mistura de esperança e medo, Kitty murmurou ao telefone:

— É uma idéia maravilhosa, mamãe. Levarei a sobremesa.

# Capítulo Dezoito

Mais tarde, naquele mesmo dia, quando Alex chegou à casa de Leanne, uma família de carquejas obrigou-a a parar a alguns metros da entrada de carro. Quatro pequenas aves marrons, de cabeça e pescoço preto, a mãe e três filhotes meio crescidos, seguindo sem pressa para o pântano salgado, que ficava a poucas centenas de metros do lugar em que a Sandpiper Lane terminava, num campo lamacento em que vicejavam as mamonas. Para uma espécie em extinção, que conseguia mobilizar ativistas e políticos locais, deter o desenvolvimento imobiliário e acarretar a fúria desmedida dos proprietários, as pequenas criaturas eram bem insignificantes, pensou Alex. Um tênue sorriso rompeu a camada de gelo que parecia envolvê-la, como a primeira geada numa vidraça, enquanto ela pensava: *Prova de que a corrida nem sempre é vencida por quem é mais rápido ou mais forte.* Às vezes o rápido e forte era abatido pelo que parecia mais fraco e menos capaz de agüentar, como amigos que sorriam e estendiam a mão, enquanto apunhalavam secretamente pelas costas.

Alex parou o Tercel e saltou. O nevoeiro assentara sobre a rua esburacada como um cobertor delgado, através do qual o sol ainda exibia seu brilho, embora fraco. Sua sombra estendia-se pelo pequeno jardim malcuidado de Leanne, enquanto ela subia pelo caminho, com um aperto na garganta e uma sensação de ardência logo abaixo da traquéia. Desta vez Leanne não conseguiria se esquivar, pensou Alex. *Eu a farei pagar pelo que fez*. Leanne devia a ela e à sua mãe a presença como testemunha no julgamento. E teria de concordar, mesmo que Alex tivesse de arrastá-la pelo pescoço até o tribunal.

Não seria fácil, ela sabia. Quando Leanne fincava os pés, era impossível demovê-la. Ela podia até se tornar beligerante. Alex lembrava a ocasião em que a amiga fora assediada por uma agência de cobrança por causa de uma dívida que Chip deixara quando a abandonara. Depois de uma série de telefonemas e cartas cada vez mais desagradáveis, um homem corpulento batera em sua porta um dia, ameaçando-a com um processo. Leanne recusara-se a ser intimidada e o expulsara da propriedade com a água na mangueira do jardim aberta ao máximo, ao mesmo tempo que o xingava como um estivador.

Agora era a vez de Alex ir atrás de uma coisa de que tentara fugir. Era uma situação que não fora criada pela mãe... e também, para ser justa, não fora criada por Leanne. O que matara seu pai, ela compreendia finalmente, não fora uma única pessoa ou evento, mas uma série de erros e ações equivocadas. Cada um, por si só, era relativamente inofensivo, mas, como nêutrons, criaram uma explosão devastadora quando se agruparam.

Ao chegar à casa da mãe, no dia seguinte, não pediria perdão nem ofereceria. O que esperava dar era mais concreto: a garantia do depoimento de Leanne.

Estava na metade do caminho quando avistou o Lincoln da mãe de Leanne na passagem de cascalho ao lado da garagem. Alex parou. O que ela estava fazendo ali? Beryl quase nunca fazia uma visita. Decidira finalmente bancar a avó do menino que ignorara desde o nascimento? Se assim fosse, Alex não podia imaginar o que ela teria a ganhar com isso. Tyler não era exatamente o neto que uma mulher como Beryl se orgulharia de exibir.

Alex subiu para a estreita varanda de concreto, onde um capacho verde empoeirado apregoava, sem algumas letras, BE -V DO. *Por que ela seria bem-vinda?*, pensou, com um divertimento frio. O que esperava conseguir ali? Depois que Leanne tomasse conhecimento de sua missão trataria de expulsá-la, como fizera com o cobrador. Com Beryl na retaguarda.

Alex hesitou na porta, o coração batendo forte dentro do peito. Quase se retirou, mas alguma coisa forçou-a a bater na porta. Alguma coisa abrasiva em seu íntimo, quase como uma armadura, que se formou através dos anos em que ela se exigiu além dos limites, deixando-a em condição de enfrentar qualquer coisa. Não era apenas pela mãe. Para o seu próprio bem, Alex queria respostas... as respostas que só Leanne podia dar.

Por quanto tempo antes da morte do pai os dois haviam sido amantes? E quando Beryl descobrira o caso? Fora por isso que Beryl revelara para Lydia o segredo de seu próprio envolvimento com Vernon no passado distante? Fazia sentido, em relação ao tempo: poucas semanas antes da festa... o suficiente para que o choque e a negação passassem, e a pressão crescente na mãe alcançasse o ponto de ebulição.

Talvez fosse melhor assim, no final das contas, que Beryl por acaso estivesse ali. De certa forma, as duas não estavam juntas naquilo? Por mais que angustiasse Alex ver o pai por esse ângulo — como alguém inescrupuloso para deitar com a filha de uma mulher de quem outrora fora amante e que era também a melhor amiga de sua filha —, ela tinha de encarar os fatos. Juntas, Beryl e Leanne pintariam um quadro bastante dramático para influenciar até mesmo o jurado de coração mais duro. *Isto é, se ela pudesse fazer com que as duas testemunhassem. O que não seria nada fácil.*

Mas se alguém dissera uma ocasião que ela era capaz de vender gelo a esquimós agora era o momento de provar. Kitty telefonara pouco antes para informá-la sobre o jantar. Era a oportunidade que Alex vinha esperando, uma chance de explicar à mãe que não tivera a intenção de magoá-la. Por isso, não queria aparecer de mãos vazias.

À espera de que atendessem, ela permaneceu imóvel junto da porta, uma veia saltando na têmpora a cada pulsação do coração. Gostaria que Jim estivesse presente. Ele sempre dava um jeito de aparar as arestas e abrandar seus medos. No início da semana, se não o tivesse encontrado quando telefonara, ela não teria sabido o que fazer.

Passaram a maior parte da noite sentados, tomando chá e conversando, até que começara a clarear lá fora. Alex confessara o rombo financeiro que tinha. E Jim, em vez de culpá-la ou menosprezá-la, fizera um plano para consolidar suas dívidas. Era mais do que ele podia mobilizar pessoalmente, mas conhecia alguém que poderia ajudar... um executivo em uma das empresas com que ele fazia negócios. O cara lhe devia um favor e poderia adiantar o dinheiro, a uma taxa de juros acessível.

Alex, por sua vez, escutara com uma humildade recém-descoberta os conselhos que apenas pouco tempo antes teria rebatido com veemência. Aconchegada à mesa da cozinha, traçando com o dedo o círculo de umidade deixado pela caneca — como outrora, adolescente, traçava suas iniciais na janela embaçada do carro —, ela sentira não ressentimento, mas gratidão, por aquele homem que nunca deixara de amá-la, e pelo fato de que ele não estava ali para salvá-la... apenas para mostrar o que devia fazer para salvar a si própria.

E não era realmente por isso que se encontrava ali naquele momento? Para se salvar, junto com a mãe, como esperava. Só torcia para que não fosse tarde demais...

Alex ouviu o barulho de uma corrente no outro lado. A porta foi entreaberta. Mas o rosto que espiou não era o de Leanne. Por uma terrível fração de segundo, foi como se Alex estivesse fitando uma versão envelhecida de sua amiga, ao estilo de Dorian Gray. Como era possível que nunca tivesse notado antes a enorme semelhança entre Leanne e a mãe dela?

*Talvez você não estivesse olhando.*

Com um sobressalto angustiado, Alex compreendeu que não prestara muita atenção até agora porque não havia razão para questionar se Leanne saíra à mãe ou ao pai. Mas ela se apressou em remover o pensamento, forçando-se a uma concentração total na tarefa que tinha pela frente.

— Leanne não está.

Os olhos maquiados de Beryl contraíram-se enquanto fitava Alex, por cima da corrente da porta. O ar fedendo a cigarro saía pela abertura.

— Quando ela deve voltar? — perguntou Alex, com toda a polidez de que era capaz.

— A qualquer momento. Mas não adianta esperar. Ela não quer falar com você.

O olhar de réptil de Beryl provocou um calafrio em Alex. Ela apertou a alça da bolsa pendurada no ombro, até sentir que as articulações estavam prestes a romper sua pele.

— Neste caso, deixarei um recado. Posso entrar? Não tenho onde escrever.

Alex não tinha a menor intenção de sair enquanto Leanne não aparecesse, mas Beryl não precisava saber disso. Mesmo assim, a mulher parecia desconfiada. Alex esperou pelo que pareceu uma eternidade, depois que o rosto encovado de Beryl, digno de um espetáculo de horror, desapareceu da abertura da porta. Mas logo tornou a ouvir o barulho da corrente, e desta vez a porta foi toda aberta.

Ao entrar, Alex foi envolvida no mesmo instante por um nevoeiro de fumaça de cigarro. Desde que podia se lembrar, a mãe de Leanne tentava cortar o cigarro... o que Beryl definia como passar de quatro maços por dia para dois ou três. E não era apenas o cigarro. Quando crianças, Alex e Leanne costumavam vasculhar o armário de remédios de Beryl e contar as pílulas de venda sob receita médica. Eram dezenas.

Agora, enquanto seguia na frente para a sala escura, Beryl, numa calça preta muito justa e uma blusa de gola rulê que mostrava cada costela, fê-la pensar numa corda esfiapada, prestes a se romper.

Com extremo cuidado, Beryl arriou numa poltrona e pegou um maço de Winston Lights na mesinha de café. Estendeu-o para Alex, distraída, antes de se lembrar de que ela não fumava. Deu de ombros, acendeu um cigarro para si mesma, as unhas compridas e pintadas faiscando como pedras preciosas na semi-escuridão da sala toda fechada, iluminada apenas pelo brilho amarelado que vinha da cozinha.

— Preciso de uma caneta e papel — disse Alex.

Beryl soltou uma risada rouca, que terminou num acesso de tosse. Um momento passou antes que ela recuperasse o fôlego. Quase que no mesmo instante, ela deu uma longa tragada.

— Pode abandonar a farsa. Sei por que está aqui. É hora da cobrança, não é mesmo? — Ela soprou a fumaça para cima, o olhar frio fixado em Alex. — Claro que eu sei... alguém tem de estar errado. E não poderia ser seu pai querido e santificado. E sua mãe... ora, sabemos muito bem que ela foi pressionada a fazer o que fez. Portanto, acho que resta Leanne.

Alex, consternada, arriou em outro sofá, cujas molas soltaram um suspiro. Através da porta fechada do quarto de Tyler, ela ouviu um grito que parecia um miado. Alguma coisa se torceu dentro dela, e por um momento pensou que não seria capaz de continuar. Mas logo decidiu: *Tenho de continuar.*

— Você descobriu poucas semanas antes da festa, não é mesmo? Logo depois que Leanne procurou minha mãe. — Toda a cena terrível projetava-se na mente de Alex, enquanto falava. — Foi o que a levou a contar a mamãe sobre você e papai, não é mesmo? Não podia impedir o que estava acontecendo... Leanne não queria escutar... e recorreu a mamãe para fazer por você.

Os olhos de Beryl brilhavam por trás de uma cortina de fumaça.

— Eu gostaria de ter contado à sua mãe há muitos anos, na ocasião em que Phil e eu nos divorciamos. Se tivesse feito, talvez pudesse encarar o que passei trinta e cinco anos tentando enterrar.

Ela cruzou as pernas e recostou-se, o cigarro fumegando entre os dedos, esquecido, na mão que se apoiava em um dos joelhos. Enquanto ela mantinha o olhar perdido na distância, Alex teve a estranha sensação de que Beryl não estava apenas revivendo tudo, mas também fazendo um esforço para esquecer.

— Não precisava continuar fingindo que era amiga de mamãe — acusou Alex. — Até mesmo uma serpente mostra o que é.

— Por mais difícil que possa ser para você acreditar, ela era mesmo minha amiga. — Os lábios de Beryl contraíram-se numa risada melancólica. Ela acrescentou, sem ironia: — Deve ter se perguntado o que temos em comum, sua mãe e eu. Não partilhávamos os mesmos interesses, é verdade. Mas éramos vinho da mesma pipa. Se alguma coisa não se ajustava à nossa imagem cor-de-rosa de como tudo deve ser, tratávamos de aparar as arestas.

— Não era minha mãe que ia para a cama com o marido de sua melhor amiga!

— É verdade. — Na semi-escuridão, o cigarro de Beryl pareceu flutuar para o rasgão vermelho da boca. — Quer saber de uma coisa? Eu costumava torcer para que ela se soltasse e tivesse seu próprio caso. Pobre Lydia. Sabe qual foi o verdadeiro crime? Ela o amava, muito mais do que ele merecia.

— E o que me diz de Leanne? Ao que tudo indica, Leanne estava convencida de que papai ia *casar* com ela.

Beryl balançou a cabeça, num divertimento amargo.

— Ele me fez a mesma promessa. Há 34 anos... pouco antes de eu descobrir que estava grávida de Leanne.

Alex estremeceu, como se uma janela tivesse sido escancarada, deixando entrar uma rajada de ar gelado. Cometera um erro lamentável ao vir até ali, ela compreendeu. O que precisava fazer naquele momento era levantar e sair. Antes de escutar mais daquela... daquela...

*Daquela conversa absurda.*

As palavras ressoaram em sua cabeça, mas haviam sido pronunciadas pela mãe... com o tom desdenhoso que Lydia usava para descartar uma opinião ou versão dos acontecimentos que diferia da sua. Alex recordou como isso sempre a deixava furiosa. Mas agora, em vez de seguir direto para a porta, continuou sentada, empertigada, as mãos cruzadas no colo. Tinha de escutar. Tinha de saber. Ironicamente, pelo bem da mãe.

— Por que está me contando tudo isso? — perguntou ela, a voz rouca.

Beryl hesitou. Quando falou, havia uma estranha tensão em sua voz.

— Não é isso o que você veio procurar? A verdade?

— Por que eu deveria acreditar em qualquer coisa que você diz? Afinal, você odiava meu pai.

— Tem razão. Mas nem sempre foi assim. Houve um tempo em que o amei.

A expressão dura suavizou nas extremidades, como uma coisa que se gasta de tanta carícia.

— Por quê? — balbuciou Alex, a angústia subindo densa e quente pela garganta. — Por que ela não podia simplesmente se divorciar? Por que tinha de matá-lo? Foi apenas porque ele a estava enganando com alguém da idade de sua filha?

— Não da idade de sua filha. A sua própria filha.

As palavras terríveis, sibilando ao saírem da boca de Beryl, trouxeram de volta a imagem de uma serpente. Mas agora Alex podia sentir as presas em sua carne, o veneno espalhando-se por seu corpo numa onda quente e entorpecedora.

*É verdade*, martelou uma voz em sua cabeça. *Você sabe que é verdade... sempre soube desde que Leanne contou o que Lydia disse. Apenas não queria encarar.*

— No começo, eu não tinha certeza — continuou Beryl, a voz sussurrante, como alguém raspando o fundo de um barco. — Vern e eu tínhamos um relacionamento havia anos, e sempre tomávamos cuidado. Isto é, tanto cuidado quanto se podia ter naquele tempo. Quando descobri que estava grávida, queria acreditar que era de meu marido, da única ocasião em que havia transado com Phil no mês anterior. No período errado, é claro, mas o desespero pode convencer você quase de qualquer coisa.

Ela bateu com o cigarro no cinzeiro, em que já se empilhavam várias pontas, com manchas de batom.

— Quando Leanne estava crescendo, houve muitas ocasiões em que pensei: *Ela é igualzinha a Vern*. Mas depois me controlava, e o processo de persuasão recomeçava. Foi só depois que Tyler nasceu que eu tive certeza.

Alex sentiu o estômago despencar, como se tivesse subindo num elevador muito rápido.

— Está querendo dizer... meu Deus!

O rosto devastado de Beryl iluminou-se por um instante, com um ódio vulcânico, há muito reprimido e fervilhando... e quase todo dirigido contra ela própria, Alex compreendeu agora.

— Era a história se repetindo. Seja o que for que ela pode ter dito a você, Leanne já se encontrava com Vernon muitos *meses* antes de ser abandonada por aquele marido imprestável.

Os dedos de Alex subiram pelo rosto, comprimiram-se contra os olhos, no esforço para interromper as imagens sinistras. Meu Deus... pobre mamãe...

Beryl continuou, implacável:

— Quando foi feito o diagnóstico de Tyler, não era preciso ser um gênio para somar dois e dois. Eu já sabia sobre Vern e Leanne. Ela tinha de confidenciar para alguém, suponho, e quem poderia compreender melhor do que eu?

Ela começou a rir, o que foi interrompido por um novo acesso de tosse. Algum tempo passou antes que o corpo parasse de tremer, e ela pudesse voltar a falar, com a voz chiada:

— Ela estava decidida a contar também para a sua mãe, embora eu suplicasse para que não o fizesse. Foi nessa ocasião que resolvi procurar Vern. — Beryl fez uma pausa. — Ele apenas riu. Acusou-me de ser uma velha louca, que vinha tomando medicamentos por conta própria havia tempo demais. Não acreditou que Leanne era sua filha... assim como também não acreditou há muitos anos quando contei que desconfiava.

— Era verdade? — Alex forçou-se a fitar Beryl nos olhos. — Ele planejava mesmo deixar mamãe?

— Não sei. — Beryl parecia tão em dúvida que só podia estar dizendo a verdade. — Acho que nunca saberemos.

Outra coisa ocorreu a Alex, e subitamente as brumas se dissiparam.

— Foi *você*. Falou com mamãe antes de Leanne. Não podia correr o risco de que ela pensasse que era apenas mais um dos casos vulgares de papai e não fizesse nada para impedir. Precisava ter certeza de que ela soubesse. De tudo.

Beryl continuou impassível. O rosto parecia de pedra, exceto pelos lábios vermelhos, tão comprimidos que tremiam.

— Isso mesmo, contei a ela. Toda a história.

Alex sentia-se mal.

— Meu Deus! Como ela reagiu?

— Não disse absolutamente nada. Apenas ficou branca e me levou até a porta. — Beryl baixou o rosto para as mãos e soltou um soluço estridente. — Pobre Lydia...

Quando foi capaz de falar, Alex balbuciou:

— Se sabia de tudo isso, então por que permaneceu calada, em nome de Deus? Ela pode passar o resto de sua vida na prisão!

Os olhos de Beryl, quando tornou a levantá-los, estavam borrados de rímel, o que lhe proporcionava a aparência de uma máscara de Halloween.

— Não entende que eu tinha de fazer uma opção? Sua mãe não é a única pessoa em julgamento. Quando o processo de Leanne for julgado, como vai ser para ela? Se as pessoas descobrirem que Tyler é filho do incesto, também saberão que há uma boa possibilidade de que ele tenha nascido assim. Isso acabaria com qualquer chance que Leanne poderia ter de levar uma vida normal. Sem alguma espécie de acordo, o suficiente para que o menino tenha os cuidados em tempo integral de que precisa, é como se Leanne também estivesse na prisão.

— E o resto do mundo que se dane, não é mesmo?

Quando Alex levantou-se, experimentou a sensação de que pairava muito acima de Beryl, como naquele filme ridículo — O Ataque da Mulher de Quinze Metros — que havia arrancado gargalhadas dela e de Leanne quando eram crianças.

Beryl fitou-a, com uma risada seca.

— Acha que é diferente o que sua mãe quer? Ela poderia ter dito alguma coisa. Já se perguntou alguma vez por que ela se manteve de boca fechada durante todo esse tempo?

— O que lhe dá o direito de decidir o que é melhor para a minha mãe? — indagou Alex, sentindo a pele esticada e quente, como se fosse pequena demais para o seu corpo.

— Não foi o que você fez, ao guardar os segredinhos sórdidos de seu pai? — A expressão de Beryl era desdenhosa. — Não precisa ficar tão surpresa. Sei de tudo a respeito. Costumava observar os dois juntos... como unha e carne. Ele lhe contava tudo, não é mesmo? E você aceitava. Mas aposto que ele não falou sobre Leanne.

Parada ali, tremendo da cabeça aos pés, Alex compreendeu. Tudo. Como um raio iluminando o céu de amarelo, ela viu como acontecera... como cada uma delas se iludira, em separado e como um todo. E como o pai jogara com isso, usando-as, extraindo o que queria e descartando o resto, como fazia com os cadáveres que autopsiava... ossos e carnes onde antes havia uma pessoa respirando e pensando. Na sala escura, Alex deu um passo para trás, as pernas trêmulas.

— Tenho de ir — anunciou ela, numa voz sem entonação.

O motivo para estar ali, em primeiro lugar, não era mais válido; fora perfurado, como uma passagem sem valor. O único julgamento em que Leanne prestaria depoimento seria o seu próprio.

Foi só quando alcançou a porta que Alex pensou em mais uma coisa. Parou e virou-se, lentamente.

— Por que acha que minha mãe ainda o amava, depois de tudo o que aconteceu?

Beryl apagou o cigarro e recostou-se. Os olhos brilhavam na máscara do rosto devastado. Em voz suave, quase como espantada consigo mesma, Beryl respondeu:

— Não havia mais ninguém como ele. É o mais terrível de tudo, entende? Depois que ele a conquistava, não se podia mais esquecer.

Alex descia pelo caminho da frente, quase na escuridão, quando um par de faróis apareceu, cortando o jardim e ofuscando-a por um momento. Ergueu a mão contra o clarão e viu o carro de Leanne entrar no caminho para a garagem. Um momento depois, Leanne saltou, carregando alguma coisa. Lentamente, encaminhou-se para Alex, um saco de compras erguido contra o peito, como um escudo.

— Oi, Alex.

— Oi — balbuciou Alex.

— Deveria ter ligado antes.

— Por quê? Você teria me convidado a vir?

A risada áspera de Leanne era um eco fantasmagórico da risada da mãe.

— Provavelmente não.

Na claridade fraca da luz da varanda, ela parecia pálida e cansada. Sábado era um dia difícil, o único de que dispunha para fazer compras, resolver problemas e fazer uma faxina na casa. Uma estranha compaixão envolveu Alex. Odiava o que Leanne fizera, é claro, mas era diferente quando a via pessoalmente. Os olhos fixados em Alex, por cima da beira serrilhada do saco de compras do Albertson's, eram de uma mulher atormentada, não de uma Jezebel.

— Seja como for, eu já estava mesmo de partida — murmurou Alex.
— Falou com minha mãe?
Leanne parecia preocupada.
— Tivemos uma longa conversa. — Alex enganchou o polegar na bolsa, empurrando-a para baixo, e sentiu a alça fazer pressão no ombro. — Em todos os anos em que a conheço, acho que foi a conversa mais longa que tivemos.
— Sabe como mamãe é... ela mal me disse duas palavras quando eu estava crescendo. E sou sua filha.

A tentativa de riso de Leanne foi em vão. Alex percebeu um tremor em sua voz. Esperava aproveitar os muitos anos de gracejos familiares, Alex sabia. Só que desta vez não adiantaria.

— Pode ter certeza de que ela não esqueceu esse fato. — Alex fitava a amiga com uma expressão implacável. — Você deveria lhe agradecer. Ela está cuidando dos seus melhores interesses. E não me refiro apenas a tomar conta de Tyler.
— Sei disso. — Leanne teve a decência de corar. — E você, Alex? Não vai querer me intimar, não é? Porque negarei tudo. Juro que negarei.

A voz assumiu um tom desesperado quando ela acrescentou:
— Tudo pelo que trabalhei nesta comunidade seria destruído. Eu não seria mais capaz de manter a cabeça erguida no hospital. E Tyler... — Ela fez uma pausa, os olhos se enchendo de lágrimas. — Você não sabe como é.... sentir que empurra um pedregulho pela ladeira acima a cada movimento que faz, como é amar alguém que pode nunca retribuir esse amor.
— Para dizer a verdade, eu sei como é — respondeu Alex.

Não fora assim com seu pai? Por mais que ele fingisse, a verdade é que não a amava. Não da maneira como contava.

Leanne transferiu o saco de compras para o outro braço. Parada ali, o saco apoiado no quadril, ela assumiu uma pose insolente, mas que não era intencional.

— Desculpe — murmurou Leanne, numa voz estranhamente sufocada. — Se é isso o que você queria ouvir, está bem. Fui uma amiga de merda. Menti para você. Mas não tive a intenção de magoá-la, Alex. Nunca desejei magoá-la.

— Por que as pessoas sempre dizem isso? — Alex soltou uma risada sarcástica. — Ninguém jamais tem a intenção de magoar ninguém. E, no entanto, alguém sempre sai magoado. Ou, em alguns casos, acaba morrendo.

Leanne ficou calada por um longo momento. Deu a impressão de que cambaleava, trôpega. Depois, como se um cordão a puxasse, ela se empertigou.

— Acho que é melhor você ir embora, Alex.

— Pode ter certeza de que quero sair daqui o mais depressa possível!

Alex, o coração batendo forte, descompassado, seguiu adiante. Ao passar por Leanne, sua bolsa esbarrou no saco de compras, derrubando-o. O saco se rompeu ao bater no concreto, as compras se espalhando pelo gramado malcuidado e o caminho pavimentado: uma caixa de leite, pacotes de biscoitos e cereais, um saco aberto de toronjas, que rolaram como bolas de críquete para esbarrar na mangueira enlameada. Alex baixou os olhos para a caixa de ovos a seus pés, muitos quebrados, clara e gema derramando.

Numa reação instintiva, ela se abaixou para recolher as compras dispersas. Mas Leanne já se ajoelhando na grama, um pacote de quatro rolos de papel higiênico comprimido sob um braço, incongruente, gritou em lágrimas:

— Vá embora! Saia daqui! Não preciso da sua ajuda! Não preciso de nada de você!

Alex sacudiu a cabeça e começou a recuar. Era uma loucura. Ela é que devia estar gritando com Leanne. E, no entanto, uma horrível compaixão a dominava. Não culpava menos a amiga, mas de certa forma podia compreender. Haviam sido apanhadas na mesma armadilha, uma armadilha feita de mentiras e do amor intenso por um homem.

Como também acontecera antes com as respectivas mães.

Minutos depois, em seu carro, percorrendo a Quartz Cliff Drive, Alex pensou em contar às irmãs o que descobrira. Mas de que adiantaria? Beryl e Leanne não iam testemunhar; e se fossem obrigadas tratariam de mentir. E Daphne e Kitty... já não tinham problemas suficientes? Seria justo privá-las do resquício de afeição que ainda podiam sentir pelo pai? *Um último segredo*, pensou ela. *Só que desta vez não será por papai que vou guardá-lo.*

O nevoeiro turbilhonava sob a luz dos faróis. O mar murmurava além do *guardrail*, um brilho branco no crepúsculo púrpura. Os pensamentos de Alex concentraram-se na mãe. *Há semanas que ela sabia e guardava para si mesma... enquanto eu me ocupava a providenciar guardanapos, castiçais e toalhas de mesa para a festa. Ela sabia, mas não deixou transparecer...*

Alex estremeceu. Naquela noite, a mãe finalmente tomara coragem de confrontar o pai? Ou ele tomara a iniciativa de anunciar que queria o divórcio?

De um jeito ou de outro, uma coisa era evidente: depois do que fora dito, não havia mais como voltar atrás. Nenhuma saída. Nenhum lugar para onde se pudesse ir em seguida.

Restara apenas uma coisa para sua mãe fazer. E ela a fizera. O que quer que lhe acontecesse agora, ela tomara sua decisão. Nada do que as filhas pudessem fazer mudaria isso.

As lágrimas afloraram aos olhos de Alex, ofuscando por um instante a rua à frente, que parecia correr em sua direção. E ela pensou: *Tudo o que posso fazer agora é dizer o que já deveria ter dito há anos. Que eu a amo. Que sempre a amarei, não importa o que possa acontecer.*

# Capítulo Dezenove

A primeira coisa que chamou a atenção de Daphne, quando entrou na casa, foi o aroma de dar água na boca da galinha assada, um cheiro que associava não apenas com o jantar dominical, mas também com tudo que era seguro, aconchegante e feliz. Lembranças de anos passados, antes que ela fosse para a universidade e casasse, afloraram no mesmo instante; e Daphne experimentou a sensação, parada ali, no vestíbulo, aspirando o aroma da galinha assada e do lustrador de móveis, na fragrância de limão, que nunca saíra da casa, que em todos os domingos de sua vida sentara para jantar à mesa, junto com o pai, a mãe e as duas irmãs.

Apesar da apreensão que sentia, Daphne sorriu. Ouviu a mãe chamar da cozinha, a voz jovial:

— Já vou falar com vocês, meninas! Só quero tirar esta ave do forno primeiro!

— Precisa de ajuda? — gritou Daphne em resposta.

No momento, é verdade, ela não podia oferecer nenhuma, com Kyle e Jennie agarrados em suas pernas como carrapatos. Já fora bastante difícil percorrer a curta distância entre a porta da frente e o closet para os casacos.

— Pode deixar que eu vou.

Kitty arrancou Kyle da perna da mãe e ajudou-o a tirar o casaco, antes de seguir para a cozinha.

Roger, parado junto da porta, sacudindo a chuva que começara a cair ao chegarem, adiantou-se para pegar Jennie no colo, antes que ela se perdesse nas dobras da capa que Daphne se esforçava para tirar.

As duas crianças haviam se mostrado muito irrequietas durante toda a viagem. Embora Daphne e Roger fossem deliberadamente vagos sobre a ausência da avó enquanto ela estivera na cadeia — dizendo apenas que Lydia tivera de viajar, mas voltaria assim que pudesse —, as crianças sentiram que havia alguma coisa errada no súbito retorno. No carro, enquanto Daphne a ajeitava na cadeirinha, Jennie começara a chorar e espernear. Kyle a provocara, escarnecendo que ela não era bastante grande para usar um cinto de segurança de verdade, e vários minutos passaram antes que Daphne conseguisse acalmá-la. Depois, Kyle passara a reclamar por só ter assistido à metade de *Free Willy* antes de chegar a hora de sair... embora seu vídeo predileto estivesse quase apagado por ter sido usado com tanta freqüência. Resmungara e pulara no banco, indócil. Por que tinham de ir para a casa da vovó? Por que não podia almoçar na casa de tia Kitty?

Daphne não tivera coragem de repreender as crianças com muita severidade. Era a maneira que elas encontraram de comunicar sentimentos para os quais não tinham palavras: que havia alguma coisa diferente naquela visita à avó. Não sabiam o que era, mas sentiam-se assustadas.

Talvez as crianças estivessem captando sua apreensão. Desde o dia anterior, quando Kitty lhe transmitira o convite para o jantar, que Daphne sentia o estômago embrulhado. Agora, olhando ao redor, para os móveis recém-lustrados e os vasos com flores cortadas do jardim — ásteres, margaridas, jacintos — ela não podia deixar de pensar como tudo parecia normal. Até demais. Como se os últimos dois meses não fossem mais do que uma ausência inesperada. A correspondência empilhada na mesinha do vestíbulo desaparecera. Na sala, os móveis haviam sido empurrados de volta para os seus lugares. O tapete trançado, que ela e Kitty haviam trazido do sótão, cobria o espaço vazio deixado pelo tapete anterior.

O que ela deveria dizer, especulou Daphne, se a mãe perguntasse o que acontecera com o outro tapete? Ela estremeceu à lembrança de enrolá-lo e amarrá-lo com barbante. Mas, se aquilo fora ruim, isto era ainda pior, estar aqui e ter de agir como se nada fora do comum tivesse maculado tudo o que ela prezava.

Enquanto Roger conduzia as crianças para a cozinha, a fim de cumprimentar a avó, Daphne ficou para trás. Foi para a sala, os móveis tão lustrosos e sem poeira quanto no tempo em que o pai era vivo. Arriou no sofá. *Isto é um absurdo*, pensou ela. *Devíamos todas estar em cima da mamãe, andando de um lado para outro e arrancando os cabelos.* Em vez disso, seu primeiro impulso fora o de ir para a sala de jantar, onde era seu dever, desde que tinha idade suficiente para que lhe fosse confiada a melhor porcelana, providenciar para que a mesa fosse posta direito.

Ela resistiu ao impulso. Olhou para a janela riscada pela chuva, à procura de algum sinal de Alex, que deveria chegar a qualquer momento. Alex não falava com a mãe desde o dia da prisão. Por isso, a situação devia ser tensa. E Alex nunca fora a predileta da mãe. Por outro lado, pensou Daphne, podia ser bom se a irmã sacudisse um pouco as coisas... como um tapa bom e firme, para arrancar a mãe de seu mundo da fantasia.

*É isso o que está acontecendo... mamãe está escondendo a cabeça na areia? Ou é você que não está percebendo com clareza?*

Sem dúvida, ela admitiu para si mesma, podia haver um método na loucura da mãe. Por mais calmas que as coisas parecessem na superfície, Daphne sentia uma correnteza por baixo, puxando inexoravelmente numa direção que nenhuma delas previa. Ainda não sabia o que era, mas sentia que uma coisa era certa: a mãe tinha um plano. Não as convidara para jantar pelo prazer de ver todo mundo sentado ao redor da mesa, como uma família grande e feliz. Daphne tinha o pressentimento de que estavam prestes a descobrir o que ela andara fazendo nos últimos dias, sozinha naquela casa cheia de memórias e fantasmas.

Sua inquietação, porém, não se limitava aos pensamentos sobre a mãe. Havia também a questão ainda não definida de seu futuro, latejando no fundo da cabeça, como um dente infeccionado. O mundo se abrira e a tragara... corpo e alma. E o coração também, porque sem Johnny era pouco mais que uma casca vazia, apenas fazendo os movimentos, esperando contra toda esperança que começasse, ao caminhar por sulcos familiares, durante bastante tempo e com determinação suficiente, para sentir outra vez e desenvolver um novo coração... em que houvesse espaço para Roger.

Apesar de seu empenho, quase não passava uma hora sem que vislumbrasse Johnny de alguma forma. Ao pegar Kyle na escola, ela se reportava a tempos distantes em que se encontrava ali com Johnny, depois do escurecer, quando todos já haviam ido embora. Via-os em sua imaginação tão claramente quanto suas iniciais — ainda visíveis no tronco do carvalho que proporcionava sombra ao recreio —, duas crianças ingênuas que achavam que sabiam de tudo, empoleiradas lado a lado no labirinto, de mãos dadas, fumando cigarros, no crepúsculo suave. Ou quando ia ao centro avistava alguém a distância que fazia seu coração parar, mas quando passava, guiando o carro bem devagar, descobria que o homem não era nem um pouco parecido com Johnny e passava a catalogar os defeitos do estranho inocente, como se ele fosse culpado de alguma coisa.

Roger teria percebido? Se notara, guardara para si mesmo. Daphne surpreendera-o a fitá-la de uma maneira estranha algumas vezes, nada mais do que isso. Ele se mostrava bastante ocupado, falando ao telefone com o consultório meia dúzia de vezes por dia, cuidando de crises com a equipe e os pacientes, ao mesmo tempo que tentava chegar a um acordo com os sócios. Ela deveria lhe conceder um crédito por sua simples presença... mas era incapaz de sentir a gratidão necessária. Havia apenas ressentimento. Ressentia-se do fato de que tinha de tentar, pelas crianças e por Roger. Ressentia-se do fato de que tinha de tratá-lo bem, em vez de se mostrar irritada... porque ele estava ali, impedindo-a de se encontrar com Johnny!

A única coisa boa era que o marido não a pressionara a fazer amor. Efetuara algumas tentativas, é verdade, sem muito ânimo, mais uma demonstração de disposição, Daphne desconfiava, do que qualquer outra coisa. O orgulho de Roger não lhe permitiria ir longe demais numa situação vulnerável. Se ela o quisesse, teria de tomar a iniciativa.

Daphne não tinha idéia de quando isso poderia acontecer. Naquele momento, tudo nela — cada necessidade, medo, desejo — projetava-se num único grito, ao mesmo tempo doce e angustiante: *Johnny!*

Ela foi arrancada dos devaneios pelo barulho de pneus rangendo lá na frente. Através da chuva, que turbilhonava ao vento, ela reconheceu o Tercel verde que tomara o lugar do BMW da irmã. Momentos depois, Alex e as meninas estavam na porta da frente, sacudindo capas e guarda-chuvas, batendo com os pés no capacho.

Foi nesse exato momento que a mãe saiu da cozinha, com Kitty em seus calcanhares. Ela parou abruptamente quando viu Alex. As faces coradas do calor da cozinha adquiriram um brilho febril. Parada ali, com as mãos nas costas, como uma colegial culpada, paralisada no ato de soltar os cordões do avental, ela parecia extremamente jovem... mais como a moça despreocupada na foto com Vernon, tirada na lua-de-mel, que fora emoldurada e pendurada na parede, ao seu lado.

Depois, com um pequeno grito, Lydia ergueu e abriu os braços, como se fosse em exultação... ou talvez para acolher de volta uma filha perdida, mas não esquecida.

Alex, emoldurada na porta, com os cabelos molhados grudados nas faces, os olhos incertos com alguma emoção acumulada, não se mexeu. As gêmeas também pararam, trocando olhares nervosos. Uma rajada de vento soprou, espalhando um punhado de folhas molhadas na passadeira no vestíbulo e provocando um arrepio em Daphne. Ela respirou fundo. Alex diria alguma coisa sobre o pai? Ou apenas fingiria, como as irmãs, que era apenas outro jantar dominical, como todas as centenas que haviam tido antes?

O momento constrangedor pareceu se prolongar e se tornou quase insuportável. Então, finalmente, Alex adiantou-se, com uma dignidade estranha e afetada, para aceitar o abraço oferecido. Baixou a cabeça para o ombro da mãe, com um soluço quase inaudível. Quando ela deu um passo para trás, os olhos faiscavam.

— Desculpe o atraso — murmurou ela, com uma sinceridade que parecia artificial. — Está chovendo demais. Eu não conseguia ver um metro à minha frente.

Kitty, que não estava exatamente com os olhos secos, percebeu Daphne, deu a volta para fechar a porta. E aproveitou a oportunidade para fazer um carinho encorajador nas gêmeas.

— Não tem importância. Chegaram a tempo. — Lydia desviou sua atenção para Nina e Lori, os rostos virados para baixo, meio escondidos pelas golas dos blusões de zuarte. — Deixem-me olhar para vocês duas! Não fiquem inibidas. Independente do que possam ter ouvido, ainda não perdi o juízo... e sei como é gostoso abraçar minhas netas!

Quando terminou de abraçar as meninas e pendurar os casacos, Lydia passou o braço pelo de Alex e anunciou:

— O jantar está na mesa. Vamos sentar antes que esfrie.

Todas as coisas consideradas, a refeição transcorreu sem dificuldades. Houve um momento embaraçoso, quando Roger começou a trinchar a galinha... um ritual que Daphne identificava tanto com o pai que a visão do marido à cabeceira da mesa, cortando fatias finas como papel, parecia quase um sacrilégio. Ela não foi a única que sentiu. Um pesado silêncio caiu sobre a mesa, seguido por um fluxo de tigelas e travessas passando de mão em mão. Então, subitamente, todos começaram a falar ao mesmo tempo.

Para variar, Daphne sentiu-se grata pela tendência de Roger para assumir o controle da conversa. Riu junto com as irmãs das histórias que já ouvira mil vezes, tomando um gole do vinho sempre que a jovialidade forçada começava a parecer demais com a rearrumação de espreguiçadeiras. Um pouco tonta, ela limpou o queixo de Kyle e cortou a carne de Jennie em pedaços bem pequenos, enquanto uma voz interior clamava: *Por que alguém não diz alguma coisa?*

Um transeunte que por acaso olhasse pela janela não veria nada de extraordinário, pensou ela. Lá estava a mãe, em seu lugar habitual, na extremidade da mesa mais próxima da cozinha, a aparência encovada dos últimos dois meses substituída por uma expressão que era quase beatífica. Usava um chemisier amarelo-xadrez que suavizava os contornos e fazia-a parecer mais esguia do que esquelética. E os cabelos prateados, penteados para trás das orelhas, brilhavam como o friso em seu prato.

À direita de Lydia, Alex tomava vinho e comia, mantendo uma animação que só encobria em parte a tensão, que era como categute esticado demais. Com o cuidado de evitar qualquer assunto que pudesse invocar o fantasma do pai, ela falou sobre as casas que estava mostrando, as medalhas que as meninas haviam conquistado em ginástica, a família que se mudara para a casa ao lado... até que Daphne começou a se sentir como um de seus clientes, submetida a um fluxo de conversa incessante para ocultar quaisquer defeitos que pudessem encontrar enquanto circulavam por uma casa que se encontrava no mercado há bastante tempo. Ninguém parecia notar a maneira nervosa com que Alex mexia em suas pérolas ao longo da refeição... ou o retorno ao hábito da infância de esculpir de forma interminável o purê de batata em seu prato.

Exceto pelas filhas de Alex, que pareciam absolutamente fixadas pelo que havia em seus pratos — ao mesmo tempo que davam um jeito de não comer muito —, a pessoa mais retraída era Kitty. Quando entrava na conversa, sua participação era formal, como falas ensaiadas para uma peça de teatro.

Daphne sentiu certa compaixão. *Pelo menos tenho meus filhos*, pensou ela.

Foi só depois que Daphne e as irmãs começaram a tirar a mesa que Lydia pareceu sair de sua bolha cor-de-rosa. Levantou-se e disse:

— Deixem tudo aí. Nina e Lori podem lavar a louça. — Ela virou-se para as netas e indagou, a voz doce: — Não se importam, não é, meninas? Preciso ter um momento a sós com sua mãe e suas tias. Voltaremos a tempo de ajudar a enxugar e guardar.

Kyle e Jennie lançaram olhares ansiosos para a avó, como se apreensivos por serem separados da mãe, mesmo que por um curto período. Daphne sentiu-se grata quando Roger, sem a menor hesitação, interveio nesse momento, jovial:

— Vocês dois não gostariam de assistir à tevê comigo? Vamos ver se está passando algum programa bom.

Enquanto subia com as irmãs, atrás da mãe, para o quarto em que Lydia dormira ao lado do marido durante quase quarenta anos — o marido cujas filhas gerara, cujas roupas lavara, cujas refeições preparara e cujos segredos guardara, ocultando-os até de si mesma —, Daphne sentiu-se nauseada, como se tivesse comido demais. Especulava se chegara a hora, se aquele era o momento do ajuste de contas pelo qual esperavam, ao mesmo tempo que temiam. A mãe ia finalmente revelar o que acontecera naquela noite, quando subira aquela mesma escada, à procura da arma na caixa trancada, na última prateleira do closet?

Kitty lançou-lhe um olhar apreensivo. A irmã também sentia o que havia no ar. Até mesmo Alex, subindo a escada à sua frente, parecia arrastar os pés, como se hesitasse.

*Alguma coisa foi tirada de todas nós*, pensou Daphne. *Não apenas papai... mas também alguma parte essencial de nós mesmas.*

No quarto dos pais, ela sentou no sofá de dois lugares, entre as janelas que davam para o Point, a extremidade do promontório que naquele momento tinha contornos indefinidos, obscurecidos pela chuva. A previsão era a de que a chuva continuaria pelo dia seguinte, o que deixaria as crianças irritadiças, por passarem o dia inteiro dentro de casa. Daphne também recordou que a mãe manifestara o desejo de nadar na enseada. Abandonara a idéia? Ou apenas esperava que o tempo melhorasse? Ela descobriu-se a pensar: *Eu deveria ter insistido para ficar na casa. Mamãe não deveria ter passado os dias inteiros sozinha aqui.*

Daphne correu os olhos pelo aposento, admirada porque muito pouco mudara desde que era criança. Até mesmo o espelho por cima da cômoda estava inclinado no mesmo ângulo, refletindo as escovas de cabo de prata, com as iniciais de Lydia, e os porta-retratos com fotos da família num lado. O toque da mãe era mais evidente ali do que em qualquer outro lugar da casa, na cama e na cômoda de carvalho simples, nas aquarelas delicadas espalhadas pelas paredes claras, com listras amarelas. Havia apenas poucas antiguidades, heranças de família muito estimadas do lado da mãe, como a cadeira de balanço em que Kitty sentou, herdada da bisavó, Agnes Lowell.

O que podia estar passando pela cabeça da mãe, naquela noite em que subira no banco de madeira no closet e tateara pela prateleira de cima? Enquanto procurava entre os cobertores extras e os agasalhos de esquiação, as pontas dos dedos tocando na caixa de metal, ocorrera-lhe que estava prestes a cruzar o limite de tudo o que era seguro e previsível, sem qualquer esperança de retorno? Que ingressaria num mundo selvagem, em que os hábitos e relacionamentos de uma vida inteira lhe seriam arrebatados?

Daphne, a mente disparada com essas questões e muitas outras, observou num silêncio assustado quando a mãe pegou uma caixa de chapéu em cima da cômoda. Por um momento febril, viu uma caixa de metal, um aço cinza brilhando, com uma fechadura em que se ajustaria uma chave pequena... não muito diferente da que estava dentro de um saco de plástico no porão do prédio do tribunal.

Atordoada, ela fechou os olhos por um instante... e uma imagem de Johnny surgiu, o sorriso torto, os olhos avaliadores, que não davam trégua e não pediam favores. Enquanto ela crescia, as coisas terríveis que só conhecia através dos jornais — pessoas sendo assaltadas e espancadas, incêndios ateados por fumantes descuidados — eram ocorrências freqüentes no bairro de Johnny. E, subitamente, ela ansiou não por braços capazes — os seus serviriam muito bem —, mas pela dura aceitação que fora incutida em Johnny, a agilidade experiente com que ele navegava por um mundo repleto de armadilhas ocultas.

*Senhor, dê-me força...*

O quarto foi dominado por um silêncio tão carregado quanto o céu, que arremetia como um mar cinzento espectral contra os beirais e as vidraças antigas, enquanto todas esperavam para descobrir o que a mãe pretendia fazer.

Lydia sentou no banco estreito ao pé da cama, com a caixa de chapéu no colo, e disse finalmente:

— Há algumas lembranças que eu gostaria que ficassem com vocês. Uma coisa especial para cada uma.

Ela sorriu. Mais uma vez, Daphne notou os sulcos profundos nas faces, onde antes havia covinhas.

— Sei que não é o que vocês esperavam. Mas *isso*, infelizmente, não posso dar. Não há maneira de explicar o que aconteceu com seu pai. É mais complicado do que imaginam, embora eu tenha certeza de que, a esta altura, já sabem alguma coisa, talvez até a maior parte.

Ela olhou para Daphne e Kitty, antes de se virar para Alex, com uma expressão que era ao mesmo tempo afetuosa e ansiosa. Quando ela abriu as mãos, como se fosse um gesto de pesar, Daphne viu que a aliança de ouro, ausente durante sua permanência na cadeia, voltara ao lugar de direito, no dedo médio da mão esquerda. Alex, sentada num canto da cama, fez menção de falar, mas foi silenciada quando a mãe continuou:

— Isso não desmerece, é claro, tudo o que vocês fizeram para ajudar.

A voz suave de Lydia era estranhamente mesmerizante, como o sussurro do tafetá quando Daphne era criança: a mãe inclinando-se para beijá-la, no escuro, recendendo a perfume e ao único martíni que se permitia tomar antes de uma festa.

— Demonstraram uma tremenda coragem nas circunstâncias mais difíceis. Até mesmo você, Alex. Sei que tem sido mais penoso para você, sob alguns aspectos, do que para suas irmãs. Fez o melhor que podia. E é suficiente para mim que tenha vindo esta noite.

— Não pode pelo menos *tentar* explicar? — indagou Kitty, em frustração.

A mãe sacudiu a cabeça, com uma expressão triste.

— Não importa, não importa realmente, porque nunca serei livre, apesar do que aconteça no final. E por mais incrível que possa parecer para vocês, estou em paz com tudo. A única coisa que quero agora, com toda a força de meu coração, é que cada uma de vocês também fique em paz.

Ela levantou a tampa da caixa de chapéu, do tipo antigo, coberta por um tecido estampado com botões de rosas desbotados pela longa exposição ao sol. Continha miudezas boas demais para jogar fora, mas para as quais não havia nenhum uso imediato: fragmentos de rendas e botões diversos, sobras de novelos de lã de agasalhos tricotados, uma travessa de casco de tartaruga com metade dos dentes desaparecidos.

Agora, das profundezas recendendo a lavanda, a mãe retirou uma caixa de jóia de veludo, que estendeu para Alex.

— É o broche de diamantes que seu pai me deu quando fizemos vinte e cinco anos de casamento. Pode guardar ou vender, se quiser. Não faz diferença para mim. Seu pai só me deu porque... — Ela fez uma pausa, os olhos se enchendo de lágrimas. — Digamos que é um pouco ostentoso demais para o meu gosto.

Alex, atordoada, meio encabulada, ficou olhando para a caixa por um longo momento, antes de abri-la. Quando Daphne levantou-se, para espiar por cima do ombro da irmã, não pôde evitar uma exclamação de espanto. Ostentoso não era a palavra para o broche. A jóia era — não havia outra maneira para defini-la — *magnífica*, uma base de platina entrelaçada de forma delicada, da qual se projetavam os diamantes, no formato de uma flor.

Contudo, ao que ela soubesse, Lydia nunca usara o broche; nenhuma delas tinha conhecimento de sua existência. Daphne ficou olhando, incapaz de falar. Até mesmo Alex, que podia ser fria e indiferente, parecia atordoada.

Seus olhos brilhavam com lágrimas não derramadas, e ela parecia fazer um esforço para encontrar as palavras para agradecer à mãe. Quando finalmente falou, todas as camadas externas mais duras haviam sido removidas, deixando-a tão delicada e vulnerável quanto a recém-nascida que Daphne, aos quatro anos de idade, com a maior cautela, pegara no colo.

— Eu... não sei o que dizer — balbuciou Alex. — Não esperava por isso. É... é muito generosa, mamãe.

— Não precisa me agradecer. — A mãe sorriu. — É um presente, sem qualquer ônus. Meu único desejo é que você faça bom uso dela, qualquer que seja sua decisão sobre o que fazer. Agora, para você, Daphne...

Houve o barulho de papel de seda. Lydia tirou da caixa um diário, com a capa de couro vermelho desbotado. Entregou-o para as mãos estendidas de Daphne, tão reverente como se fosse um pergaminho antigo, contendo os segredos de uma civilização perdida, e disse:

— Isto, mais do que uma explicação que eu poderia dar, pode ajudá-la a compreender alguma coisa do que precisa saber. Mantive o diário desde os dezesseis anos de idade até o seu nascimento. Depois, não havia minutos suficientes no dia para tudo o que precisava ser feito. — Lydia sorriu, numa recordação afetuosa. — Quando você escrever sobre o que aconteceu, pois sei que o fará... e deve mesmo... espero que isto lhe proporcione alguma percepção.

— Escrever sobre o que aconteceu? — repetiu Daphne, numa confusão horrorizada. — Como pode pensar que farei isso? Pôr nossa família em exposição... como se fosse um espetáculo de aberrações? Ganhar dinheiro com o que aconteceu?

A mãe balançou a cabeça. Uma lágrima escorreu pela face.

— Não, Daphne, você está olhando pelo lado errado. Não percebe que estaria pondo tudo na devida perspectiva? As pessoas vão querer alguém torturado, um monstro ou uma vítima... é o que sempre fazem. Pode surpreendê-las saber que minhas esperanças e sonhos, as coisas com que me preocupava, por mais extraordinárias que pudessem parecer na ocasião, eram na verdade bastante comuns. Quando escrever a respeito, você mostrará às pessoas que eu não era diferente delas.

Daphne apertou o diário contra o peito, reprimindo as lágrimas. Um raio de sol encontrou uma passagem entre as nuvens e incidiu sobre a mão em cima da caixa de chapéu. Por um instante, a luz parecia se irradiar da aliança de ouro no terceiro dedo.

Daphne engoliu em seco e murmurou:

— Eu... tentarei.

— Por último, mas nem por isso menos importante...

Lydia olhou para Kitty, que até aquele momento permanecera imóvel, absorvendo tudo. Agora, Kitty empertigou-se na cadeira de balanço e inclinou-se para a frente, enquanto a mãe começava a falar. Lydia usava um tom com que Daphne nunca a ouvira antes tratar Kitty, com uma espécie de ternura perplexa.

— Você era o meu maior desafio. Mas no outro dia, quando deixávamos o tribunal, eu soube o que deveria ser. O presente perfeito.

Ela tornou a enfiar a mão na caixa de chapéu. Quando a luz se refletiu num pequeno copo de prata em sua mão, Kitty soltou um grito abafado. Era o copo de bebê que passara de uma geração para outra, na família da mãe, começando com a tataravó, havia mais de cem anos. Nele estavam gravadas as iniciais KML: Katherine Marie Lowell.

Daphne ficou espantada com a insensibilidade daquele presente. Por que a mãe fazia aquilo? Como podia ignorar que seria doloroso para Kitty? Ela teve vontade de pegar o copo e esconder, depressa... antes que pudesse causar um mal maior. Mas era tarde demais. A expressão de mágoa e perda no rosto da irmã, enquanto os dedos se fechavam em torno do copo, era tão profunda quanto as iniciais gravadas.

— Vinha guardando isso para o bebê que você teria um dia — disse Lydia, gentilmente.

Num embaraço evidente, Kitty esforçou-se em encontrar palavras.

— Não sei o que ouviu ou quem contou... mas não é verdade. O... o bebê que eu esperava adotar... a mãe mudou de idéia.

Lydia fitou-a, confusa. Pela primeira vez naquela noite, parecia hesitante.

— Eu não podia saber qualquer coisa... ninguém me contou... — Ela parou de falar, respirou fundo para recuperar o controle e acrescentou com mais firmeza: — Estava me referindo a seu bebê... o que você está esperando.

A cor esvaiu-se do rosto de Kitty, deixando-o branco, com uma aparência doentia. Ficou olhando duro para a mãe, por um longo momento, como se tentasse decidir se era uma espécie de piada cruel... ou se a mãe enlouquecera mesmo. Depois, ela virou o rosto. Com o pouco que restava de sua compostura, pôs o copo na cômoda. No espelho por cima, Daphne podia ver o reflexo dos olhos angustiados.

— Nunca terei meu próprio filho. E também não sei se serei capaz de adotar uma criança. É melhor guardar o presente para alguém que precise.

No silêncio subseqüente, a risada surpresa de Lydia pareceu reverberar pelo quarto, como uma onda de choque depois de um terremoto.

— Está querendo dizer que não... ah, querida... — Ela levantou-se e foi abraçar Kitty. — Pensei que você soubesse.

— Soubesse o quê? — indagou Kitty, numa confusão cada vez maior.

— Você está grávida. Sempre posso dizer... chame de sexto sentido. Eu soube no instante em que engravidei de cada uma de vocês... e com Alex também, antes que ela me dissesse que estava grávida das gêmeas. Quando foi sua última menstruação?

— Eu... nunca fui regular. — O tom de Kitty era um pouco irritado, como se não ousasse acreditar no que a mãe dizia. — Já tem alguns meses, eu acho...

Ela levou a mão à boca abruptamente, os olhos arregalados, antes de acrescentar:

— Ó Deus, e se for por isso que tenho me sentido tão cansada ultimamente? E enjoada durante todo o tempo?

Kitty empertigou-se de repente, como se pisasse em alguma coisa afiada, para depois desatar a chorar. Lydia afagou suas costas, um pouco desajeitada.

— Chore tudo o que quiser. Deus sabe que lágrimas demais já foram derramadas pelo que está morto e enterrado. É tempo de chorarmos por alguma coisa boa que vai acontecer.

Horas depois, Kitty estava deitada em sua cama, olhando para o anjo no teto. Não era um anjo de verdade, se é que existiam, mas uma mancha de água antiga no formato de um anjo, deixada por um cano arrebentado num passado distante. Ela pensou no anjo Gabriel aparecendo diante da Virgem Maria para anunciar a imaculada conceição, e quase soltou uma risada. Sabia exatamente de onde vinha aquele bebê.

*Sean.*

Era um bebê de Sean. A compreensão atingiu-a com tanto impacto que o quarto pareceu balançar... como se ela estivesse dentro de um sino, um enorme sino de igreja repicando para dar a boa notícia, muitas e muitas vezes, até que cada parte de Kitty cantava com as badaladas, enquanto seu coração se elevava.

Na viagem de volta, naquela noite, ainda aturdida com o presente inesperado da mãe, Kitty pedira a Roger que parasse na Long's Drugs, onde comprara um teste de gravidez. Ao chegar em casa, desejara boa noite a todos e subira para seu quarto, trancando a porta. E se tudo não passasse de um engano cruel? Era melhor comunicar a Daphne pela manhã, depois que tivesse uma chance de afundar no seu desapontamento em particular.

Mas sentada no vaso, tremendo toda, com o indicador de plástico branco na mão, Kitty começara a pensar que a mãe não era tão louca assim, afinal de contas. Uma linha azul aparecera na janela do teste, depois duas. Positivo.

Ela quase desfalecera com o choque, quase caíra no chão de ladrilhos brancos e azuis do banheiro. Mas, de alguma forma, os joelhos vergando a cada passo, conseguira cambalear para o quarto e deitar na cama. Puxara as cobertas com a mesma gentileza com que estenderia uma toalha úmida sobre massa crescendo.

Já era meia-noite e meia agora. Só sabia disso porque o pequeno relógio de carrilhão, feito de bronze, na mesinha-de-cabeceira, informou a hora. Podia estar deitada ali há minutos ou horas, ainda no vestido violeta que usara no jantar. Não se dera ao trabalho de tirar as roupas porque não via sentido em tentar dormir. Como podia dormir com a mente em turbilhão, dando a impressão de que poderia estourar a qualquer instante, como uma ameixa madura? Se Maria sentira alguma coisa parecida quando recebera a notícia do anjo Gabriel, Kitty podia agora compreender o brilho radiante que a envolvia nos quadros religiosos. Seu próprio milagre, sob alguns aspectos, também era espantoso. Por que agora, depois de tantos anos? E por que com aquele homem?

*Você não estava apaixonada pelos outros,* sussurrou uma voz.

Mas que importância tinha quem era o pai? Era o seu próprio bebê, sua carne e sangue, uma criança que ninguém poderia tirar dela. Os anjos existiam, apesar de tudo, e haviam escutado suas preces.

Kitty estendeu as mãos para a barriga ainda lisa, de onde parecia emanar um brilho quente. Sentiu uma pulsação, mais provavelmente sua, que parecia com a palpitação de um pequeno coração. Ela fechou os olhos e tentou imaginar como seria ter seu próprio bebê nos braços. Por um momento, pôde até sentir, o peso na palma de sua mão, uma cabeça de criança, os cabelos macios como o pêlo de um gatinho roçando em seu queixo. Um calor começou a comichar nos dedos dos pés e foi se espalhando pouco a pouco, até que ela não podia mais se conter, até que tinha a sensação de flutuar, levada pela maravilha insondável do que estava acontecendo.

Converter o quarto de hóspede, em que Daphne dormia agora, num quarto de bebê. Mas em vez de patos e coelhos iria decorá-lo com as aquarelas da mãe. O berço ficaria de frente para a janela. Assim, quando o bebê despertasse de seu cochilo, veria as andorinhas voando lá fora, o mar cintilando a distância. E numa prateleira alta poria ninhos de passarinhos, conchas e pedaços de madeira que as ondas deixavam na praia, a fim de que ele ou ela pudesse contemplá-los e saber que o mundo era um lugar acolhedor, cheio de magia, mistério e surpresas maravilhosas.

A mente flutuando num mar de planos felizes, Kitty acabou resvalando para o sono, mesmo contra a sua vontade. Ainda estava escuro quando acordou, mas sentia-se mais revigorada do que em muitas semanas. Sabia o que tinha de fazer. Saiu da cama, tirou o vestido todo amarrotado, vestiu um jeans e uma camiseta. Desceu na ponta dos pés, tomando o cuidado de saltar o degrau do meio, que rangia alto o bastante para acordar todos na casa.

Sem trânsito, a viagem para a casa de Sean pareceu mais curta desta vez. E a chuva cessara, deixando a estrada brilhando à luz dos faróis, como um rio preto em que deslizava sem qualquer esforço. Encontrou o caminho facilmente, sem sequer se preocupar se deveria ou não ter telefonado antes. Era como se o seu terceiro olho — seu olho *mais verdadeiro*, segundo a crença hinduísta — a guiasse.

Como Sean reagiria quando lhe desse a notícia? Ficaria assustado, como deveria? Mudaria de idéia sobre a insistência em continuar a vê-la?

Ela logo o avisaria de que não ia sobrecarregá-lo com o bebê. Tinha condições de cuidar de tudo sozinha, muito obrigada, e até vinha se preparando para isso havia algum tempo. Num sentido estranho, Kitty não podia deixar de sentir que aquele bebê não era de Sean ou de qualquer outro homem, diga-se de passagem. Adquirira vida apenas pela intensidade de seu anseio.

Ela encontrou destrancada a porta do pequeno apartamento de Sean, no fundo do terreno. Não se deu ao trabalho de bater. Também não lhe ocorreu que ele podia estar ausente ou, pior ainda, com outra mulher. Nada podia perturbar a correnteza de calor em que ela parecia flutuar. Fora abençoada. Estava...

*Grávida.*

Sean dormia no colchão estendido no chão. Quando Kitty agachou-se ao lado e sacudiu-o, ele não se mexeu. Sem parar para pensar no que deveria fazer em seguida, ela deitou ao seu lado, sob as cobertas. Sean murmurou alguma coisa, a voz engrolada, chegou mais perto e estendeu um braço por cima de Kitty, como se mesmo no sono sentisse a necessidade de protegê-la. Então, seus olhos se abriram. Por um longo momento, permaneceu imóvel, fitando-a, incrédulo.

— Kitty...

Apenas isso, seu nome. Quase como se a esperasse.

— Desculpe tê-lo acordado — sussurrou ela.

— Tudo bem com você?

— Nunca esteve melhor.

— É bom saber disso. — Sean estava completamente desperto agora, a cabeça apoiada na mão espalmada, o cotovelo dobrado. — Mas não veio até aqui só para me informar que está tudo bem. O que aconteceu?

Sob as cobertas quentes, recendendo à mata, Kitty pôde sentir que ele se tornava tenso.

— Precisava vê-lo.

— É mesmo? Não parecia tão desesperada para me ver em nosso último encontro.

Ele estava magoado, não se mostrava disposto a perdoá-la com facilidade. Ou talvez fosse apenas porque não confiava nos motivos de Kitty. De uma maneira inversa, ela achou que o pensamento era tranqüilizador. Se o sexo fosse a única coisa na mente de Sean, não haveria aquela conversa. Kitty baixou os olhos, alisando uma dobra na colcha de madras.

— Peço desculpa se dei a impressão de que não me importava. Quero que saiba que me importo. E muito.

— Tem uma estranha maneira de demonstrar.

— Quer me deixar? — murmurou Kitty.

Ela esperou, ouvindo o farfalhar das folhas molhadas ao vento, o barulho distante dos pneus na auto-estrada. Quando estendeu a mão para traçar o contorno do queixo de Sean, com a ponta dos dedos, o calafrio que se irradiou por todo o seu corpo parecia vir de um lugar mais profundo do que apenas carne e osso.

— Não — respondeu Sean.

Kitty pegou a mão dele e levou-a à sua boca, sentindo as batidas firmes no pulso.

— Fico contente, porque há mais uma coisa que quero lhe dizer...

Uma esperança cautelosa surgiu nos olhos de Sean. À claridade fantástica que entrava pela clarabóia, os olhos permaneceram fixados em Kitty, tão pretos quanto o mar no céu noturno sem lua. Nos cabelos escuros, bem curtos, ela viu algumas partículas de serragem que ele não percebera, como pequenas estrelas refletidas.

Kitty hesitou, sentindo-se dividida. O conhecimento da gravidez era tão novo que seu primeiro impulso era escondê-lo, como um tesouro que desfrutaria sozinha, no maior egoísmo. Mas era injusto ocultar de Sean. Qualquer que fosse sua reação, ele merecia saber. Não fora um anjo quem lhe dera aquele bebê. Fora Sean. Ele abrira o coração de Kitty, deixando entrar bastante luz, para que pudesse crescer.

— Estou grávida.

Sean manteve-se impassível, como se não tivesse ouvido... ou talvez não quisesse ouvir.

Alguma coisa que vinha se desdobrando dentro de Kitty, gentilmente, retraiu-se de repente, numa bola dura e tensa.

*Não importa*, ela disse a si mesma. Não precisava de qualquer coisa de Sean. Não era uma adolescente sem dinheiro. Era uma mulher de 36 anos, com um estabelecimento comercial próspero, que podia criar o bebê sozinha. Já se preparava para dizer isso quando Sean perguntou, a voz suave:

— Quando descobriu?
— Esta noite. Há poucas horas.
— Então não foi por isso que queria parar de me ver?

Kitty ficou surpresa demais a princípio para pensar numa resposta. Mas logo exclamou:

— Claro que não, Sean! Como pôde sequer *pensar* isso?

Os olhos de Sean exprimiram alívio, mas a expressão permaneceu dura.

— Então quer que eu seja parte da vida desse bebê?

Kitty fez um esforço para traduzir em palavras o que queria dele, mas nada de objetivo surgiu.

— Eu ainda não havia pensado sobre isso. Claro que quero... se você quiser. — Ela hesitou. — Para ser franca, eu não tinha cem por cento de certeza se você concordaria.

Ela pôde ver um músculo vibrando no maxilar de Sean.

— Fico contente em ouvir isso — murmurou ele, numa estranha voz contida. — Porque você não tem a menor idéia do que passei. Quando a vi naquela noite... *meu Deus!*

Com um grito rouco, ele puxou-a. Comprimiu a cabeça contra os seios de Kitty, que pareciam sensíveis e inchados, e agarrou-a pela camiseta, como se fosse a única coisa que pudesse impedi-la de deslizar por um precipício íngreme. Depois de um momento, ela reconheceu os sons estrangulados que saíam de Sean como soluços.

— Calma, calma... está tudo bem...

Com um esforço para conter as próprias lágrimas, Kitty acariciou a parte posterior da cabeça de Sean, os cabelos curtos se erguendo contra sua mão. Quando ele ergueu o rosto para fitá-la, estava contraído, quase irado. A voz tensa de emoção, Sean declarou:

— Você acha que sou muito jovem para saber o que é o amor, mas está enganada. E lhe direi mais uma coisa que você pode não querer ouvir: estou contente porque vai ter um bebê meu. Na maior alegria. — Ele começou a rir, meio irracional. — Jesus! Vamos ter uma criança! Nem acredito!

— Também não acredito. — Kitty sorriu. — Passei as últimas horas acordada, tentando me convencer de que é verdade.

Sean empertigou-se. Parecia mais no controle agora.

— Vamos deixar uma coisa bem clara, está bem? Qualquer que seja a maneira com que você tencione cuidar da situação, essa criança vai ter um pai.

— Acho que ninguém pode questionar esse fato — comentou Kitty, rindo.

Sean amarrou a cara.

— Sabe do que estou falando. Temos de pensar em algum plano.

— O que você estava pensando?

— Adiantaria perguntar se quer casar comigo?

Kitty pensou por um momento, depois balançou a cabeça.

— Não interprete da maneira errada, Sean. Sob alguns aspectos, eu adoraria. Mas não creio que seria uma boa idéia. Pelo menos não neste momento, com tudo o que está acontecendo. Talvez mais tarde... veremos.

Sean, embora desapontado, não se mostrou ofendido. Deu de ombros e disse:

— Devo avisar que isso não vai me impedir de procurá-la em todas as oportunidades.

— Quem está impedindo?

— Pensei que você queria deixar esfriar por algum tempo.

— Já esqueceu que fui eu quem o acordou?

Kitty sorriu e estendeu a mão. Ele vestia uma camiseta de malha, mas não usava nada na parte de baixo.

A reação de Sean foi imediata. Abraçou-a, ansioso, apertando-a com tanta força que, por um momento, ela não conseguiu respirar. Depois, como se lembrasse de repente do estado supostamente delicado de Kitty, ele soltou-a.

— É melhor não fazermos isso — murmurou Sean. — Não vai fazer mal ao bebê?

— Não neste estágio — garantiu Kitty.

Sem dizer mais nada, ele tirou a camiseta, e depois ajudou Kitty a tirar o jeans. Ela ficara sem calcinha depois de ter feito o teste de gravidez e não tinha nada por baixo. Quando a viu, Sean não esperou por um segundo convite.

— Você é tão linda...

Era o máximo de poesia que ela receberia de Sean, mas naquele momento as palavras não importavam. Havia apenas a palma da mão dele acariciando sua coxa, os dedos acendendo-a com seu contato... o contato seguro de um homem que sabia instintivamente, apesar da idade, como agradar uma amante.

Ela gemeu, erguendo o corpo ao encontro da mão entre suas coxas. Seus olhos se encontraram. Depois de um longo e doce momento, em que Kitty se perdeu nas sensações deliciosas que a dominavam, ele levantou para seu rosto a mão que tanto a agradara, para aspirar o cheiro dela, como se fosse o perfume mais maravilhoso.

Alguma coisa se soltou dentro de Kitty... um balão que subiu em espiral para a sua cabeça, antes de descer para assentar ao sul do umbigo. Ela riu, exultante. Sacudiu a cabeça, e os cabelos ondulados caíam pelos ombros nus e as costas, como um xale de seda.

Ela se comprimiu contra Sean, sentindo o tênue cheiro de resina em sua pele, misturado com sabonete e o odor que era só dele. E sentiu também um calor crescente envolvê-la. Queria que ele a tomasse. Agora. Naquele instante. Mas, quando ele começou a abrir suas pernas, ela não deixou.

— Não — murmurou Kitty, descendo para recebê-lo na boca.

Depois de apenas um minuto ou por aí, Sean desvencilhou-se e murmurou, a voz rouca:

— Já vou gozar. E quero que seja dentro de você.

E no instante seguinte ele a penetrou, por cima, com Kitty orientando-o, quase frenética de desejo. Ela nunca se sentira assim antes, nem mesmo com Sean... dominada por emoções mais fortes do que qualquer coisa que já experimentara antes, cada sensação tão intensa que tremia à beira da agonia. *O bebê*. Não era o fato de estar faminta por Sean, mas também o bebê, saber que se encontrava ali, dentro dela, crescendo, mesmo enquanto se mexia por baixo daquele corpo de homem.

Gotas de suor escorriam do rosto de Sean para o de Kitty, como uma chuva quente e amena. Ele se continha, e subitamente Kitty não queria mais que ele continuasse a fazer isso. Queria apenas senti-lo, que se derramasse dentro dela, como na noite em que concebera, uma força vital com o poder não apenas de criar, mas também de ressuscitar esperanças e sonhos que ela pensara que haviam morrido.

Kitty projetou-se ao seu encontro, ofegando e gritando, com um prazer insuportável. Agarrou os quadris de Sean como fazia ao levar um copo com água à boca, sem querer que uma gota sequer derramasse. No mesmo instante, ele também gozou, com um impulso final. Com força, mas ao mesmo tempo, como se em algum lugar, no fundo do ímpeto cego, tomasse cuidado para não machucá-la nem ao bebê. Ela podia senti-lo um pouco contido; e quando Sean acabou não desabou em cima de Kitty, como costumava fazer. Saiu e virou de lado, fitando-a.

Gentilmente, ele passou a mão pela barriga de Kitty. Ela sorriu e beijou-o na boca, murmurando:

— Eu me pergunto se ela sentiu isso.

— Como sabe que é uma menina?

— Apenas um pressentimento. Também ficaria feliz com um menino.

— Tem certeza?

— Absoluta. — O sorriso de Kitty se alargou. — Caso ainda não tenha percebido, gosto de meninos.

Ele sorriu também.

— Já notei. — Parando de sorrir, Sean acrescentou: — Era sério o que eu disse antes. Sempre que penso na criança de minha irmã, sem poder conhecer seu próprio sangue... Não quero que isso aconteça com minha criança. Mesmo que não sejamos casados, mesmo que não moremos juntos, devemos ser uma família.

Kitty pensou em sua família, como era diferente do que imaginara quando era jovem. Quando criança, ela considerava que nada jamais mudaria: os dias que se sucederiam com um suprimento inesgotável, os pequenos rituais que uniam uns aos outros, como os pontos quase invisíveis nas colchas que a mãe fazia com retalhos de vestidos que haviam se tornado pequenos demais. Mas agora a colcha de retalhos que era a sua família se desmanchara, e cada uma teria de fazer sua própria colcha, com os panos que restavam.

Os presentes da mãe faziam todo sentido, ela compreendeu, não apenas pelas razões que eram óbvias, mas também como lembretes de que nem tudo fora mentira na história da família, que valia a pena recordar algumas partes, até mesmo guardá-las com carinho. Nos dias pela frente, serviriam como bússolas para orientá-las nos momentos difíceis do caminho.

Kitty olhou para o rosto bronzeado de Sean, que exibia os sinais da vida ao ar livre como uma medalha. Notou as linhas pálidas nos cantos dos olhos, de tanto contraí-los à claridade do sol. *Sean será um bom pai*, pensou ela, o que também lhe ocorrera na noite em que o vira no hospital com a irmã. Quanto ao resto, teriam de ver.

Ela tocou em seu peito, tão firme quanto as árvores que ele subia para ganhar a vida. Podia imaginá-lo, com a maior facilidade, segurando um bebê no colo ou empurrando um carrinho. Kitty sorriu.

— Acho que nem sei mais qual é a verdadeira definição de uma família — comentou ela. — Talvez seja como uma dessas receitas que você inventa enquanto cozinha... um pouco disso, uma pitada daquilo. Devemos pelo menos tentar, não é mesmo? Quem sabe, podemos terminar com alguma coisa que valha a pena guardar.

— Mamãe?

Alex, ao ouvir Nina chamá-la baixinho da escuridão de seu quarto, parou na base da escada. Incapaz de dormir, ficara acordada, assistindo à televisão. Acabara mergulhando no sono no sofá, no meio de um monólogo de Jay Leno... alguma piada idiota sobre homens que enganam a esposa, lembrava-se pelo menos disso. Agora, tinha a sensação de que a cabeça estava recheada com aqueles irritantes amendoins de isopor, que você tem de escavar para encontrar o que está no fundo da embalagem. Um momento passou antes que ela invertesse os passos e atravessasse a curta distância até o quarto de Nina.

A filha estava sentada na cama, de pernas cruzadas, quando ela entrou. Alex sorriu à imagem de Nina na suave poça de luz projetada pelo abajur na mesinha-de-cabeceira, os olhos piscando, sonolenta, os cabelos escuros levantados atrás, como no tempo em que era pequena, e ela ajeitava as gêmeas para dormir todas as noites. Nina usava uma camiseta descartada do pai, muito grande em seu corpo, desbotada e manchada, da ocasião em que Jim, distraído, pusera o alvejante na lavadora antes de terminar de enchê-la com água. Alex criticara-o com veemência na ocasião. Ela tinha de trabalhar durante toda a semana, e ainda ser cem por cento responsável por todos os afazeres domésticos? A lembrança deixou-a horrorizada. Como ela podia ser implicante e insuportável. Era de admirar que Jim não tivesse se divorciado anos antes.

E as meninas... ela as amava muito, não podia haver a menor dúvida quanto a isso. Mas ao longo dos anos, quando os dias difíceis sucediam-se como dunas, quando tudo o que podia fazer era se arrastar de uma duna para outra, seus cuidados maternais haviam sido um tanto irregulares. Ultimamente, quando pensava nas filhas, era em termos de horários, listas e programas. Perdera contato com o tempo em que a mera visão das filhas pequenas, em seus macacões OshKosh, erguendo-se para contemplar o mundo do ponto de apoio vacilante das pernas recém-descobertas, era suficiente para levá-la às lágrimas.

Alex sentou na cama e afagou o joelho que se projetava por baixo da colcha. Nina, apesar da aparência alarmantemente madura, ainda era uma menina pequena, sob muitos aspectos. Quando haviam se mudado para aquela casa, Nina insistira para que seu quarto fosse decorado com tudo de Laura Ashley, tecidos estampados em flores, combinando com a cômoda e a cabeceira da cama de vime branco, uma arca antiga revestida de tecido indiano, em que estavam todas as bonecas e bichos de pelúcia que ela não tivera a coragem de dar. Só o cartaz grudado na parede do closet — Marlon Brando com a camisa rasgada, entre todas as coisas — era representativo de uma jovem tão peculiar e determinada, uma jovem que Alex queria muito conhecer.

— Ouvi você na sala. — Nina bocejou, esfregando os olhos com os punhos, exatamente como fazia quando era pequena. — Por que ficou acordada até esta hora? Algum problema?

— Eu ia para a cama quando você chamou.

Alex já ia dizer que estava tudo muito bem, na mais perfeita harmonia, quando compreendeu que isso não era verdade. Podia estar bem — ou melhor, para ser mais precisa, já passara do estágio em que se sentia incapaz de enfrentar qualquer coisa, quando a maior parte de cada dia era consumida a especular sobre que parte do céu cairia em sua cabeça primeiro —, mas estava longe de se encontrar em harmonia. Com um suspiro, ela confessou:

— A verdade é que ainda tenho problemas para dormir sozinha. Até mesmo Jay Leno é melhor do que ninguém.

Nina sorriu e revirou os olhos.

— Isso é patético, sem dúvida. Mas quer saber o que é pior? — Ela baixou a voz, confidenciando num sussurro teatral: — Ainda olho debaixo da cama todas as noites, antes de apagar a luz, só para ter certeza.

Alex não precisava pedir uma explicação. Desde que começara a andar, o ritual da hora de deitar de Nina incluía uma verificação meticulosa em todos os cantos e esconderijos em que o bicho-papão poderia estar à espreita. Lori, mais confiante e talvez menos imaginativa, contentava-se com um beijo de boa-noite. Com o rosto impassível, Alex respondeu, num tom de falsa solenidade:

— Creio que é justo dizer que, se havia um bicho-papão à espreita, nós já o afugentamos a esta altura.

— As coisas não têm sido exatamente o que se poderia chamar de *normais* — concordou Nina.

— Tenho o pressentimento de que isso vai mudar. Não acha que estamos prestes a ter dias ensolarados?

Nina contraiu os lábios, numa especulação pensativa.

— Por acaso esses dias de sol têm alguma relação com papai?

Alex sentiu que a antiga tensão se restabelecia automaticamente. Tudo tinha de girar em torno de Jim? Ela não merecia *algum* crédito por manter a família?

Ela pensou no broche de diamantes que a mãe lhe dera. Num exame mais atento, encontrara um recibo dentro da caixa, dobrado e preso na tampa. O preço fora um pouco acima de dez mil dólares... mais do que ela poderia imaginar que o pai fosse capaz de pagar por uma jóia. Fora um símbolo de seu amor... ou apenas a oferenda de uma consciência culpada?

Ao pensar na mãe escondendo a jóia dentro de uma caixa de chapéu durante todo o tempo — aparentemente, seu único meio de expressar a mágoa e a raiva silenciosa que ela não ousava manifestar —, Alex sentiu um calafrio. Deveria ser grata à mãe, não apenas por sentir sua necessidade... mas também por obrigá-la, embora por um ato terrível demais, a confrontar seu próprio bicho-papão. O pai... Leanne... Beryl... ela projetara a luz do dia nessas pessoas e descobrira que não havia monstros, apesar de tudo. Também não havia super-heróis, mas apenas seres humanos, que eram fracos e falhos, uns mais do que os outros; e alguns, como o seu pai, a um ponto fatal.

Jim? Ele era um dos bons. Só que Alex não reconhecera isso até agora.

— Seu pai e eu... — Alex parou de falar, com uma suspeita súbita e crescente. — Conheço esse olhar, Nina Marie Cardoza. Esteve me espionando, não é?

— Não espionando, exatamente. Por acaso peguei na extensão quando vocês conversavam pelo telefone ontem à noite. Juro que não tinha a intenção de escutar.

Ela levantou o travesseiro para abafar a risada. Alex fez um esforço para não sorrir.

— Muito engraçado, Sherlock. O que ouviu *por acaso*?

Nina afastou o travesseiro da boca.

— Apenas a parte em que falavam se faria um dia bonito amanhã para um piquenique na Lighthouse Point. — Insinuante, ela acrescentou: — Nós também vamos, não é?

— E se eu lhe dissesse que o piquenique seria apenas para mim e seu pai?

Nina pensou a respeito por um momento.

— Eu diria que era uma boa idéia... desde que você prometa me contar tudo quando voltar para casa. — Ela corou. — Isto é, talvez nem tudo. Apenas as partes que não precisam ser censuradas.

— E se eu não contar?

Nina deu de ombros, a camiseta escorregando de um ombro.

— Não sei... Acho que eu teria de inventar muitas das coisas que direi a Lori. Para preencher os espaços em branco.

— Isso está me parecendo chantagem.

Firme, mas não sem um toque de malícia, Nina declarou:

— Está bem, eu confesso. Sou capaz de fazer qualquer coisa que for necessária para que vocês dois voltem a ficar juntos. — Depois de um momento, ela acrescentou, com evidente ansiedade: — Eu gostaria que papai pudesse ter ido conosco esta noite. Foi estranho ir à casa da vovó... na metade do tempo, eu não sabia o que falar. Tive vontade de dizer a ela que lamentava muito o que aconteceu, que sentira saudade, mas... Não sei... parecia que nunca chegava o momento oportuno. Acha que ela se importou?

Lágrimas inesperadas afloraram aos olhos de Alex.

— Não, meu bem. Tenho certeza que ela não se importou.

Alex pensou em todas as ocasiões em que poderia também ter procurado a mãe... mas preferira, em vez disso, refugiar-se na memória do pai.

Nina bocejou de novo, as pálpebras começando a se fechar. Ajeitou-se por baixo das cobertas, arrumou o travesseiro, apertando-o no lugar apropriado.

— Acho que você tem razão — murmurou ela, a voz já um pouco engrolada do sono. — Ela não parecia tão transtornada quando saímos. Ao contrário, estava bastante animada. E me disse que, se o tempo melhorasse, sairia pela manhã para nadar.

— Nadar? — repetiu Alex, surpresa.

— Na enseada. Como costumava fazer quando...

Os olhos de Nina estavam fechados agora, a voz era quase inaudível. Ela murmurou mais alguma coisa que Alex não pôde ouvir direito, mas que a fez estremecer mesmo assim, como a ocasião em que enfiara a mão dentro da pia cheia de água com espuma... e acidentalmente cortara o dedo num copo quebrado. A filha parecia ter murmurado: *Quando éramos uma família.*

# Capítulo Vinte

Na manhã seguinte, a primeira coisa que Daphne viu, quando abriu os olhos, foi o sol nascendo num céu rosa e azul, sem nuvens. Parara de chover em algum momento durante a noite. Ainda tonta de sono, ela estendeu a mão à procura do marido. Mas a cama ao seu lado estava vazia. Ouviu-o no banheiro, o som de gorgolejo de Roger escovando os dentes a fazia pensar em alguém...

*Afogando-se.*

Ela sentou na cama, esfregando os braços tensos e arrepiados. Sentia a cabeça pesada e dolorida de um sonho que se recusara a desaparecer... um pesadelo em que a mãe se afogava. Daphne tentara salvá-la, mas seus pés afundaram na areia quando correra para a água. Muito além da arrebentação, podia avistar a forma boiando que era a mãe... mas enquanto se debatia para se desvencilhar só conseguia afundar ainda mais na areia úmida, que a sugava. Uma buzina de nevoeiro gemera a distância, e ela se lembrava de ter pensado: *Muito estranho.* Porque não havia nenhum nevoeiro. Ao contrário, o sol brilhava, faiscando nas ondas, uma rede de milhares de diamantes...

Na cama de ferro, no quarto de hóspede de Kitty, Daphne contraiu os olhos contra o sol, cujos raios passavam enviesados pelo coruchéu da casa ao lado. Os ponteiros de arabescos do relógio antigo, na mesinha-de-cabeceira, indicavam que faltavam 15 minutos para as sete. Mais ou menos a hora em que a mãe se levantava. Ela imaginou a mãe espiando pela janela do quarto, vendo que o dia seria perfeito. E dizendo para si mesma, como Daphne a ouvira comentar tantas vezes...

— Um dia adorável para nadar — sussurrou ela.

Uma apreensão intensa envolveu Daphne. Especulou se o desejo da mãe de nadar na enseada seria tão inocente assim, no final das contas. Ao pensar nos presentes da noite passada, que haviam sido na verdade mais do que presentes — tesouros para lembrá-la? —, Daphne estremeceu.

Quando o marido saiu do banheiro, ainda de pijama, os cabelos despenteados e uma mancha de pasta de dentes no canto da boca, Daphne advertiu a si mesma: *Mantenha a calma. Roger vai pensar que você está sendo histérica, e sabe como ele detesta isso.*

— Roger? — chamou ela, baixinho. — Estou preocupada com mamãe.

— Qual é a novidade?

Ele riu, enquanto tirava a calça do pijama... uma risada que tinha a intenção de ser jovial, mas que saiu um pouco sarcástica.

Daphne forçou-se a respirar fundo. *Fique calma e firme.*

— Não me refiro ao julgamento. Estou pensando na noite passada... não acha que ela se comportou de uma maneira um pouco estranha?

Roger, equilibrado numa perna, enquanto tirava a calça do pijama pelo outro pé, parou para fitá-la, uma parte do pijama caída no velho assoalho de pinho.

— Estranha? — repetiu ele, incrédulo. — Estranha não é a palavra apropriada. Eu diria que qualquer mulher que parece absolutamente contente por apodrecer na prisão pelo resto da vida só pode ter perdido o juízo.

Daphne ficou irritada.

— Se vai assumir esse tom...

Roger arrependeu-se no mesmo instante. Foi sentar ao lado de Daphne, a armação da velha cama rangendo em protesto.

— Desculpe, meu bem. Isso tem sido difícil para mim também. Eu só ia falar depois do desjejum... mas tenho de pegar um avião de volta para Nova York hoje. O idiota do mediador está nos fazendo dançar como ursos amestrados. Marcou outra reunião para amanhã de manhã. Não posso deixar de comparecer.

Daphne permaneceu imóvel por um momento.

— Você devia saber durante todo o fim de semana. Por que esperou até agora para me contar?

— Não queria preocupá-la. — Roger desviou os olhos, o antigo tom magoado voltando a se insinuar em seus olhos. — Pensa que eu *quero* isso?

Subitamente, Daphne não podia mais suportar a visão do marido, com os olhos desviados com todo o cuidado, os ombros vergados, numa atitude patenteada. Os cabelos crescendo de um bico no meio da testa faziam-na pensar num punhado de ervas daninhas que precisavam ser arrancadas pela raiz.

— Com toda a sinceridade? Não tenho a menor idéia.

Ele abriu a boca para dizer alguma coisa, mas Daphne ergueu a mão para impedi-lo, enquanto acrescentava:

— Não vamos entrar nessa discussão, está bem? Vá tomar seu banho de chuveiro, enquanto eu acordo as crianças. — Depois, Daphne acrescentou, com uma casualidade forçada: — Não há sentido em você permanecer aqui para o julgamento, Roger. Por que não fica em Nova York até que tudo tenha acabado?

Ela prendeu a respiração, sem saber qual seria a resposta do marido. Imaginou-o a dizer algo assim: *E me arriscar a perdê-la para sempre? Sei que não tenho sido o mais atencioso dos maridos, mas não sou estúpido... nem cego. Posso ver o quanto está em jogo aqui...*

Mas Roger não argumentou. Daphne percebeu que ele lhe lançava um olhar estranho — ou era apenas sua imaginação? — como se sentisse que podia estar caindo numa armadilha. Então, como se nada visse no comportamento da mulher que pudesse despertar suspeitas, ele se limitou a dizer:

— Veremos. Tudo vai depender do resultado da reunião de amanhã.

Ele começou a se levantar e em seguida, como se lembrasse de uma coisa, tornou a arriar na cama, fitando-a com uma intensidade súbita e inquietante.

— Sei que temos algumas divergências para superar, Daph. E assim que você voltar, vamos dar um jeito nisso, está bem? Podemos procurar alguém para uma terapia conjugal, se é isso que você quer. Tudo o que for necessário.

— Claro.

Mas o coração de Daphne não estava mais empenhado na conversa. Para Roger, o casamento era como uma reunião assinalada em sua agenda, para algum dia da próxima semana ou do próximo mês... ou do próximo ano, quando ela queria que fosse hoje, naquela manhã, naquele minuto.

Daphne observou-o se levantar e seguir para o banheiro, não o sólido baluarte que ela outrora esperava que a abrigasse... apenas um homem comum, um pouco passado do apogeu, com um traseiro começando a cair e alguns centímetros para perder na barriga, com um avião para pegar e coisas melhores para fazer do que acalmar os temores da esposa.

— Roger...

Ele parou e virou-se.

— O que é?

Mas ela podia perceber que já o perdera. Roger concentrava-se no que o aguardava em Nova York.

— Eu estava pensando... se você algum dia esteve com outra mulher. Desde que casamos.

Aturdida com sua ousadia, Daphne não ficou surpresa quando o viu arregalar os olhos.

— Por que pergunta isso?

— Não sei. Talvez por causa de meu pai. — Ela não mencionou a mulher na livraria. Apenas esperou um instante para insistir: — Já esteve?

Ele fitou-a em silêncio por um momento, antes de declarar, com a voz firme:

— Não vou nem dignificar essa pergunta com uma resposta. — Os olhos de Roger se contraíram. — É Kitty? Ela vem enchendo sua cabeça com essas bobagens? Kitty jamais gostou de mim.

— Não — respondeu Daphne, com toda a sinceridade. — Creio que nunca ouvi Kitty dizer uma palavra mesquinha contra qualquer pessoa, muito menos contra você.

*Sou eu*, Daphne teve vontade de gritar. *Não confio em você*. Não apenas na questão da fidelidade, pois subitamente não tinha mais importância se Roger fora para a cama com aquela mulher ou com qualquer outra. Não podia lhe confiar seus sonhos e esperanças. E muito menos seu futuro.

— Espero mesmo que não. — Fitando-a com uma expressão de censura, ele perguntou, a voz impregnada de sarcasmo: — Posso tomar meu banho agora? Ou há mais alguma coisa que você gostaria de saber sobre meu passado secreto e tenebroso?

— Desculpe ter perguntado. Pode tomar seu banho.

Daphne sentia-se triste, mas também um pouco aliviada. Acima de tudo, estava impressionada com a tranquilidade de tudo isso. Esperava que um casamento de 18 anos acabasse com um estrondo, não com uma lamúria. Ao ouvir o chuveiro ser aberto, ela especulou se Roger se preocuparia em lhe deixar pelo menos uma toalha seca.

Mas não pretendia esperar para descobrir. Vestiu um velho roupão de praia que encontrara no closet e subiu para acordar as crianças. Encontrou-as no chão, no quarto de Kyle, absorvidas num jogo de pega-varetas, fornecido por tia Kitty, sempre previdente. Relutante, ela levou as crianças para a cozinha, onde encontrou a irmã afundada até os cotovelos num monte de massa.

Daphne não pôde deixar de notar como ela parecia bonita naquela manhã, os olhos faiscando, as faces rosadas, como se tivesse acabado de sair do sol. Seria mesmo verdade o que sua mãe considerava tão certo? Ela fitou Kitty, com uma expressão inquisitiva. Por cima das cabeças louras em permanente movimento entre as duas, Kitty respondeu com um aceno afirmativo, timidamente. Daphne soltou um grito de alegria e adiantou-se para abraçá-la.

— Ah, Kitty, não imagina como me sinto feliz por você! Pense no quanto será divertido. Nossos filhos crescendo juntos... meu Deus, mal posso esperar.

Ela não acrescentou que tudo indicava que era bem possível que permanecesse em Miramonte por muito mais tempo do que o esperado. Kitty recendia a cravo e água de chuva nos cabelos.

— Quero que você seja a madrinha. E outra coisa. Pode continuar aqui por tanto tempo quanto quiser. — Ela falava com a voz sufocada pela emoção. — E se parece que a estou pressionando acertou em cheio. Ficar para sempre seria o melhor para mim.

Uma imagem de Johnny ressurgiu na mente de Daphne: Johnny, parado na extremidade do píer, com as mãos nos bolsos, o vento desmanchando seus cabelos. Por um momento longo e maravilhoso, ela se permitiu absorver essa imagem, entregou-se ao anseio que mantivera a distância em nome de um casamento que desmoronava.

De repente, ela se deu conta do que viera fazer ali.

— Vou até a casa de mamãe, Kitty. Importa-se de ficar com as crianças por uma ou duas horas?

Provavelmente sua preocupação era absurda, ela sabia, mas um sexto sentido exortava-a a verificar pessoalmente. Com toda a certeza, encontraria a mãe tomando um café ou talvez mesmo descendo para a praia. A mãe ficaria surpresa em vê-la tão cedo, depois da noite passada, mas feliz em ter a companhia da filha para nadar na enseada. E por que não?, pensou Daphne. A água podia ainda estar fria, mas seria estimulante. E serviria para desanuviar sua cabeça.

— Claro. — Kitty fitou-a nos olhos. — Qual é o problema? Ainda está preocupada com mamãe? Ela parecia muito bem ontem à noite.

— Talvez um pouco bem demais. — As palavras saíram antes que Daphne percebesse que as dissera. Apressou-se em acrescentar: — Contarei tudo quando voltar.

Não havia sentido em deixar a irmã angustiada pelo que provavelmente seria apenas um alarme falso. Mas Kitty não se deixaria persuadir com tanta facilidade.

— Se há alguma coisa errada, eu quero saber.

— Não é nada, Kitty. Juro. É apenas minha estúpida paranóia.

Daphne virou-se e procurou suas sandálias, entre as pilhas de calçados junto da porta dos fundos. Explicaria mais tarde. Agora, precisava se apressar. Nunca se podia ter certeza...

Não obstante, a caminho da porta, ela descobriu-se a dizer, apenas meio jocosa:

— Dê-me quarenta e cinco minutos. Se não tiver notícias minhas até lá, mande os fuzileiros.

Eram sete e meia quando ela parou na frente da casa da mãe. O sol já subira por cima das copas dos ciprestes que cresciam ao longo do penhasco, num esplendor angustiante, os galhos açoitados pelo vento parecendo os braços estendidos de sereias sedutoras, chamando os marujos para a morte. Soprava uma brisa, e o céu continuava limpo. Daphne podia sentir o cheiro da relva molhada pela chuva da noite passada. Perto da praia, um pelicano deslizava sobre a superfície do mar, tão brilhante que parecia cromada.

Em tudo e por tudo, um dia perfeito para nadar.

Daphne decidiu ir direto para a enseada. Se a mãe não estivesse à vista... ora, tanto melhor. Subiria até a casa para tomar um café. E era uma manhã adorável... tão maravilhosa que quase a fazia esquecer a razão de sua presença ali.

Quase, mas não completamente.

Ela desceu pela escada de madeira íngreme, junto do penhasco, até a praia. Quantas vezes, quando era pequena, subira aquela escada? Aqueles verões alegres e intermináveis, quando ela e as irmãs passavam quase o dia inteiro de maiô, subindo e descendo mil vezes. Em sua mente, podia ver a mãe lá em cima, usando seu roupão azul predileto, os cabelos dourados refletindo os raios do sol. E podia ouvi-la gritar, as mãos em concha na frente da boca: *Tomem cuidado, meninas...*

Assim como haviam sido advertidas a não aceitar caronas de estranhos nem atravessar uma rua sem olhar para os dois lados, também eram alertadas para os perigos das correntezas que levavam os banhistas para alto-mar. Sabiam que deviam nadar aos pares e que não deviam entrar na água depois de uma refeição.

Agora, enquanto descia pelo penhasco ornamentado com plantas, Daphne especulou o que, se alguma coisa, poderia tê-las preparado para os perigos de uma família se desagregando. Haveria um sistema de alarme prévio para essas coisas? Um farol piscando numa praia distante, para onde poderiam seguir?

A praia, não mais que uma estreita faixa de areia, parecia deserta, à primeira vista. Depois, Daphne avistou, ao longe, junto das rochas que se projetavam para formar um dos lados da enseada, uma toalha dobrada, quase em cima de uma bolsa de palha.

Seria da mãe? Claro que sim. Quem mais poderia ter vindo nadar ali àquela hora do dia?

Ela esquadrinhou o horizonte, quase ofuscada pelo sol que se refletia nas ondas. Nenhum sinal de vida... apenas as gaivotas circulando por cima. Seus gritos, estridentes e de certa forma queixosos, provocaram um arrepio gelado na nuca de Daphne.

Foi quando ela avistou, a cerca de cem metros, uma forma esférica clara, que podia ser uma touca de natação, subindo e descendo entre as ondas. A pessoa não parecia estar se debatendo, mas apenas... boiando. Daphne recordou o sonho, e seu coração disparou amedrontado.

Sem pensar, ela tirou o roupão e correu para a água, o ar frio roçando em sua pele como se fosse seda.

Ao mergulhar sob uma onda, não pôde evitar um ofego. Quem poderia imaginar que a água estivesse tão fria? Ninguém poderia estar nadando ali, pensou ela. Não por diversão, com toda a certeza. Daphne quase voltou, mas algum instinto a levou a se adiantar.

Começou a nadar.

Com braçadas firmes, fez um esforço para evitar o pânico que ameaçava dominá-la. As ondas que pareciam pequenas da praia agora assomavam por cima dela como enormes. Havia muito tempo que ela não se arriscava tão longe da praia. Com as crianças, passava a maior parte do tempo observando-as brincar na parte rasa. Gracejava que estava fora de forma. Só que agora não parecia nem um pouco engraçado.

Ainda assim, Daphne continuou, cortando as ondas em braçadas experientes e deliberadas. As ondas geladas subiam para atingi-la no rosto. Quase engasgando, ela resistiu ao impulso de voltar.

Lá em cima, uma gaivota gritou. Minutos depois, ela sentiu que gritava também. A água gelada deixara-a dormente, braços e pernas parecendo muito pesados. Sentiu que era empurrada para baixo por seu próprio peso e virou de costas. Contemplou o céu, que a fitava como um olho enorme, que nunca piscava. Daphne respirou fundo e gritou, tão alto quanto podia:

— *Mamãe!*

Não houve resposta. Daphne ficou boiando no silêncio, arrastada pelas ondas, que pareciam levá-la para longe da esfera branca, que ainda podia avistar pelo canto do olho, flutuando a não mais que dez metros de distância.

*Volte*, exortou uma voz em sua cabeça. Ela pensou em Kyle e Jennie, e sentiu um aperto de pânico no peito. Se morresse afogada, as crianças ficariam sem mãe.

Mas se voltasse agora *ela* também ficaria.

Daphne continuou. A forma parecia mais próxima agora. Ela contraiu os olhos ardendo, dando o máximo de força às pernadas. Uma lembrança aflorou... quando estava no segundo ano do ensino médio, e ganhara o concurso estadual Emily Houghton, para contos de aspirantes a escritores. O pai emoldurara o certificado de primeiro lugar e pendurara na parede de seu quarto, dizendo: "Cada vez que olhar para isto, vai se lembrar de que pode fazer qualquer coisa. Qualquer coisa em que se empenhar."

Mas esse conhecimento se perdera no labirinto do casamento e na criação dos filhos... a sua percepção de si mesma como uma pessoa capaz de feitos extraordinários.

Daphne recorreu às reservas lá no fundo e conseguiu diminuir, em braçadas frenéticas, a curta distância que a separava da mãe. Foi só quando viu aquilo por que tanto nadara — o que pensara ser uma touca branca de natação — que sentiu um aperto no coração. Uma bóia... uma bóia suja de isopor, de alguma rede de pesca...

Um terrível sentimento de perda a dilacerou. Sentia-se de certa forma... *enganada*. Nadando cachorrinho, sem sair do lugar, ela vasculhou o horizonte, desesperada. Mas estava vazio, brilhante e vasto.

Só quando mudou a direção e começou a nadar de volta para a praia é que Daphne compreendeu como fora tão longe. O vento soprava contra ela agora, aumentara de intensidade, agitando as ondas, que começavam a se empilhar umas sobre as outras. E a correnteza... ela podia sentir que a puxava... arrastava inexoravelmente para alto-mar.

Em pânico, começou a cansar. As braçadas foram se tornando mais fracas, as pernas se agitavam, mas não a impeliam para a frente. Tinha a impressão de que apenas nadava no lugar. Ou talvez... estivesse afundando. Foi então que lhe ocorreu: a mãe não deveria estar querendo que a salvassem. E agora, ela própria, que tinha tudo por que viver, também morreria.

A ironia fez com que uma risada estridente subisse por sua garganta. Não era uma heroína. Não fora sequer capaz de salvar seu casamento. *Sou apenas mais uma baixa desta família confusa e desatinada.*

Sentia-se exausta, sem fôlego. Queria apenas boiar. Deixar que a correnteza a levasse para onde quisesse. Seria tão difícil se largar por completo? Largara muita coisa ultimamente: o pai e a mãe, Johnny... e agora Roger.

Só o pensamento nas crianças fazia com que ela continuasse. Não ver mais os rostos meigos piscando sonolentos para ela, de seus travesseiros à noite, não mais sentir a pele rosada, escorregadia do banho, enquanto as enxugava... isso era inconcebível.

Através de um nevoeiro vermelho, os olhos ardendo, ela pensou ter visto alguma coisa: uma figura escura delineada contra uma praia que parecia insuportavelmente distante, separada dela por quilômetros e mais quilômetros de mar ondulando. Mas, quando piscou, a figura desapareceu.

As ondas corriam para cima dela, uma depois da outra... até que Daphne sentiu que estava sendo atacada. Mal conseguindo manter a cabeça acima da superfície, cuspiu a água salgada que inundou sua boca. O mar e o céu pareciam escurecer e se fundir, dissolvendo-se numa massa de partículas cinzentas dançando. Não havia mais nenhuma sensação nas pernas. *Que Deus me ajude...*

— Daphne!

Ela já estava afundando quando ouviu alguém gritar seu nome.

Johnny. Parecia a voz de Johnny.

Mas... não, não podia ser. Como ele saberia que deveria procurá-la ali? O fluxo quente de alegria que ela experimentara foi substituído por uma confusão fria.

Mesmo assim, ela encontrou um último resquício de força para continuar. *Nado de costas... use o nado de costas.* Daphne virou, aspirando o ar com vigor, até sentir que a vertigem começava a diminuir. A cor voltou a um céu que parecia antes liso e cinza como uma flanela antiga. Ela começou a dar braçadas...

Não percorrera mais do que alguns metros quando uma onda arrebentou em cima dela. Daphne foi puxada para baixo, a boca e o nariz se enchendo de água, os pés emaranhados na água agitada, com a sensação de que metros e metros de corda em movimento a envolviam.

Lutando para alcançar a superfície, os pulmões em fogo, ela se projetou, às cegas...

... e foi apanhada por um par de braços fortes. Mesmo enquanto tentava se desvencilhar, em pânico, os braços puxavam-na para a superfície. O céu se abriu de repente, e uma lufada de ar encheu seus pulmões.

— Calma... você está bem agora, Daphne.

Johnny! Ofegando e soluçando ao mesmo tempo, ela agarrou-se a Johnny. *Como...?*

— Apenas relaxe, Daph... estamos quase chegando.

A água escorria pelo rosto de Daphne e entrava nos seus olhos. O rosto de Johnny entrava e saía de foco. Mas sua presença forte teve um efeito instantâneo, fazendo com que ela ficasse inerte. Johnny estendeu um braço em torno de seu peito e começou a levá-la para a segurança, com braçadas firmes e fortes. *Johnny, ó Johnny, você me encontrou...*

— Não está longe — balbuciou ele.

Confiante, Daphne até parou com as pernadas, que pareciam retardá-los. Talvez até tenha perdido os sentidos por algum tempo, pois a próxima coisa de que teve conhecimento foi de algo sólido arranhando seus pés.

Daphne arriou na areia úmida. Ficou ali por um momento, ofegando para respirar, coberta de areia e fragmentos de algas, como uma criatura meio morta que a tempestade da noite anterior jogara na praia.

Depois, o sol brilhante foi encoberto por ombros largos. Mãos fortes fizeram-na sentar.

— Você está bem, Daphne?

Johnny estava agachado na sua frente, fitando-a na maior ansiedade. Os olhos tinham a cor cinza do mar por trás dele.

Ela tossiu de novo, cuspindo água. Encostou-se nele. Um momento depois, afastou os cabelos grudados em seus olhos e faces, erguendo o rosto para Johnny. Começou a rir baixinho... e o riso se transformou em lágrimas.

Johnny não tentou contê-las. Apenas a abraçou, enquanto ela soluçava. Por baixo da pele quente dele, Daphne podia ouvir as batidas de seu coração, firmes e tranqüilizadoras. Sentiu as mãos se deslocando por seu corpo, como se Johnny quisesse confirmar que ela estava mesmo bem.

— Daphne... graças a Deus... graças a Deus... — murmurou ele, várias vezes.

Quando conseguiu se recuperar o suficiente para contemplá-lo, Daphne viu que ele também estava nu. A água escorria pelos seus braços e peito, os cabelos grudados na cabeça. Mas foram os olhos de Johnny que a fizeram compreender que estava mesmo viva... que não sonhava aquela cena enquanto flutuava para o fundo do mar. Naquele instante, não eram mais cinza como o mar, não tinham nada de cinza... eram azuis, azuis como o céu reluzente por cima. Os olhos de um homem que era capaz de fazer qualquer coisa por amor.

— Como... como você...

— Não fale — murmurou ele, aninhando-a contra o seu peito. — Graças a Deus por sua irmã. Como não conseguiu falar com você pelo telefone na casa de sua mãe, Kitty ficou tão preocupada que me ligou.

Ele sorriu, enquanto acrescentava:

— Achou que eu ia esperar até ser avisado de que alguma coisa havia acontecido com você?

— Minha mãe... ela... Daphne engasgou com as palavras e recomeçou a chorar.

— Mais tarde... falaremos sobre isso mais tarde. Neste momento, temos de enxugá-la e vestir sua roupa. Acha que pode andar?

— Eu... acho que sim...

Daphne tentou ficar de pé, mas os joelhos vergaram, como papelão molhado. Johnny pegou-a no colo... como nas fantasias da infância de Daphne, em que a heroína vivia feliz para sempre e ninguém saía machucado nem morria.

*Não pode durar*, pensou ela. Mais cedo ou mais tarde, a vida, a vida *real*, voltaria impetuosa. Mas, em seu estado meio afogado, Daphne sabia que uma coisa era verdade: nunca mais enfrentaria a vida sozinha. Qualquer coisa que acontecesse, boa, má ou feia, Johnny estaria ao seu lado. Se não para salvá-la — já passara por isso e não queria mais, pelo menos por muito tempo —, então para caminhar ao seu lado, dormir na mesma cama, marchar ao ritmo do mesmo tambor.

— Esqueci de agradecer — murmurou ela contra o peito de Johnny, enquanto subiam pela escada de madeira.

— Não precisa se apressar — respondeu ele, com uma voz rouca que mostrava que ele também lutava com suas emoções. — Temos o resto de nossas vidas.

# Epílogo

Foi um desses períodos de calor que os moradores mais velhos de Miramonte recordariam pelos meses e até anos subseqüentes, uma sucessão ininterrupta de dias sem nuvens. O relógio digital por cima do prédio da Wells Fargo mostrava uma temperatura sempre acima de vinte e sete graus. Guarda-sóis de todas as cores desabrochavam na praia, onde o nevoeiro das manhãs era apenas uma vaga recordação por volta de meio-dia. Uma dádiva prematura, cortesia de junho, antes que a multidão do verão começasse a desembarcar dos ônibus e os estacionamentos da praia estadual, lotados de trailers, começassem a parecer com manadas de mamutes pastando tranqüilamente.

Um ano exatamente havia passado desde a data inscrita na lápide de granito da sepultura ao lado de Vernon Seagrave, à sombra de uma alfarrobeira, no cemitério de Twin Oaks. Dizia apenas: *Lydia Beatrice Seagrave, devotada esposa e mãe.*

As filhas não tinham dúvida de que algumas pessoas achariam que a inscrição era irônica. E na tempestade de imprensa que irrompera na esteira de sua morte — que os tablóides sensacionalistas classificaram de "misterioso desaparecimento", como se Lydia estivesse rindo por último em uma luxuosa *hacienda* ao sul da fronteira — houve ocasiões em que Daphne, Kitty e Alex não puderam deixar de estranhar. Afinal, o mar não levara o corpo de volta à praia. E as coisas da mãe, embora em ordem, podiam ser uma prova de nada mais que uma mulher prática na véspera de seu julgamento por homicídio, para quem o tempo era essencial.

Mas cada uma chegou em separado à sua própria conclusão e depois concordaram coletivamente. No silêncio e na escuridão das noites subseqüentes ao desaparecimento da mãe, quando o sono se esquivava e uma eternidade de perguntas sem respostas estendia-se pela frente, uma imagem começou lentamente a se desenvolver: o retrato de uma esposa que amara o marido além de toda razão e talvez até mesmo da sanidade... o suficiente para matar, a fim de salvá-lo de um ato pelo qual não podia haver retorno, nenhuma possibilidade de redenção. Uma mulher comum, na maioria dos aspectos, com algum talento e senso de humor, levada pelo amor a limites extraordinários.

Para Kitty, fora um tempo de renovação, tanto quanto de perda. Depois de uma gravidez gloriosamente tranqüila — através da qual passara sem experimentar qualquer dos terríveis infortúnios sobre os quais todas as mães mais velhas que encontrara se sentiam compelidas a adverti-la —, ela deu à luz uma saudável menina de 3,6 quilos, em casa, na mesma cama vitoriana em forma de trenó na qual a criança fora concebida. Sean, que não perdera uma única aula do curso Lamaze, mantivera-se ao seu lado durante as 16 horas do trabalho de parto. E quando chegara o momento de cortar o cordão umbilical, a parteira lhe entregara a tesoura, e ele executara o dever com todo o orgulho e pompa de um mestre-de-cerimônias lançando um transatlântico no mar. Quando a filha recém-nascida foi posta em seus braços, ele fitou os cabelos ruivos e soltou uma risada, que não disfarçava a pressão na garganta, enquanto comentava, jovial:

— Ela tem pelo menos os meus olhos.

Como tudo o mais na vida de Kitty, sua nova família era heterodoxa, para dizer o mínimo. Planejavam esperar até que Sean terminasse a faculdade antes de tomarem qualquer decisão sobre o futuro. Mas isso não o impedia de aparecer quase todas as noites, quando havia uma disputa entre Kitty e a criança para ver quem ficava com a maior parte de sua atenção. Finalmente, fora Sean quem sugerira o nome que haviam escolhido, Madeleine, que os fregueses apaixonados do Tea & Sympathy logo abreviaram para "Maddie".

Não havia, no entanto, a menor dúvida sobre quem estava no comando. A filha caçula de Daphne assumiu prontamente o papel de mãezinha, pairando sobre o berço que Sean encomendara num carpinteiro local, em troca de dois dias podando árvores. Jennie mantinha longas conversas sussurradas com Maddie, como se a criança recém-nascida pudesse compreender cada palavra que dizia, e era magnânima na partilha de suas bonecas e brinquedos. Os estranhos que se inclinavam perto demais deparavam com o olhar furioso de uma indignada menina de quatro anos.

— *Meu* bebê — anunciava Jennie, em voz bem alta.

Quanto a Daphne, sua estada em Miramonte tornou-se permanente. Poucos meses depois do desaparecimento da mãe, ela anunciou para Roger que queria o divórcio. Alugou um bangalô modesto a poucas quadras da casa de Kitty. Fora uma separação tempestuosa no início. Mas Roger, depois de algumas cenas iniciais e de várias ameaças furiosas, acabara se mostrando bastante justo. Ao final, chegaram a um acordo que ambos podiam aceitar. Ele ficaria com o apartamento de cobertura em Nova York e receberia as crianças durante seis semanas em cada verão, além de ficar também no Natal e Páscoa, de dois em dois anos. Daphne ficaria com a custódia de Kyle e Jennie, além do adiantamento considerável pelo livro de memórias da sua família, que seria lançado no outono.

Alex, veterana dessa guerra, assegurou-lhe que tudo terminaria se resolvendo da melhor forma possível. Não havia a menor dúvida de que ela devia saber dessas coisas, porque tornou a casar com o ex-marido, em dezembro, numa cerimônia discreta. Venderam as respectivas casas, assim liberando Alex para pagar suas dívidas. Surpreenderam a todos ao se mudarem para a casa em Agua Fria Point. Ficara para todas as três, mas Kitty e Daphne concordaram em receber a parte delas em prestações mensais.

Naquele lindo dia, na tarde do primeiro aniversário da morte da mãe, elas se reuniram na varanda, onde passavam horas intermináveis quando eram jovens, os pés por baixo do corpo, no balanço, devorando o último livro de mistério da série *Nancy Drew*, com uma caixa ilícita dos chocolates See's, ou secando os cabelos nos degraus. No pátio, lá embaixo, Jennie passeava com Maddie no seu carrinho de bebê rosa, ela se sacudia e arrulhava de alegria, os cachos ruivos faiscando ao sol. As gêmeas haviam descido para a enseada com Kyle, jurando por seis Bíblias que não o deixariam longe de suas vistas.

Daphne não estava preocupada com o filho, que era adorado pelas primas. Sentada na cadeira de vime verde, junto dos degraus, flanqueada pelas irmãs, uma mala pronta no outro lado da porta, ela pensava em algo muito diferente.

— Quer que eu faça uma limonada? — perguntou Kitty, também parecendo um pouco ansiosa. — Talvez seja bom levar uma garrafa térmica. É uma longa viagem.

— Não se preocupe — respondeu Daphne. — Vamos parar no caminho.

— Eles vão tomar *champanhe*, sua idiota.

Alex riu, enquanto jogava o resto do gelo meio derretido de seu copo nas hortênsias por baixo da varanda. Com Jim em Taiwan a trabalho, ela e as meninas viviam há uma semana de chá gelado e biscoitos. Alex queixava-se de que engordara o suficiente para afundar um barco, embora as irmãs não pudessem perceber um único quilo em excesso. Kitty suspirou.

— Eu gostaria... ora, não sei. Uma cerimônia de verdade teria sido maravilhosa. Com flores e um bolo. E arroz. O que é um casamento sem Uncle Ben's?

— Você não pode falar — comentou Alex, afetuosa. — Olhe só para você e Sean. Quando os dois decidirem morar juntos, já estarão na idade de se aposentarem.

Kitty balançou a cabeça numa indignação simulada.

— Pelo menos terei alguém para me empurrar na cadeira de rodas.

— Ele terá de tirar primeiro a carteira de motorista — zombou Daphne. Mais séria, acrescentou: — Sei que pensam que estou louca, e talvez tenham razão. Mas depois de tudo o que aconteceu... ora, parecia a melhor idéia. Lembrem-se de que há vinte anos quase fugimos para casar.

— Já faz muito tempo. Esqueci o que aconteceu exatamente.

Alex inclinou-se para a frente, com uma súbita curiosidade.

— Foi Johnny quem desistiu — lembrou Daphne.

— O que não me surpreende, depois do que papai fez com ele — comentou Kitty, com uma expressão sombria.

Daphne balançou a cabeça.

— Não foi apenas isso. Johnny também tinha medo por mim. De tudo que eu perderia. Éramos muito jovens. E, de certa forma, tudo acabou dando certo. O melhor possível. Por um lado, de outra forma eu não teria Kyle e Jennie.

— Sorte sua... não precisará nem pensar que as crianças existem durante uma semana inteira.

Alex oferecera-se para ficar com as crianças enquanto Daphne viajava na lua-de-mel, e não ia deixá-la esquecer. Kitty interveio, a voz suave:

— O importante é que você está feliz.

Seu olhar adquiriu uma profunda ternura quando se desviou para Maddie. Ao tornar a fitar Daphne, os olhos brilhavam mais do que qualquer pedra preciosa.

— Quem precisa de Uncle Ben's quando você tem um homem que renunciou ao trono pela mulher que ama?

Daphne riu, embaraçada.

— Não foi tão dramático assim. Ele ainda é advogado... só que não trabalha mais na promotoria.

— Tenho certeza de que um escritório particular oferece certas vantagens — comentou Alex, com uma piscadela sugestiva.

— Pelo menos vocês não vão passar fome — acrescentou Kitty.

— Como se alguém pudesse, morando perto de você!

Alex olhou em desespero para o pote cheio de biscoitos que Kitty trouxera. Foi nesse instante que Daphne ouviu o ronco distante de um motor. Lembrou-se de crepúsculos no passado longínquo em que sentava naquela mesma varanda, esperando. Desta vez foi um Thunderbird azul-escuro que contornou a esquina da Cypress Lane. O rosto do homem ao volante, no entanto, tinha os mesmos olhos contraídos, numa expressão perigosa, o mesmo cigarro pendendo no canto da boca.

Ele avistou-a e buzinou. Daphne acenou em resposta, sentindo que tinha 16 anos de novo, o tapete vermelho de sua vida estendido à frente, ao mesmo tempo maravilhoso e assustador.

Lentamente, ela se levantou, as pernas fracas como manteiga derretida, os joelhos vergando. Com todo o cuidado para não tropeçar nos pés, que eram de repente a única coisa que a mantinha erguida, Daphne foi pegar a mala. Abraçou as irmãs em despedida. Depois, parou e respirou fundo, aspirando a fragrância da maresia e dos juníperos. Enfiou a mão no bolso do blazer, tocando em duas passagens velhas, antes de deixar a varanda, na qual tinha a impressão de que passara a vida inteira esperando por aquele momento. Com o coração disparado e o queixo erguido, ela se adiantou para receber o homem que avançava a passos largos pelo caminho ao seu encontro.

Este livro foi impresso no
Sistema Digital Instant Duplex da divisão Gráfica da
DISTRIBUIDORA RECORD DE SERVIÇOS DE IMPRENSA S.A.
Rua Argentina, 171 - Rio de Janeiro/RJ - Tel.: 2585-2000